Ahol a fák is sírnak

Csákány Tibor

2015

Publio kiadó

Ajánlom ezt a könyvet nagyon sok

szeretettel

D.

Erzsikének,

ki mindvégig hitt bennem,

és

Blank Juditnak,

aki tollat adott a kezembe.

Nélkülük e könyv talán sose íródott

volna meg.

megkövetelt szükségszerű változtatások
eredményei.

Nyújtom kezem, nem választ el tér és idő,
Összeköt minket múlt, jelen, és szebb jövő.
Életfánk törzséből hasított fájdalom,
Friss hajtásból zöld ág fakad egy hajnalon!

Anyaföldből kiszakított édes gyermek,
Még tépik évszázados mostoha kezek.
Időd eljött: egy hittel remény mezején,
Új hajnal ragyog majd Hargita kék egén!

A Hold leánya

A fiatalember a katamarán felső szintjének nyitott utasterén a korlátnak támaszkodva nézte a beszállónál tömörülő fiatalokat.

- Telt ház lesz a disco hajón - gondolta, és áldotta az eszét, hogy korábban jött, így elkerülte a tumultust. A meleg nyári alkonyatot a dombok felől fújó gyenge szél sem enyhítette.

A hajó mélyéről, a gépházból, a beindított két Diesel motor hangja tompítva hatolt fel a fedélzetre, melyet a hangos disco zene majdnem teljesen elnyomott. A felpörgő motorok hangja magasabb frekvenciára váltott. A katamarán testén a remegés fokozatosan egyenletes, finom rezgéssé változott. A motorok hangja elenyészett a zenében. Behúzták a beszálló pallót, és eloldották a köteleket a kikötő vasoszlopairól. A hajó elvált a kikötőtől, 180 fokos fordulatot téve elindult a hullámtörő gát kijárata felé, hogy kihajózzon a nyílt vízre.

Fejét feljebb emelve, tekintete körbe fürkészte a tavat, majd szeme megállapodott az északi parton húzódó hegyvonulat egyre sötétedő meredélyein. A hanyatló Nap, mintha csak pihenni akarna a háta mögött, az északnyugati oromra telepedett.

A narancsszínbe öltözött égitest aranyhidat szőtt a hegycsúcs és a víz között, megfürödve az ezüstösen csillogó víztükörben. A fény e csodás hídja egyik végével a hegycsúcs, másik, befejezetlennek tűnő végével, mintha csak elfogyott volna az égitest aranyfonala, a víz alatti képzeletbeli pilléren nyugodott halványsárga udvart festve maga köré. A fiú sajnálta, hogy a fényhíd a tó tükrén véget ér és nem a hajó nyitott terének pillérén végződik. Magányos lelke azt súgta, jó lenne fellépni rá, és végigsétálni e ragyogáson. Felmenni a csúcson fénylő pillérig, és a hegy ormáról gyönyörködni a hamísítatlan balatoni alkonyatban. Szerette volna tekintetével követni a Bakony hullámzó vonulatát, a hanyatló Nap fényében fürdő szirteket, és a sötétség palástjával takaródzó völgyeket. A zárt utasterekben ismét feldübörgött a zene. A Nap szülte fényhíd tükörképe elhalványult, majd kiszélesedett. Mintha csak a zenére várt volna, úgy tűnt a fiatalembernek, hogy a hullámok felkérték egy fordulóra az aranyhidat. Remegve, rezegve táncolt a víz felszínén, majd egy-egy nagyobb hullám a mélybe nyomta, hogy a tovagördülő, fodrozódó víz mögött felbukkanva ismét a víztükörre feküdjön kéjesen elnyújtózva, vágyva a következő hullám szerető ölelését. Egyszer, a beálló pillanatnyi szélcsend csillapító simogatására, a mozdulatlanná szelídült víztükörben a fény éles aranyhidat húzva veszett el a tó mélységében. Máskor, a hirtelen keletkező forgószél légárama által széttört víztükörben az aranyhíd ezernyi darabra hullva, mint megannyi apró csillaggyermek fürdött az alkonyatban.

Szerette ezt a vidéket, itt született. A tó és a hegyek jelentették neki az igazi hazát. Most, a disco hajó korlátjának támaszkodva búcsúzott szűkebb hazájától, gyermekéveinek emlékeitől, a véget ért diákszerelemtől. Annyira elmerült gondolataiban, hogy észre sem vette mennyire megsokasodtak körülötte a szórakozni vágyó fiatalok. A vörös színt öltő Nap, mintha csak vezérelte volna a katamarán sikeres kifutását, egy utolsó fénysugarat bocsájtott a Balaton vizére. Egy szempillantás alatt felfejtette gondosan szőtt aranyhídját és búcsút intve eltűnt a hegygerinc mögött. Bekapcsolták a disco világítást. Sötétség ült a vízre, csak a szivárványszínben villódzó disco fények tükröződtek a sebesen sikló hajó nyomdokvizén. Az est fekete fátylat terített az égre, telehintve sziporkázó csillagok ezreivel. Az éj kegyeibe fogadta a zene ritmusára táncoló fiatalokat, az égbolt oltalmazó kupoláját vonva fejük fölé. Olyan illúzióba ringatták a fiatalokat, mintha az életre kelt csillagok sok ezer szentjánosbogárként, velük együtt járnák a maguk táncát, fel-felvillanó fényükkel versenyre kelve a hajón táncoló lézerfényekkel.

Az utastérből kihallatszó zene bizsergetően hatott rá, keze önkéntelenül verte a ritmust a korláton. A széles feljáró lépcsőn egy csoport, a tánc hevétől kimelegedett fiú és lány hangoskodva lepte el a fedélzetet. Mások a büféhez mentek hűsítő üdítőkért, míg a fedélzeteten lévők a korláthoz tódultak. A fiatalember úgy döntött, lemegy az alsó szintre és beáll a táncolók közé. Elvégre ezért jött ide.

Odalent, a zárt térben megcsapta a hőség. Közel fél órát töltött lent. Több lánnyal is táncolt, majd beállt egy kört formáló csoportba, ahol nem lehetett tudni ki, kinek a partnere. Kimelegedve hagyta ott a zene ritmusára vonagló társaságot.

Elment a büféhez, kért egy üdítőt. Érezte, ahogy újjá születik a hűsítő kólától. Vett még eggyel, úgy gondolta, hogy felmegy a felső szintre, a szabad levegőre, ahol lassan elkortyolgatja az italt. Kerülgetve a táncolókat, araszolva jutott el a lépcsőig. Ahogy felnézett, az időközben feljövő telihold épp a szemébe sütött. Amikor lábát az első fokra tette, hírtelen mozdulatlanná dermedt. Egy árnyék vetődött rá. Fentről valaki közeledett a lejáró felé. Először csak a feje látszott, amely épp a fiú és a Hold közé került. Vállig érő, szőke haj övezte árnyékban lévő arcát, mely eltakarta a fiú elől a narancssárga színben ragyogó Holdat.

A holdfény glóriaként vette körül a szőke látomást, hajkoroná-jába apró csillagok sziporkázó százait tűzdelve. Ahogy közeledett a lejáróhoz, a háttérből lassan kibontakozott a karcsú test. Egy pillanatra megállt a lépcsőfok tetején. A fiúnak a lélegzete is elakadt. A Hold erős fénye átvilágította a lány könnyű, nyári ruháját, kirajzolva a formás test körvonalait. A holdudvar narancssárga aurát vont a test köré, melyre a villogó, sokszínű lézerfény folyton változó szivárványszínt varázsolt. A ruha csak egy átlátszó fátyolnak tűnt, a fiú izgatóbbnak találta, mintha meztelenül tűnt volna fel a lány.

A látomás lassan elindult lefelé. Úgy látta, lebegve közeledik feléje, mint akinek lábai nem is érintik a lépcsőket, ahogy fokról fokra lefelé haladt. Közben, lentről kezdődően fokozatosan szűnt meg körülötte az aura. Feje fölött egy pillanatra ismét megjelent a glória, végül újra feltűnt a telihold. A fiú moccanni sem mert.

Ahogy a lány a legalsó lépcsőfokra ért, arcán már a disco fényei játszottak. A lány észrevette a fiú feléje irányuló tekintetét, de bizonytalan volt abban, hogy valóban őt nézi-e. Hátrapillantott, felfelé a lépcsőn, hogy jön-e valaki utána. Emiatt elvétette az utolsó lépcsőfokot. és előre esett. Csaba szabad kezével elkapta a karcsú testet, a lány pedig apró sikkantással kapaszkodott a nyakába.

- Hoppá! Csak óvatosan! - figyelmeztette a lányt. - Mikor sikerült visszanyerni egyensúlyukat, a lány zavartan szólalt meg.

- Köszönöm, hogy elkaptál. Nagyot égtem volna, ha mindenki szeme láttára elterülök.

- Azt hiszem, a botlásodnak én vagyok az oka.

- Ez csak részben igaz. Arra gondoltam, talán jön mögöttem valaki és őt nézed olyan állhatatosan. – Hangosan kellett beszélniük, hogy megértsék egymást.

- Bocsánatot kérek. Nem szokásom ilyen feltűnően nézni egyetlen gyönyörű nőt sem, de most nem tudtam ellenállni a látványnak. Kizárt, hogy egy időben két ilyen szépséges tünemény jelenjen meg a lépcsőn, mint amilyen te vagy, Holdról jött lány - halkította lejebb a hangját. - Csak téged láttalak. - A lány, a zene mindent elnyomó hangja ellenére is érteni vélte a hozzá idézett szavakat.

Ragyogó tekintetét a fiúra vetette. - Jól hallottam? Holdról jött lánynak neveztél? - nevetett a fiúra. Csabát szinte megnémították a lány ragyogó kék szemei, ahogy beléjük tekintett.

- Én csak azt akartam mondani, hogy üdvözlöm a Hold gyönyörű leányát a fedélzeten. - nyögte ki, és feléje nyújtotta a teli üdítős üveget. - Gondolom megszomjaztál! - A lány ismét a fiú szemébe nézett. Rajongó csodálatot és őszinteséget olvasott ki belőle. Némi habozás után elfogadta az italt, megköszönte és ivott belőle.

- Miért épp a Hold leánya? - nézett rá. –Hogy jön ez a képbe?

- Látnod kellett volna magadat - válaszolta a fiú, még mindig megilletődött hangon. - Ahogy jöttél felém, szinte a lépcsőt sem érintve a lábaiddal, lebegtél lefelé a holdvilág koszorújával körülölelve. Úgy éreztem, egyenest a Holdból léptél ki. Ezért neveztelek a Hold leányának. Olyan vagy, akár egy szépséges Csillaglány. Gyönyörű látvány voltál, ezért nem tudtam levenni rólad a szemem.

- Te más lányokkal szemben is ilyen romantikus vagy? - A lány egyre nagyobb kedvteléssel nézett a fiúra.

- Csak akkor, ha valaki, vagy valami kihozza belőlem. – Sikerült legyőznie lámpalázát, látva, hogy fokozatosan szűnik meg a lány óvatos, tartózkodó magatartása.

- Most valaki, vagy valami volt a romantikacsalogató? - évődött a lány.

- Gondolom mindkettő, ezért kerültem e kettős hatás alá.

- Most, hogy megszűnt körülöttem az aura, és nem vetkőztet le félig a hátulról világító holdfény, elmúlt a hatás? - kíváncsiskodott tovább a lány, bár tudta előre a választ, de a fiútól szerette volna hallani. Őt magát is meglepte kérdése, de ezt csak a fiatalember vonzó kisugárzásának tulajdonította. Tisztában volt vele, hogy a hátulról világító Hold fényében olyannak tűnt a fiú szemében, mintha teljesen átlátszó ruhában sétált volna le a lépcsőn. Érezte, hogy egyre jobban bűvkörébe vonja a fiú melegbarna tekintete, és nem is állt szándékában ellenállni neki. Vonzónak találta a magas, sportos testalkatú, jóképű fiút.

- Nem múlt el. A holdfény szülte aurádnak csak hatásfokozó szerepe volt. A te természetes varázsod még mindig fogva tart. Gyönyörű vagy - csúszott ki önkéntelenül a száján.

- Köszönöm, kedves vagy – szólalt meg sokára a lány. Örült a szerény hangulatvilágításnak, így a fiú nem láthatta, hogy elpirult.

Sokan mondták neki, milyen szép, de a mostani dicséret másként hatott rá, mint a többi fiúé. Bizsergető érzést keltettek benne a szavak, amitől bensőjét melegség járta át. Valami azt súgta, hogy több van a fiú egyszerű kijelentése mögött, nem üres bóknak szánta. Belenézett melegséget sugárzó barna szemekbe, s azokban még mindig az őszinte elragadtatás csillogott. Érezte, hogy nem olcsó frázisok hangoztatásával szándékozik ismeretséget kötni vele. Ettől a felismeréstől ismét melegség futott át a testén. Az első pillanattól ellenállhatatlanul vonzotta a fiú tekintete. Érezte, ahogy megfogják a kezét, a hang értelmét is csak késve fogta fel.

- Egyébként nem szoktam olyan szépségekkel ismerkedni, akik ismeretlenül, szó nélkül a nyakamba zuhannak. Csaba vagyok.

- Edit. - mutatkozott be a lány is. - Nekem sem szokásom idegenek, vagy akár ismerősök nyakába ugrani.

- Ha már ilyen szépen eleget tettünk az illemnek, megtisztelnél egy tánccal?

- Táncolhatunk, - engedett Csaba invitálásának, és gyorsan megitta maradék kóláját. A fiú elvette tőle az üres üveget és letette az egyik közeli asztalra. Mire visszafordult, már egy srácot látott Edit mellett, amint kezét fogva húzza maga után a táncoló sokaság közepe felé. Csabát egy pillanatra csalódás fogta el.

- Hogy is gondolhattam azt, hogy egy ilyen bombázó szingli legyen - korholta magát. A következő pillanatban észrevette, hogy Edit ellenáll a srácnak, és megpróbálja kiszabadítani a karját. Csaba néhány lépéssel utolérte őket és elállta az ismeretlen tolakodó útját.

- Elnézést haver, a lány már nekem ígérte ezt a táncot! - állította meg a megszólítottat.

- Kit izgat ez? A lányt kinéztem magamnak, lekéstél róla. - Az arrogáns hang egyáltalán nem tetszett Csabának.

- Ismered ezt a kötekedő alakot? – fordult Edit felé. Kétféle válaszra volt felkészülve. Vagy ismeri, de semmi köze hozzá, melyet ellenállása is igazolt, vagy azt sem tudja ki ez a srác.

- Nem emlékszem, hogy valaha is láttam volna - nézett a lány szenvedő arccal Csabára. Fájt neki a fickó erős szorítása.

- Akkor jobb, ha távozol! – szólította fel Csaba a tolakodó fiút.

- Ne nézz madárnak! Húzz el innen, amíg szépen beszélek! – szólt fennhéjázóan, és újra maga után akarta kényszeríteni Editet. Csaba megmarkolta a lányt fogva tartó kart. Alkarján kitapintotta az idegszálat és hüvelykjével erőteljesen rászorított. A srác felszisszent fájdalmában. Szabad kezével meg akarta ütni Csabát, de ő elkapta a feléje lendülő öklöt, és fokozta a nyomást az alkaron. A srác felnyögött, ahogy testén az idegszál mentén végigfutott a fájdalom, majd térdre kényszerült. Csaba lehajolt hozzá és a fülébe suttogott.

- Most pedig bocsánatot kérsz tőle, én pedig úgy teszek, mintha sosem találkoztunk volna! - Csaba felrántotta a srácot.

- Azt lesheted, hogy én bocsánatot kérjek egy lotyótól! – sziszegte gyűlölettel a tekintetében. Csaba újra erőteljesen szorította meg az idegszálat a srác alkarján. Annak teste belerándult a fájdalomba, halk kiáltás hagyta el ajkát. Csaba fokozta a szorítást, s a kötekedő alak újfent térdre kényszeülve, végre kinyögte. – Jól van, jól van, bocsánatot fogok kérni!

- Ne haragudj - szólt oda a lánynak, aki még mindig fájó karját dörzsölgette.

- Felejtsük el – mondta Edit, nem törődve a srác gyűlölködő tekintetével. Hálás volt Csabának, hogy megvédte, de szerette volna, ha minél előbb véget ér az inzultus. Csaba elengedte a fickót, aki elhaladva Edit mellett halkan mormogva fenyegetődzött. A lány inkább sejtette, mint hallotta a szavak értelmét. - Azt mondta, hogy ezt még megkeserülöd - nézett a lány Csabára.

- Nyugodj meg, ahhoz is kevés, hogy mégegyszer hozzád érjen. Az ilyen csak akkor meri járatni a száját, ha többedmagával van.
- Épp ettől félek. Nem akarom, hogy miattam bajod essen. Köszönöm, hogy kimentettél a kezei közül.
- Puszta önzésből tettem, elvégre nekem ígérted ezt a táncot.
- Szívesen - mosolygott rá Edit, - de az önzéssel nem hiszem, hogy egyet tudok érteni – utalt a fiú évődő tekintetére.

Kézenfogva elvegyültek a táncolók között. Átadták magukat a zene ritmusának. Csaba jó táncosnak vallotta magát, mégis elbűvölte a lány kecses mozgása, testének kígyószerű hajlékonysága, mintha nem is lennének csontjai. Mozgásukban hamar megtalálták a szinkront, és olyan összhangban táncoltak, mintha évek óta közösen gyakoroltak volna. Beszédnek semmi értelme nem volt, nem állt szándékukban túlkiabálni a zene hangerejét, elég volt nekik az eddig megejtett párbeszéd. A kellemetlen közjátékot pedig már el is felejtették. Mindketten úgy érezték, többet mondanak a szemek, mint amire az esetleges szavak képesek lennének. Észre sem vették, hogy a disco zene lassú számra váltott, és ők egymást átkarolva andalognak az egyik sláger ringató dallamára. A fiú átkarolta a lány derekát, míg Edit, karját Csaba nyaka köré fonva, fejét vállára hajtva simult hozzá. Úgy érezték, egy testként és egy lélekként lebegnek a szférák zenéjét hallgatva, mintha nem is létezett volna számukra a külvilág.

Arra ocsúdtak fel, hogy ismét a megszokott, gyors számok zenéje tölti be a termet. A körülöttük táncolók kört formálva, vonagló testtel, ütemesen tapsolva adták a ritmust a középpontba kerülő pár talpa alá. A szám végén elismerő tapssal jutalmazták produkciójukat, ők pedig egymás mosolygó tekintetéből olvasták a ki nem mondott szavakat. Edit, fejét a fiú mellére hajtva, Csaba pedig, arcát a lány hajkoronájába temetve táncoltak tovább. Megszűnt körülöttük a disco, a hajó, csak ketten léteztek a világmindenségben. Érezték, hogy egyfajta csoda történik velük. Átadták magukat az egymás iránti érzelmi és érzéki vágynak, melynek az első pillanattól rabjaivá váltak. Nem várták meg a következő gyors számot. Kéz a kézben elindultak a lépcső felé. A felső szint nyitott fedélzetén, a lenti fülledtség után, a langyos meleget üdítően frissnek érezték. A zárt utastérből hangosan áradt ki a zene a fedélzetre.

- Gyere! - húzta maga után Edit a fiút. - Csaba engedelmesen követte. - Tudok egy csendesebb helyet.

Edit elindult az oldalkorlát mellett húzódó nyitott folyosón, amelynek végét ajtó zárta le. A félhomályban Csaba csak sejtette, hogy a lány valamit babrál a zárral. Hátulról nem láthatta, hogy Edit kulccsal nyitja ki az ajtót, amely egyszerre csak kitárult előttük.

- Parancsolj! - mutatott előre a lány és Csaba belépett a gépház fölötti nyitott fedélzetre. Kabinajtókat vett észre.

- Ezek személyzeti kabinok. Ide nem lenne szabad bejönnünk – lepődött meg a fiú.

- A kabinokba nem is fogunk bemenni, de a tat fedélzeti részére nem hatol el olyan hangosan a zene.

Odasétáltak a hátsó korláthoz. A sebesen sikló katamarán V alakban szélesedő nyomdokvizén elmosódtak a csillagok tükörképei. A Hold remegő sugarat vetített a vízre. A megbolygatott víztükör egymást követő hullámokat vetett, s a telihold ezüsthídja, elérve a tó felszínét, vízszintes sávokra szakadt, olyan érzést keltve, mintha fénylépcsők vezettek volna le a tó mélyébe. Mindaddig gyönyörködtek a látványban, míg a kisimuló hullámok ki nem oltották a mozgólépcsők fényeit...

Észre sem vették, milyen gyorsan elszaladt az idő. Ösztönösen egymás felé fordultak. A lány szemében ott tükröződött a végtelen csillagos égbolt. Tekintetük egymásba kapcsolódott, sokadszor is megszűnt körülöttük a világ, csak a másikból kisugárzó lélek varázsa létezett számukra. Az első leheletfinom érintés után ajkuk forró csókban egyesült. Karok ölelték át egymást, halk sóhajok szálltak az éjbe, hogy újabb édes csókban fejezzék ki kölcsönös örömüket.

- Mit teszel velem, Csillaglány? - suttogta a fülébe. - Soha senki nem varázsolt még így el. Mintha egy véget nem érő gyönyörű álom lenne ez az est, mintha csak rád vártam volna. Szinte félek felébredni, mert tudom, hogy akkor elveszítelek.

- Valóban, csak álmodod ezt az estét velem együtt. Egy gyönyörű, megismételhetetlen álom, amely más körülmények között valóra is válhatott volna. - Újra hosszan megcsókolták egymást. Szorosan összesimulva élvezték a másik testének közelségét.

- Miért búcsúzol úgy, mintha soha többé nem találkoznánk? – kérdezte Csaba hosszúnak tűnő hallgatás után, de választ újabb szenvedélyes csók fojtotta a lányba. A hajókürt hangos búgása törte meg a varázslatot. A katamarán a kikötő bejárata felé vette útját. A disco zene is elhallgatott már.

- Holnap találkozunk? - kérdezte Csaba a lánytól, nem tudva beletörődni Edit hallgatásába. Szemében a könyörgés és a remény váltakozó fényei tükröződtek. A lánynak összeszorult a szíve. Szerette volna odakiáltani a fiúnak, hogy igen, én is szeretnék találkozni veled. Ám e helyett elfúló hangon mást mondott.

- Nem lehet. - Fájt neki kimondani, még inkább fájt látni a fiú csalódott tekintetét. Mielőtt Csaba megszólalhatott volna, gyorsan hozzá tette. - Reggel hazautazom.

Csabában csak most sejlett fel a tudat, hogy miért nem látta soha a lányt, pedig a két évtized alatt, ha máshol nem is, az iskolában látnia kellett volna. Ilyen szép lányra biztosan emlékezne.

- Nem itt laksz. – Ez nem kérdés volt, hanem megállapítás. Hangjában beletörődő fájdalom érződött. - Hova valósi vagy?

- Most az egyszer sajnálom, hogy máshol lakom - sóhajtotta Edit szomorúan. - Nagyon messze lakom ahhoz, hogy találkozgathassunk. A mai nappal véget ért a nyaralásom, ezzel együtt a románcunk is.

Elindult visszafelé. A fiú szótlanul követte. Az átjáró ajtónál a lány előre tessékelte Csabát, néhány másodpercre elidőzött az ajtónál. A fiú épp vissza akart fordulni, nem értve, miért maradt le Edit, mikor a lány utolérte. Csaba lenyelte kikívánkozó kérdését. Visszamentek az alsó szint zárt utasterébe.

- Ennyi volt, kicsi Csillaglány? – fordult feléje Csaba. – Néhány együtt töltött óra, kölcsönös rokonszenv, netán egy ébredező szerelem? És akkor jön a leküzdhetetlen távolság és összezúz mindent?! – tört ki elkeseredve.

- Én is sajnálom. Nagyon kedves fiú vagy. Tán valóban egymásba szerethettünk volna. A kapcsolattartás felesleges bonyodalmakat vonna maga után, mindkettőnknél csak fájdalmas sóvárgáshoz vezetne. – Időközben leértek a zárt utastérbe.

- Talán igazad van - felelte Csaba, de azért fájt a szíve és tudta, hogy a lány is így érez. – Jobb véget vetni egy kapcsolatnak, mielőtt mindketten nagyon belebonyolódnánk. Lényegesen megnehezítette volna a búcsút, ha a nyaralásod első napjaiban találkozunk és lett volna ideje kiteljesednie és elmélyülnie a kapcsolatunknak.

- Hozol még egy üdítőt? – kérte a lány. – Búcsúzóul. Pár hónap múlva már csak egy emlék lesz számodra a Csillaglány. Nagyon szép nevet adtál nekem. Köszönöm, hogy ilyen emlékezetes búcsúesttel ajándékoztál meg. Soha nem fogom elfelejteni. Én addig felmegyek, amíg elmész az üdítőért, mert itt nagyon meleg van. – Egy hosszú csókot adott Csaba szájára, szorosan magához ölelte, mint aki magába akarja zárni annak teste melegét, majd erőt véve magán gyorsan megfordult, nem hagyva időt a fiúnak, hogy viszonozza csókját, ölelését. Félt, hogy nem lenne ereje elszakadni tőle. Elindult felfelé a lépcsőn. Csaba követte a tekintetével. A hajó fordulása közben a telihold újra a lépcsőfeljáró nyílásába kúszott. Ahogy a lány ment felfelé, feje fölött újra felragyogott a glória, majd teste körül, felülről lefelé haladva fokozatosan körülölelte a holdudvar festette narancsszínű aura. Egy pillanatig ott állt a lépcső tetején, hogy aztán beleolvadjon az éjszakába.

Csaba mindig tartózkodó érzelmi megnyilvánulásait a lány szépsége és természetes kedvessége hurrikánként söpörte el, és ezzel sebezhetővé tette az érzelmi világát. Győztesei lehettek volna ennek a szerelmi fellángolásnak, de a földrajzi távolság könyörtelenül szétválasztotta őket. Tudta, hogy mindketten vesztesként hagyják el a csatateret. Bénultan állt a lépcső aljában.

A hajó időközben beért a kikötőbe és kikötött. A fiú nem is emlékezett rá, hogy mikor fogytak el körülötte az emberek az alsó szintről. Félrehúzódott a lefelé jövő fiatalok elől, akik szintén partra akartak szállni. Csak állt ott, egyre felfelé bámulva, mintha még mindig ott látná Editet. Elfeledkezett az üdítőről is, amit a lány kért. Egyszerre csak rádöbbent a csók jelentésére. Edit részéről ez az ölelés volt a búcsúzás pillanata. Nem akart szívfájdító búcsúzkodásba kezdeni és Csaba tudta, hogy igaza van. Ám szíve mélyén mást érzett. Felnyomakodott a lefelé áramlók utolsó hadával szemben a felső szintre. Körbetekintett, de a fedélzet már üres volt. Elszaladt a személyzeti kabinok felé, de az ajtót zárva találta. Lerohant a zárt utastérbe, ahol már csak a büfé személyzetét találta. Feltételezte, hogy a lefelé áramló tömegben nem vette észre Editet, aki már elhagyta a hajót. A beszálló pallóhoz érve sem járt sikerrel.

- Edííít! – kiáltotta a fiú kétségbeesetten. – Kérlek, ne menj így el! - A lány meghallotta Csaba esdeklő hívását. Elfogta a bizonytalanság, lábai már indulásra készek voltak, hogy a fiú felé szaladjon és újra magához ölelje, de az utolsó pillanatban erőt vett magán. Elfojtotta az „itt vagyok" kiáltást és mozdulatlanul állt az árnyékban, ahol a fiú nem láthatta meg. Szemét elfutotta a könny. Fájó szívvel nézte, ahogy Csaba eltűnik a homályban.

- Isten veled szerelem – suttogta maga elé. – Épp csak megérintettél, s máris fájdalmat okoztál.

Csaba, nagyot sóhajtva szállt le a hajóról. Tudta, hogy hiába rohanna a szétszéledő emberek után, Editet már nem találná közöttük. A kikötő vége felé vitték léptei anélkül, hogy ennek tudatában lett volna. A korlátra könyökölt és sajgó szívvel tekintett végig a sötét víztömegen. Könny futotta el a szemét. Egyszerre búcsúzott a szeretett Balatontól és a megtalált Csillaglánytól. Az elsőtől nemsokára el kell válnia, a másikat pedig máris elveszítette. Lehunyt szempillái alatt feltűnt a lány alakja, amint a holdfény aurája körülöleli testét, feje fölé glóriát tűzve, szőke hajában fel-felszikrázó csillagokkal. És a következő pillanatban már csak a teliholdat látta.

A Hold adta, a Hold visszavette szépséges leányát. Nem tudta feldolgozni magában a gyors érzelmi változást, melyet a Csillaglány váltott ki belőle mindössze néhány óra alatt. Nővérei és anyja mindig nyíltan kimutatták érzelmeiket. Ő az apjára hasonlított, sokkal visszafogottabban bántak ezzel. Lelke mélyén az eddig elfojtott érzelmi megnyilvánulásai most robbanásszerűen törtek a felszínre, melyek fölött teljesen elveszítette az önkontrollját. Biztosra vette, hogy Csillaglány mindezt jól látta rajta, mint ahogy ő is látta, érezte a lány iránta való vonzódását.

- Ég veled kicsi Csillaglány. – szólalt meg hangosan, és megfordult, hogy belevesse magát a sötét éjszaka magányába.

Még be sem fejezte a fordulatot, mikor egy erőteljes ütés gyomorszájon találta. Önkéntelenül is előre görnyedt a fájdalomtól. A következő ütés állcsúcsát érte, amitől nekiesett a korlátnak.

- Ez csak előleg volt a kicsi Csillaglányért – hallotta az ismerős hangot, majd a kárörvendő nevetést. Kábult volt még az ütéstől, émelygés környékezte. Lassan kiegyenesedett, többször is mély levegőt vett. Az önsajnálat eltompította érzékszerveit, nem vette észre a veszélyt. Mestere ugyancsak megszidná figyelmetlenségéért.

Feltekintett. Két méterre, előtte állt a tánc elején kötekedő srác. Két oldalán, egy-egy megtermett fickó. Egyikük még mindig simogatta kézfejét az állára mért ütéstől.

Körülfogták Csabát, aki rögtön látta, hogy csak úgy tud kitörni a gyűrűből, ha egyiküket kivonja a forgalomból. Erre, értelemszerűen a szájaló fickó látszott a legalkalmasabbnak.

- Hibát követtetek el. Ha nem álltok le, elintézhettetek volna – próbált időt nyerni Csaba.
- Na, nézd a hős lovagot! Azt hiszed, van esélyed hármunk ellen? Azt akarjuk, hogy tudd, miért kapod a fenyítést. A lányt elszalasztottuk, de te nem úszod meg a dorgálást.
- A beígért verést én meg fogom úszni, a válaszreakciót viszont ti le fogjátok úszni. Lubickolhattok, egészen a partig. Mellesleg örülök, hogy a lánynak sikerült meglépni előletek.
- Az úszástól ne félts bennünket, a lányt majd elkapjuk máskor.
- Ebben ne reménykedjetek! – tett egy fél fordulatot Csaba.

Még be sem fejezte a mondatot, a levegőbe emelkedett, és egy félköríves rúgással fejen találta a szájaló fickót. A meglepett srác még kiáltani sem tudott. A rúgás ereje nekivetette a jobb oldali verőlegénynek, letarolva őt is a lábukról. A keletkezett résen Csaba egy bukfenccel kivetette magát, gurulva átfordult és talpra szökkent.

A másik férfi késve reagált. Előre lépett, hogy letámadja Csabát, de két erőteljes rúgás combjának ugyanazon pontjára, megállította. Megdörzsölte sajgó lábát, remélve, hogy ezzel eltereli Csaba figyelmét. A következő pillanatban jobb ökle előre lendült, de a fiú számított rá. Kihasználva nagyobb gyorsaságát, bal alkarjával félresöpörte ellenfele karját és anélkül, hogy lendületét megtörte volna, kifordult és jobb könyökkel hatalmas ütést mért az egyensúlyát vesztő férfi nyakára. A megszédült ellenfél háta mögé kerülve, beletaposott annak térdhajlatába, aki ordítva térdre rogyott. Csaba kézéllel, a tarkójára mért ütéssel rövid időre elhallgattatta. A letarolt férfi időközben lerázta magáról a még mindig szédelgő felbújtót. Csaba az utolsó pillanatban hajolt el az ütése elől, így is alaposan eltalálta ellenfele ökle a bal vállát. A következő ütés elől kitért balra, és jobb lábbal gyomron rúgta támadóját. A férfi felnyögött, de újra támadott. Csaba elhajolt az ütés elől, váratlanul belépett a férfi karjai közé. Felrántott térdével ágyékon rúgta, aki hörögve összeroskadt. Csaba megtartotta az előre bukó testet, és egy horoggal a földre küldte.

– Most jön az úszás! – lépett az első férfihez. – Át tudsz ugrani a korláton, vagy segítsek? – ragadta meg hátulról a gallérját.

– Baszd meg! – kiáltotta a férfi és megpróbálta kitépni magát Csaba kezei közül, aki hátrafeszítette jobb karját, lendületet vett és átsegítette a korláton. Csobbanás vetett véget a dühödt ordításnak. A móló jó egy méterrel a vízszint felett volt, így nem lehetett felkapaszkodni rá. A felbukkanó férfi megkerülve a móló végét, annak külső oldala mentén úszni kezdett a part irányába.

Csaba odalépett a másik fickóhoz. – Magadtól mész, vagy küldjelek? – Lekevert neki két pofont, mire az teljesen magához tért. Látva Csaba fenyegető tekintetét, szó nélkül átvetette magát a korláton, és a móló külső szélén úszni kezdett társa után.

- Most te jössz! – szólt a móló sarkába húzódott felbujtóhoz. – Ússzál! – A közönyös, érzelemmentes hang megrémisztette a srácot. Felpattant és megpróbált elrohanni Csaba mellett, aki lábbal előre vetődött és kisöpörte a szökevény lábát. A srác hatalmas csattanással vágódott hasra. Betört orra vérezni kezdett. - Ejnye, ejnye! Nem azt mondtam, hogy fussál! Úgy látszik még mindig nem tanultál modort, és csak védtelen lányokkal szemben vagy nagylegény! Felrántotta a félelemtől szűkölő srácot. Két-három erőteljes ütést vitt be a bordáira, hogy a kék foltok és zúzódások emlékeztessék dicső tettére. Megragadta és belehajította a vízbe. Megvárta, míg felbukkan, és úszni kezd a part felé. Megnyugodva látta, hogy mindhárman szorgalmasan tempóznak az eléggé hűvös vízben. Nem vette volna szívesen, ha valamelyikük után be kellett volna ugrania, hogy kimentse a fuldoklót.

Edit kétségek közt vergődve állt a személyzeti kabin ajtaja előtt. Egyik pillanatban vissza akart rohanni Csabához, másikban pedig azzal győzködte magát, hogy helyesen cselekedett. Hallotta a fiút, amint kétségbeesve hívja. Átérezte Csaba fájdalmát, hisz ugyanez gyötörte az ő lelkét is. Látta leszállni a hajóról, amint még egyszer körülnéz, őt keresve. – Itt vagyok, nézz a tatra! – suttogta kétségbeesetten, bár neki kiáltásnak tűnt. Nem értette, miért nem hallja a fiú. Bénultan figyelte, ahogy Csaba elindul a móló vége felé. Bement a kabinjába, mert nem tudta nézni vánszorgását, de nem tudott sokáig bent maradni. Még egyszer, utoljára látni szerette volna, ha csak messziről is, észrevétlenül. Legnagyobb rémületére a móló végén négy alakot látott mozogni. A következő pillanatban verekedés zaja, és dühödt kiáltások hatoltak el hozzá.

- Istenem, megtámadták! – suttogta aggódással vegyes félelemmel. – Biztosan az a kötekedő srác a haverjaival. Hiszen megfenyegetett – jutott eszébe. Tenyerét szájára tapasztotta, nehogy hangosan felsikoltson. Nézte a verekedőket, képtelen volt elszakítani róluk a tekintetét. Csak egy perc múlva tért annyira magához a sokkból, hogy segítséget próbáljon hívni. De kit? A móló üres, a hajó személyzetéből nem tudta hányan maradtak itt és hol tartózkodnak.

Végül meghallotta az első csobbanást, melyet dühös káromkodás előzött meg. Már csak hárman voltak a mólón, és az egyik álló alakban felismerte Csabát. – Nem őt dobták a vízbe – könnyebbült meg. Látta, ahogy a két másik test is a vízbe repül. Az egész nem tartott két percig sem. A magányos alak elindult a mólón a hajó irányába. Edit, a határozott léptekkel közeledő alakban Csabára ismert. – Ő győzött. – Önkéntelenül is árnyékba húzódott, mikor a fiú megállt a hajó tatjának vonalában. A lámpa fénye az arcára esett. Edit tisztán látta szomorú arcvonásait, ahogy tekintetével végigfürkészi a fedélzetet, mintha csak őt keresné. Érzi közelségét, de nem láthatja az éj sötétjébe takaródzott alakját.

- Ég veled Csillaglány, ég veled szerelem! – hallotta meg Csaba fájdalmas hangját. Edit úgy érezte, megáll a szívverése. Oda akart rohanni a korláthoz, hogy a fiú meglássa, de nem bírta megmozdítani a lábát. Látta, amint a fiú a part felé tart. Utána akart kiáltani, hogy ne menj el, itt vagyok, de nem bírt megszólalni. Csaba már rég eltűnt az éj homályában, mikor a görcsös merevség feloldódott benne és szabadjára engedte érzelmeit. Magába roskadva fakadt sírva. Könnyei végigfolytak arcán, véget nem érő zokogását felkapta a könnyű szellő. Mély sóhajjal támadt fel a szél, mintha ő is magában hordozná a szerelem minden fájdalmát. Úgy érezte, hogy elveszített valami nagyon fontosat.

***

Múltak a napok, eltelt egy hét a disco hajózás óta, de Csaba képtelen volt elfelejteni a Csillaglánnyal való találkozást. Éjszakánként róla, vele álmodott, nappal is számtalanszor gondolt rá. Maga előtt látta légies alakját, kedves mosolyát, fürkésző tekintetét. Ajkán még mindig ott érezte forró csókját.

Egyre jobban közeledett a tanévnyitó, és el kell kezdenie egyetemi tanulmányait. Három évvel ezelőtt tette le az érettségi vizsgát informatika szakon, azóta a szakmájában dolgozik. Szülei és főnöke unszolására, idén jelentkezett a debreceni egyetem informatikai karára. Legkésőbb nyolc nap múlva fel kell keresnie a tanulmányi hivatalt a beiratkozás végett. Reggelente korán kelt, megtartotta fél órás edzését, ismételve a harcművészeti oktatáson tanult legfrissebb fogásokat. Munka után két órás oktatáson vett részt a Wing Chun Kung Fu iskolában. Csabát kilenc éves korában nagybátyja, Sándor vezette be az önvédelmi harcművészet rejtelmeibe. Kezdetben a fiú erőnlétét és állóképességét tette próbára, majd következett a védekezés és a támadás gyakorlása, végül elsajátította a lépések, ütések, rúgások egyes elemeit. Egy évig oktatta Csabát. Ez alatt az idő alatt a fiú megerősödött, gyorsasága, állóképessége sokat fejlődött.

Az utolsó napon nagybátyja elvitte az iskolába és beajánlotta a mesternek a tehetségesnek ítélt fiút. Csaba a testi képességek növelése mellett törekedett szellemének művelésére is. Betartotta az udvariasság szabályait, tisztelte elöljáróit, tartózkodott az erőszaktól. Két évvel ezelőtt tette le utolsó tanulói vizsgáját, és megszerezte a 10. mester szintet. Tavaly pedig elérte a pusztakéz mestere szintet. Ezzel a tanulói fekete övet az arany öv váltotta fel. A tanulóévek alatt többször is elindult különböző versenyeken, amelyeken mindig az első három között végzett. Most, az arany öv birtokosaként, mestere javaslatára újra elindult a területi versenyen, melyet meg is nyert. Ez volt az utolsó versenye, ugyanis a döntőben ellenfele olyan sérülést szenvedett, hogy kórházba kellett szállítani. Ritkák az ilyen balesetek a versenyeken. Ellenfele alapvető hibát követett el, amire senki sem számított. Szerencsére nem szenvedett maradandó sérülést, megúszta egy agyrázkódással. Csabát lelkileg így is megviselte az eset, többé nem indult el a versenyeken, hiába próbálta rávenni mestere.

Magánszorgalomból továbbra is eljárt edzeni, tökéletesítette eddigi tudását, és gyakorolta a mesterszintek technikai követelményeit, de vizsgázni nem volt hajlandó, hogy megszerezze a magasabb mesterfokozat szintjét. Megelégedett az arany övvel, nem csábították a piros övre varrt aranycsíkok. Mesterével ennek ellenére sokat gyakorolták a karddal, késsel, bottal való harcot.

Alkonyatkor majdnem minden nap kiment a mólóra és gyönyörködött a balatoni naplementében. Ilyenkor látni vélte a kivilágított disco hajót, amint fényei tükröződnek a fekete vízfelszínen. Hallani vélte a zenét és szinte érezte, amint egymást átölelve táncol a Holdból jött lánnyal.

- Hová tűntél oly hirtelen Csillaglány? – kérdezte felsóhajtva, de csak a sziklákon megtörő víz halk csobbanásai feleltek neki és a homokos partra surranó hullámok suttogták a választ.

- Nincs többé, ne keresd! Számodra Edit csak egy röpke emlék. Nézz előre, ne a múltat sajnáld! – hallott egy belső hangot.

A fiú érezte, hogy így kellene tennie, de Edit varázslatos lénye néhány órás együttlét után mélyen érintette meg szívét. A Holdhoz legközelebb álló csillag a tovaszálló felhőlepel takarásába kerülve kialudt, majd újra meg újra felvillant, ahogy a felhő fátyolként hullámozva elhaladt előtte. Olyan hatást keltett, mintha egy fénytávíró küldené Morse jeleit a csillagok világából.

- A Csillaglány fénytávíróval üzen – hitte szentül a fiú. – Ő lehet a Holdanya első udvarhölgye. Nem felejtett el engem. Gyakran gondol rám. Igen, találkozni fogunk még, – fogadkozott magában, bár sejtelme sem volt arról, hogyan találja meg Editet, azt sem tudva, merre keresse. Csak érezte, hogy nagyon messze van tőle. Ilyenkor, az ábrándozás és a remény csillapította lelke háborgását.

Eddig is gyakran álmodott. Reggelre többnyire el is felejtette. Most minden éjszakáját beszőtték a Csillaglánnyal kapcsolatos álmai. Nem ébredt fel, mégis emlékezett álma minden egyes percére.

Az idő gyors lábakon haladt, egyre mélyebbre hatolva az éjszaka csendjébe. Mire Csaba hazaért, szülei már lefeküdtek, de édesanyja, köntösét magára kapva kijött hozzá. Köszönés helyett a fiára nézett, fejcsóválva kivette a hűtőből a vacsorát, hogy megmelegítse.

- Nem vagyok éhes – szólalt meg Csaba.

- Egy fenét nem! – mordult rá az asszony. – Ebéd óta haza sem dugtad az orrod. Mi van veled mostanában? – fordult fia felé, de választ sem várva folytatta. – A hajókirándulás óta figyellek. Úgy jársz- kelsz, mint egy holdkóros.

Csaba még mindig nem szólt semmit, csak egy pillanatra nézett az anyjára. Az asszony szemében felismerés villant.

- Ki vele! Ki az a kislány? – hangzott a felszólítás – Évekkel ezelőtt voltál ilyen letört, amikor Verával megszűnt a kapcsolatod. A fiú hallgatott. Az előtte lévő dobozos üdítőből öntött a pohárba. Egy hajtásra megitta, s nagy sóhajjal tette le az asztalra. Tudta, hogy anyja elől képtelen elrejteni érzelmeit, legkisebb hangulatváltozásait is észreveszi. Sorban elmesélt mindent a disco hajón történtekről, anyját kímélendő, kihagyva a verekedést. Az asszony egyre nagyobb érdeklődéssel hallgatta. A történet vége felé már halvány mosoly játszadozott az ajkán. Csaba ismerve ezt a mosolyt, megakadt a beszédben és reménykedve tekintett rá.

- Valamit tud. – villant fel benne, de anyja nem szólt semmit, csak szemével intett, hogy fejezze be a történetet...

- Szóval, vállig érő szőke haj, kék szemek és olyan messze lakik, hogy értelmetlennek tartotta a kapcsolat kialakítását, – foglalta össze tömören az asszony a hallottakat. Csaba bólintással nyugtázta a lényeget tartalmazó összefoglalót. – A hajó kikötésekor utána mentél a felső szintre, de nem találtad. Abba a hitbe ringattad magad, hogy a tömegben elkerültétek egymást és mire le tudtál szállni, már szétoszlottak a fiatalok és nyomát sem lelted Editnek. - Csaba szomorúan bólintott anyja szavaira, de a következő pillanatban villámként hasított belé az utolsó szó.

- Honnan tudod a nevét! Én nem említettem! – csapott le kérdésével az anyjára, tekintetében a remény megszállottságával.

- De nagy mafla vagy fiam! – nevetett fel Juci.

Csaba csodálkozva tekintett anyjára. – Azért nem találtad, mert le sem szállt a hajóról.

- Az lehetetlen – lepődött meg a fiú. – Minden utas leszállt, ez biztos. Mindent átkutattam utána.

- Kivéve a személyzeti fedélzetet. – torkolta le az anyja. Csaba hatalmas szemeket meresztett.

- Mit gondolsz, hogyan tudtatok oda bemenni? – kérdezte fiától, legyintve egyet a kezével. A fiú dühösen csapott a homlokára.

- Hát persze! Azért babrált a zárral, mert ki kellett nyitnia. De, hogy lehetett kulcsa hozzá? - Csaba még mindig értetlenül nézte anyját.

- A te Csillaglányod a hajó kapitányának az unokahúga.

- Ezt meg honnan veszed? – hitetlenkedett a fiú.

- Tudod, a csemegebolt tulajdonosa, akihez vásárolni járok, régi ismerősöm, egy osztályba jártunk az általánosban. Ha nincsenek sokan a boltban, elbeszélgetünk egymással. Ő mondta, hogy a férje húgának a lánya néhány hétre eljött nyaralni hozzájuk Erdélyből. Most érettségizett és ideutazott kikapcsolódni. Egy alkalommal be is mutatta nekem. Editnek hívják, szőke, kék szemű, gyönyörű teremtés. Nagybátyját többször is elkísérte a hajóútra. Ilyenkor az egyik személyzeti kabinban szállt meg. Úgy gondolta, hogy az utolsó itt töltött napon még hajókázik egyet. Ezért találkozhattatok.

- Biztosan ő az! – ujjongott fel Csaba és széttárt karjával sikeresen lesöpörte az üdítős dobozt – Ennyi véletlenszerűség nincs. Már értem a távolságra való hivatkozását is. Anya, –

könyörgött a fiú - holnap megkérdezed az ismerősödet, hogyan érhetem el Editet? - Előbb állj talpra, takarítsd fel az üdítőt! Utána vacsorázz, fürödj, és irány az ágy! Meglátom, mit tehetek érted. Én most megyek aludni.

Csaba szemére sokára jött álom, csak az járt az eszében, hogy sikerült Edit nyomára bukkannia. Nem csoda, mikor felébredt, már jócskán fent járt a nap. Nagyot nyújtózkodott, felfrissítve ezzel vérkeringését. A konyhából edények zörgését hallotta. Eszébe jutott az esti beszélgetés és rugóként pattant ki az ágyból. Kicsörtetett a konyhába, ahol anyja készítette elő a szokásos reggelit.

- Szia. Mi a helyzet? Látom már voltál a boltban. – türelmetlenkedett a fiú anyja körül téblábolva, puszit nyomva az arcára.

- Előbb menj mosakodni, és öltözz fel! – állította le az asszony. – Reggeli közben elmondom.

Csaba kénytelen-kelletlen engedelmeskedett a felszólításnak. Kung Fu úr ma reggel meg lesz nélküle. Tíz perc múlva már a reggelijét fogyasztotta.

- Edit valóban hazautazott Székelyföldre. Nyolcszáz kilométer szerintem sincs közel. Nem tudják a telefonszámukat, mivel Székelyék a nyár elején költöztek egy családi házba a bérelt lakótömbi lakásból. Utcájukban pedig most folyik a telefon - és internet vonalak kiépítése. Egyelőre csak a városi kábeltévé üzemel.

Látva fia elszontyolodott képét, gyorsan folytatta. – De nincs veszve minden. Mielőtt Edit ide utazott, anyja levelet írt a bátyjának. A levelet szerencsére megőrizte, így megvan az új lakcímük.

- Mobil telefonjuk csak van? – vetette közbe Csaba.

- Nem olcsó mulatság külföldre telefonálgatni. Ott rosszabb volt a hírközlési helyzet, mint nálunk a rendszerváltás idején. Ceausescu bukása után sem fejlődött olyan gyorsan a vonalas telefonhálózat, mint itthon. Főként nem Székelyföldön, mivel jócskán magyar lakta terület. Csak címmel tudtak szolgálni. Internetes vonala pedig nincs a barátnőmnek sem. Gyermektelen párként eddig megvoltak nélküle, de gondolkoznak a beköttetéséről, annál is inkább, mert pár hónapon belül ez várható lesz a székely roko-noknál is. De elképzelhető, hogy Editéknek azóta már van. – tárta szét a kezét Juci.

- Hol lakik? – kérdezte Csaba – Még a szemeszter kezdete előtt elmegyek hozzá. – jelentette ki kertelés nélkül.

- Gondoltam, hogy ezt fogod mondani. – sóhajtott fel az anyja. – Jól megfontoltad? A levélírás nem jutott az eszedbe?

- Mindenképp látnom kell őt, a levélírás, azt hiszem gyenge kapaszkodó lenne a kapcsolatunkban.

- Itt a név és a cím, – nyújtott át egy papírdarabot a fiának. – A nagybátyja szeretne küldetni egy csomagot. Menj majd el hozzájuk!

- Előre tudtad, hogy menni fogok? – csodálkozott Csaba.

- Jól is nézne ki, ha nem ismerném az egy szem fiamat! – állt fel az asszony az asztaltól és megveregette Csaba vállát. – Járj sikerrel, mert nincs sok időd! Hamarosan kezdődik az egyetem.

– Mi is lenne velem nélküled! – ölelte meg Csaba az anyját, megforgatva maga körül a levegőben.

– Tegyél már le, bolond gyerek! – nyögte az asszony. – Ha ilyeneket csinálsz, hamarosan nem lesz, aki kitalálja a gondolataidat.

Csaba egész nap az autóatlaszt bújta. Végül úgy döntött, hogy a GPS-re fogja bízni szerencséjét, de a térképet megával viszi, hogy időközönként ellenőrizze kalauzát. Durván 800 km-es út, pihenővel együtt 11 óra vezetés várt rá. Másnap, pénteken közölte főnökével, hogy elutazik, aki erre a fejét csóválta.

– Te is jól tudod, a szabadságod már elfogyott, és megegyeztünk, hogy az elkezdett munkádat befejezed. – emlékeztette a fiút a feladatára.

– Akkor az iskolakezdés előtti utolsó napig dolgoznom kell. Nekem pedig okvetlen el kell mennem Székelyföldre...

Délután főnöke, most már tudva, hogy a fiú már napok óta miért végzi lógó orral a munkáját, magához hívatta.

– Látom, jól haladsz a feladatoddal. Ha szombaton és vasárnap bejössz dolgozni, keddre már majdnem készre összeállíthatod a tervet. Az utolsó simításokat majd elvégzem én. Kedden leszámolsz, szerdán pedig elindulhatsz felkutatni azt a kislányt. – csóválta a fejét a főnöke. – Egy dolog, amin nem változtat az idő vasfoga. A szerelem ma is éppúgy elveszi a fiatalok eszét, mint hajdanán a miénket - dünnyögte az orra alá, a kiviharzó fiú után tekintve.

Csabával madarat lehetett volna fogatni. Újult lelkesedéssel vetette bele magát a munkába. Esküdni mert volna, hogy anyja beszélt a főnökével, akit gimnazista kora óta ismer. Az állást is ő szerezte neki. Szerdán hajnali négykor útra kelt. – Ilyen anyám is csak nekem van, - gondolta büszkén. Megölelte, megpuszilta a szüleit, betette a kapitánytól kedden átvett, Editnek szánt csomagot és elporzott a kocsival. Nemsokára már az M7-sen hajtott. Hogy ne unatkozzon bekapcsolta a rádiót. Közel 450 km, és négy és fél óra utazás volt mögötte. Margittán megállt pihenni. Az anyja által csomagolt szendvicsből elfogyasztott kettőt. Egy vendéglőben vett két flakon ásványvizet és dolga végeztével tovább hajtott. Többnyire szántóföldekkel övezett medencékben haladt az út, időnként sűrű erdők tették változatossá a tájat. A medencéket lankás dombok övezték, csak ritkán szűkült össze, völgyeket képezve. Elérte Dést, újra feltűnt a Szamos folyó. Innen északi irányban nagy félkörívet tesz meg a hűséges, egyben kiszámíthatatlan folyónk.

Beszterce alatt letért a 154-es útra. Északra látni lehetett a város szélső házait. Már az őskorban is éltek itt emberek, majd dákok és a rómaiak telepedtek le a Beszterce folyó mentén. Első lakosai szász bányászok voltak a tatárjárás előtt. Közel két órás további út után végre megérkezett Gyergyószentmiklósra. A GPS a Gyilkos tó felé vezető főútra irányította.

Hamarosan elérte a keresett utcát.. Megállt a jelzett házszám előtt. A kerítés mögött, a rendben tartott udvaron takaros családi ház állt. Az újnak tűnő barna léckerítés a telek teljes hosszában húzódott, kapuval és kétszárnyas kocsi bejáróval. A bejárótól visszafelé, beton villanyoszlop meredt az égnek, tetején higanygőz lámpával. Szíve a torkában dobogott, amikor leállította a motort. Izgatottan tekintett a házra, hátha kijön valaki a megálló kocsi láttán. Az egyszintes ház gyermekként bújt meg az utána következő padlásszobás lakóház mellett. Editék háza mögött palatetős gazdasági épület húzódott keresztben, amely a garázs szerepét is betöltötte. Jobbra gyümölcsfák és konyhakerti növények zöldelltek. A garázs vonala mögött keresztben drótkerítést fedezett fel nyitott ajtóval. Megnyomta a csengő gombját.

- Add Istenem, hogy ő jöjjön ki! – reménykedett és elképzelte a lány meglepett, majd a felismeréstől boldogan mosolygó arcát, de csalódnia kellett. Bentről senki sem jött kaput nyitni, mozgást sem tapasztalt. Míg várt, hogy a jól hallható csengőszóra kijöjjön valaki, eszébe jutott, hogy illett volna hoznia egy csokor virágot. - Most már mindegy – vonta meg a vállát.

- Székelyéket keresi? - Meglepetésében összerezzent a jobb felől jövő hangra. Lassan arra fordult. Az ikerház kapujában egy középkorú nő állt és kérdőn nézett rá.

- Igen. – nyögte ki. A nő fürkésző tekintettel mustrálta a fiút.

- Látom a rendszámról, hogy Magyarországról jött.
- Igen. Editet keresem.
- Nincs szerencséje, fiatalember. Kora reggel elment az egész család kirándulni és csak holnap estére érnek haza.
- Nem tetszik tudni hova mentek? – Csaba arcán látszott a csalódottság, mely nem kerülte el a nő figyelmét.
- A Békás-szoros környékére. Azt nem tudom, hol szállnak meg éjszakára – közölte sajnálkozva a szomszédasszony. – Megkértek, nézzek a házra, amíg távol vannak. Üzen valamit Editnek?
- Ezt küldi Editnek a nagybátyja, a hajóskapitány – vette elő a kis csomagot. – Legyen szíves odaadni neki. Utánuk megyek a szorosba, bár nem biztos, hogy sikerül találkoznunk.
- Várja meg őket! – vette át a küldeményt az asszony. –Éjszakára meghálhat nálunk. Szívesen látjuk a magyar turistákat, legalább híreket hallunk az anyaországról.
- Köszönöm a kedvességét, de holnap reggel már haza kell indulnom, nem maradhatok tovább. Ha utánuk megyek, még lehet esélyem, hogy találkozom vele. - Csaba arra gondolt, hogy holnapután van az utolsó beiratkozási nap az egyetemen, ezt nem hagyhatja az utolsó pillanatra. –Kérem, szíveskedjen átadni a csomagot!
Gyorsan elköszönt. Bepattant a kocsiba, megfordult és elindult a Békás-szoroshoz. A visszapillantó tükörben még látta a fejét csóváló nőt. A nagy sietségben elfelejtette mondani neki,

ki hozta a csomagot. Nem fordult vissza, bízott abban, hogy rátalál a lányra. Fél óra múlva feltűnt előtte a Gyilkos-tó, Erdély egyik legszebb torlasztava. A tó földcsuszamlással, völgyelzáródás révén keletkezett 1837-ben. Gyilkos nevét onnan kapta, hogy a hirtelen feltöltődő tóban pásztorok vesztették életüket nyájaikkal együtt.

„A legenda szerint egy gyönyörű gyergyói lány, Eszter, a vásárban találkozott egy daliás ifjúval, akivel megszerették egymást. Jegyesek lettek, de az ifjút elvitték katonának. Eszter esténként agyagkorsójával kijárt a fenyvesek alá a csobogóhoz, ahol fájdalmas-szép énekével hívta kedvesét. Egy nap meglátta egy arra lovagló zsivány vezér, elragadta a lányt és magával vitte a Kis-Cohárd sziklái közé, ahol a tanyája volt. Erőszakkal akarta kényszeríteni, hogy legyen a felesége.

Eszter segítségért kiáltott a sziklákhoz, akik sikolyát megértették és éjszaka eget-földet rengető mennydörgéssel válaszoltak. Zuhogott az eső, a villámok megvilágították a koromsötét éjszakát. Hajnaltájban óriási szikladarabok iszonyú robajlással zuhantak a mélybe. A földcsuszamlás maga alá temette a zsiványt és a gyönyörű lányt is. Ott lelték halálukat a pásztorok is, nyájaikkal együtt. Reggelre, ahol a kristálytiszta vizű Vereskő-patak csobogott, most a megáradt patak zavaros vize zúdult az elzárt völgyre. Elérve a sziklagát tetejét, megfojtotta a füveket, bokrokat, megölte a fákat. A keskeny völgy helyén tó keletkezett. Így lett a hegy halálából, az élet vize."

Csaba kis időre megállt a tó mellett, mely három hegycsúcs ölében keletkezett. A kéklőn magasba nyúló hegycsúcsok, a Kis - és Nagy-Cohárd, valamint a Gyilkoskő között elterülő tó vize a szikrázó napsütésben visszatükrözte a partok vörös mészkőszikláit. Az egykori völgyet borító fenyőerdő csonkjai felkiáltó jelként merednek ki a tó vizéből, emlékeztetőül az utókornak, hogy minden múlandó. A fiú úgy érezte, szebb, vonzóbb tüneményt még nem látott.

Végigtekintett a tó teljes hosszán. Megpróbált tekintetével a víz mélyére hatolni. Edit jutott eszébe. Vajon megtalálja-e? A vízen tükröződő napfény villódzása bántotta a szemét. Pár másodpercre behunyta, és amikor kinyitotta, mintha Edit arca tekintett volna rá a tóból. Kedvesen intett feléje, hogy jöjjön, kék szemei melegen ragyogtak rá. Csaba már-már önkéntelenül megtette az első lépést a víz felé, mikor a csalóka kép hirtelen váltott és most Eszter zöldesszürke szemei tekintettek rá szelíden. Borzongás futott végig a fiún, annyi fájdalmat és szenvedést látott a halott szemekben.

Megigézve lépett hátra, mire a látomás eltűnt. Rossz előérzettel sietett vissza a kocsijához. Rövid kérdezősködés után a Fenyő Villához hajtott és megszállt a turistaszálláson. Délután négy óra volt. Tudta, hogy a hegyek között előbb sötétedik, maximum öt órája maradt a keresésre. Elővette a Békás-szoros térképét és falatozás közben tanulmányozni kezdte. Tanácstalan volt.

Merre keresse Editet? Annyi villa, panzió, motel volt itt, a falusi vendéglátásról nem is beszélve. Az sem kizárt, hogy Békáson vettek ki szobát. Mire befejezte az evést, megszületett benne az elhatározás. Itt hagyja a kocsit és stoppal megy végig a szurdokban, egészen a Magyarokhídjáig. Ha szerencséje van, Editék a Békás patak völgyében kirándulnak az autóúton haladva. Onnan gyalog teszi meg az utat, tovább a Kis-Békás mentén, vissza a Gyilkos-tóhoz. Tudta, hogy képes lesz rá, még jól is fog esni neki a túra a kocsiban töltött hosszú órák után. Talált egy ABC üzletet, ahol zsömlét, turista felvágottat és ásványvizet vett. Belehajította a hátizsákjába és körülnézett az indulásra kész autók között. Itt volt a különböző gyalogtúrák kiinduló pontja. Szép számmal várakoztak kocsik, indulóban a szurdok felé. Csaba nem is csodálkozott, hogy alig öt perc múlva felvette egy középkorú, magyar házaspár. Gyors bemutatkozás, néhány udvarias kérdésre adott válasz után mindhárman a látnivalókban bővelkedő tájban lelték örömüket. Pár száz métert megtéve elhagyták a helységjelző táblát, fokozatosan hatoltak be a Békás-szorosba.

A Békás-patak völgyét tartják a Keleti-Kárpátok legszebb szurdokvölgyének. Ahogy közeledtek a völgy felé, a műút két oldalán egyre nagyobb sziklatömbök tűntek fel. Befelé haladva a sziklák hatalmas méreteket kezdtek ölteni, mintha játszadozó óriásgyerekek rakták volna a kanyargó út szélére, saját kedvtelésükre.

Gyorsan elérték a Kupás-patak torkolatánál levő kettős hidat, a kevésbé látványos Kupásszoros bejáratát. Ennek közelében található a Cohárd-barlang, a Kis-Cohárd eddig ismert egyetlen ilyen képződménye. A fiú sajnálta, hogy nincs ideje megtekinteni a barlangot. A Kupás-gerinc és a Csíki-Bükk tömbjei között haladtak el, egészen a Kőkapu nevű helyig. Az út követte a patak bal partját, időnként el-eltávolodva a víztől. Innen már látható volt az Oltár-kő varázslatos sziklatornya, melynek falán gyakran alpinisták függeszkednek, bámulatba ejtve az őket nézegetőket. Az Oltár-kő a szoros legmeghatározóbb látványossága, tetején a felállított kereszttel, a maga 300 méteres imponáló sziklatornyával uralja az egész völgyet. Elérték a Kis-szerpentint, amely a Békás-szoros első jelentősebb két hajtűkanyarja. Itt már a szoros egyetlen lakott területére érkeztek. A Márta villa, néhány faházikó és közelükben számos sátorozó hely biztosít a szorosban szálláslehetőséget. Elhagyva a lakott területet, a sebesen zúgó patakban a szétszórtan heverő sziklákon meg-megtört a víz rohanása, fehér tajtékokat vetve, örvényeket keltve. A sziklafalak fokozatosan meredekebbek és magasabbak lettek. Csaba kapkodta a fejét a sok látnivalótól, de az utat is figyelte, nem tűnik-e fel Edit. Meggyőződése szerint ehhez csoda kellett volna.

Nemsokára a szoros alagútjának bejáratához értek. Mellette láthatták a régi alagutat, mely a közepe táján már beomlott. Az alagúttal átellenben a Békás vize számos, kisebb-nagyobb zuhatagon vonult le. Itt csatlakozott hozzá a Lapos-patak is, melynek szurdoka szintén egyik leglátványosabb része a térségnek. Miután kikeveredtek a sötét alagútból, elérték a Mária-kő oldalában kiépített Nagy-szerpentint, a szoros legmeredekebb szakaszát, melyen a műút több mint 50 méteres szintkülönbséget hidalt át többszörös hajtűkanyart téve. Eddig is óvatosan haladtak az úton a nagy gyalogos - és járműforgalom miatt. Csaba figyelmesen tekintgetett körbe, hátha bekövetkezik a csoda, de az továbbra is váratott magára. A Nagy-szerpentin végénél kezdődött a Pokol-kapuja, ahol a Mária-kő és a Bardócz-fal megközelítették egymást. A Pokol kapujában két hatalmas sziklafal őrizte a bejáratot. Tovább autózva elérték a Pokol tornácát. Innen még lejtősebbé vált az út, és éles kanyarokkal hatolt be a szurdok legszűkebb, legzordabb részébe. A szoros leglátványosabb része volt ez, amint Csaba feltekintett, bizony tátva maradt a szája. Fent a magasban a sziklák szinte összeértek. Csabának majd kitört a nyaka abbéli igyekezetében, hogy megláthassa a sziklák csúcsát.

Az út és a patak között láthatták azt a háznyi nagyságú magányos sziklatömböt, melyen egykor – az 1940-es években – szellemes tábla hívta fel a turisták figyelmét: *„Ez a hely a Pokol tornáca, aki innen tovább megy, az a Pokolba jut"*. Lenyűgözve haladtak a félelmetes sziklavilág kellős közepén. Csaba törpének érezte magát az óriások földjén, csakúgy, mint Petőfi János vitéze. Úgy tűnt, hogy a hatalmas sziklafalak agyonnyomják. Már nem mosolygott az útleírásban olvasott tábla szövegén, inkább afelé hajlott, hogy még ma is megállná a helyét a babonás írás. Ez valóban maga a Pokol volt, ahol megállt az idő, az emberben az ütő és a lélegzet. Végül a levegőhiány nagy légvételre késztette, s a szíve vad kalapálásba kezdett. Jobb kéz felöl a Bardócz-fal, balról pedig a Fekete-torony állandó árnyéka vetődött a járókelőkre. A fiú elképzelte ezt a helyet egy kiadós nyári viharban. Süvítő szél, szakadó eső, egy-egy másodpercre a sziklacsúcsokba ékelődő vakító villámok és az azt követő eget-földet rengető dörgések, mintha óriások dobálóznának a hatalmas sziklákkal. Az út további részében 2-300 méter magas, függőleges sziklafalak között haladtak tovább. Alpinista szemmel is, nem akármi a felettük büszkén húzódó sziklafal, a Teremtő lélegzetelállító alkotása. A rohanó patak zúgása adta meg hozzá a zenei aláfestést.

Csaba hátraszegezett fejjel becsülte fel a szikla szédítő magasságát. A csupasz mészkőfalak fenyegetően borultak az út fölé, olyan érzést keltve, hogy rögtön rájuk dől. Máshol, sűrű lucfenyővel és az itt honos fafajtákkal benőtt meredek hegyoldalak kísérték útjukat. Nem értette, hogy kapaszkodhatnak meg a fenyők a meredek sziklafal oldalain.

A Szurdok-kő sziklarengetege után, a sziklafalak alatt, a korondi ajándékárusok egyre szaporodó bódéi tűntek fel. Csaba szeme ide-oda cikázott, de Editet nem sikerült felfedeznie az egyre szaporodó tömegben. Egy szabad helyen leparkoltak. Csaba búcsút vett a házaspártól, megköszönve a fuvart. Körbejárta az ajándékárusokat, majd elment a Pokol-torka kezdetéig, amely a szoros legszűkebb része.

Jobbról a Szurdok-kő, balról a Bardócz párkányai határolják. A Békás vizének bal partja felett, az Őr-torony sziklaéle és a Kősátor boltozata hívta fel magára a figyelmét. Csaba beljebb nyomult a „torokba", jobbról a Rezerváció és az Elveszett világ nevű sziklapárkányokra esett a tekintete. Nagy sóhajjal vette tudomásul, hogy tervének első része nem járt sikerrel. Visszafordult, és a Kis-Békás szoros felé vette útját.

A csörtető, morajló Kis-Békás patak beömlésénél lévő befejezetlen hídon, a Magyarok-hídján átkelve kezdte meg a gyalogtúrát. A sárga sávos turistajelzést követve egy kellemes erdei ösvényre tért rá. A Kis-Békás fás-bokros bal oldalán haladva kétszáz méter után elérte a patakot. A víz alatt megbújó, illetve a vízből kiálló köveken átügyeskedte magát a patak másik oldalára. A víz befolyt a cipőjébe. Megállt, kiöntötte a meglehetősen hideg vizet a lábbelijéből és visszanézett. Tekintete az Őr-torony szigorú, tekintélyt parancsoló képével találkozott. Innen láthatta a Békás-szoros legkihívóbb sziklamászó útvonalát, az úgynevezett Boltozatok-útját.

Az esőzésektől megduzzadt patak vize megnehezítette az előbbre jutását. Edzőcipője cuppogott, mintha csak marasztalni akarná. Az ösvényt több helyen is elárasztotta a sebesen rohanó patak. A sziklafal mellett, helyenként lábszárközépig gázolva a vízben, egyre nehezebben vergődött előre. Néha azt hitte, hogy az erős sodrás rögtön kirántja lába alól a talajt.

Ilyenkor a sziklafalba kapaszkodva araszolt előre, máskor a kiálló sziklákon szökdécselve jutott tovább. Az ösvény lassan emelkedni kezdett, de mindvégig a Szurdok-kõ árnyékában haladt. A patak túlsó oldalán a Mária-kõ Észak-keleti fala nyújtózkodott az ég felé, míg távolabb a Bardócz-kõ látszott. A patak jobb oldalán haladó turista ösvény közvetlen a Szurdok-kő meredek sziklafala alá vezetett, majd egyre emelkedve, nemsokára egy kőtörmelékes részt ért el. Ez a törmelékes hely a sziklafal egy darabjának leszakadása után keletkezett. Csaba egyre kellemetlenebbül érezte magát a cuppogó cipőben és a lábszárközépig vizes nadrágban. A hideg víz sem növelte kedvét.

Elképzelhetetlennek tartotta, hogy Székelyék, átkelve a Fehér-patakon, bejöttek volna a szurdokba. Felnézett a sűrű erdővel benőtt meredeken, melynek leküzdésében csak a fák jelentették az akadályt. Emlékezete szerint a hegy túloldalán vezet a sziklafalak körútja. Feltételezése szerint, ezt az útvonalat választhatták. A szoros torkolatánál letértek a sárga turistajelzésről és a piros csillagos sziklafaltúra jelzést követve folytatták az útjukat, amely a Mária-forrás mellett éri el a főutat, a Pokol torka előtt úgy 400 méterrel. Feladta a reményt, hogy találkozhat Edittel.

Könnyebben felvergődött a hegyhátra, mint gondolta. Előtte széles, lankás fennsík terült el szórványos facsoportokkal, kaszálókkal, megművelt földekkel. Jobbra feltűntek Szurdok-puszta szétszórt házai, melyek a Kis Szurdok-kő keleti hátának takarásában folytatódtak.

Csaba balra vette az útját, és visszafelé tartva, felment a hegygerincre egy keskeny, kitaposott ösvényen. Ha már itt jár, nem mulaszthatja el, hogy fentről vegye szemügyre a szakadékot. Innen letekinthetett a szédítő mélységbe, ahol a patak lenyűgöző látványt nyújtó kőüstjei és zuhatagai sorakoztak. A mészkősziklákból az erózió, a körülötte örvénylő víz, és annak kőhordaléka alakította ki és csiszolta simára a kőüstöket. Az egymást követő zuhatagokon a víz olyan robajlással zúdult alá, hogy a fiú saját hangját is alig hallotta.

Egy kanyart követően, az ösvénytől 15 méterre, egy kiugró széles párkányon, fiatalokból álló csoport tűnt fel. Az ötfős társaság a terasz szélénél állva, lelkesen mutogatott lefelé, megpróbálva túlkiabálni a zúgó-morajló víz, idefent is hallható hangerejét. Megbabonázva tekintgettek le a szurdok mélyére. Csaba odaóvakodott a többiektől kissé odébb álló két 15 év körüli lány közelébe az erősen lejtős teraszra, melyet elszórtan kisebb-nagyobb kőtörmelékek borítottak.

- A helyetekben nem mennék olyan közel a szakadék széléhez! – figyelmeztette a két lányt jóindulatúan. – Nem biztonságos.

A fekete hajú lány megvonta a vállát és tovább bámészkodott. A másik lány rácsodálkozott, és megfogadva Csaba tanácsát, egy lépést hátrált, eltakarva a fiú elől a napot. A fénysugarak körülölelték testét, fel-felszikrázó aranyszálakat szőttek dús, háta közepéig érő hajfürtjei közé.

Néhány másodpercre találkozott tekintetük, majd a lány újra a szakadék felé fordult. A fiút szinte megbabonázta a lány szemének kéksége. Mintha csak Edit szemeit látta volna. Ugyanolyan melegséget sugárzott a tekintete, mint Edité. Az a gondolata támadt, ha Editet elnevezte a Hold leányának, vagyis Csillaglánynak, akkor ez a bájos kis teremtés csakis a Nap gyermeke lehet. Méltán megérdemelné a Napfénytündér nevet.

Csaba, a bizonytalan támasztékot nyújtó törmeléket kikerülve lenézett a közel nyolcvan méteres szakadékba. Odalent folyás iránt, a beszűkült völgyben harsogva zúdult, morajlott a rohanó víz, fehér tajtékokat vetve. Magasba csapódva vágódott neki az útját álló szikláknak, birokra kelve velük. A sziklák ellenálltak a szűnni nem akaró rohamoknak, megtorpanásra késztetve az áradatot. Visszafordította, örvénylésre kényszerítette a folyékony elemet. A víz, feladva a reménytelen ostromot, megkerülve az akadályt, elszáguldott a szikla mellett, hogy a következő pillanatban egy újabb ellenféllel vegye fel a harcot. Így küzdötte magát egyre előrébb a medrében, míg a zuhatagsor morajlásában el nem tűnt a kíváncsi szemek elől. A mélyben, a sziklaomlás maradványai fehérlettek a 15 méter széles partszakaszon. A fiú úgy érezte, hogy hívja, vonzza a mélység. Önkéntelenül hátrált egy lépést, pedig nem volt tériszonya.

Csabát éles sikoly térítette magához kábulatából. A figyelmeztetésre fittyet hányó lány megszédült a mélységtől. Hátrafelé kapva belekapaszkodott a mögötte álló barátnőjébe. A mozdulattal akaratlanul is maga felé rántotta társát, aki megcsúszott, és hanyatt esett a kőzúzalékon. A bajt okozó lány ijedtében elengedte az elvágódó társát, aki a kőgörgetegen elkezdett lefelé csúszni. Csaba a veszélyt látva, gondolkodás nélkül hasra vetette magát, és az utolsó másodpercben elkapta a lány csuklóját, aztán alatta is megindult a kőgörgeteg a lejtős padkán. Menthetetlenül szánkázott fejjel előre, szabad kezével hiába keresve szilárd kapaszkodót. Tekintetük ismét egymásba fonódott. A fiú, életében nem látott még ilyen rémült szemeket. A lány már túljutott a kőterasz peremén, támaszték nélkül lógott a szakadék fölött. Megnövekedett súlya kétszeres erővel húzta Csaba karját. A rémült lány sikolya tompán jutott el agyáig. Halálos csapdába esett vadállat tévedhetetlen ösztönével kereste a menekülés útját. Az idő ólomlábakon járt. Szeme ide-oda cikázott, szilárd kapaszkodót keresve. A lány súlya menthetetlenül húzta lefelé, feje már túlért a terasz peremén, mikor a függőleges sziklafalban észrevett egy öklömnyi kiugró szikladarabot. Fohászkodott, hogy szilárdan álljon a sziklában. Szabad kezével kinyúlt a szikladarab felé, és amint egy vonalba ért vele, elkapta. Érezte, hogy a kőszikla biztonsággal tart, jó fogás van rajta. Keze rákulcsolódott a kapaszkodóra, teste követve a lány súlyának húzóerejét, átfordult a peremen.

Csaba szemei előtt lassú felvételként játszódott le jelenet. Vajon a halál pillanatában minden ember érzékeiben így lelassul-e az idő, hogy minél távolabbra tolja ki életének utolsó pillanatait? Ahogy teste túlfordult a sziklaterasz peremén, kattanást érzett agyában, tudata visszatért a normál időbe. Kapaszkodó kezébe az érdes sziklarög mélyen belenyomódott. A lány csuklójára fonódott ujjaival ösztönösen növelte a szorítást. A két test együttes súlya nagyot rántott rajta, egy pillanatig azt hitte, kiszakadnak a karjai. Ujjai kicsit megcsúsztak a lány csuklóján, de meg tudta tartani. Gondolatban köszönetet rebegett Kung Fu mesterének, aki minden edzésen kíméletlenül megdolgoztatta. Ennek köszönhette átlagon felüli fizikai erejét, kezének erős szorítását.

A halálra rémült lány folyamatos sikolya most jutott el hozzá teljes hangerővel, éles késként hatolva agyába. Lenézett a lányra, aki szabad kezével hadonászva, lábaival kalimpálva próbált fogást találni a sziklafalon. Annyira eluralkodott rajta a pánik, hogy arra nem is gondolt, hogy minden mozdulata plusz súlyként nehezedik a fiú karjaira.

- Ne mozogj! – ordított a lányra, és fejét lefelé fordítva, lepillantott rá. Tekintete merev volt, szinte hipnotizálta a lányt. Nem tudta, hogy a felszólítása, nézése, vagy a félelem által hirtelen bekövetkezett bénultság tette-e, de a lány abbahagyta a kapálódzást. Óvatosan keresgélő lába végül támasztékra lelt egy keskeny kis sziklaperemen. Ez adott neki egy kis biztonságérzetet, szabad kezével felnyúlt és megkapaszkodott Csaba farmer dzsekijének ujjában.

A támaszték valamennyit könnyített a lány súlyán, Csaba lazíthatott egy kicsit szorításán, de keze még mindig görcsösen kulcsolódott a lány csuklójára. Tekintetük újra találkozott.

- Kérlek, ne engedj el! Nem akarok meghalni! – könyörögték a könnytől ázó, tágra nyílt szemek. Csaba elmerült az ismerősnek tűnő kékségben. Lelki szemei előtt feltűnt Edit képe, és csodálkozva tapasztalta, hogy a lány arcát egyre inkább Edit arca váltja fel, csak a halálfélelmet tükröző, könnyes, könyörgő kék szemek nem változtak. A fiú kezdte azt hinni, hogy Editet tartja a szakadék fölött. Az egész nem tartott tovább két másodpercnél.

- Felhúzlak, és kapaszkodj bele a derékszíjamba! – Csaba nem tudta, hogy megértette-e a lány, amit kiáltott, de lépnie kellett, mert fáradni kezdtek az izmai. Minden egyes másodperc késlekedés csökkentette a megmenekülés esélyét. - A lábaddal ne kapálóddz!

A lány bólintott, a páni félelem a fiú magabiztos hangjától kezdett eltűnni a tekintetéből. Csaba lassan elkezdte felhúzni. Fáradó izmai remegtek az erőfeszítéstől, de fogát összeszorítva egyre feljebb emelte a lányt, akinek keze végre elérte a derekát. Szabad kezét befűzte a szíjba, ujjai szorosan rákulcsolódtak. A fiú kapaszkodó jobb keze a kettős súly alatt lassan csúszni kezdett a szikláról. A lány csuklóját markoló bal kezével, annak ujjait a szíjhoz vezetve tudatta vele, hogy a másik kezével is kapaszkodjon a derékszíjba. A lány megértve szándékát, most már két kézzel markolta a szíjat, és mozdulatlanul lógott a fiún. Csak a második kísérletre sikerült elkapnia a sziklarögöt bal kezével is. Óriási megkönnyebbülés volt, hogy most már két karján oszlik meg a kettős súly. Így lógtak ott, míg végre Csaba jobb kezének ujjaiba kezdett visszatérni az erő.

- Mássz fel rajtam a hátizsák szíjába kapaszkodva! – kiabált le. A karcsú, kisportolt testű lány nem nyomhatott többet 45 kilónál. A lány elkezdett felfelé mászni. A hátizsák szíja mélyen belevágott a fiú vállába, ahogy a lány megkapaszkodott benne. Majd egy kéz a jobb vállába kapaszkodott. Csaba érezte, hogy a lány teste most jobb oldalra csúszik. Lába ismét támasztékra talált. Megpróbálta feltornászni magát a fiú vállára, de talpa lecsúszott a támasztékról, és a lány csúszni kezdett. Szerencséjére sikerült elkapnia a hátizsákot. A hirtelen rándítás fájdalmasan áradt végig Csaba karjaiban, ujjai kis híján elengedték a megmozduló sziklát. Csabát ez az észrevétel aggodalommal töltötte el. Tudta, hogy erővel még bírni fogja, de ha a kő kifordul a helyéből, vagy letörik...?

Attól tartva, hogy a következő rándítástól a kődarab elválhat a sziklatömbtől, jobb kezével elengedte a kapaszkodót, lenyúlva kitapogatta a lány derekát. Kezét bedugta a nadrágja derékrésze mögé, azt megmarkolva emelni kezdte a lányt, akinek ezzel a segítséggel sikerült feltérdelnie a fiú vállára. Keze majdnem elérte a párkány szélét. Ekkor újra megmozdult Csaba marka alatt a szikladarab. A baleset kezdete óta nem telt el még két perc sem, de ők fél órának érezték.

Amikor a lány és az őt megmenteni akaró Csaba elkezdett csúszni a szakadék felé, a sziklateraszon kitört a pánik. Az egyik fiú odaugrott, hogy elkapja Csabát, de a kőgörgeteg őt sem kímélte. A biztos talajon álló másik srác elkapta egyensúlyát vesztő társát, és sikerült visszahúznia. Időközben Csaba is eltűnt a párkány alatt, és elhalt Edit halálsikolya. A két fent maradt lány hisztérikus kiabálásba kezdett.

- Istenem, lezuhantak a szakadékba! Meghaltak!
- Csináljatok már valamit! – kiáltott a másik lány a fiúkra, és öklével verni kezdte a mellette álló mellét.
- Mit tehetek? – ordította kétségbeesetten. – Majdnem leestem én is! A túravezetőnél van telefon, mindjárt utolérnek bennünket.
- Menj eléjük! Ő majd hívja a hegyi mentőalakulatot.

A fiú elrohant a jövetelük irányába, magára hagyva a két síró lányt és a sápadtan álló másik fiút. Az ott maradt srác közelebb óvakodott a terasz pereme közelébe, kikerülve a görgeteges részeket. Csendben, hosszasan fülelt, hátha meghall valamit, de csak a patak zúgását hallotta. Ahol állt, onnan nem láthatta a falon kapaszkodókat, a perem széléhez nem merészkedett. Ekkor ért oda a túravezető a kirándulókkal együtt, akik már értesültek a balesetről.

- A lányom! Hol a kislányom! – sikoltotta egy középkorú nő, nem látva a várakozók között saját lányát. Oda akart rohanni a sziklaperemhez, de a mellette álló férje elkapta a karját. A fiúk megmutatták a túravezetőnek a zuhanás helyét. Mindenki arra nézett. Az anya ki akarta tépni magát férje karjai közül, de az nem engedte.

- Ügyes vagy – próbált bátorságot önteni Csaba a lányba, és biztatásul megpaskolta a fenekét. - Most állj a vállamra, onnan már fel tudsz csúszni a párkányra, de ott ne állj fel, hanem hason kússzál biztonságos távolságra! - utasította a lányt.

Az ereje végén járó lány térdelő helyzetből óvatosan felállt Csaba jobb vállára. A mozgástól, bármilyen óvatos is volt, a beágyazódott mészkő darab ismét megmozdult. A fiú érezte, ahogy lassan fordul ki a helyéből, a mozgás okozta súrlódástól porlani kezdő a mészkőrög. Még néhány másodperc és már zuhannak is lefelé mindketten. Már csak egyetlen célja volt: megmenteni a lányt.

- Élj helyettem is, Napfénytündér! – kiáltotta fel neki, mert a saját életéért már egy fabatkát sem adott volna. A lány döbbenten pillantott vissza rá, fel sem fogva a fiú utolsó szavait. Érezte, hogy kemény ujjak kulcsolják át egyik bokáját, és derékig feltolják a párkányra, miközben kőomlás zaját hallotta maga mögül. A következő pillanatban megragadták a karját és elhúzták a párkány szélétől.

A lány lába még félig a szakadék fölött kalimpált, mikor Csaba keze alatt kifordult helyéről a kődarab. Jobb kézzel még elkapta a párkány szélét, majd bal kézzel is, de nem volt mibe kapaszkodnia. Keze lassan lecsúszott a lejtős, sima szikláról és zuhanni kezdett. Ujjai már csak a levegőt markolászták.

- Az nem lehet, nem halhatott meg az én Hajnalkám! – kiabálta a nő. A többiek rémülettel tekintettek rá. – Ott van! - sikoltott fel az anya. - Mondtam, hogy nem halhatott meg! – mutatott a lezuhanás helyére. A párkány szélén egy női kéz jelent meg. A túravezető pillanatok alatt kicsatolta nadrágszíját, egy mozdulattal az apa kezébe nyomta sima végét, míg a csatos részét ő markolta meg.

- Jöjjön, tartson meg, ha megcsúsznék! – utasította a férfit. Akkor ért a párkány szélére, amikor a lány feje kiemelkedett a szakadékból.

Éppen csak elrántották a lányt a szakadék szélétől, ő máris a megmentőjéért aggódott. Most jutottak el tudatáig a fiú szavai.

- Mentsétek meg! – sikoltott fel, és fel sem állva hanyatt fordult. – Húzza fel, ott kapaszkodik! – kiáltotta a túravezetőnek, amint megpillantotta Csaba kezét a párkány szélén.

A vezető észrevette előbb az egyik, majd rögtön utána a másik kezet is. – Tartsa a szíjat! – ordította az apának, és bal kézzel a szíj csatját markolva előrehasalt. Jobb kézzel a fiú keze után kapott, de elkésett. Éppen csak megérinteni tudta Csaba ujjait, amelyek a következő pillanatban lecsúsztak a sziklapárkányról. A férfi előrébb kúszva kidugta fejét a szakadék fölé. A függőleges sziklafal három méterrel lejjebb, közel négy méteres meredek lejtőbe ment át, melyet ismét függőleges fal követhetett, azon túl csak a szurdok alját látta. Még érzékelte szemével a zuhanó testet, amely a következő pillanatban, túljutva a sima lejtőn, kirepült a semmibe. Rémült kiáltást, majd ágak recsegését hallotta, melyet néma, halotti csend követett. Csak a szilajul vágtató patak morajlása dobolt a fülében.

- Neeem! – A kiáltás önkéntelenül szaladt ki a száján, melyet a feljebb tartózkodók nem érthettek félre.

- Istenem, lezuhant! Meghalt! – sikoltotta már-már hisztériába csapó hangon Hajnalka. Anyja szorosan ölelte magához reszkető lányát, akinek megállíthatatlanul folytak a könnyei. Ő is sírva fakadt, egyrészt a lány megmenekülése fölötti megkönnyebbülésében, másrészt pedig az életét áldozó fiú miatt. Ekkor ért oda a csoport lemaradt része. Értetlenül szemlélték a döbbenten álló társaságot. Egy nagyobb lány odarohant a két zokogó nőhöz.

- Anya, mi történt? – kérdezte ijedten, átölelve édesanyját és húgát.

- Meghalt! Miattam halt meg! – kiabálta anyja helyett Hajnalka, és annyira remegtek a lábai, hogy alig tudta megtartani magát. - Megmentett, ő pedig lezuhant.

A szőke lány elengedte anyját, és két kézzel karolta át testvérét, nehogy összerogyjon. Hajnalka tovább zokogott nővére mellére borulva, és egyre csak az előző szavait hajtogatta. Közben odasietett hozzájuk az apa is. Feleségét és lányait féltve, felterelte őket az ösvényre. A túravezető ugyanezt tette a csoporttal.

- Én... én vagyok az...az oka mindennek. – szólalt meg remegő szájjal a fekete hajú lány. - Sötét haja csak még jobban kihangsúlyozta arca sápadtságát. – Pedig figyelmeztetett is bennünket, hogy ne menjünk olyan közel a szakadék széléhez. – fogta el a sírás őt is. – Hajnalka hátrébb is lépett, én pedig ott maradtam, és amikor megindultak a talpam alatt a kövek, hátra nyúlva Hajniba kapaszkodtam bele, aki elesett, és csúszni kezdett a perem széle felé.

Csak most kezdett rajta kijönni a sokkhatás. Úgy érezte, ki kell beszélnie magából a történteket. Akadozva, könnyeit nyeldekelve folytatta. – Az a fiú ...utána vetődött és elkapta a csuk...csuklóját. Aztán mindketten e...eltű...tűntek a szemünk elől...

A túravezető ezalatt lebonyolított egy telefonbeszélgetést a hegyi mentőkkel. Tájékoztatta őket a történtekről, és megadta a baleset helyét. Eltette a mobilját, és a megállíthatatlanul beszélő fekete hajú lányhoz lépett. Tenyere közé vette az arcát, mélyen a szemébe nézett, fogva tartva annak tekintetét.

- Nyugodjon meg kislány! – szólt rá szigorúan, remélve, hogy ettől megnyugszik a lány. – Már semmit sem tehetünk érte. Nincs ember, aki ekkora zuhanást túlélne. Ő már semmit sem érez.

Ám ezzel csak azt érte el, hogy a lány a bűntudattól még jobban sírni kezdett. Hajnalka lassan abbahagyta a zokogást, és mély letargiába esve pihentette fejét nővére vállán. Szemét mereven függesztette a szemközti bokorra. Úgy tűnt, minden értelem elszállt a tekintetéből, egyre csak a fiú zuhanó testét látta, újra és újra megismétlődve. Időközben Hajni édesanyja összeszedte magát.

- Kislányom, vigyázz a húgodra! – szólt oda nagyobbik lányának, ő pedig odament a lelkiismeret furdalástól síró lányhoz, és vigasztalni kezdte, hogy helyrehozza vezetőjük baklövését. Az apa odasietett a lányaihoz, és Hajnalka arcát maga felé fordította. Ijedten hőkölt hátra Hajni kifejezéstelen, semmibe révedő tekintete láttán. A lány önmagát ismételve hajtogatni kezdte.

- Értem halt meg. Megmentett. Feldobott a sziklára. Kifordult a kő. Ezért zuhant le. Csak azzal törődött, hogy életben maradjak, és helyette is éljek. Igen. Ezek voltak az út... utolsó szavai: élj helyettem is Napfénytündér. Tudta, hogy neki vége.

Apja szorosan mellére vonta lánya fejét, belé fojtva a számára érthetetlen, összefüggéstelen szavakat. A halál közelisége, és a fiú tragikus halála sokkolta a lányát. Odaszólt a feleségének, akinek szavaitól kicsit megnyugodott védence, hogy Hajnalkát mielőbb orvoshoz kell vinni. Gyanította, lányának pszichológusra lesz szüksége, hogy fel tudja dolgozni a történeteket.

- Nincs értelme itt maradni – helyeselt a túravezető. – Tovább megyünk a Békás-szorosba a terv szerint. Ott vár ránk a busz, visszavisz bennünket a Gyilkos-tóhoz. A mentőalakulat később érkezik, éjszakai kutatás lesz, mert a szurdokban korábban sötétedik.

Szótlanul indultak tovább, hogy visszavitessék magukat a kiindulási helyükre...

Csaba még érezte, hogy valaki végigsimítja ujjait, de már zuhant is. Lenézett a lába alá és észrevette, hogy a függőleges sziklafal három méterrel lejjebb öt méter hosszú meredek lejtőre vált át, de máris rázuhant, és csúszni kezdett a sima sziklán. Nem talált kapaszkodót. Maga előtt látta a rohamosan közeledő szakadék szélét, ahol ilyen közelről több kiemelkedő szikladarabot fedezett fel a perem szélénél. Sikerült egy kicsit előre hajolnia, épp csak annyira, hogy jobban lássa a feléje közeledő kiugró részt, amire úgy tekintett, mint utolsó szalmaszálra. Tőle jobbra, vagy öt méterrel lejjebb, egy magányos lucfenyő csúcsa tűnt fel, és lába máris elérte a kiálló peremet. A másodperc töredékéig megtört a testének csúszása, lába megakadt a peremben, majd a lendület felső testét tovább repítette a szakadék fölé.

Teste már túllendült a szirten és mielőtt behajlított lába elvált volna a sziklától, ösztönösen a húsz méteres lucfenyő irányába vetette magát. Úgy szállt a levegőben kiterjesztett karokkal, mintha szárnya lenne. Látta maga alatt a függőleges sziklafalat, amely a fenyőfa alsó harmadánál ismét meredek lejtőbe megy át. Még az is átvillant az agyán, hogy a szurdokot, teljes magasságában, váltakozva, meredek és függőleges sziklafal övezi. Beleborzongott a gondolatba, hogy esetleg labdaként pattog le a szakadék fenekéig. Az is rejtély volt számára, hogyan tudnak a fák, bokrok megkapaszkodni ilyen meredek sziklafalon. Hitetlenül gondolt arra, hogy a közeli halál pillanatában, a másodperc tized része alatt mennyi mindent képes az emberi agy érzékelni, vagy gondolni. Félre fordított fejjel, hasmánt zuhant a lucfenyő csúcsának. A vékony ág egy reccsenéssel letört, teste elsuhant mellette. Még sikerült elkapnia a csonkolt csúcsot, de a lendülettől, a kapaszkodó kezében az ág ismét letörött, ám így is lefékezte parabola ívű röppályáját. Most már függőlegesen zuhant lefelé a fenyő törzsétől egy-másfél méterre. Estében sorban tarolta le a sűrűn növő oldalágakat. Félig ülő, félig hanyatt fekvő helyzetben zuhant, az akadályok miatt egyre csökkenő sebességgel. Egyszerre csak erős ütés érte a hátát, melynek hatását a hátizsák jórészt felfogta. Az ág nagy reccsenéssel letörött, de az alatta lévő már kitartott. Az ütközés ereje előre vetette, így a következő ág a mellét érte. Hangos sípolással tódult ki tüdejéből a levegő. Még jó néhány ütés érte, az egyre vastagabb ágaknak köszönhetően ide-oda csapódva, mire újra levegőhöz jutott. Minden porcikája fájt. Vészesen közeledett a föld, és Csaba tudta, hogy azt nem szabad elérnie, mert a meredek sziklafalon képtelenség lenne megállni.

Két kézzel kapta el az első eléje kerülő vízszintes ágat. Akkorát rántott rajta, hogy azt hitte, kiszakad a karja. Keze lecsúszott az ágról, estében cipője orrával egy pillanatra érzékelte a következő gallyat. Rögtön ezután egy vastag ág találta el mindkét térdhajlatát. Az ütközés felfogta alsó végtagjait, felsőteste a lendülettől hátrafelé pördült. Félkörívet téve, kisebb ütés érte a fejét, majd tovább pördülve, fejjel lefelé nekicsapódott egy alsó oldalágnak. Erős ütés érte a tarkóját. Csaba még érezte a belé hasító fájdalmat, aztán minden elsötétült előtte.

***

A lenyugvó Nap elérte a horizontot. A Kis-Békás szorost nyugatról határoló Mária-kő szurdok felőli sziklafalát már betakarta a közelgő est sötét leple, míg a szorost keletről ölelő Szurdok-kő szakadék felőli oldalának felsőrésze a pihenőre térő égitest aranyló fényében fürdött. A szurdok mélyén az éjszaka járta láthatatlan diadaltáncát. A szemet gyönyörködtető, hatalmas vörös korong kezdett alábukni a Mária-kő hegyorma mögé. A nappal és az éjszaka élesen elkülönülő határsávja megmozdult, és elkezdett felfelé kúszni.

Sok évmilliós élethalál harcát vívta a sziklafalon a két napszak. A sötétség rémei egyre feljebb nyomakodtak, maga előtt fogyasztva a remény fénysugarát. Mögötte elcsitult az élet, a madarak szorongva bújtak meg fészkeikben. Ösztönösen érzékelték hogyan kelnek életre a pokol démonai, mert odalent a szurdok mélyén, a pokol bugyrában, éjszakánként élő lélek meg nem maradt. A fény egyre feljebb hátrált a sziklafalon, mind nagyobb teret adva a sötétségnek. Tudva, hogy ezt a csatát el fogja veszíteni, elérve a hegyhátat, még egy utolsó vakító lobbanást kiharcolt magának, aranyfénybe vonta a hegytetőt és a kihunyt ragyogás átadta az uralmat a sötétségnek. A Nap felső széle is eltűnt a hegyhát mögött. Csak a fenyegetően zúgó, morajló patak dacolt a sötétség rémisztő árnyaival.

Lent a szurdokban, a vízfolyás irányában, a rohanó Kis-Békás patak partja mentén elemlámpák villantak. A megérkező kutató csapat tagjai még láthatták, ahogy a sziklafalon átveszi az uralmat az éjszaka, és a távoli űr mélyén hogyan gyúlnak fel sorra az ég csillagai. Fényük nem hatolt le hozzájuk a mélybe, a dagadó félholdat pedig még takarták a hegyóriások. Tervszerűen felosztották egymás közt a területet, és módszeres kutatásba kezdtek azon a szakaszon, ahol a tájékoztatás szerint a fiatalember lezuhant. Lentről nem lehetett pontosan behatárolni a baleset színhelyét. Feljebb, ahol a patakpart 20-30 méterre is kiszélesedik, nem találták a lezuhant testet, így lefelé haladva folytatták a kutatást, feltételezve, hogy a fiatalember a vízbe zuhant.

Ezen a részen, a sziklagörgetegtől lefelé, a szurdok már olyan szűk volt, hogy a patak partját a sziklafal tövétől csak pár méter választotta el. Nagyobb esők után, amikor a szilaj patak megduzzad, ez a szakasz már járhatatlan volt. Okkal feltételezték, hogy a sziklaperemek megmegdobhatták a testet, így az könnyen a vízbe zuhanhatott. Ezért egy másik csoportot is indítottak az elsővel egy időben a Magyarok hídjától, a vízfolyással szemben haladva. A rohanó víz elsodorhatta az áldozatot, ezért a második kutató csoport a torkolattól kezdte meg a keresést.

Módszeresen, a patak medrét követve végezték a kutatást a part mindkét oldalán. Egyetlen négyzetméternyi helyet sem hagytak ki, még a sziklafal tövénél is felvilágítottak a lámpával egy-egy ki-ugró teraszra, bármilyen kicsi is volt. Nem tápláltak hiú reményeket, hogy a fiatalember túlélhette a zuhanást. Fél óra elteltével a tragédia helyén kutatók feladták az eredménytelen keresést. Elérkeztek ahhoz a ponthoz, ahol már a patak a sziklafalat mosta. A sötétben kockázatos volt tovább haladni lefelé azon a szakaszon, ahol Csaba csak keservesen tudott feljutni a szorosban. Vezetőjük fényjelzéssel értesítette a csoport tagjait, hogy gyülekezzenek a kiindulási pontnál, hogy együtt hagyják el a terepet. Amikor összegyűlt a csoport, vezetőjük létszámellenőrzést tartott. Mind együtt voltak.

Épp elővette a rádióját, hogy értesítse a lenti csapat vezetőjét a kutatás eredménytelenségéről, mikor megszólalt a készülék. Bejelentkezett a rádión, majd vételre kapcsolta.

- Megtaláltuk a fiatalembert! - hallották a kiabálást. – A patak sodrása feldobta egy kiálló, lapos sziklára...! Most érek oda...! Istenem! Teljesen kicsavarodott testtel fekszik! Egyetlen ép csontja sem maradt! Az arca..., az arca a felismerhetetlenségig összezúzódott! Borzalmasan néz ki...!

A hegyi mentők, a fekete fóliából készült fehér zipzáras hullazsákba helyezték a holttestet. Közel voltak a Kis-Békás patak torkolatához, így az egyre szélesedő szorosban gond nélkül elérték a Magyarok-hídját. Innen autóval indultak tovább Szentmiklósra.

Hajnalka a szüleivel és nővérével még az este hazament a menetrend szerinti buszjárattal, magukkal vitték a fekete hajú lányt is. Másnap a rendőrség jegyzőkönyvbe vette mind az öt fiatal vallomását, akik az adott időpontban a sziklateraszon tartózkodtak. Nem tudtak bővebb személyleírást adni. Csak arra emlékeztek, hogy farmernadrág és dzseki volt rajta, hátizsákkal. A halottszemlétől megkímélték őket, az összezúzódott arc alapján úgysem tudták volna felismerni a szerencsétlenül járt fiút. A halottnál talált iratok alapján sikerült azonosítani a tetemet...

Csaba magához tért. Lassan kinyitotta a szemét, zavaros tekintete egyenesen a feketeségbe vesző szurdokvölgy mélyére esett.
- Úristen, hol vagyok? Tótágast állt a világ? – nyögte keservesen.
Keze lüktető tarkója felé nyúlt. Valami ragacsosat tapintott. - Betört a fejem – volt az első gondolata.
Még mindig nem értette, hogyan került a szakadék mélye a feje fölé, ugyanis onnan hallotta a víz morajlását. Megpróbált felülni, de az erőfeszítéstől minden összefolyt a szemei előtt és újra elájult. Jóval később ismét magához tért. Óvatosan nyitotta ki a szemét. Olyan sötétség vette körül, hogy a mesebeli királyfi felakaszthatta volna rá a kardját.

Érezte, hogy mindkét lábát fogva tartja valami, és ő fejjel lefelé lóg, ezért került feje fölé a szakadék. Valóban tótágast állt a világ. Lassan eszébe jutottak a történtek. A lány megmentése, az ő zuhanása, ágak recsegése, a testét ért ütések, az ájulás. Feje pokolian lüktetett. Elfogta a szédülés, hányingere volt. Sejtette, hogy kisebb agyrázkódást szenvedett. Csak reménykedett, hogy nem a fejsérülése miatt „vak", hanem időközben koromsötét éjszaka lett. Kezével körbe tapogatódzott, ágakat érintett. Vékony, hosszú tűlevelek simultak a tenyerébe.

- Fennakadtam a fán? Micsoda mázli! Fejjel lefelé lógok, mint egy makákó majom, csakhogy őkelme a farkával is kapaszkodik – mérte fel a helyzetét némi iróniával.

Ettől a gondolattól nevethetnékje is támadhatott volna. Örült, hogy él, a fejébe hasító fájdalom megakasztotta benne a nevetést. Elfogta az aggodalom a lába miatt, amely valamilyen módon beakadt a lucfenyő ágai közé. Térdtől lefelé, most inkább felfelé, nem érzett semmit. Meghűlt benne a vér arra a felismerésre, hogy amikor először tért magához, fel akart ülni. A mozgásra ki is csúszhatott volna a lába, és tovább zuhan. Most újra elfogta az élni akarás. Amikor kifordult a mészkő szikladarab a keze alatt, és zuhanni kezdett, egy fabatkát sem adott volna az életéért. Eszébe jutott Edit, és tudta, hogy nem adja fel. Érezte a vastag ágat, amely fájdalmasan nyomta mindkét térdhajlatát. Feje mögé nyúlva, keze egy másik vízszintes, kar vastagságú ágra talált. Nem volt nehéz rájönnie, hogy ebbe verte be a fejét. Rövid gondolkodás után már azt is tudta, hogyan maradhatott fent a fán és miért nem érzi egyik lábszárát sem. Beékelődött, mintha egy kisebb felemás korláton végezne törzsgyakorlatokat. A fa felső ága a térdhajlatában, az előrébb és lejjebb lévő másik ág pedig boka magasságban, a két lábfeje fölött. Zuhanáskor az utóbbi ágról csúszott le a lába a két ág közé és a hátrapördülő testét lábfejénél fogva megtartotta az alsó ág, míg a felső ág a térdhajlatába került. Nem akarta elhinni, hogy ekkora szerencséje volt. A fő gondot az jelentette, hogyan szabadítja ki a teljesen elzsibbadt lábait. Körbe nyomkodta törzsének legfájóbb pontjait, vett néhány mély lélegzetet. Alsó bordáinál szúró fájdalmat érzett. Sziszegve tapogatta körbe a fájó részt, de nem érzékelt kiálló csontvéget. Ebből arra következtetett, hogy nem törött el a bordája, amely a mozgástól átszúrhatta volna a tüdejét. Vagy a zúzódás helye fáj, vagy a legrosszabb esetben elrepedt az egyik lengőbordája. Most, hogy már tudta, merre van a fa törzse, behintáztatta a testét, és lendületet véve félig ülő helyzetbe tornázta magát. Elkapta a térdeinél lévő ágat, és úgy maradt, mint akit gúzsba kötöttek. Képtelen volt ülő helyzetbe felhúzni magát. Kínzó fájdalom hasított az oldalába. Kezei lecsúsztak az ágról, és visszahanyatlott korábbi, lógó helyzetébe. A megerőltetéstől szédülés fogta el, feje zúgott, elnyomva a patak morajlását is. Pihennie kellett, majd más módszer jutott eszébe. Áldotta a teremtőt, hogy a fenyőfát úgy alkotta meg, hogy törzse teljes hosszában, körbe nőnek az oldalágak. Ezt akarta előnyére fordítani. Hosszadalmasabb, de kevésbé erőfeszítő ez a módszer.

- Legalább fél méterre látnék el – mormogta mérgesen -, akkor tudnám hova kell nyúlni. A fa azonban nem ugyanaz, mint egy kívánatos kislány. De olyan feketeség van, hogy ha beleverném az orrom az ágba, akkor sem látnám - dohogott magában. Eszébe jutott, hogy eszméletvesztése előtt egy kisebb ütés érte a fejét. Valahol fölötte kell lennie egy másik ágnak. Újra belengette magát, most már nyújtott karral lendült fel. Kezei csak érintették az ág tűleveleit. Nagyokat fújtatva pihent egy kicsit, majd újra nekilendült. Második kísérlete sikerrel járt. Mindkét kezével szorosan markolta az ágat, testével függőhidat képezve. Oldalába éles fájdalom hasított, kis híján elengedte az ágat. Feje feljebb került a törzsénél, a túlgyülemlett vér zúgva áramlott ki az agyából. Jobb kézzel felülről fogott rá az ágra, és kicsavarodott testhelyzetben bal kézzel feje fölé nyúlt. Újabb ágat érintett. Elkapta, majd felhúzva magát, jobb kézzel is megfogta az ágat. Még mindig kicsavarodott testtel szusszant egyet, és megismételte a műveletet. Innen már könnyebb dolga volt befejezni a mutatványt, és végre teljesen fel tudott ülni. Megkönnyebbült sóhaj szakadt ki tüdejéből. Két, oldal irányú csúszással elérte a fa törzsét. Olyan szeretettel ölelte magához, mintha csak a szeretője lett volna.

Kezeire támaszkodva előrébb csúszott az ágon, hogy kényelmesebben üljön. Lábait ki akarta akasztani az alsó ágból, de meg sem tudta mozdítani. Mintha teljesen elhalt volna a vérellátás hiányától. Jobb kézzel kapaszkodva, bal kezével egymás után kiszabadította lábait és térdhajlata alá nyúlva feltette talpait az alsó ágra. Úgy érezte, hogy két fatuskó van a lábai helyén. Csaba tudta, hogy ugyancsak fájni fog, amikor újra megindul a vérkeringés a lábában, de így is alábecsülte a hatást. Akaratlanul is felordított a fájdalomtól, kis híján lebukott a mélybe. Mindkét kezével görcsösen kapaszkodott a törzsbe, mintha összenőtt volna vele. Perceken keresztül pihent, lábát masszírozva. Tisztában volt vele, hogy az éjszakát a fán kell töltenie. Bizonyára keresik már, de nem itt fent, hanem lent a szakadékban. Ráadásul, egy összezúzott holttestet kutatnak. Biztonságba kell helyeznie magát, ha elalvás közben nem akar lezuhanni. Felfelé pillantva az ágak között néhány csillagot fedezett fel. Megnyu-godott, hogy a szemének semmi baja. Letekintett a szakadék mélyébe, de semmit sem látott az áthatolhatatlan feketeségen kívül. Már épp el akarta venni a tekintetét, mikor halvány fénypontot vélt felfedezni. Erőltette a szemét, és újabb fénypontokat látott, amelyek gyorsan távolodtak alóla felfelé, a folyással szemben.

- Engem keresnek! – jutott el tudatáig a felismerés. – Itt vagyok, élek! Ne hagyjatok itt! – próbált kiabálni, de csak gyenge nyöszörgés hagyta el az ajkát. Most döbbent rá, hogy mennyire kiszáradt a szája, és olthatatlan szomjúság gyötri. Sejtette, ha teli torokból ordítana, akkor sem hallanák meg a patak robajlásától. Arról meg végképp nem lehetett fogalma, hogy a kutatók épp akkor találták meg jóval lejjebb az ő, vélt holttestét. A következő pillanatban eltűntek a parányi fények, elszálltak a remények, és Csabát mély csalódottság fogta el. Magára hagyták. Nem tartott sokáig csüggedése, mert újra gyötörni kezdte a szomjúság. Óvatosan kibújt a hátizsák vállszíjából, és ölébe tette a zsákot. Remélte, hogy a flakon nem repedt szét az ütközésektől és megmaradt az ásványvize. Kibontotta a hátizsák száját. Mindent épségben talált. Kiitta a megkezdett, literes flakon tartalmának felét. Úgy érezte, hogy soha nem ivott ilyen jót. Visszacsavarta a kupakot a flakonra és eltette a zsákba. Azzal, hogy szomját oltotta, most az éhség rántotta görcsbe a gyomrát. Megette a magával hozott elemózsia felét. Újra bekötötte a hátizsák száját és hátára vette. Mindkét vállszíjat egy lyukkal szorosabbra vette, hogy véletlenül se csúszhasson le róla.

- Most már csak meg kellene ágyazni! – mondta elégedetten, de hangsúlyából nem hiányzott az irónia sem. Tudta, ennél többet pillanatnyilag nem tehet, ráér majd napfénynél foglalkozni helyzetével. Legokosabb, ha kiköti magát és megpróbál elaludni. Kicsatolta a derékszíját. Keze véletlenül hozzáért a mobiltelefonja tokjához. Lehúzta a tokot a szíjról, kivette a készüléket, a tokot pedig dzsekije zsebébe tette. Kioldotta a lezárt készüléket és a telefon halvány fényben hozzálátott, hogy kikösse magát. Kihúzta a szíjat a bújtatóból és a fa törzse köré vetette, miközben a fogai közt tartott telefonnal próbált a megfelelő helyre világítani. A nadrágszíj rövid volt ahhoz, hogy körbeérje a fát és a derekát is, még ha le is csatolja a hátizsákot.

Az egyetlen lehetséges megoldást választotta. A hátizsákot erősítette a fa törzséhez a szíjánál fogva, őt pedig megtartja a hátizsák vállszíja. Vagy tíz percig küszködött a feladat megoldásával, miközben igyekezett megtartani az egyensúlyát. Alig fejezte be a kicsavart derékkal végzett műveletet, s már zsebre akarta vágni a készüléket, mikor megállt a keze a félúton. Legszívesebben a homlokára csapott volna.

- Itt a telefon, a megoldás kulcsa. Hogy miért nem hívtam eddig segítséget? – Beütötte a segélyhívó számát. Süket csönd. Nem volt térerő, hiába forgatta minden irányban a készüléket. A sziklafal leárnyékolta és meghiúsította a kapcsolatot. Még néhányszor megpróbálkozott a hívással. Végül lemerült a telefonja. Bosszúsan vágta zsebre. Felhúzta dzsekije zipzárját és a körülményekhez képest megpróbált a lehető legkényelmesebben elhelyezkedni.

Felnézett az égre, és a csillagokban gyönyörködve Editre gondolt. Képzeletében az égbolt csillagképei, feladva évmilliárdos létüket, vándorútra indultak, hogy egyesülésükből megszülethessen az egyetlen új csillagkép, a Csillaglány. Mosolygó arca ott ragyogott a fiú tekintetében, melegen sugárzó szeme óvta a sötétség hideg leheletétől. Csaba észre sem vette, hogy a fárasztó megpróbáltatás utáni megbékélt lelkét és meggyötört testét az éj mily gyorsan takarja be a pihentető álmot hozó, csillagokból szőtt szerelem fátylával...

Sűrű erdő övezte tisztást látott maga alatt. A pázsitos fűtenger közepén emelkedő sziklaoszlop tetején ült, lábát lelógatva a mélység fölé. A kőoszlop az Oltár-kőre emlékeztette. A sziklatetőt mezei virágok sokasága borította, százféle illatfelhőbe burkolva a fiút. Mintha a Tündérkert költözött volna fel a sziklatetőre. Odébb fenyőcsoport nyújtózkodott az ég felé. A szirt közepén, a fordítva felállított fakereszt robosztus alakjával fenyegetően magasodott föléje. A keresztre vaskos betűkkel róttak rá: Ez a pokol.

Mögötte Edit ült, hátához simulva. Két karjával szorosan átölelve tartotta Csabát, így akadályozva meg ingását, nehogy a fiú a mélybe zuhanjon. Csaba képtelen volt megérteni, hogy ugyanabban az időpontban, hogy lehet egyazon helyen a mennyország és a pokol.

Az Oltár-kő felett a szél halk, andalító zümmögése hallatszott, amint megmozgatta az egy csoportban álló fenyőfák ágait, mintha csak szélhárfa húrjait pengetnék. A szélorgona zsongító, búgó hangja a fiú fülében, egyre inkább a Csillaglány nyugtatóként ható dúdolására hasonlított. Csaba hitte, hogy a csillagok szférájának zenéjét hallja. Jobbra tőlük, szinte velük egy magasságban ott ragyogott a félhold. Hatalmas D alakzatot öltve szórta ezüstös sugarait a tájra. Egy-egy erősebb széllökés nyomására a meghajló fenyők árnyéka a fiatalokra borult, olyan érzetet keltve, mintha az oszloptetőn szétszórt sziklák holdárnyékából a sötétség démonai rontottak volna rájuk. A fiú teste a szél lökésére megingott, úgy érezte zuhanni kezd, de Edit erőteljesebb öleléssel szorította magához. Féltőn óvta szerelmese életét, rendre megakadályozva a fiú lezuhanását. Hajladozó mozgásuk olyannak tűnt, mintha a lány a halott kedvesét ringatná karjaiban, könnyeivel áztatva annak arcát. Egy minden eddiginél erősebb széllökésre a démoni kereszt a pokol tüzének vakító fényét lövellve az égre, egy hatalmas reccsenéssel tőben eltörött. A szél hátára kapta az ördögi jelképet, és letaszította ahová való volt: a pokol fenekére.

Csaba, lehunyt szempillái mögött is érzékelte a vakító fényt. Félig felriadt álmából. A villámot fülsiketítő csattanás követte, hogy beleremegtek a sziklák. A fiút a rémület - hisz hirtelenjében azt sem tudta hol van -, ösztönös cselekvésre késztette. Szemét becsukva, mindkét kezét füleire szorította. Így is majd meg-süketült. A széllökéstől meghajolt a fenyőfa, a fiú előre lóduló testét a hátizsák szíja tartotta meg, mélyen belevágódva a vállába.

A fájdalomtól teljesen felébredt. Mindkét válla sajgott, dereka, végtagjai görcsbe merevedtek. Az Oltár-kő tornya, a könnyeket ontó Csillaglány ölelése, a fénylő Hold egy szempillantás alatt eltűnt. Helyettük, a vihartól sírva panaszkodó fenyvesek fájdalmas nyögése, és a megeredő eső hatolt a fiú tudatába. A sűrűn csapkodó villám fénye nem az Oltár-kő tetejét világította meg. Csaba tekintete a fényárban úszó szurdok sziklafalába ütközött.

Most olyan megvilágításban látta az összeszűkült szurdokvölgy sziklafalát, amilyenben a napfény soha nem érhette el. A fiú nem tudta levenni tekintetét a falról. A messziről simának tűnő sziklafalon apró bemélyedéseket és kiugrásokat tett láthatóvá a folyamatos villámfény. Úgy látta, hogy a völgynek ez a szakasza, a szurdok mélyétől felfelé haladva V alakban fokozatosan szélesedik. Tőle jobbra, 3-4 méterrel lejjebb, vízszintesen húzódó hasadást vett észre a sziklában, melynek vége eltűnt a kifelé hajló kanyarban, legkevesebb ötven méterre. Jól agyába véste a látottakat. Tudta, hogy nehéz megpróbáltatásnak néz majd elébe. Ami eddig történt az gyerekjátéknak tűnt, és nagy adag szerencsének az egymagában büszkélkedő fának köszönhetően.

Csaba bízott abban, hogy a menedékéül szolgáló fenyőfa ki fog tartani a viharban. Magányos fa lévén nagyobbra nőtt környező társainál. Erősebb és vastagabb volt a törzse, gyökerei mélyebben kapaszkodhattak a sziklák hasadékaiban. Reménykedett, hogy sem kettétörni nem fog, és a gyökereinél fogva sem fordul ki a földből. Egyedül attól tartott, hogy villám csaphat a fába. A törzshöz erősített hátizsák, és annak vállszíja biztosan tartotta a fiút, aki már kezdett attól tartani, hogy tengeri beteg lesz a folytonosan imbolygó fán. Fejét felemelve, tátott szájjal itta az esővizet, amely bőven zúdult alá az égből.

Fél óra sem telt el az egymást szüntelenül váltogató fényvillanások, és az azt követő áthatolhatatlan sötétség közepette. A vihar, amilyen gyorsan jött, úgy is távozott. A szél elfújta az utolsó felhőket is. Feje fölött felragyogtak a csillagok. Átázott ruhájából csöpögött a víz, fázott. Jobban örült volna a napkeltének, de fogalma sem volt, hány óra lehet. Nagy nehezen újra elaludt.

Lassan pirkadni kezdett. A kelő Nap fénye átsuhant a Szurdok-kő felett, átugrotta a szoros tátongó mélységét, ott felejtve az éjszaka sötét darabkáját, majd tovaszökkenve egyre feljebb kapaszkodott az ég boltozatán. Fénye beleütközött a Kis-Békás szoros bal oldali sziklafalába, s mind mélyebbre ereszkedve haladt tovább, üzve maga előtt a sötétséget. Csaba nem érzékelte a napkeltét. Nyugtalanul aludt kényelmetlen, kényszer szülte menedékhelyén. A hajnalt, és az azt követő reggeli órákat félig éber, félig alvó állapotban töltötte, álmodni sem volt ereje. Néha megmegrándultak elgémberedett lábai, keze a feje fölé lendült, mintha kapaszkodót keresne, de cél hiányában csalódott nyögéssel visszahullajtotta ölébe.

Hűvös, nyirkos pára szállt fel a szurdokból, amely csak növelte átázott ruhája okozta hidegérzetét. A Nap melege fokozatosan felszippantotta a párát és fénye egyszerre csak elérte a fán gubbasztó fiút. Teste rögtön reagált a meleg sugarakra, megszűnt az időnként rátörő remegés. Egy feketerigó szállt a fára, kíváncsian fürkészte a váratlan társat. Végül megelégelve a másik mozdulatlanságát, szokásos reggeli dalát elfütyülve tovarebbent. Csaba félig éber állapotban hallotta a madárdalt, de nem nyitotta ki a szemét. Egy pillanattal később éles vijjogás hatolt tudata mélyére. Egy szirti sas kőrözött a szoros felett reggeli zsákmányra éhesen. Az éles hangra felriadt. Kezeivel ösztönös védekező mozdulatot tett, de fájdalmasan felszisszent. Minden porcikája fájt a kényelmetlen testhelyzettől. Először a kezeit kezdte el tornáztatni, majd ezt követte lábai masszírozása. Egy idő után úgy érezte, visszaköltözött az élet a végtagjaiba. Sokkal több gondot okozott a szíj kicsatolása. Dereka merev volt, csak hosszú percek küszködése árán tudott annyira elfordulni, hogy egyik kezével átkarolhassa a fát. Nem merte megkockáztatni, hogy szabaddá váló merev felsőtestét csupán az egyensúly érzékére bízza, kapaszkodás nélkül. Az övet csak úgy magára csatolta, nem vacakolt azzal, hogy átfűzze a farmerja bújtatóin. Lenézett, és úgy becsülte, hogy 5-6 méterre lehet a fa tövétől. Feltekintve látta, hogy legalább 10 métert zuhant a fenyő ágai közt, ide-oda csapódva. Lassan, óvatosan ereszkedni kezdett. Minden mozdulat égetően hatott izmaira. Fájtak a zúzódásai, a kövektől, ágaktól elszenvedett horzsolások, vágások a szabad bőrfelületén. Egyik-másik, alvadt vérrel borított vágás a húzódás következtében felszakadt, és újra vérezni kezdett. Csaba csak most, a nappali fénynél látta, hogy mennyi seb borítja. Megkönnyebbülten vette tudomásul, hogy zöme csak felszíni sérülés. A mozgás jót tett merev testének, ereiben gyorsabban kezdett áramlani a vér, elmúlt a hidegérzete, kezdett felmelegedni.

Az utolsó, a sziklafal felőli oldalág jó két méterre volt a talaj fölött. Két kézzel kapaszkodva az ágban lábait lelógatta, de így sem ért le a földre. Elengedte az ágat. Rövid esés után fogott talajt, de cipője megcsúszott a sziklán és előre bukott, neki a fa törzsének, melyet rögtön átkarolt. Most örült annak igazán, hogy a sziklafal felőli ágat választotta az utolsó méterekhez. Végre leérkezett a fa tövéhez. Ekkor látta, hogy itt a fal alig meredekebb harminc foknál. Már értette, hogyan tudott a fenyőfa megkapaszkodni a szikla hasadékai között. A fa körül a talajréteg is vastagabb volt.

Pihent pár percet. Fogalma sem volt mennyi lehet az idő. Innen nem tudta pontosan megbecsülni a nap állását. Óvatos becslése szerint tíz- tizenegy óra körül járhatott. Lemerült mobilját visszatette a tartójába, kinyitotta a hátizsák száját. Az ennivalót meglátva újra megéhezett. Úgy gondolta mindet megeszi, szüksége lesz az erejére. A maradék vízből azonban csak egy kortyot iszik.

Nem értette, hogy az éjszakai kereső csoport miért nem tért vissza folytatni a kutatást. Nem szokás ilyen gyorsan feladni. Arra a következtetésre juthatott a mentőcsapat, hogy az éjszakai esőtől megáradt patak magával ragadta holttestét és most kilométerekkel lejjebb keresik, talán már a Pokol-kapujában. Lehet, hogy egészen a Gyilkos-tóig végigkutatják a partot. Kinek jutna eszébe őt a sziklafalon keresni!

Elfogyasztotta a két zsömlét a felvágottal. A flakont visszatéve, a zsák alján megpillantotta a tőrét egy lapos fémkulacs mellett, melyben barackpálinkát hozott. A tőrt még kamasz korában vette egy vásáron. Kicsatolta és kihúzta a tokjából. A napfényben fémesen ragyogott a 16 centis, minőségi acélpenge, szarvasagancs markolattal. Visszatette a tokba. Hirtelen ötlettől vezérelve levette derékszíját, rendeltetés- szerűen befűzte a farmer bújtatóiba, bal oldalán ráfűzve a tőr tokját is, újra becsatolta a szíjat. Telefonját kivette a zsebéből, és a hátizsákba tette. Körültekintett. A patak folyásának irányában csak az egyre növekvő függőleges falat látta. Felvette a hátizsákját és elkezdte vizsgálni a villámfénynél megfigyelt falrészt. Csalódottan vette tudomásul, hogy innen semmit sem lát a repedésből, amely most a feje fölé került. Csak felfelé lehetséges a menekülés, erre is csak ötven százalékos esélyt adott magának. Lefelé tekintve, legalább 50 méter leküzdhetetlen csupasz sziklafalat látott. Négykézláb indult el, nem kockáztatva, hogy a fa gyökerei által megkötött vizes talajon megcsússzon. Elérte a meredek sziklafal tövét. Nekihasalva a 75-80 fokos meredeknek, araszolva elindult jobbra. Tekintetével végigfürkészett minden tenyérnyi helyet, keresve a megfelelő kiugrókat, ahol megkapaszkodhat, illetve támasztékot találhat lábának. Észre is vett néhányat, de azok túl távol voltak egymástól. Látta, hogy csak pár métert tehet meg jobbra haladva, mert véget ér a kényelmesnek mondható padka. Két méterre a kiugró perem végétől meglátta az egyetlen lehetséges pontot, ahol meg kell kísérelnie a feljebb jutást, mert eddig csak vízszintesen haladt. Rövid tétovázás után belekapaszkodott az első kiszögellésbe, amit kinyújtott kézzel könnyedén elért. A következő fogódzó jó fél méterrel a kapaszkodó keze alatt volt. Keresztezve jobb karját, baljával nem érte el a kapaszkodót.

- A szentségit! – morzsolta el fogai között a káromkodást. Tudta, hogy még egy ilyen baklövés könnyen az életébe kerülhet. Később már nem lesz visszaút. Visszalépett, most bal kézzel, jobb karja alatt átnyúlva fogta meg a kiugrót. Leengedte magát egészen addig, míg jobb keze el nem érte a következő fogódzót. A harmadik ugyanilyen messze volt, de fél méterrel lejjebb. Jobb lábát fel tudta annyira húzni, hogy az alatta lévő kiugrón támaszték féleséget talált. Nem merte ráhelyezni teljes súlyát, nehogy megcsússzon. Így is nagy segítség volt, hogy nem a fél karjára nehezedik mind a hetvenöt kilója. Így haladt fokozatosan lejjebb, holott a repedés méterekkel feljebb húzódott, de még mindig nem talált felfelé vezető kapaszkodókat. Mindvégig szorosan simult a falhoz, nem mert letekinteni, nehogy a súlypontja véletlenül hátra kerüljön. Maga fölött hagyta a laposabb padkát, és csak a meredek szikla volt alatta, ki tudja milyen mélyen.

Nem mindig talált támasztékot a lábának, ilyenkor azonnal tovább kellett kapaszkodnia. Ahol meg tudta vetni a lábát, ott pihent egy kicsit. Ha mindkét lábának talált támasztékot, egy-két percet is pihent, kímélve zsibbadó ujjait a megerőltetéstől. Tizenöt percbe telt, mire a felfelé tudott haladni. Rövidesen elérte a vízszintesen húzódó hasadékot. Nagyot fújt az erőlködéstől és a megkönnyebbüléstől, amikor meglátta, hogy legalább kétujjnyi széles, és vagy tíz centi mély a hasadék. Külön hálaimát rebegett azért, hogy a rés inkább befelé, s nem kifelé lejtett. Jobb kezének ujjait kétharmad részig bedugta a résbe. Biztos fogást talált rajta. Megismételte bal kézzel. Így lógott a sziklán, derékszögben széttárt karokkal, két lábának egy szélesebb támasztékot találva. Csaba, úgy érezte, hogy a mászás után kimondottan pihentetőnek tűnik ez a keresztre feszített helyzet. Percek múlva, mikor ujjaiban megszűnt a szúró fájdalmat okozó, már-már görcsös bizsergés, újra elindult. Araszolva, kezeit egymás mellé rakva haladt a hasadás mentén. Biztos fogásokat találva ujjaival, most nem keresett támasztékot a lábának, így időt nyerve, gyorsabban haladt. Pár perc múlva elérte a hajlatot, melyhez a repedés vezetett. Ezalatt többször is megpihent, amint támasztékot talált a lábával. Néhány fogás után ujjaival érezte, hogy a rés szűkülni kezd. Nem tudta eldönteni, sírjon, vagy nevessen a sors igazságtalanságán. A hasadék tovább szűkült, és két méter után megszűnt. Alatta 15 méter függőleges fal, utána 80 fokos meredek. Túl nagy távolság egy épkézláb zuhanáshoz.

Csaba most felfelé nézett. Tudta, ha nem talál arra valamilyen kiutat, akkor ennyi volt, már ami rövid életét illeti. Jobbra, egy méterre a rés fölött egy nagyobb kiálló szikladarabot látott. Úgy tűnt, hogy ez a sziklaszirt szerves része, és nem egy beékelődött darab, mint amilyen odafönt a sziklaperemen volt a lány megmentésekor. A kiálló rész fölött fél méterre egy szélesebbnek tűnő perem szélét látta, amely a repedést követve, egészen egy függőleges hasadékig tartott. Ez a hasadék lefelé szűkülve, öt méter után véget ért. Felfelé fokozatosan tágult, egészen a hegy csúcsig.

Nem akart hinni a szemének. A hegyoldalba öbölszerűen benyúló hasadék felért a sziklafal tetejéig. Fellángoló reménye gyorsan lelohadt. Hogyan fogja elérni az egy méter magasan lévő kiugró szikladarabot. Keze nem ér fel odáig, elrugaszkodnia pedig nincs miről. Ráadásul másfél méterrel jobbra van tőle. Alá kellene mennie valahogy, de odébb már nem fér be az ujja a repedésbe, mert azon a helyen fél centis sem volt a rés. A visszaút egyenlő a halállal. Villámgyorsan jártak a gondolatai, de egyetlen valamire való ötlete sem volt. Bal válla irányában kifordult egy kicsit és újra lenézett.

- Van valami esély rá, hogy megúszom a zuhanást? – tette fel a kérdést magának, de rögtön el is hessegette a képtelen gondolatot. Kétszer nem ismétlődik meg ugyanaz a szerencse. Épp vissza akart fordulni, arccal a fal felé, mikor bal csípőjének valami hosszabb, kemény tárgy nyomódott neki. Más volt, mint a sziklafal formája.

Villámként csapott belé a felismerés. – Én marha! – szidta magát feledékenysége miatt. - Végig itt van nálam az egyetlen lehetséges megoldás. Sietnie kellett, mert minden másodperccel csökkentek az esélyei a kitalált mutatvány végrehajtásához, annál is inkább, mert ezen a részen a sziklafal már függőlegesen terpeszkedett el alatta. Jobb kézzel kapaszkodott, ballal kicsatolta az oldalán lévő tartót, és kihúzta belőle a tőrét. Szájába vette a tőrt, és most bal kézzel kapaszkodott meg, jobbjában a tőrrel. Oldalra, néhányszor lendületet vett, s mikor teste elérte a legszélső helyzetet, kinyújtotta a kezét és a tőrt benyomta a keskeny résbe. Örömmel látta, hogy a penge szinte teljesen becsúszik, és megszorul, jóformán csak a markolata áll ki. Egy másodpercig úgy lógott a függőleges sziklafalon terpesztett karokkal, mint Krisztus a keresztfán. Bal kézzel elengedte a peremet. Teste túllendült a tőrbe kapaszkodó jobb keze alatt, ballal gyorsan ráfogott másik kézfejére. Visszafelé lendülve, lábait a falnak szorította, így sikerült nyugalmi helyzetbe kerülnie. Élete most már a tőr erősségétől függött. Vajon kibírja-e a penge az igénybevételt, vagy hangos pendüléssel pattan el és ezzel véget vet az életéért vívott kilátástalan harcának?

Felnézett az elérhetetlennek tűnő, kiugró szikladarabra. Ha valahogy a kés fölé tudná felhúzni magát derék magasságig, és bal kézzel felülről tudna megtámaszkodni a tőr nyelén, jobb kézzel könnyen elérhetné a kiugrót. Sima felhúzódzkodással ez a feladat képtelenségnek tűnt elrugaszkodás nélkül. Lábával hiába tapogatott ki egy keskeny mélyedést, kevés volt ahhoz, hogy megfelelően el tudjon rugaszkodni róla. Kézzel is rá kellett volna segítenie, de attól tartott, hogy a dinamikus erőhatást nem fogja kibírni a lapjával beékelődött penge törés nélkül.

A nyújtógyakorlatot végző tornászok jutottak az eszébe, akik belendítve magukat, játszi könnyedséggel a rúd fölé kerülnek. Ám a rudat helyettesítő tőr nyele rövid volt, a függőleges sziklafal is útjában állt. Ha csak egy kicsit is távol tudná tartani magát a faltól, nem akadályozná a lengésben. Szerencsésen kezet váltott a tőrön, most a bal keze került belülre. Könyökével kitámasztotta magát, amivel elért annyit, hogy teste épp csak hozzáért a falhoz. Nem számított arra, hogy vízszintes helyzetig fel tudja lendíteni testét, de ha kétharmad részig sikerül, akkor van reménye. Előre lendítette lábait, mint ahogy a gyerekek belendítik a hintát. Oda-vissza, egyre magasabbra lendült. A negyedik előre lendülésnél teste már elérte a 45 fokos szöget. Bal könyökét a szikla a dzsekin keresztül is véresre dörzsölte. Hátra haladtában minden erejét összeszedve lendített magán. Mielőtt még elérte volna a felső holtpontot, a lendületet kihasználva, karjait hirtelen behajlítva a tőr fölé rántotta testét. Az oldalirányú erő hatására a kés megmozdult és félig kifordult a résből. A lendület kevés volt ahhoz, hogy függőleges kéztartással tudjon megtámaszkodni a nyélen, de így is elérhető közelségbe került a kiugró. Mielőtt még teste visszalendült volna, jobbjával elkapta a sziklacsúcsot. Bal oldala a sziklának nyomódott. A fájdalomtól elgyengülve ujjai megcsúsztak a kövön. Az utolsó pillanatban sikerült mindkét kézzel szilárdan megkapaszkodnia.

Az elmozdult tőr, megszabadulva a terheléstől, szép lassan kicsúszott a résből, és pattogva a mélybe pottyant. Csaba nem pazarolta fogyatkozó erejét bámészkodásra. Kétszeresen is sajnálta megválását tőrétől, mert jól jött volna lábtámasznak. Kínlódva sikerült felhúznia magát a kiugróig. Előbb jobb, majd bal kézzel elkapta a fél méterrel föjjebb lévő párkányt. Egy utolsó erőfeszítéssel feltornászta magát a majd egy méter széles padkára. Ereje végét járva nyúlt el a biztonságot adó teraszon. Negyed óráig meg sem mozdult, csak lihegve hasalt a sziklán. Izmai szüntelen remegtek a túlzott megerőltetéstől, minden mozdulat fájdalmat okozott neki. Nagy kortyokban nyelte a levegőt, amitől szája gyorsan kiszáradt. Rettentő szomjúságot érzett. Most látta előnyét annak, hogy ébredés után maradék vízkészlete nagy részét meghagyta. Lekínlódta magáról a hátizsákot. Az elővett literes flakonból mohó kortyokban itta a vizet, nem tudva visszafogni magát. Szinte érezte, hogy áramlik szét sejtjeiben a folyadék. Észbe kapva, az utolsó két kortyot meghagyta későbbre. Ahogy áramlott szét testében az éltető nedű, úgy tért vissza izmaiba az erő.

Fél óra elteltével sziszegve felállt, legyűrte a testébe nyilalló fájdalmat. Óvatosan elindult a párkányon a függőleges hasadék felé. Tüzetesen szemügyre vette a következő leküzdésre váró akadályt. Már nem is számolta, hányadik, és hány lehet még hátra. Úgy látszik minden fordulat újabb kihívás számára az életben maradásért. Vele egy magasságban ideális szélességű volt a két sziklafal közti távolság ahhoz, hogy lábát és hátát a falaknak feszítve befelé haladjon a hasadékba, amely eltűnt a sziklafalak kanyarulatában. Az egész vágat ék alakú volt, alatta néhány méterrel, összeért a két oldal, míg felfelé tágult, egészen a sziklatetőig. - Túlságosan is tágnak tűnik, - vélte, amint feltekintett. Csaba gyanította, hogy ezen a szakaszon legalább húsz méterrel magasabb a sziklafal, mint a lezuhanása helyén. A hátizsák vállszíjaiba fordítva bújt bele, így az, most a melle elé került. Elrebegett egy fohászt és megkezdte a Kis-kanyon túrát, ahogy magában elnevezte. Araszolva, centiméterről centiméterre haladt beljebb. Mindkét oldalfal egyenetlen volt, ezáltal csökkent az esélye annak, hogy megcsúszik és lezuhanva az összezáródó falak közé ékelődik.

Repedt bordája szüntelen hasogatott, mivel egy pillanatra sem lazíthatta el izmait. Elérte a kanyart, ahol új kép tárult a szeme elé. A párkányról nem látott szakasz hirtelen összeszűkült. Mélyen behatolt a hegybe, majd balra kanyarodott, sarlószerű ívet követve.

Szerencséjére, a hasadék mindkét oldala annyira egyenetlen volt, hogy függőleges testhelyzetben mászhatott befelé és egyben felfelé, válogatva a kapaszkodó és támaszkodó lehetőségek között. Örömmel nyugtázta, hogy jelenlegi helyzetéhez képest a hasadék vége méterekkel alacsonyabban van.

Vízszintesen araszolt előre, majd a hasadék végéhez érve mászni kezdett a feje fölötti világosság, az éltető fény felé. Hiába volt könnyebb szakasz, pár méter után érezni kezdte túlerőltetett izmait. A hasadék már itt is túl széles volt ahhoz, hogy a hátával támaszkodhasson. A megtartáshoz a kezét is igénybe kellett vennie. Még tíz méter volt hátra a tetőig. Ha az épp támaszkodó lábát, vagy kapaszkodó kezét hosszabban tartotta terhelés alatt, az megállíthatatlanul remegni kezdett a megerőltetéstől. Ez ellen csak egy módon védekezhetett: gyorsabban kell haladnia. Fogcsikorgatva, szinte félig öntudatlanul mászott tovább. Öt méterre a szabadulástól, a hasadék mindkét fala hirtelen távolodni kezdett egymástól. Nyögve, elfojtott egy káromkodást. Túlfeszített idegei kezdték felmondani a szolgálatot. A hasadék annyira kiszélesedett, hogy már csak félig kinyújtott kézzel és lábbal, befeszítve magát a falak közé, tudott feljebb haladni, még mindig arccal lefelé. Tekintete elhomályosodott az erőlködéstől, összefolyt előtte az egyenetlen fal. Egyre több, és egyre nagyobb fekete foltok táncoltak szemei előtt. Majd a sötét foltokat vakító fények villanásai oszlatták el, már-már az öntudatlanság határán járt. Észre sem vette, hogy abbahagyta a mászást. Csak görcsbe rándult izmai tartották, ívben kifeszülve a két sziklafal között. Jól eső lebegés fogta el.

Nem érezte teste súlyát, a fájdalmat az izmaiban, a szúrást az oldalában, nem hallotta ziháló lélegzését sem. Lehunyt szemei mögött újabb fényvillámok cikáztak, füle zúgott. Hirtelen énekszó ütötte meg a fülét. A hangról ráismert Editre. Látomásában, a sötét égbolt felől a Csillaglány, kezét felé nyújtva egyre közeledett, hangja mind erőteljesebb lett. Hívón integetett feléje, csengő hangon invitálta. A fiú, fejét felfelé emelve, feléje akart indulni, de mintha gúzsba kötözték volna, mozdulni sem tudott. Edit egyre közelebb lebegett hozzá, maga előtt terelve apró csillagok százait, és tovább bíztatta kedvesét. Csaba még mindig nem tudott mozdulni. A Csillaglány szeméből kicsordult egy könnycsepp, egyik a másik után, majd megállíthatatlanul ömleni kezdtek a könnyei. Nem mehetett közelebb a fiúhoz. Két kezével összefogta a csillagokat és Csaba felé repítette őket. A Csillaglány karjait ölelésre tárva, még egyszer hívta szerelmesét, aki, a lány ajkáról leolvasta a szeretlek szót. A következő pillanatban eltűnt a látomás. Tudta, hogy ereje végét járva hallucinál, mégis felkiáltott.

- Várj meg, megyek! – üvöltötte a fiú az eltűnt lány után. Az ordítástól feleszmélt. Sejtette, hogy saját hangjára ocsúdott fel. Érezte, ahogy a látomás hatására testét elárasztja az adrenalin. – Nem adhatod fel, eljött érted a Csillaglány! – suttogta maga elé. – Nem meghalni jöttél ide, hanem azért, hogy találkozz a Csillaglánnyal!

Fejét hátraszegve felpillantott. Szemével majdnem egy síkban, egy méter széles, a hasadék felé enyhén lejtő, jókora bemélyedést vett észre, amely a szélénél vízszintesbe ment át. A bemélyedés folytatódott felfelé, egészen a három méter magasan lévő tetőig. Felső vége a Nap fényében fürdött. Újabb hálát rebegett, hogy nem a lábai felé esett a terasz. Elkapta a húszcentis vízszintes peremet, és kezeire helyezte súlyát. Lábai a fal oldalához csapódtak. Emberfeletti erővel felhúzta magát a teraszra, s mire a fal tövéig kúszott, a megváltó öntudatlanság vette birtokba lelkét. A Csillaglány ölelő karjai óvták testét a lezuhanástól.

Csaba nem tudta, meddig volt öntudatlan állapotban. Azt álmodta, hogy elkezd zuhanni, majd melle hozzácsapódik egy kiálló sziklaszirthez. Olyan fájdalmat érzett, hogy elakadt a lélegzete. Itt megszakadt az álom, és elölről kezdődött a zuhanás. Ez a röpke töredékálom ismétlődött újra meg újra. Nem értette, miért nem álmodja tovább a zuhanást, és miért nem jön el számára a halál mindennek véget vető nyugalma. Az ütközés érdekes módon, mindig ugyanazon a ponton érte mellkasát, a szegycsontnál. A sokadik ütközés után már folyamatos fájdalmat kellett elviselnie, hogy felébredt rá. Hasmánt feküdt, és a mellkasa elé rögzített hátizsákban tartott lapos, két decis kulacs kegyetlen erővel nyomódott bele a szegycsontjába. Tudata még nem tért teljesen vissza, de a szúró fájdalom ösztönös mozdulatra késztette. Nyögve, hanyatt kínlódta magát. Mellkasán megszűnt a nyomás, karjai segítségével felült. Hunyorogva nyitotta ki a szemét. A Nap szemből tűzött rá, csak vakítóan táncoló fénykarikákat látott. Szédült, pokolian fájt a feje. Fel akart állni, de kinyújtott lába nem talált támasztékot. Valami húzta előre, s mielőtt még súlypontja átbillent volna, és a hasadék alján köt ki, teste ösztönösen hátrafelé rándult. Kezével leárnyékolva szemét, egy sötét hasadékot látott maga alatt, amely fölött úgy lógatta lábait, mintha a világ legtermészetesebb dolga lenne.

Kissé előre dőlt, hogy jobban lelásson a mélybe, mint aki nem akar hinni a szemének. Hátra hőkölt, a lendülettől hanyatt dőlt, és karjai igénybevételével menekült a perem szélétől. Hátán csúszva-mászva egészen a közeli falig hátrált, míg bele nem verte a fejét. Nem érte nagy ütés, de pont ott találta el, ahol a fenyőfától felrepedt a fejbőre. Felszakadt az alvadt vérrel borított seb, és újra vérezni kezdett. Csabát ismét elhagyta a tudata.

A delelőn álló Nap zavartalanul szórta rá sugarait. A sziklafal magába szívta a nyárutó melegét, és kétszeres erővel ontotta ki magából a hőséget. Két méterrel a padka alatt már árnyékba borult a hasadék. Csaba magához tért. Patakokban folyt róla az izzadtság. Kibujt a hátizsákjából, és levetette dzsekijét. Szinte letaglózta a rá törő szomjúság. Cseppenként itta meg a maradék két korty vizét.

A megduzzadt pataktól mászás közben egyre távolabb került, de halk zúgása még áthatolt tudatán. Érezte a mélyből felszálló vízpára illatát, ami csak fokozta gyötrő szomjúságát. Sóvárogva tekintgetett a kulacsra, amelyben tiszta barackpálinka várt arra, hogy megigyák. Végül nem tudott ellenállni a kísértésnek. Kivette a lapos palackot a hátizsákból, és lecsavarta a kupakot. A pálinka kellemes illata megcsapta az orrát. Szájába vett egy nagy kortyot, egy ideig benne tartotta, hogy a folyadék átjárja kiszáradt szájüregét, majd lenyelte. Az alkohol marta a nyelőcsövét. Megrázkódott a túlmelegedett italtól, néhány másodpercig nyugtalankodott a gyomra, de szervezete végül hálásan fogadta a nedűt.

Így ücsörgött egy percig. Az erős italból ennyi is elég volt, hogy a testi-lelki kimerültségtől szenvedő fiú fejébe szálljon. Érezte, ahogy ereiben végigszáguld a pálinka keltette forróság, új erőt öntve belé. Tudta, hogy meg kell próbálnia a feljutást, mert még egy éjszaka az ő edzett szervezetének is sok lesz víz nélkül. Becslése szerint, 19-20 órája lehetett a sziklafal foglya. Dzsekijét betette a kulacs mellé, összekötötte a hátizsákját, és a hátára vette. Lassan felállt. Felállás közben látta meg, hogy a padka mégsem olyan vízszintes, mint gondolta, enyhén lejt a hasadék felé. Kinyújtott keze jó egy méterrel lejjebb volt a fal peremétől. Agyában a pálinka hatása kezdett mérséklődni. Csaba biztosra vette, még ebben az állapotában is tud helyből akkorát ugrani, hogy elérje a fal szélét. Nagyobb akadályt látott abban, hogy fel tudja-e tornázni magát a teraszra? Csinált néhány guggolást, hogy serkentse a vérkeringést lábaiban. Egy kicsit hátrébb húzódott a faltól, hogy elrugasz-kodáskor, behajlított térde nehogy akadályozza a lendületvételben.

- Most légy velem Csillaglány! – suttogta és elrugaszkodott.

**

Karácsonkőről induló menetrend szerinti autóbuszjárat elhagyta Békás települést. A főútvonal a patak folyását követve kanyargott a völgyben. Két oldalról fenyvesektől és nyírfacsoportoktól zöldellő, lankás dombok övezték a patak medrét. Időnként kiterjedt földek, kaszálók szakították meg az erdők vonalait, majd fehér, növényzet nélküli mészkősziklák vakító ormai tarkították a tájat. A völgy mentén hosszan elnyúló falvak terjeszkedtek belesimulva a tájba.

Békáson szállt fel az idős utas, nagytestű, szájkosárral ellátott kuvasz szukával együtt. Jegyváltás után az öreg a rövid pórázra fogott kutyával a busz végébe ment és ott foglalt helyet. A tősgyökeres utasok már jól ismerték őket, tudták, hogy az eb veszélytelen rájuk nézve. Elhaladtukban egyesek megvakargatták a füle tövét. Volt, aki falatozás közben egy darab kolbásszal kínálta meg, - gazdája erre a kis időre megszabadította szájkosarától -, melyet olyan finoman vett ki a kínáló kezéből, hogy hozzá sem ért a tenyeréhez. Az eb barátságos farkcsóválással köszönte a finom falatot. Aki először látta a kutyát, rémülten húzódott az ablak mellé, legszívesebben kiugrott volna rajta.

A busz fokozatosan megközelítette a Békás-szorost. A völgy egyre szűkült, a lankás dombok mind meredekebb hegyekké nőtték ki magukat. Jobbra láthatóvá vált a Békásba ömlő Bardócz-patak, amely nevét feltehetően családnévről kapta. A torkolatánál lévő parkolóban állt egykor a Pokol-villa, amely az 1940-es években égett le. Rögtön utána elérték a szoros bejáratát, a Pokoltorkát. Balra, valamivel lentebb az északi fal alatt, a Mária-forrás volt látható. Az öreg ekkor már a buszsofőr mellett állt az ajtóban és a megállónál leszállt a járműről. Kutyája szó nélkül követte.

Az idős férfi kinyújtóztatta karjait, és hosszan a távolodó busz után nézett. A szoros első hídja felett balra, a látványos Vízesés-barlang tűnt fel, ezután az Elveszett-világ, majd a Rezerváció sziklapárkányai csúcsosodtak az égre. A két párkány a tiszafa utolsó menedékhelye, ahová kizárólag csak alpinisták juthatnak fel.

Csaba keze elkapta a perem szélét, térde a sziklafalnak verődött, de kizárta agyából a beléje nyilalló fájdalmat. Mivel az ugrás nagyobbra sikerült, a plusz lendületet kihasználva már fel is húzta magát. Alkarját behajlítva, felkönyökölt a hasadék szélére, hogy a következő pillanatban feljusson a peremre. Sima, vízszintes sziklateraszra számított, helyette, 20 fokos lejtésű, laza, földes-kavicsos réteg fogadta, amely nem volt szélesebb hatvan centinél. Kétségbeesetten kapott a távolabbi, vele egy síkban lévő szikla felé, de sehol sem talált kapaszkodót, tenyerét csak rátapasztani tudta a sima kőre. Erőlködve próbált előre csúszni, de keze minduntalan lesiklott a lapos szikláról. Túlságosan lent volt a súlypontja, deréktól lefelé a levegőben lógott.

Fél perc is eltelt a hasztalan küszködéssel, mikor mellkasa alatt, egyszerre csak megmozdult a kőzúzalékos földréteg. Záporozva zúdult az alatta lévő padkára. Az utolsó pillanatig megpróbálta magát fent tartani, de hiába kapálódzott fáradó kezeivel, csak az omladozó réteget kaparta. Végül a megindult földtömeg lerántotta, jó adagot a nyakába zúdítva, és visszaesett a padkára. Az összegyűlt köves omladékon kicsúszott a lába a teste alól. Hasra esett és a törmelékkel együtt csúszott a hasadék felé. Szétterjesztett karokkal állította meg magát. Lába kétharmada már a mélység fölött kalimpált. Könyökére támaszkodva visszakúszott a fal tövébe. Megkönnyebbült sóhajjal üdvözölte előző, biztonságos helyét.

Remegve gondolt arra, ha hanyatt esik, akkor most a hasadék összezáródó aljában, beékelődve várhatná a feltámadást jelző harsona hangját. Kezével kisöpörte maga alól a köves földet, nehogy véletlenül is megcsússzon rajta. Lélekben már minden reményt feladott. Az alatt a szűk fél perc alatt, amit odafent töltött, látta, hogy a hasadékot sűrű, fás, bokros rész veszi körül. Az ösvény valahol távolabb kanyaroghat. Ha járna is erre valaki, úgy sem hallaná meg a kiabálását. Biztosra vette, hogy felhagytak holtteste felkutatásával. Ide, a hasadékhoz pedig a kutya sem fog jönni. Hátizsákját maga mellé téve, tétlenül ücsörgött. Reménytelensége még jobban fokozta benne a Csillaglány utáni vágyódását.

- Úgy itt rekedtem – gondolta keserűen -, mintha maga a kőbe zárt fájdalom megtestesítője lennék.

Csüggedés vett rajta erőt, először lezuhanása óta. Úgy érezte, évekkel ezelőtt mentette meg a szőke tini lány életét. – Legalább nem lesz értelmetlen a halálom – gondolta keserűen. Felesleges lett volna kísérleteznie a feljutással. Még ha lenne is ereje felugrani, és elkapni a peremet, úgysem tudná felhúzni magát. Előbb-utóbb, az egyre lanyhább kísérletek révén lezuhanna a hasadékba.

Nem számolta a múló perceket. Csak ült csukott szemmel, várva a csodára, amely nem érkezett meg. Akaraterejét is megtörte az a tudat, hogy pár méterrel a cél előtt kell elbuknia. Sejtette, hogy mostanra már komoly folyadékvesztesége lehet, a folyamatos fizikai igénybevételtől rengeteget kiizzadt. Ráadásul a Gyilkos-tó óta nem volt vizelete. Most vette észre, hogy a hőség ellenére sem izzad, melyet a kiszáradás kezdetének tudott be. Levette hátizsákját, és nem törődve a következménnyel, két jókorát kortyolt a pálinkából. Csak az járt a fejében, hogy folyadékhoz jusson. Nyelvét végigsimította kicserepesedett szája szélén, a felrepedt ajkát marta az alkohol. Ettől kicsit magához tért. A naptól védve magát, fejére terítette a dzsekijét. Gondolatban lepergette maga előtt az elmúlt húsz óra eseményeit. A gyorsan felszívódó pálinka lórúgásként érte kimerült szervezetét. Öntudatlan, mámoros állapotban gyűrte le a testi-lelki fáradtság.

Már hazafelé tartott a hatvanas éveit taposó Demeter Péter bácsi. Szálfa termetű, még mindig jó erőben lévő férfi volt, a két emberöltőt felölelő földmunka megedzette izmait. Egyenes testtartással haladt a meredeken emelkedő erdei ösvényen. Dorka, a hatalmas termetű kuvasz kutyája, melegtől lógó nyelvvel ott lihegett a lába mellett. A forrásnál rövid időre lemaradt és szomjasan lefetyelt a jéghideg vízből. Gazdája füttyentésére felkapta fejét, pillanatok alatt utolérte.

Ugyancsak benne jártak a délután közepében. A férfi már a hídon való átkelés után levette kutyájáról a szájkosarat, melyet a buszon kötelező volt feltenni az ebre. Nyakörvéről lecsatolta a pórázt is, hadd szaladgáljon kedvére az eb. Erős, marhabőrből készült iparos szíj volt, legalább négy méter hosszú, a végén hurokkal a kéznek.

- Az istenfáját, megint kapok az asszonytól – morgolódott magában. – A kutya helyett, néha nem ártana kétlábú nőstények szájára tenni a szájkosarat – zsémbelődött tovább. A komával kicsit fel is öntöttek a garatra, és a busz közben elment, ő maradt. Lélekben felkészült rá, hogy az asszony elkezd pörlekedni vele. Nem mintha kihűlt volna bennük a kölcsönös szeretet, elvégre több mint negyven évet húztak le egymás mellett szeretetben, megértésben. Csak hát az évek az asszonyt szájalóvá, őt meg zsémbessé tették. Az időnkénti kis összezördülések ellenére jól kijöttek egymással. Felneveltek egy gyereket, de fiúk jobban kedveli a városi életet. Mindenesetre a magával hozott bort jól eldugta a hátizsák fenekére, és arra pakolta a boltban vásárolt árukat.

Maguk mögött hagyva a forrást, megkezdték a kaptatót a Szurdok-hátra. Dorka vidáman vakkantott, majd körbeszimatolt egy bokrot, ki tudja milyen állat szagát érezhette meg. A következő pillanatban előre rohant, és már el is tűnt az ösvény kanyarulatában. Az erdő elnyelte az ugatás hangját. Nem aggódott kutyája miatt, hiszen jobban ismerte a terepet, mint ő maga. Az Északi fal tövében haladva, a Sziklatornyok fala alá jutottak. Nemsokára a szoros felőli, omladékos terasz vonalán is túlhaladtak. Dorka ott bóklászott mellette, hol kicsit lemaradva, hol előre szaladva. A kutya egyszerre csak felkapta a fejét, a sziklafal felé fordult, és fejét az égnek szegezve, füleit hegyezni kezdte. Gazdájára nézett, kétszer felugatott, és elkezdett előre rohanni. Pár másodperc alatt már el is tűnt a nyírfák között. - Fene a jó dolgát ennek a kutyának! – bosszankodott a férfi. – Valamilyen vad neszezését hallotta meg, és megint rátört a vadászszenvedély. – Dorka élvezte a rémült „zsákmány" üldözését, játékból űzve, kergetve őket, majd megunva az egészet, lógó nyelvvel mindig visszatért gazdájához. A férfi megállt, legalább pihen egy kicsit. Ismét füttyentett a kutyájának, de az állat nem jelentkezett. Még két-három kísérletet tett, aztán megunva a várakozást, elindult. Biztos volt benne, hogy a kutya hamarosan utol fogja érni.

A Nap zavartalanul haladt égi pályáján, egyre alacsonyabbra ereszkedve. A hasadék peremének árnyéka lassan a fiú alatti falra kúszott. Elérte a padkát és Csaba testén felkapaszkodva egy gyors szökelléssel feljutott a sziklatetőre. A padkát félhomály takarta, a hasadék mélyébe már beköltözött az éj sötétje. Fent, a sziklatető a délutáni Nap verőfényében fürdött. Csaba álmában is megborzongott, ahogy a hasadékból jövő nyirkos, hűvös levegő behatolt ruhája alá. Pár perccel később már reszketett a hidegtől. Forrónak érezte homlokát, ahogy tenyerével végigsimított rajta.

- Már csak ez hiányzott – mormogta számára is érthetetlenül, mert alig tudta kinyitni a száját. Torka égetően kapart a szárazságtól, a nyelés is fájdalmat okozott neki. Előkaparta a hátizsákból a kulacsot, és ivott egy kortyot. Megrázta a két decis palackot, alig kotyogott benne valami. Be akarta osztani tartalmát a hosszúnak ígérkező éjszakára, talán felmelegíti alkalmanként egy kicsit. Belebújt a dzsekijébe, álláig felhúzta a zipzárt. Kábult álomba merült.

Lázálom gyötörte, víziói voltak. A feje felett, a napfényben fürdő kék égből egy látomás ereszkedett alá. Közelébe érve a jelenségben Edit arcára ismert. Fekete palástot viselt, kezében egyenes valamit tartott. Szomorúan tekintett Csabára. A fiút elfogta a kétségbeesés. Elhagyta volna a Csillaglány?

- Nem, nem haltam még meg! – kiáltotta a fiú álmában. – Kérlek, ne sirass el! Eddig is te tartottál életben – zokogta. – Ne temess még el! - Könnyei végigfolytak az arcán, de nem ébredt fel. Az árny már közvetlen közelében lebegett, kezdett alakot váltani. Fokozatosan vékonyodott, teste egyre fehérebb lett. Csaba elszörnyedve nézte, amint a hús lassan leválik a csontokról. A következő pillanatban egy vigyorgó csontváz lebegett fölötte, kezében a halál kaszájával.

- Jól becsaptalak, mi? – szólt hozzá kárörvendve. Hangja úgy hangzott, mint távolról hallatszó ágak recsegése. – Gyere, viszlek magammal – nyújtotta karmos csontujjait a fiú felé.

– Neem! – üvöltötte halálfélelmében. A rettenet valóságos hangja felerősödve verődött vissza a sziklafalról, átzúgott a bércek felett, s elhalt a távolban. – Még élek! – suttogta, mintha csak az előző ordítástól kiszökött volna belőle minden levegő. Meggyötört teste hamar elfáradt a vergődésben, csak a félelemtől szűkölő lelke viaskodott a rátörő halálérzet ellen. Tehetetlenül nézte, ahogy a halál hihetetlen lassúsággal közeledik hozzá, mintha a kivárással a végtelenségig nyújtani akarná a fiú szenvedését. Jéghideg kezei fokozták rettenetét. Felemelte kaszáját, és suhintásra lendítette.

– Csillaglány segíts! – ordította újfent, magából kikelve. Fogalma sem volt arról, hogy a valóságban is üvöltözik, és hangja, felszállva a hasadékon, erőtlenül hal el a fák között.

Hirtelen fény világította be a hasadékot. Az aláereszkedő fehér ruhás jelenésben a Csillaglányra ismert. Kezében tartott pálca felső ágai apró csillagok ezreit ontották. Ezek fénye világította be a hasadékot.

– Itt vagyok szerelmem – jutottak el Edit lágyan csengő hangjai Csabához. Mosolyogva nyújtotta kezét a fiú felé. A csillagszóróként röpködő, sziporkázó fények elárasztották a csontvázat, leégetve róla a fekete palástot. A halál felüvöltött. Lassan négykézlábra kényszerítette a kín, ordítása kutyaugatásként hatolt a fiú fülébe.

Erőlködve emelte kezét Edit felé, s mielőtt elérte volna, eltűnt a lány feléje nyújtott keze. Teste reszketett az átélt halálfélelemtől. Szemét kinyitotta, sehol sem látta a Csillaglányt. Nem tudta eldönteni, ébren van–e, vagy még mindig álmodik? Szíve akkorát dobbant rémültében, hogy majd kiugrott a helyéből, mert a szikla tetejéről továbbra is hallotta a halál ugatását.

- Kicsi Csillaglány – suttogta megtörten. – Hol vagy? Feláldoztad magad, hogy kiments a halál karmai közül?

- Itt vagyok kedves, csak nem látsz, mert a szívedbe költöztem. Nyisd ki a szemed, és érezni fogod közelségem...! - Még mindig hevesen dobogott a szíve az átélt látomástól, mikor újra meghallotta a halál álombéli ugatását. Rémülten összerezdült.

- Ne félj, veled vagyok! – hallott egy belső hangot. – Nyisd ki a szemed, és megmenekülsz! Engedelmeskedett a kérő szónak. Kinyitotta a szemét és felnézett. Fent a hasadék széléről egy hatalmas, fehér szőrű kutya tekintett le rá.

- A szellemkutya – suttogta a fiú kábulatában.

Csaba nem tudta eldönteni, hogy hallucinál, vagy még mindig álmodik, netán ébren van? Könnyes szemein keresztül, kissé elmosódott fehér foltként látta a szüntelenül ugató kutyát. Úgy hitte, most Kharón kutyája jött érte, hogy pokolbéli gazdájához vigye, aki a holt lelkeket ladikján szállítja át a túlvilágra.

- Mégis meghaltam? – tette fel magának a kérdést egykedvűen, de válasz sehonnan sem érkezett.

Felállt, meglepődött, hogy egész könnyen sikerült neki. Ettől a könnyedségtől megrémült, hogy valóban meghalt, hiszen ájulásszerű álma előtt alig tudott megmozdulni. Zavaros gondolataival nem érzékelte, hogy jó néhány órát töltött önkívületi állapotban, lázálmok közepette. Ez alatt az idő alatt teste pihent. Félelmében felkapta a hátizsákját és nagyot lendítve, felhajította a kutyához.

- Menj, vidd a kaszás gazdádhoz és vezesd ide! - kiáltott az állatra. – Magamtól nem megyek a túlvilágra. Dolgozzon meg érte a gazdád! Mintha valamilyen belső akarat kényszerítette volna erre a cselekedetre, melynek a fiú nem tudott ellenállni. Meggyőződése volt, hogy a szellemnek vélt kutya megérti, amit mond. A kutya ügyesen félreugrott. Vakkantott egy barátságosat, szájába vette a hátizsákot és elszaladt vele.

Az idős férfi komótosan bandukolt a lankás, erdővel benőtt kaptatón a Szurdok-kő délkeleti hegylába felé. Kicsit furcsállta, hogy Dorka még mindig nem érte utol, ennyi ideig nem szokott elmaradni. Megfordult, hogy bevárja a kutyát. Éleset füttyentett. Kisvártatva meglátta a Szurdokkő kettévágott vonulata közti, laposabb hegyhát felől lefelé rohanó állatot. El nem tudta képzelni, hogy miért ment be az eb a szorosba. Gyorsan szaladt, szájában valamit cipelve.

- Hijjnye, a teremburáját! – szisszent fel az öreg. – Nem elkapott valami állatot? Gyere csak te vén betyár! – kiáltott hangosan a közeledő ebre, – majd adok én neked vadakat ölni!

- Hát ezt hol találtad? – vette ki az odaérkező eb fogai közül a hátizsákot.

Dorka felugatott, farkát izgatottan csóválni kezdte. Vakkantott néhányat, és visszafelé kezdett szaladni. Tíz méter után megállt, az öreg felé fordult. Nyüszített, mintha hívná a gazdáját. Látva, hogy az öreg felveszi a hátizsákot és követi, újra rohanni kezdett a dombhát felé. Az öreg meglepetésére, nem lefelé tartott a patakhoz, hanem jobbra indult az emelkedőn a hegy gerince felé.

A fiú tétlenül üldögélt a padkán, beteljesülő sorsára várva. A szomjúság mellett a láz is gyötörte, gondolatai a képzelet és a valóság örvényeiben kavarogtak, nem tudván elválasztani a kettőt egymástól. Fogalma sem volt arról, hogy a kutyát álmodta-e, vagy valóban itt járt. Mindenesetre eltűnt a hátizsákjával együtt. Keze beleakadt a kulacsába. Nem tudta, hogyan került a padkára a zsákból, de nem is foglalkozott vele. Azzal sem törődött, hogy éjszakára tette félre a maradékot, a hideg ellen. Győzött akarata fölött a szomjúság, és egy nyeléssel kiürítette a palackot. Jól eső melegség járta át. Épp le akarta hunyni a szemét, mikor meglátta a sziklaperemen a kutyát.

- Adod vissza a zsákomat, te tolvaj! – mordult rá akadozó nyelvvel.

A kutya barátságos, halk hangon ugatott, mintha csak közölni szeretett volna valamit a fiúval. Lihegett a futástól, lógó nyelvvel bámulta Csabát, mintha csak vigyorgott volna rá.

- Még van pofád a ké...képembe vigyorogni?! – értette félre az eb szándékát, mire a kutya hátat fordított neki.

- Hé!...Hé, le ne merj csinálni, mert fölmegyek és lehajítalak! – kiáltotta dühösen, mert Dorka a farkát fölemelve félig leeresztette a hátsóját.

Csak le akart ülni a fenekére, hogy bevárja gazdáját, de a következő pillanatban felugrott a fütty hallatán, melyet Csaba odalent nem érzékelhetett és eliramodott a hang irányába. Hívó ugatásával irányította gazdáját a hasadék felé.

Csaba elégedetten vette tudomásul, hogy az eb nem tekintette őt árnyékszéknek. Ettől a bizarr gondolattól elérkezett ahhoz a ponthoz, amikor már nevetett a helyzetén. Az utolsó adag pálinka hatni kezdett. Még mindig nevetgélt, amikor odafent egy magas alak tűnt fel a hasadék szélén. Mikor szeme hozzászokott a lenti homályhoz, meglátta a hang gazdáját.

- Nem unalmas odalent? – szólt le meglepetésében köszönés helyett, majd hozzá fűzte. – Esetleg nem akar feljönni?

Csabába beleszorult a következő nevetési kényszer. Nyakát behúzva tekintett fel. Magas alakot látott deréktól felfelé, fénybe burkolva. Ősz haja, gondosan ápolt 4-5 cm-es szakálla, bajusza is teljesen ősz volt. A hátulról érkező napsugár fénykoszorúba fonta az egész alakot, melyet Csaba úgy érzékelt, mintha glória tündökölne a feje körül. Az égi hang hallatára úgy érezte kitisztul a feje és eddig soha nem tapasztalt megkönnyebbülés árasztja el egész lényét.

- Meghaltam – futott át rajta a sorsába belenyugvó borzongás érzete.

- A kulcskarikát ho…hol hagyta, azzal a nagy ku-ku…kulccsal együtt? – jött ki nagy sokára a kérdés a száján.

Fent, a szemközti sziklatetőn, mintha imbolygott volna az emberi sziluett. Csaba attól tartott, hogy egyszer csak lezuhan. Aztán rájött, hogy szédülése okozza a csalóka képet, mert az ősz férfi körül a szikla is hullámzani látszott. Behunyta a szemét, ezzel csak azt érte el, hogy szemhéja alatt, a retinán rögzítődött kép még jobban lengeni kezdett jobbra-balra. Úgy érezte magát, mint a részeg ember, aki hazaérve az ágy biztonságát keresi. Amint azonban lecsukja szemét, az ágy rögtön hajóhintává változik, és egyre nagyobbak a kilengései. Gyorsan kinyitotta a szemét. Az öreg még mindig ott volt.

- Miféle nagy kulcsról beszél maga? – Kérdésre kérdés volt a válasz. A dadogásról az öreg rögtön rájött, hogy a hang gazdája ugyancsak a tudatos, és az öntudatlan lét között ingadozik.

- Hát, a...amivel kinyitja a kaput, hogy beengedhessen. – Nem értette, hogy ilyen pofon egyszerű dolgon mit értetlenkedik a hang gazdája, mikor az a feladata, hogy beengedje az arra méltó lelkeket, mint őt is, hiszen jót cselekedett egy lány megmentésével.

Az öreg vette a lapot.

- Milyen kaput? Nincsen nekem semmiféle zárt kapum, errefelé nem lopnak. Legfeljebb a házamon van kulcsos ajtó. Ha felkívánkozik onnan lentről, azon az ajtón szívesen beengedem!

- Maga... maga akkor mégsem a Szent Péter? – döbbent meg a fiú. – Pedig innen pont úgy néz ki.

- Péternek, Péter vagyok még mindig... Lehet, hogy szent is voltam valamikor, de manapság már biztos nem tart annak a mindenhatóm – tette hozzá rövid szünet után.

– Már a Mennyországot is elérte a munkanélküliség? Már nem portás, vagyis kiesett a szatyorból és kiebrudalták – szögezte le Csaba, nem akarva tudomást venni az ősz ember tagadásáról. – Ezért nincs már kulcsa.

– Már hogyan rúgtak volna ki! – méltatlankodott a fenti hang. –És kicsoda rúgott volna ki? Még mindig ugyanott lakom és munkám is van.

– Hát... a Mindenható – csodálkozott. – Hisz maga említette őt. Biztos főbenjáró bűnt követett el és páros lábbal kirúgták. Sőt letaszították, ha nem oly mélyre, mint annak idején Lucifert a pokol fenekére.

A vidám, borízű nevetés hallatán a fiú gondolatai kezdtek normális irányba terelődni. Feje lassan tisztulni kezdett, habár pokolian fájt.

– Akkor mégis csak élek? – tette fel szinte magának a kérdést.

– Ahogy elnézem, most éppen Luciferrel bratyizik a pokolban, még ha nem is egészen annak a bugyrában – vette figurára az öreg a fiú tétovázását. – Csak azt nem értem, hogy miért velem társalog. De ha kívánja, kulcs nélkül is feljuttatom a mennyországba.

– Az jó lesz – nyögte Csaba és kínkeservesen felállt.

– Mikor ivott utoljára, és hogy került oda le?

– Nem tudom, de kiürült a pálinkás butykos, mert a víz már régen elfogyott és pokolian hasogat a fejem. És nem lejutottam, hanem inkább fel!

A mozgás okozta fájdalom újra áthatotta az egész testét, szinte sajnálta, hogy nem halt meg. Erőt kellett vennie magán, hogy ne kívánkozzon vissza a félig öntudatlan, fájdalommentes képzelgésbe.

- Hmmm. Jól látom, nincs is ott lent? Nehogy azt mondja, hogy a szurdok aljáról mászott fel idáig, hegymászó felszerelés nélkül?

Csaba kezdett visszatérni a valóságba, lassan felszállt az agyára telepedett köd. Megszűnőben volt a 24 órája tartó stressz hatása. Tudta, hogy megmenekült, nem fogja elveszíteni Editet, aki iránt érzett szerelme emberfeletti erőt kölcsönzött neki. Az új felismerés elűzte vízióit, csak a pálinka gyengülő hatását érezte még. A láztól szédült kicsit, de nem törődött vele. Hatalmas kő esett le a szívéről, új erő költözött fáradt tagjaiba. Már tudta, hogy nem vizionál. Újra meg tudott szólalni, visszaköltözött belé az élni akarás.

- Olyan mélyről nem, volt azért negyven méter. De kihúzna már, mert itt halok szomjan!

A férfi látta, hogy a fiú valóban rossz bőrben van, ráér elbeszélgetni vele, miután felhúzta.

- Várjon egy kicsit! – Átment a hasadék másik oldalára, hogy a fiatalember fölé kerüljön. Dorka hívás nélkül követte.

Az öreg elővette a kutya pórázát, ami kétháromszáz kiló terhet is kibírt. Rövid töprengés után a szíj végét átfűzte a karabineren. Az így keletkezett hurkot szügyhámként a kutyára erősítette. Ódzkodott attól, hogy egyszerűen Dorka nyakörvére csatolja. Húzáskor a nyakörv fojtogatta volna a kutyát, és jóval kisebb erőkifejtést ért volna el vele. Másik végét ledobta a fiúnak.

- Dugja a jobb kezét a hurokba, csavarja kétszer a csuklójára, és úgy markolja meg két kézzel a szíjat! Így biztos nem fog kicsúszni belőle a keze. Szóljon, ha készen van!

Péter nem mert a lejtős, kavicsos részre kilépni, nehogy a fiatalember után csússzon ő is. A sziklaperemről nem láthatta a fiút. Mikor Csaba felkiáltott, hogy kész, megragadta a szíjat és kutyáját bíztatva együtt húzni kezdték a fiút. Tíz másodperccel később Csaba már biztonságban volt. Megköszönni sem tudta, csak kimerülten lerogyott a sziklára.

- Van magánál víz? – lihegte erőtlenül.

- Az nincs, de borral tudok szolgálni, habár az illumináltságát nézve...

- Az is folyadék – szakította félbe az öreget Csaba. Szája kicserepesedett a szomjúságtól. Mohó kortyokkal itta a bort. Sikerült félrenyelnie. Az öreg azonnal rászólt, hogy lassabban igya, különben visszakívánkozik. Fél liter után Péter elvette tőle az üveget.

- Ennyi elég lesz, mert haza is kell érnünk. – Nézte, nézte a fiatalembert, és csak csóválni tudta a fejét. – Úgy néz ki, mint aki óriás sündisznóval szeretkezett.

- Ha azt nem is, de egész éjjel a fenyőfán gubbasztva, kakukkmadárként költöttem a tojásaimat. – próbált humorizálni Csaba, aki újjá születve a folyadéktól, csak most hitte el ténylegesen, hogy véget értek a megpróbáltatásai. A megivott bor is ugyancsak dolgozott benne.

Péter a fiút támogatva elindult Szurdok-
pusztára. Nem fért a fejébe, hogy néhány méteres
zuhanástól, hogy nézhet így ki valaki, mert még
mindig úgy gondolta, hogy fentről esett le a
padkára, ahonnan kihúzta.

- Másnak is kell itt lennie – morfondírozott,
mert nem volt meggyőződve állításáról. Dorka,
fogai között Csaba hátizsákjával, farokcsóválva
követte őket. Olyannak tűnt, mintha még mindig
vigyorogna.

Holdfénykeringő

Nyírfával sűrűn benőtt terepen ereszkedtek lefelé az ösvényen. Lebotladoztak a Fehér-patak völgyébe, amely óriási kettős vízeséssel zúdult a Kis-Békásba. Péternek nem volt könnyű dolga Csabával, aki egyre jobban fáradt, mind nagyobb súllyal támaszkodott az öregre. A zuhatagsorral ékesített Fehér-pataktól 400 métert kellett mászniuk, többnyire erdős területen, hogy kiérjenek a nyári szállásoktól tarkított Szurdok-pusztára. A kaptató felénél mindketten kifulladtak, pihenniük kellett. A tisztáson leültek egy-egy mészkősziklára, Dorka földig lógó nyelvvel hasalt el mellettük. Az öreg elővette a borosüveget, a fiú kezébe nyomta.

- Csak két kortyot, mert megint a fejébe száll. – Csaba megadóan bólintott. Két korty után visszaadta az üveget. Nem is kívánt többet, mert ennyitől is vetett két szaltót a gyomra. Nagyokat sóhajtva sikerült csak lecsillapítania. Péter viszont legördítette a maradékot, gondolván, hazáig már kibírják ivás nélkül. A megerőltető menetelés alatt kiszállt Csaba fejéből a bor hatása, és mintha a lázát is kimosta volna szervezetéből az elszálló alkoholgőz. Úgy vélte, talán nem is az esős éjszakai hideg okozta lázát, inkább ideglázra gyanakodott, figyelembe véve a stressz helyzetet. Fájó zúzódásai mellett a kimerültség okozott neki gondot. Nem kívánt mást, mint egy puha ágyat, és aludni reggelig.

- Na, fiam akkor most essünk túl a bemutatkozáson és mesélje el, hogyan került a hasadékba! – fordult feléje az öreg. – Demeter Péter vagyok, itt lakom a Kis-Békás tanyaházainak egyikében a mindenható feleségemmel – vigyorgott rá kajánul az öreg.

Csaba értette a célzást. Mosolyogva nyújtotta kezét az öreg felé, de felrepedt szája széle miatt inkább torz fintornak hatott a mosolya.

- Virág Csaba. – fogott kezet Péterrel. – Magyarországról jöttem, a Balaton mellől. Nem részegen estem a hasadékba. A kőomlásnál zuhantam le tegnap ilyen tájban, tök józanul, miután megmentettem egy lány életét. – Péter nagy szemeket meresztve intette le.

- Állj, állj! Az majdnem száz méterre van a hasadéktól, ahonnan kihúztam. A környéken mindenki úgy tudja, a rendőrséget és a hegyi mentőcsoportot is beleértve, hogy tegnap délután egy szovátai román fiatalember zuhant le, miután megmentette egy lány életét. A kora éjszakai órákban találták meg az összezúzott holttestét jóval a zuhatagsor alatt, ahol egy sziklára vetette ki a víz.

Most Csabán volt a meglepődés sora.

- Amint látja, az nem én voltam. Egyedül jött a srác, hogy nem hiányzott senkinek? – Fejében kergették egymást a gondolatok.

- Állítólag társasággal volt a barátnőjével együtt. Tegnapelőtt ér-keztek, és a Gyilkos-tónál szálltak meg. Tegnap, ebéd után a Sziklafalak útján jöttek le a Pokol-tornácára és a műúton gyalogoltak volna végig, vissza a tóhoz. A Szurdok-kő délkeleti lábánál valami oknál fogva a fiú csúnyán összeveszett a barátnőjével. Ami azt illeti, a motel tulaja szerint az egész társaság állandóan be volt lőve. A sokadik veszekedésnek az lett a vége, hogy a fiatalember ott hagyta őket és visszafordult, hogy ugyanazon a turistaúton térjen vissza a Gyilkos Telepre. Vagyis ezen az úton, és a jelek szerint, magához hasonlóan, ő is felment a hegygerincre. Hasonlóan a turistacsoporthoz, amelynek tagja volt a megmentett lány is. Társai, éjfél után, a szállásukra visszaérve hallottak a balesetről. Péter nagyot sóhajtva elhallgatott. Pipáját szájába véve belefújt, hogy jól szelel-e. Komótosan megtömködte, majd rágyújtott. Csaba nem zavarta meg a „szertartást". Gondolatban kezdett összeállni a kép a román fiú esete, és a vele történtek között. Péter megeresztett néhány füstkarikát, de a szellő rögtön felkapta és örvényszerűen szétoszlatta a levegőben. Az öreg rosszallóan nézett semmivé foszlott műve után, majd folytatta elbeszélését.

- Mint minden ember, ők is rosszra gondoltak. Megkérdezték a recepcióst, esetleg látta-e visszajönni társukat. A nemleges válaszra mobiltelefonján hívták a fiatalembert. Tíz perc kísérletezés után feladták és a túravezetőnek bejelentették, hogy mire gya-nakszanak. Megtalált iratai alapján a hatóság megállapította a fiú kilétét, társai azonosították. A megmentett lány és barátnője elmondása alapján a ruházat és a hátizsák stimmelt, az összezúzott arc miatt nem várták el tőlük, hogy az alapján azonosítsák. Minden egyértelműnek tűnt. Csak egy fiatalembert kerestek, és meg is találták.

Az öreg itt abbahagyta a mondandóját, nem volt mit hozzá tenni. Nagy füstkarikát eresztve nyugtázta, hogy most nem ragadta magával a szél. Kérdőn nézett a fiúra.

- Azt hiszem, van egy kis hozzáfűzni valója, amennyiben tényleg lezuhant maga is, azon a helyen.

Kérdése barátságos volt, de tekintetében kétkedő kíváncsiság tükröződött. Nem tudta elképzelni, hogy bárki túléljen ekkora zuhanást. Úgy érezte, hogy itt valami sántít. Az elbeszélés alatt Csaba előtt már teljesen világossá vált minden. Nem neheztelt Péterre, mert helyében ő is kétségeit fejezte volna ki.

- Én mentettem meg a lányt, és nem zuhantam volna le, ha az a szikladarab nem fordul ki a falból, amibe kapaszkodtam. Egészen idáig nem fért a fejembe, hogy miért hagyták abba olyan hamar a keresésemet.

Csaba röviden elmesélte a sziklafallal kötött, közelről sem barátságos, egy napos ismeretségét.

- Nagy köszönettel tartozom magának, hogy kihúzott a hasadékból. Lehet, hogy napokig nem járt volna egy teremtett lélek sem arra, mert a hely félre esett az ösvénytől. Az életemet mentette meg – fejezte be.

- Dorkának köszönje, ne nekem – biccentett Péter a nyelvét lógató kutyája felé. - Ő hallhatta meg a hangját, ahogy lázálmában kiáltozott. Én semmit sem hallottam, pedig a korom ellenére még jó a hallásom.

Csaba a kutya felé fordult, hálásan megvakargatta a füle tövét. Dorka felugrott, és viszonozva a kedvességet, kétszer is képen nyalta a fiút. – Azt gondoltam, a kutya sem fog erre járni. Bocs pajtás, tévedtem.

- Nyughass! – mordult rá az öreg, mire a kutya lekushadt.

- Egy dolgot nem értek. – törölte meg arcát Csaba. – Hogyan zuhanhatott le az a román fiatalember? Ha olyan csúnyán összeveszett a barátnőjével, hihette azt is, hogy mindörökre vége a kapcsolatuknak. Abban a zaklatott lelkiállapotban nem hiszem, hogy kedve támadt volna egy veszélyes sziklapárkányról a szurdok szépségeiben gyönyörködni. Ha csak nem elkeseredésében…- Csaba elhallgatott, a ki nem mondott folytatás súlyosan nehezedett lelkükre.

- Van egy másik érhetetlen dolog is. A baleset színhelyénél a patak és a sziklafal töve között 15 méter enyhe lejtésű partszakasz van, teleszórva a kőomlás maradványaival. Ha ott zuhant le a fiatalember, kizárt dolog, hogy a patakba gurult. Neki lejjebb kellett lezuhannia, ahol a szurdok már kellően összeszűkül. Ezért találták meg a holttestét a vízben, mely magával sodorta. Mégis feljebb kezdték el a keresést. Már rég besötétedett, mire a hegyi mentők elkezdték a kutatást.

- A szurdok vak sötétjében mégsem tájolhatták be pontosan a helyszínt. A biztonság miatt, inkább feljebb kezdték el a keresést a parton és a vízben egyaránt, egészen addig a pontig, ahol már nem tudtak tovább haladni. Mivel jóval lejjebb megtalálták a fiút, nem foglalkoztak a helyszíni adottságokkal. Ezért nem vették észre az ellentmondást.

- Talán jobb, ha nem bolygatjuk – állt fel az öreg. – Induljunk, mert sosem érünk haza. Ma este már nem fog pörlekedni velem az asszony, lesz hivatkozásom a késésre. Neki pedig elfoglaltsága magával. Jobb, ha felkészül egy alapos gyógyfüves kúrára.

Mindkettőjüknek jót tett a pihenés. Hamarosan felértek a Szurdok-kő hátára.

A Kis-Békás tanyavilág üde színfoltként terült szét a hegyháton, rendezett házaival és a kiterjedt kaszálókat tarkító szénaboglyáival. Mire megérkeztek Péter házához, Csaba már alig tudta emelgetni lábait. Csak akaratereje vitte előre. Meg akarta kímélni az öreget attól, hogy a hátán kelljen cipelnie.

A kutya előre szaladt, vidám ugatással üdvözölte a házból kilépő gazdasszonyát. A mindenható Ilonka néni már épp nyitotta száját, hogy jól leteremtse jócskán elmaradt férjét. Meglátva a mellette szédelgő fiatalembert, szája némán csukódott be.

- Lásd el a fiút anyjuk, ugyancsak megviselt állapotban van! – szólt oda a feleségének, és az asszony támogatására bízta Csabát.

- Szentséges Istenem! – csapta össze a kezét Ilonka néni. – Ha nem tudnám, hogy a Kárpátokban vagyunk, azt hihetném, hogy a krokodil szájából húztad ki a fiatalembert. – De már kapott is a fiú után, aki épp összerogyni készült.

Átkarolva a derekát, a közeli fekvőhelyhez vezette. Csaba lerogyott a heverőre, alig tudta kinyögni, hogy vizet kér. Még ebben az állapotában is feltűnt neki a konyha hatalmas mérete. Ha gondolkodni tudott volna, rájön, hogy falvakban a ház középpontja a konyha, napközben a család itt éli az életét. A szobát csak éjszakai alvásra használják. Ilonka néni ugrott is a vödörhöz, telemerítette a korsót és a fiúhoz vitte. Csaba keze annyira remegett, hogy az asszonynak fognia kellett a vizes edényt, nehogy az egészet kilötyögtesse.

- Még, - suttogta erőtlenül, de Péter leintette a tüsténkedő feleségét.

- Egyelőre elég neki, mert még kidobja a gyomrát. Huszonnégy órát töltött a sziklafalon, kiszáradt, nem szabad egyszerre megterhelni a szervezetét.

- Igazad van apjuk – értett vele egyet Ilonka a hallottak után. – Csinálok főzetet a gyógyfüveimből. Fertőtleníteni kell a sebeit, mert egyik-másik már gyulladásnak indult.

Elsietett a kamrába, ahonnan különböző feliratokkal ellátott, félig telt papírzacskókkal tért vissza. Feltette a vizet forralni. Péter behozott egy kevés harapnivalót, gondolván, hogy éhes is lehet már a fiú. Belé akart tukmálni néhány falatot, hogy ne legyen üres a gyomra. Meglepetésére, a kanapén félig eldőlve aludt a fiú.

- Jól kikészült ez a gyerek – csóválta meg a fejét az öreg. Letette az asztalra az ennivalót. Odament a fiúhoz, lehúzta a cipőjét és lábait felrakta a heverőre. Betakarta egy pléddel, és az asztalhoz ült.

Míg Csaba aludt, a háziak leültek vacsorázni. Közben Péter mindent elmesélt a feleségének arról, amit reggel hallott a buszon és amit Csabától megtudott. Ilonka nem győzött sápítozni a történteken. Bement a kamrába, és egy megkezdett pálinkás üveggel tért vissza. Kivett a kredencből egy stampedlis poharat, teletöltötte, és egy hajtásra kiitta. Könnybe lábadt a szeme az erős italtól, de láthatóan jót tett neki a megrázkódtatás ellen. Péter szemrehányóan nézett rá. Ilonka vette a jelzést, kivett, és tele töltött egy másik poharat is. Péter krákogott egyet amint lement a torkán a pálinka. Jobban kedvelte a bort, felesége azt is ritkán ivott, akkor is keveset.

- Hát, emiatt késtem – mondta ki a féligazságot az öreg, de nem mert az asszony szemébe nézni. Anélkül is érezte, hogy felesége átlát rajta, csak most az egyszer nem teszi szóvá.

- Az én véleményem az - szólalt meg nagy sokára Ilonka -, hogy az a román fiú kétségbe esésében öngyilkos lett.

- Mi is erre a következtetésre jutottunk, csak nem mondtuk ki.

- Istenem, ha ezt a szülei megtudják! – szörnyülködött az asszony – Azt is nehéz elfogadniuk, hogy meghalt a fiúk, ha meg is mentette egy lány életét. Az értelmetlen halált, az öngyilkosságot soha sem fogják tudni feldolgozni. Egész életükben kísérteni fogja őket.

- Nem kellene feltétlenül tudniuk erről. És a hatóságoknak sem. Erről csak mi ketten tudunk, meg a fiú.

- Ezt a fiú fogja eldönteni, a saját lelkiismeretére hallgatva. Szerintem, mi nem befolyásolhatjuk ebben a kérdésben, oly annyira nem, hogy még csak fel sem vethetjük ennek a lehetőségét.

Ilonka, közben a bejárati ajtó és az ablak között elhelyezett gáztűzhelyen a felforrt, fazékban lévő víz alatt lekapcsolta a gázt. Három bögrébe más-más gyógyfüvet szórt, felöntötte a forró vízzel, és lefedte az edényeket. Csaba még mindig aludt, időnként megrándult az arcán egy-egy izom, vagy a kezével kapott a levegőbe, majd karja tehetetlenül visszahullott melléje.

- Rászolgált a nevére az a Békás-szoros – nézte együttérzéssel az asszony a fiatalember hadakozását. – Ő valóban a poklot járta meg odalent. - Péter egyetértően hümmögött.

- Hagyjuk még aludni, amíg megfelelően ki nem hűl a főzeted. Addig is lássuk el a jószágot. Ilonka a szárnyasokról gondoskodott. Neveltek tyúkot, libát, kacsát. Péter a négy tehenet látta el, hál isten Ilonka megfejte őket, már el is szállította a tejesember a tejet. Vasvillával szénát dobott a két ló elé a jászolba, majd a disznókról gondoskodott. Dorka ott téblábolt körülötte, mintha nélküle éhesen maradnának az állatok. Mikor az öreg végzett, akkor figyelt fel a kutya rászegeződő tekintetére.

- Rólad meg egészen elfeledkeztem - vakarta meg a füle tövét. – Gyere, ma különösen kiérdemelted a vacsorát! – Dorka egyetértően vakkantott néhányat és farkát csóválva követte gazdáját, épen csak a férfi lába közé nem keveredett nagy igyekezetében.

A Nap lassan, égi útjának végére ért. A völgyeket sűrű homály tette kísértetiessé, a szurdok mélyében pedig a sötétség vette át az uralmat. A Szurdok-kő hátán a tanyavilág még aranyló fényben tündökölt, de a házak szobáinak és konyháinak rejtett sarkaiban már ott gubbasztott a sötétség arra várva, hogy a Nap utolsó sugrainak kioltásával birtokába vegye a helyiségek egészét. Csaba mocorogni kezdett, majd kinyitotta a szemét. Értetlenül nézett körbe. Tekintete először az asztalnál üldögélő idős házaspárra esett, majd a lefedett három bögre kötötte le figyelmét. Lassan eszébe jutott minden. Péter bácsi, aki kihúzta a hasadékból, a küszöbön elnyúlt kutya, aki felfedezte őt, útjuk a pusztára és ájulásszerű elalvása. Szomjúságot érzett, gyomra nagyot kordult, amiből rájött, hogy régóta nem is evett. A házaspár is meghallotta a követelődző hangot, mert Ilonka néni rögtön feléje fordult.

– Hallom, megéhezett? – Kérdésében nem volt semmi kivetni való, Csaba mégis restellte gyomra árulkodását. – Hogy érzi magát?

– Elnézést, rég nem ettem. Köszönöm, a körülményekhez képest tűrhetően –, ült fel Csaba. Feje még zsibongott, de már nem fájt.

– Jöjjön, üljön az asztalhoz! Előbb, egyen, igyon, utána ellátom a sérüléseit. Könnyű ételt ajánlanék, maradt ebédről finom tyúkhúsleves. Még jó, hogy elaludt, és nem lakott be az uram által kínált szalonnából. Ne morgolódj, vén bolond – fordult férjéhez -, inkább menj és indítsd be a generátort!

– Ne is lepődjön meg azon - fordult a fiú felé, miután az öreg kiment, - hogy néha így beszélek vele. Az utóbbi időben kissé zsémbessé vált.

- Igen, útközben említette Péter bátyám – ült le Csaba az asztalhoz – de a másik felet is megemlítette.

- Nem is ő lett volna, ha nem teszi – nevetett fel vidáman Ilonka. Kellemes, csengő kacagása volt, Csaba szívesen hallgatta volna még, de az asszony folytatta mondandóját. – Az igazság érdekében úgy illett volna, ha azt is mondom, hogy én meg sokat járatom a számat. Bennem is nyomot hagyott az idő. Azért jól kijövünk egymással. Időközben Péter beindította a generátort. Az égő néhányat pislantott, majd fénybe borította a konyhát. Az elektromos áramról Csabának eszébe jutott a lemerült telefonja. Engedélyt kért, hogy feltölthesse, miután a hűtőszekrény mellett felfedezte a falba süllyesztett aljzatot. Csatlakoztatás közben megállapította, hogy a hűtőszekrény gázzal és elektromos árammal egyaránt üzemeltethető. Kézenfekvő megoldás volt, minek járassák a generátort csak azért, hogy a hűtő üzemeljen. Olcsóbb a gázzal való hűtés.

A megmelegített levest az asszony az asztalra tette, a kredencből elővarázsolta az edényeket és teleszedte a mélytányért, nem sajnálva tőle a benne főtt húst, a combokat és a rost irányában felvagdosott melle húsát. Csabának annyira jólesett a finom, meleg étel, hogy nem restellt még egy tányérral kérni. Mikor túl volt a vacsorán, Ilonka néni ellentmondást nem tűrő hangon adta ki az utasítást.

- Most pedig irány a fürdőszoba! Péter már a kútról húzott vizet a kádba. Mindjárt felönti forró vízzel. Magára fér egy alapos tisztálkodás, de itt ne számítson összkomfortra.

Csak most vette észre, hogy a szobát és a konyhát elválasztó falnál, a sarokban egy kemence húzódik meg. Hátsó falát a fürdő szoba fala alkotta, jobb oldala a szoba válaszfalának része volt. Nyilvánvaló, hogy a konyha mellett, egyben a másik két helyiséget is a kemencével fűtötték be télvíz idején. Közvetlen a ke-mence mellett két ajtót látott egymás mellett. Utána egy teatűzhely állt, mely mögül, hődobbal ellátott füstcső vezetett a falba. A tűzhely után a sarokban, az oldalfal mentén volt a széles heverő. Lábrészénél újabb ajtó. Feltételezte, hogy a kamrába vezet.

A bejárati ajtótól balra, a sarokban volt a hűtőszekrény, jobbra egy gáztűzhelyt fedezett fel. Balra a gázpalack, majd az ablak alatt lévő tároló következett, tetején vizeskanna, friss vízzel. Péter, ronggyal megfogva a fazék fülét, épp levette a gőzölgő vizet a teatűzhelyről, és megindult a fürdőszoba ajtó felé. A fiú kinyitotta előtte. Bent egy fürdőkádat vett észre, benne hideg víz. Péter ehhez öntötte a forró víz egy részét. A fazekat letette a döngölt földre.

- Nem akarom túl melegre készíteni, a sebei nem hiszem, hogy méltányolnák. Ha kell, majd önt hozzá.

- Itt a fürdőtörölközője – nyomott a kezébe Ilonka egy méretes törölközőt. – Majd szóljon, megmosom a hátát..! Ne meresztgesse a szemeit fiatalember, láttam én már olyat. Vagy Péter csinálja? - nézett rá huncutul az asszony.

- Csak négylábúakat csutakolok – morrant fel az öreg.
- A ruháit hagyja a fürdőben. Kimosom, és reggelre meg is fog száradni – távozott az asszony is, magára hagyva a fiatalembert. Csaba belenyúlt a vízbe, hűvösnek találta. Öntött hozzá forró vizet. Már szinte előre érezte, hogy kiszáradt sejtjei milyen örömmel fogják magukba szívni az éltető vizet. Kis híján felvisított, amikor könnyelműen nyakig merült a fürdővízbe. Horzsolásait, a bőrén keletkezett kisebb vágásokat tűzként égette a víz. Úgy pattant talpra, hogy majd kiesett a kádból. Szidta magát a hülyesége miatt. Hogy gondolhatta, ami kellemesen meleg a kezének, az jó a nyílt sebeknek is. Teli vödör hideg vizet vett észre a sarokban. Dicsérte az öreget, hogy előrelátóan hideg vizet is hagyott neki. A szappannal félve kerülgette sebeit. Óvatosan ledörzsölte magát a szivaccsal, s mikor a hátára került a sor, megállt a tudománya. Izomláztól merev karjaival messze nem érte el a háta közepét, egyáltalán, az egész hátmosás fabatkát sem ért. Nagyot sóhajtva megadta magát a sorsnak és kikiabált Ilonka néninek…

Csaba, dereka köré csavart törölközővel hasalt a heverőn, Ilonka néni langyos, kamillás vízzel mosta ki sérüléseit. Különös gondot fordított a tarkóján keletkezett fejsebre. Hátán liláskékbe játszó zúzódások voltak, megrepedt bal oldali bordájánál tenyérnyi fekete folt. Térdhajlatában és lábfejéről csúnyán lehorzsolódott a bőr. Ezek a fán fejjel lefelé lógástól keletkeztek. Őrült, hogy ez alatt végig eszméletlen volt. Arca, kézfeje és tenyere apróbb horzsolásokkal volt tele, bal járomcsontján volt egy három centis mélyebb vágás. Bal térdén és könyökén, a tőrén végzett nyújtógyakorlat szó szerint lenyúzta a bőrét. Fertőtlenítés után az asszony bekente sebeit gyulladás gátló kenőccsel, majd letapasztotta azokat.

- Készen is vagyunk – csapott a fenekére az asszony. - Most legalább úgy néz ki, mint egy foltokban kitapétázott újévi sült malac. Itt van egy pizsama, bújjon bele! Az asztalon gőzölgő két nagy bögrében főzet van. Még forrók. Igaz, hogy a kettő van másfél liter, de úgyis folyadékra van szüksége. Az egyik lázcsillapító hatású, a másik csökkenti a fájdalmat és a gyulladást. Egyik sem illatos tea ízű, de ez magát nem fogja érdekelni! - szólította fel Ilonka a fiút.

Csaba szó nélkül tette a dolgát. A háziasszony elment kimosni Csaba ruháit, ő pedig Péterrel asztalhoz ült. Beszélgettek az itteni dolgokról, a magyar helyzetről, a székelységről. A fiú felváltva szürcsölgette a forró főzeteket, különösen, hogy az öreg mindkettőt felízesítette egy kis pálinkával. Közben Csaba kért egy kis szalonnát és kolbászt, - igazi házi készítésű volt mindkettő, - mert időközben az étvágya is megjött.

Végül elmondta, hogy a Gyilkos-tónál hagyta a kocsiját. Holnap, legkésőbb délután három és fél négy között Debrecenben kell lennie az egyetemi beiratkozás miatt. Kérte az öreget, hogy reggel hétkor keltse fel, mert kilencre a tónál akar lenni. Újra erőt vett rajta a fáradság, elálmosodott.

Péter látta rajta, hogy majd leragad a szeme. Felállt és a heverőre mutatott.

- Itt elalhat, az asszony már megágyazott rajta. Jó éjszakát. Reggel bemegyek magával, úgyis dolgom van Szentmiklóson.

- Jó éjszakát, és mindent köszönök – dőlt le a fiú. Magára húzta a takarót, és 48 óra után újra egy kényelmes, meleg fekhelyen egészséges álomba merült.

Sült szalonna illatára ébredt, amely halkan sercegett a serpenyőben. Ilonka néni ott szorgoskodott a konyhaasztalnál, tojásokat ütött fel egy kisebb tálba. A fiú mocorgására megfordult.

- Jó reggelt, Csaba! – üdvözölte mosolyogva. – Épp fel akartam kelteni. Hogy érzi magát?

- Kézcsókom Ilonka néni. Nem tudom, mikor aludtam ilyen jól. Csodát tettek a varázsszerei. A zúzódásaimat és az izomlázat még érzem, de sikerült kipihennem magamat. Péter bátyám merre van?

- Még az állatokkal foglakozik. Mire maga elkészül, ő is idebent lesz. Csak igyekezzen, ha nem akarja hidegen enni a szalonnás rántottát!

A fürdőben, mosdó híján, a hokedlira tett lavórban oda volt készítve a friss kútvíz

- Óh, figyelmes, vendégszerető házigazdák az öregek - gondolta Csaba. Gyorsan megmosakodott, a hideg víztől felfrissült.

- A vizet nyugodtan öntse a kádba. – hallotta az asszony hangját.

Csaba követte az utasítást, majd a vödörben lévő vízzel leöblítette a szappant a lavór széléről.

Este nem figyelte meg, hogy a lábakon álló fürdőkád lefolyója be van csövezve, és a föld alatt kivezették az udvarra. Gondolta, hogy a ház mögötti szabad területre vezeti a vizet. Időközben Péter is bejött. Szó nélkül reggeliztek, a rántottát frissen fejt, tőgymeleg tejjel öblítették le. Kávézás közben Péter rágyújtott elmaradhatatlan pipájára.

- Ült már lovon? – kérdezte a fiútól, és eleresztett egy tökéletes füstkarikát. Csaba tekintetével kísérte az ajtó felé kúszó füst gyűrűt, amely az ajtóhoz érve kiröppent a szabadba.

- Középiskolás koromban, nyári szünidősként dolgoztam lovardában, ahol a nagypénzűeket oktatták a lovaglásra, és lovas túrákat indítottak. Azt nem mondanám, hogy tapasztalt lovas vagyok.

- Ennyi elegendő is ide, mert nem fogunk árkon-bokron keresztül vágtatni. Gyalog másfél óra az út, a tegnapi nap után ez most nem hiányzik nekem. Magának is csak hasznára válik, ha nem fárad el. Bármennyire is frissnek érzi magát, hosszú útnak néz elébe.

- Miattam ne fáradjon Péter bátyám, így sem tudom meghálálni, amit értem tettek – szabadkozott Csaba, de Péter azonnal leintette.

- Amúgy is dolgom van Szentmiklóson, és ha már így alakult, miért ne ma menjek. A fiamat is fel akarom hívni, aki Marosvásárhelyen lakik. Két hónapja még volt mobil telefonom, amit a fiam adott nekem évekkel ezelőtt, amikor újat vett magának. Arra jó volt, hogy időnként beszélgessünk, többnyire ő hívott minket. De aztán megadta magát az öreg készülék, és a szemétdombra került.

- A telefon – csapott a homlokára Csaba. – Odament a hűtőhöz és kihúzta a töltő villásdugóját az aljzatból. Bekapcsolta a készüléket, ami teljesen feltöltődött, volt térerő is. – Ezen, akár most is felhívhatja a fiát – nyújtotta a telefont Péter felé.

- Rendben és köszönöm - vette át Péter a telefont, - de ez nem jelenti azt, hogy nem lóval megyünk. A lovakat ott hagyom a tónál az egyik ismerősömnél, aztán bevihetne magával Szentmiklósra. A busszal meg majd visszajövök, már sokszor utaztam így.

Csaba tudomásul vette az öreg óhaját. Igazság szerint, egyetlen porcikája sem kívánta a két órás gyalogtúrát, ráadásul a lovaglás lehetősége is izgatta a fantáziáját. Péter pötyögtetni kezdte a számot, s míg telefonált, a fiú kiment az udvarra. Dorka rögtön körbeugrálta és csatlakozott hozzá. Körbesétálták a léckerítéssel határolt udvart. A kerítés folytonosságát azon a helyen, ahol a széles kapunak kellett volna lennie, megszakították. Nem túlzott az öreg mikor azt mondta, hogy nincs kapukulcsa. A ház mellett, kicsivel odébb magas pajta állt, amelyben szénát és különféle takarmányokat tároltak az állatok etetésére. A pajta után volt az istálló a lovaknak és a teheneknek. A vályogfalba vert kampókon, a széles eresz alatt, különböző lószerszámok sorakoztak. Az udvar hátsó sarkában lőcsös szekéren, ekén és boronán akadt meg Csaba szeme. Mellettük kukoricagóré magasodott. A ház mögé kerülve a fiúnak feltűnt, hogy a hátsó fronthoz hozzáépítetek egy épületszárnyat. Közelébe érve meglátta a kis ablakokat, és azonnal rájött, hogy a fürdőszoba és a vécé rejtőzködik a falak mögött.

- Úgy látszik ezermester az öreg, amit csak lehet, maga javít meg és készít el – nyugtázta magában. Eszébe jutott az évtizedekig falun élő nagyapja, aki szintén nem szaladt apró-cseprő dolgok miatt szakemberhez, mint ahogy a városiak teszik. A falusi, főleg a tanyai élet megkövetelte, hogy a gazda sok mindenhez értsen, az állattartáson és a földművelésen kívül. Az udvar másik oldalánál volt három tyúkól. Külön a tyúkoknak, a kacsáknak és a libáknak. Erős építésűek voltak, jól reteszelhető ajtókkal, hogy Vuk és társai még csak be se dughassák oda az orrukat. A szárnyasok a kerítésen kívül csipegették a zöld füvet. A tyúkólat követte a disznóól, a hangokból következtetve, nem is egy lakóval. Kissé arrébb volt a már használaton kívüli bodega vécé.

Amikor visszaért a házba, az öreg már befejezte a telefonálást. Csaba beletette a készüléket az övén viselt tokba, a töltőt pedig a hátizsákba hajította. Péter az istállóban volt, a lovakat nyergelte fel. A nyeregkápára akasztotta a teli abrakos tarisznyákat.

- Ilonka néni! – fordult az asszonyhoz. – sohasem tudom meghálálni azt, amit értem tettek. Mindent nagyon szépen köszönök. Biztos vagyok benne, hogy még látjuk egymást. - gondolt Editre és valami összeszorította a szívét, hogy nem sikerült találkoznia vele. - Jövök még

Szentmiklósra, és ha megengedik, meglátogatom magukat.

- Isten megáldjon, fiam – ölelte meg Csabát az asszony. – Szívesen várunk, ha errefelé jársz. – Felkapott az asztalról két elemózsiás csomagot. Az egyiket Csaba kezébe nyomta. – Egy kis szalonna, meg kolbász kenyérrel, paprika hozzá, jó lesz útravalónak.

Csaba megköszönte, adott két puszit az asszonynak, akit nagyon megkedvelt és kiment a lovakhoz, ahol Péter már várta a felnyergelt lovakkal.

- Délután közepe táján itthon leszek – közölte Ilonkával és felszállt a lóra. Csaba követte példáját, elégedetten vette tudomásul, hogy fájó végtagjai ellenére, elsőre sikerült neki.

- Ha, ha! Lesz az kora este is, a szokott módon – nyugtázta ironikus hangon az asszony Péter könnyelmű bejelentését.

Kikocogtak az udvarról, a fiú még visszafordult, és búcsút intett az asszonynak, majd eltűntek a kanyarban. Csaba érezte, hogy Péter rajta tartja fél szemét, de nem tett megjegyzést lovaglásával kapcsolatban, amit jó jelnek tekintett. Hirtelen egy fehér tömeg rohant el mellette. Utolérte Pétert, körbefutotta a lovat, mintha csak örömtáncot lejtett volna. Vidám ugatása betöltötte a pusztát.

- Ebadta kutyája! – morrant rá az öreg. – Takarodsz rögtön haza!

A szigorú, parancsoló hangtól, ahelyett, hogy hazafelé szaladt volna, Dorka lekushadt és panaszosan nyüszítve kúszott gazdája felé.

- Ne sírj itt nekem, fene a jó dolgodat! Mindig meglágyítod a szívemet. Rendben, eljöhetsz, de a tónál ott maradsz a lovakkal együtt, a városba nem viszlek magammal!

Dorkával nyulat lehetett volna fogatni, olyan csaholásba kezdett örömében, hogy a közeli fáról felrebbentek a madarak. Csaba szentül hitte, hogy a kutya megint vigyorog. Lassú ügetéssel folytatták útjukat felfelé a kaszálón, míg el nem érték a Szurdok-kő nyergét. A réten gyorsabb ügetésre fogták a lovakat. Dorka előttük loholt. Csaba, megelőzve Pétert, szorosan a kutya nyomában ügetett. A rét déli csücskének szélénél jártak, amikor a benyúló bokorsor mögül egy nyúl rohant ki, nyomában egy vadászláztól vicsorgó, farkasszerű állattal. A rémült nyúl meglátva a kuvaszt, hirtelen irányt változtatva elrohant Csaba előtt, a rét széle felé. Dorka rögtön a nyúl után vetette magát, olyan szögben fordulva meg, hogy majdnem összeütközött a farkassal. A két vadászó állat vicsorogva egymásnak rontott.

A ló, megrémülve a közvetlen előtte összeakaszkodott, morgó, hörgő állatoktól, megtorpant, majd rémült nyerítéssel a nyúl után vágtatott. Csaba nem készült fel a váratlan eseményre. Mikor a ló hirtelen megállt a farkas láttán, kis híján kibukott a nyeregből, lába kicsúszott a kengyelből. Szorosan fogta a kantárt, a ló sörényébe is megkapaszkodott már, de nem tudta megfékezni a rémült állatot. A vágtatás ütemére, szinte pattogott a nyeregben arra koncentrálva, hogy le ne essen az állat hátáról.

Repedt bordájába minden zökkenésre fájdalom nyilallt.

Közvetlen a bokorsor szélénél jártak, mikor Csaba meghallotta Péter éles füttyét. A ló hirtelen lassítani kezdett, majd mind a négy lábát megvetve lecövekelt. A lovas elvált a hátasától, és búcsúintés nélküli röppályába kezdett. Csaba lába vágta közben nem talált vissza a kengyelbe. Volt annyi lélekjelenléte, hogy szorosan fogja a kantárt, ezzel elkerülte, hogy átrepüljön a bokrok felett. Ehelyett a bokorban kötött ki. Esés közben kifordult, hogy az ép jobb oldalára essen. Péter látta, hogy a fiút elragadja a megrémült ló. Vágtára fogta hátasát, és utána iramodott. Tudta, hogy egy elszabadult ló veszélyes lehet lovasára. Csaba úri lovasnak számított a szemében. Bízott abban, hogy a sík terepen addig nyeregben marad a fiú, amíg utol nem éri. Akkor ijedt meg, amikor látta, hogy az irányíthatatlan állat egyenesen a bodza bokorcsoport felé tart. Lovai megtanulták, hogy a fütty hangra odamenjenek hozzá, így az egyetlen lehetőséghez folyamodott, amivel megakadályozhatta, hogy a rémült ló bele ne rohanjon a bozótosba. Péter éleset füttyentett, amire lova lelassítva megtorpant a bokrok előtt. Az öreg már csak azt látta, hogy Csaba kecses ívben, fején átfordulva a bokorba zuhan.

- Nem volt a lába a kengyelben - szisszent fel az öreg. A következő pillanatban néma csend fogadta. - Híjjnye, a szentségit! – káromkodott Péter. – Ha ez a gyerek kitörte a nyakát…!

Csaba átfordulása közben a hátizsák is csökkentette az ütközés erejét mikor a bokorba repült. Hangos reccsenésekkel törtek alatta az ágak, s mire Péter odaért, Dorka már szorgalmasan nyalogatta a fiú képét. Nyögve lefejtette magáról az elsősegély nyalogatást nyújtó kutyát. Kissé szédelgett, az esés nem tett jót a másfél napja elszenvedett sérüléseinek. - Hé! – mordult rá. – Elég volt a szájon át lélegeztetésből. – Dorka lógó nyelvvel arrébb húzódott, s mikor hőcserélő szervét visszarántotta a szájába, mintha megint vigyor ült volna ki a képére. – Mindig akkor vigyorogsz, mikor megúszok valamilyen balesetet – korholta Csaba az ebet. – Kezdem imádni a vigyorgó kutyákat - tette hozzá engesztelésként. Fel akart állni, mikor valami megmoccant alatta. Már korábban is érezte, hogy a letört ágak nyomják a derekát, de arra nem számított, hogy mocorognak is. Eszébe jutott, hogy földet éréskor hallott valami visítás félét, ha csak nem ő nyikkant meg, de akkor nem ért rá ezzel foglalkozni. Dereka alá nyúlt abban a hitben, hogy egy vakondtúrás omladozik a letarolt ágak alatt és biztosan megnyomta a földtúrás gazdáját. Kis híján kirántotta a kezét, amikor egy mocorgó farokféleség akadt a markába.

- Na, nem! Hanyatt fekszem, így szó sem lehet arról – nyugtatgatta magát. – Hacsak ki nem szakadt a farmerom. - Óvatosan arrébb nyúlt. Most is valami szőröshöz ért a keze. Kitapogatta, hogy kettő van belőle, de nem szilva formájú. Megkönnyebbült sóhajjal kapta el az érintésére megránduló két lábat. Legördült a kezében tartott valamiről és feltérdelt. Görnyedten figyelte a letört ágak közé szorult, rugdalódzó, rémült nyulat. Elfogta a nevetés.

- Pajtikám, téged aztán jól meghajszolt az a farkas – nézegette a nyúl oldalán éktelenkedő fognyomokat. Nem volt mély a seb, amely több centi hosszan húzódott, de jócskán vérzett. Ki tudja, mióta hajszolhatta a farkas a kimerült állatot. – Az utolsó pillanatban sikerült elénk kerülnöd, ugye?

A nyúl abbahagyta a rugdalódzást és mozdulatlanul lapult meg, amikor Dorka érdeklődve körbeszaglászta a jövevényt. Képen nyalta a hullafáradt nyulat, mire az újabb kapálódzásba kezdett.

- Hohohó! Ez nem a te ebéded! – tolta arrébb a kutyát. – Peches vagy nyuszikám – ragadta meg az állat mindkét fülét. – Megúsztad, hogy ne legyen belőled farkas eledel, erre neked pont ott kellett kilihegned magad, ahol az én röppályám véget ért!

- Megütötted magad, fiam? – Péter kérdésében aggodalom érződött.

- Nem különösebben, viszont a vadászzsákmányom nem úszta meg – mondta vigyorogva és felmutatta Péternek a nyulat. Úgy lógott fülénél fogva a fiú kezében, mint a szárítókötélre csipeszelt kockásfülű nyúl. Péter nem tudta megállni nevetés nélkül, de meg is könnyebbült, hogy Csabának nem esett nagyobb baja.

- Egyedi módja a nyúlfogásnak, nem mondom! – hahotázott az öreg - Úgy látom, eltörted a jobb hátsó lábát, mikor ráerőszakoltad magad.

Hamarosan zsákmány lenne belőle, de addig se hagyjuk szenvedni. Add csak ide, fiam!

Csaba átnyújtotta a szerencsétlenül járt állatot. Péter a két hátsó lábánál fogta meg, és a fejjel lefelé lógó nyulat egy szakavatott mozdulattal megszabadította a szenvedéstől. A kéz éllel mért ütés a tarkóra olyan precíz volt, hogy felsírni sem volt ideje az áldozatnak.

- Majd az asszony holnap csinál belőle egy jó erős nyúlpaprikást. Kár, hogy nem lesz lehetősége megkóstolni. – fordult a fiú felé, miközben az üres nyeregtáskába tette a nyulat. Dorka nem vette magára az utolsó mondatot, mert egyetértő ugatással nyugtázta gazdája cselekedetét. Kutya eszével már otthon látta magát, ahogy ropogtatja a gyenge nyúlcsontokat.

- Gyakori errefelé a farkas?

- Kemény teleken, mikor kevés az élelem, lelehozza őket a lakott területekre a szükség, könnyebb vadászzsákmány reményében. Hja, az éhség nagy úr! Ez az idetévedt példány vagy sérült lehet, vagy betegség gyengíthette le. Egyébként kerülik az embereket, félnek tőlük.

A váratlan és sikeres kalandtól felvidulva kaptak újra lóra, és könnyű vágtában folytatták útjukat. A Virágos-rét déli csücskét érintve, felkapaszkodtak a Kis-Békás fakitermelő út első legnagyobb kanyarjába. Ezt a helyet, az itt lakók Mészégetők pusztájának is nevezik. Innen indul jobbra a Mészégetők útja, melyet a sárga háromszögjelzés követ. A földút Háromkutat köti össze a Gyilkos-tóval. Itt már házak mentén haladtak tovább. Jobbról a Csíki-bükk, balról a

Gyilkos-havas zárta közre a Vereskő-nyerget, ahová felértek. Péter kantáron fogta a két lovat, hogy elszállásolja őket az ismerőse udvarán. Kivette a nyeregtáskából Ilonka által készített elemózsiás csomagot, s odaadta Csabának, hogy ne kelljen kézben visszahoznia. A fiú betette a hátizsákjába, búcsúzóul megdögönyözte Dorkát. Hálából kapott tőle egy nyelves puszit. Péterrel megegyeztek, hogy fél óra múlva találkoznak az ABC üzlet parkolójában.

Csaba elsietett a Fenyő Villához. Kocsija ott volt, ahol hagyta. Rendezni akarta a számlát, de a tulaj akkora szemeket meresztett rá, hogy a fiú megszólalni is elfelejtett. Csak azután jött rá, hogy a ragtapaszait bámulja, amikor rákérdezett a férfi.

- Ha nem tudnám - , döbbent meg -, hogy megtalálták a holttestet, azt hihetném, hogy maga zuhant le a szurdokba, mert mióta kivette a szobát, azóta színét sem láttam. Ki dekorálta így ki?

- Lecsúsztam egy meredekebb hegyoldalról - válaszolta Csaba, gyorsan finomítva a valóságon, de a lány megmentéséről nem beszélt. – Épp arra jött Demeter Péter bátyám és rábeszélt, hogy menjek vele Szurdok-pusztára. Biztosított róla, hogy a felesége majd leápol. Náluk töltöttem mindkét éjszakát.

- A gyógyfüves Ilonka néni – hahotázott a férfi.

- Szóval ő kúrálta ki a csodafőzeteivel!

- Ismeri őket? – lepődött meg a fiú.

- Minden helybéli ismeri őket, itt őskövületnek számítanak.

- Ha nem haragszik, sietek, mert három órára Debrecenben kell lennem. Szentmiklósig elviszem Péter bátyámat is. Szeretném rendezni a számlát.

- Hagyja csak fiatalember, hisz egyetlen napot sem szállt meg itt. Különben is, Péter ismerősének ennyit megtehetek. De mondja meg az öregnek, hogy visszafelé jöttében feltétlen nézzen be ide.

Csaba köszönte a szívességet, majd elköszönt. Bement a boltba innivalót venni. Pár perc múlva befutott Péter, s elindultak.

- Péter bátyám! – fordult némi töprengés után az öreghez. - Gondolkoztam ezen a lánymentésen, meg a román srác halálán, hogyan lehetne elrendezni az egészet. Feltételezésem szerint a lány jó ideig nem tudja magát túltenni a történteken. Egyrészt rettentően megijedt, mikor a halál árnyéka ott lebegett a feje fölött. Viszont a vélt megmentőjének a halála még sokáig fogja nyomni a lelkiismeretét, talán egész életében végigkíséri. Másrészt ott vannak a srác szülei. Fájdalmas érzés elveszíteni a fiúkat, az sem vigasztalhatja meg őket, hogy nem volt értelmetlen a halála, hiszen megmentett egy lányt.

Csaba itt egy kis szünetet tartott, hogy összeszedje a gondolatait.

- Hova akarsz kilyukadni? – nézett rá Péter. – Folytasd csak!

- Nos – kezdte el Csaba, - ha én elmondanám a rendőrségnek az igazat, vajon ez mivel járna? A lány megtudná, hogy a megmentője nem halt meg, hatalmas megkönnyebbülés lenne számára.

Ezzel szemben a szülők fájdalmát a gyászban csak fokozná, hogy nem úgy halt meg a fiúk, ahogy hitték. Összeveszett a barátnőjével, lehet, hogy ők is öngyilkosságra gyanakodnának. Senki sem tudja, hogyan lelte halálát, s ez már örök titok marad, de az öngyilkosságnak még a gondolata is elviselhetetlen lenne a szülőknek.

- Értem – szakította félbe a fiút Péter. – Durván fog hangzani a hasonlatom, de ez olyan, mint a kecske és a káposzta esete.

- Valahogy úgy – értett egyet Csaba. – A hatóság is, és a szülők is, egyáltalán mindenki, aki hallott az esetről, maradjon meg a hivatalos formulánál. - Egy pillanatig habozott, majd folytatta. - Ha Péter bátyámat megkérhetném arra, hogy kideríti a megmentett lány kilétét? Név, telefonszám, vagy levélcím kellene, akkor én felvenném vele a kapcsolatot, és levenném a lány válláról a „halálom" terhét. Az igazságot pedig csak mi hárman, valamint a lány és a családja tudná. Nem vernénk nagydobra a valóságot. Ezzel megkímélnénk a halott fiú szüleit egy újabb megrázkódtatástól.

- Tudod fiam, az asszonnyal beszéltünk erről az este folyamán és úgy döntöttünk, hogy mi hallgatunk az esetről. Kéretlenül is rád bíztuk a döntést, mert ezt egyedül neked kell megoldanod. Örülök, hogy erre a megoldásra jutottál. Szerintem is így a legjobb mindkét félnek. A többit meg úgyis az élet hozza. Feltűnés nélkül megtudakolom, ki a megmentett lány, a többi már a te dolgod lesz.

- Köszönöm, Péter bátyám. Mielőtt elfelejteném, a Fenyő Villa tulaja kérte, hogy visszafelé jövet térjen be hozzá. Időközben már beértek Gyergyószentmiklósra. Péter kérésére, Csaba a főtéren tette le az öreget, miután talált üres parkoló helyet.

- Mielőtt elköszönnénk - fordult az öreghez, - bejönne velem az áruházba? Szeretném megköszönni mindazt, amit értem tettek.

- Ugyan fiam, más is megtette volna anélkül, hogy bármit elvárna cserébe. - Csaba nem engedett a huszonegyből, így Péter kénytelen volt vele menni. A műszaki osztályon, a T-Mobile szaküzletben vett egy feltöltős mobiltelefont. Csaba saját telefonjába betáplálta az új készülék hívószámát és fordítva is végrehajtotta a műveletet.

- Nem kellet volna ennyi pénzt kiadni rá – szabadkozott az öreg.

- Ez a legkevesebb, amivel kifejezhetem a hálámat – tette vissza a dobozba a telefont. - Péter bátyám említette, hogy a régi bekrepált. - Csaba kivett a kesztyűtartóból egy reklámszatyrot. Beletette a dobozt, melléje az elemózsiás csomagot.

- Már volt mobiltelefonja, tudja használni, és otthonról is beszélhetnek a fiával.

- Köszönöm, fiam. El kell ismernem, hogy jól jön a kidobott helyett, főleg télen hasznos, amikor nehezen járhatók az utak. - Búcsúzóul kezet fogtak, megveregették egymás lapockáját.

- Aztán, ha errefelé jársz, nézzél be hozzánk! – indult el az öreg.

- Már megígértem Ilonka néninek. – Hosszan nézett Péter után, aki a sarkon még megfordult, intett a fiúnak és eltűnt a szeme elől.
- Szóval, ilyen a székely vendégszeretet – állapította meg Csaba. Furcsa ürességet érzett valahol legbelül, máris hiányzott neki az öreg. Magában szentül megfogadta, hogy teljesíteni fogja ígéretét. Beült a kocsiba és kigördült a parkírozóból. Az órára nézett. Még nem volt háromnegyed tíz sem. Gondolt egyet és elindult Editék utcájának irányába. Maga sem tudta miben reménykedik, de hajtotta a szíve. Nem tudta volna megbocsátani, ha nem néz be az utcába és ezzel talán elszalasztaná Edittel való találkozást. Lassan hajtott, megállt a ház előtt. Semmi mozgást nem látott, a redőny lehúzva, a szemközti szomszédé úgyszintén. Az utca teljesen kihalt volt, csak néha hangzott fel egy-egy kutya ugatása. Csaba, azért becsengetett. Egy perc múlva csalódottan ült be a kocsiba.
- Mire is számítottam – korholta önmagát. – Mindenki dolgozik ilyenkor, a gyerekek pedig napköziben, vagy óvodában. – Elfordította a slusszkulcsot, és elindult hazafelé. Hosszú út állt előtte, az idő pedig sürgette. - Eljövök még érted Csillaglány, nem szabad, hogy elveszítselek! – fohászkodott távolba meredő tekintettel. Valahol a messzeségben Edit őt várja tárt karokkal. Gondolatban hangtalanul suhant feléje.

***

Csaba negyed négykor ért Debrecenbe. Fáradt volt a hosszú úttól, melyet csak egyszer szakított meg. Evett valamennyit Ilonka néni által csomagolt ennivalóból, az egyik flakon ásványvizet mind megitta. Kezdte úgy érezni, hogy helyreállt a vízháztartása. Az egyetemen az Informatikai Kar Tanulmányi Osztályára ment. A két alkalmazott hölgy nem tetsző arckifejezéssel fogadta Csabát.

- A huszonnegyedik órában kell jönnie? – tett az egyikük megjegyzést, miután fogadták a fiú köszöntését.

- Elnézést – szabadkozott Csaba. – Már tegnap itt lehettem volna, de közbejött valami.

- Azt látom – mustrálgatta a másik fiatal nő a fiú arcát. – Már megbocsásson, de úgy néz ki, mint egy elfuserált foltos hiéna.

- Remélem, nem várják tőlem, hogy úgy is kacagjak! – vigyorgott a fiú.

- Azt azért mégsem, mert idecsődül az egész Természettudományi Kar. - Honnan szalajtották magát, hogy ilyen megviseltnek látszik? – kérdezte az idősebb, fekete hajú nő.

- Székelyföldről – nyújtotta át iratait Csaba, hogy azért haladjanak is a formaságok elintézésével.

- Ott dekorálták ki? Mi történt magával? – A két nő egyre nagyobb érdeklődést tanúsított iránta.

- Egyik vélemény szerint a krokodil szájából húztak ki.

- Erdélyben! – nézett nagyot az idősebb nő. - Ott legfeljebb a béka segge alól ráncigálhatták ki, amennyiben a Békás-szorosban járt.

- És a másik vélemény szerint? – érdeklődött a fiatalabb. Csaba úgy gondolta, még hajadon lehet.

- Óriás sündisznóval szeretkeztem - vetette oda kajánul, hátha zavarba jön a lány.

- Lefogadom, ezt biztosan férfi mondta. Azoknak ilyen piszkos a fantáziájuk – jegyezte meg a fiatalabb. Csaba vigyorogva vállat vont a megjegyzésre, de a másik nő nem hagyta annyiban.

- Várd ki szívem, míg pár éves házas leszel – fordult társnője felé - és rájössz, hogy a nők fantáziája sem különb, amikor egymás közt kibeszélik a férfiakat. Egyszerűen, mi csak jobban titkoljuk.

- Hölgyeim, lehetne gyorsabban, mert hulla fáradt vagyok – sürgette őket, - még albérletet is keresnem kell! – Csaba könyörgő szemeket vetett a két nőre, akik megsajnálták a törődött fiút.

- Jó, rendben – komolyodott el az idősebb nő, de közben megmondhatná, mi történt magával! - Nem hazudtolta meg a női nemet a férfiakénál kíváncsibb természetével.

- Oké. A Békás-szorosban volt egy balesetem. Lepottyantam egy szikláról, a Szurdok-pusztai tanyán raktak össze. Onnan jövök.

- Szerencsés flótás maga, hogy ennyivel megúszta. Ez már sokkal hihetőbb. – jegyezte meg a fiatal. – Itt vannak a személyes iratai. A tanrendet a folyosói hirdető táblán találja. Kiadó albérleteket pedig a főbejáratnál, a hirdetőtáblákon talál. Ha javasolhatom, menjen orvoshoz, van itt ügyelet és cseréltesse ki a tapétázás foszlányait!

Épp az albérleti hirdetéseket böngészte, amikor egy korabeli srác Csaba közelébe érve, megszólította.

- Ne is fáraszd magad, mert ezek már majdnem mind foglaltak! Reggelre sem végeznél, mire találnál egy üres ágyat.

- Nem sok jóval kecsegtetsz – fordult feléje Csaba, egy kissé bicegve, mert az orvosiban kapott tetanusz ugyancsak érzékennyé tette bal farát. – Lehet, hogy a kocsimban fogok aludni?

- Tudok ajánlani egyet, én is ott lakom és van még egy üres szoba. Kifizeted az első hónapot, és ha nem tetszik, ennyi idő alatt kereshetsz másikat. Ha jól értelmeztem, kocsival vagy?

- Igen, és azt hiszem, elfogadom ezt a lehetőséget, mert máris nagyon kívánom az ágyat.

Bemutatkoztak egymásnak. A srácot Horváth Ferencnek hívták. A parkoló felé menet elmondta, hogy barátnőjével együtt a Közgazdasági Kar harmadéves hallgatója. Együtt laknak abban a kétszintes családi házban, ahova épp mennek. A földszinten konyha, hatalmas, étkezőként is használt nappalival, fürdő, vécé külön bejárattal, valamint két kétágyas szoba. Az emeleten két szoba francia ágyakkal, fürdő és vécé ugyanúgy, mint lent. Beszéd közben többször is rácsodálkozott Csaba kidekorált képére, de nem fűzött hozzá megjegyzést.

- És a tulajok?- kérdezett közbe Csaba.

- Negyvenes éveik elején járó, gyermektelen, jó módú házaspár. Mindketten külkereskedők, a nyáron jöttek haza, de ismét kimentek külföldre dolgozni, öt évre szóló szerződéssel. A házat ingatlanközvetítőn keresztül adták ki albérletbe. Fejenként, húszezer, plusz rezsi. Nem mintha nagy szükségük lenne erre a pénzre, de úgy vannak vele, hogy lakva nem romlik annyira az épület állaga. Másrészt, a riasztórendszer ellenére sem árt, ha a nemkívánatos szemlélődők látják, hogy nem elhagyatott az épület. Igaz, hogy kint van a város új lakónegyedében, de csendes helyen. Szerintem nem drága. Ha pedig túl nagynak találod a francia ágyat, befektethetsz magad mellé egy dögös kis csajt - vigyorodott el Feri. – Miután retusáltattad a képedet – csóválta meg a fejét. Közben kiértek a parkolóba. – A Volkswagen Passat az én verdám, - mutatott egy fekete autóra. – Gyere ide a kocsiddal és kövess!

Egymás tenyerébe csaptak és Csaba visszatérve saját járgányával, követni kezdte Ferit a forgalmas úton. Mikor megérkeztek a házhoz, Feri kinyitotta a távirányítóval működtetett kaput, s amint behajtottak, a tolókapu automatikusan bezárult mögöttük.

- Úgy néz ki, senki sincs itthon – jegyezte meg Feri azt követően, hogy kiszálltak a kocsikból.

Csaba körülnézett. A telek két oldalán, a kerítés mentén díszcserjék sorakoztak. Mindkét oldalt apró kaviccsal felszórt gyalogút vezetett a ház mögé szépen nyírt gyeppel szegélyezve.

- A ház mögött gondozott park van, sétánnyal, díszfákkal és bokrokkal, lugassal – tájékoztatta lakótársa Csabát.

Kétszárnyas ajtón keresztül lehetett bejutni a házba, melynek csak az egyik szárnyán közlekedtek. Bent minden úgy nézett ki, ahogy előzőleg elmesélte. Házigazdája odament a dohányzó asztalhoz és felvett róla néhány tárgyat. Átadott Csabának egy kulcscsomót a személybejáró, és a ház bejáratához, távkapcsolót a kapuhoz. Közölte vele a riasztó kódját.

- A riasztóról sose feledkezz meg, nehogy feleslegesen ugráltassuk a biztonsági szolgálatot. Nem csak itt riaszt behatolás esetén. Hétfőn majd elmész az ingatlanközvetítőhöz bejelentkezni. A kertész vasárnaponként jön gondozni a kertet, takarítani az udvart, majd megismered. Házon belül miénk a takarítás, a közös helyiségek tisztán tartása beosztás alapján megy.

- Akkor, üdv itthon. A szobákban is van tévé? – biccentett Csaba a nappaliban lévő LCD tévé felé. Tetszett neki a hely.

- Persze, csak kisebb képernyőjű. Mindkét fürdőszobában automata mosógép, és porszívó is van. Vegyes társaság lévén úgy egyeztünk meg, hogy az emeleti fürdő és vécé a lányoké, a földszinti a fiúké. Érezd jól magad.

- Kösz, behozom a kocsiból a cuccomat, veszek egy jó forró zuhanyt és máris alszom, mert hulla fáradt vagyok. Reggel korán megyek haza, elhozok mindent, amire szükségem lesz. Keszthely sincs közel, csak vasárnap délutánra jövök vissza.

- Honnan jössz? - kérdezte Feri. – Én azt hittem, hogy hazulról.

- Egyenest a Békás-szorosból.

- Ott gyűjtötted be ezt a dekorációt? – utalt Feri a ragtapaszokra.

- Igen, de ezt most inkább hagyjuk, mert hosszú. - Csaba kiment a hátizsákért és a sporttáskáért. A forró zuhany után elfogyasztotta a kolbász maradékát, és fél óra múlva már mélyen aludt.

Hétvégén megjárta Keszthelyt, vasárnap kora estére érkezett vissza. Beszámolót kellett tartania szüleinek a székelyföldi útjáról, csak a leánymentést bagatellizálta el. A szakadékból meredekebb lejtől lett, a zuhanásból pedig csúszás. Csaba tudta, hogy még így, utólag elmesélve is szívbajt kapna az anyja a teljes igazság hallatán. Beszélt Péterről és Ilonkáról, valamint a lovaglásról. Anyja még a nyúlfogás hallatán is szörnyülködött.

Albérlő társai, fiúk, lányok, egyaránt szimpatikusak voltak, jól kijött velük. Beszélgetéseik közben derült ki, hogy valamennyien itt laktak az egyem elkezdése óta. Feri és Kati most harmadévesek, Eszti, Zsuzsi, Jani és Tamás pedig másodévesek. Csaba úgy vette észre, hogy Eszti Janival, Zsuzsi pedig Tamással került közelebbi kapcsolatba az egy év folyamán. Az a tény, hogy mégsem vegyes párosban laknak egy-egy szobában, arra engedett következtetni, hogy még csak alakulóban van a közvetlen kapcsolat. Esténként legtöbbször összegyűltek a nappaliban, viccelődtek, komoly dolgokról beszélgettek. Csabának kevesebb szabad ideje volt, mint társainak, a hosszú kihagyás után bele kellett rázódnia a tanulásba.

Lefekvés után viszont minden gondolatát a Csillaglány töltötte ki, újra átélve a disco hajón történt ismerkedésük emlékeit.

Hétfő délután szakított magának időt arra, hogy levelet írjon Editnek. A hajón kialakult kapcsolatuk bíztatónak indult. Érezte, hogy Edit vonzódik hozzá, létrejött köztük az a bizonyos szikra, de az eltelt közel egy hónap, vajon nem halványította-e el az érzelmeit? Feladta a levelet és úgy gondolta, két hétnél korábban nem kap választ Edittől, ha néhány nap gondolkodás után válaszol is neki.

Csütörtökön felhívta Pétert, aki annyit már kiderített, hogy a lány és a fekete hajú barátnője Gyergyószentmiklóson élnek. Sajnos, Ilonka hétfőn lebetegedett, ápolnia kellett, de már jobban van. Ígérte, hogy hét végére biztosan megtudja, ki az a lány, és SMS-en elküldi a lakcímét. Köszönte Péternek az eddigi segítségét, Ilonka nénit pedig csókoltatja, és mielőbbi gyógyulást kívánt neki.

Hallotta, hogy SMS-e érkezett, de épp a fürdőszobában volt. Nem sok kedvet érzett a bulizáshoz, de lakótársai addig nyaggatták, míg meg nem hajolt akaratuk előtt. Szerintük az elsőévesek tiszteletére rendezett egyetemi bálról egyetlen új egyetemista sem maradhat le. Valaki ököllel bedörömbölt az ajtón, hogy csipkedje magát, mert már indulniuk kellene. A telefonos értesítésről el is feledkezett. - Tíz perc és indulhatunk – robogott fel az emeletre.

Negyed óra múlva megérkeztek a színhelyre. A termek négy, illetve nyolc személyre terített asztalokkal voltak berendezve kényelmes, támlás székekkel. Az asztalokon félbehajtott kártyák igazították el a vendégeket. A kártyákon, a helyiség megnevezése és az asztalszám volt feltüntetve, ugyanúgy, ahogy a belépő jegyeken. Felmentek az emeletre, a számukra kijelölt asztalnál senki sem ült. Ízléses teríték várta őket, a belépőjegy árában benne foglalt kötelező fogyasztást jelentő italokkal. Mindnyájan helyet foglaltak. Vacsora végeztével még megittak egy kávét, és Csaba társai elmentek rázni egyet. Nem akart nevetségessé válni, hogy ott ücsörög kettesben Mártával, az asztalukhoz nyolcadik vendégként odaültetett szingli lánnyal, és felkérte táncolni. Lementek a földszintre és elvegyültek a tömegben. Mikor a zenekar szünetet tartott, visszakísérte a lányt az asztalhoz. Kilenc óra után Csaba mentegetődzésfélét mormogva felállt, lement a lépcsőn, és a bárpult előtt elhaladva kiment az ajtón friss levegőt szívni.

Visszatérve alighogy elindult fel a lépcsőn, a táncoló tömegben egy szőke villanás került a látószögébe. Mire odakapta a tekintetét, már csak a kavargó tömeget látta. – Hülye vagy – korholta magát. - Te minden szőke lányban Editet véled felfedezni! - Felment a lépcsőn, de nem ment az asztalukhoz, hanem, egy megmagyarázhatatlan sugallatra, a közlekedő korlátjára könyökölve szétnézett a táncolók között.

És akkor újra felvillant a szeme előtt a szőke hajkorona. Kecsesen mozgott a zene ütemére, vállára omló szőke haja megrezdült fejének mozdulatára. Csabának elakadt a lélegzete a neki háttal táncoló tünemény láttára. Csak vállig látta a lányt, teste többi részét takarták a mellette táncolók. – A Csillaglány – suttogta elérzékenyülve és elkezdett lefelé sietni a táncolók közé. A lépcsőn haladva, szemét mindvégig a szőke hajkoronára függesztette, melyet átmeg átszőttek a csillárok fényeinek tucatjai, melyek szinte lángra lobbantották zuhatagként leomló hajfürtjeit.

Botladozva haladt előre a szoros embertömegben, lábakra taposva, bocsánatokat rebegve. Néha elfogta a kétségbeesés, amikor másodpercekre eltűnt a szőke fej egy-egy magasabb táncos takarásában, de mindig visszatért a kép. Szentül hitte, mert hinni akarta, hogy valami csoda folytán itt van, eljött a Csillaglány, hogy ő megtalálhassa. Az elmúlt héten nemegyszer megesett vele ez a csoda, hisz Edit iránt érzett szerelme tartotta életben, ő védte, oltalmazta szeretetével. Végső elkeseredését látva a Csillaglány vezérelte hozzá Pétert a kutyájával. Odaért a táncoló lányhoz.

- Edit! - szólt hangosan, hogy a lány meghallja a hangját, és vállát megfogva, maga felé fordította. A szőkeség meglepődve meredt rá és Csaba arcából kifutott a vér, egy pillanatra elsötétült a világ előtte. Mire magához tért a csalódottságtól, nem is hallva, hogy a zene épp elhallgatott, mentegetőzni kezdett.

- Elnézést, azt hittem Edit vagy. Hátulról nagyon hasonlítasz rá.

- Rosszul vagy? – kérdezte a lány, látva a fiú halálsápadt arcát.

- Ne... nem, – hátrált zavarodottan Csaba. – Bocs. Hogy is gondolhattam azt, hogy Edit vagy. Képtelenség, hogy ő itt legyen.

***

Ügyetlenül hátrálni kezdett. Rádöbbent, hogy elhallgatott a zene és a beállt csendben, többen is felfigyeltek a párbeszédre. Meg akart fordulni, hogy eltűnjön a figyelem középpontjából, mikor egy karcsú kéz, hátulról átkarolva megállította.

- Miért lenne képtelenség, Csaba? – suttogta egy hang a fülébe. – Én is mondhatnám ugyanezt rólad. Már nem kell, hogy keresselek.

A két kar ölelése nem volt erős, ennek ellenére a megrepedt, és csak félig összeforrt oldalbordájába belehasított a fájdalom. Egyrészt másodpercekre elállt a lélegzete a szúró fájdalomtól, másrészt a hang hallatára földbe gyökerezett a lába. Csak állt mozdulatlanul, felszisszenve a fájdalomtól. Nem mert megfordulni, félt, hogy megint csak álmodik, vagy képzelődik, mint odafent a sziklafalon. Közben a zenekar újra rázendített. A körülötte táncoló párok elveszítették érdeklődésüket iránta. A fájdalom gyorsan visszatérítette a valóságba.

- Ne szoríts! A bordám! – Nyögte ki végre.
- Bocs, hogy fájdalmat okoztam. Ne haragudj, nem tudhattam.
- Istenem, mond, hogy nem álmodom! – suttogta a fiú, és nem tudott úrrá lenni teste remegésén. Lehunyta szemét, a zene csak távoli zsongásként jutott el tudatáig. Egy pillanatra azt hitte, megint a sziklafalon van, a hasadékban

íjként kifeszítve, erejének végén járva, amikor Edit képzeletbeli ölelő karja egy utolsó erőfeszítéssel feljuttatta a padkára. Kétségek gyötörték, pedig határozottan ráismert a lány hangjára. Mégis félt megfordulni. A két ölelő kar most már gyengéden tartotta és lassan maga felé fordította a még mindig bénultan álló Csabát.

- Nem álmodsz, és én sem álmodom – hallott egy örömtől izgatott hangot. A jól ismert, álmában ezerszer is felcsendülő hang újbóli hallattán Csabát melegség járta át. Mire teljesen megfordult, Edit csillogó, kék szemeinek ragyogása fogadta.

- A Csillaglány – suttogta, de a felerősödő zenétől Edit csak leolvasni tudta Csaba ajkáról az elhangzott szavakat. Egymást átölelve álltak a táncolók sűrű forgatagában. Arcuk egymáshoz simult, a fiú mélyen beszívta a lány hajának illatát.

- Azt hittem, többé sohasem találkozunk. Még mindig a Hold leánya, a Csillaglány vagyok neked? – hajolt Csaba füléhez Edit.

- Jobban, mint valaha is voltál – válaszolta. - Hogy akadtál rám?

- Ma délelőtt olvastam a leveledet, melyet Szentmiklósra küldtél. Szüleim nem tartották célszerűnek visszaküldeni a címemre, mert úgysem ért volna ide előbb, így inkább magukkal hozták. Leveledből tudtam meg, hogy itt tanulsz és elhatároztam, hogy a tanulmányi hivatalnál megérdeklődöm a címedet és megleplek. Nem volt nehéz rád ismernem, hisz fél fejjel kimagaslasz a tömegből. Láttam, hogyan tekintesz arra a szőke lányra, akiben, gondolom, engem véltél felfedezni. Aztán hallottam a mentegetődzésedet. Ha addig voltak is kétségeim, hogy valóban te vagy az, a nevem hallattán eloszlottak a bennem lévő bizonytalanság utolsó foszlányai is. Tudtam, hogy te vagy az, és nem felejtettél el, melyet a leveled is tanúsított.

Ugyanúgy, mint egy hónapja a disco hajón, anélkül, hogy összebeszéltek volna, kézen fogva furakodtak át a táncolók között. A tágas teraszon kimentek a fénysávból, egészen a korlátig, ahol ajkuk rögtön egymásra talált. Csaba, derekánál fogva, szorosan ölelte magához a hozzá simuló karcsú testet, míg Edit, a fiú nyakát átkarolva viszonozta annak csókjait.

Az utcai fényektől védve, a terasz közelében terjeszkedő terebélyes platánfa lombjainak árnyékában beleolvadtak az éj sötétjébe. Fölöttük csak a csillagok ragyogtak, fényeik foglyul esve villództak a Csillaglány szőke hajzuhatagában. Nem tudták meddig tartott a varázslat, megállt számukra az idő. Csak ők ketten léteztek ezekben a percekben, megszűnt számukra a világ. Semmi más nem számított, mint a másik csókja, ölelése. Úgy érezték, mintha a végtelenben lebegnének súlytalanul, eggyé vált testtel, és összekapcsolódott lélekkel az idők végezetéig.

Egy idő után, az érzelmektől felhevülve, a kifulladásig tartó csókoktól levegő után kapkodva, kibontakoztak egymás öleléséből.

- Meg tudsz bocsátani, hogy a hajón búcsú nélkül elszöktem előled? – Edit hangjában annyi megbánás volt, hogy Csaba ismét szorosan magához ölelte, arcát a lány szőke hajába temette.

- Sohasem haragudtam rád. Csak nagyon fájt. Miért hivatkoztál a nagy távolságra, mikor tudtad, hogy visszajössz ide tanulni?

- Akkor még nem tudtam, és attól féltem, ha búcsúzkodni kezdek... Szóval, nehéz lett volna, talán el is sírom magam. Szinte tapintani lehetett a közöttük szövődő érzelmi szálakat.

- Hazaérkezésem után közölték a szüleim, hogy sikeresen felvételiztem. Együtt akartak örülni velem, de ők nem tudták, hogy a jó hír hallatára nem csak az örömtől kezdek el sírni, hanem az elvesztésed miatti bánattól is. Ha ezt előre tudom, nem szökök meg, hisz a keresztneveden kívül semmit sem tudtam rólad. Ettől függetlenül, ezerszer elátkoztam magam, hogy nem adtam meg a címemet. Csak hazafelé utazva jöttem rá, hogy a nagy távolság ellenére is hiányozni fogsz. Azóta is napról napra újra álmodom a disco hajót. Hogy találtál rám? Nagyon hiányoztál.

- Te is nekem. Én is most kezdtem az egyetemet. Kerestelek a hajón, utána hetekig nem találtam magamra. Végül anyám kiszedte belőlem, hogy mi a bajom. Mindent elmondtam neki, erre elkezdett nevetni. Ugyanis a bolttulajdonos barátnője az egyik vásárlás alkalmával, jóval korábban bemutatott benneteket egymásnak. Innen már nem volt nehéz megszerezni a címedet. Utánad mentem Szentmiklósra, mert nem levélben akartam beszélni kettőnkről. Múlt hét szerda délután és péntek délelőtt voltam a házatoknál, de senki sem volt otthon. Bejártam a Békás-szorost is, reménykedve, hogy rád találok, de rajtam kívülálló okok miatt abba kellett hagynom a keresést. Azután írtam neked azt a levelet is.

- Istenem – lábadt könnybe Edit szeme. – Akkor te voltál, aki a mobiltelefont hozta a nagybátyámtól?

- Velem küldte a csomagot. De a sors úgy akarta, hogy ne találkozzunk.

- Minden bizonnyal – komorodott el a lány. - Csaba meglátta a könnyes szemekben tükröződő pillanatnyi bánatot. Edit ezt észrevette, és folytatta az elkezdett gondolatot. – Valószínűleg ránk találtál volna, de szerda este váratlan körülmények miatt haza kellett jönnünk az utolsó busszal. A szomszéd akkor adta át a csomagot. Én péntek reggel vonatra ültem, jönnöm kellett Debrecenbe, testvéremet pedig, sajnos kórházba kellett vinni. Idegileg ki van borulva, annyira megviselte egy…egy szörnyű esemény.

- Sajnálom – vette Csaba két tenyere közé a lány arcát, és egymás után megcsókolta minkét könnyes szemét. – Biztosan rendbe fog jönni a testvéred. - Edit hálásan mosolyodott rá.

Fogalma sem volt arról, hogy mi késztette erre a határozott kijelentésre, csak azt tudta, hogy nem pusztán vigasztalásul mondta Editnek. Csabában furcsa érzés kezdett mocorogni. Ahogy Edit csillogó szemébe nézett, egy másik könnyes, de könyörgő kék tekintet villant az agyába, de mielőtt kikristályosodott volna benne a gondolat, már el is veszítette a fonalat.

- Sokat javult, de még mindig depressziós állapotban van. Nagyon zárkózott lett. A pszichiátere környezetváltozást javasolt neki. Szüleim kedden telefonáltak, hogy hétvégére eljönnek, hátha jó hatással lesz rá az új környezet. – újságolta kicsit felvidulva Edit. - Gyere, bemutatlak nekik, ők is itt vannak a bálon! Meg kell ismerkednetek.

Mégegyszer megcsókolták egymást. Percekig álltak szorosan összeölelkezve, nem volt szükség arra, hogy kimondják a bűvös szót: szeretlek. Egymáshoz simuló testükkel mindketten érezték ezt. Amikor kibontakoztak egymás karjaiból, Edit felszárította könnyeit, ne lássák meg rajta a szülei, hogy sírt, majd kézen fogva bevezette Csabát, kerülgetve a táncolókat. Pár méter után elszakadtak egy mástól. Edit látva, hogy a fiú követi, tovább ment az asztaluk felé, ahol már ritkult az emberek sűrűje.

A fal melletti asztalnál, a galéria alatt ültek szülei, velük szemben, háttal nekik egy szőke hajú lány foglalt helyet. A szülők kérdőn Editre tekintettek amint meglátták, hogy nem egyedül jött. A fiú fejében, a háttal ülő lány láttára, most újra dobolni kezdett a teraszon tapasztalt fura érzés. Vészharang kondult meg benne, de nem jutott ideje gondolkodni rajta, mert meghallotta Edit hangját.
- Anya, Apa, Hajni! Szeretném bemutatni nektek Csabát!

Saját neve hallatára Hajni fejét felemelve, először nővérére nézett, majd szeme lassan Csabára siklott. Szomorú, érdeklődés nélküli tekintete, egy önmagába zárkózott lelkiállapotot tükrözött. Csaba földbe gyökerezett lábakkal állt, fejében újra élesen megkondult a vészharang, amint a lányra ismert. Először azt hitte, csak a szeme káprázik, de azok a rácsodálkozó gyönyörű kék szemek nem téveszthették meg. Ugyanaz az érzés fogta el, mint amikor a sziklafalon lógtak kétségbeesetten kapaszkodva egymásba és mintha ott is Edit nézett volna rá könyörgő szemekkel. Csaba tekintetében felismerés villant.

- Te... te vagy az? – nyögte ki nagy nehezen Csaba. A döbbenettől gyöngyözni kezdett a homloka, még mindig nem akarta elhinni, hogy Edit testvérét mentette ki a halál biztos karmai közül. – És... és te Edit kishúga vagy – jött meg nagy nehezen a hangja, de olyan halkan, hogy csak Hajni értette.

Hajni szótlanul meredt Csabára, mondani akart valamit. Ajka meg-megrándult, már-már szóra nyílt, azután hangtalanul záródott össze. Elsápadt, majd egész testében remegni kezdett.

- Kislányom, rosszul vagy? – A kérdésben benne volt az anyai féltés és félelem. Rémülten nézett férjére, aki Edittel együtt értetlenül tekintett Hajnira. Elfogta őket az aggodalom, hogy a lány ugyanúgy kezd viselkedni, mint a sziklaszirt tetején, amikor a sokkhatás érte. Nem tudtak mit kezdeni a két, döbbenten egymásra meredő fiatallal. Hajnalka meg sem hallotta édesanyja szavait. Csabára szegeződő tekintete az érdektelenség homályából feléledve lassan fényesedni kezdett. Látta, hogy a fiú szemében is felismerés villan, hallotta, ahogy szól hozzá.

Kezdeti kétkedését felváltotta a bizonyosság, hogy ez a fiú mentette meg. Tudta, hogy nem téved, hisz megmentője arcvonásai örökre beégették magukat szemének retinájába. Felragyogó szemeiből kövér, csillogó könnycseppek gördültek végig az arcán, amely hozzátartozóit még inkább megrémítette. Hirtelen múlt el Hajni reszketése. Lerázva magáról a pillanatnyi bénultság béklyóit, egy éles sikoltással Csaba nyakába vetette magát. A szék felborult, és a váratlan lerohanástól a fiú kis híján hanyatt esett. Csaba reflexszerűen lépett hátra, hogy visszanyerje egyensúlyát. Beleütközött egy táncoló srácba. Bocsánatfélét mormogva sikerült visszanyernie egyensúlyát. Hajni, a nyakában lógva, arcát a fiúéhoz szorítva, felszabadultan zokogott. Patakzó könnyei végigfolytak a fiú arcán is. Csaba gyengéden átkarolta, s nyugtatóan simogatta a lány hátát.

- Igen, én vagyok az, és még mindig élek – próbált suttogva lelket önteni a lányba. Édesanyja továbbra is kétségbeesetten tördelte kezeit, nem hallva a fiatalok szavait, attól félve, hogy lánya újra visszaesett stresszes állapotába. Hajni össze-vissza csókolta a megmentője arcát, majd fejét szülei felé fordítva, továbbra is szorosan átkarolta Csaba nyakát.

- Anya! Apa! Él! – kiabálta túl a zene hangját.

– Nem a halott fiú volt az, aki le sem zuhant akkor a szikláról, hanem ő volt, – mutatott Csabára, - aki lezuhant onnan…

- Istenem, ez a lány megbolondult – fakadt sírva édesanyja, nem értve Hajni zagyva beszédét. – Ki zuhant le, aki mégsem zuhant le?

- Ó, hát nem értitek? – nézett rájuk ijedten a lány. – Nem az a fiú mentett meg, akiről azt hittük, hogy megmentett és meghalt, mert valamikor lezuhant a szikláról, hanem Csaba volt az, aki szintén lezuhant, de ő akkor zuhant le és most mégis itt van, mert nem halt meg, hanem feltámadt...vagy...mert...

Hajnalkába itt bennrekedt a szóáradat, mert az értetlen tekintetek láttán már ő is érezte, hogy belezavarodott a mondandójába. Az a tudat, hogy Csabában felismerte megmentőjét, akit halottnak hitt, és most megjelent előtte, teljesen összezavarta gondolatait. Valójában, ez az esemény is stressz hatásként érte, mint a szerencsétlenség, de most fordítva hatott rá. Gyógyító jelleggel, egyik percről a másikra kiszakítva depressziós állapotából.

Szüleit annyira meglepte a baleset óta szófukarrá lett lányuk hirtelen szóözöne, tele zagyvasággal, hogy megszólalni sem tudtak. Hajni könyörgő szemekkel nézett Csabára, magyarázza már meg értetlenkedő szüleinek és nővérének, hogy nem bolondult meg. A fiú, magához térve, lefejtette nyakáról a lány kezeit, aki még mindig görcsösen kapaszkodott beléje.

- Most már nyugodj meg, nem a sziklafalon vagyunk. Ülj szépen vissza a helyedre! – súgta neki. Mivel a lány nem mozdult, adott egy csókot a homlokára, a szék felé tessékelte, és emlékeztetőül megpaskolta a fenekét. – Minden rendben lesz, Napfénytündér.

Hajni fokozatosan lecsillapodva rámosolygott.

- Ott is a fenekemre paskoltál, mielőtt feltoltál a

sziklatetőre. Akkor neveztél Napfénytündérnek. - , súgta a fülébe, hogy mások ne hallják.

- Csak bátorításként tettem – kacsintott rá Csaba, aki már visszanyerte lélekjelenlétét. A szomszéd asztaltól elvett egy üres széket, és leült a két lány közé. Alkarjait az asztalra fektette. Edit rögtön rátette kezét az övére, és meglepetésére Hajni ugyanezt tette másik kezével. Anyjuknak, aki már kezdett megnyugodni, hogy kislánya arcára viszszatért a rég nem látott egészséges pír, egy pillanatra megakadt a szeme a kezek játékán, de nem szólt semmit. Csaba gyengéden megszorította mindkét lány kezét, majd a szülők felé fordult.

- Hajnival nincs semmi baj. Szerintem már most teljesen rendben lesz, de még nagyon közeli a sokkhatás, amely vélt feltámadásommal érte, s mintegy gyógyító hatásként élte meg. Fél óra múlva újra olyan vidám és gondtalan lesz, mint a baleset előtt volt. Sokkra ellensokk a legjobb orvosság, és hatástalanítják egymást.

- Bocs Editkém, - nézett a megszólított lányra, aki értetlen, nagy szemeket meresztett rájuk, - a teraszon tévedtem húgod gyógyulásával kapcsolatban. Nem hittem, hogy ilyen hamar bekövetkezik. Most döbbentem rá, hogy ott a sziklafalnál, Hajni szemébe nézve miért a te arcod jelent meg előttem. Tudattalanul is veled társítottam, annyira hasonlítatok egymásra.

- Te... te onnan ismered a húgomat? – kerekedett el Edit szeme. – Kizárt, hogy találkozhattatok. Vagy nem hebehurgya beszéd volt Hajni részéről az előbbi kitörés?

- Pedig találkoztunk, de ismerkedésre nem volt sem időnk, sem lehetőségünk. Hajni csak azt akarta közölni veletek, hogy én mentettem meg a lezuhanástól, nem a román fiú. Hajninak semmi köze az ő halálához.

Mindhárman akkora szemeket meresztettek, hogy Csaba azt hitte, beleesik a poharukba. A gondolatra akaratlanul is mosolyognia kellett. Tudta, hogy mi az, ami zavarja őket. Ha lezuhant, hogy élhette túl és ki az a román halott fiatalember, akiről azt hitték a hatósággal együtt, hogy ő mentette meg Hajni életét.

- De nincs ember, aki túlélhetett egy ilyen zuhanást – rázta a fejét értetlenül az apa. – Hogy tévedhettek ekkorát a hatóságok! – hüledezett Hajnira tekintve, mintha tőle várná a választ.

- Pedig ő mentett meg, ő zuhant le a szakadékba – erősítette meg Hajni a fiú állítását.

- Azóta is, a nap huszonnégy órájában előttem van az arca.

- Ó, Istenem – fakadt sírva a változatosság kedvéért, most Edit. – Ha nincs a baleset, akkor találkoztunk volna a sziklateraszon. – Köszönöm, hogy megmentetted. - csókolta meg Csabát.

- Ti már az egyetem előtt is ismertétek egymást? – kérdezte az anyja.

- De anya, ő az a fiú a disco hajóról, akiről már annyit meséltem. A nagybátyám ajándékát is ő hozta el Keszthelyről.

- A Csillaglány keresztapja! – kiáltott Hajni, mire valamennyien felnevettek. – És a Napfénytündér megmentője – tette hozzá.

- Milyen Napfénytündérről beszélsz? – lepődött meg Edit.

- Téged a Hold leányának, Csillaglánynak, engem pedig a Nap gyermekének, Napfénytündérnek keresztelt el.

- Hmm, Kedves Keresztelő Szent János. Még mindig nem fér a fejembe, hogyan élhette túl a zuhanást? – nézett kérdőn az apa Csabára. – Vagy nevezhetem második Lázárnak is?

Hangjában nem volt semmi gúny, vagy irónia, csak a természetes reakció, melyet a hihetetlen dolgok felfogása vált ki az emberből. Csaba egyből a kíváncsi tekintetek kereszttűzében találta magát.Néhány másodpercig lehajtott fejjel gondolkodott, hogyan is mondja el röviden a történteket. Végül körbehordozta tekintetét a jelen lévőkön és az apán megállapodva, megszólalt.

- Valóban halott lennék, ha a szurdok fenekén kötök ki, legalább nyolcvan méterrel lejjebb – értett vele egyet Csaba. - Mikor lezuhantam, húsz méterrel alább, fennakadtam egy fenyőfán. Ott töltöttem az éjszakát, s csak másnap délutánra sikerült feljutnom a sziklafal tetejének közvetlen közelébe, száz méterrel arrébb a lezuhanás helyétől. Órákat töltöttem a sziklapadkán, három méterrel a kijutást jelentő terasz alatt, a remény leghalványabb jele nélkül, hogy önerőből feljussak. Félig öntudatlanul hevertem ott, amikor egy kutya rám bukkant, és a gazdája kihúzott. A román fiú úgy került a képbe, hogy szerda délután csúnyán összeveszett a barátnőjével. Elkeseredésében otthagyta a lányt a társasággal együtt és egyedül elindult vissza.

Szerintem öngyilkos lett. Őróla ennyit tudtam meg.

- A hegyi mentők a szurdokban engem kerestek, de helyettem a román fiú holttestét találták meg – folytatta. - Mindenki azt hitte, ő mentette meg Hajnit, így senkinek sem jutott eszébe, hogy másik áldozatot is keressenek. Ahol lezuhantam, ott a sziklafal tövétől majd 15 méterre van a patak, úgyhogy semmiképpen sem estem volna a vízbe. A román fiút pedig a patakból fogták ki. Olyan helyen zuhanhatott le, ahol nagyon keskeny a szurdok.

- Igen, ő volt – helyeselt Hajnalka, mintha még mindig nem hitték volna el neki. Le sem vette szemét Csabáról. – Szörnyű lehetett, és én még azt hittem, hogy nem lehet rosszabb annál, mint az a halálfélelem, amit átéltem.

- Fiatalember – szólalt meg édesanyjuk a könnyeit törölgetve. – Örök hálára kötelezett bennünket, soha nem tudjuk ezt viszonozni.

Felállt, megkerülte Editet, és Csabához lépve megölelte, megcsókolta minkét oldalról az arcát. – Köszönjük, szívből köszönjük – törölgette könnyes szemeit.

Az apa is felállt, és az asztal fölött átnyúlva kezet nyújtott a fiúnak. – Én is rendkívül hálás vagyok – mondta meleg kézszorítás közben.

- Mondtam én! – adott Csaba arcára egy cuppanós puszit Hajni. Szülei akaratlanul is felnevettek. Edit elkerekedett szemmel nézte Csabát. Csak megkésve tudta feldolgozni a hallottakat.

- Eljöttél utánam, hogy megkeress, ehelyett megmentetted a húgom életét. Szóval ez volt az elhallgatott, rajtad kívül álló ok, ami miatt nem találkoztunk? Ha nincs a baleset, összefutottunk volna a sziklateraszon. Ott voltál húsz méterrel lejjebb, és nem tudtam róla.

Maga felé fordította Csaba arcát és egy hosszú csókot adott az ajkára, miközben ujjával végigsimította a fiú bal arcán húzódó több centis forradást. – Ezt akkor szerezted? – simította meg ismételten a heget.

- Többek közt. Sajnos, meg fog látszódni a helye. Örökre ott marad a vékony, világosabb csík.

- Én pedig örökké imádni fogom – puszilta meg Edit a megsérült helyet. – És a bordád is akkor repedt el!

Szülei, természetesen nem tettek megjegyzést a közjátékra, Hajni kicsit csalódottan vette tudomásul, hogy erről a partiról lemaradt. De örült, hogy legalább imádott nővére fiúja, s nem egy idegen lányé.

- Én más véleményen vagyok a hálát illetően. – fordult a szülőkhöz Csaba. Ajkához emelte Edit kezét és belecsókolt a tenyerébe.

- Tudom, hogy máris elnyertem a jutalmamat azzal, hogy újra rátaláltam a Csillaglányra.

- Így igaz – mosolygott Edit, aki még mindig nem tért magához az események ilyetén alakulásától, s közben úgy nézett Csabára, mint egy szentre. - Hadd mutassam be újra azt a fiút, akiről meséltem, s akit balga módon, olyan könnyedén magára hagytam a hajón.

- Istenem, még a vezetéknevedet sem tudom! – nézett a fiúra.

- Virág Csaba – hajolt meg ültében a fiú, egyben kimentve Editet kényelmetlen helyzetéből. – A lányok nevét már tudom.

- Én Ádám vagyok, feleségemet pedig…, hmm, próbálja meg ki deríteni!– váltott, egy ötlettől vezérelve az apa. – Egyet találhat!

Várakozva tekintettek rá, de az utolsó mondattal egyértelművé tette a fiú számára az asszony nevét. Feltételezte, hogy Ádám a játékos kérdéssel oldani akarta a hirtelen beállt feszültséget.

- Akkor önök, a ki tudja hányadik első emberpár – tért ki Csaba a konkrét válasz elől. Lassan oldódni kezdett a nyomasztó hangulat. Ádám a pincértől rendelt egy üveg pezsgőt.

- Ezt a szerencsés találkozást meg kell ünnepelnünk. Nem csak megmentette a lányunk életét, de ki is gyógyította a depressziójából azzal, hogy ilyen szerencsésen összefutottunk, mert lehet, hogy egész életében végigkísérte volna Hajnit ez a tragédia.

- Addig azért nem – szólt közbe a fiú. A kétkedő tekinteteket látva, folytatta. – Már csak Edit révén sem. Másrészt, legfeljebb egy hétig kísértette volna Hajnit az eset, ugyanis nyomoztatok utána, illetve az ismeretlen, megmentett lány után, hogy közölhessem vele: élek.

- Ez nagyon szép gondolat, empatikus emberre vall.

- De feledékeny vagyok! – csapott a homlokára Csaba. – Péter bátyám mára ígérte, hogy elküldi a keresett lány címét, és este jött egy SMS-em. – Elővette mobiltelefonját, csak egy pillantást vetett az üzenetre, és átadta a telefont a kíváncsian odatolakodó fej gazdájának. Hajni hangosan olvasta fel az üzenetet.

- „Csaba fiam! Sikerült megtudakolnom a lány kilétét. Székely Hajnalka, Gyergyószentmiklós, utca, házszám. Üdvözlettel, Péter".

Egy percig csend volt, mindenkit elfoglalt a saját gondolata.

- No lám! Akkor már kétszeresen is megvagy – vette vissza Csaba a telefont. – Szegény öreg, feleslegesen fáradozott.

- Én ezt nem mondanám – szólt közbe Éva. – Az, hogy szerencsés módon találkoztunk, nem kisebbíti Péter érdemeit. Más valaki is lehetett volna az a lány. Fogadja meg a tanácsom fiam és holnap hívja fel Pétert. Mondjon el neki mindent, biztosan örülni fog, hogy ilyen szerencsésen megoldódott a helyzet.

- Igaza van Éva néni, ezt fogom tenni. De... - habozott egy pillanatig Csaba -, lenne egy kérésem. Maradjon családi titok, hogy nem a román fiú mentette meg Hajnit. A rendőrség lezárta az ügyet, jobb, ha a fiú szülei is ebben a hitben vannak. Az igazsággal csak újabb megrázkódtatásnak tennénk ki őket, mert bennük is óhatatlanul felmerülne az öngyilkosság lehetősége.

- Ezt nem lesz nehéz megígérnünk. Mi ott voltunk a temetésen. A fiút kitüntették valamilyen életmentő érdeméremmel, gondolom, jutalommal is járt ez...

- De, - szólt közbe Hajni -, Incinek ezt meg kell mondani. Tudod, – fordult Csabához -, ő az a fekete hajú barátnőm, aki megcsúszott és lerántott engem. Saját magát okolja mindenért.

- Igen, meg tudom érteni – bólintott Csaba. – Valóban ő indította el a lavinát. Rendben, de a feltétel rájuk is vonatkozik.

A pincér közben kihozta a pezsgőt, gyakorlott szisszenéssel szabadította meg az üveget a dugótól, és töltött a poharakba.

- Ezt a poharat ürítsük családunk hősére – emelte fel pezsgős poharát Ádám -, akinek szívből jövő hálával tartozunk.

- Én pedig emelem poharam a Székely családra – vette át a szót Csaba –, és örömmel tölt el, hogy megismerhettem őket.

- Különösen Editet – szúrta közbe Hajni, mire a többiekből kitört a nevetés. – Most mi van! – csodálkozott a lány. – Ha Csaba nem szeret bele a Csillaglányba, akkor én már nem élnék.

- Így igaz – helyeselt Éva. – Csaba, holnap ebédre a vendégünk lesz! Itt szálltunk meg a motelben. Hozza magával Editet is, ő majd megadja a címét és együtt jöhetnek.

- Köszönöm a megtiszteltetést – hajtott fejet a fiú. Láthatóan jól esett neki a meghívás.

- Csak ne örüljön annyira, ennek ára lesz. Mégpedig most. Részletesen beszámol mindenről, attól a pillanattól kezdve, hogy Edit balga módon, egy röpke búcsúcsókkal otthagyta a hajón.

- A szívtelen. Én biztos, hogy nem jöttem volna haza – csipkelődött Hajni, aminek megint nevetés lett a vége. Mintha elfújták volna a lány depresszióját. Csaba egyre inkább úgy vélte, hogy a család kezdi befogadni. Ilyen irányú érzéseit egyértelműen igazolta, hogy később, a szülők pertut ittak vele.

Teljesítette a család óhaját, helyükben ő is kíváncsi lett volna a történtek részleteire. Gyorsan túl akart lenni a beszámolón, tíz perc alatt le szerette volna tudni az egészet. Elmondta hogyan akadt Edit nyomára, beszélt az útjáról Szentmiklósra, a Gyilkos-tóról, a stoppal való megérkezéséről a Magyarok-hídjához, elindulásáról a Kis-Békás szorosba. Röviden akart beszélni Hajni megmentéséről és a sziklafalon töltött 24 óráról, de a család nem hagyta annyiban. Minden apró részletre kíváncsiak voltak, közbeszúrt kérdéseiket Csaba nem kerülhette ki. Beszélt Péterről és Ilonkáról, az őt megtaláló Dorkáról, a lovas kalandról. A család érdeklődéssel hallgatta a fiú lelkesedését a tó és a szoros szépségei iránt, sajnálkozással megpróbáltatásait.

- Fiam, - szólalt meg a végén Ádám -, szinte hihetetlen, hogy ép bőrrel megúsztad. Egyáltalán, hogy életben maradtál. Már maga az a tény, hogy megmentetted a lányomat nagy tett volt, de ahogy megszenvedted a túlélést, az maga a csoda. Képzett, tapasztalt alpinistákon kívül kevesen lettek volna képesek erre. Hogy honnan merítettél mindehhez erőt?

- Őszintén szólva, lélekben többször is feladtam, de volt egy segítőtársam, aki mindvégig velem volt, újabb és újabb erőt kölcsönözve nekem. Mert hittem abban, hogy nem felejtett el és gondolatban sokszor vagyunk együtt.

- A szerelem ereje. – mondta ki a végszót Hajni. – Örülök, hogy egymásra találtatok – fordult a fiú felé. Csaba, mintha egy pillanatra szomorúságot vélt volna felfedezni Hajni tekintetében, de rögtön el is hessegette ezt a gondolatot, mert a lány rá vetett szemei úgy csillogtak, mint két ragyogó türkizkék ékkő. Most egyikük sem nevetett, érezték a szavak mögött meghúzódó igazság súlyát.

- Maradt ép felület a testeden? – kérdezte együttérzően Edit.

- Igen, maradt, mert a legfontosabbat nem érte károsodás. – Ezt a kijelentést nem tudták megállni nevetés nélkül. – Minden jó, ha jó a vége, mint a mesékben.

A kissé komor légkört nyújtó beszámolót követően az est már vidámabb hangulatban folytatódott. Ádám és Csaba többször is megtáncoltatta a lányokat és Évát, kihevülten ültek vissza az asztalhoz. Csaba egy lassú számnál újra elment Edittel táncolni. Lépteiket önkéntelenül a teraszra nyíló kijárat felé igazították, és az ajtóhoz érve kisurrantak az éjszakába. Csak percek múlva váltak szét. A korlátnak dőlve hallgatták a kiszűrődő zenét. Egymás derekát átkarolva a platánfa árnyékából nézték a gyérülő utcai forgalmat.

- Kollégiumban laksz? – kérdezte Csaba a lány felé fordulva.

- Albérletben lakom. Eléggé lekopott ház, és a két szobatársnőm sem a legkedvesebb. Húszezret kérnek érte, plusz a rezsi háromnegyede. A tulajok, idősödő házaspár is ott lakik, a másik szobában. Közös konyha, fürdő, vécé.

- Kicsi Csillaglány..! Bízol bennem annyira, hogy meg merd osztani velem az albérleti szobámat? – Edit nem válaszolt rögtön, elmélyülten fürkészte a fiú tekintetét. Csaba nem akarta sürgetni a lányt, s míg válaszra várt, elmesélte milyen megosztásban laknak ott heten. Leírta a házat, a kertet, a helyiségek elrendezését, a berendezési tárgyakat. Időközben Edit a fiúhoz simult, kezét annak háta mögött összekulcsolva hallgatta Csabát, aki befejezve az ismertetést, türelmesen várt a válaszra. Mellén ott érezte Edit szapora szívverését. Tisztában volt vele, hogy nehéz döntés elé állította a lányt, aki most hozzásimulva viaskodott önmagával. Egyik oldalról a szerelem sugallta érzések, másik oldalról a szülői vélemény súlya késztették hosszabb megfontolásra.

- Igen, szeretnék veled élni – suttogta alig hallhatóan. – A szüleimet meg tudom győzni, hogy ne aggódjanak emiatt. Előbb-utóbb úgyis el kell fogadniuk, hogy nem akarok vénkisasszony maradni. S miért ne téged fogadjanak el, akiben megbíznak, hiszen nagyon jó benyomást tettél rájuk. Hajni meg, úgy látom, egyenesen rajong érted, amit meg is tudok érteni a szakadéknál történtek után. Csak annyit kérek, hó végéig hadd maradjak a régi házban, és elsejétől költöznék hozzád.

- Köszönöm, hogy bízol bennem. – Csaba szívéről nagy kő esett le, helyét a boldogság érzése töltötte be. Magához ölelte a lányt, aki viszonozta karjának szorítását. Felszisszent fájdalmában, mikor Edit karja épp egy nagyobb, még érzékeny zúzódásnál ért a hátához.

- Mi történt! – ijedt meg a lány, és elengedte Csabát.

- Csak az egyik-másik kék foltom, amik még nem gyógyultak be.

- Istenem, hát hány van! – be sem várva a választ, folytatta. – Nagyon sokat szenvedhettél a sziklafalon.

- Hát… nem kívánja mégegyszer egyetlen porcikám sem.

- Szegény fiú – karolta át Csaba nyakát, csókra nyújtva ajkát.

A Hold közben előbújt a platánfa takarásából. Ezüstös fénye körülölelte leánya karcsú testét. A Holdanya bizalmat szavazva, narancsszínű fénysugarait védőn kiterjesztette és aranyburokba foglalta a két fiatalt, boldog mosollyal nézve az ölelkező párt, akik nem tudtak betelni egymás csókjaival.

- Szeretlek, szerelmem – suttogta Csaba.

- Én is, drága – hangzott ugyanolyan halkan a felelet.

Ahogy a szerelmesek lelkét a végtelennek tűnő csók szédítő mámora kezdte magával ragadni, lehunyt szemeik mögött úgy kezdett lassú körforgásba az aranyló fény. A körforgás egyre szédítőbb lett, a Hold fénye mind jobban szétterült körülöttük, s visszanyerve világosabb fényét, lebegésbe, majd hajladozásba kezdett, végül ezüstös angyalszárnyakon a szerelem végtelen szférájába repítette lelküket.

A Csillaglány és kedvese lassan ocsúdott a mámorból. A közeli templom tornyában az időfelelős, gongjával elütötte az éjfélt. Odabent a zenekar elkezdett játszani egy keringőt. Csaba átkarolta Edit derekát, és táncolni kezdtek. Lassú forgással indultak, s ahogy egyre jobban átadták magukat a zene varázslatos dallamának, úgy gyorsult forgásuk. Szemüket időnként lehunyva, súlytalannak érezték magukat, lábuk szinte alig érintette a kövezetet. Megszűnt körülöttük a világ, csak egymást érzékelték a zene keltette mámorító körforgásban. Nem láthatták, amint a Csillaglány hajában tükröződő csillagok ezrei szikrázva repkedtek az uszályként szálló hajzuhatag körül, hogy a Hold ezüsthálói alig győzték összekapkodni őket.

Ők csak táncoltak, egyre sebesebben forogva, és fogalmuk sem volt arról, hogy a Holdfénykeringő egy új jövő felé repíti lelküket. Egy olyan élet felé, ahol a felnőttek világa vár rájuk, ahol már nemcsak önmagukért, hanem egymásért is felelősséggel tartoznak.

***

A déli fekvésű szobaablakon hétágra tűzött be a napfény, a takaróra és a szemközti falra rajzolva a függöny árnymintázatát. A délelőtti langyos levegő, beáramolva a nyitott ablakon, meg-meglengette a függönyt. Csaba hunyorogva tekintett bele a hol vakító, hol halványabban villogó fénybe. A fiúnak eszébe jutott a bál, és nem remélt találkozása Edittel. Még most sem akarta elhinni, hogy mindez valóság. Ráadásul épp Edit kishúgát mentette meg a biztos haláltól. - Vakszerencse? A sors keze? – kergették agyában egymást a gondolatai. Ekkor eszébe jutott, hogy ebédre hivatalos a motelba. Nagy sóhajjal kikelt az ágyból. Bekapcsolta a rádiót. A zene mindig megnyugtatta. Tartott egy bemelegítő edzést, majd ugyanennyi Kung Fu gyakorlatot. Kimelegedve robogott le a földszinti fürdőszobába. A házban csend honolt, társai még a lóbőrt húzták az éjszakán át tartó buli után. Feltette a kávét, s míg várta, hogy lefőjön, kent magának egy szelet margarinos kenyeret. A kávé illata szétterjedt a földszinti folyosón, beszivárogva a hálószobák ajtaja alatt. A lányok szobája volt közelebb, fel is ébresztette őket az ínycsiklandozó illat és kirajzottak a konyhába.

- Micsoda mennyei illatok! – lelkendezett Zsuzsa.

- Hol van a fekete élet édes elixíre? – kontrázott rá Eszti.

- Talán, az édes élet fekete elixíre – javította ki Csaba a lányt.

- Egy félholtnak tök mindegy, melyik – vetette magát a kávékiöntőre. Elővett három kávéscsészét és szétöntötte a tartalmát. A kőre is jutott belőle.

- Ha észhez térek ettől a folyékony fekete aranytól, majd elgondolkodom rajta. Addig is hadd bénázzon az agyam, mert szétrobban a másnaposságtól.

- Hja, aki nem bírja a piát? – cukkolta Zsuzsa Esztit.

- Te csak ne szólj semmit! Jóval kevesebbet ittam, mint te, de úgy látszik, ez is sokk volt.

- Ki sokkolt be? – jelent meg Jani álmosan dörzsölgetve szemeit, lépteit a fürdőszoba felé irányítva. - Mi volt az a sokk?

- Esztinek a bor, de csak egy k-val – vigyorodott el Csaba. Eszti ezalatt vizet engedett a kiöntő edénybe, lecsavarta a kávéfőző tetejét és beleöntötte a vizet. Visszacsavarta a tetőt, és ahogy hátralépett, megcsúszott a kilötyögtetett kávéfolton.

- A francba! – kiáltott fel. Kis híján elhajította a kávékiöntőt. Sikerült visszanyernie az egyensúlyát, és a kiöntőt betette a kifolyó alá. – Megyek és feltörlöm, mert még valaki a nyakát töri. – Bement a fürdőszobába a felmosóért, el is feledkezve arról, hogy Jani már ott tartózkodik. Csak a zuhanyrózsából kiömlő víz záporeső szerű zuhogása ébresztette rá a valóságra.

- Arany szíved van – szólt Jani. – Nem tudja a lelkiismereted elviselni, hogy egyedül oldjam meg bizonyos gondjaimat.

- Bocs, el is feledkeztem rólad. Csak a felmosóért jöttem, mert majdnem kinyújtóztam a kávéfolton.

- Csak azt ne! – játszotta el az ijedtet a fiút. – Akkor kit fogok meghódítani?

- Gondolod, egy K-nak szüksége van arra, hogy meghódítsák?

- Ne haragudj, az csak vicc volt.

- Tudom, én is csak vicceltem.

- Akkor szent a béke?

- Igen, szent, de már igazán hátat fordíthatnál!

- Oké, csak egy béke puszi és már itt sem vagy!- csücsörítette a száját Jani.

- Mindig kiharcolsz magadnak valamit – lehelt egy futó csókot a fiú ajkára, majd fogta a felmosót, és magára hagyta a hátat fordító srácot.

- Nagyon el lehetett dugva az a felmosó, majdnem felszáradt a kávéfolt - fogadta Zsuzsa.
– Száraz ronggyal nem tudod eltüntetni a foltot.
- Ne piszkáld - vette védelmébe Csaba Esztit, - Nem volt ideje a rongyot bevizezni.

Eszter tettetett duzzogással nyelvet öltött rájuk. Fogott egy bögrét a mosogatóból, tele engedte vízzel, és a kávéfoltra öntötte. Szárazra törölte a kövezetet és elindult, hogy visszavigye a felmosót.

- Gondoltam, hogy nem hagyod ki – nevetett fel Zsuzsa.
- Tán te akarod visszavinni? – nyújtotta feléje a felmosót, de Zsuzsa elhárította a lehetőséget.
- Ha Tamás lenne a fürdőben, talán még elvállalnám.
- Iiigeeen? – Nyújtotta el a szót Eszti. – Csakhogy ő lemaradásban van. Még csak a szunyát veri.
- Mit verek én? – jelent meg a végszóra Tamás.
- Egyelőre még semmit – fordult feléje Eszti. – Csak Zsuzsa meg akar látogatni a fürdőben, hogy átvállalja a verést.
- Úgy látszik valamiről lemaradtam – nézett értetlenül rájuk, s nem tudta mire vélni a többiek vidám nevetését.
- Mehet a váltás - tért vissza Jani. Tamás vette a lapot és elment zuhanyozni.
- Itt a nagy lehetőség – nyújtotta Zsuzsa felé a felmosót Eszter.
- Még meggondolom – hárította el újra az ajánlatot.
- Kész a kávé? – szólt közbe Jani.

- Affenét! – kapott a fejéhez Eszti. –
Elfelejtettem bekapcsolni – ugrott a
kávéfőzőhöz.
- Frankó. Ez vagy te. Hidegen már le sem tudod
főzni a kávét! – jegyezte meg a fiú. - Addig
elmegyek felöltözni.

Csabának eszébe jutott, hogy fel kellene hívnia
Péter bácsit, értesíteni a fejleményekről. Átment
az étkező részbe és kényelembe helyezte magát
az egyik fotelben. A harmadik kicsöngésre a
vonal túlsó végén felvették a telefont.
- Ideje volt, hogy jelentkezzél, fiam –
hallatszott a korholó hang.
- Csókolom Ilonka néni. Ahogy hallani vélem,
már meggyógyult.
- Hál' Isten, meg. Gondolom, onnan sejted,
hogy nem egy haldokló vénasszony nyöszörgését
hallod?
- Az igazat megvallva, igen. Nem számoltam
ilyen határozott leteremtésre.
- Tegnap estére vártuk a hívásodat.
- Ne tessék haragudni, de épp a fürdőben
voltam készülőben a gólyabálba, mikor
megkaptam Péter bácsi SMS-ét. A nagy lázban
aztán elfeledkeztem róla.
- Szégyelld magad, máris elfelejtetted azt a
lányt, akit megmentettél?
- Szó sincs róla, sőt. Ennél jobban nem is
alakulhattak volna a dolgok, mint ahogy
alakultak.
- Ne bolondíts engem, Csaba. Nem azért
ráztalak gatyába, hogy léket verjen a kíváncsiság
egy öregasszonyba a titkolódzásod miatt.

- Nincs semmiféle titkolódzás, mindjárt meg is fogja érteni Ilonka néni. Péter bátyám ott van?

- Kint teszvesz az udvaron, rögtön szólok neki. – Csaba hallotta, amint az asszony kiszól az urának. Hosszú másodpercekig semmi, aztán egy éles kiáltás hasított a fülébe, hogy majd elejtette a telefont. – Péter! Gyere már be, Csaba van a telefonnál!

- Jól van már, na! – hallatszott nem sokkal később. – Az ember ennyi idős korában nem hallhat meg mindenféle asszonyrikácsolást, mert abba bolondulna bele. Joga van néha nagyothallani. – Léptek zaja ütötte meg Csaba fülét, majd hallotta, ahogy felveszik a telefont.

- Isten hozta a hangodat, fiam! – szólt bele a készülékbe Péter. – Megkaptad az SMS-em?

- Üdvözletem, Péter bátyám. Igen, megkaptam és köszönöm a fáradozását. Rendkívüli híreim vannak, de hangosítsa ki a készüléket, hogy Ilonka néni is hallja!

- Nofene! Remélem jó hírek, mert itt a rádió csupa rossz híreket szajkóz. Kihangosítottam, mondhatod!

- Ami azt illeti, itt is többnyire rossz dolgokon csámcsog a média, mert kevés a jó dolog. Egész éjjel az elsőévesek tiszteletére rendezett gólyabálon voltam. És itt jön a meglepetés. Találkoztam azzal a lánnyal, aki miatt Székelyföldre utaztam.

- Ez tényleg örömteljes hír. De, hogy került oda Edit? Ha jól emlékszem, ezt a nevet mondtad!

- Jó még Péter bátyám memóriája. Edit is első éves hallgató az egyetemen, csak más szakon, és eddig elkerültük egymást. A bálon viszont találkoztunk, ami óriási szerencse, mert nagy volt a tömeg. És most jön a java.

- Van másik meglepetés is?

- Van ám! De jobban teszik, ha előtte leülnek!

- Mond már, ne szívass itt bennünket, vagy hogyan mondjátok ti ezt!

- Már nem volt időm elolvasni az üzenetét, a buli lázában pedig elfeledkeztem róla... Jó, jó, nem csigázom tovább a kíváncsiságukat, és nem szívatom magukat. A bálra eljöttek Edit szülei és a kishúga is. Mit gondolnak, ki volt ez a hugica?

- Csak nem a megmentett lány!? – hallatszott a hitetlenkedés annak ellenére, hogy az ilyen bevezető után egyértelművé vált a válasz.

- Pontosan. Angyali egy teremtés, akárcsak a nővére. Nagyon hasonlítanak egymásra. Egyébként két perccel később Edit és a szülei is ott voltak a baleset színhelyén. Én addigra már a fenyőfán lógtam. Alig győztem elhárítani a hálálkodásukat. Az események hatására eszembe jutott az üzenete, amelyet még el sem olvastam. Elővettem a telefont és a megmentett lány, Hajnalka felolvasta Péter bátyám üzenetét, amely nem volt téves a lány kilétére vonatkozóan.

- Akkor feleslegesen nyomoztam ki a nevét és a lakcímét.

- Nem úgy van az. Ezzel kapcsolatban egyhangú volt a véleményünk. A találkozás csupán a véletlennek köszönhető, míg Péter bátyám nyomozása biztos pont volt. Az egész család, és én is nagyon hálásak vagyunk ezért, és Székelyék szeretnék megismerni magukat.

- Örülünk fiam, hogy ilyen szépen rendeződtek a dolgaid. Úgy látszik, egy felsőbb hatalom vezérli a lépteidet.

- Mindenesetre szerencsés vagyok. Ja, és még egy fontos fejlemény. Hajnalkát a megmentőjének halála annyira megviselte, hogy pszichiátriai kezelésre kellett járnia. Az átélt trauma sokkolta szegény lányt. Amikor találkoztunk az asztalnál és felismertük egymást, most az a tény sokkolta Hajnit, hogy a halottnak hitt megmentője él, és valamilyen fordított mentális folyamaton esett át. Szinte teljesen kigyógyult betegségéből.

- Jaj, Istenem! – csapta össze tenyerét Ilonka, hogy belecsendült Csaba füle. – Az Úr tényleg veletek van, és segít a bajba jutottakon.

- Hát, igen. De ne haragudjanak, be kell fejeznem, mert ebédre meghívtak Edit szülei, és már elmúlt tizenegy óra. Útközben Editet is fel kell vennem, és még mindig pizsamában vagyok. Székelyék egyébként holnap utaznak haza.

- Add át üdvözletünket, és szívesen látjuk őket. Ti mikor jöttök el?

- Valószínű, hogy az egész nyári szünetet Székelyföldön töltjük. Csókolom, és vigyázzanak egymásra. Majd jelentkezem.

- Isten veled, fiam – hallatszott, majd megszakadt a vonal.

Csaba kikapcsolta a készüléket és visszament a konyhába. Újra megérezte a lefőtt kávé illatát. Úgy döntött, iszik még egy adagot, nehogy elálmosodjon az ebéd alatt. Vele egy időben jött vissza Jani felöltözve. Meghallotta, hogy a kávéfőző már az utolsó hörgéseit szenvedi, jóformán már csak gőzzel vegyített forró levegőt köpködött. Jani a kávéínségtől szenvedve elrikkantotta magát.

- Elélvezett-e már a kávéfőző?
- Épp most- botránkozott meg Zsuzsa.
- Esztikém, ugye ezt a löttyöt szívből főzted? – kukkantott Jani a kifolyó edénybe.

Eszti odament hozzá megnézni, hogy mi gondja van az extraerős kávéval. Csodálkozva nézte, hogy a halványbarna folyadék alatt tisztán kivehető a csésze alja.

- Ez nem az én napom – sóhajtott fel beletörődve. – Ha nem is szívből, valószínű, hogy zaccból főztem. Elfelejtettem a kávétartóban kicserélni a zaccot kávéra. Ettől pedig ne várj csodát. Van egy dobásod egy különlegesen erős kávéfőzésre!

Csaba felrobogott a lépcsőn a szobájába és felöltözött.

Visszaérkezve megszemlélte a kávéfőzőt, de csalódottan vette tudomásul, hogy késve érkezik a kávé. Lemondott a második adag doppingról. Tamás is kivonszolta magát a fürdőszobából. Feri és Kati kivételével teljes volt a létszám.

- Mennyit piszmogtál a kávé előkészítésével, hogy még mindig nem jött le? – fordult Janihoz.
- Csak amennyit kellett – fortyant fel a kérdezett.
- Miért nem használtál gyorsítót? – vonta meg a vállát Csaba. – Nem várom meg, így is késésben vagyok. Estére jövök. Mindenkinek kellemes másnapos kóválygást kívánok. – Az utolsó

szavakat már az ajtóból kiabálta hangos kulcscsörgetés kíséretében.

- Mi ez a lelkesedés!? – vonta fel a szemöldökét Tamás.

- Neked nem tűnt fel a bálon, hogy egész éjszaka nem velünk volt? – tette helyre a fiú emlékezetét Zsuzsa.

- Sok minden nem tűnt fel az éjszaka – dörzsölte meg a homlokát. – A változatosság kedvéért, az sem tűnt fel, hogy a teraszon csókolóztunk.

- Nocsak! – kapta fel a fejét Jani. – Kibújt a bioszög a gatyából.

- Legfeljebb a tiéd bújt ki – pirult el Zsuzsa. – Én is láttalak téged Esztivel, amint egymás nyálát cseréltétek.

- Még jó, hogy nem reggeliztem! Micsoda modortalan megfogalmazás – háborgott Eszti. - Van semmi közötök hozzá?

- Van hát – vágta rá Zsuzsa, - amennyiben ez fordítva is fennáll.

- Akkor ezt meg is beszéltük – nyugtázta Eszti.

- És kinyújtanád végre az ujjaidat? – fordult Tamás felé. - Még mindig úgy tartod a markod, mintha benne lenne Zsuzsi melle.

- Ezt se nekem mondták – nevetett fel vihogva Jani.

- Te beszélsz? – vigyorgott Tamás. – Egész idő alatt úgy tartod a jobb kezed tenyérrel előre, mintha még mindig az alsómadár fogást gyakorolnád. Fogadni mernék, hogy ott van a tenyérlenyomatod Eszti bugyijának elején!

- Disznó! – kiáltott a lány mesterkélt felháborodással a fiúra. – Vigye mindenki a

csészéjét, - mutatta, melyekbe időközben
kitöltötte a kávét -, és vonuljon az asztalhoz
reggelizni! - rendelkezett .
- Az jó lesz - értett vele egyet Tamás -, mert
ma reggel ugyancsak félrehord a lányok agya.
- Nem különben, mint a tiétek - vágott vissza
Zsuzsa, miközben mindannyian helyet foglaltak.
- Egyébként is, mindkét fél sejtette a másik
kapcsolatát.
- Miután ilyen kulturáltan sikerült tisztázni a
tényállást - nyelte le az első falatot Tamás, -
szeretném tudni, mi a helyzet Csabával? Ha jól
értettem, becsajozott?
- Erről csak annyit tudok, amennyit az éjszakai
bulin elmondott, amikor összefutottunk a
mosdóban - válaszolt a kérdésre Jani.- Lányok, ti
tudtok valamit?
A két lány megrázta a fejét, hogy ők semmiről
sem tudnak.
- Kinyögnéd már verge? - sürgette Tamás.
- Egy szőke bombázóval láttam táncolni. A
mosdóban rákérdeztem, mire azt mondta, hogy
Edit is az egyetemre jár, őt kereste Erdélyben, de
csak most futott össze vele véletlenül. Nyáron
ismerkedtek meg a Balatonon. Szerintem bele
van zúgva, mert teljesen úgy viselkedett, mint
akivel madarat lehet fogatni. - Fentről, a lépcsőn,
lépteket hallottak. Pár másodperc múlva
felbukkant Feri és Kati. - De, Feri hátha többet
tud erről! - fordult az odaérkezők felé.
- Miről kellene tudnom? - ült le a fiú. -
Különben jó reggelt.
- Halihó - köszöntek vissza. Eszti odafordult
Katihoz. - Még meleg a kávé, két adagot benne

hagytunk – közölte vele, mire Kati felkelt és nemsokára visszatért a két kávéval.

– Mi is a téma? – tette fel újra a kérdést Feri és kezével eltakarva száját nagyot ásított. – Bocs, de még nem tudtam kicsomagolni az agyamat, és térerő híján nem tudom venni az adást.

– Csabáról van szó. Elhúzott, mint Bambi az öreg nénétől szarvasbőgés idején.

– Milyen nyanya bőg a szarvasa után? – rázta meg fejét, mint aki nem hall tisztán.

– Lökd le a kávédat, hogy felébredj! – adta az ötletet Ferinek Tamás. – A bálon összefutott azzal a csajjal, aki után megjárta Erdélyt. Most pedig elsöpört a randira. Azt gondoltuk, te többet tudsz erről.

– Valamivel többet tudok, de ez sem sok. A beiratkozás utolsó órájában botlottunk egymásba, ugyancsak megviselt állapotban volt. Akkor nekem is csak annyit mondott, hogy a Balatonnál megismert lány, Edit után ment Székelyföldre, de nem talált rá, idő hiányában. A sérüléseiről csak annyit mondott, hogy hosszú történet.

– Kíváncsi lennék erre a titokzatos kalandra. Már, ha kaland volt egyáltalán – jegyezte meg Eszter.

– Gondolom, ez mindenkit érdekel. Talán rá kellene kérdezni? – vetette fel Tamás. - Jani szerint az a csaj igazi bombázó. Egy szőke szépség, de nem festett, hanem természetes szőke, ezért a viccbeli szőkéknél ezerszer több ésszel rendelkezhet. Ha már egyetemre jár?

– Mi is kíváncsiak vagyunk - vette át a szót Kati, - de várjunk vele. Hadd örüljenek, hogy újra egymásra találtak. Ha valóban nagy a szerelem köztük, akkor a lány úgyis ide fog költözni Csabához.

- Gyerekek! – kiáltott fel Eszti. – Nyakamat merném tenni rá, hogy Csaba elfeledkezett arról, vagy inkább eszébe sem jutott a találkozás örömétől, hogy ma Edit napja van.

- Amilyen sürgősségi rohamállapotban szenved, kitelik tőle – jegyezte meg Tamás.

- Ezt a nevet mondtam volna? – bizonytalanodott el Jani Esztire tekintve. - Talán nem véletlen, hogy épp az Edit név jött a számra.

- Tök mindegy. Ha nem így hívják, akkor sem veszítünk semmit, ha rákérdezünk – nyúlt a mobilja felé Eszti.

- Az örökös női törődés. Ez teszi tönkre a férfiakat – évődött Tamás.

- Ami nélkül fordított evolúció lépne fel a férfiaknál – szőtte tovább Tamás gondolatát Zsuzsa, - és visszavedlenétek disznóvá.

- Ezt sem én mondtam – emelte a füléhez a telefont Eszti, mert a vonal végén meghallotta Csaba hangját.

Csaba bosszúsan tekintett a telefonra, amint teljes hangerővel elkezdte fütyülni a Híd a Kwai folyón dallamát. Megnézte a kijelzőn a hívó nevét. Mikor látta, hogy Eszti hívja, mégis felvette a telefont.

- Szia. Talán otthon hagytam magamat? – szellemeskedett.

- Azt hiszem, csak az agyadat – hangzott a felelet. – Legalább is abban az esetben, ha Edithez mész.

- Miért? Igen, őhozzá megyek. Mi baj van a nevével?

- Akkor, gondolom nem felejtetted el, hogy ma van a névnapja. – Eszti ijedten tartotta el a fülétől a telefont az éles fékcsikorgás hallatán, majd valami káromkodásfélét vélt hallani.

- Ez most komoly? – hallotta újra a fiú hangját.

- A legkomolyabb. Anyut is Editnek hívják, és fel szándékozom köszönteni. Kapd össze magad, ne üres kézzel menj a randira.

- Virágot mindenképpen vittem volna, de így már más a helyzet. Mindenesetre köszi. Égtem volna, mint Ikarosz napközelben, és vége lett volna az érzelmi szárnyalásomnak. Nem tudom mivé lennénk mi férfiak, nélkületek? – sóhajtott fel Csaba megkönnyebbülésében.

- A mivé lennénk kérdésre Zsuzsa az előbb válaszolt Tamásnak, tőle majd kiröfögheted a nagy titkot. Agyő és jó szórakozást!

- Ez nem hangzott hízelgően. Cső, és köszi. – Kinyomta a telefont, és a Media Markt áruház felé vette az irányt.

A műszerfal tetején megtalálta a papírdarabot, amelyre Edit felírta a lakcímét. Betáplálta a GPS-be. Edit már menetkészen várta Csabát. Hosszan megcsókolták egymást. Késő nyári, közel harminc fokos meleg volt, ragyogó napsütés. Edit a fiú mustráló tekintetét látva, megpördült tengelye körül. Könnyű nyári ruhája egy fáziskéséssel követte a forgását. Csaba ekkor döbbent rá, hogy a lány ugyanabban a ruhában van, amelyben a disco hajón megismerkedtek. Hálásan tekintett Editre, mert tudta, hogy nem véletlenül vette fel épp ezt a ruhát. A lány észrevette a fiú felvillanó tekintetében a felismerést.

A motel éttermében elkülönített, ízlésesen megterített asztalnál már ott ültek Edit szülei és Hajnalka. Az asztal közepén gyönyörű virágcsokor illatozott a vázában. Hajni felugrott a székről és eléjük sietve megpuszilta nővérét és Csabát.

– Csaba, te ide ülsz mellém és Edit mellé!- rendelkezett Hajni.

– Gondolom, hogy nincs ellenérv az ellen, hogy kettőtök közé ültetsz? – mosolygott rá a fiú, és helyet foglalt.

– Ez már eleve elrendeltetett – jegyezte meg Éva a kölcsönös üdvözlést követően.

– Anya! – méltatlankodott az érintett. – Mi holnap hazautazunk és Csaba annyit lehet Edittel, amennyi csak belefér.

– Nincs semmi gond ezzel – jegyezte meg Ádám, - csak nem szeretnénk, ha teljesen kisajátítanád magadnak Csabát.

– Ez eleve nem állt szándékomban – játszotta meg a durcáskodót Hajni. – A kisajátításról különben is lekéstem. - Ez utóbbi mondatot már csak maga elé mormogta, így senki sem értette, mit mond. A pincér mindenki elé egy-egy étlapot helyezett.

– Italt parancsolnak? – nézett várakozva a társaságra.

Ádám kért egy üveg pezsgőt. Csendben böngészték a listát. Közben a pincér megérkezett a pezsgővel. A felbontott üveg tartalma halk szisszenéssel adta tudtul kiszabadulását és mielőtt kifutott volna, a pincér már töltötte is az első pohárba.

- Szeretnék néhány szót szólni – állt fel Ádám.
– Két örvendetes oka is van annak, hogy ma itt összegyűltünk. A legnagyobb öröm, hogy családunk teljes létszámmal egyáltalán itt lehet – nézett végig szerettein. - Nevükben is ismételten mondom, hogy köszönetünket és hálánkat soha nem tudjuk eléggé leróni Csaba iránt - tekintett a fiatalemberre -, annak jegyében, hogy gyász helyett itt lehetünk, és ünnepelhetünk. Egyrészt azért, hogy kisebbik lányunk pár hete új életet kapott, másrészt pedig, szeretettel köszönthetjük nagyobbik lányomat névnapján. Editkém! – fordult a megszólított felé. – Nagyon sok boldogságot kívánunk, sikeresen vedd az egyetemi féléveket és a magánéletedben is járj szerencsével. Úgy látom ez utóbbinak nem lesz akadálya és a jelek szerint azt hiszem, máris családtagnak tekinthetjük Csabát. Kedves Csaba - fordult a fiúhoz – Isten hozott a családunkban! Editkém! Nagyon sok boldogságot kívánok és fogadd szeretettel ezt a csokor virágot – mutatott a vázában illatozó csokorra. Még egyszer, Isten éltessen.

- Nagyon boldog névnapot – csatlakoztak a jókívánságokhoz a többiek is. Koccintottak és ittak a pohárból, Editet éltetve.

- Kérhetek egy perc türelmet? – állt fel Csaba, és kisietett a kocsijához. Kivette az ajándékokat, és a három csokor virágot, majd félig takarva a virághalmaztól, visszament az asztalhoz.

- Nem tudtam, hogy mikorra időzítsem a köszöntőmet. Először is köszönöm a meghívást,

és a családba fogadást. Álmomban sem jutott
eszembe ez utóbbi megtiszteltetés, hisz még ki
sem érdemeltem. Kérem, hogy fogadjátok
szeretettel – fordult Éva, majd Hajni felé – ezt a
szerény csokrot, hódolatom jeléül.

Egy-egy puszi kíséretében átnyújtotta a
virágokat a két nőnek, akik köszönték a csokrot
és hamisítatlan női reflex szerint, mindjárt el is
temetkeztek az illatában. A fiú ezután Edit felé
fordult.

- Most újra Csillaglánynak szólítalak, mint első
találkozásunk alkalmával. Nekem már örökre az
éjszakai Hold gyönyörű leánya maradsz, kinek a
szemében a napfényes égbolt és a trópusi
tengerek kékje egyaránt ott ragyog. Szeretnék e
mély kékségben úszva alámerülni, vagy a
magasban szárnyalni és mindig ott tükröződni a
tekintetedben, hogy örökké együtt lehessünk.
Fogadd névnapod alkalmából szívből jövő
jókívánságaimat. E vörös rózsacsokor legyen
jelképe szerelmemnek. Szerelem első látásra.
Nem hittem benne, míg meg nem láttalak.

Átnyújtotta a csokrot Editnek, és gyengéden
szájon csókolta.

- Köszönöm kedves, és nektek is köszönöm –
fordult Edit a családja felé. – Én sem hittem,
hogy létezik szerelem első látásra, de most már
én is hiszek benne. Úgy érzem, ez életem
legboldogabb névnapja – adott egy-egy puszit
családtagjainak.

- Még egy pillanatra! – vette vissza a szót
Csaba – fogadd tőlem szeretettel ezt a kis
ajándékot.

Átnyújtotta a csomagot Editnek. A lány zavartan vette át.

- Talán illene kibontani a névnapi ajándékot - szólt rá Hajni a nővérére -, hátha egy megelőlegezett babakelengye van benne.

- De bolond vagy! – kapott észhez nevetve a nővére. Letette az asztalra a csomagot és óvatosan bontogatni kezdte.

- Nem kell hímes tojásként bánni vele, nem ugrik ki belőle a kisnyúl, – bíztatta Csaba. – Anyámat részletesen tájékoztatta a nagynénéd, gondolom, hogy hasznát fogod venni az ajándéknak.

Közben már lekerült az ajándékról a díszcsomagolás, és érdeklődve nézték a piros táskát.

- Istenem... Csaba – vette ki örömteli áhítattal Edit a laptopot a táskából. – Ez csodálatos! Régi vágyam egy laptop. Egy használt asztali számítógépre tellett csak, amit most Hajni használ – futotta el a könny a lány szemét. – Itt, az egyetemi számítógépeken dolgoztam, már amikor hozzáfértem. Köszönöm, drága vagy – karolta át a fiú nyakát.

- Ez nagyon drága lehetett – csóválta a fejét Ádám, - de hálásak vagyunk, hogy ekkora örömet szereztél Editnek. Tudjuk, hogy milyen fontos a tanulmányokhoz egy számítógép. Ez megkönnyíti a tanulását.

- Érettségi után három évig dolgoztam, hogy gyűjtsem a pénzt a tanulmányaimra, mert a szüleim nem tudták volna állni a költséget.

- Edit is csak úgy lehetett egyetemista, hogy a nagybátyja és a felesége, gyermektelenek lévén, vállalták a taníttatási költségek felét. Így is nehéz lesz anyagilag.

- Még egeret is vettél? – csodálkozott Edit. – Ez meg mi? – vette ki a kozmetikai tasakot. – Ez is tartozék? – lepődött meg.

- Fogalmam sincs, a táskával együtt adták – tárta szét a kezét.

- Én már tudom. – kiáltott fel Hajni. – Számítógép tartozék ez is, kizárólag nőknek. Még pedig a feladatok elrontása, vagy megoldalansága esetén van rá szükség. Ezzel lehet elpamacsolni a tehetetlenség könnyeit.

- Neked biztos szükséged lenne rá – vágott vissza nevetve Edit.

A pincér időközben egy virágvázában vizet hozott és beletette a virágokat, egyformán elosztva őket a két vázában. – Ha meg tetszik engedni – fordul az ünnepelt felé, - áttenném a szomszéd asztalra, mert az ebédnél nem fognak férni tőlük. - Edit bólintott a kérésre és visszapakolt a táskába. Csaba elvette tőle és áttette a virágok mellé.

- Ó, a fenébe is! – kapott a homlokához a fiú. – Kedves Napfénytündér! – fordult Hajni felé. – Mivel a szófukarság úgy látom nem jellemző rád, fogadd szeretettel ezt a csekélységet, hogy legyen mibe elpanaszolni az időnkénti durcás hangulatodat, és zömével durcásság mentes szeretetedet – nyújtotta át az ajándékot.

Hajni meglepődve, remegő kézzel vette át az ajándékot, és csak állt, csodálkozó szemeket meresztve Csabára. – Én nem számítottam semmilyen ajándékra – jött meg végre a hangja.

- Talán kibontanád? – adta vissza a kölcsönt Edit. – Hallhattad? - Lehet, hogy kipattan belőle a szájzár oktató Kuka, a hét törpével!– találgatta Edit.

Hajni elkezdte kibontani a csomagot, és mikor lekerült róla a díszpapír, a dobozról már tudta, mi van benne. – Istenem, ráhibáztál nővérkém! Ez egy mobiltelefon! – sikkantott fel az örömtől. Csaba nyakába ugrott és két csókot adott az arcára. – Köszönöm, köszönöm – hajtogatta egyre. Szülei mosolyogva csóválták fejüket lányuk lelkendezése láttán.

Kihozták az ebédet. Vidám társalgás mellett telt el az idő. Röpködtek a kérdések, feleletek, alig győzték kielégíteni egymás kíváncsiságát. Megismerték egymás családját, életvitelüket, érdeklődési körüket, foglalkozásukat. Csaba sejtései beigazolódtak, hogy Székelyföldön rosszabbak a megélhetési körülmények, mint Magyarországon, főleg a magyar nemzetiségieknek. A diktatúra csökevényei még mindig élnek sok román tudatában, bár a megkülönböztető bánásmód össze sem hasonlítható a kommunista időszakkal. De mégiscsak létezik.

Délután kocsikáztak egyet a városban. Megtekintették a város nevezetességeit, majd kihajtottak a Nagyerdőbe. Kiszálltak a kocsikból és bebarangolták az erdőt. A két lány Csabába karolt. A fiatalember röviden elmondta, amit a Nagyerdőről tudott.

- A Nagyerdő Debrecen kincse, az Alföld egyik leghíresebb erdeje. Természetvédelmi múltja ugyancsak megkopott, már csak emlék. Szomorú, hogy a megváltozott ökológiai környezet milyen pusztítást vitt végbe, és idővel a Nagyerdő túlnyomó része gyomtenger lesz. Hat óra után értek vissza a kocsikhoz. Úgy döntöttek, hogy most vesznek búcsút egymástól, nem kell visszakísérni őket a motelhez. Reggel pedig korán indulnak. Az utolsó percben Csabának még sikerült rábeszélnie a szülőket arra, hogy Edit taníttatására szánt havi összeget inkább fordítsák Hajnalka iskoláztatására. Az ő összespórolt keresetéből sokáig futja az egyetemre. Végül felhagytak a tiltakozással, és beleegyeztek a fiatalember javaslatába, azzal a feltétellel, hogy ha megszorulnak, akkor ezt tudatják velük.

- Gondolom, idővel összeköltöztök? – kérdezte Éva a lányától.

- Igen, a következő hónap elsejétől. De nem kell aggódnotok.

- Beszéltünk erről az eshetőségről apáddal, s ha már így alakult, akkor jobb előbb, mint későn. Megbízunk bennetek. Csak vigyázzatok, egyelőre két főben gondolkodjatok.

- Pedig szívesen lennék keresztanya – viccelődött Hajni.

Elbúcsúztak egymástól, s beszálltak a kocsikba. Csaba látta Hajnalka szomorú tekintetét. Még mindig érezte testével a lány ölelését, ahogy fejlődésben lévő kemény mellei hozzásimulnak, érezte az arcára adott két csókot. Fülében csengtek az utolsó szavak.

- Tartozom neked egy élettel – súgta –, örökké adósod leszek.

- Nem vagy az adósom. Boldog vagyok, hogy ilyen nagyszerű lányt mentettem meg az életnek. Biztos vagyok benne, hogy pár év múlva két imádnivaló, gyönyörű nő lesz a családban.

***

Október elsején Edit odaköltözött Csabához az albérletbe. Ezzel teljes lett a ház kihasználtsága. Edit költözés előtt többször ott töltötte az éjszakát Csabánál. Csodálatos napokat éltek meg egymás mellett. Teltek a napok, alig akarták elhinni, hogy együtt lehetnek. A nagy szerelem ellenére, csak most kezdték megismerni egymást. Csaba megértette a lány tétovázását a szüzessége elvesztésével kapcsolatban, soha nem is erőltette a dolgot.

Rengeteget beszélgettek napközben, elmesélték egymásnak életük fontosabb állomásait, kedvteléseit, kedvenc időtöltésüket. Az első ott töltött éjszakán még pizsamában aludtak. Nem jutottak túl a csókolódzáson, egymás simogatásán. Ha Csaba óvatosan megpróbált kezével beférkőzni a lány ruhája alá, Edit finoman lefogta a kezét.

- Kérlek, ne! Engedd, hogy fokozatosan jussunk el odáig – suttogta.

- Nem akarod? – vette el a kezét a fiú. – Nem élvezed?

- Én is élvezem, de hagyj egy kis időt! Nem vagyok rá felkészülve.

A napok múlásával egyre többet tudtak meg a másikról, kezdték úgy érezni, hogy régóta ismerik egymást. Lelkileg egyre könnyebben nyíltak meg egymás előtt, kitapasztalták, mit szeret a másik, mi az, ami nincs ínyére A harmadik ott töltött éjszakán Edit eljutott odáig, hogy hálóruha nélkül aludjon Csabával. Először feszélyezte meztelensége, de a fiú olyan természetességgel kezelte a helyzetet, hogy hamar túltette magát ezen az érzésen. A gyengéd csókok és a bizsergetően simogató kezek hatására egyre könnyebben nyílt meg Csaba előtt, sőt, a fiú irányításával Edit mind jobban ráérzett a testi közelség izgató mivoltára. Mindketten csodaként élték meg ezeket az éjszakákat. Érezték, hogy egyre forróbb a levegő kettejük között. Csaba lelke mélyén érezte, hogy a lány annál mélyebben át tudja élni az első aktus csodáját, minél jobban felkészíti rá.

A nagy nap az odaköltözés éjszakáján jött el. Ez az este kicsit másképp kezdődött, mint az előzőek, az ott töltött alkalmi éjszakák esetében. Edit nagyra értékelte Csaba megértését, hisz nem erőltette, hogy ténylegesen magáévá tegye. Ahogy felértek szobájukba, egymást átkarolva zuhantak az ágyra. Csaba lassú mozdulatokkal vetkőztetni kezdte Editet, apró csókok, simogatások kíséretében, a mind jobban feltáruló bársonyos test becézgetése közepette. Elbűvölték, mint minden alkalommal, hogy a lány fekvő helyzetében sem lapulnak le a legkisebb mértékben sem, felfelé meredő formás mellei. Nyelvével finoman izgatta a megkeményedett mellbimbókat, míg Edit a gyönyör óhajait hallatva simogatta a fiú tarkóját. Csaba apró csókokat lehelve, egyre lejjebb haladt a lány testén. Gyengéd simogatása apró rezdüléseket váltott ki a lány testén, és mintha ajkának minden egyes érintése a csók egy-egy forró parazsát hagyta volna bársonyos bőrén.

Mikor túlhaladt Edit köldökén, és kigombolta farmernadrágját, a lány gondolva egyet, hirtelen felült, és maga alá fordította Csabát. Most ő kezdte el vetkőztetni és kényeztetni partnerét, viszonozva a fiú gyengédségét. Felváltva szabadították meg egymást utolsó ruhadarabjaiktól és közösen vonultak be a fürdőbe. Most zuhanyoztak első alkalommal együtt. Apró csókok izgató hatása közepette fürösztötték egymást, élvezve a zuhany jóleső melegét, amint a vízcseppek záporesőként verték felforrósodott testüket.

Visszatérve a széles franciaágyra, Csaba folytatta Edit kényeztetését. Finoman harapdálta a lány, meredező mellbimbóit, miközben testét simogatva egyre lejjebb haladt kezével, mígnem elérte a lány ölét. Egy pillanatra megállapodott a villanyfényben csillogó szőke, selymes tapintású szőrzetén, majd lejjebb nyomult kezével. Edit megadó sóhajjal engedett az egyre fokozódó vágynak, önkéntelenül tárta szét combjait. Csaba ujjai besiklottak a nedves szeméremajkak közé és elkezdte izgatni a lány csiklóját. Érezte, ahogy fokozódik a lányban a gyönyör, a megduzzadt csikló rakoncátlan kiscsikóként ugrándozott ujjai alatt. Edit teste egyszerre csak ívben megfeszült, remegések sorozata futott végig rajta, ahogy a csúcsra jutott. Az orgazmus semmihez sem hasonlítható gyönyöre a mennyei magasságokba repítették. Tekintete elhomályosult, majd lehunyt szempillái alatt, a fények villódzásában, látomásszerű képek váltották egymást pergő gyorsasággal. Lassan csitult benne az örömvágy, teste ellazult, a hullámokban rátörő remegések fokozatosan csillapodtak benne, míg meg nem szűntek, mint vihar után a tó hullámzása a beállt szélcsendben.

Kis idő elteltével Edit viszonozta Csaba kényeztetését. Mikor a fiú úgy érezte, hogy már nem bírja tovább, hanyatt fektette Editet, és ráfeküdt. Testsúlya nagy részét könyökére helyezte, és csókjaival borította el a lányt. Mikor úgy érezte, a lány kész őt befogadni, óvatosan hatolt belé. Érezte a szűzhártya gyenge ellenállását, egy pillanatra megtorpant attól tartva, hogy a lány tiltakozni fog. Edit érzékelte a behatolást, a vágy már annyira eluralkodott rajta, hogy mindennél jobban akarta szüzessége elvesztését. Nem engedte, hogy Csaba megálljon.

- Ne hagyd abba, akarom! – suttogta, és lábaival átkulcsolta a fiú derekát, hogy megkönnyítse számára a behatolást.

Szinte észre sem vette a deflorálást, egy pillanatra, alig érzékelhető, enyhe fájdalmat érzett, melyet azonnal magával sodort a vágy. Úgy érezte, hogy testét égető ezernyi apró parázs, egyszerre csak lángra lobban. Önkéntelenül is kéjes nyögést váltott ki belőle a behatoló, ölét teljesen kitöltő pénisz érzése. Csaba érzékelte, amint körbefonja a nedves melegség, és szorosan fogva tartja. Mozdulatlanul feküdt, míg úgy nem érezte, hogy a lányban a fájdalom érzetét elnyomja a fokozódó vágy. Lassan felvette az aktus ősi ritmusát, melyet Edit is akaratlanul átvet,t és hosszú percek után feljuttatta őket a csúcsra. A fiú érezte a lány orgazmusát, melyet önkéntelenül is apró kis sikkantásokkal fejezett ki. Csaba izmai megfeszültek, lehunyt szemei alatt fény lobbant, majd remegések sorozata közepette együtt jutottak fel a gyönyör magasságaiba. Szapora légvételük lassan csitult. Izzadt bőrükön megcsillant a lámpa fénye. Edit hálásan fogadta a fiú becézgetését. Legnagyobb meglepetésére, az utójátéknak szánt levezető kényeztetés újra felcsiholta benne a vágyat. Ő is simogatni kezdte Csabát, lassan feltüzelve férfiasságát. Negyed óra múlva Csaba fölé kerekedett lovagló pózba. Edit nagyon élvezte, mert most ő diktált, miközben Csaba a mellét simogatta.

Érezték, hogy egyre forróbb lesz körülöttük a levegő és magával ragadja őket a gyönyör. Úgy érezték, hogy először felfelé repíti őket az örvény, mint valami tornádó, mind nagyobb ívben forogva, s mielőtt még kivetette volna testüket a nyugodt vizekre, lerántotta őket a szédítő forgás, hogy átéljék az örvénylő gyönyör mélységekbe zuhanó érzetét is. Edit lihegve borult Csaba mellére, szőke haja mindkettejük fejét betakarta. A gyönyör olyan magasságait és mélységeit tapasztalták meg, amelyre csak a szerelmesek juthatnak el. Testükkel együtt, lelkük is egyesült teljes valójában, melyet mindketten csodaként éltek át. Kimerülten feküdtek egymás mellett, átölelve a másikat. Összesimuló mellükön érezték egymás heves szívdobogását.

Percekkel később Csaba felült, félresimította a hajat Edit arcáról. Hosszan nézte a lány testét, amely még mindig a múló gyönyör ragyogásában fürdött. Bőrén verejtékcseppek csillogtak a lámpa fényében. A vágy csitulásával, a szeretkezéstől kipirult bőre visszanyerte megszokott barnaságát. A fiú csodálattal adózott a gyönyörű testnek. Edit megérezte, hogy nézik, s kinyitotta szemét. A máskor oly ragyogó kék szemek, most még kissé fátyolosan tekintettek rá, köszönhetően az átélt élménynek.

- Kicsi Csillaglány – suttogta. – Köszönöm, hogy megajándékoztál a szüzességeddel. Ilyen csodás ajándékot csak tőled kaptam. Soha nem fogom elfelejteni.

- Voltak elképzeléseim a szeretkezésről, de nem gondoltam volna, hogy ilyen csodára képes – válaszolta Edit. - Kár, hogy csak egyszer nyújthattam neked ezt az érzést.

- Tévedsz. Minden egyes szeretkezésünket úgy fogjuk megélni, mintha az lenne az első.

Csaba a lány fölé hajolt, és hosszan megcsókolta. Edit a fiú nyaka köré fonta a karját, úgy viszonozta a csókot. Ebben a csókban már nem volt igazi testi vágy. Ez a tiszta szerelem csókja volt, két lélek egyesülése, melyek örök hűséget esküdtek egymásnak.

Mikor Edit felült, észrevett néhány vérpettyet a lepedőn.

- Kicserélem – mondta elpirulva.

- Felesleges, már úgy is megszáradt. Legalább úgy érzem, mintha én is most vesztettem volna el a szüzességemet. Lelkileg igaz is. A szex meg sem közelíti a szerelemmel fűszerezett szeretkezést. Ezerszer csodásabb, amikor a test és a lélek egyszerre egyesül. – Csaba tekintetével végigsimogatta Edit bőrét, majd a lepedőre tekintett, és szemeiben huncut fény villant. - A lepedőt reggel kiakaszthatod a földszinti bejárati ajtóra bizonyítékként - vigyorodott el. - Bolond. – nevetett Edit, és a fiú fejéhez vágta a párnát. – Nem a nagyanyáink korát éljük. Már Székelyföld falvaiban is rég kiment a divatból ez a szokás. Csaba lekapcsolta a villanyt, visszabújt Edit mellé. Egymás karjaiban, egymáshoz simulva, pihentető álomba merültek.

Edit gyorsan beilleszkedett a társaságba, rugalmasan alkalmazkodott a kialakult házirendhez. Az új albérlő társaival is jól kijött. Ők nyolcan úgy éltek, mint egy nagycsalád. Tanulásban, ahol tudtak segítették egymást, megvitatták a közös témákat, kisebb-nagyobb csoportokban együtt jártak el szórakozni. Valamennyien komolyan vették az egyetemet, ezért csak hétvégeken mozdultak ki lazítani. Hétköznapjaikat kitöltötte az előadásokon való részvétel, a gyakorlatok, foglalkozások. Rendszeresen a délutáni órák közepe után keveredtek haza különböző időpontokban, ki milyen tantárgyat vett fel. Vacsoráig elkészítették a másnapra kirótt feladatokat. Hét óra tájban gyűltek össze az étkezőben vacsorázni, beszélgetni.

Egyik ilyen alkalommal Feri rákérdezett Csaba Székelyföldön szerzett sérüléseire. – Azt hiszem, eljött az ideje, hogy ígéreted szerint beszámolj székelyföldi zombivá válásod történetéről.

Edit kérdőn tekintett a fiúra, aki tehetetlenül széttárta mindkét karját, de csak szemeivel kért elnézést a lánytól. Feri látva az alig észrevehető szembeszédet, szinte lerohanta Csabát.

- Hé! Nehogy megpróbáld kihúzni magad a mese alól. Mikor ide költöztél, azt mondtad, hogy hosszú történet, különben is félig hulla voltál. Megígérted, hogy majd máskor elmondod, miként sikerült összekaszabolnod magad. Most van itt a máskor.

Csaba szikrázó szemeket vetett Ferire, aki nem volt hajlandó erről tudomást venni. Edit gyanakvó tekintetet vetett kedvesére, kérdőn felhúzta szemöldökét.

- Nem mondtál el mindent? – tartotta fogva szemével a fiú tekintetét.

- Én mindent elmondtam a bálon – mentegetődzött Csaba. Nehezen sikerült elszakítania a tekintetét. - Csak...

- Csak..? – kérdezte szigorúan a lány.

- Csak azokat a sérüléseket mondtam el, amik még látszottak.

- Úgy tűnik lemaradtunk valamiről – szólt közbe Tamás. – Gondolom, az arcodon megmaradt halvány, hosszú hegről van szó?

- Arról, hogy a Békás-szorosban összetörte magát – előzte meg Feri a válasszal, nem hagyva Csabának lehetőséget arra, hogy esetleg elbagatellizálja a történteket. – Orvosi ellátás után is úgy jelent meg előttem az egyetem parkjában, mint aki egy horror filmből lépett ki, halódó zombiként.

- Eltörted valamidet– vonta kérdőre Edit a fiút,
- és nekünk nem mondtad el?
- Nem törött el semmim – mentegetődzött, -
csak az egyik bal oldali bordám repedt meg.
- Így igaz – vette vissza a szót Feri. - Pénteken
iratkozott be az utolsó fél órában, azt követően
találkoztunk. Vasárnap este a zuhanyzóban
láttam meg, hogy néz ki valójában.
- Te kukkoltál? – Kati adott egy alig érezhető
tenyerest Feri tarkójára. – Ráadásul fiút? -
meresztette az égre szemét csúfondárosan. –
Mivé satnyulnak a mai férfiak!
Kati mesterkélt felháborodását nagy nevetés
kísérte. Mikor újra csend lett, kérdőn néztek
Ferire, vajon mit látott Csabán, azon kívül.
- Először még azt hittem - folytatta Feri
komolyan, - hogy valami kontár testfestőnek állt
modellt, aki csak a kék, zöld és lila színeket
ismeri. Csak a legkényesebb testrésze úszta meg
a piktorkodást – fejezte be az ismét felcsattanó
nevetés közepette.
Edit bocsánatkérően– fordult Csabához. – Ne
haragudj. Már emlékszem, a kérdésemre azt
válaszoltad, hogy a legfontosabb testrészed
épségben maradt. De nem gondoltam ebből,
hogy az egész testeden sérülések nyomai voltak.
Nagyon hitelesen viccelted el.
- Éljen az épen maradt fő testrész– jegyezte
meg Eszti, - elvégre ezért is lehetsz itt, Edit.
Miért van olyan érzésem, hogy valamilyen
módon neked is közöd van a történtekhez?
Edit a megjegyzésre akarata ellenére elpirult.
Bosszankodott, hogy nem tud uralkodni magán.
– Jól sejted. Ha nem is konkrétan, de közvetve

igen. Ugyanis, Csabával egy balatoni disco hajón ismerkedtünk meg a nyáron. A beiratkozás utolsó napjaiban utánam jött Székelyföldre, miután sikerült megtudnia a lakcímemet. Csabának a teljes létszámban jelen lévő lakótársak előtt el kellett mesélnie az egész útját. Tömören, a lényeget összefoglalva mesélt a csodás tájról, a félelmetesen meseszerű Békásszorosról, a neveket kapott sziklákról, hegyekről, a Gyilkos-tó legendájáról. Feri és Kati már jártak ott, mégis lenyűgözve hallgatták Csaba színes elbeszélését. Eszter büszkén húzta ki magát, mikor hallotta, hogy a tó áldozatát is Eszternek hívták. Történetéből szándékosan kihagyta a román fiút. Edit szó nélkül nyugtázta ezt a kis csalást. Elmondta a lány megmentését, egynapos kínlódását a sziklafalon. Beszélt Dorkáról, aki felfedezte, Péter bácsiékról, a lovas kalandról, megérkezéséről az egyetemre, Edittel és családjával való találkozásáról az egyetemi bálon. Ott derült ki, hogy a megmentett lány Edit kishúga.

- Öregem, - nyögte Jani a történet végén, - te aztán nem panaszkodhatsz, Fortuna ugyancsak a kegyeibe fogadott. Persze, akárki nem élte volna túl, puszta szerencsére hagyatkozva. Nekem megmenteni sem sikerült volna azt a szegény lányt, úgy lerántott volna a mélybe, mint mafla horgászt a húsz kilós harcsa. Zuhantomban eszembe sem jutott volna a fenyőfa felé vetni magam, legfeljebb csak arra tudtam volna gondolni, hogy földet érés után lesz-e valaki, aki tisztába tesz?

A felszabadult nevetés elülte után Jani Edithez fordult.

- Ha a kishúgod is ilyen gyönyörű lány, nem sértődnék meg érte, ha bemutatnál neki.

- Nem portyázgatunk – nevetett Edit. – Egyébként nagyon is hasonlít rám.

- Akkor semmi gond, rástartolok, - dörzsölte össze tenyerét Jani.

- Startolsz ám az ezerráncú vasorrú banyára! – legyintette tarkón a fiút Eszti. – Ha én nem vagyok jó neked, akkor abba a kiszáradt boszorkába törjön bele a farkad.

Jani meghunyászkodva húzta be a nyakát, vigyorát elrejtve Eszti elől.

- Lassan a testtel! – hűtötte le Csaba is a fiú lelkesedését a nagy nevetés közepette. - Hacsak nem akarsz liliomtipró lenni! Hajni, ugyanis még nem lépte túl ezt a kort. Ő messze is lakik, a kezem pedig közel van.

- Kár – játszotta meg Jani a csalódottat. – Ha ki is lábal a liliomkorból, kénytelen leszek elkerülni az öklödet, és továbbra is más csajokon landolni. Figyelem, lányok! Eladó vagyok! Ki ad értem egy tízest?

- Parancsolj! – vette ki a tizest Zsuzsi a táskájából. – Itt van! - dobta Jani ölébe. – Ma estére megvettelek. Takarodó után kitakaríthatod helyettem a női vécét!

A társaság kárörvendő nevetéssel oszlott fel, Zsuzsi tréfásan a fiúra öltötte a nyelvét. Jani arcáról lehervadt a vigyor és bamba tekintettel forgatta ujjai között a tíz forintot.

Eltelt egy hónap, már november első hetén is túl voltak. Este Csaba számvetést csinált a havi kiadásaikról és nem jutott bíztató eredményre. A szeptemberi kiköltekezés után spórolósan telt el az október. Néhány pohár üdítő mellett nagyon jól elvoltak. Így is, kettejük számára az egyetemi költségek, a bérleti díj, a rezsiköltség és a koszt felemésztett 150-160 ezer forintot október hónapban. Ehhez hozzájött a benzinpénz és egyéb kiadások. Csaba a három éves keresetének 80%-ával a bankszámláját hizlalta, a maradékot magára költötte: szórakozásra, Kung Fu tanfolyamra, ruházkodásra. Érettségi után azonnal munkába állt. Szülei természetesnek vették, hogy továbbra is eltartják egy szem fiúkat, gyűjtse a pénzt az egyetemre. Anyagi helyzetük nem engedte meg, annak ellenére sem, hogy két lányuk már férjhez ment és önálló életet élnek, hogy Csaba egyből továbbtanuljon. A három év alatt, a kamatokkal együtt annyi gyűlt össze bankszámláján, ami kitartott volna öt évig, egymagára.

Mikor végzett a számvetéssel, közölte Edittel számításai eredményét. Edit szüleivel megegyeztek, hogy Hajni tanítására fordítsák az Editnek szánt támogatást. Kiadásaikhoz jött hozzá ugyanekkora összeg a hajóskapitány nagybácsitól, aki, gyermek híján felajánlotta hozzájárulását unokahúga taníttatására. A kapitány úgy tekintett nővére gyermekeire, mintha sajátjai lennének. Valamennyien tisztában voltak azzal is, hogy majdan, a két lány lesz az örököse is. A nagybácsi támogatásához hozzájött Csaba szüleinek anyagi hozzájárulása.

Mindent összeszámolva, a minimális havi összkiadás révén, minden hónapban 100 ezerrel apad a bankszámlája. Ez azt jelentette, hogy talán 7-8 szemeszterre elegendő az összegyűjtött és a havonta kapott pénz. Az ötödik évfolyamra már nem lenne tőkéjük.

- Igaz, hogy hosszú idő a négy év, ameddig elégnek kellene lennie a pénzünknek, de nem akarom az utolsó pillanatra hagyni az anyagi utánpótlást – közölte a lánnyal. – Már beszéltem neked arról, hogy Kung Fu mester vagyok. Esetleg lehetőségem lesz fiatalok oktatására, mellette edzhetek is. Talán havi 50 ezer nettót megkereshetek, így biztosítani tudnánk az utolsó év kiadásait is.

- Mennyire előrelátó vagy – vetett epekedő pillantást Edit a fiúra. – Engem is foglalkoztatott az anyagi oldal, de nem voltam tisztában a lehetőségekkel. Most már értem, miért beszélted rá szüleimet, hogy a nekem szánt pénzt fordítsák Hajni taníttatására. Helyeselni tudom az ötletedet, egy feltétellel! Ha kereshetek magamnak valamilyen félállást.

- Drágám! – kelt ki magából Csaba – Van fogalmad arról, hogy sok egyetemista lány mivel keresi a tandíjra és a megélhetésre valót?

- Gondolom felszolgáló lányként – állt fel Edit is. Nem érette a fiú felháborodását.

- Pont egy ilyen gyönyörű nő hiányzik a vendéglátó iparból, kitéve magadat a durva megjegyzéseknek, ocsmány ajánlatoknak, fogdosásoknak, fenékre veregetéseknek. Hozzá vagy szokva ilyen légkörhöz?

- Őszintén szólva nem! – lepődött meg. –
Otthon, vendéglőbe ritkán jártunk, akkor is
kulturált körülmények közé. Szórakozni pedig
iskolai bulikba, vagy ritkán házi buliba, jól
ismert társasággal. Soha nem jártam kétes
helyekre, de azért nem vagyok naiv.
- A pénz nélküli egyetemista lányok
lecsúszottabbja bárszékeken ücsörögve, vagy az
utcán lófrálva vár egy-egy kuncsaftra. Az igazán
szép, formás lányok az elit körbe tartoznak. Ők
telefonhívásra mennek házhoz, válogatott
vevőkör kielégítésére.
- Remélem nem gondoltad, hogy erre hajlandó
is lennék! – Edit szemében megbántódás
csillogott, de Csaba látta a kérdés mögött
meghúzódó beugratást.
- Véletlenül sem tartalak ilyenre képesnek, te
inkább éheznél, minthogy... - Csaba itt elharapta
a mondatot, a lányhoz lépett, magához ölelte és
csókot adott mindkét szemére. Edit lehunyta
szemeit és ajkát nyújtotta a fiú felé. Mindkét
karjával átkarolta a nyakát, s forrón
visszacsókolt. – Csak tájékoztatni akartalak,
hogy megy ez szülői támogatás nélküli, vagy
pénzhiányos egyetemista lányoknál. Ha látsz a
legújabb divat szerinti, kiöltözött tanuló
lányokat, azoknak vagy milliomosok, de
legalábbis jómódúak a szülei, vagy pedig
kuncsaftoknál keresik meg rá a pénzt. Egy-egy
menetért az elit lányok tízezret gombolnak le.
Vannak még a szegény-gazdag kollégista fiúk,
lányok, akiknek az apjuk minimálbérre
bejelentett vállalkozó. Ezeknek a nebulóit, az
alacsony jövedelem miatt felveszik az albérletnél

jóval olcsóbb kollégiumba, amely előtt a csemeték saját Mercedes autói parkolnak. Ezért kényszerül a valóban szűkös anyagiakkal rendelkező diák a drágább albérletbe. Neked be kell érned velem, de én nem tudok menetenként tízezreket fizetni. Vagy pedig ritkán érhetek hozzád.

- De kiállhatatlan vagy – duzzogott a lány, - jobb, ha tudod, hogy veled napi két-három ingyen menet is többet ér tucatnyi fizetősnél.

- Ez hízelgő, én is így gondoltam – vigyorgott Csaba.

- Azt gondolod, hagyom, hogy egyedül dolgozz? – vette ismét komolyra a figurát Edit.

- Így lesz a legjobb. Tudom, hogy ez bánt téged, de ha átveszed a rám eső soros háztartási teendőket, azzal már sokat segítesz.

- Akkor megegyeztünk – derült fel Edit tekintete. – Esténként mindig várlak valamilyen meleg vacsorával.

- Erre ne számíts.

- Miért? – csodálkozott a lány. – Nagyon jól tudok sütni, főzni. Anya erre megtanított mindkettőnket.

- Nem erről van szó – nevetett. – Egyszerűen nem lesz rá időd.

- Eddig is volt rá időm – értetlenkedett Edit. – Ezután még több lesz, ha nem leszel itthon. Legalább nem kell délutánonként egy-egy órát csókolódzással töltenem veled, aminek képtelen vagyok ellenállni.

- Ez aztán belevaló érv! – kapta ölbe a lányt és az ágyra dőlt vele. Hosszú csókváltás után engedték el egymást.

- Na, ugye! – jutott végre levegőhöz Edit. – Nem megmondtam?
- Nem lesz rá időd, mert te sem leszel itthon.
- Hát mégis bérbe adsz? - incselkedett a lány. Kíváncsi volt, mire akar kilyukadni a fiú.
- Mert te is jössz Kung Fu-t tanulni. Persze, ha úgy gondolod.
- Miért is ne. Nem árt, ha meg tudom magam védeni adott esetben.
- Ha csak lehet, ne adjon az élet ilyen lehetőséget! – tromfolta le a lány lelkesedését. – de örülök, hogy jó ötletnek tartod.
- Persze, hogy annak - húzta magához a fiú fejét. – Biztos vagy benne, hogy alkalmazni fognak?
- Várj, még nincs vége! Egy héttel ezelőtt véletlenül összefutottam Sándor nagybátyámmal a szakosztály előtt, akkor jött ki a kapun. Ő megismerkedett a Kung-Fu iskola mesterével, aki kimondottan örült annak, hogy méltó ellenféllel gyakorolhat, mert legjobb tanítványai sem közelítik meg az ő tudását. Nos, ma telefonált a nagybátyám, hogy edzhetek, oktathatom a 10-12 éves tanulókat.
- Ez jól hangzik. Majd szurkolok neked. Addig is, sürget az ágy, mert holnap könnyen lehet, hogy törődött leszel – húzta Csaba fejét a mellei közé, hogy szegény fiú alig kapott levegőt. De bánta is ő ezt.

A megbeszélt időpontban Sándorral együtt pontosan érkeztek az edzőterembe. Az iskola mestere megnézte Csaba tagsági könyvét, végigfutotta a tanulói szintek során beírt bejegyzéseket, amely a 10. szint - 0.fokozat: a pusztakéz mestere cím elérését eredményezte. A mester odament Sándorhoz és néhány percig elmerülten beszélgettek. Csaba türelmesen várakozott, hisz illetlenség lett volna megzavarni őket. Tisztában volt vele, hogy ha kérdezni akar valamit a mestertől, előtte meg kell hajolnia. Ugyanígy meg kell hajolnia a mester előtt, ha magához hívja és közöl vele valamit. Végre, magához intette a mester. Csaba odament és meghajolt.

- Bizonyára tisztában van azzal, hogy a Wing-Tsun kung fu egy modern, önálló harcművészeti stílus. A Wing Tsun vizsgarendszer négy fokozatra osztható fel: Tanuló, technikus, gyakorló és mester fokozatok. A tanítói fokozatokra a tanítványok előrehaladása miatt van szükség, hogy az oktató mindig a megfelelő magasságú fokozattal – „szilvavirág" szimbólum - legyen jelölve a tanítványok között. Csaba, maga az 1-4 szint technikusi fokozaton oktatja a kezdőket, míg Sándor az 5-8 szint gyakorlói fokozatán tanítja a középhaladókat. A nagybátyja és az ön hagyományos kínai megszólítása Si-Hing (idősebb fivér), - hajolt meg a mester mindkettőjük felé, - amely az instruktorok elnevezése. Én a haladókkal foglalkozom. Természetesen, ahogy az időbeosztásom engedi, alkalmanként, mint megfigyelő, részt veszek az oktatásokon. Egyben leellenőrzöm a tanulók előrehaladási menetelét. Sándor holnap részletesen tájékoztatja önt – fordult Csabához.

- Köszönjük Si-Fu – hajolt meg Sándor. Csaba követte a példáját.

- Van fél óránk a tanulók érkezéséig. Addig gyakorolni szeretnék Sándorral. Ön elmehet! – adta meg az engedélyt Csabának. A fiatalember tradicionális meghajlással köszönt el.

Csaba a hónap közepén megkezdte edzői tevékenységét. Addigra átrágta magát a mestertől kapott oktatói elméleti anyagon és egész jól elsajátította. Reggelente Editet is bevonta a testedzésbe. Heti három alkalommal oktatta a kezdőket és a második héttől már Edit is mehetett tanulni. A tanítás délután fél öttől hatig tartott. Este héttől Sándor oktatta a középhaladókat. Az elkövetkező hetek során, hétvégeken, a fiú elment a kommandós kiképző központba Sándorral, ahol nagybátyja volt a kommandós csapat kiképző főnöke. Csaba itt gyakorolta a kommandós ismereteket, bevetési gyakorlatokat. Sándor pedig együtt gyakorolt velük, nehogy kijöjjön a formából.

Sándor Csabának ajándékozta régebbi tőrét. Az ő új túlélőkésének pengéje matt fekete volt, amely nem verte vissza a fényt. A fiú áhítattal húzta ki a derékszíjra erősíthető bőrtokból a túlélő kést. A kemény, nemesacélból készült 23 cm-es pengén megcsillant a napfény. A kés borotvaéles volt, hátsó éle fűrészelt kialakítású. Tartozékai, a fenőkő, iránytű, gyufa, drótfűrész, a horgászzsineg és a horog a markolatban voltak. A fiú hálásan köszönte az ajándékot.

A lélek hullámvasútja

November utolsó harmadának elején egyik este az ebédlőben, mikor mindannyian együtt voltak, Kati és Feri bejelentették, hogy kettős névnapot szeretnének tartani, melyre szeretettel meghívnak mindenkit. A társaság hangos éljenzéssel üdvözölte az ötletet.

- Mivel mindnyájan csak ebéd után keveredünk haza, az a kérésünk, hogy a készülődésben segítsetek egy kicsit. Szívesen veszszük a fiúk segítségét a bevásárlásban, lányokét a sütésfőzésben.

Végre elérkezett a várva várt péntek délután. Előző nap a fiúk az összeállított lista alapján mindent bevásároltak, most a lányok konyhaművészetén volt a sor. A hangulatot megalapozandó, mindenki megivott egy felest.

- Mi most kivonulunk a konyhába – közölte Kati – hat órára készen lesz a vacsora. Addig se rúgjatok be!

A fiúk behúzták a nyakukat, de azért suttyomban belöktek még egy felest, mielőtt leültek volna kártyázni. Úgy döntöttek, amíg a lányok elszenesítik a vacsorának valót, addig kártyázással ütik agyon az időt, néha meggyantázva a torkukat, hogy jobban csússzanak a lapok. Igaz, a második feles után átálltak a sörre. A vacsora kitűnőre sikerült, majdnem mindent felfaltak. A sütemény készítésében Edit, a sültek és a köretek elkészítésében a másik három lány jeleskedett. A vacsora után átadták az ajándékokat az ünnepelteknek.

- Mielőtt még ágyba húzna bennünket a teli sörhas, inkább táncoljuk le – ajánlotta Tamás. Ő maga, jó példával járva az élen, fellkérte Katit. A társaság kapva az alkalmon, követte példájukat.

Elérkezett a karácsony. Már túl voltak a félév első vizsgáin, két-két tárgyból. Az ünnepek közötti időszakra nem iratkoztak fel vizsgára, mert Csaba be szerette volna mutatni Editet a szüleinek. Ennek fejében a fennmaradó vizsgákat besűrítették január utolsó három hetére. Úgy tervezték, hogy a második félév kezdete előtt meglátogatják Edit szüleit. Debrecenből a kora reggeli vonattal elindultak Keszthelyre. Kelenföld pályaudvarról induló vonatukig volt még több mint fél órájuk. Nem volt nehéz a táskájuk, így vállukra kapták, és sétáltak egyet. Kézen fogva, vidáman kerülgették a hóbuckákat a friss, meglepően tiszta levegőjű téren. Csaba sajnálta, hogy Keszthelyen hó nélküli fagy várja őket. A fő épület melletti illemhely magasfokú higiéniai hiányosságai eltérítették őket szándékuktól.

Nemsokára befutott a gyors, elfoglalták a helyüket. Amint a vonat elhagyta az állomás területét, Edit kiment a mosdóba elintézni függőben maradt folyóügyeit. Visszatérve közölte Csabával, hogy ez legalább elfogadható illemhely, tiszta, és papír kéztörlő is van, nem úgy, mint a kelenföldi pályaudvaron..

- Jaaa, frissen kitakarítva, fertőtlenítve, és csak most indult a vonat a Déliből – nyújtotta meg az első szót Csaba. - Mire félúton leszünk az ülőke nem biztos, hogy száraz lesz, és eltűnik a WC, és a kéztörlő papír is. – Felállt és ő is ellátogatott a mosdóba.

A másodosztályú kocsi első fülkéjében csak ők ketten voltak. Köszönhetően az elővételi helyjegynek, az ablak mellett ültek. Megunták az egyhangú, havas táj bámulását. Először beszélgetéssel, később olvasgatással telt az idő, bízva abban, hogy így gyorsabban telnek a perce,k és a vonat is szaporábban falja a kilométereket.

- Kimegyek egy kicsit a peronra, kinyújtóztatni a lábamat – szakította félbe a fiú az olvasást.

- Megyek veled – állt fel Edit is. Mióta eljárt az edzésekre, meglepődve tapasztalta, hogy jobban igényli a mozgást.

Végignéztek a folyosón, a fülkék ajtaja és ablakai mindenhol elfüggönyözve, ugyanúgy, mint az övéké. A peronra érve Csaba leengedte az ablakot. Élvezettel szívták be a kinti fagyos levegőt. Edit kis idő múlva hátrébb húzódott, mert a becsapódó hidegtől fázni kezdett. A közlekedő folyosóra nyíló ajtó előtt állt, hátát a mellékhelyiség falának vetve. A távolban feltűntek Fehérvár első házai, Kelenföld után az első állomás, ahol megáll a vonat. Csabának is elege lett a hidegből és arra készült, hogy felhúzza az ablakot, mikor kivágódott az átjáró ajtó, és egy férfi sietett ki rajta. A másik kocsi ajtaja is nyitva volt, ahonnan dulakodás zajai hallatszottak.

- Kérem az igazolványukat! – hallotta a felszólító hangot. Még fél szemmel látta, hogy egy férfi ököllel a beléje kapaszkodó köpcös kalauz arcába súlyt. A kalauz fájdalmas kiáltással, és vérző orral elterült. Ebben a pillanatban hallotta meg Edit sikolyát, amint az első fickó megragadja az útjában álló lányt, és az ablak felé taszítja olyan erővel hogy a lányban bennszorult a további sikoly. Szerencséjére épp az ablakot felhúzni készülő Csabának esett neki. A férfi fennakadt a folyosóra nyíló ajtón, amely pechjére a peronra nyílt, így kénytelen volt maga felé húzni. Csabának ennyi késlekedés elég volt arra, hogy maga mögé rántsa lányt, és előre ugorva erőteljes ütést mérjen a nagydarab férfi veséjére. A megtámadott férfi kihomorított a fájdalomtól, majd Csaba felé pördült. Csaba következő ütése közvetlenül a gyomrát érte. A fiú csak most mérte fel, hogy legalább tíz centivel magasabb az ellenfele, aki kissé meggörnyedt a fájdalomtól. A férfi előre dőlve lendítette a karját, hogy egy jobbkezes felütéssel terítse le a gyengébbnek tűnő fiatalembert. Érezve fizikai fölényét, minden dühét beleadta az ütésbe, de nem számolt Csaba gyorsaságával, aki kifordult ökle elől, amely csak a vállát súrolta. Elkapta a férfit a karjánál fogva, s annak lendületét a maga javára fordítva, nagyot rántott rajta, így belerohant Csaba felhúzott térdébe. Fájdalmas nyüszítéssel görnyedt össze az ágyékát ért rúgástól. Egy erőteljes könyökütést követően Csaba hallotta a megreccsenő orrcsontot, és ellenfele lecsusszant az ajtó elé.

Ezalatt a másik férfi levette az ájult vasutas válláról a hivatali táskáját. Ujjaival kéjesen pörgette meg a benne lévő pénzköteget. Halk fütty hagyta el ajkát elégedettsége jeléül, hogy a kalauz szépen gyűjtögette a pót-és helyjegyek árait. Csak ekkor figyelt fel a másik kocsi peronján zajló verekedésre. Annyit látott, hogy valaki épp leteríti társát. Ekkor vette észre ájult társát. Bal kezébe tette át a zsákmányt, jobbjával pedig kirántotta a csizmaszárban tartott kését, és két lépéssel a másik kocsi peronjában termett.

- Vigyázz! – sikoltotta Edit figyelmeztetően, aki eddig halálra váltan húzódott meg a sarokban.

Csaba villámgyorsan megpördült a figyelmeztetésre. Még volt annyi ideje, hogy a támadó kezét félre ütve kitérjen a szúrás elől, amely a gyomrára irányult, Így helyet cseréltek a peronon. Csaba az ellenfele szemét nézte, nem törődve a kés mozgásával. Szeme sarkából látta, hogy a fickó fogást vált a késen és most heggyel lefelé tartva markolja meg a fegyvert. Ebből már tudta, hogy felülről lefelé készül szúrni. Nem mozdult el helyéről, amivel elbizonytalanította a férfit, és előkészítés nélküli támadásra kényszerítette. Szeme felvillanása jelezte a támadást. Csaba előre lépve megelőzte a fickót. Elkapta a kést tartó kezet a csukló fölött, mielőtt az szúrhatott volna. Jobb kézzel gyomorszájon vágta, és a mozdulat egyenes folytatásával, könyökütéssel felütötte a fickó állát. Ellenfele, elvesztve egyensúlyát, hátrált egy lépést, és megbotlott ájult társa testében. Elejtette a táskát, próbált talpon maradni, majd újra támadásba lendült. Késével előre döfött, de csaba kifordult, elkapta a kést tartó kart, és kihasználva a támadó mozgási irányát, hozzáadta saját lendületét. A fickó az ablaknak vágódott. Fogva tartott karja a lehúzott ablak keretére került csuklójánál fogva. Csaba rögtön felfedezte a helyzet adta lehetőséget. Szabad kezével megragadta az ablak fogantyúját, és teljes erővel felfelé rántotta, miközben egy csavaró mozdulattal biztosította, hogy ellenfele csuklója ne mozduljon el a keretről. Az ablak a fickó kezére záródott. Fájdalmas ordítással ejtette ki kezéből a kést, amely a kavicsokon pattogva eltűnt a vonat alatt. A fiú lehúzta az ablakot, és ismét teljes erővel felrántotta. Közbe a férfi próbálta elrántania kezét. Pechjére, csak részben sikerült, és a felcsapódó ablak az ujjait lapította szét. Még Edit is hallotta az ujjpercek reccsenő hangját, ahogy eltörtek. Csaba kéz éllel ütést mért a fickó nyakszirtjére, és ezzel elnémította.

Edit közben abbahagyta a sikoltozást, és a fiú nyakába vetette magát. Csaba szorosan magához ölelve nyugtatgatta a minden ízében remegő lányt. Mindkét kocsi folyosója néptelen volt, az utasok a meleg fülkékben tartózkodtak. Biztos volt benne hogy senki sem hallotta meg a dulakodás zaját, annál is inkább, mert a vonat hangos csattogással haladt a váltók sorain át. Észrevette, hogy a kalauz megmozdul, felemeli a fejét, majd erőtlenül visszaejti.

- Gyere, segíts, mert mindjárt magához tér a kalauz! Ezek még elalszanak egy darabig – szólt Csaba. Bevonszolták a két ájult férfit a WC-be. Lábuk kilógott a peronra, megakadályozva, hogy az ajtót teljesen behúzzák. Csaba egyébként is akarta, hogy a magához térő kalauz észrevegye a két eszméletlen alakot. A kalauz táskáját, szíjánál fogva a két férfi mellé dobta. Nem akarta, hogy rajta legyen az ujjlenyomata, ezért papír zsebkendővel letörölte a szíjat. Felhúzta az ablakot és a fogantyút is letörölte. Ki akart maradni az egészből. Semmi kedve sem volt leszállni a vonatról, vallomástétellel vacakolni, ezernyi kérdésre válaszolni, jegyzőkönyveket aláirkálni. A kalauz újra mocorogni kezdett, s most már pillanatok kérdése volt, hogy teljesen magához tér. Kézen fogta Editet, és visszamentek a fülkéjükbe. Ott elmondta aggályait a lánynak, aki megértette, hogy ha kérdezik őket, egész idő alatt a fülkében voltak, nem láttak, nem hallottak semmit.

- Szükség volt erre? – kérdezte még mindig sápadtan a lány, bár kezdett megnyugodni.

- Két hibát is elkövettek – fogta meg Csaba Edit mindkét kezét. – A kisebb hiba az volt, hogy leütötték a kalauzt. A nagyobb hibát akkor követték el, amikor a fickó fel akart kenni téged az ablakra. Már bocs, hogy így mondom, de ha nem ott tartózkodom, akár az eszméleted is elveszíthetted volna. Az én szerelmemhez senki nem nyúlhat büntetlenül. A többi magától adódott – csókolta meg a lányt, beléfojtva a további kérdezősködést.

A kalauz időközben teljesen magához tért. Zsebkendőjét orrára szorítva próbálta elállítani a vérzést. Keresni kezdte a táskáját, amelyet sehol sem talált. Észrevette, hogy pár perc múlva befut a vonat az állomásra. Elővette a telefonját, és hívta az állomásfőnökséget. Gyorsan elmondta, hogy leütötték és kirabolták, hányas kocsiban van.

A főnökség értesítette az állomás körzetébe beosztott járőröket, akik meglepően gyorsan meg is érkeztek. Kiszállva a kocsiból, a forgalmi iroda előtt már várták őket, s kisiettek a második vágány mellé, ahova a vonat érkezését várták. A kalauz összeszedve bátorságát, úgy döntött, hogy a támadói után indul, hátha utoléri, és valahogy feltartóztatja őket, nehogy leszálljanak, és meglépjenek a rendőrök elől. A vonat ekkor már bent járt az állomáson, erőteljesen lassított. Átment a következő kocsiba, és rögtön észrevette a részben nyitott WC ajtón kilógó két pár lábat. Megtorpant. és próbálta benyomni az ajtót. Az ajtó nyomására az egyik test arrébb csúszott, sikerült tágítania a nyílást. Ennyi is elég volt ahhoz, hogy bedughassa a fejét a résen és felismerje támadóit. Gyorsan visszahúzódott, kinyitotta a peronajtót, és lelépett a lépcsőre. A vonat már alig haladt, várható volt, hogy néhány másodperc múlva megáll. A kalauz a kapaszkodót fogva kihajolt és rögtön észrevette a rendőröket. Vadul integetni kezdett, míg azok fel nem figyeltek rá.

A vonat megállt és a rendőrök a kalauz hívására felszálltak. Csaba látta, amint elment a vonatablak alatt a két rendőr. A fiatalabb, értelmes tekintetű rendőr vállpántján tizedesi csontcsillagok fehérlettek, míg a jóval idősebb bajuszos őrmester, az előző rendszerből átmentett észcsökevénynek tűnt. A kíváncsiság kicsalta az utasokat a fülkékből a közlekedő folyosóra, de nem mertek a peronhoz közeledni. Csendben füleltek, de így is csak mondatfoszlányokat, vagy csak egyes szavakat tudtak elkapni. Csaba és Edit az első fülkében voltak, a nyitott fülke- és folyosóajtó lehetővé tette, hogy minden szót jól halljanak.

- Elmondaná, hogy mi történt? – hallották az őrmester kérdését.

- Kértem a menetjegyeket, és ennek a két férfinek nem volt – intett a fejével a szóban forgók felé. - Ezután kértem az igazolványukat, hogy megírjam a bírságolásról a jegyzőkönyvet, de megtagadták és elsiettek a folyosón a következő kocsi felé. Mikor utolértem őket, az egyik már átment, a másiknak még sikerült elkapnom a karját az innenső peronon. Ismételt felszólításra jól orrba vert, és minden elsötétült előttem.

- Rosszul van? - kérdezte tőle a fiatal rendőr, aki felpillantva látta, hogy a kalauz sápadtan támaszkodik az ajtónak.

- Már jobb valamivel, csak elszédültem. Tudja..., az a nagy pofon...

- Nem tartóztathatjuk fel sokáig a vonatot! – szakította félbe az őrmester.

- Jöjjenek csak, itt vannak! – kapta el a kérdés fonalát a kalauz, mint egy mentőkötelet a fuldokló. Megkönnyebbülve mutatott a WC ajtóra, véres zsebkendőjét még mindig az orra elé szorítva.

A vékony, fiatal rendőr nagy nehezen beljebb nyomta az ajtót, és oldalvást bepréselte magát a túlzsúfolt helyiségbe. Arrébb gördítette az útban lévő ájult férfit és kitárta az ajtót. A másik zsaru bekukkantva, kérdőn nézett társára.

- Élnek egyáltalán?

- Van pulzusuk – állapította meg társa rövid vizsgálódás után, - egy ideig még szunyókálni fognak. Az egyiknek az orra törött be, a másiknak nagyon csálén állnak az ujjai a jobb kezén. Ki kellene hívni a mentőket.

A peronon lévő bajuszos rendőr telefonon intézkedett, majd a kalauzhoz fordult.

- Maga tette ezt velük?

- Ééén? – rökönyödött meg a kérdezett. – Hát úgy nézek ki, mint egy gorillaverő?

- Valójában, nem – kételkedett már a rendőr is, ahogy végig nézett a 160 centis, köpcös, középkorú férfin, és összehasonlította a két behemót fickóval. – Habár, ahogy elnézem a kerületét, akár le is hengerelhette őket!

- Kérem, én csak egy kalauz vagyok, és csak lyukasztani szoktam – siránkozott a megvádolt.

- Mi történt utána, hogy leütötték?

- Elájultam.

- Arra gondoltam, miután magához tért, mi történt?

- Vérzett az orrom, így elállítottam a vérzést.

- Ezt nem látom, mert még mindig vérzik.

- Jaj, nekem! – nyögött fel a kalauz, és újfent az orrához nyomta a zsebkendőt.

- Hogyan volt tovább?

- Kerestem a vasutas táskám, mert nem találtam. Ellopták.

- Igen, ez logikus, - dörmögte az őrmester bajuszát dörzsölgetve. – De, erre járhatott más is, és az is ellophatta!

- Nem valószínű – szólalt meg a fiatal rendőr. - Ez az a táska? – ráncigálta ki az egyik ájult alól a félig eltemetett, kérdéses táskát.

- Igen, ez lesz az. A szolgálati táskám – vette át felsóhajtva. - A kalauzi kellékek, a jegyek, a bírságolási formanyomtatványok mellett, van benne pénz, elég szépen. Ja, és a lyukasztóm! – fejezte be a leltárt.
- Én a gatyámban hordom a lyukasztómat. – A fiatal rendőr társa háta mögött vigyorogva, rákacsintott a kalauzra. Az vette a lapot.
- A szűzlánylyukasztómat én is ott tartom, de ezt –, mutatta fel a munkaeszközét -, jegylyukasztásra használom.
- Ne most élvezkedjenek! – mordult rájuk a bajuszos. - Számolja meg a pénzt, hogy mind meg van-e?
- Honnan tudjam én azt! Csak elszámolás után tudom megmondani. Ránézésre nem hiányzik belőle. – Közben a tizedes átkutatta az ájultak zsebeit, és fejével tagadóan intve jelezte az őrmesternek, hogy nem talált náluk pénzt.
- Hogyan fedezte fel a tolvajokat?
- Úgy, hogy utánuk akartam menni, hátha fel tudom tartóztatni őket a rendőrség megérkezéséig.
- Képes lett volna kitenni magát még egy orrba gyűrésnek?
- Kérem, nekem az is a munkaköri kötelességemhez tartozik...
- Nincs véletlenül agyrázkódása? – szakította félbe gyanakodva a fiatalabb, alig tudva elrejteni vigyorát. - Ez a kalauz most szívatja a főnököt, vagy még mindig benne van a pofon? – morfondírozott magában.
- Kérem, nekem csak orrvérzésem van.

- Már elállt. Elteheti a vérpamacsolóját. Már így is olyan maszatos az arca, mint egy vámpír által festett portré. Szóval átjött ebbe a kocsiba, és belebotlott a támadóiba – folytatta a bajuszos őrmester. - Maga szerint ezek orrba, meg ujjba törték önmagukat, netán egymást, és beájultak a WC-be?

- Hát kérem, én láttam már olyan krimit, hogy a rablók kinyírták egymást, mert egyik sem akart osztozkodni a zsákmányon, és ott maradt a sok pénz a hullák mellett. Csaba tekintete összevillant Editével. Nehezen tudták visszafojtani kitörni készülő nevetésüket.

- Ezek most bohóckodnak, vagy így születtek? – célzott a lány az idősebb rendőrre és a kalauzra.

- Lehet, hogy a kalauz átmenetileg nyomott lett a pofontól, de a régi rendszerből átmentett zsaru, valószínűleg genetikailag lökött.

- Szerintem, – hallották ismételten a fiatal rendőrt, - itt egy harmadik személy közbeavatkozásáról lehet szó. Valaki látta, hogy leütik és kirabolják a kalauzt, és a tettesek beléje botlottak ezen a peronon. Ő pedig elkapta, és bezsuppolta a fickókat a WC-be, mialatt a kalauz az eszméletlen áldozatot játszotta. Ráadásul volt olyan becsületes, hogy nem vitte el a pénzt, hanem letétbe helyezte a tolvajoknál.

- Biztos úr, nem kellett megjátszanom, én valódi ájult voltam.

- És miért nem vitte vissza, és adta oda a kalauznak a táskát az illető? – kételkedett az idősebb.

- Talán nem akarta felfedni magát, mert a kalauz már éledezni kezdett.

- Szerinted fiam, maga a King Kong járt itt, hogy ilyen könnyen elintézte ezt a két gorillát?

- Mindenesetre simán elbánt velük. Az is lehet, hogy nem egyedül volt. De majd elmondják ők maguk, ha észhez tértek – biccentett a két ájult felé. - A jótevője pedig - fordult a kalauzhoz, nagy valószínűséggel már az elsők között leszállt a vonatról.

Ekkor szirénaszó hangzott fel a közelben és nem sokkal később megjelentek a mentősök. Megvizsgálták a két ájult férfit, megnézték és ellátták a kalauz orrát is, törést nem láttak.

- Ezek jól átmentek Szundiba – jegyezte meg a mentős orvos. – A töréseken kívül kutya bajuk. Ha magukhoz térnek, lesz egy kis fejfájásuk. Menjünk a hordágyért!

A rendőrök segítségével lecipelték az ájultakat a vonatról, és a mentősök elgurították őket a kerekes hordágyon a mentőautóig. Felhangzott a sziréna, és a mentő elrobogott a kórház felé.

- Biztos úr, már tíz perc késésben vagyunk, tovább indíthatom a vonatot? – esdekelt az ott téblábolo állomásfőnök.

- Nemsokára indulhatnak! – nyugtatta meg a vonat tovább haladásával kapcsolatosan a rendőr. – Fiam - fordult fiatalabb társához -, én beszélok a kapitányságra, hogy a kórházban vegyék őrizet alá a két tettest, te addig fejezd be a jelentést az esetről!

Az állomásfőnök elsietetett, az idősebb rendőr pedig oszlatni kezdte az időközben összegyűlt kíváncsi tömeget, az állomás peronján tolongó utasokat. Az őrmester átfutotta a jelentést.

- Látom fiam, gyorsan tanulsz tőlem. Most tapasztalhattad, hogyan kell az elkövetés színhelyén gyors, precíz és lényegre törő kihallgatást eszközölni, és az elhangzottakat jegyzőkönyvben tömören, érthetően rögzíteni. Legközelebb egyedül fogod megírni. Írja alá! – szólt oda a kalauznak. – Lehet, hogy majd be fogják idézni!

- Figyelem! Figyelem! – szólalt meg váratlanul a hangosbemondó hangszórója. A második vágány mellett kérjük vigyázni, a második vágány mellől a vonat azonnal indul!

- Kisiklott a vonatunk? - vetette fel nevetve Edit -, vagy a hangosbemondót is fejbe kólintotta valaki?

- Beszállás! – kiabálta a köpcös kalauz. Belefújt a sípjába, és fellépett a lépcsőre. A forgalomirányító felmutatta a zöld tárcsát, és a vonat egyre gyorsabban haladva kihúzott az állomásról. A közlekedő folyosón nyüzsögtek az utasok. Csabáékhoz két új felszálló ült be. A folyosón megindult a találgatás.

- Megöltek két férfit a vonaton – terjedt a hír.

- A kalauzt is leütötték, és kirabolták – toldotta meg a másik.

- Látták, amint elvitték a két hullát? – kontrázott rá a harmadik.

- Csak eszméletlenek voltak, nem hullák – tájékoztatta őket egy jól értesült hang. – Valami King Kong intézte el a gorillákat. A kalauznak különben is megvan a táskája.

- Gorillááák! – sikoltott fel egy gyenge idegzetű nő. – Ki az az agyament, aki óriásmajmokat szállít gyorsvonaton!?

- Nem igazi majmok – nyugtatta az előbbi hang. – Csak a verőembert nevezték el King Kong-nak, aki elintézte a két gorilla méretű férfit.

- Nyugalom, emberek! – hallottak egy új hangot a folyosó közepéről. – Csak annyi történt, hogy a két hullakinézetű embernek nem volt jegye, vagy pótjegye, és a kalauz számon kérte tőlük. Orrba vágták, és ki akarták rabolni, de a kalauz adott nekik egy-egy átszálló kézjegyet.

- Miféle átszállóról hablatyol itt? - hörrent fel egy korábbi hang.

- Hát, átszállót a vonatról a mentőbe. Még gyalogpótló hordágyat is rendelt nekik.

- A kalauz a verőember? – érdeklődött valaki.

- Nem gondolhatja komolyan, hogy az a Kisgömböc tette lapátra azt a két böhöm nagy pacákot? – ellenkezett egy új hang.

- Amilyen kicsi, olyan vastag – jegyezte meg egy férfi. – Lehet, hogy háj helyett díjbirkózó izmokat tenyésztett ki a formaruha alatt.

Kezdett kiürülni a folyosó, és sorra tűntek el az emberek a fülkékben.

Ekkor ért a feldagadt orrú kalauz az első fülkéhez. Arcáról már lemosta a vért. Csaba szó nélkül nyújtotta a menetjegyeket. – Remélem, túl van már a sokkon? - kérdezte

- Semmi gond, uram – felelte a kalauz, és visszaadta a kezelt jegyeket. - Fiatalember, véres lett a jobb könyöke – nézett rá kutató szemekkel.

- Fehérvár előtt tízóraiztunk. Bizonyára kicsöppent a hot dogból a ketchup, és belekönyököltem. – fordította ki kissé a könyökét Csaba, és megnézte a piros foltot. – Köszönöm, hogy felhívta rá a figyelmemet.

- Jó kemény lehetett hozzá a kifli, mert felsértette a kézfejét – vágott egy fintort, dagadt orrát sokatmondóan tapogatva a kalauz.

Csaba ettől a megjegyzéstől már biztos volt abban, hogy a kalauz meglátta őket a peronon. Az is eszébe jutott, hogy amikor gyomron vágta az első férfit, valami kemény tárgyon megcsúszott az ökle, ami csak a nadrágszíj csatja lehetett. A verekedés hevében ez fel sem tűnt neki. Közben a kalauz ellenőrízte az új utasok menetjegyét is.

- Hát, nem volt valami friss a kifli – mosolygott a kalauzra -, és ki akart siklani a markomból, de sikerült megzaboláznom.

- Értem, én, értem! Tartósította! A mosdóban van víz, ott lemoshatja a foltot a könyökéről – kacsintott rá sokat sejtetően a kalauz. – Köszönöm a szívességét.

- Én pedig a diszkrécióját. - A kalauz intett egy búcsú félét, és továbbment a következő fülkéhez.

- Mi volt ez? – kérdezte Edit suttogva.

- Meglátott minket – súgta vissza Csaba. – Szerintem direkt hülyítette az idősebb rendőrt, hálából nem akart minket belekeverni.

- Kérem a menetjegyeket ellenőrzésre! – hallották a kalauz hangját a következő fülkénél, aki vészjóslóan csattogtatta a lyukasztóját. A következő pillanatban hat kéz tolongott az orra előtt egymással versengve, hogy az ő jegyét kezelje előbb.

***

Délután nagy volt a sürgés-forgás a karácsonyfa körül. Csaba és apja, Béla, rögzítették a fenyőfát a tartóba. Felraktak rá két sor égőt.

Edit és Csaba anyja, Juci, az első pillanattól megértették egymást, annál is inkább, mert boltos barátnője mindent elmesélt róluk, amiről csak tudomása volt. Juci kellemesen meg volt lepődve Edit jártasságán a konyhaművészetet illetően.

- Hajnival kislánykorunk óta ott sürgölődtünk a konyhában, és segítettünk anyunak, amennyire csak tudásunkból telt. Évek múlva azt vettem észre, hogy már önállóan megcsinálok mindent. Azóta Hajni is eljutott erre a szintre - felelte Juci érdeklődésére.

A szaloncukrok felrakása után a nők vették át a fő szerepet a fánál. A díszek felrakását nem bízták a férfiakra, mondván, hogy ehhez finom kézre van szükség. A fa feldíszítése után mindnyájan kibontották az alá tett, névre szóló ajándékokat. Később hangos durranással pezsgőt bontottak, boldog karácsonyt kívántak egymásnak. Csillagszórót gyújtottak és meghallgattak néhány karácsonyi dalt. Ahogy elhaltak a zene utolsó akkordjai, néhány másodpercre ünnepélyes csend töltötte be a szobát. Ekkor, mintegy végszóra, az ablaknál meglebbent a függöny és megszólalt a fára akasztott csengő.

- Angyal szállt be hozzánk – suttogta Juci. Béla odalépett az ablakhoz, félrehúzta a függönyt és kitekintett.

- Így igaz. Meghozta nekünk a fehér karácsonyt. – A nő melléje lépett, és együtt gyönyörködtek a sűrűn hulló hópelyhek kaotikus táncában. Odakint fehér hótakaró fedett mindent. Egyetlen lelket sem lehetett kint látni, áhított csend lengte körül a várost.

Edit felhívta nagybátyját, Imrét, és boldog karácsonyt kívánt neki és nagynénjének a Virág család nevében is. Mikor megtudták, hogy Edit Keszthelyen van, nagyon megörültek és karácsony másnapjára mindenkit meghívtak hozzájuk. Örömmel elfogadták a meghívást.

Közben Csaba a Székely családot hívta. Hajnalka lelkendezve szólt bele a készülékbe.

- De jó, hogy hívtál, itt már meggyújtottuk a csillagszórókat. Éppen hívni akartalak benneteket, hogy boldog karácsonyt kívánjunk.

- Szia, kicsim! Keszthelyen vagyunk a szüleimnél és...

- Akkor a szüleidnek is és a nagybátyáméknak is kívánunk boldog karácsonyt, majd átadod nekik jó, mert nekem a zsebpénzemből kell a beszélgetési díjaimat megspórolni...

- De most én hívtalak! – vágott közbe nevetve a fiú.

- Ja, tényleg! – tört meg egy pillanatra Hajni lendülete. – De sietek mindent elmondani, hogy ne legyen sok a tarifád. Jól vagyunk, szeretettel puszillak, add a nővérem, légy szí! A jövőben inkább SMS-ezni fogok. Sokszor puszillak.

- Milyen szép is lenne az élet, ha a nők mellett, néha a férfiak is szóhoz jutnának! – sóhajtotta Csaba mosolyogva, a telefont Edit felé nyújtva, aki épp akkor tette le sajátját. Természetesen az lett a vége, hogy mindenki beszélt mindenkivel pár mondat erejéig. végül az egyenleg elfogyott. A gyertyafényes ünnepi vacsora elfogyasztása után a szenteste meghitt családi hangulatban telt el. Csaba szülei azonnal befogadták Editet a családba, ugyanúgy, ahogy őt Edit szülei. Beszélgetéssel telt el az est nagy része. Halk ének-és zeneszóval fokozták az ünnepi hangulatot, karácsonyi dalok és szent énekek hallgatásával. Később tánczenére váltottak át, és táncoltak a többnyire lassú számokra. Tizenegy után Juci és Béla elköszöntek a fiataloktól és lefeküdtek.

Edit és Csaba egymást átkarolva, az ablakhoz ment. Valami vonzotta őket, hogy kitekintsenek a nagyvilágba, lélekben visszaszállva a kétezer éves múltba, amikor ezen az éjszakán megszületett a béke és a szeretet hírvivője. Még perceken át elvarázsolta őket a szférák hallhatatlan zenéjére rezdülő hókeringő. Nagy pelyhekben, összetapadva lebegtek-forogtak alá, sziporkázva az ezüstös és aranyló fényben, mint megannyi betlehemi csillag. Olykor visszaszálltak a magasba, mintha tétováznának, végül útjuk végére érve úgy érezték, hogy az égiek egyesült, fehér hótakaróként terítették a városra a béke küldöttét. Foglyul ejtette őket a látvány, nem tudtak elszakadni az ablaktól. Mosolyogva néztek egymásra.

Az angyal a szobába varázsolta és köréjük fonta a szép, csendes éj szeretetteljes sóhaját...

Karácsony első napjának délelőttjén befutott Csaba két lánytestvére, férjestől, pereputtyostól. A hat gyerek zsivajától fenekestől felfordult a ház. A legfiatalabb, az egyetlen fiú, nem is bírta sokáig az öt lányunoka elnyomását és eltörött nála a mécses. Már túl voltak a bemutatkozásokon, és a család gyors kérdés-felelek villámbeszámolója festette alá a hangzavart. Editnek, információk híján nem sokat mondtak az ide-oda röpködő szavak, karjába vette az öt éves kis Barnabást, és átvonult vele a kis szobába. Hamar sikerült megnyugtatnia, és a fiúcska rögtön érdeklődni kezdett.

- Hát te ki vagy? Nem ismerlek téged.
- Edit vagyok – mosolygott rá a lány. – Téged hogy hívnak?
- Barnika. Te mit keresel itt?
- Gondolom azt, amit te.
- Te is nagyiékat jöttél meglátogatni?
- Igen, de én csak tegnap ismertem meg őket.
- Csabival jöttél?
- Igen, ővele.
- Kije vagy Csabinak? A szeretője?

Edit önkéntelenül is elnevette magát a kisfiú talpraesett kérdésén.

- Remélem annál jóval több.
- Honnan ismered?
- Együtt járunk iskolába, innen nagyon messze.
- Ennyire buta vagy, hogy nagylányként is iskolába jársz?

- Nem vagyok én buta – kacagott fel Edit. - Vannak, akik csak nyolc évig járnak iskolába, és vannak, akik tizenkettő, meg tizenhét évig. Csaba is és én is az utóbbiakhoz tartozunk.

- Ilyen sokat tanultok? – biggyedt le a kisfiú szája.

- Igen, ha vinni akarod valamire az életben, sokat kell tanulnod.

- Apukám azt mondta, hogy egy év múlva már én is iskolába megyek, mert tanulni mindenkinek kell. Azt is mondta, ezt muszáj csinálni. Én nem szeretem a muszáj dolgokat, mert olyankor mással kell foglalkoznom, és kevesebb időm van játszani.

- Szereted az új játékokat?

- Szeretem, és gyorsan meg is tanulom őket.

- Most mondtad, a játékot is tanulni kell! Ha az iskolában a tanulást is úgy fogod fel, mint valami új játékot, szeretni fogod az iskolát.

- A tanulás is új játék? – kerekedett el a kisfiú szeme. – Akkor a nővéreim is játszanak az iskolában, meg otthon, amikor tanulnak?

- Igen – értett egyet a lány, - de ez komoly játék, mert amit játszva megtanulsz, azt nem felejted el. És ettől egy kicsit nagyfiú leszel.

- Tanulás nélkül is nagyfiú leszek – ráncolta a homlokát. Próbálta megérteni, hogyan lehetséges játéknak tekinteni a tanulást.

- Így van, de buta maradsz.

- Most sem vagyok buta – érvelt a kisfiú.

- A korodhoz képest okos vagy – dicsérte a fiút.

- Olyan játékokkal tudsz játszani, amelyekkel kisebb korodban még nem tudtál, de az óta megtanultad.

- Az iskolában milyen játékokat tanulok meg?
- Megtanulsz írni, olvasni. Megismered a betűket és a számokat.
- A betűk azok, amik a mesekönyvekben vannak, és amiből esténként felolvas anyu, vagy apu?
- Igen. És ha megtanulsz olvasni, nem kell már a szüleidre várni, hogy olvassanak neked egy szép mesét.
- El tudom olvasni úgy, mint a testvéreim?
- Pontosan. Tudsz mondani „A" betűvel kezdődő szót? – Barnika fejrázására tovább folytatta. - Mondok neked egy szót, ami ezzel a betűvel kezdődik. Például, az ablak. „A" „mint ablak.
- Próbálj mondani ilyen szót! – Barni törte a fejét – Nem tudok – szomorodott el. - Nehéz játék.
- Nem nehezebb, mint amikor megtanultál a labdába rúgni, csak gyakorolni kell. Min jöttünk be, amikor behoztalak a szobába?
- Ajtón – vágta rá egyből.
- Na, látod! Ez már két „A" betűs szó. Ablak, ajtó. Szereted azt a piros gyümölcsöt, ami a kertben terem a fán?
- Almát?
- Egy újabb szó, amit megtanultál. Már hármat tudsz.
- Ajtó, ablak, alma – ismételgette Barni. – Tényleg nem nehéz.
- Most megtanítalak két nagyon szép szóra, ami „A" betűvel kezdődik. Hogyan szólítod a szüleidet?

- Anya és apa. „A" betűs szó – tapsolt örömében, és kirohant a szüleihez, ahol kiabálva adta tudtul legújabb ismereteit.
- Tudom, hogy „A" betűvel kezdődik az anya és az apa. Meg az ajtó, az ablak...
- Ki tanított meg rá ilyen gyorsan? – kérdezte az anyja.
- Csabi barátnője, Edit, aki nem a szeretője, hanem jóval több annál – hadarta el Barnika, majd elnémította a mindenhonnan feltörő nevetés. Nem értette, hogy mi olyan nevetséges azon, amit mondott.
- Elnézést kérünk Edit, de önző módon kirekesztettünk a családi hírmondóból, ami ismeretek híján kicsit idegenül hangozhatott neked. Ideje, hogy téged is bevonjunk.
- Nem kell mentegetődznötök. Érthető, hogy hosszabb távollét után első dolog a családban történt változások, események megbeszélése. Nagyon jól szórakoztam Barnival.

***

Másnap, ebéd után a nyüzsgő vendégsereg hosszú búcsúzkodás után bevágódott a két kocsiba és elindultak. Sötétedés előtt haza akartak érni a fagyott, csúszós utakon. Már két hete tartotta magát a kemény fagy, amely most húsz centiméteres havat hozott magával. A Virág család ekkor már készülőben volt, hogy eleget tegyenek Edit nagybátyja meghívásának.

Karácsony másnapjának estéje kellemesen telt el a vendégségben. Csaba örült, hogy közelebbről megismerhette őket. Szüleit nem kellett Editnek bemutatni, mivel már régóta

ismerték egymást. Józsi és felesége, Ica, szívélyesen fogadták őket. Külön köszönetet mondtak Csabának Hajni megmentéséért. Csaba feszélyezve érezte magát, és könyörgött, hogy ne kelljen elmesélnie a megmentés körülményeit.
- Nem fogunk terhelni vele – nyugtatta nevetve Józsi. – Már betéve tudjuk szüleidtől és Székelyék hosszú leveléből.

Néhány órát ismerkedő beszélgetéssel, történetek mesélésével töltöttek el az elfogyasztott pezsgő kíséretében. Hét óra körül megvacsoráztak. Csaba örült, hogy nem amerika majmoló pulykasültet tálalt fel a háziasszony, hanem az ilyenkor szokásos, magyar hagyományoknak megfelelő ételeket fogyasztottak. Ezt az észrevételét rögtön meg is osztotta a háziakkal.

- Lehet, hogy maradiak vagyunk, de nálunk nincs karácsony halászlé, töltött káposzta, rántott hal és bejgli nélkül – mosolygott Ica. - Az amerikaiak belebújhatnak a karácsonyi pulykájuk seggébe. - Jót nevettek a beszóláson. Elképzelték, ahogy az amerikai család a karácsonyi pulykasült seggéből kukucskálva fogadja a vendégeket.

- Ezzel mi is így vagyunk. – helyeselt Béla. – Lassacskán minden szokást átveszünk a nyugattól. Amerikában sem tartanak busójárást, mert az a miénk, magyaroké. De nekünk át kellett vennünk a Valentin napot, amit csak egy cél vezérelt: eggyel több forgalmas nap a virágüzleteknek. Elárasztottak bennünket a nyugati cégek. Az rendben, hogy a külföldi beruházók cégnevüket használják, de minek

látják el a magyar kézben lévő vállalkozások a hangzatosnak vélt angol elnevezésekkel a saját cégüket? Nyugatmajmolás, mert nekik nem felel meg magyar cégnév. - Lassan elfelejtjük, hogy honnan jöttünk – helyeselt Józsi is. – Nyelvében él a nemzet, mondta a reformkor idején Széchenyi. Mi pedig elvágtuk magunkat a gyökereinktől, eldobva magunktól ősi múltunkat. Lassan a nyelvünkben is elfelejtjük, hogy még mindig magyarok vagyunk, pedig a magyar az egyik legnagyobb szókinccsel rendelkező, és a leglogikusabb nyelv a világon.
- Ti férfiak! – tromfolta le őket Ica. – Karácsony van, a politikát és a gazdaságot hagyjátok a parlamentre, ahol megkérdezésetek nélkül is ritka tehetséggel rombolják a magyar nimbuszt. Csaba fiam, - fordult a fiatalemberhez, - inkább tölts a vörösborból mindenkinek, és vonuljunk át a nappaliba néhány römi partira!

Karácsony utáni napokra a tél továbbra is kitartó, fagyos lehelete tovább hizlalta a jeget a Balatonon. Vastagsága elérte a 14-16 centimétert, az illetékes hatóság hivatalosan is engedélyezte a téli sportot kedvelőknek, hogy a jégre menjenek. Azonban felhívták a figyelmet arra, hogy a lékhalászok által vágott, és újra befagyott lékeken vékony lehet a jégpáncél, és könnyen beszakadhat. A halászokat kötelezték, hogy jól láthatóan jelöljék meg az ilyen helyeket. Csaba végighallgatta az ismertetést, a veszélyekre történő felhívást a Balaton jegével kapcsolatosan. Ebéd után Editet meglepte közlendőjével.

- Megtanítalak fakutyázni. – közölte. Edit gyanakvóan nézett rá.

- Látom, nem hallottál a fakutyáról. Öltözz jó melegen, megmutatom!

Mindketten beöltöztek a sínadrágba és dzsekibe. Lábukra síbakancsot húztak. Edit kezdte sejteni, miért ragaszkodott Csaba annyira ahhoz, hogy cipeljék magukkal Debrecenből a téli sportruházatot. Kimentek a fészerbe, ahol a fiú rámutatott egy szánforma szerkezetre.

- Ez majdnem olyan, mint nálunk a korcsia! – ismerte fel Edit a szerkezetet. - Kis kézi szánkó.

- Majdnem. Ez egy szántalpra erősített székforma szerkezet, támlával. A benne ülő, egy, vagy két, szeges bottal hajtja a jégen. A Balaton jegén használt fakutya voltaképpen egy gyalogszánkó, de a székely korcsiától eltérően, magas üléssel van ellátva. Az osztrákoktól vettük át ezt az eszközt az 1680-as években. Ez a fakutya kiskoromtól van meg. Ketten is használhatják, ha van rajtuk korcsolya. Az egyik úrimód terpeszkedik az ülésben, míg a másik a háta mögött lihegve tolja. Kifulladás után váltás.

- Én inkább az úrimód lennék – nevetett Edit. – Te pedig lehetsz a lihegő. Különben sincs korcsolyám. A síelés inkább megy.

- Nyugodt lehetsz. Viszem a korcsolyám, majd tolni foglak, de mindenképpen meg fogod tanulni bottal hajtani a jégszánkót.

A fakutya támla része kilógott a csomagtartóból, de Csaba ütközésig lehajtotta a csomagtartó tetejét és csomagrögzítő gumival szilárdan a vonóhoroghoz fogatta a tetőt.

- Az mire jó? – mutatott a lány a szánon látott kötéltekercsre.

- Biztonsági okból. A lékhorgászokra vonatkozik néhány alapvető szabály, melyet tanácsos megfogadni. Egyedül sose menj a jégre! A két lék legalább húsz méter távolságra legyen egymástól! Célszerű deszkát és kötelet vinni magaddal, ha netán ki kell mentened a lékbe csúszott társadat. Távozáskor a lék helyét jól láthatóan jelöld meg!

- Deszkát mi nem cipelünk, de ezt a tizenöt méteres hegymászó kötelet mindig magammal vittem annak idején. Akár indulhatnánk is – egyenesedett fel -, de nem árt, ha a termoszt teletöltjük jó forró citromos teával. – Meglátva Edit megszeppent arcát, megnyugtatta. – Nem lesz semmi baj. A jég vastag, a lékekre pedig figyelünk.

A szekrény mélyéről előhalászta a korcsolyáját, magukhoz vették a mobiljukat is és lekocsikáztak a tó partjára, a strandolásra kijelölt és bekerített területen túl. Csaba levitte a szerelést a jégre, lecserélte bakancsát a korcsolyacipőre. Megkérte Editet, hogy lábbelijét vigye vissza a kocsiba, és zárja le a járgányt.

Beültette a lányt az ülésbe, és elmagyarázta, hogyan hajtsa magát a legkisebb erőráfordítással. Edit először lassan haladt, ismerkedve a fortélyokkal, majd nagyobb sebességre kapcsolt, de úgy érezte, hogy Csaba állva hagyja, ahogy elsiklott mellette a korcsolyán. Háromszáz méterre a parttól teljesen kifulladt, pedig a szél eltakarította a havat a tükörsima jégről. A fiú megelőzve néhány korcsolyázó kamasz fiút, egy nagy körív után visszasiklott a lányhoz. Megragadta a fakutya ülésének háttámláját, és egyre nagyobb sebességgel tolni kezdte Editet. A lány nevetve élvezte a gyors siklást, majd mindkét kesztyűs kezét maga elé tette, hogy védje arcát a jeges menetszéltől. Csak a szétterpesztett ujjai között látott ki. Meglepődve látta, hogy milyen sokan vannak kint a jégen. Nem voltak helyszűkében, így akadályoztatás nélkül élvezhették a téli sport örömeit. A fiú nagy nyolcasokat írt le, egyre távolodva a parttól. Mikor úgy érezte, hogy kezd fáradni és a hideg levegő belégzéséből is elege lett, a part felé vette útját. Ötszáz méterre a parttól, elengedte a fakutyát és odaszólt Editnek.

- Innen magadtól mész ki. – A lányt annyira meglepte a változás, hogy siettében leszúrta az egyik botot, aminek következtében a fakutya kifarolt, megakadt egy jégbuckában, és a magas súlypont miatt felborult. Edit hasmánt csúszva, méterekkel arrébb állt meg. Nevetve várta be Csabát, hiszen sí ruházatában meg sem érezte a bukást. A fiú hirtelen állt meg mellette. Fékezéskor a korcsolya által felvert apró jégszemcsék beterítették a lány arcát.

- Jégzuhanyról nem volt szó! – méltatlankodott, mire a rávetődő fiú, átkarolva Edit derekát, néhányszor megforgatta a jégen. Ügyelt arra, hogy amikor ő került felülre, nehogy kiszorítsa a lányból a szuszt. Csaba megállt a forgásban, és a rajta fekvő lány hideg ajkát hosszú csókkal melegítette fel.

- Huh! – szólalt meg Edit, mikor végre levegőhöz jutott, - de hideg volt a szád. Eleinte - tette hozzá pajkosan.

- Akár csak a tiéd – nevetett a fiú -, épp ideje volt felmelegíteni. A partra érve megint csak a lányra várt a séta, hogy a kocsiból idehozza a teát. A termosz szetthez négy, fogantyúval ellátott pohár is tartozott. Kivett két poharat, és teletöltötte a gőzölgő teával. Minkét tenyerükkel átfogták a felforrósodott poharakat, melengetve átfagyott ujjaikat, és élvezettel szürcsölték az italt. Érdeklődve figyelték a jégen sikló, nevetgélő embereket. Ők maguk is felnevettek, amikor valaki váratlanul égnek dobta a talpát. Ha szerencséje volt, csúszás közben senkit sem ütött le a lábáról.

- Újra megpróbálom a hajtást – közölte Edit a fiúval. Elindultak befelé, most jóval beljebb, mint előző alaklommal. Csaba elismerően nézett a lányra, aki majdnem egy kilométert hajtotta magát előre tűrhető iramban, mire elfáradt.

- Egész jól belejöttél – dicsérte a fiú, mikor megálltak. Mögöttük és két oldalt a tó partja beleolvadt a fehér hótakaróba, előttük a tükörsima jégmező végtelen simasága húzódott. Balra még látszott a Badacsony csonka kúpja, de a távolabbi hegycsúcsok belevesztek a szürkeségbe.

- Nem megyünk tovább – szólt oda a lánynak az előttük elterülő jégre mutatva. Harminc-negyven méterre tőlük tucatnyi, kisebb-nagyobb szétszóródott jégdarab hevert, belefagyva a jégtáblába. – Gyanús nekem az a sok jégrög.

Olyannak tűnik, mintha a lékből kiszedett, és széthajigált jégtörmelék lenne.

- Olyan veszélyesek, ha rájuk szaladunk? – kérdezte Edit, ösztönösen megérezve a figyelmeztető szavak, és a tükörsima jégtáblába fagyott jégrögök közötti összefüggést.

- Valószínű, hogy amikor kifaroltál a szánnal, ilyen jégbuckába ütközve borultál fel. A veszély abban van, amit a figyelmeztető jelzésnek jelezni kellene: a léket, amit a lékhalászok vágtak. Látod azt a kiálló fadarab csonkot? – mutatott előre Csaba. - A jégbe fúrt lyukba fagyasztottak be egy hosszú karót, melyre élénk színű rongyot köthettek. Így jelölték meg a lék helyét, hogy jól látható legyen, és ők könnyen ráakadjanak, ha visszajönnek ide horgászni.

- A szél törhette ki a karót – jött rá a lány a törött bot nyitjára.

- Megeshet – helyeselt a fiú, - de mostanában nem volt akkora vihar, hogy eltörjön egy seprűnyél vastagságú botot.

- Akkor valaki nekiment?

- Én inkább úgy mondanám, valaki szándékosan kitörte. Kamaszok csínyből, felelőtlenségből, vagy egy haragos gonoszságából, nem gondolva arra, hogy ezzel veszélyhelyzetet teremtenek.

- Nem tudom elhinni, hogy vannak ilyenek.

- Pedig vannak olyan horgászok is, akik fütyülnek rá, hogy megjelöljék a lék helyét, mert nem szándékoznak újra visszatérni oda. Hallottam pár hónapja a rádióban, hogy éjszaka egy hapsi, valamelyik Szolnok megyei településen, az úttestet teljes szélességében teleszórta különböző méretű szögekkel és csavarokkal.

- Hihetetlen. Milyen indíttatás vezérel valakit ilyen tettre?

- Egyfajta elmebaj, megrögzött gonoszság? – találgatta Csaba. - A csonk közelében – mutatott rá, - bárhol lehet a lék vékony jégréteggel, amelyet siklás közben már csak akkor veszel észre, amikor beszakadt alattad.

- Akkor tényleg jobb lesz visszafordulnunk – borzongott meg a lány. – Semmi kedvem jég alatt végezni.

Éppen megfordultak, amikor egy középkorú férfi és egy kamasz fiú korcsolyázott el mellettük.

- Jöjjenek vissza, lék van a közelben! - kiáltott utánuk Csaba, de azok meg sem hallották. A következő pillanatban az elöl haladó fiú felszökkent a levegőbe, hogy átugorjon egy jégbucka fölött. Ahogy újra jeget fogott, a beszakadó jég mással össze nem téveszthető reccsenése hallatszott, és a fiú hónaljig merült a vízbe. Előre nyújtott karjaival próbált megkapaszkodni az épségben maradt vékony jég permében, de az tovább tört a súlya alatt. Végül a korcsolya, és az átázott ruházat súlya lehúzta a víz alá. Az idősebb férfi, valószínűleg a gyerek apja, épp csak ki tudta kerülni a léket. Éles kanyarral visszafordult, és megállt a lék szélénél, amely akkorra már elnyelte a fiút. Ezalatt a pár másodperc alatt Csaba odasiklott a szánhoz, lekapta az ülőke háttámlájára tekert kötelet, és a lékhez szaladt. A férfi már ledobta magáról a dzsekijét, és épp a vízbe akart ugrani korcsolyával a lábán.

- Várjon! – kiáltott rá Csaba. – Nem biztos, hogy visszafelé megtalálja a léket, ha kötél nélkül ugrik be. – figyelmeztette, miközben csomót kötött a férfi melle köré tekert kötélre. – Két rántással jelezze, ha húzhatom kifelé! Egy perc elteltével mindenképpen kihúzom! Érti? A férfi bólintott, hogy megértette a mondottakat, és máris eltűnt a lékben. Csaba közben levette kesztyűjét, hogy jobban érzékelhesse a kötelet, amely lassan csúszott két tenyere között, ahogy a férfi egyre távolodott a léktől. Hirtelen meglazult a kötél, melyet a fiú elkezdett visszaszedni, míg újra nem érezte, hogy enyhén feszül. Két-három méter után ismét elkezdett fogyni. – Irányt váltott – gondolta Csaba. – Fogd a kötél végét – kiáltott hátra a megdöbbent lánynak -, és ha szólok, akkor húzd, ahogy csak bírod!- Szerencsére a fiú nyugalma jót tett Edit lelkiállapotának, és habozás nélkül megragadta a kötelet.

Már több mint fél perc eltelt a férfi lemerülése óta. Ekkor megint megállt a kötél. Öt másodpercig nem történt semmi, majd két, alig érzékelhető rántást érzett a kötélen. – Húzzad, megtalálta! – Mindent beleadva húzni kezdték. A víz ellenállásán érezték, hogy kettős súly van a kötél végén. Gyorsan fogyott a kötél víz alatti része, és egyszerre csak felbukkant a két fej. Csaba nagyot sóhajtott első megkönnyebbülésében.

- A gyereket! – kapkodott levegő után az apa. Szája elkékült a jeges víztől, és annyira vacogott, hogy Csaba inkább csak kitalálta, mint értette, hogy mit mond.

- Tartsd feszesen a kötelet! – kiáltotta Editnek, mert tudta, hogy a férfi nem képes magát fent tartani a víz színén. Meg sem várva a lány válaszát, a vastag jég széléhez lépett, és a dzseki gallérját megragadva, kihúzta az alélt fiút a jégre. Néhány méterre eltávolodott vele a víztől. – Adj a fiúnak mesterséges lélegeztetést! – ragadta meg a kötelet. Ahogy visszafordult az apa felé, szeme sarkából még látta, hogy Edit a fiúhoz rohan. A termetes, nyolcvan kilós apát csak a harmadik kísérletre tudta kihúzni a vízből. Hiába fordította keresztbe a korcsolyáját, és húzta a férfit a kötélnél fogva, inkább ő közelített a lék felé. Végül hanyatt feküdt, mindkét korcsolyája hegyes sarkát belevágta a jégbe. Így biztos támasztékot talált, és kihúzta a teljesen átfagyott férfit a vízből, aki kezdetben meg sem tudott mozdulni.

Miközben egymás mellett lihegtek, hallották, hogy Edit újraélesztése sikerrel járt. A fiú hirtelen felköhögött, és egy csomó víz távozott vele a tüdejéből. – Visszajött! Él! – kiabálta boldogan a lány. Az apának új erőt adott a tudat, hogy hallotta fiát lélegezni, és már biztos volt benne, hogy életben marad. Csaba segítségével feltápászkodott, és a kezdeti bizonytalanság után egyre jobban megállt a lábán. Csaba rásegítette a ledobott dzsekit, és felhúzta a zipzárját, mert a férfi ujjai úgy megdermedtek, hogy mozdítani is alig tudta.

A kamasz kölyök felállni sem tudott. Mindkettőjükön kezdett csonttá fagyni a vizes ruházat. Tudták, hogy gyorsan kell cselekedniük, mert könnyen kihűlhet a szervezetük. Csaba saját dzsekijét ráadta a fiúra. Intésére Edit beült a jégszánba, az ölébe ültette a fiút, és szorosan átkarolta, nehogy lecsússzon.

- Van ereje korcsolyázni? –kérdezte az apát, aki a száraz dzsekiben kezdte valamivel jobban érezni magát.

- Tehetek mást? – tárta szét a kezét. - Kettőnket nem tudnak kivinni. Megragadták a fakutya ülőkéjének háttámláját, és egyre gyorsabban tolták maguk előtt a szánt. Fél távnál Csaba már érezte, hogy inkább ő húzza a szánnal a férfit, minthogy az be tudna segíteni a szán tolásába. Már nem volt elég az orrán keresztül belélegzett levegő, a száján kellett lélegeznie. Egyre jobban lihegett, a jeges levegő égette a torkát. Védekezésül szája elé húzta a magasított nyakú pulóverét, s beletemetve fél arcát, már nem fájt annyira minden légvétel. Őt is kezdte átjárni a hideg.

Végre partot értek. A férfi összecsuklott a reszketéstől és a fáradtságtól. Csaba gyorsan lerúgta magáról a korcsolyát, ölbe kapta a gyereket, és a kocsi felé indult. Edit megelőzve őket kinyitotta az ajtót, és segített betenni a fiút a hátsó ülésre. – Indítsd be a motort, és add rá a fűtést! – utasította a lányt. Ő maga visszaszaladt az apához, aki egy perccel később már biztonságban volt a kocsiban. Csaba bevágódott az anyós ülésre, és Edit rögtön indult.

A lány nem ismerte a várost, így Csaba kalauzolta a kórház felé. Útközben hátra-hátra tekintgetett a két átfagyott emberre. A férfi átkarolva tartotta vacogó fiát, ő maga is időnként megremegett a testén végigfutó hidegérzettől. Megnyugodva látta, hogy a fiú már egyenletesen lélegzik. Félúton jártak, mikor kezdték érezni a fűtés hatását. A kórház főbejáratához érve Csaba beszaladt, és a nővérpultnál elmondta, hogy két átfagyott ember van odakint a kocsiban, az egyik majdnem belefulladt a tóba. A nővér intézkedése nyomán hamar kint termett két betegszállító a kerekes kocsikkal. Felsegítették, pléddel betakarták a két átfagyott embert, és visszasiettek velük az épületbe.

- Maradj itt velük – kérte Editet Csaba -, én visszamegyek az ott hagyott dolgokért, cipő is kell a lábamra, és jövök ide érted. – Szegény lányon most kezdett kijönni az átéltek hatása. - Nincs már semmi baj – nyugtatta. Úgy döntött, hogy bekíséri a lányt a recepcióhoz, és megkérte, hogy mondja el a balesetet, addig is lefoglalja magát. Bátorítólag megcsókolta, és kisietett. A vastag sízokni ellenére már kezdett fázni a lába.

Fél óra alatt járta meg az oda-vissza utat a tó és a kórház között. A megadott kórteremben megtalálta a két beteget Edit társaságában. Az apa egész tűrhető állapotban volt, a fia még eléggé kornyadozott.

- Fiatalember – nyújtotta felé a kezét a férfi, és fel akart ülni.

- Maradjon csak fekve, - állította meg Csaba. - Úgy látom, alapos dunsztolást kaptak, hogy felmelegedjenek.

- Már a menyasszonyának megköszöntem, de önnek is megköszönöm, hogy megmentettek bennünket – fejezte be az apa.

- Ön mentette meg a fia életét. Képes lett volna habozás nélkül utána ugrani, abban a tudatban, hogy esetleg nem találja meg a léket, és mindketten lent maradnak. Szerencsére mi éppen csak ott voltunk, kisegítettük magukat, és behoztuk a kórházba.
- Éppen csak! – csóválta a fejét a férfi. – A kisasszony is éppen csak visszahozta a halálból a fiamat!
- A családját már értesítették? – tért ki a válasz elől Csaba.
- Igen, bármely percben itt lehetnek. – Alighogy kimondta, megjelent az ajtóban a felesége. A két idegent meglátva megtorpant, de a mögötte nyomuló gyerekek egyszerűen betolták a kórterembe. A hét év körüli kisfiú és a két tíz-tizenkét éves lány szinte lerohanta a két ágyat. Az asszony sírva borult a férje mellére, majd a kamasz, visszakapott fiát ölelte magához.
Csaba magához vette a széktámlára akasztott kabátját. Tekintete összeakadt Editével, és észrevétlenül kisompolyogtak a kórteremből, csendben betéve maguk után az ajtót.

***

Január végére tervezett székelyföldi útjukat meghiúsította a zord téli időjárás. Erdély számos vidékén hóakadályokkal kellett számolniuk az autósoknak, mert az elmúlt 24 órában helyenként félméteres hó hullott. Romániai híradások csütörtökön arról számoltak be, hogy a január közepén megenyhült időjárás után hirtelen visszatért a tél kiadós havazással, mínusz 10-15 fokos hideggel. Szélviharral, hótorlaszokkal okoz gondot a lakosságnak a közúti forgalomban, a városi közlekedésben, a szolgáltatásokban.

A belső-erdélyi megyékben falvak tucatjai maradtak áramellátás és telefonkapcsolat nélkül, mert a havas-jeges szélvihar megrongálta a vezetékeket. Helyenként méteres hó borítja a tájat, nehézzé vált a közlekedés a közutakon, a mentőszolgálat gépjárműveit több helyen csak a lakosság segítségével sikerült kimenteni a hóakadályok közül. Hólánc nélkül a gépkocsik közlekedése lehetetlenné vált még a fő közlekedési útvonalakon is.

- Akkor ennyit Szentmiklósról – jegyezte meg csalódottan Edit, - miután elolvasta az interneten közzétett romániai hóhelyzetet.

- Majd tavasszal bepótoljuk – vigasztalta Csaba. – Nagyon beleéltem magam, annál is inkább, mert még nem láttam télen a Hargitát. Magyarországon alig maradt valami a karácsonyi hóból, nulla fok körül van a hőmérséklet, pár száz kilométerre, Keletre pedig képtelen állapotok uralkodnak.

- Felhívom a családomat – sóhajtotta Edit, - bár e nélkül is sejtik, hogy nem indulunk neki a jeges-havas világnak. Hajni számát hívta.

- Szia, drága nővérkém! De jó, hogy hívtál. – Edit eltartotta fülétől a telefont, mert majd megsüketült húga örömteli üdvrivalgásától. Kihangosította a készüléket, hogy Csaba is hallja beszélgetésüket.

- Fogd vissza a hangod édes hugicám, mert a rémülettől, az utcán egymásnak rohannak a kóbor kutyák!

- Bocs – hallatszott a felelet, - itt még a lakásban is fülsiketítő a szél süvítése. Hordja a havat, mint fáradt· ember a málháját. Hol felkapja, hol ledobja, nem tudván eldönteni érdemes-e cipelnie.
- Te is ilyen túlfűtött voltál tizenöt éves korodban? – dobta be a kérdését Csaba a hangzavarba. Edit csúfondárosan kiöltötte nyelvét a fiúra, éppen csak kidugva ajkai közül. Csaba úgy tett, mintha bele akarna harapni, mire a lány gyorsan visszahúzta, majd közbeszólásával elvágta Hajni szóáradatát.
- Épp ezért hívtalak. Holnap mentünk volna Gyergyóra egy hétre a félév kezdetéig. Most hallottuk a romániai hóhelyzetet, így sajnos ugrott az utazás. Se kocsi, se vonat. Nem akarunk bedugulni valahol a félúton.
- Számítottunk rá, ezért is örültem a hívásodnak, mert anyu szólt, hogy hívjam fel a figyelmeteket a nagy hóakadályokra, és halasszátok el az utazást. Nagy kár, mert mindketten nagyon hiányoztok.
- Mi is sajnáljuk, de úgy beszéltük meg, hogy a Pünkösdre elmegyünk, és megnézzük a csíksomlyói búcsút. A vizsgáink sikerültek, remélem a te félévi eredményed is jó lett.
- Néhány tárgyból négyes lettem, de a többit nem adtam ötösnél alább.
- Örülök neki. Anyuékat csókoltatjuk, neked is sok puszit, szia.
- Én is milliószor puszillak, és csókoltatom Csabát.

Edit letette a telefont, majd egy váratlan lerohanással az ágyra döntötte a védekezni is elfelejtő fiút. Maga alá gyűrte, és lovagló ülésben elhelyezkedett rajta. Kezét a csuklójánál fogva a feje mellett az ágyra szorította.

– Mi van az én kamaszkori túlfűtöttségemmel? – sziszegte Csaba fülébe, és beleharapott a fülcimpájába. – És Hajniéval? – Újabb harapás a másik fülcimpába.

– Aú! Ez fájt! – panaszkodott, és egy hirtelen mozdulattal maga alá fordította a lányt.

– Akartam is, hogy fájjon – emelte fel a fejét a párnáról, és most, a változatosság kedvéért Csaba alsó ajkába harapott.

– Most már biztos vagyok benne, hogy így volt – szabadította ki ajkát a fiú, s rögtön visszaadta a kölcsönt. – ráadásul, most úgy tüzelsz, mint Lucifer a pokolban az ördögavató ünnepségen. El kell, hogy oltsam a tüzet az öledben, ugyanis nem szeretem az égett szagot.

– Ne beszélj badarságokat – legyintette meg tréfásan a fiút. – Habár, az ilyen tűzoltómunkának inkább vagyok híve, mint a lakástűznek. Most meg mire vársz! Arra, hogy leégjen a ház?

Jobbra-balra repkedtek a ruhák, legvégén a bugyi a csilláron landolt. Fél óra múlva, csak lassan csillapodott bennük a vágy. Verejtékben fürödve feküdtek egymás mellett. Edit a fiú vállán nyugtatta a fejét, kezével cirógatva annak arcát, mellét…

A másnap reggel még ágyban találta őket. A telefon kitartó, füttyös dallamára ébredtek. Még csak hét óra volt, Csaba félálomban nyúlt a készülékért. Irigykedve nézett Edit után, aki kipattant az ágyból és kirohant a mellékhelyiségbe. – Micsoda energia! – Magában morgolódva vette kezébe a mobilt. Meglátta a kijelzőn, hogy az anyja hívja, rögtön felpattantak a szemei. Rossz érzése támadt, nem szokta ilyen korán hívni.

– Szia anya! Mi történt?

– Honnan tudod, hogy baj van? – lepődött meg Juci.

– Sosem hívsz ilyen időpontban, ha csak baj nincs.

– Látod fiam, erre nem is gondoltam. Nagyanyád eltörte a kezét.

– Hogyan történt, súlyos? – ült fel az ágyban.

– Ahogy minden vasárnap, a múlt héten is elment a korai misére. Tudod milyen volt az időjárás, éjjel fagyott, nappal olvadt. Hazafelé jövet a miséről, elcsúszott a bordás jégen, és ráesett a jobb kezére. Mindkét csontot eltörte az alkarján. Ma engedik ki a kórházból, ezért is nem szóltam eddig. Az ő korában nehezen forrnak össze a csontok. – folytatta beszámolóját. – Nővérem volt eddig a nagyapáddal, de a jövő héttől már vissza kell mennie dolgozni. Nekem csak jövő péntektől engedélyezik a szabadságot. Múltkor mondtad, hogy a második félév kezdetéig szabadok vagytok, és ha nem mentek ilyen nagy hóakadályok mellett Szentmiklósra, arra gondoltam, hogy erre az egy hétre leutazhatnátok nagyszüleidhez, gondoskodni róluk. Nagyanyád pár hétig nem igen tudja használni a begipszelt kezét. Ráadásul a csípőjét is beütötte, nehezen tud talpon maradni. Még jó, hogy nem szenvedett combnyaktörést. - Közben Edit visszajött. Sápadtan lerogyott az ágyra.

- Várj egy pillanatot, anya! – nézett rá a fiú a szokatlanul csendes lányra. Feltűnt neki a sápadtsága. – Csak nem vagy beteg? – kérdezte aggódva.

- Azt hiszem, terhes vagyok – szólalt meg nagy sokára. Már két héttel ezelőtt meg kellett volna jönnie.

- Ez biztos?

- A reggeli hányás ennek a jele. Már az előző napokban is éreztem reggelente émelygést, de most alaposan túltettem ezen. Ne haragudj! Tudom, nem terveztük. Jobban kellett volna vigyáznom.

- Akárcsak nekem – derült fel a fiú arca. – Aaapa le-szeeeek!!! – ordította váratlanul, kezét a levegőbe tárva, hogy Edit összerezzent az ijedségtől. A szomszéd szobában Feri ököllel verte meg a falat.

- Még éjszaka van! Inkább legyél Kuka, legalább hagysz aludni!

- Nem haragszol? – ragyogott fel Edit szeme.

- Haragudni? Ne beszélj butaságot. Madarat lehetne fogatni velem. – A lányhoz hajolt, és gyengéden megcsókolta. Óvatosan végigsimította a hasát, de egy rémült hangra hátrahőkölve kapta el a kezét. A hang a telefonból jött, melyet még mindig a kezében szorongatott.

- Válaszolj már fiam! – hallotta anyja kiabálását. – Mi volt ez az ordítás? A szívbajt hozod az emberre.

- Bocsi anya. Nincs semmi baj. Csak Edit most jött vissza a rókavadászatról. Ahogy apa szokta mondani, olyan sápadt, mint a halál valaga.

Szerintem most szabadult meg a teljes karácsonyi étlaptól, amit, hála neked, végigevett.

- Megbolondultál? Nem tudsz érthetően beszélni?

- Ma kezdődtek el nála a várható mindenreggeli hányások.

- Tényleg elront....Csak nem? – szakította félbe saját szavát Juci. – Ez már biztos?

- Már két hete késik neki, és ez volt az első reggeli rosszulléte. Örömmel közlöm veled, hogy apa leszek. Ezért volt az üvöltés.

- Add a telefont annak a szegény kislánynak! – Csaba eleget tett a kérésnek, és kivonult a mosdóba. Tudta, hogy most legalább negyed órás anyai intelmek zúdulnak a kismama nyakába. Mikor visszaért, Edit segítségkérően tekintett a fiúra. Átvette a telefont.

- Rendben van, anya. A tanácsadó halmaz mellett Editnek említetted a kérésedet?

- Ne szemtelenkedj! – nevetett Juci. – Egyébként igent mondott.

- Az első vonattal indulunk, estére biztosan ott leszünk. Edit még úgysem ismeri őket, s ahogy kiveszem a bólogatásából, szívesen tenne eleget az ismerkedésnek... Amint látom, újra elsápad, és kirohan a második felvonásra. Szia, majd jelentkezem, ha megérkeztünk.

- Hol laknak a nagyszüleid? – tért vissza a lány pár perc múlva.

- Előbb térjünk csak vissza a terhességedre. Reméljük ez az oka a rosszullétednek!

- Szerintem biztosra veheted. Négy-öt hetes lehet a magzat. Jól érzem magam, kivéve a kirohanásokat. Szóval hol laknak?

- A nyugati határszélnél.

- A vasfüggöny árnyékában? – borzongott meg Edit.

- Pontosabban, az egykori vasfüggöny árnyékában. Nagyapámat ismerve, nem úszod meg egy kis anekdotázás nélkül.

Edit is gyorsan túltette magát a reggeli tisztálkodáson. Reggeli közben Csaba az interneten megnézte a vasúti menetrendet. Az órájára pillantott. Még csak fél nyolc volt, így elérik a 9.05-kor induló vonatot és délután négy előtt Szombathelyen lesznek. Feriék otthon tartózkodtak, és a fiú készséggel kivitte őket az állomásra. Sanda pillantásokat vetett rájuk, de nem tett megjegyzést a reggel történtekre. Búcsúzóul megveregette Csaba vállát.

- Gratulálok öregfiú. - Az átdörömbölés után, csak jóval később esett le neki, hogy mit ordibáltál Csaba.

Pár perc késéssel futott be a vonat Szombathelyre. Gyerekkorában testvéreivel együtt minden nyáron eljöttek nyaralni az apai nagyszülőkhöz. Csaba jól ismerte a várost. Felszálltak a buszra, és jó öt perc múlva leszálltak a Hunyadi János út és a Szent Márton utca találkozásánál.

Nagyszülei az U alakzatú háromemeletes épülettömb hosszabbik szárának végén, a harmadik emeleten laktak. Az erkélyükről tökéletes rálátás nyílt a Thököly Imre útra, és a mellette elterülő nyílt térre. A minden évben megtartott Savaria Történelmi Napok fő előadásai itt zajlottak. Nagyapjáék szinte páholyból nézhették a műsorokat és a Thököly úton zajló vásári forgatagot.

Nagyszülei örömmel fogadták a két fiatalt. Régóta nem látták unokájukat, aki az érettségi vizsga után látogatta meg őket utoljára. Nagyanyja a fotelban pihentette lábait, jobb, begipszelt alkarját a nyakába akasztott sálba bújtatva óvta.

- Hogy van az én csonttörő nagyikám? – hajolt le Csaba, és csókot adott az arcára, majd melegen megölelték egymást a nagyapjával.

- Inkább csontot törő, mint csonttörő – helyesbített Teri néni.

- Bemutatom szívszerelmemet –, fogta meg a lány kezét, és odavezette hozzájuk a háttérben szerényen meghúzódó lányt. – Ő Edit, Székelyföldről, ők pedig az apai nagyszüleim, Teri néni és Lajos bácsi. Nekem csak papa és mama.

- Kezét csókolom – köszönt elpirulva a lány.

Teri magához húzta, és két puszit adott neki.

- Kedvesem, te még annál is sokkal szebb vagy, mint ahogy mesélték rólad. Szólíts bennünket úgy, mint Csabi. Már a családhoz tartozol. Kicsit régimódiak vagyunk, de elfogadjuk a mai fiatalság életfelfogását, akik nem feltétlen ragaszkodnak a házassághoz.

- Isten hozott a családban, lányom, - üdvözölte a házigazda is.

- Köszönöm a szíves fogadtatást – bókolt a lány.

- Ami Istent illeti, nem nagyon fogadott benneteket mostanában a kegyeibe – jegyezte meg Csaba.

- Ne káromold az Urat fiam, mert visszaüthet rád! – feddte meg a nagyanyja.

- Eszemben sincs - szabadkozott a fiú, - csak arra gondoltam, ha valaki elmegy a templomba imádkozni Istenhez, annyit megérdemelne, hogy oda-visszajövet, minimum, vigyázza a lépteit.

- Az Úr útjai kifürkészhetetlenek – jegyezte meg a nagyapa. – Lehet, az volt a célja vele, hogy végre ellátogass hozzánk.

- Valóban kifürkészhetetlenek az Úr szándékai, de még inkább kiszámíthatatlanok a jégbordás utjai, melyeket galád módon a mama lába alá varázsolt. Még annyi fáradtságot sem vett, hogy figyelmeztesse rá. Nagy árat szabott az Úr a látogatásunkért. Ennyit az isteni gondviselésről.

- Ez már igaz fiam, de legalább örülj, hogy nem a temetésemre kel lett jönnötök – próbált felállni Teri néni. – Bizonyára éhesek vagytok, megmelegítem az ebédet, amit délelőtt főzött a lányom.

- Maradj csak nyugodtan ülve -, nyomta vissza a vállánál fogva Csaba. – Eléggé megviselt vagy, majd Edittel lerendezzük a kaját. Elvégre azért jöttünk, hogy levegyük a terhet a válladról. Apropó, teherről jut eszembe. Gyerekünk lesz.

- Csak nem? – csapta össze a kezét a mama.

- Na, erre iszunk! És gondolom, jól esik evés előtt egy kis jófajta házi pálinka. – Kivett a bárszekrényből három stampedlis poharat a nagyapa, és kiterelte a fiatalokat a konyhába.

- Apjuk! Máris meg akarod mérgezni a dédunokámat!? – kiabált a mama utánuk. Szóáradata süket fülekre talált.

A papa kivette a hűtőszekrényből a pálinkás üveget, és tele töltött két poharat, a harmadikba éppen csak egy-két gyűszűnyit csurrantott Edit részére.

- Ennyi nem fog megártani egyikteknek sem – nézett Editre. - A pálinka hideg, és egynyeletes. Lelökve az igazi. Kóstolgatni a bort kell. Egészségünkre! – nyújtotta a poharát. – És a dédunokáéra! A két férfi szó nélkül bedobta a pálinkát. Edit habozott egy pillanatig, majd követte a példjukat. Ő is egy korttyal leöntötte a nedűt. Még el sem vette a poharat a szájától, máris elakadt a lélegzete. Az erős pálinka égette a torkát, végigperzselte a nyelőcsövét is. Szeme könnybe lábadt, majd köhögni kezdett, és végre, ha szaggatottan is, de újra levegőhöz jutott.

- Mi…mi volt ez? Vitriol? – Mély lélegzetet vett, az égető érzés csillapodni kezdett, és jól eső melegséget érzett a gyomrában. A két férfi jót nevetett a lány hápogásán.

- Bocsi édes – csókolta szájon Csaba. – Elfelejtettem mondani, hogy ez nem afféle bolti pálinka, hanem hatvan százalékos házi gyógyszer. Ettől majd felmelegedsz.

- Ez nem felmelegedés, hanem maga a tüzes pokol. Szaltót dobott tőle a magzat – mondta a kipirulva -, és jó lenne egy kis hideg borogatás belsőleg, valamilyen hűtőfolyadék formájában.

- Mit tettetek azzal a szegény kislánnyal! – kiabált a szobából a nagyi. – Részeges lesz a gyereke. Legalább adjatok neki egy kis hideg gyümölcslét.

– Nyugi mama, túlélte a beavatást!

– Miféle beavatást? Épp az a gond, hogy nem avattátok be, hogy mi vár rá abban a pohárban. Ej, ti megátalkodott férfiak!

– Szőlőlé jó lesz? – kacsintott Editre Lajos bácsi. Edit gyanútlanul bólintott. – Ettől majd megszűnik az égető érzés. Ugye mi is iszunk, fiam?

– Természetesen – értett egyet a fiú és elővett a kredencből három, talpas borospoharat. Lajcsi tele töltötte a másfél decis poharakat. Editnek ezt is szűken mérte.

– Fenékig, de csak azért, hogy ne égjen a pokol! – bátorította a lányt. Edit nem vette észre a szemében táncoló hamiskás fényeket, és ismét követve a férfiak példáját, két korttyal fenékig ürítette a poharat. Érezte a hűs ital simogató hatását, ahogyan megszünteti az égető-kaparó érzést a torkában, s lecsillapítja a gyomrában háborgó vihart.

– Ez nem is szőlőlé volt – vette el szájától az üres poharat.

– Dehogynem, lányom. Ez valódi szőlőből préselt lé. Csak éppen a végső stádium utolsó fázisában: must, megerjesztve, kiforrva, beérve. Rövidebb elnevezése: bor.

– Ami azt illeti, ugyancsak a fejembe szállt a két ital. Tényleg jól esne rá az estebéd. Ha a papa ezt nevezi beavatásnak, akkor ugyancsak sikerült megszédítenie vele. Hatásosabb volt, mint a Csaba belépője a disco hajón, amikor elszédített – döfött egyet a szavaival a fiúba.

- Mi a fene! – pödörte meg bajuszát büszkén az öreg, mire mindhárman nevetésben törtek ki.

- Ne szédítsd a fiatalokat apjuk, mert a végén éhen halnak! – hallották a szobából jövő rendreutasítást. Sürgölődve hozzáfogtak az étel melegítéséhez.

Egymás után teltek a napok. Edit egyre jobban megszerette a nagyszülőket. Az ő nagyszülei kiskorában meghaltak, csak homályosan emlékszik rájuk, ahogy Csaba az anyai nagyszüleire. Reggeli rosszullétei nem múltak el, de szeszes italt többet nem ivott.

- Nagyon aranyosak – jegyezte meg Csabának egyik este, már lefekvés után. - Szinte kárpótolva érzem magam saját nagyszüleimért.

- Ők is megszerettek téged. Mamánál is elsődleges szempont, hogy egy lány tanuljon meg jól főzni. Ez minden házias anyánál így van és nemcsak ott, ahol az anyagi körülmények nem teszik lehetővé a vendéglői étkezéseket. Sok családnak még az üzemi étkezés is drága, mert otthon készítve az ebédet, olcsóbban kijönnek. Azzal a néhány székely specialitású főztöddel beloptad magad a mama szívébe.

A lakás másfél szobás volt. Tudták, hogy az öregek milyen éberen alszanak, és éjszakánként legalább egyszer ki kellett menniük, ezért nem merték megkockáztatni a szeretkezést.

A két fiatal délutánonként sétált egyet a városban. Csaba megmutogatta Editnek a nevezetességeket. A hőmérséklet pár fokkal meghaladta a fagypontot, így a kellemes napsütésben, megpihenve egy-egy padon, egymást átkarolva hallgatták a Gyöngyös patak csacsogását. Szerdán, ebéd után Csaba felvetette, hogy menjenek ki busszal Oladba, és nézzék meg a házat, ahol a papa gyermekkorát és házassága első évtizedét élte le.

- Ó, fiam, az a ház már nincs meg. A kilencvenes évek közepén adtuk el, és vettük ezt a lakást. Először az udvaron belül építettek az új tulajok egy kétszintes családi házat, majd valamikor később átalakították az utcai, eredeti házat, és vegyesboltot nyitottak benne.

- A kert még a régi? Három-négy éves koromból csak halvány emlékképek maradtak róla. Két hatalmas diófa az udvar végében, szőlőlugas, cseresznyefa a kertben, meg a szőlőtőkék. Ja, még rémlik, hogy az utcának csak a bal oldalán voltak házak, jobbra mező volt, és a ház előtt állt meg a busz.

- Ez már a múlt. A mezőn új városrész épült tömbházakkal, jó né hány tízemeletes szalagházzal. A falu szélén, a körforgalomnál összekötő út épült Kámon felé. A körgyűrűn túl, bal oldalt valamikor volt egy kis földünk, sok másik házhely mellett, ott most egy egész kertváros épült fel. Menjünk, és nézzük meg! A buszmegálló még mindig ott van.

A ház előtti megállónál leszálltak a buszról. Az üzlet nyitva volt. A tulaj lakott a mögötte épült kétszintes házban. Az öreg bemutatkozott a boltosnak, akinek a név hallatán beugrott a kép.

- Magától vettük a házat! Így van?

- Igen, tőlem. Bemutatom az unokámat és a menyasszonyát. Ha lehet, szeretnénk megnézni a kertet. Tudja, egy kis nosztalgia. Az unokámnak csak halvány emlékei vannak róla, mert még kicsi volt, mikor eladtuk.

- Semmi akadálya. Örülök, hogy visszalátogatott felidézni az emlékeket. Mindjárt szólok az asszonynak, hogy vegye át a boltot, és máris mehetünk.
- Megengedi, hogy videofelvételt készítsek? – kérdezte Csaba a vállán lógó video táskára mutatva.
- Filmezzen nyugodtan, amit, és amennyit csak akar.

Az udvarba érve Lajos bácsi rögtön felfedezte a kerekes kút és a szőlőlugas hiányát. A két hatalmas diófát sem látta. A kertben sem magasodott már a ropogós nyári cseresznyét termő fa. Több évtizedet élt a családi házban. Itt töltötte kalandokkal, élményekkel teli gyermekéveit, ifjúságát, házas éveit, míg szülei meg nem haltak. Elhunyt apját pár év múlva anyja is követte a sírba. Testvéreivel, közös megegyezéssel eladták a házat a nagy telekkel együtt. A városban vettek egy lakást. Tekintete kissé elhomályosult, amint felidézte magában a régi emlékeket. Szomorúan vette tudomásul, hogy a múlt már csak emlékeiben él, minden mást magával ragadott a fejlődés és az idő sodra. Kérdéseire a házigazda azonnal válaszolt.

- A fák már akkor öregek voltak, mikor megvettük a házat. Még jó pár évig bírták, de az ezredforduló táján megtámadta őket valamilyen betegség, és ki kellett vágni mindet. Azóta bevezették a vizet, csatornáztak, a kút be lett temetve. Minden egyes fejlődés eltemet a múltból egy kis darabot.

- Igen, a változás már csak ezzel jár – értett vele egyet Lajos. – A kertbe kimehetünk?

- Persze, jöjjenek csak! – invitálta őket a gazda. – De vigyázzanak, mert a baromfiudvar ura, egy bősz kakas, gyakran van támadó kedvében. Nekiesik boldog-boldogtalannak – nyitotta ki a baromfiudvar ajtaját. A kakas, meglátva a betolakodó társaságot, vad vágtába kezdett feléjük. A gazda felkapta az ajtó mellé tett ágseprűt, és arrébb lökte vele a kakast. - Menjenek gyorsan át a kertbe, addig megregulázom őkelmét.

A vendégek gyorsat átsiettek a tizenöt méter hosszú udvaron. Csaba kinyitotta a kertajtót, odakiáltott a harcban álló gazdához, hogy jöhet. Mikor mindnyájan biztonságban voltak a kertben, Lajos bácsit olyan nevetőgörcs fogta el, hogy meg kellett támaszkodnia az unokájában. Nyoma sem maradt előbbi borongós hangulatának. A harcias kakas, mintha visszavitte volna a múltba, emlékeztetve gyerekkori kalandjára.

- Igen, eléggé ritka az ilyen megveszekedett kakas. Először én is nevettem rajta, egészen addig, míg a lányom szemét kis híján ki nem kaparta. Azóta söprűvel védekezünk ellene.

- Bocsásson meg, nem magán nevettem – mentegetődzött a papa. – A történelem úgy látszik, ismétli önmagát. Nemcsak nagyban, hanem kis dolgokban is. Az állatok sem kivételek ez alól.

- Ezt hogyan érti?

- Úgy, hogy ez a baromfiudvar elátkozott hely, egy aréna lehet egyes kakasok számára.

Kiskoromban nagyanyámnak is volt egy ilyen kakasa. Mindenkit megtámadott. Nővéremmel együtt hónapokon át megszenvedtük őkelmét. Sok-sok emlékünk fűződik hozzá, sőt az egész baromfiudvarhoz, még ha nem is mindig jók. Volt, amikor már csak nevettünk egymáson. Végül nagyanyám kénytelen volt levágni.

- Már én is számolgatom a vad végóráit, mert nem mehet sokáig így. Beszélgetés közben végigsétáltak a kerten és visszafordultak.

- Nem sok gyümölcsfa maradt meg a régiekből, de pótoltam a veszteséget. Van itt alma, körte, szilva, barack és cseresznyefa. Látom, a maga szeme fel is fedezte őket, csak a fiatalok miatt soroltam fel. Így kopaszon, nem biztos, hogy a városi gyerekek felismerik, melyik milyen fa. Van egy füvesített rész, nyáron pavilont állítunk fel rajta. A többi területen konyhakerti növényeket és virágokat termesztünk.

Visszaverekedték magukat az udvarra és el akartak köszönni.

- Tudják mit? Ne menjenek még sehova. Kezd hűvösödni, a busz, amivel jöttek, most ment vissza. Legközelebb csak egy óra múlva jön. Az üzletbe már nincs kedvem visszamenni, hadd maradjon ott az asszony. Jöjjenek be a melegre, iszunk egy jó fűszeres forralt bort, és közben Lajos bácsi elmeséli az említett kalandját. – tessékelte be őket a gazda. A vendégek szabódtak egy darabig, végül beadták a derekukat. Edit lába már valóban fázni kezdett, a harisnyanadrág nem védett igazán a hideg ellen.

A lépcsőnél leverték a cipőjükről a havat, úgy mentek be a házba. Ragaszkodtak ahhoz, hogy maradjanak az ebédlőben, ne a nappali szőnyegére olvadjon a megmaradt hó a lábbelijükről. Levetették kabátjukat, és helyet foglaltak az ellipszis formájú tölgyfa asztalnál. A támlás székek is tölgyfából voltak, rajtuk magyaros motívumokkal ellátott ülőpárnák. A házigazda feltett két liter bort forralni. Szegfűszeget és őrölt borsot szórt bele, majd közéjük telepedett.

- Én inkább teát kérnék, ugyanis babát várok – szabadkozott Edit.

- Gratulálok, kishölgy. Természetesen, semmi akadálya. – Elővette a teafőző edényt, vizet engedett bele, és azt is feltette forrni. Csaba ezalatt feltette a kamerát a háta mögötti fali polcra, és úgy állította be az asztal felé irányítva, hogy mindnyájan láthatóak legyenek benne. Elindította a felvevőt, és helyet foglalt.

- Hogy is volt az a kakas ügy? – fordult Lajos bácsihoz a házigazda. – Láttam a tekintetén, hogy nagyon felkavarták a régi emlékek…

***

- Talán volt, tán igaz sem volt, de mégiscsak volt, mert velünk esett meg az oly régi történet – kezdett a mesélésbe az öreg. – Hat évtized nem kevés. Nyugdíjas fejjel már nekem is nehéz elhinni az egészet, annak ellenére, hogy még mindig élénken él az emlékezetemben ez a nyári kaland. Történetünk idején, várost még sosem látott falusi kisfiú voltam, túl a negyedik évemen. A világ, amit ennyi idősen ismertem, nekem is ott ért véget, ahol Lúdas Matyinak: a falu határában.

Az ötvenes évek közepén itt éldegéltünk ennek a teleknek a helyén. Úgymint öt éves nővérem és jómagam, valamint tityi-totyi kishúgunk. Ja! Meg a szüleink és a nagyszüleink. Elvégre valakik vállalták nemzésünket, táplálásunkat, gondozásunkat, felnevelésünket. Nem utolsó sorban megnevelésünket. Ugyanis csínytevéseinket követően, a mihez tartozás végett, el kellett bennünket fenekelni, de ezt csak szükségből vállalták magukra. Érzéseink szerint néha előre kiosztva következő rosszalkodásunk fenékadagját is, ami, emlékezve sajgó hátsónkra, jó sokáig váratott magára. Olyannyira, hogy szülői részről már feledésbe is merült az előfenyítés, és adott esetben újra száz százalékban sajogtunk. Különben sem ütött anyám nagyokat, jobban fájt az ő kezének, mint az én fenekemnek. Lelkünknek viszont egyformán sajgott.

Nem dúskáltunk az anyagi javakban. A betonfejűek által, az egyszerű embereknek felállított vasfüggöny árnyékában szüleinknek meg kellett dolgozni a betevőért. Sokszor elcsíptem egy-egy mondatot, amikor a felnőttek erről beszéltek csak úgy maguk között, hangoskodni nem volt ajánlatos. Nem értettem miként lehetnek egyesek olyan szívtelenek, hogy a határra vasfüggönyt csinálnak csak azért, hogy mások ne tudjanak átjárni rajta?! Vajon mire akaszthatták fel a függönyt? Hiába meresztgettem a határban a szemem, nem láttam én ott se függönyt, se függönytartót.

Csodálkoztam is rajta, hogyan is juthatna át bárki azon a dög nehéz, vasból készült függönyön, mikor én a sötétítő függönyt is alig tudtam elhúzni a karnison. Mégis hallottam arról, valakinek holtan is sikerült, mert már félig átjutott rajta, amikor agyonlőtték a határőrök. Akkoriban mindenkit lelőttek, vagy elfogtak, aki megpróbált "díszt állni" - én így értettem a disszidálást - vagy valami ehhez hasonlót csinálni. Mi gyerekek, nem is mertünk túlmenni a falu határán. Nekünk ez volt a határ, a felnőttek az országhatárt is csak határnak nevezték. Senki sem mondta nekünk, hogy két határ is van. Amikor láttuk, hogy közelednek a járőröző határőrök, és integetve hívnak bennünket, mi bolondok lettünk volna odamenni díszt állni. Úgy pucoltunk haza, hogy porzott utánunk a földút. A felnőttek mindig valami határsáv engedélyt emlegettek, csak azzal lehetett közlekedni. Nem értettem, mert a ló mégis elhúzta a szekeret határsáv nélkül is, ki a földekre a falun túl, meg vissza, hisz nem papírt abrakolt a tarisznyában. Ezt le is ellenőriztem. Zab, vagy széna volt az abrakos tarisznyában, határsávos papírnak nyomát sem leltem.

A nagyszülők a ház külön bejáratú szoba-konyha lakrészében éltek. Mi ugyanúgy két helyiségben, csak éppen öten. A házhoz tartozott az udvar, mögötte a baromfiudvar, majd a kert, ahogy most is van. A három különböző funkciójú területet drótkerítés választotta el egymástól, kiskapu átjárókkal. Az udvaron, félreeső helyen állt a kis-és nagy dolgok elvégzésére rendeltetett udvari angol WC. Akkoriban, a falvakban a budi volt a módi, kevésbé igényeseknek a kert vége. Én neveztem el udvari angol WC-nek, mert apám azt mondta, hogy bent a városban, a lakásokban van a klotyó, angol WC-nek hívják. Meg is volt a véleményem a városi urakról. Elképzeltem, ahogy a szoba sarkába beállítanak egy fa bodegát, és jobbra-balra tekergő orral járkálnak a lakásban. Pedig milyen isteni érzés korgó gyomorral beszippantani a készülő ebéd illatát! Ezek meg a végtermékét szimatolják. Nem költöztem volna oda semmi pénzért. Mi falusiak, még az udvaron elhelyezett vécével sem kötöttünk hosszadalmasabb ismeretséget, a városban pedig közös fedél alatt éltek vele. Amikor követni kellett a természet hívó szavát, legtöbbször kényelmesen, szüret idején vágtatva vettük birtokba az ominózus helyet. Kapcsolatfelvételünk kivétel nélkül gyorsított eljárással zajlott le. Melegben a terjengő illatok és a legyek, télen mínusz tíz fokban, a befagyás veszélye késztetett bennünket a gyors, de nem idő előtti visszavonulásra.

A papa itt egy kis szünetet tartott, mert a két fiatal hasát fogva nevetett, ahogy elképzelték az udvari angol vécére járás viszontagságait. Hja, akik már csak az angol vécé vízöblítéses változatát ismerik? - Az udvar végében, a kerítés mentén sorakozott a két disznóól, valamint a hidas. – folytatta, mikor újra csend lett. - Az utóbbit, egyebek között füstölésre is használtuk. A szárnyasnép a disznóólak tetőrészében kialakított ülő rudakon éjszakázott, ahova a baromfiudvar felől odatámasztott létrán jutottak fel. Nekik bezzeg volt padlásszobájuk, nem, mint nekünk. Csak olyankor nem irigyeltem őket, amikor nekem kellett a szűk nyíláson bemászni a tyúklakba a félretojt tojások begyűjtése végett. Szidtam is őket, ha nem a kijelölt és megszokott helyeket használták tojásrakásra. A baromfiudvar bal oldalában volt a deszkával körülkerített trágyadomb. A kert háromszor akkora területet foglalt el, mint a két udvar együttesen. Termett ott mindenféle: konyhakerti veteményesek, gyümölcsfák sokfélesége, ribiszke, füves terület és nagyapám féltve gondozott szőlőse. Kisgyerek szemmel minden olyan nagynak tűnt, sokszor rácsodálkoztam a felnőttek világára.

Nagyanyám is, anyám is szép számmal tartottak tyúkokat. Volt egy hatalmas, vörös kakasa is. Tavaly még nekünk is volt kakasunk. Öreg volt, mint az ezredforduló előtt harmadszor is visszatért költő-fenoménünk, aki elismerésként kapott a kormánytól ajándékba egy „kitudjahányszobás" lakást. Aztán elvett egy 45 évvel fiatalabb költőpalántát, hátha kiterebélyesedik együttlétük során a lány költészete, ő maga pedig visszafiatalodik. A kiterebélyesedés be is következett, ha nem is irodalmi vonatkozásban. Emberünk az ágyban közel sem volt fenomén. Túllihegte férfiúi erejét, és a fiatal tyúk átbúbolta a túlvilágra. A lány jól beházasodott az örökségbe.

- Tudom, kiről beszél! - vágott közbe a házigazda. - Az ezredforduló táékán tálcát kellett tenni a TV alá, mert a média jóvoltából, az ő nevétől és szerelmi románcától csöpögött a készülék is. Nem ismerem az írásait, ezért nem is vonom kétségbe irodalmi munkásságát. Gondolom nem érdemtelenül kapta a sok elismerést és kitüntetést. Egy dologban azonban biztos vagyok. Bohócot csinált magából a média segédletével. Egyik-másik nyalakodó tudósítástól hányingerem támadt. A sokaság emlékezetében is úgy ragadt meg, „hogy az ember, akinek fiatal felesége van", és nem a műveit olvasván emlékeznek rá. Szerintem a hazajövetele utáni bemutatkozását jobban el sem szúrhatta volna.

- Én is csak a médiából ismerem – jegyezte meg az öreg. – De, folytatom. A mi öreg kakasunknak viszont nem egy tyúk kielégítésére, hanem egy egész hárem hűségéért kellett helyt állnia. Sajnáltam a Kukorit, megérdemelte volna a Szocialista Haza Kakashőse kitüntetést, mert ugyancsak túlteljesítette az ötéves tervet az utódbúbolásban. Biztos alul maradt a párturak félrebúbolási versengéséhez viszonyítva, mivel ők arattak le minden babért. Kakasunk pechjére, nem gondolva a szárnyasokra, a pártatyák nem alapították meg a Kakasok Kommunista Pártja szervezetet, párton kívüliként pedig csak a tyúkiga jutott neki.

Így esett meg, hogy nagyanyám kakasa, a mi kakasunk önfeláldozó kimúlása után, a meglévő mellé besöpörte az új háremet is. A két tyúkhárem mindig megtalálta a maga helyét az éjszakai pihenőre. Ha mégis valamelyik tyúkeszű tévedésből a szomszédba tévedt aludni, addig csipkedték a háziak, míg haza nem kotródott. A kakas a baromfiudvar fölé nyúló hatalmas diófa egyik alsó, vízszintes ágán éjszakázott, nehogy bármelyik hárem részrehajlással vádolhassa. Alkonyatra mindig szépen elültek. Amikor nekem nem akaródzott sötétedés után lefeküdni, anyám mindig azzal bosszantott, hogy annyi eszem sincs, mint a tyúkoknak, mert azok már rég megtalálták a helyüket, én meg kint kódorgok.

- Micsoda?!! Hogy én tyúkeszű, fiú létemre!!? Sőt, még annyi sem? - Ilyenkor meg is sértődtem, s durcásan ágyba bújtam. Jól emlékszem egy húsz évvel ezelőtti esetre. Kocsival mentünk valamelyik községbe. Az út bal oldalán feltűnt egy tanya, vele szemben az út jobb oldalán, az útpadkán és az árokban egy egész baromfiudvar csipegette a füvet. Szóltam a vezetőnek, hogy lassítson, a sok hülye tyúk biztosan át fog rohanni előttünk az úton, mert arra van a haza. Láss csodát! Úgy ötven méterre jártunk tőlük, mikor meghallották a motor hangját, s illa berek, irány a tanya. A legvégén már csak tíz kilométerrel haladtunk, mikor az utolsó tyúk is kievickélt a kocsi elől. Hátranéztem, hogy nem ütöttük-e el valamelyiket vacsorának.

- Az egyik nem szaladt át! - mutattam az árokban csipegető szárnyasra.

- Mit csodálkozol? - szólalt meg a vezető a visszapillantó tükörbe tekintve. - Ennek esze van, ez kakas!

- Hé! Hé! – kiáltott közbe Edit. – Azért nem minden nő tyúkeszű, még ha szőke is – állt ki a szebbik nem becsületéért.

- Bocsánat. A jelen lévők mindig kivételek – hajtott fejet Lajos bácsi.

- Más kivételek is vannak. Lehet, hogy azért szaporodnak napjainkban a nők a parlamentben, mert ők még tudják, mi a haza jelentése.

- Rendben, aláírom – adta meg magát, visszakozva a vádak elől. – Bocsánatot kérek. - Majd folytatta a történetet.

- Nagyanyám büszkesége a baromfiudvar teljhatalmú ura, a kakas volt. Ődölyfössége uralkodott a dupla hárem fölött. Ha a szomszéd fiatal kakasa elkukorékolta magát - szerelmi légyottra csábítva valamelyik tyúkunkat -, olyan rézkarcos, feddő hangon kukorékolt vissza, hogy a kerítő jószág egész napra bekussolt tőle. Saját, kopasz nyakú háremére rá sem hederített. Hiába, kakasnak is lehet ízlése.

Nagyanyám diktátor kakasának terebélyes taréj díszelgett a feje búbján lefittyenve, hol a jobb, hol a bal szemét takargatva. Úgy nézett ki, mint egy félszemű vörös kalóz. Velünk, gyerekekkel sem volt valami barátságos. Kishúgom is csak addig kenegethette ki a képét lekváros kenyérrel, ő evésnek hitte , míg útban a kert felé, a kakas ki nem lopta kezéből az uzsonnáját. No, ki is nyílt a visító láda, olyan hangokkal cifrázva, hogy Háry János postakürtje nyomába sem léphetett volna.

Történt egy délutánon, hogy tojásbegyűjtő kőrútra indultunk a baromfitelepen. Az udvar sarkában, a hidas alatt, a nyúlketrec alatt és sok más eldugott zugban akadtunk egy-egy tojásra. Nővérem az egyik tyúk alól ki akarta lopni a tojást. A felháborodott tyúk éktelen rikácsolással becsmérelte az embriótolvajt.. Nosza, jött is kakasvágtában a háremúr felcsapott faroktollakkal, és saját magát megsarkantyúzva támadt a testvéremre. Figyelmeztettem nővéremet, aki épp akkor kezdett felállni, mikor a kakas csőre hátulról lecsapott, így csak a bugyiját tudta foglyul ejteni. Menekülő nővérem vonszolta magával a kakast, majd hasra esve mászni kezdett, csak megszabadulhasson az őt ért szatírtól. A gond ott volt, hogy hárman három félét akartak. A nővérem előre akart menni, a kakas hátrafelé, a bugyi pedig maradni a testvéremen. Az utóbbi szép lassan elkezdett lefelé csúszni. Nővéremnek végre sikerült kimásznia az akadályozó ruhadarabból. A nagy igyekezetben mindkét keze besárgult az elvetélt tojásoktól, és kiabálva rohant be.

- Anyu, a kakas elvette a bugyimat! - A liliomtipró kakas lecövekelve állt. Csőrében a fehér relikvia, melyet vígan lengetett a szél. Nem vettem be a meséjét, hogy béketárgyalásokat akar kezdeményezni. Gyorsan elhagytam a veszélyes terepet, mielőtt a klott gatyám "bugyi sorsra" jutna. Bár a félszemű vörös kalóz a fekete lobogóval a csőrében mutatott volna igazán jól.

Az asszonyok etetéskor szorgalmasan szórták a szárnyasok elé a kukorica-és búza magvakat. Kakasunk, egy idő után megirigyelte tőlük e magasztos ténykedést. Kedvet kapott a fickósságra, és ő is buzgón hinteni kezdte magvait. Lett is rövid időn belül egyszerre három kotlós. Az már nem is volt meglepetés, hogy a nagy félrebúbolás következményeként az egyik kotlós anyám tyúkja volt, ráadásul a legszebbik. Szépérzéke azért volt a szélhámosának. Meg is békélt ezzel a saját háremnépe, hisz berkeken belül is lesz nagy szaporulat, belemerülhetnek a tyúkanyói tennivalókba. Azt a másfél tucat zabi csirkét pedig majd csak elviselik. Elő a szakajtót szénával kibélelve, bele a két tucat átvilágított tojást, rá a kotlóst, hadd melegítse őket. Szerencsére nem a kakasoknak kell ülniük a tojásaikon, mert a végeredmény, csirke helyett záptojás lenne!

- Nem kell, csak három hét és máris jöhetnek a sárga kis csipogók - mondta anyám. Csodálkoztam, miért kell egy nyavalyás csibére három hetet várni, amikor a kishúgomat három nap alatt meghozta a gólya. Nagyanyám mondta annak idején, hogy anyunak most el kell mennie néhány napra, mert kistestvérünk lesz. Mire anyu hazajön, akkorra a gólya is meghozza a testvérünket. A beígért napon kiküldtek bennünket játszani a kertbe: majd szólnak, ha jön a gólya. Hát, szóltak is! Azután. Mondták, hogy a gólya már el is repült sürgős babaszállítási elfoglaltságaira hivatkozva. Így nem láthattuk, hogyan hozza csőrében a pólyatölteléket, és miként adja be a kéményen. De megvigasztalódtunk, amikor megláttuk kistestvérkénket, és örültünk, hogy nem a kéményen dobta be, így kishúgunk hófehér maradt, koromnak semmi nyoma rajta.

A költés során volt egy összetűzésem nagyanyám egyik kotlósával. Hajtott a türelmetlenség, mikor láthatom meg végre a sárga csipogókat. Gondoltam, tartok egy nőgyógyászati szűrővizsgálatot. Elterelő hadműveletként vittem magammal egy marék morzsolt kukoricát. Leguggoltam a tojásain üldögélő elé, egy ideig csendben szemrevételeztük egymást. Ez is félrefordított fejjel, fél szemmel néz rám, mint a kakas, pedig taréj sem lóg a szemére. Úgy terveztem, hogy oldalvást elé tartom a markom, hadd szemezgesse belőle a kukoricát. Ezalatt én a másik kezemmel, mintha csak egy plusztojás lenne, behatolok a hasa alá és embrióvizsgálatot alkalmazok, tapintás útján. Tojást fogok-e, vagy pelyhes csibét? Őtyúkomsága az óvatlan beavatkozást zaklatásnak tekintette, és kukoricázás helyett az én szememet akarta kiszemezni. Az volt a szerencsém, hogy egyszerre mozdultunk a tervbe vett akciók végrehajtására, így szemkiszedés helyett a bal szemem sarka és az orrnyergem töve között koppant a kotlós csőre. A csőrős puszit viszont én vettem zokon, kezem reflexszerűen irányt váltott egy jól irányzott pofon erejéig. A tyúkanyó feje jobbra kilendült, de tovább dolgozott benne az anyai ösztön. Nyaka hihetetlenül megnyúlt, én hátra hőköltem, fenékkel rögtön talajt is fogtam. A kotlós csőre előre vágódott, és alaposan megcsípte a combom tövét. Hálát adtam az égnek, hogy nincsenek kaméleon szemei, mert két szemmel frusztrálva a lábam közét, hatos helyett biztosan a tízes körbe talált volna. Feldúltan panaszkodtam nagyapámnak, aki ellátta a sebemet, sőt, még tanáccsal is ellátott.

- Tanuld meg fiam, soha ne kezdj ki olyan tyúkkal, amelyik nem fogadja szívesen a közeledésedet, mert csak ráfázol! - Másfél évtized múltán eszembe jutott az eset, s akkor értettem meg, mire is akart figyelmeztetni nagyapám. Történetünk idején még azt hittem, hogy az a bizonyos csak pisilésre jó. Nyugdíjasként szomorúan veszem tudomásul, hogy lassan-lassan eljön az idő,- remélem minél később - amikor már tudom, hogy csak arra jó.

- A bor mindjárt kifut! – ugrott fel a gazda, és elzárta a gázt. Kivett négy teásbögrét, kiskanalakat, a doboz tea filtert, és az asztalra tette. Melléjük rakta a cukros dobozt. Levette a tűzhelyről a fazekat, és forró borral töltötte tele a csészéket, a teafőzőből forró vizet töltött Edit bögréjébe.– Mindenki ízlése szerint cukrozza meg! – bízta rájuk.

- Az eset kapcsán egy dolgot még akkor megtanultam az amazon tyúkanyótól. – folytatta Lajos bácsi, nem véve tudomást a vigyorgó fiatalokról. - Tojásainkra megkülönböztetett figyelemmel kell vigyázni. Azóta is állandóan magammal hordom, csak akkor teszem le, amikor leülök. Most is elkap a borzadály, ha arra gondolok, mi van akkor, ha a kotlós nem bandzsít. Ma is ivartalanított Jumurdzsákként tengetném életemet?

Három hét elteltével rájöttem a nagy titokra. Napi többszöri hiábavaló várakozás után, végre a kotlós alól előcsipogott az első kis sárgaság. A fenekén lévő nagydarab tojáshéj egyre csak tolta, tolta kifelé a fészekből. Így csámpázott ki a napra szárítkozni, többszöri csőrre esés kíséretében.

- Hurrá! Mégsem gólya, hanem tojás hozza a kiscsibét! – Mindjárt el is újságoltam nővéremnek, aki értetlenül nézett rám. – De böszme vagy! Még annyit sem tudsz, hogy minden kiscsibe a tojásból kel ki!? – Na persze! Neki könnyű, a tavalyi csibetermésből szert tett a maga tapasztalataira, de én nem emlékeztem rá. Időközben, a szorgalmas kavargatásnak köszönhetően ihatóvá vált a forralt bor és tea. Élvezettel szürcsölgették az italt.

- Ami az ivartalanítást illeti, hála Isten, ugyancsak elfuserálta az a tyúk. Négy gyerek a hetvenes években nem volt semmi. És így lehetek én is a világon – nevetett Csaba.

- Ámen – tett pontot a végére Edit. – Ezért vagy nekem. Köszönet a tyúkanyónak. Megérdemli, hogy koccintsunk az emlékére!

- Ha így van, valóban megérdemli. – A gazda felemelte a bögréjét, és koccintás után kiürítették. A tulaj, jó házigazda módra, újra töltött mindenkinek. – Gondolom, még van folytatása a baromfiudvar történetének. – A papa biccentett és folytatta.

- Telt, múlt az idő, a kiscsibék kinőtték sárgaságukat. A kakassal való viszonyunk mit sem változott. Akárhányszor ki akartunk menni a kertbe, szaporázva iramodott felénk, de élénk láblengetésünk elriasztotta, és visszavonulásra késztette. Továbbra is ott kevélykedett a tyúkok között, még nagyobbra nőtt. Lehet, hogy csak a szemünkben? Egyik vasárnap reggel nem találtam kedvenc tyúkomat. Mivel nagyanyámé volt, rohantam hozzá, hogy a menyét elvitte a tyúkot.

- Nem a menyét vitte el, - mondta és tovább kopasztott.

- Miért?- kérdeztem könnyes szemmel, ráébredve a leforrázott áldozat kivoltára.

- Öreg volt, nem tojik, kotlani sem fog már, nem lesznek csibéi, csak levesbe való - vígasztalt nagyanyám. Elgondolkoztam a sors igazságtalanságán. Meggyászoltam a szárnyast. Ha már annyira szerettem életében, holtában is szeretni fogom az Újházi tyúklevessé átlényegült kedvencemet.

- Elmúlt a nyár, kezdett beérni nagyapám gondosan kezelt korai szőlője. Az egyik vasárnap délelőtt megjelent az egyik szőlősgazda. Rövid beszélgetés, néhány pohár bor után elindultak a kertbe szőlő- szemlére, és szemezgetésre. Fajgyűlölő kakasunk a trágyadomb tetején gilisztázott. A „borunkissza", jó hangulatban leledző vendégünk elcsodálkozott a szárnyas méretei láttán.

- Ebből lehetne igazán jó harci kakas, - mondogatta egyre közelítve az állathoz. A gilisztavadász konkurenciát látott a sétabottal hadonászó emberben, mert nyakán felborzolt tollakkal, peckesen lépkedni kezdett a betolakodó felé. Rá sem hederített a kézben lengedező botra, tudta, hogy nem a bot lóbálja az embert.

- Ne hergelje, a nélkül is elég vad!- figyelmeztette nagyapám.

Spicces vendégünk nem hallgatott a jó szóra. A kakas start-cél rajtot vett, s csőre máris koppant az idegen lába szárán. A jó pap holta után is tanul. Szőlősgazdánk úgy döntött, ő még e világon megtanulja a holta utáni tudnivalókat is. Az első kakastámadás sikertelen elhárítása után ész nélkül menekült ki a kertbe, nem téve ki magát a kakas második rohamának. A bevadult sarkantyús pegazusként szállt utána, s egy pillanatra fennakadt a dróthálón. Onnan lecsúszva, csak rekedt kukorékolást tudott kicsikarni magából. Amolyan repedtfazék hangút. Nem is bánta volna, ha a hang megakad a torkán. Ugyanis ekkor kukorékolta el magát kárörvendőn a szomszédék Don Juanja is, hibátlan hangsort bocsájtva ki. Ekkora szemtelenség végképp lelombozta Casanovánkat. Hogy meri az a kis seggdugasz őt, a császárt, túltrillázni! Megszégyenülten állt egy pillanatig háreme hitetlenkedő tyúk-szemtüzében, majd visszasomfordált vigasztalódni a gőzölgő gilisztatenyészetére. Kedvenc háremhölgye odaszaladt hozzá, megnyugtató szavakat káricsált felhorzsolt fülébe, de a kakas vadul odébb csippentette a túlbuzgó asszonyságot. Ezt a durva bánásmódot látva, néhány ledér tyúk, - hűtlenségi bátorságát fitogtatva, - elkezdett oldalazni a szomszédék ifjú kakasa felé. Buzgó szépítkezésbe fogtak. A szemétdomb királya vérben forgó szemekkel hozzálátott rendbe tenni saját megtépázott tollazatát, gyógyítgatni túltrillázott lelkivilágát. Eközben sanda pillantásokat vetett a távolodók felé. Tudtam, hogy bosszút forral őkelme.

A vendég nagyapámmal együtt leült a kerti padra. Nagyanyám eléjük tette az asztalra az üvegben megmaradt bort. A bor elfogyott, vendégünk lába kissé berogyott, de azért elkacsázott visszafelé. A baromfiudvarba érve a kakas láttán az idegen agyában oszladozni kezdett a köd. Felderengett neki valami baljós emlék, de a kakas látszólag rá sem hederített. Félig hátat fordítva, békésen kukacoskodott a gilisztákkal. Vendégünk nem gyanakodott semmire. Kissé arrébb állva jól láttam, hogy az újfent vérbe boruló kakasszem egyenesen vendégünket vette célba. A bosszú istene támadásba lendült. A kakas, balerinát megszégyenítő pirulettel az ember felé fordult. Néhány gyors lépéssel repülőstartot vett, s elérve a felszállási sebességet a levegőbe emelkedett. Amikor a vendég kiáltásomra felkapta a fejét, a Bio-Stuka már légi úton süvített. A szerencsétlen flótás védtelen célpontként állt a kamikaze módjára becsapódó kakas előtt. A bosszú szárnyas küldötte belevéste karmait gyűlölt ellenfele mindkét arcába, ősi magyar rovásírásos emlékeket hagyva rajta. Csőre hangosat koppant a férfi homloka közepén. A vendég fájdalmasan felkiáltott, botját elejtve elkapta a kakast és elhajította. Nagyapám felkapta az ólnak támasztott vesszőseprűt. A begőzölt kakas már újra a levegőben volt, vadászbombázóként szárnyalt a félig vert ellen felé. Az épp idejében érkező söprűvel való ütközés eltérítette útirányától. Kakasunk elvesztve második bevetését, a trágyadombba csapódott. Évtizedekkel később úgy emlékeztem erre, mint a történelem első vadászrepülő eltérítésére, amely nagyapám nevéhez fűződik.

Odabent az asszonyok restaurálták a vendég arcára karmolt ősi magyar rovásírásokat, megtámogatva néhány lélekerősítő féldecivel. Ő köszönte a vendéglátást, ígérve hogy jövőre újra tiszteletét teszi. Azóta is jön, ha meg nem holt. Kárörvendő hírek szerint, otthon az asszony lekapta mind a tíz körméről a pálinkától bűzlő urát, hol csavargott eddig. Az ember szó nélkül kiment a baromfiudvarba, elkapta, és kitekerte a kakasuk nyakát. Odahajította a megrökönyödött asszonyhoz mondván, hogy kopassza meg, és holnap legyen belőle pörkölt. Ezt követően fogta a baltát, felmászott a tetőre, és leverte a veszettül forgolódó szélkakast. Gyanúm szerint, szüret után kivágta az összes szőlőtőkéjét, és tavasszal áttért a krumpli termesztésére.

A vendég távoztával azt hittük, hogy visszaáll a régi rend. Ám ha egyszer valaki bevadul, azt semmi sem állítja meg. A vörös útonálló a felnőtteknek is hadat üzent. Furcsa módon csak a nagyanyánkat nem támadta meg. Egy kora őszi napon, szokásos módon felvértezve magunkat, hiába vártuk a légi csapást. Nagyanyánk megunta a több hónapos háborúskodást. Szerencsétlen szárnyas beleszaladt a jól irányzott konyhakésbe. Ebédkor a fenevad fenséges ízű kakaspörköltként egyesült velünk, és végre elfogadta a békejobbot. Mindebből egyetlen tanulságot vontam le: soha ne kakaskodj olyannal, akiről csak hiszed, hogy erősebb vagy nála.

Csaba kikapcsolta a felvevőt, és visszatette a táskájába. Összenéztek Edittel, végül kirobbant belőlük a jókedv.

- Nem semmi gyerek voltál, papa. Azonban mégsem szerettem volna abban a korban élni, félelemben az ÁVH-tól és a rendőrségtől.

- Mi tőlük féltünk, de mi van ma? Az emberek majdnem ugyanúgy félnek a betörőktől, rettegnek a garázdáktól, az al - és felvilági bűnözőktől, az új adóktól. Az alvilág főnökei a „keresztapák", akik a gyilkosságtól sem riadnak vissza, a felvilági bűnözés neve pedig: politika. Csal, sikkaszt, hazudik. Az alvilágban száz százalékos a bűnözési arány, a másiknál...tisztelet a kivételnek. De nem vállalnám nagyítóval sem a kivételek keresését. A régi rend jobban ura volt a bűnözés elleni harcnak. Ma pedig, ha elfognak egy bűnözőt, az ügyvédje már másnap kihozza a börtönből, mert a megfélemlítéstől nem tesznek a károsultak feljelentést, vagy visszavonják azt. Máskor, a nyomozás során elkövetett rendőrségi eljárási hibára hivatkozva kerülnek ki a börtönből. Sok esetben a törvény a szabadlábra helyezésüket támogatja, elítélés helyett. A két maffia, a szövevényes összefonódás miatt gyakorlatilag büntethetetlen. Sőt, az állítólagos „bizonyítékok hiányában" megesik, hogy a szabadlábra engedett politikus kártérítésért perel.

- Változnak az idők, fiam. Mi még a természet gyermekei voltunk. Minden szabad időnket az utcán, a réten, a határban töltöttük, nem kellett félnünk a garázdáktól. Még nem volt televízió, mozi sem volt a faluban. Ma pedig a fiatalok a számítógép mellől szinte el sem szabadulnak. Drogoznak, bűnöznek elképesztő mennyiségben. A sport, a mozgás és a szabad levegő híján lassan elsatnyulnak. Jó, tudom, hogy ti sportoltok – tette fel a kezét védekezően.

- Csaba! Ezt a történetet át kell másolnod DVD-re. – lelkesedett Edit. – Ezt látni és hallani kell a családomnak is. El akarom küldeni nekik, mert biztos vagyok benne, hogy halálra fogják nevetni magukat. A papának – fordult elismerően Lajos bácsi felé, - egyedülálló humora, és mesélőkészsége van.

- Ha kérhetném – szólt a házigazda, - nekem is küldene egy lemezt?

- Semmi akadálya. Ez a legkevesebb, amivel megköszönhetjük a vendégszeretetét.

- De igyuk meg a bort, mert a végén lekéssük ezt a buszt is. Pár perccel ezelőtt hallottam bemenni a faluba. Tíz perc múlva itt lesz – figyelmeztette a papa a két fiatalt.

Visszatérve Debrecenbe, Edit elment a nőgyógyászatra. Az orvos hét hetes terhességet diagnosztizált, mindent rendben talált. Boldog egyetértésben teltek a napjaik, gondolatban már készültek a gyermekáldásra, pedig augusztus még odébb volt. Visszafogottabban, és ritkábban szeretkeztek. Csaba úgy bánt Edittel, mint a hímes tojással.

A következő héten, egyik reggel, Edit rémülten jött vissza a mosdóból. Sírva közölte a fiúval, hogy bevérzett. Csabában meghűlt a vér. Fél óra múlva már a nőgyógyászaton voltak a kórházban. Ugyanaz az orvos fogadta őket, aki már megvizsgálta Editet. A vizsgálat ideje alatt türelmetlenül járkált fel, s alá a folyosón. Végre kinyílt az ajtó, és az orvos intett a fiúnak, hogy jöjjön be.

- Nos – intett Csabának és ő maga is leült az íróasztala mögé -, valóban történt egy kis bevérzés, de a kismama nem vetélt el.

A fiú Editre tekintett, akin még látszott, hogy megviselték a történtek, de már az ijedtség eltűnt a tekintetéből.

- Önöknek kell eldönteniük, hogy meg akarják-e tartani a magzatot, vagy a terhességmegszakítás mellett döntenek.

- A doktor úr mit tanácsol? - tette fel a kérdést Csaba.

- A bevérzésnek mindig valamilyen oka van. Az, hogy nem vetélt el az anyuka, szólhat amellett is, hogy a magzat nem szenvedett károsodást, de nem zárhatjuk ki az ellenkezőjét sem, hogy a károsodott magzat okozta a bevérzést. A vizsgálat során ezt nem lehet megállapítani. A nőgyógyászok véleménye megoszlik ilyen esetekben, én a magam részéről abortusz párti vagyok. Önöké a kockázat, a döntés felelőssége.

- Edit reménykedve tekintett Csabára. Lerítt róla, hogy szeretné megtartani a babát és a fiú is ezt szerette volna. Mindketten nagyon akarták a kis jövevényt.

- Megtartjuk. – Szinte egyszerre mondták ki a végső döntésüket.

- Rendben van – bólintott az orvos. – Nem szükséges bent tartanom, de ha újra bevérezne, vagy bármilyen probléma adódna, azonnal jöjjön be. Két hét múlva jelentkezzen újabb vizsgálatra!

Otthon lakótársaik megdöbbenve fogadták a hírt. A lányok felajánlották, hogy Edit helyett elvégzik a rá eső házi teendőket, nem engedték, hogy bárminemű megerőltető munkának tegye ki magát. Gond nélkül teltek a hónapok. Edit lassan gömbölyödni kezdett. Ahogy beköszöntött a tavasz és melegedett az idő, egyre többet voltak szabad levegőn. Hosszú sétákat tettek, tanulni is kiültek az udvarra. A csíksomlyói búcsút lefújták, nem merték vállalni a hosszú utazást. Nem akartak gondolni a bizonytalanságra, amely megülte lelküket gyermekük születésével kapcsolatban. A havonkénti vizsgálatok nem adtak okot félelemre, a gyermek szépen fejlődött. Editnek, saját bevallása szerint soha nem volt ilyen jó a közérzete. Csodaként élték át, amikor a magzat első ízben mozdult meg.

Csaba vasárnap kivételével, minden nap bejárt az edző terembe oktatni. Csoportjának létszáma annyira megnövekedett, hogy két turnusban tudta oktatni őket. Fizetése is megduplázódott. Mestere elégedett volt munkájával. Sikeresen tették le az év végi vizsgákat. Egy hétre haza mentek Csaba szüleihez. Egy alkalommal elmentek a disco hajóval kirándulni. Újra átélhették az egy évvel ezelőtti emlékeket. Gyorsan eltelt a hét, és visszautaztak Debrecenbe.

***

Úgy döntöttek, a júliust mégis Székelyföldön töltik. Edit nyolcadik hónap elején volt, továbbra is jól viselte a terhességet. Pénteki napon, kora délutáni órában érkeztek meg

Gyergyószentmiklósra. Az otthoniak érthetően későbbre tették az ebéd időpontját, így együtt étkezett a kibővült család.

A második hétvégén lekocsikáztak a Csomád-hegységben fekvő Szent Anna-tóhoz. Körülbelül 2 órás út várt rájuk a tóig. Edit nagy hasa miatt, természetesen az anyósülésen foglalt helyet, Csaba mögötte ült. Közte és anyja között Hajni szorongott.

- Ha Edit nem lenne terhes, akkor felmehettünk volna a Sólyom-kő sziklához a turista ösvényen – törte meg a hosszú hallgatást Hajni, mert az út nagy részén némán gyönyörködtek a változatos tájban. – A szájhagyomány szerint 1852-ben Ferenc József is élvezte ezt a kilátást, ennek hatására elrendelte a leégett fürdő rehabilitálását.

Lankás dombhátak követték az utat, majd minden átmenet nélkül beszaladtak egy sűrű erdővel övezett völgybe. Két oldalt egyre magasabbra emelkedtek a hegyek a háborítatlan vadon titokzatosságával. Végül egy éles jobb oldali kanyarban, balra ráfordultak a tó felé vezető útra. A fokozatosan emelkedő úttest fölé sátorként borultak a fák ágai, alig-alig eresztve át a napsugarakat.

Elérték az út legmagasabb pontját, innen lefelé ereszkedtek. Ritkás facsoportokkal teleszórt, tágas völgyet ölelt át tekintetük, míg balra továbbra is a hegy átláthatatlan erdősége magasodott föléjük. Mögöttük maradt a Mohos tőzegláp.

A Szent Anna-tó Székelyföld egyik legvonzóbb természeti látványossága. Csaba már ismerte a tó legendáját. Legyalogoltak a tó partjára. Csabát lenyűgözte a magasba nyúló, erdővel borított hegy gyűrűjében meghúzódó tó látványa. Oly hirtelen állt meg, hogy a belé karoló Edit majdnem magával rántotta. A fodrozódó vízen a napfény ezernyi darabra széthulló csillámtengerként ragyogott. Hosszabb ideig nem is lehetett belenézni, mert a villódzó fények tánca elvakította az embert.

Ahol leértek a strandolásra igénybe vett vízpartra, a kápolna felé eső részen széles part húzódott a tó kerületének egynegyedén. Az erdővel borított nagyobb partrész egészen a tóig ért, helyenként hagyva keskeny parti sávot. Északra kitaposott gyalogút vezetett a Szent Anna kápolnához, melyet szintén megtekintettek...

Csaba felhívta Szurdok-pusztán Péter bácsiékat, és bejelentette szándékukat a holnapi látogatásról, ha nem lenne terhükre.

– Hogyan mondhatsz ilyen sületlenséget! – ütközött meg Ilonka néni a fiú mentegetődzésén. – Mindig szívesen látunk, hiszen olyan vagy nekünk, mintha fiunk lennél.

- Köszönöm, Ilonka néni – hálálkodott -, de hárman mennénk, vinném a két lányt is. Hajnival már találkoztak, amikor szüleivel elmentek magukhoz a tavasszal. Editet még nem ismerik.

- Persze, gyertek nyugodtan, mintha csak hazajönnétek!

- Még egyszer köszönöm, tíz óra körül ott leszünk.

Másnap, reggeli után elindultak. A Gyilkos-tónál letértek a főútról a Vereskő-nyereg irányába. Délről megkerülték a Kis-Szurdok-kő hegyet, és északra fordulva megérkeztek Szurdok- pusztára.

Már nyitott, kétszárnyas, új nagykapu várta őket. A földmunkák befejeztével Péter kaput csinált a bejáróra. A kocsi hangjára Dorka rohant ki eléjük. Látták, hogy mozog a szája, de csak közelükbe érve hallották meg boldog ugatását. Csaba behajtott az udvarra, a kutya ott loholt mellettük. Csaba két lépést sem tehetett, mikor Dorka rávetette magát. Szabályosan ledöntötte a lábáról a meglepett fiút, és boldog csaholással nyalogatni kezdte az arcát. A két lány ijedten sikkantott fel. Csaba örömmel veregette meg a kutya lapockáját.

- Hát nem felejtettél el, öreglány?- vakargatta meg a füle tövét. Dorka boldogan vakkantott egyet, Hajnit is üdvözölte. Ezután Edit felé fordult. Ismeretlen volt a szaga, ezért óvatosan közeledett hozzá.

- Jó barát – szólt neki oda a fiú. – Dorka bizalmatlansága eloszlott. – Hagyd, hogy megszagolja a kezedet, utána simogasd meg. – mondta a lánynak. Edit teljesítette a kérést. Dorka nyugodtan tűrte a simogatást, és megköttetett az új barátság. Hajni és Csaba melegen üdvözölte a háziakat, Editet a fiú bemutatta nekik.

- Mint a kétpetéjű ikrek – szögezte le Ilonka néni. Valamennyien bevonultak a konyhába, és helyet foglaltak az asztalnál. Csaba átadta Péter bácsinak a neki szánt skót viszkit, Edit és Hajni pedig Ilonka nénit egy-egy doboz csokoládéval lepte meg.

Péter körbevezette Editet a birtokon, Csaba elkísérte őket. Hajni a konyhán segédkezett Ilonka néninek.

Edit meglepődött a háziállatok seregletén. Különböző szárnyasok, disznók, marhák, na és a két ló. A lány sajnálkozott, hogy jelenlegi állapotában nem lehet részese a lovaglás élményének. Csak annyit tehetett, hogy megsimogatta a nemes jószágokat.

- Hogy bírják a napi sok munkát ketten elvégezni? - csodálkozott a lány. – Ellátni a rengeteg állatot, és ott a megművelni való föld, a kaszáló.

- Városi ember szemével bizony soknak tűnik. Ha éppen nincs munka a földeken, mindig akad valami megjavítani való. A parasztember tyúkokkal kel, és tyúkokkal fekszik. Csak a téli napokban lehet lazítani, amikor nem kell kimenni a földre.

- Fizikailag bizonyára megterhelő lehet, főleg idős korban. Nekünk a baromfiudvar mögött van egy kis konyhakertünk, 4-500 négyzetméter, azt is elég megművelnünk.

- Aki nem napi rendszerességgel csinálja, annak minden alkalommal megérzi a dereka. Mi gyerekkorunk óta ezt csináljuk, ezen nőttünk fel, hozzászoktunk. Nem mondom, hogy most már nem fáradunk el estére, de még egy ideig bírjuk, ha az Isten is úgy akarja. Esténként már ritkábban foglalkozunk egymással – kacsintott Péter hamiskásan a lányra -, nem szívjuk ki egymásból a maradék energiát.

- Ez nagyon pajzánul hangzott – nevetett fel Edit.

- Egyre inkább csak az ifjúság bizsergető emléke lesz. Lassan már csak emlékezni fogunk, hogy milyen szép is volt az együtt töltött élet 45 év házasság örömeivel, bánataival, zsörtölődéseivel.

- Péter bácsi még meg fogja táncoltatni Ilonka nénit az aranylakodalmukon.

- Ezt még én is elvárom magamtól – pödörte meg dús bajuszát az öreg.

Dorka vidáman körülcsaholta őket, majd visszairamodott a ház felé. Már az ajtót megközelítve érezték a konyhából kiáramló ínycsiklandozó illatokat. A tyúkhúslevest nyúlpaprikás követte. Csaba kérdőn tekintett Péterre.

- Egy évig pácolta ezt a szerencsétlen nyulat? – csúszott ki a száján.

- Ez nem a „fogd kézzel a nyulat" kategória – vette a lapot az ősz ember.

- Majd adok én neked! – ripakodott rá Ilonka néni. - Hova gondolsz, döghúst teszek én az asztalra? Azt a nyulat még azon a hétvégén megettük. Ez friss vadnyúl. Tegnapelőtt lőtte a szomszéd.

- Már nem él? - értetlenkedett Csaba. - Mégis csak döglött nyulat eszünk?

- Tán rugdalóddzon a szádban, mint a másik, a derekad alatt?

- Azt azért nem – vonult vissza a fiú -, a fogaimra még szükség van.

- Na, látod! Úgy, hogy szó nélkül állj neki enni, mert ha tovább kötözködsz, tényleg nem lesz mivel rágnod, mert én ritkítom ki a rágószerveidet fakanállal! Még, hogy döghús!

Csaba behúzta a nyakát, mint aki komolyan veszi a fenyegetést, és olyasmit mormogott, hogy nála még nem jött el a protkó korszak ideje. A két lány és Péter jót nevetett az évődésen. A paprikás után még bekaptak néhány erdélyi diós pogácsát.

- Köszönöm az ebédet, tényleg nagyon finom volt – állt fel Csaba, és két cuppanós puszit adott neki. Az asszony megenyhülve tekintett rá.
- Ilonka néni Székelyföld legjobb szakácsa.
- Ki mondta ezt a sületlenséget neked!
- Ezt csiripelik a verebek, de az biztos, hogy Ilonka néni a legjobb döglött nyúl specialista.
- Inkább leszek fakanál specialista – fenyegette meg a biztos távolságba húzódó fiút. – Ezek a mai fiatalok! Mindig a bolondozáson jár az eszük. Ezen még a leendő apaság sem változtat.

Ebéd után Csaba az udvari padon elbeszélgetett Péterrel néhány pohár bor mellett. Hajni végzett a konyha rendbetételével, a pihenők még nem mozdultak ki a szobából. Hajni kijött hozzájuk, és felvetette Csabának, hogy szeretne elmenni a baleset helyszínére.
- Jól meggondoltad? – kapta fel meglepődve a fejét a fiú. – Én nem helyeslem, hogy újra felmenj a szirtre.
- Nem is erre gondoltam, hanem a szurdokba mennénk, a baleset színhelye alá. Lentről szeretném látni a helyet, és azt a sziklafal szakaszt, amelyet végigszenvedtél.
- Biztos vagy benne, hogy nem fognak felzaklatni az emlékek?

- Nyugodj meg, már régen túl vagyok azon. Nem tudom megmagyarázni, de valami belső kényszer hajt. Látnom kell, hogy teljes legyen a múltnak ez a része. Hidd el, valóban már csak múlt, szembe tudok nézni vele – győzködte a fiút.

- Menjetek nyugodtan – döntötte el a kérdést Péter. – Addig én is lepihenek egy kicsit. Dorkát magatokkal vihetitek.

Már három hete nem volt komoly eső errefelé, így biztosra vehették, hogy járható lesz a szoros. Húsz perc múlva elérték a Fehér-patakot. Átkeltek rajta, és folyását követve leereszkedtek a torkolatához. Egy percig elgyönyörködtek a Fehér-patak kettős vízesésében, ahogy belezúdul a Kis-Békás patakba. A felszálló vízpárára a napfény szivárványt rajzolt. Dorka ott téblábolt körülöttük, vagy előre szaladt, hogy felverjen nyugalmából néhány madarat. Ilyenkor nyelvét lógatva loholt vissza hozzájuk elismerésre várva. Máskor bevárta őket, miközben lefetyelve oltotta szomját a patak hideg vízében.

- Ezt a kis kerülőt azért kértem – szólt Csaba Hajnihoz, mert tavaly nem állt módomban megtekinteni a vízesést.

- Hát igen – sóhajtott Hajnalka. – Ha nincs megduzzadva a patak, akkor a szorosban mentünk volna végig, és eszünkbe sem jutott volna, hogy felmenjünk a hegygerincre. Egészen addig, még én sem láttam fentről a szorost.

- Én is úgy voltam vele, hogy letekintek a szakadékba. Így értelek utol benneteket a kőomlásnál és előztem meg Editéket.

- Ha nem így történik, akkor most nem lennénk itt – futotta el a könny a lány szemét. – Tán a sors akarta, hogy ott találkozzak nővérem szerelmével, és megmentsen! - Hé, kicsim! – Arról volt szó, hogy nem érzékenyülünk el. – Mindketten megúsztuk, még akkor is, ha nekem több időm ment rá. - Ne haragudj, de arra gondoltam, milyen lenne, ha halott volnál. – Fejét a fiú vállára hajtotta, és úgy folytatta. – Sohasem tudtam volna újra önmagam lenni. - De nem így történt, a baleseten pedig már nincs értelme keseregni. Nem tehetjük meg nem történtté. - Két tenyere közé fogta Hajni arcát, és úgy nézett a szemébe. A lány bágyadt mosolyt varázsolt ajkára, és letörölte könnyeit. – Gyere, támadt egy ötletem! – lehelt Csaba egy futó csókot az arcára. - Eszembe jutott a tőröm. Annak is köszönhetem, hogy itt vagyok. Ha szerencsénk van, megtaláljuk.

Hajni beleegyezően bólintott. Beljebb hatoltak a szorosba, egészen a kőomlásig. A keresett helyen, a ritkábban növő fák között nem volt nehéz észrevenni a fehéren kiemelkedő sziklákat, melyek szétszórtan terítették be a partot, a sziklafal tövétől a patakig. Feltekintettek a közel nyolcvan méter magas csúcsra, amelyből előre ugorva, csupaszon fehérlett a sziklaterasz. Csaba kivette a tokjából a távcsövet és végigpásztázta vele a falat, melyet eddig csak közvetlen közelről tapasztalt meg. Átadta a távcsövet a lánynak.

Hajni beleborzongott a látványba. Csabában is meghűlt a vér egy pillanatra, ahogy elképzelte, hogy együtt zuhannak le, neki-neki csapódva a síkláknak. Megrázta magát, mintha rossz álomból ébredt volna, és átölelte a hozzá bújó lány vállát.

- Istenem, ez szörnyű – remegett még mindig a gondolatra.

- Igen, az – értett egyet vele a fiú. – Nézd, ott van a magányos fenyőfa, amelyre rázuhantam. Innen is látni a csonka csúcsát.

- Lemásztál róla, és jobbra indultál el. Olyan simának látszik a fal.

- Közelről azért másmilyen volt. Balra semmi esélyem nem volt. Nézd, a gerinc egyre emelkedik, a szurdok pedig erősen lejt. Így egyre mélyül a szakadék, a fal is teljesen függőlegesbe megy át. Jobbra, amerre másztam, épp fordított a helyzet. A hasadékon túl már nem tudtam menni, mert ott 20 méter mély függőleges fal volt, alatta erdő. Onnan nem éltem volna túl a zuhanást, így csak a hasadék maradt, amely behatol a hegybe.

Hajni követte távcsövével a fiú által leírt útvonalat, majd szótlanul visszaadta Csabának. Elképzelte magát ott fent, s a gondolat beléfojtotta a szavakat. A patakmeder mellett felfelé haladva követték a sziklafalat, amely enyhén balra tartott, egyre távolodtak a pataktól. A fiú hirtelen megtorpant, és szeméhez emelte a távcsövet.

- Igen, ott van a repedés vége – szólalt meg. Fölötte egy méterre pedig a kiugró kapaszkodó. Ott esett le a tőröm, amely nélkül nem juthattam volna fel a párkányra. – Átadta a messzelátót Editnek. –Ott keresd, ahol a fal majdnem függőlegesbe megy át. Onnan kezdődik a tőlünk kifelé kanyarodó párkány.

A patak ezen a ponton már 30 méterre eltávolodott a Szurdok-kő falának tövétől. Sűrűn nőtt fák borították az egyre meredekebb terepet, amely a fal tövénél megmászhatatlanná vált. A fák görcsösen kapaszkodtak a sziklákba oly sűrűn, hogy az egész, egységes zöldet alkotott. A párkány alatt 30 méterrel hirtelen véget ért az erdősáv, csak a fehér fal verte vissza a napsugarakat.

- Ha szerencsénk van, nem akadt fenn valahol a tőröm, hanem leesett a fal tövéig. – Megfogva Hajni kezét, elindultak a jelzett irányba. Vastag tűlevél szőnyeg borította a talajt. A fiú reménytelennek tartotta, hogy megtalálják a kést. Jobbra és balra legalább tíz méteres sávot kellene átkutatniuk. Végigjárták a képzeletben kijelölt területet, lábukkal itt-ott felkaparva a barna tűlevél szőnyeget. A fenyőfák között helyenként áttört a napsugár, hol keskenyebb, hol szélesebb foltokban világítva meg a fák alatti területet.

Már épp fel akartak hagyni a kereséssel, amikor Hajni felfigyelt Dorka ugatására. – Ott megcsillant valami! – kiáltott fel és rámutatott egy kidőlt, korhadt fatörzsre, a vártnál jóval távolabb a fal tövétől. A fatörzs mellett a kutya állt. Hajni volt közelebb a helyhez, így Csabát megelőzve ért oda. – Megtaláltam! – húzta ki örvendezve a tőrt erőfeszítés nélkül, mert a korhadt fa nem tanúsított ellenállást. Boldogan mutatta fel az odaérkező fiúnak. A napfény élesen megcsillant a rozsdamentes acélon. Csaba áhítattal vette át kedvenc kísérőjét, mely az elmúlt tíz évben minden kirándulására, túrájára hűségesen elkísérte.

- Köszönöm, hogy megtaláltad az életmentő tőrömet – adott egy gyors puszit Hajni ajkára.

- Dorka hívta fel rá a figyelmemet – suttogta elpirulva, és arcán ott tükröződött a boldog mosoly, hogy örömet szerezhetett Csabának. Csaba hálásan megpaskolta a vigyorgó kutya lapockáját.

Kézen fogva, egymást segítve leereszkedtek a patakhoz, és pár perc gyaloglás után, ahol a szurdokvölgy a patakkal jobbra fordul, felkapaszkodtak a Szurdok-kő hátára. Innen kényelmesen gyalogoltak be Szurdok- pusztára. Hajni lelkendezve számolt be a kirándulásról, és annak sikeres voltáról, utalva a megtalált tőrre. A korai vacsora után elköszöntek vendéglátóiktól, hogy még világosban haza érjenek. Hajni a lelkükre kötötte, ha Szentmiklóson járnak, feltétlenül jöjjenek be hozzájuk.

Az elkövetkező néhány napban valamennyien meglepődve tapasztalták, hogy Hajni megkomolyodott.

- Mit tettél vele a kiránduláson, hogy egyik napról a másikra teljesen levetkőzte a kamaszos viselkedését? - kérdezgették Csabát.

- Fogalmam sincs – tárta szét kezét a fiú. – A szorosban, a helyszín alatt újra felrémlett előtte a baleset. Végigtekintettük az általam megmászott szakaszt, és szerencsésen megtalálta a tőrömet. Azt hiszem ismételten átélte az egész szörnyűséget, amelynek hatása már eddig is jelentősen lecsillapodott benne. Kicsit sírdogált is, de úgy gondolom, a közvetlen szembesülés az emlékekkel, lelkében letisztította az események borzalmainak maradványait is. Remélem, hogy ezután egészen másként gondol a történtekre, és többé nem viseli meg, ha eszébe jut, vagy juttatják. Szerintem most vált igazán nővé, és felnőtté. Nemcsak testileg, hanem lelkileg is. Elvégre, nemrég töltötte be a 16-ot.

Csabát az lepte meg leginkább, hogy teljesen felhagyott a vele szemben tanúsított szeszélyes viselkedésével. A búcsúzásnál nem csimpaszkodott a nyakába, mint érkezésükkor. Nem ölelte át a fiút, visszafogottabb volt, amikor megpuszilták egymást. Ez nem okozott benne csalódást, mert a lány szemében továbbra is ott csillogott a szeretet. Nem olyan nyíltan, rajongón, mint eddig, hanem tartózkodóbban. – Valóban felnőtt nő lett belőle – gondolta -, s ő maga is ugyanolyan szeretettel nézett bele a kék szemekbe.

Hazatérésük után egy héttel Edit befeküdt a szülészetre. Csaba naponta bement meglátogatni a leendő kismamát. Mindketten egyre jobban aggódtak a baba késése miatt. Az ötödik nap délelőttjén, az előadás hallgatása közben elkezdett vibrálni a telefonja. Biztos volt benne, hogy a szülészetről hívták. Gyorsan kiment a teremből.

A szíve a torkában dobogott, mikor bejelentkezett a szülészetnek.

- Fia született – hallotta a telefonban a szülésznő hangját.

- Hogy vannak, egészségesek? – szakadt ki belőle a kérdés.

- Meg kellett indítanunk a szülést - hangzott a kitérő válasz. – Az lenne a legjobb, ha inkább bejönne.

Kattant a telefon, ahogy letették a vonal túlsó végén. Csabában meghűlt a vér, olyan remegés fogta el, hogy alig tudott eljutni a kocsijáig. Érezte, hogy valami baj van. Még akkor is reszketett a keze, amikor a volán mögé ült. Próbálta megnyugtatni magát, összpontosítani összekuszálódott gondolatait.

Teljesen összetört, amikor közölték vele, hogy kisfia szív rendellenességgel született. Elhomályosult tekintettel nézte az ablaküvegen keresztül az inkubátorban fekvő apró testet. Elsőszülött gyermeke bőrének egészségtelenül kékes árnyalata volt az oxigén hiánytól, melyen az inkubátor sem tudott lényegesen javítani.

- Az édesanyja hogy van? – kérdezte a szülész orvostól.

- Ő jól van, de még bent fekszik a szülőágyon. Délután már meglátogathatja. A kisbabának sajnos nagyon kicsi az esélye az életben maradásra – folytatta, válaszával megelőzve Csaba következő kérdését. – Mindent megteszünk érte, de higgye el uram, soha nem lesz egészséges. Szerencsés esetben sem élne tovább egy-két évnél, és akkor sokkal fájdalmasabb lenne az elvesztése.

Edit nagyon gyenge volt, mikor délután bement hozzá. Kisírt szemmel fogadta Csabát. Edit átkarolta a nyakát, és megállíthatatlan zokogásban tört ki. Csaba megnyugtatóan simogatta, de csak hosszú percek után tudott megszólalni.

- Az orvos szerint nincs sok remény. Láttam a babát, és talán mindenkinek könnyebb lenne, ha így történne. A babának is, és nekünk is, mert ha most életben is marad, csak egy-két évet élhetne.
- Istenem, el kellett volna vetetnünk annak idején! Hibásak vagyunk, hogy nem hallgattunk az orvos tanácsára – sírta el magát újra Edit. Csaba legszívesebben vele együtt sírt volna, de képtelen volt rá. Jéghideg marok szorította össze szívét, és megakadályozta, hogy előtörjenek belőle az érzések.
- Kérlek, ilyet többé ne mondj! – szólalt meg végre nagyot nyelve. Szinte fizikai rosszullét kerülgette, melyet csak így tudott legyőzni magában. Egyébként is, erősnek akart mutatkozni Edit előtt, nem akarta, hogy észrevegye rajta a kétségbeesést. – Az orvos sem állította biztosan, hogy következménye lesz a bevér-zésnek. Nagyon akartuk, és ezért nem hibáztathatjuk magunkat.

Másnap, még életben tudták tartani a csecsemőt, harmadnap reggelre azonban meghalt.

Mindkettejüket erősen megviselte elsőszülött gyermekük halála. Edit Csabánál is jobban megszenvedte, hiszen egy anyát közelebbről érint az ilyen tragédia. Az anya az, aki kilenc hónapon keresztül hordja magzatát a szíve alatt, és szüli meg a gyermeket. Csaba is csak lassacskán tudott lelket önteni beléje. A családot mindkét oldalról lesújtotta a csecsemő halála. Senki sem számított erre a tragédiára. Hajninak különösen fájt, hisz ő lett volna a keresztanya. Lakótársaikat is nagyon megdöbbentette a hír.

Csend ülte meg az ebédlőt a közös reggeli és vacsora elfogyasztásánál.

Két hét után a fiatalok, közös elhatározással bejelentkeztek, és a kiírt időpontra elmentek örökléstani vizsgálatra. Tizenöt nap múlva kellett visszamenniük az eredményért. A professzor közölte velük, hogy genetikailag nem mutatott ki egyikükben sem rendellenességet a vizsgálat, a kromoszómák száma is normális. Azt nem tudta megmondani, hogy mi okozta a bevérzést és a rendellenességet az újszülöttben, de biztosította őket, hogy nyugodtan vállaljanak gyereket, a baj többé nem fog megismétlődni.

Új reményekkel mentek haza, hogy nem kell lemondaniuk az egészséges utódvállalásról. Mindketten beszéltek a szüleikkel a negatív vizsgálati eredményről, amely kizárta a rendellenesség megismétlődését. Ezt követően az albérletben oldódott a feszültség. Editet már mosolyogni is látták a többiek. A két fiatal elhatározta, hogy a gyermek elvesztése feletti fájdalmukat leghatásosabban egy másik gyermek születésével tudják orvosolni. Kell egy kisbaba, aki szívükben betölti a sors kegyetlensége folytán keletkezett űrt, elhunyt gyermekük helyét. Három hónap múlva örömmel jelentették be társaiknak, hogy Edit az ötödik hétben van.

- Igazatok van gyerekek – mondta Feri. – Kutyaharapást szőrivel. És minél előbb, annál jobb. A nagyszülők is örömmel fogadták a hírt, de érződött a hangjukon az aggodalom.

***

Az élet visszatért a normális kerékvágásba. Mindketten pótolták elmaradásukat a tanulásban. Probléma nélkül elmúlt a terhesség kritikus, első három hónapja. Edit közérzete jobb nem is lehetett volna. Január közepén már túl voltak a félévi vizsgákon. Csaba továbbra is bejárt harcművészetet oktatni a fiataloknak, s jól jött nekik a mellékes kereset. Elmúlt a tavasz, június közepére letették a negyedik félév vizsgáit is. Edit és a baba kitűnő egészségnek örvendett. Csaba havonta elvitte a kismamát a kötelező terhességi vizsgálatra. A megszületendő baba nemét nem akarták tudni. Július közepére írták ki Editet. Úgy beszélték meg, hogy június második felében lemennek Csaba szüleihez. Gyorsan eltelt az egy hét. Nem beszéltek a várható szülésről, mindenkiben ott érződött a várakozás feszültsége. A leendő szülők sem beszéltek róla egymással, de egymásra vetett pillantásaik elárulták, hogy egyre nő bennük a szorongás, ahogy közeledik a szülés ideje.

- Mit tehetnék érted, hogy megnyugtassalak? Nem lesz semmi gond a szüléssel. Szerencsésen túl lesztek rajta. Nem történik meg a tavalyi tragédia. – Csaba száján majdnem úgy csúszott ki a mondat, hogy „nem történhet meg...”. Az utolsó pillanatban sikerült módosítani, mert benne is ott volt a félsz.

- Tudod mit szeretnék legjobban, ami részben meg is nyugtatna? Álmomban Székelyföldön született meg a kisbabánk. Nem tudom, hogy megoldható-e, és nem fogod-e ellenezni!

- Biztosítalak, hogy mindenbe beleegyezek, amiről úgy gondolod, hogy neked jobb.
- Szeretném Székelyföldön megszülni a gyermekünket. Úgy érzem, hogy ott nem érhet bennünket semmilyen tragédia.
- Rendben van. Holnap elmegyünk az orvoshoz, és elmondjuk a kívánságodat. Ezt nem tagadhatja meg. Jogod van megszülni a gyermeket saját hazádban. Így is, úgy is kettős állampolgár lesz. Kikérjük tőle a tavalyi papírjaidat is, és holnapután indulunk, hiszen már csak két hét van a szülésig.
- Köszönöm, hogy beleegyezel – adott egy csókot Csaba ajkára.

Másnap elmentek az orvoshoz, aki nem gördített akadályt Edit kívánsága elé. Hazaérve értesítették Székelyéket, hogy holnap két óra körül érkeznek. A szülők örömmel fogadták az elhatározásukat. A telefonon keresztül jól hallották, hogy Hajni ott sikongat a hír hallatán a szülei háta mögött. A következő nap nagy szeretettel fogadták őket Székelyék.

Az érkezést követő napon Évát és Editet Csaba bevitte a kórházba. Éva jól ismerte a szülész orvost, akinél a lányai is születtek, és beszélt vele a helyzetről. Átadták a papírokat, és néhány percig elbeszélgettek, majd az orvos kiküldte Évát és Csabát addig, amíg megvizsgálja a kismamát. Pár perc múlva behívta őket.
- Minden a legnagyobb rendben van – közölte velük. - Már kezd leszállni a gyerek, fekvése is megfelelő. Másfél hét múlva várható a szülés. Ha gond van, amitől nem tartok, azonnal jöjjenek be.

Ha pedig elmegy a magzatvíz, rögtön hozzák be a kismamát.

Két nappal a kiírt időpont előtt elment a magzatvíz. Még csak délelőtt tíz óra volt, a szülők dolgoztak. Csaba azonnal fogta az előre összekészített, táskában tartott szükséges holmikat, és behajította az anyósülésre. Hajni a hátsó ülésen vigyázott Editre. Útközben a kismamára rátörtek a fájások, amelyek már néhány nappal ezelőtt jelentkeztek, de jóval kisebb mértékben. Hajni aggódva karolta át nővére vállát.

- Istenem, nehogy itt szülj meg nekem! – ijedezett Csaba. – Próbáld visszatartani.

- Könnyű azt mondani! – háborgott két fájdalmas grimasz közt a kismama. – De nyugodj meg, ezek még nem tolófájások.

- Adja Isten! – fohászkodott az apai örömök elé néző sofőr.

Mikor begördültek a kórház kapuján, Edit, húga vállára hajtva fejét, csendben pihegett. Csaba megállt a szülészeti pavilon előtt. Kisegítette Editet a kocsiból, és belekarolva vezette be az épületbe. Eléjük jött a nővér, aki rögtön a vizsgálóba kísérte, és szólt az orvosnak. Tíz perc múlva kijött az orvos, akivel két hete is beszéltek.

- Bent tartjuk a kismamát. Minden rendben van, már kétujjnyira kitágult. A mai napon nem valószínű, hogy megindul a szülés – tájékoztatta Csabát.

A nővér ezalatt kivezette a kismamát, és bekísérte az egyik kórterembe. Elköszöntek az orvostól és bementek Edithez.

- Pillanatnyilag szünetelnek a fájások. Az orvos is azt mondta, hogy ezek egyre gyakoribbak és, intenzívebbek lesznek – fogadta őket Edit.

- Örülünk, hogy mindketten jól vagytok nővérkém – simogatta meg Edit homlokát Hajni, majd ijedten felkiáltott. – Jaj nekem! Csak tűz ne legyen! Nem kapcsoltam le a gázt a készülő ebéd alatt. Odaég minden.

- Akkor menjetek, nem kell őrködni az ágyam mellett – tanácsolta nekik a kismama.

- Rendben – csókolta meg Csaba. - Itt hagyom a mobilomat. Délután mind a négyen eljövünk, és elhozom a te telefonodat.

Hajni is elköszönt. Kisiettek, és beültek a kocsiba. A konyhába belépve megkönnyebbülten tapasztalták, hogy nem égett oda a pörkölt. Szerencsére kis lángon hagyta Hajni.

Délután valamennyien bementek Edithez, aki megnyugtatta őket, hogy minden rendben van. Délelőtt óta csak kétszer voltak fájásai, és félujjnyit tovább tágult. Éva még elbeszélgetett lányával negyed órácskát és magára hagyták Editet, hadd pihenjen.

Estére Csabán teljesen eluralkodott az idegesség. Vacsorára is alig evett valamit. Éva nyugtatgatni próbálta.

- Mi is izgulunk értük, ne félj nem lesz semmi baj!

- Én is ebben bízok, de állandóan a tavalyi eset jár az eszemben. Nem tudok szabadulni az emlékétől, melyek most fokozott erővel törtek rám. Nem szeretném még egyszer átélni. Ne haragudjatok, inkább lefekszem. Lassan elcsendesedett a ház, mindenki lefeküdt, csak a fiú nem tudott elaludni. Elsőszülött gyermekük halála óta az aggodalom, a megismétlődéstől való rettegés nyomasztó teherként hatott rá. Most, az újabb gyermekáldás küszöbén elemi erővel törtek fel belőle a félelem démonai. Végre elaludt. Többször megjelent álmában halott kisfia. Ilyenkor hevesen dobogó szívvel riadt fel, majd egy idő után újra elaludt. Azt hitte, véget értek a rémlátomásai, mikor egy hosszabb álom hatása alá került. Újra átélte elsőszülött gyermekük kálváriáját. Az anya, a gyermek és saját szemszögéből nézve peregtek le az idegölő, rémálombeli események, s ő, a teljes álomnak fül -és szemtanúja, egyben részese volt. Talán ez a telepatikus megközelítésmód okozta, hogy a lelki gyötrődések közben nem ébredt fel.

***

...Olyan édesítően álmosító ez a meleg lebegés. Nem érzem a súlyomat, mintha nem is lenne testem. Egyre csak lebegek..., lebegek az élet vizében. Körülvesz a sötétség csendje... Egyszerre csak két, ritmikus, doboló hang jut el hozzám. A fentről jövő az erősebb, a jóval halkabbat egészen közelről hallom. Mintha én magam lennék e dobogás...

...Kicsikém! Hozzád szólok. Remélem, szépen fejlődsz, annyira várom, hogy végre megmozdulj. Tudjam, hogy élsz és egészséges vagy. Édesapáddal nagyon megijedtünk, amikor a második hónapban bevéreztem. Az orvos tanácsa

ellenére megtartottunk. Mindennél jobban akartunk téged! Remélem, nem lesz baj...
...Ismeretlen, távoli, kinti világ hangjai szűrődnek be hozzám messziről. Ezek közül legédesebbek a közelebbi, meg-megismétlődő halk szavak. Már jól ismerem ezeket a hangokat. Beszélnek... Hozzám... Rólam... De miért nem látom őket...? Ők látnak engem...? Vagy csak érezzük egymást...? Kik lehetnek..? Szeretnék kijutni az ő világukba, hogy végre láthassuk egymást...!
...Itt vagyok édesem! Őrzöm álmodat, itt ringatlak a szívem alatt, meghitt biztonságban. Még fejlődnöd, növekedned kell kicsim! Nincs itt a találkozás ideje, de hamarosan eljön a mi napunk...
...Itt biztos nincs olyan, hisz minden változatlan, csak az egyre szűkebb térben való lebegés változik. Valami ismeretlen késztetés arra sarkall, hogy ússzak előre, egy új világ felé, ahonnan az aggódó szeretet hangjai csábítanak. Érzem a féltéssel vegyes, türelmetlen várakozásukat, s engem is elfog a vágyakozás. Durcásan rúgok egyet, de azonnali akadályba ütközöm. A körülölelő meleg puhaság rugalmasan összerándul. Biztosan fájt neki, így nyugton maradok...
...Jaj, drágaságom! Ne rúgj akkorát, mert a lélegzetem is elakad! Én vagyok az, a te édesanyád. Itt van édesapád is. Hasamra tett tenyerével érzi, ahogy mozogsz. Még egy kis türelem gyermekem. Az orvos azt mondta, hacsak nem kezdődnek el a szülési fájdalmak, akkor három nap múlva be kell feküdnöm és

megindítják a szülést... Akkor..., akkor végre
láthatjuk egymást...
...Jaj, mi történt! Hová lett az élet vize,
amelyben eddig úszkáltam? Hová lett a súlytalan
lebegés? Érzem a testemet, a súlyomat, amint
egy ismeretlen erő hat rá. Valami egyre tol előre,
fejemet szorosan öleli körül a hullámzó puhaság,
míg vállam meg nem akad benne...
...Eljött a mi időnk, kicsikém! Kérlek, segíts!
Egyre gyakrabban jönnek a toló fájások. Gyere
édes, gyere! Most van itt a találkozás ideje, hisz
erre vártunk kilenc hónapon át. Segíts
édesanyádnak, hogy mindkettőnknek kevésbé
fájjon a világra jöveteled...!
... –Na, még egy utolsó nyomás, anyuka! -
hallok egy idegen hangot. A megszólított lenne az
édesanyám, aki eddig oltalmazott? Most végre
megláthatom! Nem tudok, nem is akarok
ellenállni az erőnek. Minden igyekezetemmel
azon vagyok, hogy túl legyek az utolsó
akadályon. Minél előbb ki akarok kerülni ebből a
présből. Rúgom magam előre... Vállaimnál
megszűnik az akadály, fejemet valami hűvös
simítja végig, a következő pillanatban kiröppenek
egy   tágas,   idegen   világba......Ne
bántsatok...!Miért üttök rám...? Mi ez a hűvös,
ami rám folyik...? Sírni fogok...! Édesanyámat
akarom! Fektessetek a mellére! Érezni akarom,
amint átölel, ujjával végigcirógatja arcomat...!
Fázom, valami vakítja a szememet, nehezen
kapok levegőt. Érzem, hogy szükségem van rá, de
akkor miért éget itt belül...? Vissza akarok
menni! Odabent, a puha melegben olyan jó volt.
Nem fájt semmi, nem kellett lélegeznem és nem

szorította az a valami belülről a mellemet... Most hová visztek!? Ne dugjatok üvegkalitkába, ez nem anyukám puha melegsége...!De mégis. Itt valamivel jobb, mint ott kint, több levegőt kapok, bár ez is szúr belül... Álmos vagyok... Elalszom...

...Kisfiam! Kicsi Rolandom! Rohanok hozzád és édesanyádhoz. Mikor telefonon közölték, hogy fiam született, madarat lehetett volna fogatni velem. Kérdésemre, hogy egészségesek vagytok-e, hosszú hallgatást követően, kitérő választ adtak. Csak annyit mondtak, jobb, ha azonnal bemegyek... Jeges kéz szorítja a mellemet. Jaj! Mi a baj? Feleségemmel, vagy veled nincs rendben valami? Vagy mindkettőtökkel? Csak nem a bevérzés az oka mindennek...?

...Újra ébren vagyok. Szemem kezdi megszokni a világosságot. Csak akkor tér vissza az oly jól ismert sötétség, amikor behunyom a szememet. De ez mégsem ugyanaz a sötétség... Nagyon jó, ami a légzéssel ki-be áramlik bennem, csak kevés, nagyon kevés. Hiába kapálódzok mindkét kezemmel, nem tudom megfogni, hogy még több jusson belőle. Édesanyám szíve alatt nem volt szükségem erre... De, mi ez a mozgás? Vonzza a tekintetem, csak homályos képet látok... Ez a hang. Olyan ismerős. Édesapám, te vagy az? Ugye, te vagy? Add a kezed, hadd kapaszkodjak belé! Miért nem nyújtod hát felém? Nem látod, hogy csak a semmit markolászom...? Fáradok, lehunyom a szemem...

...Én vagyok kisfiam. Az édesapád. Szeretnélek megérinteni, de nem engednek be hozzád, csak az

ablaküvegre szorított homlokkal nézhetlek, ahogy az inkubátorban hadonászol kis kezeiddel. Az orvos azt mondta, baj van a szíveddel. Gyengén és össze-vissza ver... Ahogy az ablakhoz léptem, felém fordítottad a fejed, s rám néztél. Biztos, hogy láttál, hisz egy héttel később születtél, mint kellett volna... Ez az! Nézz rám kicsim! Érzem, hogy egy pillanatra összekapcsolódik a tekintetünk. Igen, én vagyok az, az édesapád... ...Anyukámat akarom! A szíve alatt olyan jó volt minden. Ott nem fájt semmi. Ezt hívjátok ti életnek? Ennyire fáj az élet? Szorít itt belül. Olyan édes belélegezni, legbelül mégis éget. Ráadásul kevés, egyre kevesebb. Összeroppant... ...Nyújtanám a karom, hogy mindkét kezeddel megkapaszkodhass az ujjaimban. Erőt meríthetnél belőle, hogy élhess. Kérlek, ne hunyd le a szemed...! Egyre halványabban látlak, homályos lett minden... Olyan erős vagy édesem. Már egy napja harcolsz a halállal és nem tudott legyőzni. Tarts ki, kicsi Roland! Harcolj, harcolj, hogy legyél nekünk! Ne hagyj el minket, hisz jóformán még meg sem érkeztél...

... Harcolok édesapám. Nyújtom a kezem, hogy kapaszkodhassak az ujjaidban..., hogy magadhoz ölelhess, érezhessem a melegséged. Odabent mindig éreztem anyukám közelségét, most csak a semmit markolászom. Oly frissítő itt kint, de amint belém áramlik egyre forróbb. Többet és többet akarok belélegezni, de hiába erőlködöm, kevés és mind kevesebb lesz. Hol vagy, apukám? Ne hagyj itt...!

... Itt vagyok drágám, nem hagylak el... Tudom, hogy nagyon szenvedsz. Küzdj kisfiam, élned *kell! Önmagadért, értünk. Az élet szép, ha tele is van fájdalommal. Te is vér és fájdalom közepette jöttél a világra. Most pedig a légszomj kínzó karmai marcangolják a belsőd, mert a szíved kevés vért és oxigént szállít a szervezetedben. Gondolatban édesanyád is harcol veled együtt, hogy ne legyen hiábavaló a küzdelmed, pedig ő még nagyon gyenge...*

...Édesanyám? Még nem is láttam. Vigyél hozzá...! Fáradok... Egyre álmosabb vagyok. Apukám, nagyon fáj ez az élet... Nem bírom... Már nem tudom feléd nyújtani a kezem... Lassan kialszik a fény, amely nem régen még bántotta a szememet. Egyre közelít felém a sötétség és csak nő és nő... Mind sötétebb van, de nem úgy, mint amikor lehunytam a szemem... Már nem is éget annyira itt bent, sőt, már alig-alig fáj... Ismét lebegek a sötétség puha, meleg csendjében. Olyan, mintha édesanyám újra a szíve alatt ringatna. Lehet, hogy ott is vagyok? Visszafogadtál, anyukám...? Alszom..., Egyre mélyebben alszom... Már semmi sem fáj. Nem érzem a súlyomat, mintha nem is lenne testem... Egyre nő a feketeség... Végül az is megszűnik létezni utolsó, elhaló sóhajommal...

...Csak áll mozdulatlanul. Szeme száraz, mintha befagyasztották volna könnyei forrását a szívét szorító jéghideg markok. Meredten nézi a koporsóban fekvő mozdulatlan kis testet. Az ő elsőszülött fiát. A halott gyermeket. Többé nem nézhet segítségért könyörgő szemébe, amint hiábavalóan küzd az életben maradásért. Szemét örökre lezárta a halál. Nézi márványfehér, békés arcát, melyről a jótékony elmúlás lecsókolta a szenvedés barázdáit... Csak ennyi adatott néki. Csillagzata feltűnt egy pillanatra a horizonton, hogy máris ellobbanjon a fénye. Még csak a karjába sem vehette, nem érezhette babaillatát, nyaka köré fonódó karjai ölelését, testének melegét. Egy aprócska, kihunyt élet porhüvelye, mely hideg, mint a márvány, ahogy végigsimítja arcocskáját. Révülten nézi szorosan összezárt száját, melyet soha nem hagyott el egyetlen aprócska mosoly sem... Mintha megállt volna az idő. Érzi, ahogy egyre nő benne a fájdalom, lassan megszűnik körülötte a világ. Csak a koporsóban nyugvó kis test lebeg szemei előtt... Lehunyt szemei mögött felrémlik egy, két év körüli kisfiú arca, melyet kamasz korában látott utoljára, fényképen. A kép, hulló falevélként lebeg a koporsó felé, majd pille könnyedséggel megpihen halott kisfia mellén... A felismerés szinte sokkolja, tövisként hatol a szívébe, ahogy lelki szemeivel egymás mellett látja a két arcot. Ugyanazokat a vonásokat véli felfedezni mindkét gyermek arcán. Most jut el tudatáig, hogy elsőszülötte mennyire hasonlít kisgyermekkori önmagára. Néhány pillanatra eluralkodik rajta egy érzés, mintha saját temetésén venne részt, kívülről gyászolva elhunyt, két éves korú önmagát...

A síri csendet a fájdalom egyre erősödő üvöltése töri meg. A hang körbeszáguld a ravatalozó helyiségben, majd többszörösen felerősödve, szinte a kibírhatatlanságig fokozódva verődik vissza a falakról. Mindkét kezét a fülére szorítja, de az üvöltés nem akar szűnni, sőt, úgy érzi, az őrületig fokozódik. Hirtelen rádöbben, hogy a hang nem kívülről jön. Benne szűköl a fájdalom néma üvöltése, melyet csak ő hall. Megáll az idő. Karja tehetetlenül lehanyatlik, az üvöltés megszakad. Helyette kopogó hang hasít beléje, mely csak most jutott el a tudatáig. Érzi, hogy a szemfedéllel lezárt koporsóba, lelke egy darabját is eltemették halott gyermeke mellé. Minden egyes kalapácsütés egy-egy felszikrázó éles fájdalom, mintha a koporsószegek az ő agyába hatolnának, megannyi fényvillanásként. Elindulnak a sírhely felé, de a kalapácsütések továbbra is ott visszhangoznak a fejében... Bénultan szemléli, ahogy leengedik a sírgödörbe a koporsót. Az agyában kalapáló hangot hirtelen tompa dobogás váltja fel. Örökkévalóságig tartanak a szemfedélen feldübörgő földrögök lélekölő hangjai, melyek lassan, lassan elcsitulnak, ahogy megszületik a sírhant kisfia teste felett. A gyász koszorúja szinte teljesen befedi a kis halmot. Csak a keresztfán olvasható felirat látszik:

ITT NYUGSZIK
VIRÁG ROLAND
ÉLT: 1 NAPOT

"Nyugodj békében kicsi Roland. Ne félj, nem maradsz egyedül! Veled leszünk az örökkévalóságban, mely oly korán jött el számodra, és ahol már semmi sem fáj. Nem adatott meg néked, hogy csillagod fent ragyogjon az égbolton, bejárja útját, majd megpihenjen a zeniten, míg hullócsillagként el nem enyészik a végtelenségben. A te csillagod egy napig ragyogott az ég alján. Hullócsillagként nem festhettél a sötét égen átsuhanó szivárvány csíkot, hisz nem volt életed, mely lepereghetett volna lelki szemeid előtt. A világ szemében hullócsillagod csak egy röpke fényvillanás volt... A mi szemünkben a te hullócsillagod maga volt... a világ"...

***

Csaba nyugtalankodni kezdett álmában, mely úgy megbénította végtagjait, hogy mozdulni sem tudott. Nem tudta, hogy az újra átélt lelki gyötrelmektől most átizzadt testtel vergődik ágyában. Fejében még mindig ott dübörögtek a sírrögök észvesztő hangjai. Kínlódva próbált szabadulni az álom lélekölő karmainak szaggatásából, de nem jött a megszabadító ébredés...Edit verejtékes, a fájásoktól erőlködő arca tűnt fel előtte. Látta, amint lassan előbukkan egy barna fürtökkel fedett fej, és megszüli gyermeküket. Csaba egész bensőjét rázza a néma csend idegölő várakozása. „Sírjál már fel!" akarja kiáltani, de a Csillaglány éles sikolya megdermeszti lelkét. A halotti csendbe hasító sikolyt elnyomja a telefon könyörtelen, agyat kalapáló csörgése. Csaba megmerevedik az ágyban a rémülettől. „Ismét hívnak a szülészetről", suhan át rajta. Rekedt üvöltése az álommal együtt elsöpri Edit szívszaggató sikoltozását. Már csak a saját, valós üvöltését hallja, amely véget nem érően vergődik a szoba négy fala között. Távolról a telefon szűnni nem akaró csörgése hatol tudatába...

- Neeem! Istenem, ne engedd, hogy megint meghaljon! - zokogta öntudatlanul. Fogalma sem volt, hogy az ül ágyban, és úgy sír, mint egy kisgyermek. Az üvöltésre Hajni felriadt, az ajtót feltépve rontott a szobába halálra vált arccal. Megragadta vállait, és megrázta a fiút.

- Ébredj Csaba! Mi történt? – kiabálta rémülten.

- Láttam...végignéztem, ahogy megszülte gyermekünket..., és idetelefonáltak a szülészetről..., és mondták, hogy halott. – Csaba egész teste verejtékben fürdött, még mindig reszketett az átélt álom borzalmától, melyet még mindig valóságként élt át.

Hajni ekkor figyelt fel a rendületlenül csörgő telefonra. – Csak álmodtad! – próbálta megnyugtatni a fiút. – Fel sem vetted a telefont, hisz még mindig csörög! – próbált lelket rázni Csabába a lány. Hajni reszkető kézzel fogadta a hívást.

- Székely lakás - szólalt meg, majd hosszabb hallgatás következett. - És, hogy vannak? – Az ekkorra már teljesen felébredt Csaba gondolatai kezdtek visszatérni a valóságba, zavaros tekintete kitisztult. Felfigyelt Hajni megváltozott hangjára, de nem mert megszólalni, még mindig remegett.

– Igen, köszönjük – tette le végül a telefont Hajni.

Ugyanebben a pillanatban léptek be szülei a szobába, akiket szintén felébresztett Csaba ordítása. Mielőtt bármit kérdezhettek volna,

Hajni a fiúra vetette magát, a lendülettől az ágyra döntve.

- Fiad született! – kiáltotta – Mindketten egészségesek, jól vannak! – Majd szülei nyakába ugrott. – Keresztanya lettem!

A Nap ekkor bukkant fel a láthatár fölött. Meleg sugarai beszöktek az ablakon, megvilágítva a szobát. Úgy elcsodálkozott, hogy néhány pillanatra megtorpant az ég alján, fénysugarai megállapodtak a boldogságtól sugárzó, síró arcokon. Nem értette a négy embert, hisz minden reggel felkel, melynek örülnek az emberek, de még sohasem ejtettek érte örömkönnyeket csupán azért, mert beköszönt az ablakukon. Mindenesetre meghatódott a fogadtatástól. Mosolygó arccal, büszkén kapaszkodott fel az égre, hogy még nagyobb ragyogással világítsa be e felhőtlen boldogság otthonát...

A csíksomlyói búcsú

Az ismételten elmaradt hargitai tél élvezetét kárpótolta a kellemesen meleg, kora nyári május. Csaba legnagyobb sajnálatára, egyetlen téli látogatásuk sem jött össze, hogy megcsodálhassa a fehér havasokat. Először az időjárási viszonyok tették lehetetlenné az utazást, később Edit terhessége, majd a megszületett kisbaba.

Edit, még a hónap elején felhívta Csaba figyelmét arra, hogy a csíksomlyói pünkösdi búcsúra május közepe táján kerül sor. A hét elején túl voltak az utolsó féléven, már mindketten benyújtották diploma feladatukat. Június közepén az államvizsga várt rájuk, melyen, ha sikeresen túljutnak, biztosítja számukra a diplomát. Úgy döntöttek, hogy kikapcsolódásként elmennek a csíksomlyói búcsúra. A megismerkedésük óta eltelt öt év alatt Csaba még nem jutott el odáig, hogy részese lehessen ennek az eseménynek.

A péntek hajnal már úton találta őket. A boldog anya a hátsó ülésen ült, a gyerekülésbe szíjazott Attila mellett. A majdnem három éves csöppség álmosan kókadozott, szeme lelecsukódott. Az autóban a motor halk, egyhangú búgása gyorsan álomba is ringatta. A korai kelés dacára vígan megreggelizett, még játszani is kedve támadt, miközben a szülei a szükséges holmik bepakolásával voltak elfoglalva, melynek felét a gyerekcuccok tették ki.

- Én vagyok Attila, a hun király! – rohangált a nappaliban, kivont műanyag kardjával. –

Reszkessetek Isten Ostorától! – kiáltotta és megbotolva a szőnyeg szélében hasra esett. Isten Kardja nagy ívben kirepült a kezéből és az asztal alatt kötött ki.

- A félelemkeltést még gyakorolnod kell – nevetett rajta Edit. – Most még egy szőnyeg is legyőz, Világ ura.

A kis lurkó elszontyolodva halászta ki az asztal alól a kardot, majd dacosan nézett még mindig nevető anyjára. – Ha nagy leszek, le fogom győzni a nyugatot, mint az igazi hun király, és nem fognak dirigálni nekünk.

- Nagyon helyes, kisöreg – kapta ölébe a gyereket Csaba – Ne is árusítsd ki az országot, mint a kormányaink!

- Igenis, győzni fogok! – fogadkozott, és kicsusszant apja karjai közül, hogy tovább csépelje az ellent.

Életük három legboldogabb évét tudták maguk mögött. Attila megszületése, ha nem is feledtette el velük első fiúk elvesztését, de a fájdalomérzet visszahúzódott lelkük legmélyebb rejtekébe, ahonnan csak az időnként előtörő, megbékélt emlék okozott nekik szomorúságot. A kis Tila igazi, életrevaló kisfiúvá nőtte ki magát. Rendkívül barátkozó volt, ami nem is csoda, mikor egyszerre fél tucat dajkája is akadt a lakótársaik személyében. Megszokta, hogy mindig sokan sürgölődnek körülötte, ezért a bölcsődei be-illeszkedés sem okozott gondot. Szülei nem engedték meg társaiknak, hogy elkényeztessék a gyereket, állandóan dajkálják, és lessék minden kívánságát.

Egy teljes tanévet otthon töltött a kisgyerek, és csak a következő év szeptemberében adták be a bölcsődébe. Nehéz volt ez az év mindkettőjük számára, különösen az első hét hónap, amíg az anyja szoptatta a babát. A lányok sokszor elmaradtak az előadásokról néhány órára, amíg Edit az egyetemen tartózkodott. Tanárai megértőek voltak, úgy kérték tőle számon az elsajátított tananyagot, hogy a lehető legkevesebb idejét rabolják el gyermekétől. Ha minden kötél szakadt, akkor dadát fogadtak, aki nappal vigyázott a kicsire.

Mikor elapadt Edit teje, s nem kellett haza szaladgálni megszoptatni a gyereket, sokkal könnyebb lett a helyzetük, amelyet a bölcsődébe járatás még tovább könnyített. Felejthetetlen élmény volt számukra, amikor Tila megtette az első önálló lépéseit, és kimondta az első szót: anya. Persze, ő úgy mondta, hogy „ana".Felsőbb évfolyamba járó társaikat az évek során új diákok váltották fel az albérletben. Természetesen ők is mindjárt kedvencükké nevezték ki Tilát, melyet ő idegenkedés nélkül elfogadott. Mikor elkezdett beszélni, anyja románul társalgott vele, míg apja és a többiek magyarul. Magától értetődőnek tartották, hogy megtanulja mindkét nyelvet. Ha kezdetben össze is keveri a magyar és a román szavakat, biztosra vették, hogy az évek során ez le fog tisztulni. A sokirányú gondoskodás, nevelés és tanítás hatására az átlagosnál gyorsabban nyiladozott a kisfiú elméje. Gyerekorvosuk szerint az értelmi képességei három éves korára elérik egy négy éves gyermekét. Ezt a bölcsődében a gondozónők is megerősítették mondván, hogy sokkal eszesebb, mint a vele egykorú gyerekek. Mindezek az emlékek átfutottak Edit gondolatain a kocsiban ülve. Csabának ismerős volt a táj, hiszen már többször megjárta ezt az útvonalat. Igaz, a közlekedésre koncentrálva nem sokat látott Erdélynek e részéből. Ugyancsak keveset tudott a pünkösdi búcsú eredetéről. Útközben Edit szívesen pótolta Csaba ez irányú hiányosságait. Elővette laptopját, és betöltötte a megfelelő honlapot...

„A kezdetet 1442-re teszik – kezdte el olvasni Csabának. – Csíksomlyón ekkor telepedtek le a kedves, közvetlen viselkedésű Ferencrendi szerzetesek, akiket a magyar nép hamarosan barátoknak nevezett el. A barátok hat évvel később befejezték a templom és a kolostor építését és Sarlós Boldogasszony tiszteletére felszentelték a templomot. Ez lett a Csíksomlyói Kegytemplom. Az 1556-os Tordai Országgyűlés után az unitáriusok vették át a hatalmat. A katolikus papokat kitiltották Erdélyből, a püspöknek távoznia kellett. János Zsigmond fejedelem támogatta az új hitet, s erre kényszerítették a földesurakat a jobbágyaikkal együtt.

A székelyek kezdettől ellenálltak, de nem bírtak a fejedelmi hatalommal. 1567-ben a fejedelem hadsereggel indult ellenük. Izabella királyné udvari papja azonban értesítette a csíki papságot a tervről, így a csíkiak idejében felkészülhettek, és szabadságharcukká kiáltották ki az ellenállást. Csíksomlyóra összpontosították a védelem erejét. Egyik ismert vezetőjük István pap, Gyergyóalfalu plébánosa, lelkesítő beszédével hozta tűzbe az népet. Csíksomlyó hitszónokának is fennmaradt a neve. Magócsi János az ellenállás tüzes beszédű prédikátora volt. Pünkösd szombatján volt a csata. A gyerekek és az öregek Somlyón maradtak imádkozni. A fegyverforgató férfiak és a kibontott hajú nők Mikes nevezetű kapitány vezetésével elindultak fel Hargitára, elébe menni a seregnek."

- A kibontott női hajnak volt valami jelentése? – szakította félbe Editet.

- Volt bizony. A kibontott női haj már az ókor óta az elszántság és a harci készség jele volt.

- Karddal hadakozó amazonok – borzongott meg a fiú. – Én jobb szeretem, ha a nők az ágyban hadakoznak, de csak a kard hüvelyével.

- Ne hülyülj már, én komolyan beszélek! – torkolta le Edit. Csaba elégedetten vigyorodott el, hogy sikerült kizökkenteni a lányt.

- „Győzni, vagy meghalni! – tért vissza Edit az olvasáshoz. – Ez volt a jelszavuk. Megbeszélték a Somlyón maradottakkal, ha győznek, zöld ágat lengetve vonulnak majd hazafelé. Ha nem így jönnek, meneküljön ki merre lát. A Tolvajostetőn, ahol a hármas kereszt áll, egy szűk, völgyekkel szabdalt helyen csapdát állítottak a fejedelmi seregnek. Az előre befűrészelt fákat rádöntötték a völgyekben vonuló, mit sem sejtő ellenségre. A váratlanul érkező támadás elől nem volt menekülés. Akiket nem vágott agyon, vagy nem nyomorított meg a rázuhanó szálfenyő, azokkal könnyen elbántak a rejtekből előbújó székely fegyveresek.

Egyszerre csak azt látják az őrzők, hogy valóságos erdő ereszkedik alá a Hargitáról. A győzők nyírfaágakat lengetve, énekelve, boldogan jönnek hazafelé Csíksomlyóra. A kegytemplom harangjainak ujjongó hangját sorra vették át a többi falvak harangjai. A győzelmet kimondottan és valóságosan Máriának tulajdonították! Akkor, ott helyben megfogadták a székelyek, hogy ennek emlékére ezután minden esztendőben, Pünkösd szombatján eljönnek Csíksomlyóra hálálkodni. A székely nép, azóta tartja fogadalmát.

A férfiak kalapjukba nyírfaágat tettek a győzelem jeléül és úgy mentek vissza a csíksomlyói kegytemplomhoz, hogy hálát adjanak a Szűz Anyának, hogy megsegítette és megtartotta őket az ősi római katolikus vallásukban. Azóta visznek haza a zarándokok nyírfaágat a csíksomlyói Pünkösdi zarándoklatukkor és a hagyomány szerint, azóta imádkoznak annyi Miatyánkat, Üdvözlégyet és Hiszek egyet, ahány levél van a nyírfaágon, hogy a Szűzanya őket is megsegítse. Azóta évről évre többszázezren zarándokolnak ide Csíksomlyóra Máriához, a magyarok nagyasszonyához és a székelyek védőszentjéhez."

- Ennyi a legenda? – érdeklődött Csaba. – Vagy ez a történelmi alapja a búcsújárásnak?

- "Széles körben terjesztik napjainkban is ezt a tévhitet. Mindez történelmi lehetetlenség, hiszen az Erdélyi Unitárius Egyház egy évvel később, 1568-ban a tordai országgyűlés vallásügyi határozata nyomán alakult meg. Elképzelhetetlen, hogy a nyitott szellemiségű fejedelem, akihez a világhírű vallásszabadság törvénye fűződik, 1567-ben a még nem létező unitárius egyház részéről erőszakkal lépett volna fel a székelyföldi katolikusok ellen. Legenda és történelem keveredése, miből mennyi igaz, nem ez a lényeg".

- A búcsú, a Székelyföld és a székely nép történetében mégis óriási jelentőségű volt mindig, és ma is az. – folytatta Edit. - A kegyhely eredete belevész a korai középkor történetébe. Annyi bizonyos, hogy IV. Jenő pápa 1444. február 2-án teljes búcsút engedélyezett mindazoknak, akik a ferences atyák csíksomlyói Mária templomának építkezésében segítettek. Tehát maga az ősi Mária-tisztelet és a hatalmas méretű kegyszobor még régebbi időből való.

- Csíksomlyó csendes kis falucska Erdélyben; a Székelyföldön, a Kissomlyó-hegy lábánál. Mára már a csíksomlyói Pünkösdi búcsú, nemcsak a katolikusok, hanem az egész magyar nemzet búcsújáró helye lett. A múlt században is, Csíksomlyóra egész évben zarándokoltak magyarok és nem magyarok Európa és Kanada több helységeiből. Csak a nagy bajok idején nem jöhettek körmenetben. Ceausescu uralma idején kollektívan nem jöhettek, de egyénileg nem volt tilos és a diktatúra alatt is sokan eljöttek Csíksomlyóra a Mária lábához, a Magyarok Nagyasszonyához, a Székelyek védőszentjéhez.

- Napjainkra már egy többszázezer magyart egybe gyűjtő zarándokhellyé vált Csíksomlyó. A világ szinte minden országából érkeznek zarándokok, akik a megszámlálhatatlan emléktárgy mellett szívesen hozzák haza emlékként az immáron győzelem szimbólumává vált nyírfaág csokrokat. Mi székelyek, szentül hisszük, hogy csíksomlyói kegyhely ezután is minden viszontagságokon keresztül oltalma és menedéke marad „szegény székely népének". A jelenlegi kéttornyú templom 1802-ben épült, a kegyoltár pedig 1848-ban. A kegyszobor maga 2,26 méter magasságú. Az idei pünkösdi zarándoklat mottóját Lukács evangéliumából választották a csíksomlyói ferences szerzetesek: „Boldog vagy, mert hittél".

- Ezt szépen összeválogattad – dícsérte meg Editet Csaba.

Marosvásárhely előtt jártak, mikor az ifjú trónörökös ébredezni kezdett. Megálltak a legközelebbi benzinkútnál, és az egyik szabadtéri asztalhoz telepedve ettek egy keveset a magukkal hozott hideg élelemből. Nem egész két óra múlva megérkeztek Szentmiklósra. Edit épp csak kiszabadította Tilát a gyerekülésből, Hajni már nyitotta is a kocsiajtót és a kis lurkó örvendezve bukott a karjai közé.

- Hajni!– kiabált és összevissza puszilta a lányt.
– Hiányoztál!
- Te is hiányoztál nekem kisöreg – ölelte magához a kisfiút. Hajni, utoljára Csabát üdvözölte. A visszafogott ölelést és a puszit követően, Csaba a vállánál fogva eltolta magától a lányt és gyönyörködve tekintett végig rajta. Hosszan, tetőtől talpig szemrevételezte Hajnit, és csodálattal a hangjában szólalt meg.

- Istenem! Mintha egy mesebeli királykisasszonyt látnék magam előtt. A nyurga, kicsit szeles, sokat sejtető lányból gyönyörű nő lett. Ha így folytatod, túlteszel a nővéreden is, Napfénytündér.

- Köszi – bókolt a lány, mert a fiú most szólította harmadszor Napfénytündérnek -, de nem kell túlzásba esni. – Kissé elpirult a dicsérettől, de jól estek neki az elismerő szavak.

– Örülök, hogy felfedezted bennem a nőt, és nemcsak a sógornőféleséget, vagy a hugicát látod bennem.

- Nincs olyan férfi, aki ne látná benned a nőt. Hogy megnyugtassalak, minden találkozásunkkor rögzítettem nővé érésed szakaszait. Nemcsak testileg, hanem gondolkodásban is. Megfontolt, komoly, érett nő lett belőled. Talán van udvarlód?

- Gondolod, hogy kinőttem a gyerekes rajongásomat? – kerülte meg a kérdést Hajni, és elfordította tekintetét, hogy ne kelljen Csaba szemébe néznie.

- Meg vagyok róla győződve. Emlékszem rá, kezdetben menynyire rajongtál értem. Mára ez a rajongás megcsitult benned, és természetes szeretetté formálódott. Legalábbis így érzem. Biztos lehetsz benne, én is nagyon szeretlek téged. Te olyan lány vagy, akit nem lehet nem szeretni. De nem válaszoltál a kérdésemre!

- Jól érzed, én is szeretlek téged. A kérdésedre a válaszom pedig az, hogy még nem talált rám az igazi. Csak osztálytársak, barátok vannak, akikkel eljárogatok szórakozni. Még csak 19 éves vagyok.

- Azt hiszem, egyetértek veled. Egy ilyen liliomszálat, mint te vagy, csak olyan fiú szakíthat le, aki oly mértékben érdemes rá, hogy a szerelem esetleges elmúltával sem fogod megbánni, hogy őneki ajándékoztad az ártatlanságod. Kívánom, hogy találd meg!

- Lehet, hogy már meg is találtam, csak..., - félbeszakította az elkezdett mondatot, szomorúan elfordult, és felvette az egyik táskát a fűről. - Menjünk, mert a többiek már behurcolkodtak! – Csaba egy pillanatig döbbenten állt, majd a másik táskával a kezében elindult a lány után, elnézve annak könnyed, őzléptű járását.

A kész ebéd illata megcsapta a fiú orrát. Üdvözlés után besomfordált a konyhába, majd a gáztűzhely közelébe lopakodott.

- Mennyei illatok – szippantott egy nagyot. – Ettől csak farkaséhes lesz az ember – vette le a fazékról a födőt.

- Nem kíváncsiskodunk – csapott a kézfejére Éva. Még elpuskázod itt nekem a meglepetés ebédet. A födő zörögve hullott vissza az edényre.

Csaba sziszegve kapta szájába az ujjait. – Úgy kell, most megégetted a kezedet. Mossátok le az út porát, és asztalhoz lehet ülni! – rendezkedett a háziasszony.

Csaba nem mert vitába szállni a rendreutasítással, tudta, hogy a konyhán a háziasszony az úr, ez ellen nincs apelláta.

- Hajni, Hajni mellé akarok ülni – tiltakozott a kis kölyök, mikor szülei maguk közé ültették. Tila a két lány közé került.

- Mindenki kér egy kis étvágygerjesztőt? - kérdezte Ádám, kezében a pálinkás üveggel.

Ádám mindenkinek töltött a stampedlis poharakba. Hajni gyümölcsitalt öntött a kisfiúnak. – Akkor, Isten hozott benneteket! – emelte fel a poharát.

- Meg apa a kocsival! – egészítette ki Tila nagyapja megjegyzését.

- Úgy van – értett vele egyet Ádám, - meg Csaba hozott benneteket.

- Hűha! – lepődött meg Csaba, mikor a levest szedte a tányérjába, - ilyet még nem ettem.

- Úgy gondoltuk Hajnival, - emelte rá tekintetét Éva, - hogy tipikus székely ebédkülönlegességgel lepünk meg benneteket. Csomafalvi poékaleves néven ismert. Minden évben megfőzik Gyergyócsomafalván a Szent Péter és Pál búcsú köré szervezett falunapon. A falatnyira vágott sertéshúst megpirítjuk, - folytatta Éva, miközben utolsóként magának is szedett -, hozzáadjuk a felkockázott zöldségféléket, rövid ideig együtt dinszteljük, felöntjük vízzel, beletesszük a füstölt húst, babérlevelet, felöntjük vízzel, és puhára főzzük. Delikáttal ízesíthetjük. Közben elkészítjük a levesbetétet: a lisztet a tojással, zsírral és sütőporral összegyúrjuk, késfoknyi vastagra kinyújtjuk, gyűszűvel kiszúrjuk, majd olajban ropogósra sütjük. Berántjuk a levest, hozzáadjuk az aszalt szilvát, majd a szilvakompótot. Ecetet ízlés szerint lehet tenni hozzá. Én ezt kihagytam belőle, aki akar, tehet bele. Mint látjátok, a levesbetétet tálaláskor adjuk hozzá.

- Isteni íze van – dicsérte Csaba a receptet hallgatva, közben már ki is ürült a tányérja. – Lehet belőle repetázni?

- Amennyi csak jól esik, jut belőle bőven. A dicséret pedig Hajnit illeti, ezt ő főzte.

- Felfogadlak szakácsnőnek – kacsintott Csaba a lányra.

- Ez nem fog menni – vágott vissza a lány -, ennyivel nem érem be. Ádám fejével az üveg felé intett, Csaba elértette, és bólintott rá. A házigazda mindkettőjük poharát újratöltötte.

- Ohó! – emelte fel a szavát Edit. - Nem lesz egy kicsit sok?

- Több feles nem lesz – értett egyet az apja, amit mindhárom nő megnyugvással vett tudomásul. – A második fogás után borral, vagy sörrel folytatjuk.

- Kellett nekem szólni – csóválta a fejét Edit, de nem tett szemrehányást apjára.

- A második fogás rakott gomba lesz – állt fel a két háziasszony, és összeszedték a leveses tányérokat. Két jénai tálban tették az asztalra a fogást. – Mindenki vágjon belőle amennyit kíván! Csaba kedvéért addig elmondom hogyan készül, a többiek úgyis tudják.

Egy kiló gombát megtisztítunk, leforrázzuk, és elkészítjük paprikásnak. Hűlni hagyjuk. Tojással, tejjel és borvízzel vastag palacsintatésztát készítünk. Teszünk bele kevés sót és őrölt borsot. A palacsintát csak az egyik oldalán sütjük meg, azután belecsúsztatjuk a kivajazott tálba. Gombát rakunk rá, majd megint palacsintát, felváltva addig, míg a tál meg nem telik. Öntünk a tetejére egy pohár tejfölt, majd forró sütőbe tesszük, és nyolc-tíz perc alatt átsütjük.

- Mi az a borvíz? – kérdezte Csaba jóízű falatozás közben. – Felvizezett bor, ahogy az ókori görögök itták?

- Semmi köze a borhoz. Románia ötszáz borvizes településének egyharmada Székelyföldön található, több mint kétezer borvízforrás buzog fel a földből. 2007 óta minden évben, más-más településen megtartják a borvíz ünnepét, Borvíz Fesztivál elnevezéssel. A rendezvényeken borvizes palacsintasütő versenyeket is tartanak.

- A borvíz a nagy mennyiségű szénsavat tartalmazó, többnyire savanykás forrásvíz, szinte pezseg. A forrás neve borkút. Az ásványvíz, vagy borvíz, ahogy mifelénk a székelyek hívják, ivóvíz, mely bizonyos határérték feletti oldott ásványi anyagot és sókat tartalmaz, és gyakran bír gyógyító hatással is. A nagyon savas, vasas, savanyú vizet borvízként emlegetik.

- Látom már degeszre etted magad – vette át a szót Hajni, – a sütemény már a füleden fog kijönni – rosszmájúskodott Csabával.

- Netán te sütötted?

- Nem is kell a sütésem? Udvarhelyi túrós lepény a desszert.

- Igaz, nem a sütőt eszem, bár az is ennivaló falat, hanem a sütöttet. Imádok mindent, ami túrós.

- Imádod te az édeset is! Ott a nyoma Edit nyakán.

- Árulkodó! – ugrott fel Csaba, és kiszaladt a kertbe menekülő lány után. Futtában még hallotta az incselkedő nevetést bentről.

A kávét már valamennyien a kerti asztalnál itták meg. Tila buzgón hadakozott nyugat ellen. Sikeresen ki is irtotta mind egy szálig az ellenséget az udvaron itt-ott feltörő gaz képében, míg őt, a fáradtság győzte le. Elnyúlt a párnázott hintaágyon, és elnyomta a buzgóság.

- Mi a helyzet a székely autonómiával? – kérdezte Csaba Ádámtól, miután a nők bevonultak eltakarítani az ebéd romjait. - A román országgyűlés leszavazta a benyújtott tervezetet. Sokat hallunk róla, hogy ebbe nem nyugszik bele a székely nép.

- Nem is olyan egyszerű erre a válasz – gondolkodott el a férfi a kérdésen. – „A tervezet szerint a történelmi Székelyföld (a mai Hargita és Kovászna megye, valamint Maros megye egy része) területi autonómiával rendelkező régióvá válna, amely természetesen elismerné a román állam szuverenitását. Az autonómiát egy közvetlenül választott önkormányzati tanács igazgatná, mely területen belül - közigazgatási ranggal - újraalakulnának a székely "székek" és hivatalos rangot kapna a magyar nyelv is.

- Az elmúlt években, – folytatta -, sok minden megváltozott Romániában a magyarok jogállásában is. A törvényben szavatolt jogokat azonban a végrehajtók sokszor saját belátásuk szerint tartják be, vagy be sem tartják. Ha létrehoznak olyan régiót, amely teljesen megszünteti a magyar többségű területeket, a vég-rehajtásban nem lesz hiba és megszűnik létezni Székelyföld egységes mivolta.

Huszonnégy évnek kellett eltelnie a rendszerváltás óta, hogy Bukarest beváltsa az 1990-ben megfogalmazott célkitűzését a „nemzetiségi enklávé" végleges eltörléséről. Minden nemzetközi gyakorlatnak ellentmondó, elvakult nacionalizmussal magyarázható regionalizációs terv ez. A székely-magyar lakosság ellenállásával nem számolnak Bukarestben. A tüntetés csak figyelmeztetés, a székely béketűrés sem végtelen! Minden magyar szervezetnek össze kell fognia és erőteljes nyomást kell gyakorolni a politika asztalára, akkor mégsem lesz folytatható ez a regionizálás leple mögé rejtett, szervezett népirtás".

- Hallottuk, hogy tüntetést szerveznek a székelyek.

- "A kormány az év első felében bejelentette a mezőgazdaságból élők megadóztatását. Kapkodás az egész, aminek az egyetlen célja, hogy a költségvetésben fellelhető lyukak egyikét a parasztok pénzével tömjék be. A mezőgazdasági szervezetek, egyesületek azzal fenyegettek, hogy bojkottálni fogják a jogszabály alkalmazását.

Nemrégiben Brüsszel nagyon szigorúan megdorgálta az országot, amiért nem adta ki a támogatási összegeket olyanoknak, akiknek az állammal szemben adótartozása volt".

- Nem elég az, hogy Trianon után feldarabolták a történelmi Magyarországot, és odadobták koncnak a mohó szomszédoknak, amelyben Románia a fő ludas szerepét játszotta hazugságaival, most még Székelyföldet is szét akarja szabdalni regionális átszervezésével - jegyezte meg Csaba.

- Így van. "Székelyföldön vázolható a legmarkánsabban az európai példák alapján kialakítható területi autonómia, és egyedül itt mutatható fel a közösség részéről egy határozott és egységes akarat az önrendelkezési jog érvényesítésére. Székelyföld közigazgatási integritása ezért ma az egész romániai magyar társadalom elsődleges célja. Feldarabolásának, vagy beolvasztásának megakadályozása minden magyar feladata és kötelessége. Az RMDSZ és az SZNT jó ideje egyeztet egy ősszel sorra kerülő nagyméretű utcai demonstrációról. A nemzeti tanács a települési székely tanácsok mozgósításával csatlakozik a tervezett székelyföldi megmozdulásokhoz, amely lehetővé teszi a széleskörű és egységes fellépést. A demonstrációkkal a román társadalmat kell meggyőznünk az igazunkról. Az ősz folyamán kell egy nagyméretű, az emberek összefogásán alapuló tiltakozást szervezni, amely nem a pártokról, hanem a közösségünk erejének a felmutatásáról szól.

Az autonómia témáját tartják annyira kiemelt fontosságúnak, hogy a tervek szerint akár több mint száz települést is helyszínül felvonultató tüntetéssorozatot szerveznek az önrendelkezés érdekében. Az autonómia ügye egy olyan közösségi cél kell, hogy legyen, amely ne a politikai tőke kovácsolására szolgáljon, hanem a teljes erdélyi magyar közösséget átfogó mozgatórugóként működjön, politikai színezettől függetlenül. Valószínű, hogy ez a törekvés hosszabb folyamat lesz, de nem hagyhatjuk, hogy a történelmi Magyarország feldarabolása után, a történelmileg egységes Székelyföldet is feldarabolják és beolvasszák a románságba. Ez egyenértékű lenne azzal, hogy Romániában nincsenek nemzetiségiek, csak románok. El kell érnünk ezt a célt, különben elvész a székely nép. Felmorzsolódik a román nacionalista politika őrlő malmai között".

- Az elmúlt percekben megpróbáltam a különböző forrásokból szerzett információk lényegét tömören visszaadni, egyes részeket talán szó szerint is sikerült idéztem.

- Férfiak raportra! – hangzott fel Éva kiáltása. – Sétálunk egyet a városban, és a fiatalúr kívánságára beülünk egy nagy adag fagylaltra valamelyik cukrászdába.

Csak most vették észre, hogy úgy belemelegedtek az erdélyi magyarság politikai célkitűzésének taglalásába, hogy észre sem vették, mikor kelt fel ebéd utáni alvásából a kisöreg. Felhörpintették a poharukban maradt bort, és szó nélkül tudomásul vették, hogy a család legifjabb tagjának kérése parancs.

***

Másnap reggel hat órakor volt az ébresztő. Csaba hallotta, hogy Éva már felkelt. Készül a reggeli. Kipattant az ágyból, és egy gyors reggeli tisztálkodásra lefoglalta a fürdőszobát. A frissítő zuhany, borotválkozás, fogmosás nem tartott tovább negyed óránál. Feltett egy jó erős kávét, s mire lefőtt, Ádám is megjelent.

Az idei pünkösdi búcsú gyönyörű napsütéses időre virradt, bár még a levegő eléggé hűvös volt. Ádám úgy ítélte meg, hogy ez a kellemes kora nyári idő egész nap meg is marad, és idén nem kell futni az eső elől, és menekülni a jég elől, hanem nyugodtan, kellemesen ülhetnek a fűben a szent hegyen.

Csendes együttlétüket gyors léptek zaja törte meg. Edit sietett ki hozzájuk. Arcán aggodalom tükröződött.

- Baj van – adott egy reggeli puszit Csabának. – Tila belázasodott, és fájlalja a torkát. – Besiettek a szobába. A kis lurkó bágyadtan feküdt az ágyban.

- Fáj a torkom – panaszolta, és nehézkesen felült. Nyoma sem volt benne a szokásos reggeli fürgeségének. Csaba végigsimította tenyerét fia forró homlokán. Arca lázrózsáktól piroslott.

- A búcsúnak úgy néz ki befellegzett. Biztos a tegnapi fagylalt tett be neki. – fektette vissza a gyereket az apja. A rossz hírre Hajni is megjelent. Odaült az ágy szélére, és magához ölelte unokaöccsét.

- Én is megyek a búcsúba – makacskodott Tila. Edit felvette, és magához ölelte a gyermek láztól tüzelő testét.

- Nem lehet kisfiam. Itthon maradok veled, s elmegyünk az orvoshoz. Estére jobban leszel, a többiek elmesélik neked milyen volt a búcsú.

- Muszáj? – kérdezte csalódottan Tila.

- Igen, muszáj. Nem bírnád az egész napos utat, csak nyügösködnél. – Edit tudta, hogy a muszáj szó, fia számára csak egyet jelent: nincs kitérés a kötelezettség alól.

- Azt már nem – szólalt meg Hajni. Csaba egyszer sem volt a csíksomlyói búcsún, nem hagyhatja ki. Te is régen voltál – fordult nővéréhez -, én minden évben elmentem. Itthon maradok, majd elviszem az orvoshoz. Különben is rosszul aludtam, fáj a fejem. Jó lesz, kisöreg? – fordult a gyerekhez.

- Igen, az jó lesz – felelte Tila. – Majd meggyógyítjuk egymást, anyáék pedig hoznak nekem búcsú...búcsú micsodát? – akadt meg a kisfiú.

- Búcsúfiát – segítette ki az apja. Gyanakodva tekintett Hajnira, aki nem úgy nézett ki, mint akit fejfájás kínoz. A másik indokát az itthon maradásra, viszont el kellett fogadnia. Hajni Editet is hamar meggyőzte igazáról, amit tetézett az a tény is, hogy Tila nem ragaszkodott az anyja itthon maradásához. Tudta, hogy fia mennyire szereti a kerezstanyját, így biztos volt benne, hogy jól meglesznek egymással.

A lecsökkent létszám miatt csak egy kocsival mentek. A nagyszülők vállalták odafelé a Dácia vezetését. Edit és Csaba így megengedhették maguknak, hogy reggeli előtt bedobjanak egyegy felest. A fejlemények ilyetén hatására a reggeli kicsit szomorkásra sikeredett, de az indulás előtti pillanatokban már elkapta őket az utazás láza. Edit megegyezett Hajnival, hogy felhívja őket, ha végeztek az orvosnál. Később majd ő fog érdeklődni fia állapota felől. Amikor a kisfiú búcsúzáskor a nyakába csimpaszkodott, és arcát az övéhez szorította, már nem érezte olyan forrónak, hála a bevett lázcsillapítónak.

- Szeretlek anya – suttogta, és két cuppanós puszit adott neki.

- Én is nagyon szeretlek, kicsim – viszonozta a puszit Edit, és valami megmagyarázhatatlan érzés szorította össze a torkát, hogy alig kapott levegőt. Olyan erősen ölelte magához egyszülött gyermekét, hogy csak Csaba hangjára riadt fel.

- Hé, kiszorítod a szuszt is belőle! – Edit meglepődve nyitotta ki a szemét, és adta át a fiút az apjának. – Nagyon szeretlek, kisöreg. Estére hozok vásárfiát a leendő hun királynak.

- Téged is szeretlek apa – adott neki is puszit, és kicsusszant karjaiból, hogy elköszönjön a nagyszülőktől is.

Nyolc óra előtt szerettek volna megérkezni, hogy végignézhessék a keresztalják felvonulását. Csabának szándékában állt videofelvételt és képeket készíteni az eseményekről. Este töltőre tette a digitális gépek akkumulátorait tartalék aksikkal együtt, hogy reggelre valamennyi fel legyen töltve. Negyed órája sem mentek, felhők gyülekeztek előttük, és nemsokára cseperegni kezett az eső.

- Hát ez nem hiányzik – jegyezte meg Csaba.

- Csak ijesztget bennünket – nyugtatta meg Ádám. – Gyorsan el fog állni és délelőttre újra sütni fog a nap. A fiatalember bízott abban, hogy a Próféta szólt Ádámból.

- Ismered Csíksomlyó legendáját? – fordult hátra Éva a mondat erejéig.

- Még nem hallottam – válaszolt Csaba.

- Ha érdekel, elolvashatod. – Éva intésére Ádám elővett a kesztyűtartóból néhány gépelt oldalt, és hátra nyújtotta a fiatalembernek. -

Tegnap este nyomtattam ki az internetről, és
tettem ide. Direkt neked szántam.
Köszi, mindjárt el is olvasom. Edit mesélt már
a Szent Anna-tó és a Gyilkos-tó legendájáról,
azokat ismerem – vette át a lapokat, és olvasni
kezdte a „Csíksomlyói legendát"...
Csaba sóhajtva adta vissza Évának a lapokat.
- Érdekes, hogy ez a legenda is a magyarokat és
a székelyeket említi úgy, hogy ők Isten
kiválasztott népe. Olvastam néhány írást arról,
hogy a történelemkönyvekből ismert, kezdeti
ókori történelem előtti időket évezredekkel
megelőzően, a Kárpát-medencében őseink már
létrehozták a történelem első kultúráját. Ezt
régészeti feltárásokból származó leletekkel,
genetikai vizsgálatokkal és az ősi magyar
rovásírással bizonyították.
- „Annak idején Róma Szent Istvánnal
megsemmisíttette az összes rovásírásos
emlékünket, melyet a sámánok őriztek. Ezzel
eltörölték a magyarság sok évezredes történelmét
és bizonyítékát annak, hogy Róma az ősi magyar
egyistenhitet tőlünk vette át, meghamisítva ezzel
történelmünk vallását. Nem véletlen, hogy annyi
magyar név szerepel a Bibliában." – Éva
hangjában keserűség bujkált.
- „A párizsi Sorbonne Egyetemen rendezett
nyelvészkongresszus résztvevőinek véleménye,
hogy az ún. őselemekből a magyar nyelv őrzött
meg kb. 70 százalékot, a török nyelvek mintegy
25 százalékot, a latin eredetű nyelvek pedig alig
5 százalékot – kapcsolódott be a beszélgetésbe
Edit. - Ezekből az adatokból pedig

következtethetünk a népek kialakulásának sorrendjére."

- Néhány kutató évek óta hangoztatja, - vette át a szót Ádám -, hogy „az eddig megfejtetlen rúnákat, rovásírásokat és hieroglifákat egyformán kell olvasni: magyarul. Ennek értelmében a Biblia nagy része is lefordítható magyarul." – Éva lehúzódott az út szélére, mert már Csíksomlyó közelében jártak, és kezdett megnövekedni a forgalom. Ádám vette át a vezetést.

- „Több kutató is kimutatta, hogy a székely-magyar rovásírás és a sumer képírás közt számos összefüggés létezik. A rovások és a képjelek 60 százalékos jelképi egyezésről tanúskodnak (például: hal, Isten, fogoly, bak), sokszor ezek konkrét jelentései is megegyeznek. A magyar rovásírás volt a legfejlettebb valamennyi ék - és képírás közül, hiszen kevés jeggyel sok értelmet foglalt egybe". – Éva hátrapillantott, majd újra előre fordult, és érdeklődve nézte a gyalogosan haladó zarándokokat, akik Csaba figyelmét is felkeltették.

- „A székely-magyar rovásírást több mint ötezer évvel ezelőtt is ugyanabban a formájában használták, mint például a XIX. században, Erdélyben. Ezt olyan régészeti leletek igazolják, mint a tordosi cseréptöredékek, vagy a tatárlaki kincs. Ezeken az 5-6 ezer éves maradványokon magyarul olvasható rovásírás található!"

- „Őseink mindig hazatérésről, vagy visszatérésről beszéltek. Az Egyesült Államokban megjelenő tudományos Science folyóirat 2000. novemberben ismertette a genetikai szakterület nemzetközi élvonalának 17 elismert képviselőjének kutatási eredményét. A vizsgálat kiterjedt az USA-tól Ukrajnáig az európai népek származásának és betelepedési idejének felderítésére. Megállapításuk szerint a magyar fajra jellemző EU19 gén 35-40.000 éve jelen van a Kárpát-medencében. Ez a gén a magyarokban 60%, míg a Nyugat-európai népekben legfeljebb alacsony gyakorisággal fordul elő. Ez az időtartam megfelel a Homo sapiens első európai betelepedése óta eltelt időnek, melynek kezdetén a Neander-völgyi ember által benépesült Európa. A magyar a legrégebbi európai génjelző...

A Vízözön után érkeztünk a Kárpát-medencébe és nem más népektől sajátítottuk ki 1000 évvel ezelőtt a területet!" J.J. Modi indiai professzor szavai: "Áldottak legyetek magyarok, Atilla király népének egyetlen örökösei! Félszázados tanulmányaim meggyőztek róla, hogy a hunok feltétlenül a magyarok ősei voltak s így a mai magyarság az ősi szkíta népek egyedüli leszármazottja Európában, mely magyarságnak a történelme a ma élő összes nemzetek legősibb történelme". Ezek is titkolt hírek, melyeket illetékeseink nem vernek nagydobra – tudatta Csaba a társasággal az internetről szerzett ismereteit.

- Az a legszomorúbb az egészben – szólalt meg Edit -, hogy mindezeket külföldi tudósok állapították meg, míg a magyar tudósok, nyelvészek, történészek fülük botját sem mozdítják rá. A kormányról nem is beszélve. Titkolják az egészet, pedig helyre tehetnék az ősi magyar történelmet. Akár megváltoztathatná az egész jelenlegi világtörténelmet, amit a történészek állítottak össze nekünk. Ők is csak régi írások, kiásott leletek alapján jutottak tényekhez, a hiányzó szálakat csak kikövetkeztették. Ezekkel a feltételezéseken alapuló láncszemekkel logikusan kapcsolták össze az ismert tényeket, és tárták elénk az emberiség történelmét. Egyértelmű, hogy mindenki a saját elméletét védi. Az új leletek sem rosszabbak ezeknél, és ugyanúgy megállják a helyüket. Csak hát, senki sem tagadja meg az önmaga alkotta történelmi elképzeléseit, sokszor akkor sem, ha az már bitonyítottan hamis. A legfelháborítóbb az egészben, hogy mindezeket az új teóriákat mi magyarok hallgatjuk el legmélyebben, hogy a magyarság döntő többsége nem is hall róla. Hallgatás helyett további kutatásokkal kellene igazolni, netán megcáfolni ezeket az új eredményeket. De azt hiszem, itt vagyunk Csíksomlyó határában.

- Térjünk vissza a jelenbe, hisz ezért jöttünk ide.

Nehezen találtak szabad parkírozó helyet. Kiszálltak a kocsiból, és a Kegytemplomhoz mentek, ami a hatalmas tömegben nem is volt olyan egyszerű dolog.

- Annyit még tudnod kell, – szólt Edit Csabához, – hogy a holnapi nap első eseménye a napfelkelte megtekintése. „A pünkösdi búcsú éjszakáján, vasárnapra virradóan, a zarándokok egy része, legfőképpen a csángók, hajnalban felmennek a napfelkeltét várni, a Salvator-kápolnához. Ez a pünkösd reggeli napimádás egye-dülálló néprajzi jelenség a Székelyföldön és az egész magyar nyelvterületen. A felkelő napnak pünkösd hajnalán különös jelentősége van: az új áldás az új kegyelem jelképe. A csángók napfelkelte előtt megkerülik a hegyet, közben elvégzik a Jézus szíve litániát és a Rózsafüzért. A Salvator-kápolna mellett eléneklik az „Ó áldott Szűzanya..." kezdetű éneket, amellyel a felkelő napot köszöntik. A székely természetkultusz hitben a napkoronggal együtt jelenik meg a látomás is: a Szűzanya, angyal; a Szentlélek, galamb alakjába."

- „Ősi hitünk szerint, már Jézus születése előtti évszázadokban, Csíksomlyón várták azokat a májusi hajnalokat – vette át a szót Éva -, amikor a nap a hegycsúcs kápolnájánál kel fel. Ilyenkor látható az égen a nagy jel. A látványért virrasztó asszonyok ezrei előtt, a hajnali pírban megjelenik az égen Babba Mária, azaz Szép Mária alakja. Fejét a tökéletesség szimbóluma, a 12 csillagos korona övezi, lábával holdsarlón áll. Napruhába öltözött, és kék palástját féltőn széttárja a magyarok felett. Babba Mária az istenanya, a Világ Királynője, a Teremtő. A magyarság ősi hite szerint az Istenanya a Teremtő, mert a születés csodáját ő mutatta meg az embereknek. Ő, a világot, a Fényt szülő Boldogasszony, vagyis a Teremtő. Ez, a magyaroknak legalább hatezer éves hitvallása, amely a Boldogasszony, vagyis az Isten-édesanya iránti szeretetet jelenti. A néphit, Babba Mária elnevezéssel, a fényesen ragyogó Ég, félhold alakú nyílásában, ma már Máriát is köszönti, aki kinyitja előttünk az Ég kapuját."

- Ezek szerint a katolikus egyház és a világi hatalmak az évszázadok során elvette ősi vallásunkat, amelyre a Biblia épült, és megsemmisítette történelmi múltunkat. Katonailag nem tudtak megtörni bennünket - bár sokszor szenvedtünk vereséget –, egészen az első világháború végéig. Kapva az első elveszített háborúnkon, mindezt azonnal betetőzték Trianon gyalázatos tettével, melyről jogtudósok azóta bebizonyították, hogy minden pontjában jogellenes volt a trianoni diktátum. Az ezeréves ármánykodás elérte célját. A nyugati nagyhatalmak kiiktattak a sorból egy erős Közép-európai hatalmat.
- Babba Mária, segíts! Keltsd fel végre Csipkerózsika álmából szegény népedet! – tett pontot Edit a történet végére.

Talán ennek a szép időnek volt köszönhető, hogy idén még a szokottnál is többen zarándokoltak el a búcsúra. Edit elmagyarázta Csabának, hogy a hagyományokhoz híven a gyergyóalfalusi keresztalja megy a menet elején. A menet legértékesebb tárgya a főoltár bal oldalán látható labarum, amely az ókorban, Nagy Konstantin császár idején a győzelem jelképe volt. A körmenetben ezt a jelképet a menet központjában viszik a menetet vezető püspök előtt. A 30 kg súlyú jelképet a hagyomány szerint a katolikus gimnázium legjobb végzős diákjának tiszte vinni. A menetet szokásosan a csángók zárják.

Megérkeztek az udvarhelyi darabontok, hagyományos vörös ruházatban, és díszsorfalat álltak a Kegytemplom előtt. Derekukon széles, fekete selyemöv, kezükben puska. Fejükön vörös sapka, fekete, nem lelógó selyemszalaggal. Csíkszereda felől feltűnt a zarándokok végeláthatatlan sora. A keresztalják, élen a gyergyóalfalusiakkal, érkezési sorrendben meghajtották zászlóikat a Kegytemplom előtt, a Szűzanya és a templom iránti tiszteletből.

Csaba szorgalmasan filmezte a sok helyütt tarka népviseleti ruhába öltözött zarándokokat. Minden keresztalját zászlóvivők vezettek fel. Székely és magyar zászlók tucatjai lobogtak a gyenge szélben. Sok zászlón feliratok voltak olvashatók, aszerint, hogy az ország-világ mely tájáról, városából érkeztek.

- Menjünk előre a Salvator kápolnához – fordult Edit a többiekhez, miután visszatette a tokjába a fényképezőgépet. – Onnan beláthatjuk az egész körmenetet.

Kis-Somlyó hegyén található három kápolna közül legrégebbi a Salvator-kápolna. Ez a kápolna a búcsújárók központja, ide igyekszik valamennyi zarándok. A hit szerint ez a hely a Földnek olyan pontja, melyet a teremtő különös figyelemben részesít és a hívők éghez küldött imája sokkal hatásosabb és meghallgatásra talál. A hitrege szerint István király építtette a pogány hitet védő Gyula legyőzésének emlékére.

Megfogadták Edit tanácsát, és megszaporázva lépteiket sikerült megelőzniük a zarándokmenetet anélkül, hogy zavarták volna a haladását. Az előttük vonuló zarándokok imádkozva járták végig a keresztutat, a Jézus kínszenvedését megjelenítő, feliratokkal és domborművekkel ellátott tizennégy stáció keresztje előtt.

Gyorsan felértek a kápolnához, ahonnan leláttak a Kis-Somlyó és a Nagy-Somlyó hegy közötti térségre, ahol már jócskán gyülekezett a tömeg. Várakozva, imádkozva, énekelve készültek az ünnepi szentmisére, ki-ki hite vagy érdeklődése szerint. Még volt annyi idejük, hogy kifújják magukat, mert a meredek hágó és az erőltetett tempó igénybe vette állóképességüket. Közben megtekintették a kápolnát, mely előtt hatalmas, díszes kőszobor állt, emlékeztetőül az első pünkösdi búcsúmenetre. A félkörívű kapubejárat felett latin nyelvű kronosztikon volt olvasható, melynek jelentését Edit elmondta Csabának: "A megváltó hajléka és a megigazulás ajtaja a vezeklők számára." A belső tér famennyezetén festett szenteket és apostolokat láthattak. A kórus ötkazettás mellvédjén, Szent István és Szent László között a Magyarok Nagyasszonyának képe látható. A főoltár középső képén a keresztet tartó Krisztus festett alakját láthatták. Ezt János apostol és Katalin vértanú festett képei fogták közre. Az északi mellékoltár képe királynői viseletben Máriát a karján üllő Jézussal ábrázolta. Miután Edit befejezte a fényképezést, kiléptek a kápolnából, és elindultak a Hármashalom-oltárhoz.

Mintegy varázsütésre, Hargita fölött a felszakadozó felhők között áttört a délelőtti napsugár, és mennyei fénnyel árasztotta el Csíksomlyó dombjait. A körmenet elején a gyergyóalfalusi keresztalja haladt. Ahogy a kápolna közelébe ért a menet, a világ összmagyarságának százezrei borultak térdre. Lehajtott fővel, imára kulcsolt kézzel énekeltek és imádkoznak a Boldogságos Szűz Mária tiszteletére. Lehunyt szempilláik mögött megérintette őket a Nagyboldogasszony jóságos mosolya, és a hívők áhítattal fogadták e mennyei üdvözletet.

Nagyon sok zarándok zöld nyírfaágat tartott a kezében, vagy vitte táskáján, hátizsákján, emlékeztetőül 1567-re, amikor is a székelyek zöld nyírfaágakkal díszítették a győzelmi lobogóikat. A búcsúról hazavitt nyírfaágat beteszik a „belső szobába", míg el nem hervad. A családnak naponta annyi Üdvözlégyet kell elmondania, ahány levél van az ágakon. Ezt az imát Szűz Mária tiszteletére, a család egészségéért, boldogságáért kell felajánlani. Amikor egy levél elhervad az ágról, megszűnik az imakötelezettség.

Mind a négyen elindultak, hogy megtekintsék az oltáremelvényt és Babba Mária fából faragott szobrát. Útközben az árusoknál vásároltak különböző kegytárgyak közül.

- Ez a legdrágább kincs, a Szűz Mária kegyszobra, Csíksomlyó legértékesebb műkincse – tájékoztatta Edit Csabát. - Azt mondják róla, hogy a világon a legnagyobb kegyszobor. Magassága a koronával együtt 2,27 méter. Hársfából van faragva, gipsszel és festékkel bevonva. Többször is újrafestették, amelyet mutat a lekopott helyeken a festékréteg. Századunkban már tiltva volt, ma is tilos bármilyen módosítás vagy festés a kegyszobron. Keletkezéséről nincs történelmi igazoló irat.

Megsemmisült a tatárpusztítások alkalmával. Szakértői vizsgálat alapján próbálnak a tudósok véleményt alkotni eredetéről. Stílusából ítélve, közép-európai reneszánsz alkotás. Keletkezését az 1510–1520-as évekre teszik.

- Általános népi hit és hagyomány – folytatta -, hogy a kegyszobor megérintése, simogatása kegyelemmel jár, és hatásos eszköz, hogy a Szűzanya meghallgassa a hívő kérését. Babba Mária tisztelete tulajdonképpen az ősidőkbe visszanyúló Boldogasszony tiszteletet jelenti. Egyetlen nép sincs, aki annyiféle módon nevezné Szűz Máriát, Jézus anyját. A leggyakoribb elnevezés a már említetteken kívül: Nagyboldogasszony, Magyarok Nagyasszonya.

Időközben sikerült odajutniuk a kegyszoborhoz. Edit elővette a búcsúfiát, a magának vásárolt kegytárgyat és a szoborhoz érintette, majd megsimogatta a kegyszobrot. Csaba követte példáját, „ártani nem árt, talán egyszer jól jön" gondolattal. Megérintette a kegyszobrot, és hozzáérintette az érmét, valamint a Tilának szánt mézeskalácsot.

- Gyönyörű nevet adtak a csíkiak és a csángók a csíksomlyói Szűz Máriának – folytatta Edit. „Napba öltözött Boldogasszony" A csíksomlyói búcsú is azért tudta legalább egy napra lélekben egyesíteni a világ magyarságát, mert a magyar emberek tudatalattijából előjött a megmagyarázhatatlan vágy, hogy ott le-gyenek azon az ünnepen, ahol lelkük visszaszáll a legősibb időkbe. A csíkiak a rengeteg csapás után, amelyet a történelem, a természet mért rájuk, itt, Somlyó hegyén találtak vigaszt, és a felkelő Nap ragyogásából merítettek erőt. Babba Mária adott, és ad ma is reménységet a székelyeknek, csángóknak, a világ magyarságának.

Olyan helyet foglaltak el a nyergen, ahonnan jó rálátás nyílt a Hármashalom-oltárra. A legnagyobb magyar zarándoklatra most is több százezer zarándok érkezett a világ minden tájáról. Eddigre már benépesedett a dombhát. Az a kimondhatatlan érzés, amely a magyar nemzeti és a székely zászlók gyűrűjében állva, és körülvéve több százezer olyan emberrel, akik hitét évről évre megszilárdította a közösen átélt alázat, Csabát is magával ragadta. A székelyföldi zarándokok egy része, a hagyománynak megfelelően, végig gyalogosan tette meg az utat. Az igaz élők büszke menete kavargott, hullámzott körülötte, mintha ők testesítenék meg az igazi magyar jövő építőinek seregét. Csaba lelke mélyén úgy érezte, hogy a szívet-lelket egybekovácsoló keresztényi összetalálkozás révén nemcsak az itt lévők javulhatnak meg minden külső beavatkozás nélkül, hanem egy egész nagyvilág rálelhet az oly sokat keresett, már-már örökre elveszettnek hitt, igazi önmagára.

Csabában önkéntelenül fogalmazódtak meg ezek a gondolatok. Nem volt hívő, így templomba sem járt, de ateistának sem vallotta magát. Világszemlélete leginkább a realizmus felé tendált, mint olyan emberé, aki a dolgokat olyannak tudja elfogadni, amilyenek azok a valóságban, és nem táplál róluk illúziókat.

Csaba nem tudott ellenállni a szemébe tűző, vakító napfényben hullámzó magyar embertenger látványának. Minden irányból körülfogta az imádkozó tömeg morajlása, amint zengett, zúgott, és időnként, mint a medréből kitörni készülő áradat, hullámokban verődött vissza a Szent Hegyről.

A szentmise befejezése előtt senki sem hagyhatta el a térséget. A szentmisén résztvevő búcsús hívek a legnagyobb áhítattal, átéléssel kapcsolódtak bele a közös istentiszteletbe. Ebben az ünnepi istentiszteletben együtt imádkozott és énekelt az egész keresztény közösség, egy szívvel-lélekkel a Boldogságos Szűz Mária tiszteletére. Csaba nem igen ismerte az imákat és a szent énekeket, amelyekhez Edit és szülei is csatlakoztak, így csak áhítattal hallgatta a mise folyását. Valami megfoghatatlan érzés kerítette hatalmába lelkét, és akaratlanul is azonosult a tömeggel.

A szentmise befejezéseként felcsendült a Székely Himnusz. A több százezer hívő és nem hívő egy emberként csatlakozott egy sokat szenvedett maroknyi nép fájdalmas szövegű énekéhez. Szinte a himnusszal egy időben feltámadt a szél, és a feléledt fenyvesek zúgva ragadták magukkal az éneket, hogy tudassák a világgal egy nép sok évszados vágyát. Csaba velük énekelt, miközben a meghatottságtól könnyezve tekintett végig a tömegen. Úgy érezte, hogy velük együtt sírnak a fák is, és leveleik panaszosan suttogják e nép szabadságálmát. Látni vélte, ahogy a felcsendülő könnyfájdalmas ének hangjaira megrezdülnek a napfénysugarak húrjai, és hatásukra síró-búgó hangon szólaltak meg a mennyei fényorgona sípjai, hogy az égbe repítsék egy sokat szenvedő nép könyörgő fohászát: „Ne hagyd elveszni Erdélyt Istenünk". A tömeg még fel sem ocsúdott az átélt, fájdalmas ének varázsa alól, máris felhangzott a Magyar Himnusz. Egy emberként csendült fel a tömeg ajkán az összmagyarság szenvedését átölelő dal: „Megbűnhődte már e nép a múltat s jövendőt!"

- Sajnos, a nagyhatalmak szerint még nem – súgta oda Csaba Editnek a Himnusz elhangzása után beállt pillanatnyi csendben. - Ellentétben Ady szavaival, nem új, hanem még mindig bús szelek nyögetik az ős, magyar fákat.

Edit szorgalmasan fényképezett, Csaba videózott. A körmenet elvonulása után, lefelé haladva kívül-belül megtekintették és megörökítették a Szent Antal kápolnát is.

- Milyennek látod a búcsút? – kérdezte Edit, és belekarolt Csabába, amint maguk mögött hagyták a kápolnát.

- Olyan, mintha egy mély, varázslatos álomban érezném magam. Ezt nem lehet szavakkal érzékeltetni. Nem vagyok templomjáró, most mégis úgy érzem, mintha megtisztult lélekkel és testtel vonulnék le erről a Szent Hegyről. Magával ragadó érzés volt, amely alól egyetlen ember sem tudja elvonatkoztatni magát. Mintha egy felsőbb hatalom szállná meg az ember lelkét, és a megvilágosodás fényével vezérelné lépteit. Egy biztos: felejthetetlen volt. Hívő, vagy nem hívő, az ember innen megváltozott, szebb lélekkel tér haza.

Megérkeztek a Borvíz-forráshoz. Az események figyelemmel kísérése, a látnivalók, az élmények befogadása eddig elterelte figyelmüket önmagukról. A hirtelen rájuk törő szomjúság arra késztette őket, hogy beálljanak a kútnál álló sorba. Megnyugvással vették észre, hogy a sor gyorsabban fogyatkozik előttük, mint arra számítottak.

Miután szomjukat oltották a pezsgő vízből, alig tettek meg pár lépést, mikor egy szokatlan hangra lettek figyelmesek, amely nem illett a hely szelleméhez.

- Na, nézd csak! Még van bátorsága idedugni a képét más halálát okozó létére! – Meglepődve fordultak a románul hangoskodó nő felé. – Magához beszélek kislány! – nézett a csodálkozó Editre. – Idemerészkedik a székelyek állítólagos Szent Hegyére megtisztulni bűneitől? Azt hiszi, hogy egy kis zarándoklattal és imával tisztára tudja mosni a lelkét, amelyhez a fiam vére tapad?

- Én? – hökkent meg Edit, mert semmit sem értett a nő vádaskodásából.

- Igen, maga! Látom, vígan éli az életét, már férfit is szerzett magának. Az én fiam meg sírban nyugszik maga miatt. Maga, maga székely betolakodó!

Csaba román nyelvtudása még koránt sem volt tökéletesnek mondható, annak ellenére sem, hogy az évek során szorgalmasan tanult Edittől. Ha csak tehették, románul társalogtak egymással. Edit családjával is románul beszélt. A kis Tila is egyszerre sajátította el a magyar és a román beszédet. Edit románul, Csaba magyarul szólt hozzá. Tudták a szülei, hogy előbb-utóbb ez a kettősség meg fog szűnni, és különbséget tesz a két nyelv között. Csaba csak kis késéssel értelmezte a nő szavait, és rögtön tudta, ki lehet ez a középkorú nő, aki férje kíséretében állt előttük, szinte harcias pózban. Épp válaszolni akart, de Ádám megelőzte.

- Ha ez itt csak állítólagos Szent Hegy, akkor önnek mi keresnivalója van itt? A sarki kocsmát már rég elhagyták, ahová menni akartak. Egyébként is tévedésben van asszonyom. Edit lányomnak semmi köze az ön fia halálához. Fel nem foghatom, hogy öt év után, mire való ez a gyűlölködés?

- Még van képe letagadni? – Szinte rikácsolt a nő. A hangoskodás egyre több embert késztetett megállásra, máris nagyobb csoportosulás vette őket körül. – Azt hiszi, nem ismerem meg magukat, csak mert eltelt öt év? Mindhárman ott voltak az áldozatuk temetésén, Szovátán. Egy gyilkos sem tud szabaduli az áldozatától!

- Igen, ott voltunk a fia temetésén, hogy megadjuk neki a végtisztességet. Teljesen elfogadhatatlan a viselkedése, főleg ezen a helyen, és épp az egyházi ünnep kellős közepén. – Több kíváncsiskodó ember ajkáról is egyetértő mormogás hallatszott.

- Könnyen beszél maga, a lánya éli a világát, mert a fiam megmentette az életét, miközben ő maga szörnyet halt. Az én fiam élete tízszer annyit ér, mint ennek a székelymagyar libának a tyúkszaros kis élete. Egyáltalán, mit keresnek itt Romániában? – A nőből már fröcskölve törtek elő a sértő szavak.

- Ebből most már elég! – előzte meg Csaba Ádámot, haragtól villámló szemekkel tekintve a sértegető nőre. – Legalább a hely szellemét tartsa tiszteletben, ha már idejött! – Nehogy maga akarjon engem tisztességre tanítani! – fortyant fel a nő. – Menne inkább haza, arra a földre, amit meghagytunk maguknak!

- Én itt is itthon vagyok. – Csaba már nem tudta türtőztetni magát, s kifakadt. - Ha nem tudná, ez itt ősi magyar föld, annak ellenére, hogy most már Románia része. Hazugságokkal sok mindent el lehet érni, főleg kormányszinten. Még a jogtalan területszerzést is. Mi magyarok, már rég létrehoztuk ebben a me-dencében a kultúrát, mikor a maga ősei még csak pattintott kővel vakargatták a szőrt a talpukról. – Hangjából a sértett düh érződött ki, képtelen volt arra, hogy kímélje az előtte álló, gyűlölködő nőt.

- Ez azért már erős – szólalt meg egy ismeretlen román férfi.

- Bocsánat, uram, igaza van, de nem mi kezdtük a nemzetgyalázást, és nem is állt szándékomban ez, de már nem tudtam szó nélkül elviselni ennek az asszonynak a kiszólásait. Megértem az anyai fájdalmat, de ez még nem jogosítja fel egy másik ember becsmérlésére, és főleg, ennek semmi köze a nemzetiségi hova-tartozáshoz. Legalább az ünnepek miatt mellőzzük a továbbiakban a nemzeti kérdéseket és a sértegetéseket. – Körülöttük, magyarok és románok egyaránt helyeselték Csaba véleményét.

- Magának meg mi köze az egészhez? - Az asszony képtelen volt uralkodni magán, hogy hirtelen szembesülnie kellett a múlttal. Férje hiába próbálta csitítgatni.

- Több dologban is téved asszonyom – folytatta Csaba nyugodt hangon. – Akiről ön beszél, ennek a lánynak a húga – mutatott Editre.
- Ezt csak mondja –vonta meg a vállát a nő. – Különben egykutya. Ugyanannak a családnak a tagja, akik felelősek az egyetlen fiam haláláért. Ő, az én szememben a fiam elveszejtője.
- Ez már sok! – szólt közbe felháborodottan Éva. – Mi van akkor, ha az én Hajni kislányomnak semmi köze a fia halálához? Talán nem is találkoztak! De figyelmeztetem, jobb lenne itt, ebben a pillanatban befejezni ezt a beszélgetést saját, jól felfogott érdekükben. Elégedjenek meg a vélt rosszal, ne akarják tudni a még rosszabb valóságot, felszakítani vele a régi sebet! – Éva befejezettnek tekintette a szócsatát, megfordult, hogy távozzon, de a nő hangja megállította.
- Ííígen! – vicsorgott a nő -, ha sohasem találkoztak, akkor hogyan menthette meg a maga Hajniját? – Elvakultságában, mintha nem is hallotta volna Éva figyelmeztetését.
- Ő sehogy, mivel egy másik fiatalember mentette meg.
- Most már hazudik is? A hatóság szerint a fiam mentette meg a lányuk életét, ő maga pedig lezuhant a sziklateraszról a szakadékba. Maguk is elismerték ezt! Más tanuk is voltak rá.
- Így van. Mindenki ezt hitte, akkor még mi is így gondoltuk.
- Mi az, hogy akkor? Most már nem így gondolják?

- Csak pár hétre rá, egy szerencsés találkozás révén tudtuk meg, hogy nem a maguk fia mentette meg a lányom életét. Hajnit anynyira megviselte az eset, hogy pszichiáterhez kellett járnia kezelésre, amely addig nem sok eredményre vezetett. Akkor gyógyult meg, amikor szembesült az igazsággal, és rájött, hogy nem a maga fia mentette meg, vagyis ő nem felelős a fia haláláért.

- Az lehetetlen – szólalt meg a nő férje, - hiszen csak egy holttestet találtak. Ha igaz, amit állít, két holttestnek kellett volna lennie. Higgye el, becsapták magukat. A mi fiunk áldozta fel az életét a maguk lányáért cserébe. Lányuk csak bebeszélte magának, hogy egy másik fiatalember mentette meg. Így könnyebb volt túltennie magát a történteken.

- Kívánom, hogy továbbra is őrizzék az életmentő fiúk emlékét! Tudtuk, hogy a maguk szempontjából így elviselhetőbb a halála. Ezért nem mondtuk meg önöknek az igazat, mikor a tudomásunkra jutott a tévedés. Sajnálatos, hogy épp itt találkoztunk. Ég önökkel – fordult meg Éva és elindult. Csabáék követték.

- Ha ennyire biztosak benne, akkor hol van a másik holttest? – jött újra tűzbe a nő. – Nem akar válaszolni a kérdésemre?

- Nincs másik holttest, nem is volt, mert életben maradt a fiatalember – fordult vissza Éva, a többieket is megállásra késztetve.

- Úgy látszik szárnya nőtt zuhanás közben – gúnyolódott a nő. A csoportosulás egyre nagyobb érdeklődéssel hallgatta a vitát, mert sokan emlékeztek az esetre, eleget cikkeztek róla annak idején a lapok. Egyesek még a fiúnak adományozott kitüntetésre is emlékeztek, melyet a szülők vettek át. Mindenki sajnálta a szerencsétlenül járt fiatalembert. - Netán a nevét is tudja? Nincs szükségünk kíméletre, hisz hazugság az egész. Hol lehet most a lány mondvacsinált megmentője? - Itt áll maga előtt – mutatott Éva Csabára. Az asszony egy pillanatra meghökkent, de aztán összeszedte magát. - Szóval, maga az a beugró hős királyfi? Jutalmul elnyerte az egyik hercegkisasszony kezét? – az asszony megvetően nézett a fiatalemberre. Csaba nyugodtan állta a nő tekintetét, amelyben a tettetett határozottság mögött egyre nagyobb bizonytalanságot vélt felfedezni. Az asszony végül elfordította a fejét. - Virág Csaba vagyok – szólalt meg -, és én mentettem meg Hajni életét. – Hangjában nyoma sem volt a korábbi felháborodásának. Kérkedéstől mentesen, egyszerűen közölte a tényt. Nyugodt szavai elnémították a nőt, a csoportosulás halk moraja is megszűnt, csak a távolodó keresztalják éneke hatolt el hozzájuk. - Lezuhantam, de fennakadtam egy fenyőfán. – Az asszony szemében riadalom tükröződött. Határozottsága megingott, eluralkodott rajta a pánik, hogy olyat fog hallani, amit legszívesebben elkerülne. Férje sápadtan állt mellette, zsigereiben érezte, hogy a fiatalember nem hazudik. – Sokáig eszméletlen voltam, az éjszakát a fán töltöttem.

- Nem igaz, hazudik – suttogta a nő, de nem merte felemelni a hangját. Érezte, hogy maga ellen fordítaná a hallgatóságot.

- Reggel elkezdtem felfelé mászni a sziklafalon. Oldalirányban, közel száz méter kitérőt kellett tennem mire feljutottam a sziklacsúcs közelébe. Az utolsó pár métert friss erővel is lehetetlenség lett volna leküzdeni, ott ragadtam egy kis sziklateraszon, egy hasadékban.

- Ismerem azt a hasadékot – jegyezte meg egy hang.

- Délután egy kuvasz akadt rám - folytatta Csaba -, és gazdája, Demeter Péter mentett meg. Kihúztak a szakadékból, és az öreg hazatámogatott Szurdok-pusztára, ahol felesége, Ilonka néni vett kezelésbe. Másnap haza kellett utaznom Magyarországra, mert be kellett iratkoznom az egyetemre. Az egyetemi bálon találkoztam a Székely családdal, mert Edit is ott folytatta tanulmányait. Akkor derült ki, hogy Edit húgát mentettem meg. Pétertől tudtam meg, hogy amíg én ájultan lógtam a fán, a hegyi mentők megtalálták a fiuk holttestét. Természetes, hogy mindenki őt hitte a lány megmentőjének, hisz hátizsákkal, és hasonló szerelésben volt, mint én, és nem is azonosíttatták Hajnival, sem a szemtanúkkal, mert a felismerhetetlenségig összezúzott arcot úgysem tudták volna azonosítani. Péterrel megegyeztünk, hogy hagyjuk a dolgok menetét, hadd menjenek a maguk útján, így lesz jó mindenkinek, legfőképp önöknek, szülőknek.

- Szép, megható mese. – A nő továbbra sem akarta elhinni Csaba szavait. Anyai érzéseinek minden erejével tiltakozott az elhangzottak ellen. – Micsoda véletlen! Mit keresett a Kis-Békás szorosban?
- Én ismerem Péter bácsit – előzte meg Csabát egy közbeszóló hang. – Az ő felesége a vajákos Ilonka.
- Edittel a Balatonnál ismerkedtem meg a nyáron, és az egyetem kezdete előtt meglátogattam – folytatta Csaba figyelmen kívül hagyva a közbeszólót. – A szomszédasszonytól tudtam meg, hogy kirándulni ment a család a Békás-szorosba. A Gyilkos-tónál letettem a kocsit, és stoppal elmentem a Magyarok hídjáig. Innen gyalog mentem a Kis-Békás turista útján. Sokszor a vízben gázolva haladtam, mert megduzzadt a patak. Majd felmentem a Szurdok-kő gerincére, épp a kettészakadt csoport közé. Így találkoztam a túracsoport elejével, akik néhány perccel előttem érhettek oda. Ekkor következett be a baleset a kőomlásnál, ahol nyolcvan méter mély a szurdok. Azon a helyen a szakadék alja legalább tizenöt méter távolságban van a patak medrétől. Sziklás, majdnem vízszintes partszegély. A maguk fia semmiképp sem eshetett, vagy gurulhatott bele a patakba azon a helyen, hogy az magával ragadja, és jóval lejjebb találjanak rá. Lentről távcsővel látni lehet a letört csúcsát a fenyőnek, amelyre rázuhantam.
- Nem mondaná meg, akkor hogyan halt meg a fiam? – A nő kérdésében Csaba érezte a kétségbeesést.

- Most már úgyis mindegy, tudniuk kell a teljes igazságot. A férje tekintetéből látom, hogy ő már sejti. Az egész csoport, akikkel a fiuk volt, be volt lőve kábítószerrel. Ezt állította a Fenyő Villa tulaja is, ahol megszálltak. Feltételezem, hogy a rendőrség révén erről önök is értesültek. Útközben a fiuk többször is összeveszett a barátnőjével – ezt a barátai mondták el a rendőrségnek -, végül visszafordult, otthagyta a társaságot. Abban a lelkiállapotban, ráadásul a kábítószer hatása alatt, nem hiszem, hogy a tájban akart gyönyörködni a szakadék szélén állva, hiszen jól ismerte a környéket. Olyan helyen kellett lennie, a sziklaomlástól a patak torkolata irányában, ahol a szurdok annyira összeszűkül, hogy egy lezuhanó test a patakba kerül.

- És hogyan kerülhetett oda le a fiam? Lelökték? – Az asszony szemében riadtság tükröződött, hangja már remegett.

- Esetleg. Ám baleset is lehetett, netán más oka is volt. De ezt döntsék el Önök. Ha megbocsátanak, mi távozunk. Kár volt felszakítania a sebet! Ha már a sors úgy hozta, hogy találkoztunk, csendes beszélgetéssel is adózhattunk volna halottjuk emlékének. Ön, a fájdalmától és gyűlölködésétől hajtva másképp döntött. Sajnálom, hogy meg kellett tudniuk az igazat fiuk halálával kapcsolatban. Jobb lett volna megmaradniuk az eddigi hitükben.

- Valóban jobb lett volna elkerülni a találkozást – ölelte át feleségét a férje. – A feleségemet is kezelni kellett annak idején. Most hordhatom újra pszichológushoz, hála maguknak.

- Sajnálom, de önök kényszerítették ki belőlünk az igazságot – vetett véget a kellemetlen beszélgetésnek Ádám. Csabával szó nélkül elindult, a két nő követte példájukat. A csoport némán vált szét előttük, senki sem tett megjegyzést az elhangzottakkal kapcsolatban. Már-már azt hitték, hogy vége ennek a kellemetlen incidensnek, mikor meghallották az asszony sikoltozását.

- Nem igaz, maguk hazudnak! Az én fiam hős volt, aki megmentette egy… - A szájára tapasztott kéz egy pillanatra elhallgattatta, de a nő kitépte magát férje karjai közül, és fájdalomtól elfúló hangon kiáltotta utánuk. - Az én fiam nem lehetett öngyilkos! – A kiáltás hangos zokogásba fulladt.

Ádámék szomorúan tekintettek egymásra. Sajnálták az asszonyt, akit annyira megviselt fia halála, hogy még öt év után sem tudott belenyugodni. Nem mondtak ítéletet felette, amiért most jött ki rajta a vádaskodás, amit a temetésen még elfojtott benne a mély fájdalom. A feltámadó anyai fájdalom felett nem tudott uralkodni, s csak az vethetett véget a vitának, hogy szemébe mondták az igazságot. Ahogy távolodtak a kúttól, úgy halkult el az anya szívet tépő zokogása. A kordon ekkor érte el a Kegytemplomot, és az érkezését köszöntő harangszó elnyelte a borkút felől jövő hangokat.

- Hajni előtt egy szót sem szólunk az incidensről! – mondta Éva. – Mintha meg sem történt volna! – A többiek egyetértőn bólintottak, örültek, hogy Hajninak nem kellett újra átélnie a történteket. Folytatták útjukat a

Kegytemplomhoz. Mind a négyen érezték, hogy a felzaklatott idegállapotukat le kell vezetniük, s erre a templom felelt meg leginkább.

A lefelé haladók közt elvegyülve követték a körmenetet. Annak ellenére, hogy a zarándokok nagy többsége fent maradt a nyergen, csak lassan tudtak haladni. Szótlanul mentek egymás mellett. Edit szorosan fogta Csaba kezét, mintegy menedéket keresve a nemrég lezajlott események elől. Előttük, karonfogva haladtak a szülők. Alig értek be az első házakhoz, Csaba egy ismerőst pillantott meg az út szélén várakozva.

- Várjatok! – szólt Ádámék után, és Editet magával húzva a lányhoz lépett. – Ez aztán a meglepetés! Mégis csak kicsi a világ, hogy itt találkozunk a nagy magyar földön, Lilikém.

- Szia Csaba! – lepődött meg a lány, örömében két puszit adva a fiú arcára. Csaba bemutatta egymásnak a két lányt.

- Csak így egyedül? – Csodálkozott a fiú, hogy Lili egymagában álldogál.

- Ó, dehogyis. Csak lemaradtak a többiek. Hat fős csoporttal indultunk el Pestről körülbelül másfél hónapja, és gyalog zarándokoltunk ide.

- Ez igen – füttyentett egyet Csaba. – Nem volt túl fárasztó?

- Az elején még soknak tűnt távolságban és időben is, de a határátlépés vízválasztó volt. Ahogy egyre közeledtünk a célhoz, úgy nőtt bennünk a lelkesedés. A falvakban nagy szeretettel fogadtak, mikor meglátták a zászlós menetünket. Javasolták, hogy a békesség kedvéért tűzzünk a magyar zászlóra valamilyen román jelleggel bíró jelképet. Ebben segítségünkre voltak. Sok helyütt ebéddel, szállással vártak, mert az érkezésünk híre már napokkal megelőzött bennünket.

- Nem volt gond a románokkal? Épp az előbb volt egy kellemetlen incidensünk. Ők hogyan fogadtak benneteket?

- Többnyire rendesek voltak, nem tettek ránk megjegyzéseket. Voltak, akik kijöttek a kapuba megbámulni bennünket, mások szó nélkül bementek a házba. Olyanok is akadtak, akik kalácsot és vizet adtak útravalóul, sőt levelet magyarul írva, hogy a Kegytemplomban olvassuk fel kívánságukat, hogy megsegítse őket a Szűz Mária.

- Gondolom, ilyen kéréseket a magyaroktól tucatjával kaptatok.

- Csak én magam közel százat kaptam. Gondolhatod, hogy egész éjjel a templomban, halkan mormolva, sorra olvastam fel a könyörgéseket. Úgy illett, hogy a sok kedvességet, amit kaptunk tőlük menet közben, illik viszonozni, és a lelkiismeretünk sem engedte meg, hogy akár egyetlen imát is kihagyjunk az éjszaka folyamán. De el is köszönök, mert itt jönnek a társaim. Kívánom, hogy a ti könyörgésetek is találjon meghallgatásra.

Gyorsan elköszönt tőlük, és csatlakozott társaihoz. Nem látszott a mozgásán fáradtság. Úgy látszik, a virrasztással töltött imádkozás nála meghallgatásra talált, és nem csak lelkiekben, hanem testiekben is megerősítette. A közelükben árusok sátrai sorakoztak, melyek mindenféle enni- és innivalóval szolgáltak. Kihasználták a lehetőséget, és alaposan belakmároztak. Délután öt óra is elmúlt, mikorra bejutottak a Kegytemplomba. Csabát lenyűgözte a templomhajó mérete és díszítettsége. A főoltár középpontjában elhelyezett kegyszobron azonnal megakadt a szeme. A lélegzete is elakadt, olyan hatással volt rá a szobor. Most értette meg, hogy a Szűz Máriát a kis Jézussal ábrázoló kegyszobor, miért a templom legértékesebb része. A Napba öltözött asszonyt ábrázolja, lába alatt a holdsarló, feje körül a 12 csillagból álló csillagkoszorú ragyog, fején korona, jobb kezében jogar, balján pedig a Megváltót tartja. A kegyszobor fenségét csak fokozza a megvilágítás, mely olyan hatást kelt a hívőkben, mintha földöntúli fényben ragyogna. A kegyszobor két oldalán Szent István király és Szent László szobrai állnak. Az oltárokat különböző szenteket ábrázoló festmények díszítik. A templomhajó és a székek domborművekkel vannak ellátva, úgyszintén a sekrestye és a folyosó ajtaja. A hatalmas orgona a 2824 sípjával, Erdély legszebb orgonái közé tartozik. A színes üvegablakokon áttörő napfény csak fokozta a templom belsejének léleknyugtató összhatását. A padsorok tele voltak imádkozó hívőkkel, a gyóntató székek előtt sorok álltak. A kegyszobrot képtelenség volt megközelíteni a tömegtől. Még egy kicsit nézelődtek és elhagyták a templomot.

***

Átszlalomoztak a tér előtti tömegen, és a parkoló kocsijuk irányában folytatták útjukat. Fáradtan ültek be a járgányba. Edit felhívta Hajnit. Húga, ígéretéhez híven, még a délelőtt folyamán hívta Editet, miután kijöttek az orvostól. Ahogy sejtették, a fagylalt tett be a kis lurkónak, amitől begyulladt a torka és lázas lett. A lázát már a reggel beadott lázcsillapító levitte. Az orvos a gyulladásra írt fel neki kanalas orvosságot, melyből Hajni hazaérkezésük után rögtön adott neki.

- Szia – fogadta húga köszöntését. – Mi a helyzet Tilával?

- Nyugodj meg nővérkém, kész kisördög a kisöcsém. Ebéd közben kicsit fájt neki a nyelés, de hősiesen elfogyasztott mindent. Láza teljesen lement, a torka is alig piros, uzsonnakor már nem fájlalta. Azóta már félholtra gyötört. A fene sem tudja vele tartani a tempót.

- Csak szokjad, te vállaltad! Legalább lesz tapasztalatod, mire a saját gyerekeddel kell tartanod a lépést – nevetett az anya.

- Adom a telefont Tilának, mielőtt még kitépi a kezemből, és vele együtt letépi a fülemet is.

- Szia, anya! – kiabált a telefonba a kisfiú. Valamennyien hallották, mert Edit már az első pillanattól kihangosította a készüléket. – Nem vagyok már beteg – újságolta. – Csak durcás vagyok Hajnira.

- És miért vagy rá durcás?

- Azért, mert nem akar elvinni fagyizni.

- Én sem adnék neked fagyit, akármilyen finom, és akkor velem lennél utálatos?

- Lehet, hogy a durcásság finomabb szó az utálatosnál, de a fagyi még annál is finomabb.

- A finomabb most nem azt jelenti, amire gondolsz. A durcás nem olyan csúnya dolog, mint az utálatos.

- Ha nem olyan csúnya dolog, akkor még szerettek, ugye? – bizonytalanodott el -, mert én szeretlek benneteket. És Hajnit is szeretem, pedig nem adott fagyit.

- Persze, hogy szeretünk, kicsim! És Hajni is szeret, azért nem kapsz tőle fagyit.

- Szeretetből is lehet nem adni valamit? – csodálkozott a kisfiú. – Én szeretetből mindent adok.

- Pontosan azért nem kapsz tőle fagyit, mert szeret téged. Nem akarja, hogy újra fájjon a torkod.

- Akkor megvárom, míg meggyógyul a torkom, és akkor kérek tőle fagyit. De puszit, azt kérhetek tőle?

- Persze, hogy kérhetsz, és kapsz is tőle. Megvettük a vásárfiát, és holnap megeheted fagyizás helyett. Mindannyian sok puszit küldünk. Majd még telefonálok.

- Mikorra lesztek haza várhatók? – vette vissza a telefont Hajni.

- Még nem beszéltük meg a további programot. Nemrég jöttünk le a nyeregről, éppen a Kegytemplomot tekintettük meg. Majd hívlak a várható érkezésünkről. Csókolunk, szia. - Edit kérdőn tekintett a többiekre, majd előhozakodott a javaslatával.

- Szerintem ennyi elég volt a búcsúból, a tömegből, menjünk el valamerre, ahol Csaba még nem járt.
- Én támogatom az ötletet – szólalt meg Ádám.
- De hova menjünk?
- Javaslom, nézzük meg a zetelaki víztározót. Szép tájrész a Hargita-hegység és a Görgényi-havasok közti szoros. Igaz, hogy ez kerülő út, de továbbhaladva az úton, épp hazavezet bennünket. Mindannyian egyetértettek a javaslattal, és útnak indultak. Fél órájukba került, mire kikeveredtek Csíkszereda nyugati szélére, akkora volt a forgalom. Gyorsan maguk mögött hagyták Csiba községet, majd a csikókerti andezit bányát. Nem sokkal később balra feltűnt a tolvajosi sípálya. Rögtön utána beértek Tolvajos Tetőre.
- Erre lehet eljutni Hargitafürdőre – mutatott Éva a jobboldali elágazásra. Jó két kilométerrel arrébb, feltűnt előttük a Lobogó sípálya.
- De sok fürdő és sípálya van errefelé – jegyezte meg Csaba.
- Van belőlük jó néhány – hagyta helyben Ádám az észrevételt. - Ez a település, ahol most járunk, madártávlatból érdekes alakzatot mutat. Olyan, mint egy háromágú, hatalmas fa, melynek törzse délre mutat. Mi a keleti ágon hajtottunk be és a nyugatin távozunk.

Nem sokkal később Ádám elmesélte a Zete váráról szóló mondát. -… A vár kis terjedelmű sasfészek volt. Jelenleg kevés maradványa van, csak a leomlott falak domborulata látható a Deság-hegyen…

Szótlanul hallgatták Ádámot, miközben tekintetükkel az elsuhanó tájat fürkészték.

- Ahogy hallgatlak benneteket, el sem tudom képzelni, hogy létezik olyan székely település, amelyhez nem kapcsolódik legalább egy monda – jegyezte meg Csaba a monda végén.

- Közel jársz az igazsághoz – erősítette meg Éva az észrevételt. Közben beérkeztek Zeteváraljára. Két kilométerrel arrébb elérték a gátat, és jobbra kanyarodva áthajtottak rajta. - A Csorgókő-vízesés, – mutatott a bal oldali elágazás felé Éva, - nagy látványt nyújt innen fél kilométerre lévő Jézus-kútja forrással, de azt most kihagyjuk. - Áthajtottak a gáton, közben megcsodálták a 140 hektár területet betöltő hatalmas víztömeget.

- A tavat körös-körül hegyek övezik, - szólalt meg Ádám -, és bár erdeinkben mindenféle nagyvad megtalálható (medve, hiúz, farkas, vaddisznó, szarvas, őz, stb.) az erdőben a legnagyobb biztonság mellett túrázhatnak, vagy sétálhatnak, hiszen azokat a helyeket, ahol az ember megjelenik, bármely vadállat messzire elkerüli! A tó alkonyatkor, a sötétség beállta előtt, felülről úgy néz ki, mint egy ördögi maszk, két szarvval a fején, ahol beletorkollik a két patak.

A következő kanyarban, a bekötő útnál megálltak az út szélén, lehúzódva a padkára. Kiszálltak a kocsiból, és a felfedezett ösvényen lementek a vízpartra. Sűrűn nőtt fák között haladtak a fölúton átkelve, amely egy tisztásra vezetett. Innen már megpillantották a vizet, s nemsokára egy földnyelven kötöttek ki. Nem volt távolabb kétszáz méternél az úttól.

- A mesterséges tó kiváló horgászati, fürdőzési, túrázási, vagy csónakozási lehetőségeket biztosít.
– Mialatt Edit beszélt Csabához, a fiú megmártotta kezét a vízben. - A tó vize június végétől, augusztus közepéig kellemesen felmelegszik, így fürdőzésre is kiválóan alkalmas. Nem ajánlom, hogy most belecsússzál. Nincsenek kialakított strandterületek, a tavat úszásra azoknak ajánlják, akik nem ijednek meg, ha lábuk alatt hirtelen elfogy a talaj! A tópart többnyire meredek, a partközelben is mélyvíz van. A tóban nincsenek örvények, vagy akadályok. Vize szennyeződéstől mentes, hiszen pisztráng is él benne.

A hegy csúcsa mögött alászálló Nap egyre sűrűbb homályt borított a völgyre.

- Szerintem induljunk, mert percek alatt lemegy a Nap, és sötétben botorkálhatunk vissza a kocsihoz. - Alig indultak tovább a műúton, a Nap eltűnt a hegy mögött. Sötétség borult a vízre, szinte félelmetesnek tűnt a felbukkanó fekete víztükör, ahogy a műút újra megközelítette a partot. Az út mindkét oldalán sűrű erdő magasodott föléjük.

Csabának néha olyan érzése támadt, rögtön elindulnak feléje a hegyek, hogy aztán egyetlen mozdulattal összeroppantsák. Mindezt a csalóka képet a völgy hirtelen összeszűkülése okozta. Ahogy a Nap lefelé haladt a szemközti hegyorom mögött, annak árnyéka úgy kúszott egyre feljebb az út jobb oldalán húzódó hegyen. Csúcsa még napfényben fürdött pár percig, majd azt is elnyelte a sötétség. A kocsi lámpájának fénye csak az utat világította be, két oldalt fekete fal kísérte őket, néha oly közel jött, mintha valami fenyegető rémként akarná rávetni magát a kocsira. Kisebb kanyarokban, a reflektor fényét visszaverték az utat kísértetekként őrző fák, hogy a következő pillanatban még nyomasztóbbá tegyék a sötétséget. A kormányülés mögött ülő lány megfogta Csaba kezét, és erősen szorította, mintha így keresne védelmet.

– Eléggé kísérteties, ugye? – fordult a fiú Edit felé, de csak a körvonalait tudta kivenni.

– Hirtelen olyan rossz előérzet fogott el.

– Csacsiság, te is tudod – ölelte át Csaba. – Rám is nyomasztóan hat a koromsötét éj, két oldalt az áthatolhatatlannak tűnő erdővel. Olyanok vagyunk, mint a megriadt őz, aki képtelen kitörni a reflektor fénysávjából, és csak rohan előre, míg a jármű utol nem éri.

– Jaj, ne fesd az ördögöt a falra! – bontakozott ki Edit a fiú karjaiból. – Lehet, hogy Tila nyugtalanít. Fel is hívom Hajnit, hogy lefektette-e már? – A készüléket hagyta többször is kicsengeni, de senki sem vette fel. Végül a postafiók automatikusan generált hangja szólalt meg. – Nem veszi fel – aggódott Edit.

– Biztos most fürdeti, és oda nem vitte be a mobilját – vélte a fiú, amely kissé megnyugtatta az anyát. – Később újra felhívod!

Balról eltűntek a fák, és megpillantották a Sikaszó-patakot. A völgyben szétszórt tanyák tűntek fel házakkal, gazdasági épületekkel. Nemsokára áthaladtak a kiszélesedő völgyben települt Sikaszómezején, majd a jóval kisebb Gyergyólibántelepen. Pár perccel később balra feltűnt egy épületcsoport, majd az út ismét beleveszett a föléje tornyosuló fák sűrűjébe. Edit ismételten felhívta Hajnit. A vonal túloldalán azonnal felvették a készüléket. – Hál Isten! – sóhajtott fel megkönynyebbülten. – Már azt hittem baj van, hogy nem vetted fel fél órával ezelőtt.

- Nyugi nővérkém! Épp fürdettem Tilát, és nemrég aludt el. A láza teljesen lement, a torkát sem fájlalja, még nyeléskor sem. Nagyon várt benneteket. Azzal altattam el, hogy majd reggel találkoztok. Merre jártok? – hadarta Hajni, hogy megelőzze a kérdések sorát.

- Kerültünk egyet Székelyudvarhely irányában – vette át a szót Edit. – Megnéztük a zeteváraljai víztározót...

Az Úr elfordítja a tekintetét

Edit még a végére sem ért a tájékoztatásnak, mikor elérték a kanyart. Ádám lelassított, és követte a balra forduló út kanyarulatát. A felhők szétszakadoztak, és felbukkant közöttük a Hold. Fénye kísérteties külsőt kölcsönzött a tájnak, de eloszlatta az átláthatatlan sötétséget. Ádám épp csak ráfordult az S kanyar középső, egyenes szakaszára, és gyorsítani kezdett, amikor szemből, egymást követve két autó reflektora tűnt fel az ellentétes ívű kanyarban. Csabának egy pillanatra úgy rémlett, hogy a hátul jövő autó fényétől megvilágítva, az elülső kocsi ablakán egy alak hajol ki. A következő pillanatban már semmit sem látott a reflektorfényben. Ádám lekapcsolta a fényszórót. A két autó ijesztő gyorsasággal közeledett az egyenes szakaszban. Ádámot is elvakította a reflektoruk, melyeket nem kapcsoltak le. Figyelmeztetésül rájuk villantotta a fényszórót, bízva abban, hogy ők is kikapcsolják, de hiába. Az úthibák erősen rázták az autót.

- Lassíts! – kiáltott Éva a férjére, mert már egyikük sem látta az utat. Ádám levette lábát a gázpedálról, de már nem volt ideje fékezni. Edit megdöbbenve hagyta abba a beszélgetést Hajnival. Élesen felsikoltott, amikor a szélvédőn lyukak sora keletkezett. Körülöttük pókhálószerűen berepedezett az üveg.

- Golyók ütötte lyukak – villant át a gondolat Csabán. Még érzékelte, hogy az elöl haladó autó jobboldali ablakából félig kibújva, egy test lóg.

A szétlőtt szélvédőjű járművük elkezdett imbolyogni, és olyan közel suhant el a másik mellett, hogy hallani vélte az egymásnak súrlódó kocsik karosszériájának csikorgását. Ekkor ütötte meg a fülét az elhaladó kocsiban kerepelő géppisztoly hangja. A másik autó még előttük volt. Onnan is lőttek. Csaba Edit felé kapott, hogy lerántsa az ülés mögé, mikor éles fájdalom hasított fejének bal oldalába. Csaba még hallotta Éva hangját, amint sikoltása betölti a kocsi belsejét. De nem ez rémítette meg, hanem azoknak a hangoknak a hiánya, amelyeknek Edit és Ádám felől kellett volna jönniük. Homályosuló tudatával még látta a padlóra ejtett telefon fényét, és érzékelte a belőle hallatszó kiáltozást. A kocsijuk mellett elfütyülő golyók telibe kapták az üldözött autó kerekét.

- Mi ez a zaj, mi történt! – hallotta Hajni hisztérikus kiáltozását a kihangosított készüléken keresztül. – Szólaljon már meg valaki!

Csaba a telefonból hallatszó zokogásra már csak gondolatban tudott válaszolni. Az egész tragédia nem tartott tovább pár másodpercnél. Félig az eszméletlenség jótékony ölelésében látta a második kocsiban ülő négy alakot, amint elsuhannak mellettük. Érezte, hogy az irányítatlan Dacia egyenesen rohan tovább, és a kanyarban leszalad a meredek domboldalon. Életösztöne öntudatlanul is működésbe lépett. - Kapaszkodjatok! – suttogta kétségbeesetten.

Lábával befeszítette magát az ülések közé. Jobb kezével elkapta az ajtó fölötti kapaszkodót. Ugyanekkor Edit felé nyújtotta bal kezét, hogy segítségére legyen, de már csak a levegőt markolta. Az autó bal elülső részénél fogva nekicsapódott egy fának, majd többször átpördült a hossztengelye körül, és a lankás lejtő aljában, egy facsoportnak vágódva megállapodott a kerekein. A motor lefulladt, Csaba pedig elvesztette az eszméletét.

A kilőtt kerekű kocsi száz méterrel mögöttük, szintén a meredek aljában kötött ki. Még mindig járt a motorja, amikor fölötte, az úton megállt az üldöző autó. Két fegyveres férfi ugrott ki belőle, és leszaladtak a roncshoz. Óvatosan körbejárták a kerekeivel felfelé álló kocsit. Utasai most kezdtek el mocorogni. A két fegyveres lőni kezdett. A golyók szabályosan szétszaggatták a benne ülő három férfit. Nem vették észre, hogy a motorház felől kis lángnyelv kap életre. Egyikük benyúlt a hátsó ajtó ablakán, és kiemelt a kocsiból egy táskát. Alig értek a meredek útszélhez, az autó felöl hatalmas robbanás hallatszott. Lángoszlop tört az égnek, fénye elhatolt a másik, szerencsétlenül járt autóig. A két fegyveres férfi visszakapaszkodott az útra.

- Ezeknek már annyi – röhögött fel egyikük, amikor közölte a volánnál ülő férfival a helyzetet. - Több borsot már nem törnek az orrunk alá. Egyhamar nem fognak a mi területünkre tolakodni. Itt a táska – adta át a volán mögül kiszálló férfinak. – A súlya alapján lehet benne 1-2 kiló anyag.

- És a másik kocsi? – vette át a táskát, és betette a hátsó ülésre.

- Azt nem néztük meg. De mit számít!

- Hülyék! Nem hagyhatunk szemtanúkat. Hátha látták az arcunkat. Semmi kedvem ahhoz, hogy a rendőrségi nyilvántartásban beazonosítsanak bennünket. Mozdulj már, mert bármelyik percben jöhet erre egy autó! – rivallt rá a hátul álló társára. – Amelyik él, golyót a fejébe, és pucoljunk innen. Nem akarok találkozni útközben egyetlen kocsival sem.

Csaba gyorsan magához tért. Iszonyúan fájt a feje, fogalma sem volt hol van, és mi történt. Meleg nedvességet érzett bal halántékán, ahol a golyó, szerencsére, csak súrolta a fejét. Önkéntelenül odanyúlt. Keze vért tapintott. Felnyögött az érintés okozta fájdalomtól. Ez teljesen magához térítette és lassan emlékezni kezdett. Tudat alatt érezte, hogy nem ülhet így a végtelenségig, tennie kell valamit. Először nem tudta mi az, ami olyan ijesztően furakodik még mindig kába gondolatai közé. Hirtelen rádöbbent. A csend az, amely annyira nyomasztóan töltötte be a kocsi belsejét, hogy szinte fojtogatta. Rémülten fordult Edit felé, aki mozdulatlanul, előre bukva csüngött a biztonsági övön. A sötétben kitapogatta nyaki ütőerét, de bármennyire is fohászkodott magában, nem érzékelte az élet jeleit. Keze vértől iszamosan tapadt a lány nyakára, ahol a mély sebből már alig szivárgott a vér. Nyakán érte a lövés. Megrettenve kapta el a kezét. Ádám sem mutatott semmilyen életjelet. Neki a mellkasát találta el egy sorozat.

Olyan tompának érezte az agyát, hogy képtelen volt felfogni a tragédiát. Őrült gondolatok követték egymást a fejében, követni sem tudta őket. Vakító fény, sikolyok, lövések hangjai, felbőgő motor, a fém vélt csikorgása, majd fülsiketítő csattanás, és néma csend. Még mindig a sokk hatása alatt volt, amikor az előtte lévő ülés felől nyögést hallott. – Éva él! – hatolt át tudatán saját hangja. Áthajolt az ülés felett. – Hol sérültél meg? – Azt hitte, hogy kiabál, de csak suttogni tudott. – Mindjárt kiszedlek! A remény, hogy Éva életben maradt, erőt kölcsönzött neki. Látása kezdett kitisztulni, szédelgése is csökkent. Minden egyes mozdulatért meg kellett küzdenie, úgy érezte, egyetlen ép porcikája sem maradt. Kínkeservesen kicsatolta a biztonsági övet, és kinyitotta az ajtót. Az eldeformálódott ajtó csikorogva, nehezen nyílt ki, de csak félig. Kipréselte magát a nyíláson, és mindjárt sűrű ágakba ütközött. Be kellett csuknia az ajtót, hogy elférjen a kocsi és a fa összetört ágai között. Az első ajtó üvege kitörött. Odaérve behajolt Évához.

- Itt vagyok, mindjárt kiszedlek.
- Velük…velük mi van? – kérdezte a nő.
- Sajnálom – zokogott fel Csaba. Éva kérdése felszabadította benne a gátat, már nem tudott uralkodni a veszteség okozta fájdalma fölött. – Nem élték túl. - Csak most ébredt rá a szörnyű valóságra. Edit nincs többé. Képtelen volt visszafojtani elemi erővel feltörő sírását. Megállíthatatlanul rázkódott a válla, nem tudott megszólalni. Csak Edit halotthalvány arca lebegett szemei előtt, minden más megszűnt számára. Éva fuldokló köhögése térítette magához. A nő mellkasát egyre nagyobb foltban áztatta át a vér, szája sarkában vékony vércsík

jelent meg. Feje is erősen vérzett, ahol beütötte az ajtókeretbe.

- Kiszedlek – nyúlt a kilincs felé, és kinyitotta a kocsi ajtaját. A segítségnyújtás ösztöne visszatérítette a valóságba.

- Felesleges – suttogta Éva. Felfogta Csaba szavait, megtört tekintete tompán csillogott a Hold fényében. – Eltaláltak. - Szavai újabb köhögésbe fulladtak. Szájából erőteljesebben kezdett folyni a vér. Csaba tudta, mit jelent ez. Tüdőlövés. Már nem sok van neki hátra, és ő nem tehet semmit. Elszorult szívvel nézte a nő reménytelen küzdelmét az életben maradásért, és neki tehetetlenül kellett végig néznie a szenvedését. Nem mert hozzáérni, mert tudta, hogy ezzel csak fokozná a fájdalmait, és esetleg még nagyobb kárt tenne benne. Éva kinyitotta a szemét. Alig lehetett hallani szavait. Nem mondta, szinte csak lehelte. A fiúnak egész közel kellett hajolnia hozzá, hogy megértse, mit akar mondani.

- Fiam. Tudod, hogy mennyire szeretlek, és köszönöm, hogy... hogy boldoggá tetted Editet... Hajnalkát ne hagyd... - újabb, most még hosszabb köhögésroham fogta el. A teste meg-megrándult, arcán a fájdalom hullámai futottak át. – Senkije sem maradt, csak... - Ismét köhögés. Szinte már bugyborékolva lélegzett.

- Ígérd meg, hogy vigyázol rá! - Csaba torkát újra a sírás fojtogatta, csak bólintani tudott. Éva tekintetéből megkönnyebbülést olvasott ki. A nő, a néma bólintásból is értette Csaba fogadalmát. Megnyugodott, tudván, hogy Hajni nem marad magára. Arcvonásai kisimultak, teste ellazult.

Feladta az értelmetlen küzdelmet, mellyel csak szenvedését hosszabbítja meg. Megbékélt az elkerülhetetlen halállal. Ekkor robbanás rázta meg a levegőt, egy pillanatra az ő kocsijukat is bevilágította az égbe törő tűzoszlop. Csaba egy pillanatra odakapta a tekintetét, Éva pedig összerándult a hangra. Elkapta a fiú karját. Látszott arcán az erőfeszítés. Csaba megfogta a karján nyugvó, lecsúszni készülő elerőtlenedett kezet.

- Ő szer... - folytatta volna tovább, de hirtelen elakadt a lélegzete. Teste még utoljára megremegett, majd ívben megfeszült, és hirtelen elernyedt. Elhomályosuló szemei végig fogva tartották Csaba tekintetét, és mintha még egy utolsó mosoly hagyta volna el ajkát. Szeme lecsukódott, lelke egy végső sóhajjal elhagyta testét. Elkezdte végtelen száguldását a fény alagútjában, követve elhunyt szeretteit, tudván, hogy biztos kezekre bízta életben maradt egyetlen reményét, Hajnalkát...

Egyszerre csak meghallotta Hajni hangját a telefonban. Most tudatosult benne, hogy már régóta hallja, de agya legmélyére zárta a lány kétségbeesett kérdéseit, rémült kiáltozását.
- Mi történt! Válaszoljatok! – Sokadszor, szinte sikoltásként hatoltak a készülékből előtörő halk hangok Csaba tudatáig. A lány minden egyes fel-feltörő sírásába beleremegett a fiú teste, mintha őt is rázná a zokogása.

Keresni kezdte a készüléket, és rögtön rábukkant a padlón a világító telefonra Éva lába előtt. Behajolt a kocsiba, gyorsan felvette, és felegyenesedett. A hirtelen mozdulattól éles fájdalom hasított a bal halántékába, ahol a golyó súrolta. Elhomályosult látása lassan tisztulni kezdett. Keze önkéntelenül mozdult, és becsukta az ajtót, hogy legyen egy kis szabad helye. Pillantása ösztönösen az úton álló kocsira esett. A holdfény erőteljesen világította meg az utat. Két férfi sziluettjét fedezte fel. Látta, amint egyikük eltávolodik az autótól, és elindul egyenesen feléjük. Zseblámpájának fénycsóvája a léptek ütemére le-föl ugrált, ahogy megvilágította maga előtt az utat. Tudta, hogy kevés ideje van eltűnni. Biztosra vette, hogy nem segítséget nyújtani jön ide, még kevésbé bájcsevegni. Első gondolata az volt, hogy bontja a vonalat, de keze félúton megállt. Ha megszakad a vonal, Hajni első dolga az lesz, hogy újra hívja, és ez elárulhatja őt.

- Figyelj Hajni! Az úton egy maffia leszámolás kereszttűzébe kerültünk. Csak én maradtam életben. El kell mennem, mert ide tart egy fegyveres férfi. Ne hívj, majd kereslek, amint biztonságos lesz! Bontsd te a vonalat, én bekapcsolva hagyom a készüléket.

Zsebre tette a telefont. Míg beszélt, egyre messzebb lopódzott a kocsitól. Életösztöne megállíthatatlanul vitte egyre távolabb a veszélyes területről. Tisztában volt vele, hogy kegyetlenül hangzott a kurta, érzelmektől mentes közlés a telefonban, de saját biztonsága ezt követelte. Most nem lehetett tekintettel Hajni érzelmeire. Nem kockáztathatta meg, hogy bizonytalan kimenetelű harcba bocsátkozzék a fegyveresekkel, akik négyen-öten is lehetnek.

Azt a látszatot akarta kelteni, hogy csak hárman voltak a kocsiban. Közben a Hold elbújt egy vastag felhőtakaró mögé, és vak sötétség borult a tájra. Jó száz méterrel mögötte még mindig égett a kilőtt autó. Elemlámpa fénye villant a meredek oldalában és, közeledett a kocsi felé. Csaba már eléggé eltávolodott az autótól, és tapogatózva, nehogy zajt üssön, elindult felfelé az útra. A veszély tudata, úgy érezte, hogy kiiktatja belőle a fájdalomérzetet. Már fél utat megtette, mikor a lámpa fénye odaért a kocsijukhoz. Megszaporázta lépteit, és hamarosan az úttestre ért. Szerencsére a Hold még mindig a felhőtakaró mögött rejtőzködött, így gyorsan megközelítette a veszteglő autót, melynek lámpája élesen hasított a sötétségbe. Három alakot vélt felfedezni a kocsiban. Nem szándékozott közelebb menni, innen is jól olvasható volt a kivilágított hátsó rendszám. Gyorsan memorizálta, és elhagyva az utat, és a másik oldalán felfelé kezdett menni. Ha esetleg látták volna, hogy négy utasa volt az autónak, ezen az oldalon nem jut eszükbe keresni őt, rásdásul a kocsijuk közelében. Lentről már látta közeledni az imbolygó lámpafényt. A hegyoldalnak ez a része nem volt olyan meredek, sűrűbben nőttek a fák is. Csaba meggondolta magát, és irányt váltva a kocsi felé lopódzott, olyan közel, amennyire csak lehetséges volt biztonságosan meglapulni. Kinek jutna eszébe, egy bujkáló embert az úton álló kocsi közelében keresni?

A fegyveres férfi felért az útra, kinyílt a kocsi ajtaja, és újra kiszállt belőle a vezető. – Mi a helyzet? – fogadta odaérkező társát. A kérdés román nyelven hangzott el. Csaba megértette a beszédet.

- Semmi gond. Már mindhárman halottak voltak – hangzott a válasz. Hangja nem tűnt túl fiatalosnak. A lámpája egy pillanatra megvilágította a kérdező férfi arcát. Nagydarab, robosztus kiállású férfi volt. Haja feketének tűnt, de ez a sötétben csalóka lehetett még a lámpa fényénél is. A negyvenes évei elején járhatott. Csaba próbálta kivenni arcvonásait, de a villanásnyi idő erre kevés volt. Meghallotta a durva hangot, amellyel társára förmedt.

- Ne világíts a szemembe, te idióta! – torkolta le. Csaba úgy vélte, hogy a nagydarab férfi lehet a főnök. A másik leoltotta a lámpát. - Mit értesz azon, hogy mind a hárman? Nekem úgy tűnt, mikor elhaladtunk mellettük, hogy négyen ültek az autóban.

- Nem hiszem, főnök. Akkor a kocsiban kellene lennie.

- Mi van, ha kimászott, és elrejtőzött?

- Nem valószínű. Úgy összetört az a kocsi, és minden csupa vér volt benne. Az ajtók csukva voltak, alig tudtam kinyitni, hogy betekintsek. Amikor végre kirántottam a beszorult ajtót, ki is csúszott a kilincs a kezemből, és hanyatt estem.

A nagydarab férfi részéről, öblös mély hangú nevetés volt a válasz pórul járt társa szavaira. Csaba nem is emlékezett rá, hogy valaha is hallott ilyen nevetést. Tudta, amíg él, nem fogja elfelejteni.

- Most már teljesen mindegy. Ha volt is negyedik utas a kocsiban, úgysem találunk rá a sötétben. Volt ideje elbújni. Ti hány embert

láttatok benne? – fordult a főnök a hátsó ülésen lévő két társához.
- Tudja a franc. Mi a lövöldözéssel voltunk elfoglalva, nem a népszámlálással. – A másik is tanácstalanul rázta a fejét. – Az ő pechjük, hogy a tűzvonalba kerültek.
- Jobb is így, mert ha simán elmegyünk egymás mellett, riasztották volna a rendőrséget – szállt be a főnök az autóba.
- Hova megyünk? A vadászházba, vagy Vásárhelyre? – Továbbra is románul beszéltek, de Csabának nem volt nehéz megértenie.
- Igaz, hogy a vadászház bekötő útja itt van a közelben, és meghúzhatnánk magunkat éjszakára, de inkább menjünk Marosvásárhelyre. Ott letesszük valahol a lopott kocsit. Lehet, hogy már kőrözik is, reggel pedig túl kockázatos lenne közlekedni vele. Mindenki haza fog menni, és este találkozunk a törzshelyünkön.
Becsapódtak a kocsiajtók. Csaba felállva követte tekintetével az eltűnő fénypontot. - Ennyit a leolvasott rendszámról – gondolta csalódottan. Elővette a saját telefonját, és hívta Hajnit. Míg a készülék kicsöngött, elindult vissza a kocsijukhoz. Nagyon sajnálta a lányt, el tudta képzelni, milyen lelki állapotban lehet. Egyik pillanatról a másikra elvesztette az egész családját, és őróla sem tudja él-e még, vagy megölték. A túloldalon rögtön felvették a telefont. Csaba tudta, hogy Hajni, kezében szorongatva a készüléket, sírva várja, hogy végre megszólaljon.
- Mi történt? Tényleg meghaltak? – hallotta a lány síró hangját.

- Sajnálom Hajni, mind meghaltak. Nem tehettem semmit.

- Hogyan történt? – hallotta kis idő múlva, mikor a lány úrrá tudott lenni a zokogásán.

- Éppen kiértünk a kanyarból, mikor elvakított bennünket két szembe jövő autó. Gyorsan jöttek, s csak akkor döbbentem rá mi történik, mikor a golyók kilyuggatták a szélvédőt. Egyenesen a tűzvonalba kerültünk, ahogy a két kocsiban ülők egymásra lőttek. A kocsi leszaladt az útról, és többször is megpördülve a lejtőn, egy fának csapódott. Kis időre elvesztettem az eszméletemet. Mikor magamhoz értem, anyukád még élt egy-két percig. Meghallottam a telefonban a hangodat, de ki kellett, hogy kapcsoljam, mert az egyik fegyveres felénk tartott. Nem akartak szemtanút.

- Istenem – zokogott fel ismét Hajni. – Elcsuklott a hangja, meg sem tudott szólalni. Csaba átérezte a lány tragédiáját, szinte minden idegszálával Hajnin csüngött. Látta maga előtt, amint minden erejével azon van, nehogy teljesen összetörjön. Próbálta tartani magát, de a fiú az egyre szaporább szaggatott légzésén érezte, hogy pillanatokon belül összeomlik.

- Figyelj édes! – szólt gyengéden a telefonba. Szándékosan halk hangon beszélt, ezzel Hajnit arra kényszerítette, hogy csak rá összpontosítson, és megértse a szavait. – Tila ugye már alszik?

- Igen – szipogta a lány. – Most néztem meg.

- Jól van – nyugodott meg, mert ebből arra következtetett, hogy Hajni ura önmagának. – Most erősnek kell lenned! Beülsz a kocsimba, és eljössz értem! Az újfalvi andezit bányához megyek, ott várok rád. Bő egy óra múlva már otthon leszünk. Senki nem tudhat arról, hogy én is a kocsiban voltam. Megöltek volna, ha ott találnak. Most nem tudják, hogy hárman, vagy négyen voltunk-e. Indulás előtt hívd a rendőrséget a mobilodról, és mond el nekik, amit akkor hallottál, amikor Edittel beszéltél a telefonon. Tőle tudod, hogy éppen a Sicas szoros egyharmadánál jártunk, amikor sikoltozást, zajt, csörömpölést és lövésfélét hallottál, utána már nem válaszolt senki, pedig a vonal nem szakadt meg. A telefonod hozd magaddal. Ha visszahívnak, előbb állj le a kocsival, nehogy meghallják a járó motor hangját. Higgyék azt, hogy otthon vagy. Én visszaviszem Edit telefonját a kocsiba, hogy megtalálják a rendőrök. Most a saját telefonomról hívlak, ezt a hívást pedig töröld a mobilod memóriájából. Mindent megértettél? Közben, legalább egyszer hívd Edit számát, hogy memóriája elmentse a nem fogadott hívásoknál.

- Igen. – Csaba megérezte a válaszban a határozatlanságot.

- Drága, meg kell tenned Tiláért, magadért, értem! Ezt kérné a családod is. Erős lány vagy, képes leszel rá. Óvatosan vezess!

- Megteszem – ígérte Hajni most már határozottan, bár még mindig szipogott. Az a tudat, hogy családja elvesztése után Csabát bajba sodorhatja, ha nem tesz érte semmit, erőt adott neki. – Értesítem a rendőrséget, törlöm a hívásod, hívom Editet, és találkozunk az andezit bányánál. Jártam már arra, tudom az utat. Vigyázz magadra!

Csaba közben odaért az autóhoz. Edit telefonját becsúsztatta az anyósülés alá. Most, hogy elmúlt a veszély, ismét elárasztotta testét-lelkét a fájdalom szerettei holtteste láttán. Beült a hátsó ülésre, kicsatolta Edit biztonsági övét, és ölébe vonta kedvese fejét. Némán ringatta a kihűlő félben lévő, de még meleg, mozdulatlan testet. A beszűrődő holdfény félhomályában csak nézte, nézte a holtában is gyönyörű arcot. Fojtogatta a sírás, de már nem tudott könnyeket ejteni. Teste meg-megrándult az elfojtott, minduntalan kitörni készülő fájdalomhullámoktól. Ilyenkor Edit teste is megmozdult, mintha csak élne, és hívná szerelmét. Csaba észre sem vette, hogy a Hold ismét elbújt a felhőtakaró mögé, és már nem látja Edit arcát. Lehunyt szemmel ringott előre-hátra, szorosan ölelve a testet.

Megszűnt számára a kinti világ, észre sem vette, hogy esni kezd az eső. Bezárkózott saját lelki világába, ahol csak ő és Edit létezett. Sorra peregtek le előtte a közösen átélt emlékek. Megismerkedésük, az újra találkozás öröme, a halott fiúk, a semmihez sem fogható boldogság, amikor Tila megszületett. A kisfiú első önálló lépései, az első szó, amit kiejtett a száján. Ahogy szaporodtak benne az emlékek, úgy nőtt lelkében a veszteség okozta fájdalom. Szerette volna kivetni magából az élet minden kegyetlenségét, de képtelen volt rá. Csak vergődött a kín hullámai között, mint a vízben fuldokló, akinek nem ér talajt a lába. Mikor már úgy érezte, hogy szaggatott, szabálytalan légzése fojtogató karomként szorongatja a torkát, vakító fény öntötte el a kocsi belsejét, amely lehunyt pilláin is áthatolt.

Csaba megmerevedett, tágra meredt szemmel, csodálkozva tekintett le kedvese arcára. Mintha mosolyogna álmában. Legalábbis így tűnt neki, de tudta, hogy ez csak képzelődés. A villámlást hatalmas csattanás kísérte, hogy beleremegett a föld, majd hosszú dörgés sorozatos hullámai követték, amint végig dübörgött égen-földön. Mintha Isten haragvó akarata zúdítaná rá az eget, vagy maga a Föld szíve morajlana tiltakozva az erőszakos elmúlás ellen. A természet vad hangjai feloldották bensőjében az eddig leküzdhetetlennek érzett gátat, és szívszaggató üvöltéssel szakadt ki belőle a visszafojtott fájdalom.

- Neeeeem! - Énje legbensőbb érzéseiből, zsigerei mélységeiből tört elő a lelki kín üvöltése. Hangja versenyre kelt az egymást követő dörejekkel, és túlordítva egymást, birkóztak az elemek és a gyász fájdalmas viadalában. A hegytetőről lecsapó szél nyomásától meghajoltak a fák, hogy aztán sírva-nyögve, újra és újra felegyenesedjenek. Végül elült a dörej, elhalt az ordítás. A záporeső hangosan verte az autó tetejét, és megeredtek a fiú könnyei is. Teltek a percek, és a hirtelen jött zápor tovaszáguldott a szél hátán.

Újra felragyogott a Hold, fénye megnyugtatóan hatott Csabára. A tíz perces viharra már csak a meg-megrezdülő levelekről lehullott esőcseppek emlékeztették. Úgy érezte, hogy a tetőlemezen csendesen kopogó cseppek csakis a fák könnyei lehetnek, mintha a fák is siratnák az erőszakos elmúlás,t és a suttogó levelek, mint a lelki megbékélés hírnökei, együttérzésüket fejeznék ki fájdalmában.

Ijedten kapta elő a mobilját. - Még nincs vége! - jutott eszébe. - Eltelt negyed óra, Hajni jön értem és a rendőrség nem találhat itt. - Egy utolsó, hosszú csókot lehelt Edit szájára, hogy ezt a végső érintést örökre megőrizze szívében. Felültette a mozdulatlan testet, becsatolta a biztonsági övet, kedvesét pedig nekitámasztotta a sofőrülés háttámlájának. Mindent a baleset utáni állapotban hagyott. Kiszállt az autóból, becsukta az ajtót, és felkapaszkodott a csúszós lejtőn. Felérve az úttestre lassú futásba kezdett, hogy behozza az időveszteséget. Kezdetben szenvedett a baleset okozta kisebb sérülésektől, de néhány perc után sikerült elnyomnia ezeket a fájdalmakat, és csak a célra összpontosított.

Tíz perc múlva az egyik kanyarban, szemből jőve feltűnt egy autó lámpája, tetején megkülönböztető jelzéssel. Behúzódott a fák közé. A rendőrautó szirénázva húzott el előtte. A holdfényben a benne ülő két rendőr arcvonásait is ki tudta venni. Tovább futott a kacskaringós úton, és újabb tíz perc múlva elérte az andezit bányát. Jobbra és balra csupasz sziklatörmelékek, kövek övezték az utat, ahol elbújni sem lehetett. Egy perc múlva ismét fák ölelésében folytatódott az út. Innen, már csak lépésben haladt tovább. Pár perc múlva ismét feltűnt egy autó lámpája. Lassan haladt, mintha keresne valamit. Óvatosságból lehúzódott az útról, és úgy várta be a kocsit. Harminc méterről már ráismert saját autójára és a benne ülő lányra. Kiállt az út szélére, és leintette a járművet, amely egy kicsit túlszaladt rajta. Mire odaért, Hajni már kiugrott a kocsiból és zokogva a fiú nyakába vetette magát. Egész teste remegett a sírástól, amint szabadjára engedte az úton visszafojtott érzelmeit. Csaba átkarolta a lányt, hátát simogatva hagyta, hogy kisírja magát. Nem mondott semmit, a vigasztaló szavaknak most nem sok értelme volt. Egy perc múlva gyengéden eltolta magától Hajnit, és letörölte a könnyeit.

- Indulnunk kell, édes – szólalt meg lágyan. - Nem maradhatunk itt, és otthon kell lennünk, mielőtt Tila esetleg megébredne.

Hajni könnyeit nyeldesve bólintott. Beültek az autóba, Csaba megfordult, és elindult. Néhány perc múlva beértek Gyergyóalfaluba. A falu túlsó végénél szembe találkoztak egy újabb rendőrautóval, fél perccel később egy mentőautóval.

- Ezek oda mennek, ugye? – Csaba bólintott, mire Hajni szeméből ismét kicsordultak a könnyek. A fiú jobb kezével kinyúlt, és megfogta a lány bal kezét. Ujjaikat összekulcsolva vigasztalták egymást. Negyed óra múlva haza értek. Behajtottak a nyitott kapun. Csaba becsukta a kaput, és Hajni után ment.

A lányt a kis szobában találta, ahol Tila békésen aludt. - Nem ébredt fel – közölte vele Hajni. Csaba odament az ágyhoz, és könnyes szemmel nézte immár félárva kisfiát. Lehajolt hozzá, megcsókolta a homlokát. A kisfiú boldogan elmosolyodott, mint aki szépet álmodik. Apja megigazította rajta a takarót, leoltotta a villanyt, és mindketten elhagyták a szobát.

Gyorsan lezuhanyozott, Hajni pedig kitisztította, és ragtapasszal látta el a fiú halántéka fölött keletkezett vízszintesen húzódó barázdát, melyet a golyó egészen a csontig szántott fel a fejbőrén. Nagy szerencséje volt. Ha kicsivel is arrébb megy a golyó, már ő is halott lenne. Kezdte megszokni, hogy vészhelyzetekben mázlija van. De vajon meddig tart ki a szerencséje? Ha nem jutna minduntalan eszébe kisfia, akkor ő is jobb szeretett volna meghalni szerelmével együtt. Csak egy gondolat dobolt szüntelen az agyában: Edit nincs többé. Gondolataiból Hajni riasztotta fel.

- Nem mondhatnánk el a rendőrségnek, hogy mi történt? – Amíg a fiú sebével volt elfoglalva, addig tartotta magát. Most erőtlenül rogyott le az ágyra, kézfejével a könnyeit törölgetve. Még mindig nem tudta elhinni, hogy családja odaveszett. Hiszen reggel még búcsúzkodtak egymástól, este reménykedve várta haza őket, hogy elmeséljék benyomásaikat a búcsúról, és most nincsenek.

- Nem láttam tisztán az arcukat, a kocsit pedig lopták. Az üldözött kocsiban mindenkit megöltek, engem is megöltek volna, ha az autóban maradok. Ha elmondom a rendőrségnek, kiderülne, hogy négyen voltunk a kocsiban. A haláleseteket úgyis felkapja a média, könnyen a nyomomra akadnának. Nem kockáztatnák, hogy esetleg azonosítani tudom őket. Alibit könnyűszerrel tudnának maguknak biztosítani. Veszélybe sodornálak téged is és Tilát is.

– Akkor csak ülünk és várunk? Szeretnék a közelükben lenni.

– Hidd el édes, jobb, ha nem látod most őket. Már eltelt egy óra, hívd fel újra a rendőrséget, és kérdezd meg, hogy mit tudnak a családodról. Az lenne a gyanús, ha nem érdeklődnél utánuk. – Csaba csodálattal adózott Hajni kitartásának. Sok lány már összeomlott volna a csapás súlya alatt. Hajni megnyomta a hívó gombot.

– Egy órával ezelőtt telefonáltam, hogy a 138-as úton valószínűleg történt valami a családommal – hadarta el egy szuszra. Ki is fogyott belőle a levegő, hangja is eléggé zaklatott volt ahhoz, hogy jogosnak tűnjön az aggodalma.

– Igen, velem beszélt akkor is. Kiment a járőr kocsi, és két autót találtak az útról letérve. Az egyik kiégett. Még nem azonosították a kocsiban lévő holttesteket, amikor beszóltak, hogy küldjük a mentőt és a helyszínelőket. Azóta semmilyen információnk nincs.

– Kérem, értesítsenek, ha biztosat tudnak! Nagyon aggódom értük.– köszönt el.

Csaba elkérte tőle a készüléket. – Felhívom Edit számát.

– Mit csinálsz, hisz meghaltak! – fakadt újabb sírásra Hajni.

– Igen, kicsim! De a rendőrség nem tudja, hogy mi tudjuk.

Többszöri kicsengés után felvették a telefont.

– Edit? – szólalt meg sürgetően – Mi történt?

- Itt Grigore Radulescu rendőrőrmester – szólalt meg egy mély férfihang románul. – Kivel beszélek?
- Virág Csaba vagyok, Székely Edit élettársa Szentmiklósról.
- Ön riasztott bennünket?
- Nem én voltam. Hajnalka beszélt éppen a nővérével, amikor furcsa zajokat hallott, és utána senki sem szólt bele a telefonba, pedig nem szakadt meg a vonal. Attól tartott, hogy karamboloztak. Ő értesítette önöket. Azóta is hívtuk Editet, de nem vették fel egészen mostanáig.
- Önök a Székely család hozzátartozói?
- Igen, mi történt velük!? – Csaba hangja sürgető volt.
- Sajnálom, mindhárman meghaltak. Nemrég azonosítottuk őket az irataik alapján.
- Ez, hogy történhetett meg! – csattant a fiú hangja.
- Mindhármukat lelőtték, de többet nem mondhatok. Még tart a helyszíni szemle. Reggel értesítjük önöket. Be kell jönniük a holttestek azonosítása végett. Sajnálom, és őszinte részvétem.

Megszakadt a kapcsolat. Csaba, kezében a telefonnal, szótlanul meredt maga elé. Csak akkor riadt fel, amikor Hajni sürgetően megérintette. Szemében mélységes fájdalom tükröződött, telve ezernyi ki nem mondott kérdéssel. Leült a lány mellé, vállát átkarolva magához húzta. Hajni a fiú mellére hajtotta a fejét, és ott sírdogált csendesen.

- Megtalálták őket. Egy őrmester vette fel a telefont. Délelőtt be kell mennünk azonosítani őket. Az egész csak kötelező formaság, mert az igazolványaik egyértelművé teszik kilétüket. Undorodom magamtól, hogy fér belém ennyi képmutatás! – rázkódott meg.
- Tudom, hogy ez nem jellemző rád, de nem tehetsz másképp, és én sem... Miért kellett kerülő úton jönnötök! – szipogta Hajni. – Nem történt volna meg a baj, és még mind élnének.
- Ezt nem tudhatjuk – sóhajtotta a fiú. – Állítólag az ember sorsa előre meg van írva. Ha ez igaz, akkor úgysem tudunk védekezni ellene. De én nem hiszek ebben. Miattam történt minden.
- Ezt, hogy érted? – kapta fel a fejét Hajni.
- Edit nekem szerette volna megmutatni a víztározót és a Sicas szorost... Elmegyünk a Szent Hegyre imádni Istent és a Szűz Máriát, és ők hálából magukhoz szólítják szeretteinket.
- Ne bántsd őket, ők nem akarnak rosszat.
- Tudom, csak éppen tétlenül szemlélik. Tengernyi közömbösségüket az emberi szenvedés iránt jó, ha egy megsegítés követi. De ezt sem tudja bizonyítani senki. Igaz, az ellenkezőjét sem. Isten valóban magára hagyta az embert a Paradicsomból való kiűzetés után, boldoguljon önerőből.
- Ne átkozd őket, kérlek!
- Eszemben sincs átkozódni, csak nem tudok a megfoghatatlan dolgokkal megbékélni. Istennel sem, akár létezik, akár nem. Miért hunyja be a szemét, amikor segítenie kellene? Segíts magadon, Isten is megsegít! Én inkább teszem az

elsőt, mint végeláthatatlanul várjak a másodikra. Főleg, ha másfelé figyel. Ha pedig már segítettem magamon, mi szükség van Isten segítségére? – Csaba felállt, Hajni követte.

- Ne hibáztasd önmagad, mert örökre megöli a lelkedet. Ti nem tehettek a tragédiáról. Egyedül azok a hibásak, akik fegyvert vettek a kezükbe, és használták is. Semmiképp sem menthetted meg őket. Csoda, hogy te életben maradtál. Ne marcangold a lelkedet, nem vagy bűnös. Mindkettőnknek fáj az elvesztésük, semmiféle önvádaskodással nem támaszthatjuk fel őket. Én hiszem, hogy tiszta a lelkiismereted a történtekkel kapcsolatban. Azt tetted, amit életösztönöd diktált. Értelmetlen halálod nem támasztotta volna fel őket.

- Megpróbálok nem arra gondolni, mit tehettem volna, vagy mit nem tettem meg.– sóhajtotta a fiú. Jól estek neki Hajni vigasztaló szavai. Érezte, hogy a lány bízik benne, miközben minden idegszálával kapaszkodik beléje. Tisztában volt azzal, hogy Hajninak most nagy szüksége van az ő lelki erejére. Belőle próbál erőt meríteni, hisz egész családját elveszítette. Hajni nem azért helyeselte az ő cselekedeteit, hogy a lelkiismereti kétségeit eloszlassa, hanem valójában is így érezte. A lány jóval többet veszített, mint ő.

- Próbáljunk meg aludni! – indult el a fiú.

- Én most úgysem vagyok képes erre. Félek egyedül maradni.

- Pedig pihenned kell. Nehéz napok jönnek ránk. Ha úgy gondolod, alhatsz mellettem, hogy ne légy egyedül.

Csaba hanyatt feküdt az ágyon. Oldalra kinyújtott jobb karján Hajni feje pihent, karja keresztben feküdt a fiú mellén. Aggodalma ellenére a lány gyorsan álomba sírdogálta magát. Már jó ideje elérzékenyülve hallgatta nyugodt, egyenletes légzését. Őt magát kísértették a tragédia eseményei, újra és újra átélte minden pillanatát. Ahogy fokozódott benne a fájdalom, úgy érlelődött lelkében a bosszú gondolata. Többször elfogta a kétség, hogy helytelenül cselekedett a rendőrséggel kapcsolatosan, de amikor arra gondolt, hogy ha rájuk is találnak, és gyanúsítottakként előállítják őket, bizonyítékok híján úgyis felmentik őket. Ilyenkor megnyugodott, és eltökélt szándéka csak növekedett benne. Nem úszhatják meg, felkutatja őket, ha hosszú hónapokba telik is.

Hajni nyugtalanul mocorogni kezdett mellette. Csaba kisimította hosszú, hullámos hajfürtjeit, és egy gyengéd csókot lehelt a homlokára. Ettől mintha megnyugodott volna. Karját szorosan fonta Csaba melle köré, ettől remélve biztonságot. Légzése újra egyenletessé vált. Már pirkadni kezdett, mikorra a fiút is legyőzte a fáradtság, és álomba merült...

***

A hamvasztásos temetés után még néhány napig ott maradt Szentmiklóson. Sok ismerős, szomszéd és számtalan szolidáris ember volt kint a temetésen, főleg székelyek, de szép számmal akadtak köztük románok is. A lapok nagy port kavartak a három ártatlan ember legyilkolásával kapcsolatban. Kifogásolták a rendőrség hatékonyságát, a korrupciót, amely a rendőrség köreiben is felütötte a fejét. Követelték a határozottabb fellépést a bűnöző bandákkal szemben, hisz bármikor újabb ártatlan áldozatokat követelhet a bandák egymás közti leszámolása, legyen az áldozat román, vagy székely. Csaba szülei, testvérei is megrendüléssel fogadták a tragédiát.

Az önkormányzat nagyvonalúan hozzájárult a temetési segély kiutalásához. Az iskola is segítséget nyújtott nekik, ahol a szülők tanárként dolgoztak, és a biztosító is fizetett az összetört autóért. Ezek a befolyt pénzek fedezték a költségeket. A temetéssel kapcsolatos utánjárások kezdetben lekötötték Hajni szabad idejét, ugyanakkor mindez nagyon megviselte. A két fiatal kölcsönösen próbált lelkierőt önteni egymásba. Máskor teljesen magukba zárkóztak, nem találták helyüket a lakásban. Felváltva sétáltak, vagy játszottak a kisfiúval, benne lelve vigaszt. Ő volt a legnagyobb próbatételük. Még nem tudta megérteni a halál fogalmát. Hiányolta édesanyját, számtalanszor kérdezte tőlük, hogy mikor jön haza. Miért nem jött haza apával, és hol van a papa, meg a mama. Napokig magyarázták, hogy anyának és a nagyszülőknek el kellett menni messzire. Fel az égbe, ahonnan nem jöhetnek vissza.

- Akkor miért nem megyünk utánuk? – kérdezte a kisfiú.

- Nagyon sok idő múlva majd utánuk megyünk. Ők addig fentről figyelnek, és vigyáznak ránk. – próbálta megmagyarázni az apja.

- De, hogy ment oda fel anya, mikor a földbe temettük? – hangzott az ártatlan kérdés.

- Anya elaludt nagyon-nagyon hosszú időre. Azok a jó emberek, akik örökre elalszanak, testüket eltemetik, de lelkük az égbe száll, és onnan figyelik szeretteiket. Nem láthatod, nem hallhatod többé, csak érezni tudod. Érzed, hogy ő ott lakozik a szívedben. Az én szívemben is.

- Hajni szívében is?

- Igen. Minden ember szívében, akik szerették őt.

- De anya csak egy van, hogyan lakhat annyi ember szívében? – A kérdés nagyon egyszerű volt, de a válasz annál nehezebbnek tűnt Csaba részéről. Segítségkérően tekintett Hajnira, aki készségesen kisegítette szorult helyzetéből.

- Belőled hány van? – kérdezte Tilát.

- Hát csak egy – csodálkozott, hogy lehet ilyen nyilvánvaló dolgot kérdezni.

- Így van, egy van belőled. Ezek szerint csak egy embert szeretsz. – Tilát meglepte Hajni kijelentése. Hosszan elgondolkodott, majd tagadóan rázta a fejét.

- Én szeretem anyát, apát, téged is szeretlek, és még sok mást is.

- Na, látod! Egy tested van, és egy a lelked is, amely a szívedben lakozik. A lelked viszont képes befogadni minden embert, akit szeretsz, hiszen ők ott lakoznak a szívedben. Az emberek lelke meg tud sokszorozódni, és a te lelked egy-egy darabkája is beköltözik mindenkibe, akit szeretsz, és befogadják, akik szeretnek téged. Anya lelke is ezért tud az égben is lenni és benned is, bennünk is, és mindenkiben, akikkel szerették egymást.

- A te lelked ott van Hajniban is, bennem is, és a mi lelkünk ott van a te szívedben is, mert szeretjük egymást – vette vissza a szót Csaba.

- Anya lelke sokáig fog lakni a szívemben? És amíg ott lakik, ő mindig velem lesz és vigyáz rám?

- Addig, amíg gondolsz anyára, és nem felejted el, mindig ott lesz a szívedben, és vigyáz rád. Ezt hívják emlékezésnek.

- És ha elfelejtem anyát, akkor kiköltözik a szívemből és elveszítem?

- Így van. Akkor számodra meg fog halni anya lelke is, és te nem fogod érezni a szeretetet, amit iránta táplálsz, és amit ő érez irántad.

- Akkor soha nem fogom elfelejteni anyát, és emlékezni akarok rá, mert mindig szeretni akarom.

- Ezt nagyon szépen mondtad kicsim – ölelte meg Csaba. – Anya minden szavadat hallotta odafent, és bizonyára nagyon örül neki.

Sokat beszélgettek az előttük álló vizsgákról, hogy bele merjenek-e vágni ebben a lelkiállapotban. Végül úgy döntöttek, hogy az elfoglaltság lehet a legjobb orvosság gyászukra. A jövőjükről, a megélhetésükről volt szó. Tudomásul vették, hogy az élet szeretteik nélkül is megy tovább, és ők nem ragadhatnak a múltban, gyászukba temetkezve. Elhatározták, hogy belevetik magukat a tanulásba, bármilyen nehéz is lesz határidős feladatukra összpontosítani. Hajni csak annyit kért Csabától, hogy erre a három-négy hétre hadd maradjon vele Tila. Nem akart egyedül maradni, másrészről neki sokkal kevesebb tanulnivalója van, és előbb is fog levizsgázni.

Indulás előtti napon Csaba felvett az OTP bank fiókjában harmincezer Lejt a számlájáról, és átadta Hajninak, hogy ebből fizesse a rezsi díjakat, valamint a házra felvett hitel törlesztését. A maradék bőven elegendő lesz a megélhetésre, amíg vissza nem jön. A család nem tudott pénzt félretenni a törlesztés miatt, így egyik hónapról a másikra éltek. Hajni könnyes szemmel vette át az összeget. – Nem is tudom, mihez kezdenék nélküled – borult a fiú mellére.

- Figyelj, édes! – vette két tenyere közé a lány arcát. - Valamit még nem mondtam el. Kímélni akartalak, de most kötelességemnek érzem, hogy elmondjam. Jogod van tudni. – Hajni ijedt szemekkel tekintett rá, vajon milyen borzalom következik. – Ne ijedj meg, nincs miért! Anyukád nem halt meg rögtön, ezt már említettem. Első szava az volt hozzám, hogy mi van Edittel és a férjével. Fejrázásomból megértette, hogy meghaltak. El akart mondani nekem valamit, de nem tudta befejezni. Egy kérését viszont jól értettem. Megkért, hogy vigyázzak rád, mert, ha magadra maradsz, össze fogsz törni. Még mondani akart valamit, de csak elkezdte, azt sem értettem tisztán. Viszont boldoggá tette az a tudat, hogy nem hagylak magadra. Látta, hogy igent bólintok a kérésére. Hidd el, sorsát elfogadva, mosollyal az ajkán halt meg. Egyébként is segítenélek, hisz olyan vagy számomra, mintha a kishúgom lennél. A fiam keresztanyja mindig számíthat rám.

- Nem is ő lett volna, ha az utolsó perceiben is nem a szeretteire gondol – törölgette a szemét a lány. – És köszönöm. – Csaba nem vette észre hangjában a másfajta, csendes szomorúságot. Arra a megállapodásra jutottak, hogy a döntést Tilára bízzák. Apját valóban akadályozná a tanulásban, ezért saját szüleire kellene bízni a kisfiút. Vagy Keszthelyen lesz a nagyszüleinél, vagy itt marad Hajninál. Tila pedig döntött. A keresztanyját választotta, miután apja biztosította arról, hogy vissza fog érte jönni. Csaba végre ismét láthatta az öröm mosolyát a lány arcán...

Esténként, a megbeszélt időpontban, a skype-on keresztül beszélgettek egymással. Ilyenkor Csaba fájó szívvel nézte kisfia szomorú arcát, Hajni megtört tekintetét. Sejtette, hogy ő sem nyújt vigasztalóbb látványt. Mintha csak összebeszéltek volna, sem Hajni, sem Csaba nem tett észrevételt a látottakra.

Június vége felé sikeresen letette az államvizsgát, és kézhez kapta a mérnök-informatikus diplomáját. Három szemesztert arra áldozott, hogy egyéb szakirányú tantárgyakat is felvett. Hajni egy héttel előtte szerezte meg a 8 hónapos közgazdasági tanfolyamon a pénzügyi-számviteli ügyintéző képesítést. A tanfolyam feltétele volt az érettségi vizsga, melyet már az előző évben megszerzett.

A háztulajdonos házaspárnak lejárt az öt éves külföldi munkaszerződése, és erről levélben értesítették a lakókat. A szerződés értelmében valamennyien összepakolták személyes holmijukat, és kiköltöztek. Csaba, előtte még meglátogatta Sándor nagybátyját, Tila keresztapját. Sándor részvétét fejezte ki Edit és szülei elhalálozása miatt, majd gratulált a diplomájához.

- Milyen terveid vannak a jövőben? – kérdezte unokaöccsét.

- A rendőrség még semmilyen használható nyomra nem akadt. Voltak gyanúsítottjaik, de minden nyom tévesnek bizonyult, vagy alibivel rendelkeztek az adott időpontban. Egy bűnszövetkezetnek ez nem okoz nehézséget. Beszéltem Hajnival, azt mondta, hogy a nyomozó véleménye szerint egyre kevesebb a remény a kézre kerítésükre. A tégláik sem tudnak hasznos információval szolgálni. Szeretnék kérni tőled néhány technikai eszközt. Mágnes rögzítésű jeladót nyomkövetővel, éjjellátó távcsövet, lehallgató készüéket.

- Pisztolyt és kilőhető pengéjű kést, vagy mindjárt géppisztolyt, gránátot nem akarsz? – ütközött meg a fiú kérésén. – Miben töröd a fejed? Gondolod, neked sikerül rájuk bukkanni?

- Megfelelnek a régebbi típusok is, csak működjenek. Lőfegyver nem kell, nem akarok gyilkolni.

- Más se hiányozna. Vajon miért van olyan érzésem, hogy eltitkoltál valamit a román rendőrség előtt, és még én sem tudok róla.

- Homályosan láttam az egyiknek az arcát egy pillanatra, de a jellegzetes nevetésére bármikor ráismernék. És hallottam, hogy van egy kedvelt szórakozóhelyük Marosvásárhelyen.

- Ezt nem mondhattad el, mert úgy rendezted a dolgot, hogy te, nem is voltál ott. – csóválta a fejét Sándor. Telefonon történt beszélgetésük révén nagy részletekben már ismerte a tragédia történetét.

- Így tartottam a legokosabbnak. Gondold el, szitává lyuggatták a másik felborult kocsi utasait, ezután belelőttek a tankba, hogy minden nyomot megsemmisítsen a tűz. Nem mintha sajnálnám őket, ugyanolyan gengszterek lehettek, hisz ők is géppisztollyal lőttek vissza. Visszamentek az útra a saját kocsijukhoz, majd az egyik elindult felénk. Egyértelmű, hogy nem bocsánatot akart kérni. Edit és szülei már halottak voltak. El kellett rejtőzködnöm. Sötét volt, átkínlódtam magam az út túloldalára, és az autójuk közelébe lopództam. Akkor láttam egy pillanatra a főnökük arcát és hallottam őket. Mikor elmentek, azután kezdtem el gondolkozni. Ha én hívom a rendőrséget, másnap az újságokból már értesülnek is arról, hogy az autó egyik utasa megmenekült. Mire következtetsz ebből?

- Gondolom, minél előbb el akarnák hallgattatni az élő szemtanút. Mivel az áldozatok egy családba tartoztak, arra következtettek volna, hogy a megmenekült személy is családtag lehetett.

- Pontosan. Az újságból megtudták volna, hogy kik az áldozatok, és Hajni lett volna a következő célpont.

- Mivel téged is a házban találnának, nem éltétek volna túl a következő reggelt, és lehet, hogy a keresztfiam sem.

- Ezért rendeztem a történteket másképpen. -
Még a gondolatába is beleborzongott, hogy a fia
is veszélybe kerülhetett volna. – Azt hiszik, bár
nem száz százalékos meggyőződéssel, hogy
hárman voltak az autóban. A nyomozónak azt
mondtuk, hogy mindketten otthon voltunk egész
nap. A fiam lázas volt, azért maradtam otthon,
Hajni pedig elrontotta a gyomrát.
- Talán jól tetted. Most bosszút akarsz állni
rajtuk?
- El akarom kapni őket. Bizonyítékot akarok
szerezni ellenük és az igazságszolgáltatás kezére
adni a bandát. Tudom, hogy addig nem lesz
nyugvásom, amíg meg nem bűnhődnek tettükért.
- Rendben – egyezett bele Sándor. – De nehogy
valami őrültséget csinálj, mert akkor kitekerem a
nyakadat! És légy nagyon óvatos, ezek nem
kispályások. Romániában is dívik a kábítószer-
és a leánykereskedelem.
Elmentek a kiképző pályára, ahol Csaba
mindent megkapott, amit kért. Kipróbálták a
távcsövet, az éjjellátót. A nyomkövető
használatát Sándor elmagyarázta, és kétszer
élesben kipróbáltatta vele a követést.
- A készülék egy bizonyos digitális
rádiófrekvencia tartományban üzemel. Mind az
adó, mind a vevő készülék rádió jeleket bocsájt
ki, és fogad. A jel erősödik, ha a két készülék
egymáshoz közelít, és gyengül, ha a készülékek
távolodnak. A vevő készülék hang- és
fényjelzéssel irányít a jeladó viselője felé. Minél
közelebb kerül a jeladóhoz a vevő készülék,
annál több LED fény fog kigyulladni a vevőn,
fordulj lassan körbe, és minden irányban várj 2-3

másodpercet. Amerre legerősebb a hangja, arra indulj el keresni! Ahogy közeledsz hozzá egyre több LED fény fog kigyulladni a vevő készüléken, és a hangjelzés is egyre gyorsabb és magasabb lesz. Hatótávolsága 2000 méter. Ez a távolság sík területen értendő, a különböző terepviszonyok lecsökkenthetik a hatótávolságot.

- Ha megszakad a kapcsolat hatótávon kívülre kerüléskor, a vevő másodpercenként riaszt és villog. Fél perc elteltével 2 percenkénti villanással jelzi a kapcsolatvesztést, energiatakarékosság miatt. Élettartamuk napi nyolc óra használat mellett: adónál 45, vevőnél 60 nap. Készenléti állapotban 90 nap. A készülékekbe új elemet tettem.

- Ha ideiglenesen nem akarom használni a készüléket, akkor mit tegyek?

- Kapcsold ki a vevő készüléket. 10 másodperc után a jeladó is 8 hosszú csipogás után készenléti üzemmódba vált. A vevő visszakapcsolása után a jeladóval újra kapcsolatot állít fel, automatikusan. A jeladót az oldalán lévő mágnessel tapaszthatod az alvázra, a legrázósabb úton sem esik le. Minden készüléknek van egy bizonyos kódja, ezért más készülékek nem zavarhatnak be, mert közel hetvenezer kód van egyazon rádiófrekvencián.

- A lehallgató poloska kezelése egyszerűbb. Ez a vezeték nélküli készülék hangra aktiválódik, sok energiát takarítva meg, ezzel megnövelve az elemek, illetve a lehallgató készülék üzemidejét. A leghalkabb hangot is közvetíti a lehallgató felügyeleti készülékhez, automatikusan szabályozva annak hangerejét. Ha a vevőkészülékkel a lehallgató poloska hatókörén kívülre mész, a poloska hangjelzéssel jelzi a vevőkészüléken. Hatótávolsága háromszáz méter. Aztán, ha valami gond van, jelentkezz! Ha szorul a hurok, hívj, és megyek – búcsúzott a fiútól. Megölelték egymást, és Csaba visszament az albérletbe, összepakolni.

Tele lett a kocsija a gyerek, Edit és az ő holmijával. A tető csomagtartóra került teljes ruházatuk, amely csak négy utazó táskában fért el. Szíve összeszorult, amikor szerelme személyes holmijait, tárgyait csomagolta el. A Sándortól kapott felszerelést elrejtette a ruhák között. A házban már csak ő tartózkodott. Elzárta a ház külső falán lévő gázcsapot, áramtalanította az épületet. Bekapcsolta a riasztót, és bezárta a lakást és a kaput. Elhajtott az ingatlanközvetítőhöz, leadta a kulcsokat, és elindult Székelyföldre. Négy óra múlva megérkezett.

- Apa! Apa! – kiáltotta teli torokból az udvaron játszadozó fiú, amint Csaba megállt a kapu előtt. Kiszállt a kocsiból, s újra meghallotta fia hangját. – Hajni, megjött apa! – Közben szaladt a kapu felé. Apja alighogy belépett a kiskapun, Tila máris repült a nyakába. Csaba szorosan magához ölelte, és elhalmozta arcát puszikkal. Közösen kinyitották a nagykaput, beültek a kocsiba, és behajtottak az udvarra. – Majd én becsukom – ajánlkozott a fia.

Csaba ráhagyta, és elindult befelé. Az ajtóban találta szemben magát Hajnival, aki a kezét törölgette. A fiú sejtette, hogy épp mosogatás közben toppant be. Megpuszilták egymást. Hajni hagyta, hogy Csaba magához ölelje. Karját a fiú nyaka köré fonta, fejét a vállára hajtva suttogta.

- De jó, hogy itt vagy. Annyira üres lett ez a ház. Tila nélkül, azt hiszem beleőrültem volna az egyedüllétbe.

- Ne hidd, hogy olyan könnyen megzavarodik az ember. Örülök, hogy némi vigaszt nyújtott a fiam. Néha nekem is elkelt volna.

Az első néhány napját teljesen Tilának szentelte. Hosszabb-rövidebb időre feledtették egymással bánatukat. A kisfiú arcára néha olyan szomorúság ült ki, hogy Csaba azt hitte megszakad a szíve a fiúért. Ilyenkor mindig az ölébe vette, és anyáról beszélgettek mindaddig, míg újra mosolyogni látta. Délutánonként Hajni is csatlakozott hozzájuk. A bevásárlást, főzést, természetesen magára vállalta a lány, ezzel délelőttönként elfoglalta magát. Ebéd után Tila lefeküdt aludni. Csaba segített elmosogatni, utána beszélgettek egymással. Többnyire mindig az elhunytaknál kötöttek ki. Ilyenkor percekre elhallgattak, emlékeikbe merültek. Számukra is megmagyarázhatatlan módon, kerülték egymás tekintetét, mintha valami bűnös dolgot kellene rejtegetniük a másik előtt. Csak mikor a kisfiú is velük volt, akkor mertek nyíltan egymás szemébe nézni.

Hajni elmesélte Csabának, hogy barátnője minden második nap átjött hozzá, hogy ne legyen egyedül. A szomszédasszony is át-átnézett hozzájuk, hogy minden rendben van-e. Jól esett a figyelmességük. Tila kezdetben naponta többször is emlegette édesanyját, hiányzott neki. Aztán ritkultak az ilyen esetek, a vége felé már azt számolgatta volna legszívesebben, hogy még hányat kell aludnia, amíg érte jössz. Éjszakánként velem aludt. Csaba megnyugodva látta, hogy Hajni lelkileg kezdi összeszedni magát, visszatért belé az élet. A fájdalom lassacskán kezdett háttérbe szorulni nála. Tudta, hogy bánata sohasem fog elmúlni, mint ahogy neki sem, de már tudott uralkodni rajta. Mindezen bíztató jelek ellenére szíve mindig elszorult, ha a lányra nézett. Mindketten megtapasztalták a halál közelségét, a maga rettegésével együtt, hogy elveszti őt a családja. Öt évre rá, ő vesztette el a családját.

Hármasban mentek ki a temetőbe a közös sírhoz. A temető gondnoka már elhordta a sírról az elszáradt koszorúkat, a sírkőfaragó, ígérete szerinti határidőre elkészült a sírral. Világos színű beton alapra középszürke gránitkeret került, ugyanolyan gránitlappal lefedve. Lépcsős alapból emelkedett ki az ívelt fejrész, bal felső részén keresztet ábrázoló vésettel. A három elhuny neve, születési és elhalálozási ideje egymás alatt sorakozott.

A fejrész jobb oldalán váza volt lerögzítve szintén gránitból, benne műanyag virágtartó. Csaba kérésére, ugyancsak gránitból csinált a kőfaragó négy talpat, melyet átfúrt. Erre volt rácsavarozva a fekete színű műanyagváza. Csaba ezekbe a vázákba tette bele a magukkal hozott fehér műanyag virágtartókat. Egyet a fejrész mellé, hármat pedig a sír elején helyeztek el az alapbeton padkáján. A súlyos kerámialapok biztosították, hogy a legnagyobb szél se döntse fel a vázákat. Csaba és Tila elmentek vizet hozni, Hajni ezalatt szétosztotta az öt vázában a virágokat. Visszatérve megengedték a kisfiúnak, hogy ő töltse meg vízzel a tartókat. Hajni készségesen kivette a csokrokat, míg a kisfiú, pohárral merítve a vizet, megtöltötte a vázákat. Mikor végeztek, némán állva adóztak az elhunytaknak. Elmerültek emlékeikben. Végül Csaba szólalt meg elsőnek.

- Nyugodjatok békében!
- Nyugodj békében anya! – vette a bátorságot a kisfiú. Mikor látta, hogy nem róják meg érte, hozzátette. – Nagyon szeretlek anya, és mindig a szívemben fogsz élni. Jól mondtam, apa?

Csaba szemét elfutotta a könny, Hajni pedig sírva fakadt. Mindkettőjüket mélyen megérintette, hogy mennyire megjegyezte három héttel ezelőtti beszélgetésüket a csöppség. Az apa helyeslően megsimogatta fia fejét.

- Ne sírj keresztanya, hisz mindhárman velünk vannak – vigasztalta Tila. Közéjük állt, és megfogta mindkettőjük kezét. Szótlanul indultak vissza a kocsihoz.

Apa és fia egy ágyban aludtak. Tila kis kezével átkarolta Csaba nyakát, és úgy aludt el. Előtte anyáról kellett mesélnie, és az a tudat ringatta álomba a kisfiút, hogy édesanyja is itt van vele.

Apja óvatosan lefejtette karját a nyakáról, majd betakargatta. Az utcai lámpa fényében csak nézte, nézte egyetlen reményét, akit szerelme hagyott rá, akinek egy része ott él tovább gyermekükben, míg ő is álomba nem merült. Az elalvás előtti fél órákban engesztelhetetlen gyűlölet ébredt benne a gyilkosok iránt, mely napról napra erősödött benne. A harmadik napon Csaba már nem bírta a tétlen várakozást. Minden egyes sejtje azt követelte tőle, hogy találja meg a bűnösöket. Egész nap nem lelte helyét, céltalanul járkált a házban. Hajni gyanakodva nézte a fiút, de nem tett megjegyzést. Este nem jött álom a szemére. Nézte a mellette alvó Tila egyenletes, nyugodt légzését, míg az ő lelkében egyre nőtt a feszültség. Sokára aludt el, akkor is nyugtalan álmai voltak. Fel-felriadt, majd újra elaludt. Végül megnyugtató álom szállt szemére, és ekkor folyamatosan álmodott, melynek fogságából sokáig nem szakította ki az ébredés...

A késő délutáni napsugarak bearanyozzák a gyönyörű tájat. Egyedül üldögél egy kiugró szikla peremén, mégsem érzi magát magányosnak. Alatta terül el egy csodálatos föld hegyeinek fenséges vonulata, völgyeinek meleg ölelése. Tekintete magába issza a székely nép ősi földjének szépségeit, a fel-feltámadó langyos szellő fülébe suttogja az elődök panaszos énekét. Körülfonja a változatos táj igéző varázsa. Isten ezen a helyen választotta meg trónját. Innen beláthatta művét, a természet e tökéletes alkotását.

Álmában megilletődve üldögél Isten székén, magasan a Maros fölött. Ez a világ már egészen más, mint régen volt, amikor az Úr leült pihenni a hegyek közé, és innen figyelte választott népe sorsát. Manapság már nem jár erre, elűzték az idegenek, a lárma, a kiabálás.

Nem Istenként, hanem egyszerű földi halandóként telepedett le e helyre, de itt fent, áthatotta a természet békés csendje. "A forrásvidékek táján még áll a természet ősi rendje. Ide nem ér fel a völgyet uraló emberi tevékenységek lármája" jut ismét eszébe Vass Albert írása. Ül az Isten székén, a Kelemenhavasok egyik hegycsúcsán, amely valójában egy 1381 méter magas, kiterjedt sziklaszirt, a természet által formázott asztallal és székekkel. A lapos kőormot szédítő mélységű szakadék határolja. Össze kellett szednie minden bátorságát, hogy le merjen tekinteni a mélybe. Alant, a völgy zöldjét szürkésfehér felhőtakaró fedi el szeme elől, míg idefent az alkonyi nap sugarai melegítik. Mögötte, az erdő lombjai közt fénysugarak szőnek fátylakat, melyek egyre ritkulva elvesznek a sűrű aljnövényzetben.

Idefent még az igazi vad, érintetlen természet éli a világát. Néha hallatszik a szarvasok riadt dobogása, a fatörzsek félhomályában lüktető élet apróvadjainak neszezése. Máskor, a még néhány megmaradt medve dörmögése szűrődik ide, ha málnásra akad, vagy kidőlt odvas fatörzs mélyén mézre bukkan. Csaba ezekben a percekben mégis Istennek érzi magát. Nem teremtő, hanem csak szemlélődő Istennek, aki nála hatalmasabb erő alkotásában leli kedvét. Lelkét áthatja az isteni érzés.

Távolban, a vonuló felhők közt áttörő napsugarak fényzáporában fennsíkok és hegyvonulatok panorámája zárja a látóhatárt. Valamivel arrébb, magas sziklacsúcsok hasítnak mély sebet a felhőkben, feltárva a kék eget, hogy a helyenként havas bércek vakító fényfürdővel köszöntsék a nemsokára elbúcsúzó napsugarakat. Térképként terül el alatta a táj. Látja a köröskörül bércek övezte sűrű erdők árnyékában meghúzódó magasztos Szent Anna tavat, amely egy gonosz várúr elsüllyedt várkastélyának helyén keletkezett. Nevét a szüzek legszebbike után kapta, aki kápolnát építtetett a tó mellé. Szemei előtt hullámzik a Tündérkert lankás, virágokkal borított, szétszórt fenyőcsoportokkal díszített öle, mint a bibliai Paradicsom megmaradt darabkája. Közelebb feltűnik a Gyilkos-tó sötét vize, ahol kimeredő fenyőcsonkok őrzik áldozatának, Eszternek, nyugodt álmát. Odébb, a tájat uraló Oltár-kő alatt a Békás-szoros vizeinek halk, mormoló imáját hozza feléje a szél. A kimagasló kő lábai előtt térdre borulva hódolnak a sziklaóriások. A Pokol három lépcsője is engedelmesen hajol meg a szirt csúcsán felállított kereszt isteni koronáját félve, s még a mélyéről feltörő gonosz is megtorpan a tornácon. Csaba csak ámul a már ismert, és a még soha nem látott ismeretlen tájak varázsán. Itt minden legendákról mesél. Csak egy ősi nép ősi földjén születhettek ily nagy számban mondák, regék, legendák, melyeknek szelleme ma is kísért.

A búcsúzni készülő Nap sötétarany fényében fürdőző, virágzó völgyek széthintik a szeretet és a béke porait, majd az alkonyi szellő felrepíti a bércekre. A völgyekben, beköszönve a települések ablakain, terjesztik a szabadság érzetét, a maroknyi székely önrendelkezésért, autonómiáért törekvő vágyát, mely nép ősi hazájában csak megtűrt, nemkívánatos szolga lett. Feltűnik előtte a Tordai-hasadék kígyózó mélye, melynek két szélén húzódó sziklavonulata úgy illeszkedik egymáshoz, - várva az újra egyesülést -, mint a vicsorgó hatalmak karmai által kiszaggatott országrészek, a hazát veszítettek hovatartozási szeretete, mely határokon túl is összekovácsolja a magyarságot. A megcsonkított anyaméh sebei máig is véreznek, és elrabolt édes gyermekei visszatértét várja. A Nap eléri a nyugati látóhatár szélét, a szirt csúcsára ülve még megpihen egy percre. A völgyek már a sötétség takarójába burkolództak, a hegycsúcsokon még tükröződnek az utolsó fénysugarak. Csaba lassan feláll. Kezét széttárva nyújtózkodik, hogy felpezsdítse a vérkeringését. Megnyúlt árnyéka befedi a távoli bérceket, mintha magához akarná ölelni Székelyföld egészét. Rádöbben, hogy ereiben e föld vére is csörgedez. A Nap végképp eltűnik a látóhatár mögött, karja tétován lehull, már csak az éj sötétjét öleli, mely fekete selyem kendő leheletfinom érintésével borul rá.

Pár percre megszállja lelkét a béke és a csend végtelen nyugalma. Lent a völgyekben sorra gyúlnak a vibráló fények, mintha ezernyi szentjánosbogár járná táncát. A felkelő telihold ezüstös fényében szárnyra kelnek az éjszakai életet élő madarak. Nyári langyos szél simogatja a faleveleket, suttogásuk a régmúltban élt emberekről mesél. Székely legendák tucatjai elevenedtek meg éjszakáról éjszakára, hol egyéni sorsokat elevenítve fel, hol pedig egy nép tragédiáját keltve életre. Hazájuktól megfosztott székelyek az égbe törő bércek oltalmában hűen őrzik identitásukat, nyelvüket, hagyományaikat, népművészetüket. A suttogó éjben a legendák életre kelnek. Csaba csapongó gondolatai álombéli álommá csendesülnek. A távoli hegygerincen, a kelő Hold fényében emberek ezreinek árnyalakjai tűnnek fel. Fejük fölött fehér fátyolként húzódik a Tejút, melyet csillagok fényei világítanak be. Elöl egy délceg termetű ifjú, mögötte harcostársai lovagolnak. A csillagösvény vezeti lépteiket. Mögöttük nők, gyermekek, öregek zárják a sort, ki gyalog, ki szekéren. A székely nép tér vissza minden csillagfényes éjjelen Csaba királyfi vezetésével a régi-új, ősmagyar földre. Táltosuk eléjük vetíti a jövőt, és az ősök árnyai végigvonulnak történelmük ezredéves idővonalán. A nép sírása messziről is idehallatszik. Siratják az elveszített hazát, kisemmizett utódaik sorsát. Könnyeik harmatcseppenként tapadnak meg a fűszálakon, fák levelein, hogy távozásukkor, a kelő Nap melege felszárítsa a csillogó gyöngycseppeket. Hirtelen zavargás támad. A királyfi szellemnépe új idők változását érzi. Jelenkori leszármazottaik változtatni akarnak sorsukon. Csaba királyfi kirántja kardját, lovát vágtára fogva indul a hadba, az új szabadság kivívását segítendő. Serege követi, a vágtató lovak patái alól szikrázva repkednek a csillagok. Nem tudják, hogy a véres harcok ideje lejárt, és az asztalnál elveszített csatát, asztalnál kell újratárgyalni a történelmi igazságszolgáltatás nevében. A nép zokogva követi vezérét, majd eltakarja őket a fenyvesek rengetege. Sírásuk hangjait fokozatosan elnyelik az erdő fái... Hirtelen felébred. Az éjszaka megszokott neszei elhaltak, de a nappal ébredése még nem jött el. Ismét az átmenet mozdulatlan csendje uralja a tájat. Lassan derengeni kezd keleten az égbolt egy új hajnal ígéretét hirdetve. Feje fölött fokozatosan világosodik az éj sötét selyemkendője, majd a Gyergyói-havasok mögül előbukkanó Nap robbanásszerűen űzi el az éjszakát. Még mindig Isten székében pihenve, föléje borul az ég azúrkékje. Látja Hargita legmagasabb bércei alatt úszó fehér felhőtakarót, mely elfedi tekintete elől az alatta húzódó völgyeket. Felülről gyönyörködik a hófehér felhők által visszavert napsugarakban, melyek mennyei fényként hatolnak a szemébe. Elakad a lélegzete. Ha a Békás-szoros a Pokol Kapuja, akkor Hargita, csakis a Mennyország kapuja lehet.

A szemébe tűző napsugaraktól könnybe lábad a szeme. Hátat fordít neki, eltávolodik a szakadék szélétől, és figyeli, hogyan terjeszkedik a hajnal fénye Nyugat felé, amely viszi a hírt, hogy e sokat szenvedett nép új hajnalra ébredt. Ez, az öntudatra ébredés hajnala, nyitánya az önrendelkezési jog és az autonómia vágyának.

Az évszázados álmot most magával ragadja a hajnal. Kontinenseken és óceánokon átszáguldva hirdeti, hogy egy maroknyi nép évszázados álmából megvalósítandó akarat lett. A szabadságvágy szelleme mindig is ott lakozott a hegyek magasában, a virágzó völgyek illatában, a szél pörgette homokszemek táncában, a hűs patakok csörgedezésében, haragvó morajlásában, a magasan szálló madarak énekében. A hajnalhír, körbeszáguldva a Földet, másnap visszatér önmagába, elhozva milliók szolidaritását. Csabát meglegyinti a történelmi változások előszele. Lelkét forgószélként kapja fel, megpörgeti, és magával ragadja. Ezekben a percekben érti meg, hogy több, mint egyike a tíz millió magyarnak, mert szívében tizenöt millió magyar szív dobog...

Visszafordul Isten széke felé. Földbe gyökerezik a lába. Mozdulna, de egy láthatatlan erő megakadályozza benne. Isten székén egy ősz öregember üldögél. Körülötte tejfehér köd gomolyog, melyben elmosódnak testének körvonalai. Olyan, mintha szellemképet látna. Kipislogja szeméből a könnyeket, de a kép nem változik. Az idős férfi testén, a lágy redőkben végigomló palást a földet érinti, fehér haja vállaira omlik. Hófehér szakálla melléig ér, gondosan nyírt bajusza felfedi ajka körvonalát, melyen alig érzékelhető mosoly játszadozik. Egész testét halványan derengő aura övezi, feje felett aranyszínű glória. Ismét itt van, világosodott meg elméje. Száz év vándorlás után az Úr újra eljött megpihenni Isten székében, hogy letekinthessen választott népére.

Csaba nem mer mozdulni, nem is tudott volna. A jelenés most teljes testével feléje fordul. Mély, tüzes tekintete körbefonja, szinte zsigeréig hatol, miközben soha nem tapasztalt melegség járja át a fiú testét. Szeretne térdre borulni előtte, de képtelen megmozdulni. Ő kezével int az alatta húzódó Székelyföld felé és ajkán elégedett mosoly fut végig. Csaba térdei önkéntelenül is megroggyannak, földre borul előtte. Hosszú másodpercek múlva meri felemelni a fejét. Az Úr épp ekkor kel fel Isten székéből, és elindul a szakadék felé. A fiú levegőt sem mer venni, amint az Úr lelép a szirtről, és elindul a felhőhídon Hargita hegyóriásai felé, ahol a hajnal sugara megnyitotta a Mennyország kapuját.

– Uram, mondd, mit tegyek! – A kétségbeesett kiáltás oly hirtelen tör elő belőle, hogy megijed saját hangjától.

A jelenés a rózsaszín fényben fürdő látóhatár előtt megáll. Két karját kissé előre nyújtja, és megáldja a hozzá szóló fiút. – Menj, és tedd, amit tenned kell! Egyet azonban ne feledj! A bosszú nem vezet semmi jóra! - Az erőteljes, zengő hang nem volt parancsoló, de Csabában mély tiszteletet ébreszt.

– Úgy lesz Uram! De tudnod kell, nem fogom odatartani a másik orcámat, és nem kenyérrel fogok visszadobni!

– Az ítélkezés az én dolgom, nem az emberé! – Az intő hang elvesztette zengő mivoltát, most inkább hasonlított a basszus mélységeiből elődübörgő feddő rendreutasításnak.

Csaba lesújtva áll a szirt szélén. A jelenés ismét kitárja karjait, és most széles mozdulatokkal áldja meg e szent földet. Lassan belemerül a felhőtengerbe, és eggyé válik a mennyei fénnyel.

Mi volt ez? Álom, látomás, vagy valóság? Csak lassan ocsúdik föl a kábulatból, még mindig hitetlenül rázva a fejét. Egyszerre csak megérti üzenetét. Nem számít álmodta-e, vagy igaz perceket élt át, esetleg csak képzelődött. Isten bennünk lakozik, és a hitünk az, amely kisugározza, és elénk vetíti a lelkünkben született képeket. Bárhova megyünk a nagyvilágban, Ő mindig velünk van. Csaba megértette, hogy az Úr lehetővé tette, hogy Isten székéből, Önnön szemeivel láttassa vele e gyönyörű földet, népével és hányattatott sorsával együtt. Isten székében pihenve alkonyattól pirkadatig, úgy érezte, lélekben egy ezredévet öregedett. Mintha csak Isten tenyerén utazva bejárta volna az ősi Székelyföld tájait, ezeréves történelmi hányattatását. Nem mer újra helyet foglalni Isten székében. Az Úr ennyi kiváltsággal ajándékozta meg, mint földi halandót. Lélekben megerősödve, háta mögött hagyva Isten megüresedett székét, elindul lefelé abban a hitben, hogy e szék teremtője most már gyakran fog itt megpihenni, és segítőkész figyelemmel kíséri választott népe sorsának jobbra fordulását...

Csaba felébredt. Az álom ellenére szíve most nyugodtan vert. Tila békésen aludt mellette. Elgondolkodott álmán. Sőt, úgy vélte, hogy ez nem volt más, mint álom az álomban. Az Úr megmutatta neki, hogy mit kell tennie. Egyértelműen tudtára adta, hogy ő már ide is tartozik, nemcsak az anyaföldhöz. Csodálkozott, hogy álmai olyan helyre vezették, mint Isten széke, amelyről még csak nem is hallott. Lassan újra elaludt, alvása zavartalan volt.

Reggel leült a számítógép elé. Belépett a Goggle térképbe, majd a keresőmezőbe beírta a „disco Marosvásárhely"szöveget. Felté-telezte, hogy a banda törzshelye valamelyik disco, vagy éjszakai szórakozóhely lehet. Rákattintott a keresőre, amely piros jelzéssel, több helyet is megjelölt a város térképén. Ráközelített a városra, és végignézte a keresett helyek utcaképét. Ezután beütötte „éjszakai szórakozóhely"szöveget. A kereső most is több lehetőséget kínált. Végignézte ezeket is. Az előkelő bárokat ugyanúgy elvettette, mint a lerobbant discokat. Így is maradt fél tucat szórakozóhely, melyek szóba jöhettek. Nem vette észre, hogy Hajni mögéje lép.
- Mit keresel? – A váratlan kérdés annyira meglepte, hogy válaszolni sem tudott. Nem jutott eszébe semmilyen értelmes felelet, inkább hallgatott. – Mi dolgod a Disco Parc bárban? – olvasta el az éppen képernyőre kerülő feliratot. - És hol van az? – Hangja szinte már követelődző volt, mert rossz sejtelmei támadtak.

Csaba még mindig hallgatott. Erre a lány maga felé fordította a forgószéket, és a feltápászkodó fiú szemébe nézett. Most, amikor megint kettesben voltak, először esett meg, hogy egybefonódott a tekintetük. Hajni olyan merően nézett a fiú szemébe, hogy az képtelen volt kiszakítani magát a bűvöletéből. Elmerülve a választ követelő kék szemekben, egyre gyengült az ellenállása. Mindezt fokozta az a pillanatnyi csalóka képzelet, hogy Editet látja maga előtt. A válaszra váró lánynak, éppen csak szőke hajkoronája, és kék szeme volt egy árnyalattal

sötétebb, mint Edité. Valami olcsó kifogással el akarta bagatellizálni a dolgot, majd ő lepődött meg legjobban a válaszán.
- Lehetséges, hogy ott van a törzshelyük. – Szinte úgy robbant ki belőle az akaratlan válasz. Egy nagy sóhajjal végre el tudta szakítani tekintetét Hajniról. Biztos volt benne, ha nem mondja ki az igazat, még mindig fogva tartaná a lány tekintete.
- Tudtam! Éreztem, hogy sántikálsz valamiben! – Ökleivel dühödten verni kezdte a fiú mellét. Csaba megadóan tűrte a lány tombolását. – Az Isten szerelmére, te is meg akarsz halni!? Nem volt elég a halálból? Ha odamész bosszút állni, téged is meg fognak ölni! – Sírva fakadt, elerőtlenedett kezeivel átölelte a fiút, és úgy suttogta. – Ne menj, kérlek! Ne ölesd meg magad! Gondolj a fiadra, ha már az én könyörgésem nem hat rád!
Csabát összehasonlíthatatlanul erőteljesebben vágta mellbe a lány aggódása, mint apró ökleinek dobolása a mellén. Kétségtelenül mindkettőt ugyanaz az érzés váltotta ki belőle. Félti, nem akarja őt is elveszíteni. Mindig is érezte, hogy Hajni szereti, hisz ő is így érez iránta, de nem számított ilyen heves érzelmi kitörésre. Mindezt a lány gyászban megviselt idegállapotának tulajdonította be. Megfogta a kezét és leültette maga mellé a franciaágyra.
- Megértelek, hogy féltesz, de nem áll szándékomban meghalni. Nem lesz addig nyugtom, amíg meg nem bűnhődnek tettükért.

- Hagyd a rendőrségre! – szólította fel Hajni. Csaba szíve nem esett meg a lányon. Nem akart bánatot okozni neki, de hajthatatlan maradt.
- Álmodtam az éjjel, és útmutatást kaptam. Követnem kell az Úr parancsát, akiben te hiszel.
- Isten mutatta meg az utat, hogy mit kell tenned? – Kapta fel a fejét. Hitetlenkedés volt a hangjában, mert úgy tudta, hogy Csaba realista gondolkodású, aki a dolgokat olyannak tudja elfogadni, amilyenek azok a valóságban, és nem táplál róluk illúziókat.
- Álmomban Isten székén voltam. Még nem is hallottam erről a helyről, mégis tudom, hogy létezik valahol a Kelemen-havasokban.
- Létezik ilyen hely – csodálkozott Hajni. – A néphit szerint Isten alkotta a széket, ahonnan le szokott tekinteni választott népére, de már régen nem járt arra.
- Most pedig járt. Álmomban olyan érzés volt a székben ülve, mintha Isten a tenyerén tartott volna, és az ő szemén keresztül beláttam egész Székelyföldet. Aztán álmomban elaludtam a széken, és a hajnali napfényben ott láttam ülni az Urat Isten székében. Álom az álomban. Én tanácstalanságomban megkérdeztem tőle, hogy mit tegyek, mire ő azt válaszolta: „Tedd, amit tenned kell".
- Hajni nem kételkedett Csaba álmában, tudta, hogy nem lenne képes hazudni neki, mégis csodálkozva fogadta az elmesélt álmot.
- Megértelek. Ha számodra a bűnösök kézre kerítése hozza el a lelki nyugalmat, akkor tégy Isten útmutatása szerint. Majd imádkozom, hogy az Úr óvja minden lépésedet.

- Köszönöm édes, hogy megértesz – könnyebbült meg Csaba. Nehéz lett volna azzal a teherrel elindulnia, hogy Hajni ellenzi elhatározását.

Délelőtt elment a bankba, és kivett majdnem félmillió forintot, csak annyit hagyott a számláján, amennyi saját kiadásaira kellett. Hajni meglepődve fogadta el az összeget.

- Még maradt abból is, amit elutazásod előtt adtál.

- Nem számít. Annyit bent hagytam, amennyire nekem szükségem lesz. Ez minden plusz pénzem. Rendszeres időközönként küldök egy-egy SMS-t. Lehet, hogy eltart a keresés hónapokig is. Ebben az esetben kéthetenként meglátogatlak benneteket.

- Csaba, te mégis tartasz attól, hogy életveszélyes lehet a keresés! – Hajni csak most fogta fel, hogy a fiú az ő megnyugtatása végett megpróbálta könnyű feladatként feltüntetni az önként vállalt küldetését. Elfogta a remegés arra a gondolatra, hogy többé soha nem jön vissza. Lábai elgyengültek, bele kellett kapasz-kodnia Csabába, nehogy összerogyjon.

- Ígérem, visszajövök – ölelte át erős karjaival. Hajni ráemelte könnyes tekintetét. Csaba gyengéd csókot adott a homlokára. – A te imád majd meg fog védeni.

A másnap reggeli búcsúzás mindhármukat megviselte. A kis Tila könnyes szemmel vette tudomásul, hogy apának megint el kell mennie. Olyan erővel ölelte át nyakát, amelyet Csaba nem is tételezett fel róla. Büszkén nézett fiára, akin kezdett meglátszani az a rendszeres edzés, amelyet egy éve gyakorol vele, miután letette a tanítói vizsgát. Már szépen elsajátította az önvédelmi alapmozdulatokat. Mindez egy pillanat alatt suhant át agyán.

- Gyere haza gyorsan! – kérlelte Tila, elengedve apja nyakát.

- Megígérem neked, ha a közelben járok, meglátogatlak – adott egy cuppanós puszit a kisfiúnak, majd letette a földre. – Nagyon szeretlek.

- Én is nagyon szeretlek apa. Hajni is nagyon szeret, neki is adjál puszit – húzta közelebb, kezénél fogva a lányt.

Csaba magához ölelte a nála tíz centivel alacsonyabb, sudár, karcsú testet. Hajni könnyeit nyeldesve nézett fel rá. Csaba lehajolt, fejét kissé oldalra billentve, hogy megcsókolja a lány arcát. Ugyanekkor a lány is elmozdította a fejét ugyanabba az irányba, hogy arcát tartsa oda Csabának. A végeredmény az lett, hogy szájuk összetalálkozott. A csók olyan volt, mint az arcra adott baráti, vagy testvéri csók. Ahogy egymáshoz ért ajkuk, külső szemlélő számára nem is érzékelhető pillanatig megtorpantak, de nem szakították félbe a búcsúcsókot. Csaba érezte a lány érzéki ajkát, ahogy visszacsókolt. Néhány másodperc múltán zavartan bontakoztak ki egymás karjaiból.

- Ígérd meg, hogy nagyon fogsz vigyázni magadra! – suttogta lesütött szemmel Hajni. Nem mert a fiú szemébe nézni.

- Megígérem. – Beült a kocsijába, és egy utolsó búcsút intve elhajtott. A visszapillantó tükörben látta, hogy a két kisebbedő alak hosszan integet utána, míg a kanyarban el nem takarták őket a házak.

***

Vásárhellyel összeépült Marosszentgyörgyre érve az Apolló Hotel melletti utcán lehajtott a folyó felé. Átment a vasúti sínen és a Maros partja közelében a fák közé hajtva megállt. Az volt a terve, hogy az éjszakákat a folyó elhagyott helyén tölti a kocsiban. Szállodára, panzióra nem futotta a pénzéből. Megfelelt neki a lehajtott hátsó ülés, és a magával hozott hálózsák. Vadkempingezésnek tekintette a kutatást. Tisztálkodásra pedig ott volt a folyó. Hozott magával egy váltás felső ruházatot, több fehérneműt és zoknit. A kiválasztott terület nagyon is megfelelt neki. A magával hozott hideg élelemből belakott.

A délutánt azzal töltötte, hogy kocsival végigjárta a lehetségesnek ítélt szórakozóhelyeket. Kihúzta azokat, amelyek szerinte kinézetük, illetve helyük alapján nem megfelelőek egy banda számára. A város központjában lévő. és a túl előkelő helyeket törölte. A túlságosan leromlott szórakozóhelyeket szintén. Ebben segítségére volt a szórakozóhelyek törzsvendégeinek megfigyelése is.Végül négy kiválasztott hely maradt a listáján.

Napközben a különböző parkokban ténfergett, próbálta kiszúrni a drogdílereket. Esténként több szórakozóhelyre is ellátogatott hasonló célzattal. Időnként sikerült kifigyelnie, amikor gazdát cserélt egy-egy adag drog. Ilyenkor követte a terjesztőt, megjegyezve kikkel érintkezik. Egyik-másikkal össze is ismerkedett, vett egy adagot tőlük, amit aztán lehúzott a vécén. Eszébe sem jutott, hogy kipróbálja. A dílerek nem alkottak különböző csoportokat, ezért feltételezte, hogy ugyanannak a főnöknek dolgoznak. Olcsó vendéglőkben ebédelt, a regellit és a vacsorát a boltban vásárolt hideg élelem biztosította. Délutánonként küldött SMS-t Hajninak, hogy semmi probléma, jól van. Néha telefonon is hívta, ilyenkor Tilával is váltott néhány mondatot. Minden alkalommal megkérdezte, hogy mikor megy haza. Eltelt két hét, de nem jutott közelebb a nagyobb halakhoz. Hétfőn két napra visszament a fiához. Hajni kimosta az összes ruházatát, Csaba pedig legalább egy órát áztatta magát a kádban. A hideg vizes fürdő a Marosban nem pótolta az alapos tisztálkodást. Szerda délután ismét visszament vadászterületére. Már egészen hozzászokott az éjszakai élethez. A parkok, utcák becserkészésével felhagyott, mert rájött, hogy nyári szünet lévén, csak az éjszakai szórakozóhelyeken és környékükön fogy igazán a szer. Néhány díler már régi ismerősként fogadta, amikor beült egy-egy helyre. Elbeszélgettek semleges dolgokról, kölcsönösen fizettek egymásnak egy-egy rundot, táncoltak a csajokkal. Csabának sikerült észrevétlen beilleszkedni a környezetbe. Egy volt a sok vendég közül, a törzsvendégek megszokták jelenlétét. Érdeklődésükre beadott nekik egy kitalált mesét. Teljesen magyar lakta területről jött, a román nyelvet nem az anyatejjel szívta magába, csak később tanulta meg, ezért nem tökéletes a kiejtése, és még hiányos a szókincse is. Ott kellett hagynia lakóhelyét, mert kezdett forró lenni a lába alatt a talaj. A harmadik hét végén csinált egy körsétát az éppen soros szórakozóhely körül. Szűk, rosszul kivilágított utcába tévedt be. Tőle hatvan méterre a lámpa alatt két alakot vett észre. A dílert azonosította, a másik fiatalember ismeretlen volt. Biztosra vette, hogy éppen drogot vesz az idegen. Lassan közeledett feléjük, mikor az utca túlsó végéről egy járőr kocsi fordult be. A kocsi lámpája megvilágította a két fiatalt. A vevő annyira megijedt, hogy pénzét visszagyűrve a zsebébe rohanni kezdett Csaba felé. Nagy igyekezetében meglökte az árusítót, akinek kezéből kiesett több adag por. A rendőrségi kocsi bekapcsolta a reflektort és egyre növekvő sebességgel haladt a két srác felé. Csaba gyorsan behúzódott egy kapualj alá. Az ismerős árus menekülés helyett felkapkodta a tasakokat. Tudta, ha elvesznek, neki kell megtéríteni az árát. Későn kezdett el szaladni. Az autó utolérte és eléje vágott. A vezető társa kiugrott a keresztbe forduló kocsiból, a srác egyenesen a karjai közé szaladt. A menekülő ismeretlen elrohant Csaba mellett. A vezető üldözni kezdte a kocsival. Bekapcsolt szirénával hajtott el anélkül, hogy észrevette volna Csabát.

Csaba kikukucskált a kapualj alól. A rendőr épp akkor kínálta meg gumibotjával az ellenálló dílert. A lámpaoszlopok egymástól ötven méterre lehettek, gyenge fényük talán tíz méteres területet világított be érdemlegesen. Ő is és a dulakodó pár is a sötét részen voltak. Csaba egy hirtelen ötlettől vezérelve kiugrott rejtekhelyéről, és feléjük rohant. Tíz hosszú lépéssel letudta a köztük lévő távolságot. A rendőr, neki háttal, épp a hason fekvő srác fölé hajolt, és rákattintotta a csuklóira a bilincset. Felegyenesedés közben hallotta meg maga mögött a lépteket, de nem volt ideje megfordulni. Csaba kéz éllel lecsapott a nyakszirtjére és a rendőr ráomlott a megbilincselt srácra. Legördítette az eszméletlen rendőrt az alatta fekvő testről.

- Fuss! – szólt rá és kutatni kezdte a zsaru zsebeit. A srác hátra bilincselt kézzel kissé nehezen tápászkodott fel. Látta az ájult rendőrt, tétovázni kezdett. – Indulj már, hátrakötött kézzel úgy sem tudsz gyorsan futni! Én mindjárt megyek utánad.

A díler futásnak eredt a rendőrautóval ellenkező irányban. Csaba a harmadik zseb átkutatásakor megtalálta a bilincs kulcsait. Gyorsan zsebre tette. Másik keze véletlenül hozzáért a pisztolytáskához. Érezte, hogy benne van a fegyver, de nem nyúlt hozzá. Viszont a derékövön megpillantotta a másik bilincset, és magához vette. Ráakadt a zsaru mobil telefonjára. Maga sem tudta, miért vette kézbe. Érezte, hogy a hátuljára papírcsík van ragasztva. Elővette LED-es kis elemlámpáját, és rávilágított. Bejött a számítása. A tizedes, saját számát írta fel a papírra. Beütötte a számot saját telefonjába, és tizedes néven elmentette. Gondolta, hátha jól jön egyszer. Visszatette a telefont oda, ahol ráakadt. Ujjait a rendőr nyaki ütőerére helyezte. Érezte az egyenletes lüktetést.

Megnyugodva állt fel, hogy a rendőr egy kis fejfájással megússza a kalandot. A menekülő díler után rohant, aki már jobbra befordult a sarkon. Hamar mögéje ért. Az, meghallva, hogy üldözik, újult erőre kapott. Csaba is beleerősített, és gyorsan behozta a lemaradást.

- Állj már meg, az istenedet, hadd vegyem le a bilincset! – A fiatal srác megfordult, belátva, hogy úgysem tud elmenekülni, és védekező állást vett fel. – Nyugi, csak én vagyok! Add a kezed! Megadóan nyújtotta a kezét, látva, hogy nem a rendőr üldözi. Csaba levette róla a bilincset, majd a kulccsal együtt zsebre tette. A díler ekkor ismert rá.

- Köszi Stefan, hogy megszabadítottál a rendőröktől. – Románul mondta Csaba nevét, mert Istvánként mutatkozott be megismerkedésükkor. Akkor már három hetes szakálla volt, mert elhatározta, hogy nem fog borotválkozni. - A főnök lenyakazott volna, ha lebukok. Igazán lekötelezél. Megölted? – kérdezte félénken. Lerítt róla, hogy nem szívesen keveredne rendőrgyilkosságba.

- Lehet, hogy már magához is tért. Lesz egy kis fejfájása. Látom, volt eszed, hogy nem a főút felé menekültél. Épp a sötét részen kapott el, nem hiszem, hogy felismerne. De tűnjünk el innen, mert biztos, hogy keresni fognak. - Futottak párszáz métert a kis utcákban, minden sarkon befordulva, olyan irányban, hogy távolodjanak a helyszíntől. Mikor már nem fenyegette az a veszély őket, hogy rájuk bukkannak, elköszöntek egymástól. Csaba tudta, tartozik neki eggyel a srác, amit alkalmas pillanatban be is hajt rajta.

Azóta egyszer találkoztak, de még korainak tartotta érdeklődni a főnök után.

Már eltelt a második kéthetes időszak is, és azt fontolgatta, hogy hétfőn ismét haza megy. Szombaton a késő esti órákban épp azon a szórakozóhelyen volt, amelyet a legvalószínűbbnek tartott a banda törzshelyeként. Csaba úgy döntött, hogy ezt a számot még végig táncolja, utána még elugrik egy másik helyre, mikor négy férfi nyomakodott be az ajtón. Az elöl jövő két férfi teljesen ismeretlen volt számára, a mögöttük jövőket az utóbbi napokban kétszer is látta ezen a helyen. A vezetőjük egy 190 centis, legalább 100 kilós ember volt. Csabában, láttára felszökött az adrenalin szint. Termete ragadta meg a figyelmét, emlékeztette az éjszakai emberre, habár arcvonásairól nem tűnt ismerősnek, hiszen csak egy villanásra látta a férfi arcát. Ráadásul ez szakállat hordott. Persze, a majd két hónap alatt meg is növeszthette. Gyanúját az a másik tényező is felébresztette, hogy ezek is négyen voltak, s összeszokott társaság benyomását keltették.

A mögöttük, pár másodperccel később belépő férfira csak futó pillantást vetett, aki másik irányban haladva vegyült el a tömegben. A négy férfi határozottan törtetett előre, éppen feléje. A táncolók szó nélkül utat engedtek nekik, ő követte példájukat. Volt annyi esze, hogy ne hívja fel magára a figyelmüket. Legfőbb elve az volt: mindent látni, és észrevétlen maradni. Az érkezők az egyik négy személyes boksz felé tartottak, ahol két fiatal pár ült. Odaérve megálltak, mert az ott lévők nem mozdultak.

- Tünés kisapáim, ez a mi helyünk! – mordult rájuk a nagydarab férfi.

- Nem volt kiírva, és mi voltunk itt előbb – ellenkezett az egyik srác. Sejtelme sem volt arról, kikkel áll szemben

- Kapd ki onnan Császár azt a kis mitugrászt! – nógatta a mögötte álló fickó.

A nagydarab férfi lenyúlt, galléron ragadta az ágáló fiatalembert, és kihajította a táncolók közé. Az érintett párok még idejében szétrebbentek, így a repülő test nem ütötte le őket a lábukról. A másik fiatalember és a két lány gyorsan felállt, és elhagyta a veszélyes zónát. A pórul járt srác felugrott, és vissza akart menni. Csaba egy pördüléssel elállta útját, és rásziszegett.

- Nyughass, ezek nagypályások! – A fiatalember meghökkenve nézett rá. Látva Csaba komoly, figyelmeztető tekintetét, elállt szándékától, és társai után ment. A pincér máris ott termett és felvette a rendelést az érkezőktől. Két perc múlva már hozta is a pezsgőt. Vége lett a számnak, Csaba megköszönte a táncot a kinézetre nem éppen erkölcsösségéről ismert lánynak, és helyére akart menni.

- Hé, kisapám! – rivallt rá a lány. – Azt hiszed, hogy csakúgy itt hagyhatsz? Miből gondoltad, hogy egyszerűen felszedsz és rabolod az időmet semmiért? – Utána szaladt, és karját elkapva, megállította Csabát.

- Csak néhány táncra kértelek fel, semmi többre – vonta meg a vállát.

- Nem úgy van az! – szólalt meg mögötte Császárnak nevezett férfi. – A csaj nekem dolgozik, engem fosztasz meg a munkadíjától.

Csaba megfordult, és felnézett az előtte álló, nála tíz centivel, és húsz kilóval nehezebbnek tűnő férfira.

- Egy tánc nem ugyanaz. Különben sem közölte velem, hogy fejpénzben dolgozik.

Császárt annyira meglepte, hogy valaki ellent mer mondani neki, hogy néhány másodpercig csak szótlanul meredt rá. Körülöttük tágas gyűrű támadt. A nagydarab férfi épp mozdult, hogy megleckéztesse Csabát, mikor a társa szava megállította.

- Bízd rám főnök, majd én megtanítom arra, hogy itt mindenért fizetni kell. – Császár lenézően legyintett egyet, átadta a terepet társának, neki úgyis kis falatnak tűnt ez a fickó.

Az új ellenfél körülbelül egymagasságú volt Csabával. Fölényes, lekezelő magabiztossággal állt meg egy méterrel előtte. Néhány másodpercig farkasszemet néztek, de várakozásával ellentétben, nem látott félelmet Csaba szemében. Váratlanul támadásnak indult, de Csaba számított rá. Könnyedén elhajolt a két ütés elől, majd hárította a harmadikat, és az azt követő rúgást elkerülte. A védekezésből egy szemvillanás alatt támadásba ment át. Belépett ellenfele ütéstávolságán belülre, térdét ellenfele ágyékába döfte. Hirtelen a mozdulattal megpördült, miközben ujjait összekulcsolva, bal könyökét hátra rántva, állon vágta a meggörnyedt férfit. Az ütés erőteljes volt, mert jobb kézzel is rá tudott segíteni. A férfit kissé hátra vetette az ütés. Csaba ökle a gyomorszájon találta. A férfi újfent meggörnyedt a fájdalomtól, szemmel láthatóan légszomjban szenvedett.

– Jól vagy? – Mögéje lépett, átkarolta a férfit, megemelte, és néhányszor hátrahajolva kihomorította magát, megrázva ellenfelét. A nyújtógyakorlat megtette hatását. Letette a férfit, aki még mindig mélyeket lélegzett, de arcszíne már kezdett visszatérni.

– Ezt nem úszod meg ilyen könnyen – lépett újra eléje Császár.

– Rájöhettél volna már, hogy nem akarok verekedni. Csak próbáltam megvédeni magma.

– Az a legkevésbé sem érdekel. Ha nem védekezel, a te bajod! – emelte fel öklét Császár.

– Állj főnök! – kiáltotta valaki, s a hang gazdája közéjük állt.

– Tűnj innen Radu, mert te is kaphatsz!

Csaba a srácban felismerte azt a drogdílert, akivel összehaverkodott azután, hogy árusításon kapták a razziázó rendőrök, és Csaba kimentette a kezeik közül. Radu a figyelmeztetés ellenére sem állt félre, hanem közelebb lépett Császárhoz.

– Várj egy kicsit főnök, előbb négyszemközt akarok mondani valamit, s ha utána még mindig el akarod intézni, a te dolgod!

A férfi, látva a fiú elszántságát, kelletlenül visszaült a boxba. Radu követte. Legalább két percig magyarázott neki, igyekezett meggyőzni igazáról. Császár néha közbe kérdezett, és tekintete kezdett megenyhülni. Csaba sejtette, miről mesél neki Radu. Nem úgy alakultak a tervei, mint ahogy szerette volna. Egész eddig sikerült észrevétlenül elvegyülnie, s most az a lotyó csaj keresztülhúzta számításait. Nem állt szándékában ezzel a behemót férfival megverekedni. Szerencsére, Radu váratlan betoppanása megoldotta a helyzetet. Pillanatnyilag helyre állt a rend, a tánc folytatódott. Csaba ott állt a box mellett, Császár két társa által közrefogva. Nem foglalkozott ezzel, mert nem állt szándékában lelépni. Pórul járt ellenfele gyűlölködő tekintettel mustrálgatta. Ha már így alakult a helyzet, megpróbálja minél jobban kiaknázni a lehetőséget. Amilyen tisztelettel és félve tekintettek Császárra, beleértve a vendégsereg többségét is, sejtette, hogy a maffia magasabb szintű vezetőjével akadt össze. Császár magához intette Csabát, aki szó nélkül leült vele szemben.

- Ez a balfék Radu azt mondta, hogy kihúztad a szarból. – Császár odatolta eléje az egyik teli pezsgőspoharat.

- Ha egy zsarut nagy rakás szarnak tekintesz, akkor Radu valóban nyakig benne volt. Ráadásul, félelmében ezt meg is fejelte egy gatyára valóval, úgyhogy nagyon büdös volt a helyzet.

- Hahaha! – nevetett fel Császár. – Szóval összecsináltad magad! – csapott egy nagyot Radu vállára, aki megroggyant az ütéstől. A következő pillanatban egy jobb csapottól bezuhant az asztal alá. – Még egy ilyen könnyelműség, és véged! – sziszegte a gallérjánál fogva visszaültetett fiú fülébe, majd öblös, mélyhangú nevetésbe fogott, melytől Csaba egy pillanatra megdermedt. Ezer hang közül is ráismert volna erre a jellegzetes hahotára, mely, azóta a bizonyos éjszaka óta is kísérti. Érezte, hogy elsápad a rátörő indulattól. Hála a meditációs gyakorlatoknak, le tudta küzdeni keze remegését, amint a pezsgőspoharat a szájához emelte, hogy takarja vele sápadtságát. A többiek Raduval voltak elfoglalva.

- Jelképesen mondta – próbálta menteni a helyzetet a kárvallott.

Kérdésekkel halmozták el Csabát, aki újra előadta a sztoriját, hozzátéve, hogy épp valamilyen munkát keres, mert fogytán a pénze. Közben minden önuralmára szüksége volt, hogy ne látszódjon rajta a gyűlölet. Beszéd közben egyikükön sem pihent meg hosszabb ideig a tekintete, csak pár másodpercig nézett hol egyikükre, hol másikra, nehogy esetleg meglássák a szemében lobogó bosszú lángjait.

- Drogos vagy? - kérdezte Császár - Bár nem látszik rajtad. Radu említette, hogy vettél tőle port.

- Csak elvétve lövök be magamnak egy adagot, vagyis nem vagyok drogfüggő – helyezte az asztalra alkarját Csaba, ahol három tűszúrás nyoma látszott. A tűszúrás helyei, valódiságuk ellenére megtévesztőek voltak, mert az első vásárlás után szándékosan hagyott tűnyomokat a karján. Császáron látszott, hogy kedvezően fogadja ezt a mértékletességet, s rövid gondolkodás után megszólalt.

- Látom, nem ijedsz meg a saját árnyékodtól. Majd meglátom, mit tehetek érted. Két hét múlva itt megtalálsz.

Csaba megköszönte, és elköszönt tőlük. Radu vele tartott, mivel mát túladott a mai készletén, és el akart tűnni Császár elől.

- Kösz, hogy kihúztál a csávából. Ez a Császár palacsintát csinált volna belőlem – veregette meg Radu vállát.

- Ugyan már! Ez a legkevesebb, amit tehettem érted. Tartoztam vele.

- Ez igaz. Te, Császár komolyan gondolta, amit mondott?

- A munkával kapcsolatban? Készpénznek veheted. Kellenek neki a vagány emberek. Ahogy elintézted Mariust pár pillanat alatt, megnyerte a tetszését.

- Miért vagy benne olyan biztos? – Ártalmatlannak tűnő kérdésével sikerült lépre csalnia a srácot.

- Vásárhelyen ő a főnök, senki sem szólhat bele, hogy kit alkalmaz. Biztosra veszem, hogy felfogad testőrének.

- Én nem vagyok ebben biztos, mert akkor nem várna két hétig – puhatolódzott Csaba.

- Lehet, hogy még gondolkodik rajta, de a várakozás oka inkább az lehet, hogy tárgyalásokat folytatnak egy nagyobb üzletről, amelyet a nagyfőnök vezényel le.

- Most mondtad, hogy Császár a főnök – értetlenkedett Csaba.

- Itt igen. A nagyfőnök Bukarestben él, kiterjedt üzleti érdekeltségei vannak. Császárhoz hasonlóan, van még jó néhány nagyvárosi helyi főnöke. Ők a nagyfőnök első számú emberei a ranglétrán.

- Ha ő az itteni főnök, eléggé hanyagol benneteket, mert most láttam először mind a négyüket.

- Biztos meg volt rá az okuk, hogy másfél hónapra eltűnjenek a környékről, de ne kérdezd, hogy miért. Én csak egy senki kis terjesztő vagyok a többiekkel együtt. Mindent Császár, és a három segédje intéz, hozzák a döntéseket. Körülbelül két hete jöttek vissza. Nem meglepő hogy csak most láttad őket először, hisz te sem vagy itt minden nap, akkor sem mindig ugyanabban az időpontban. Egyszerűen, elkerültétek egymást.

- Ha olyan kis pont vagy, miért közölték veled, hogy nagy fogásra készülnek? – csodálkozott Csaba.

- Ugyan, hova gondolsz! – Amikor elmentem megújítani a készletemet, véletlenül meghallottam, hogy erről beszélnek. Visszaosontam, és nagy hanggal mentem be hozzájuk, hogy azt higgyék, most érkeztem. Jobbnak láttam, ha abban a hitben vannak, hogy semmit sem hallottam.

Radu szemmel láthatóan megbízott benne a neki tett szívességéért, hisz jó néhány év börtönbüntetéstől mentette meg. Csaba nem erőltette tovább a kérdezősködést, így is sokkal többet tudott meg, mint amire számított.

Elköszöntek egymástól, és szétváltak. Csaba látszólag elindult az ellenkező irányban, s amikor Radu eltűnt a szeme elől, visszafordult a szórakozóhely felé. Kinézett magának egy olyan helyet a parkoló mellett, ahonnan észrevétlenül szemmel tarthatta a szemközti bejáratot. Mély elégedettséggel töltötte el, hogy egy hónap után, végre rábukkant a bandára. Eddig is megviselte idegeit az eredménytelen kutatás, mely döntően a véletlenre volt bízva. Mellé szegődött a szerencse, tudta, a türelemjáték csak most kezdődik.

Két óra hosszú várakozás után feltűntek Császárék, és a parkoló felé vették az irányt. Csaba megelőzve őket, megbújt a kocsija mögött. A banda egy sötét színű terepjáróba szállt be. Amikor kihajtottak a parkolóból, beült a kocsijába, és a terepjáró után eredt. Még látta, hogy a főúthoz érve jobbra kanyarodnak. Utánuk fordult, és behozta a lemaradását. Hagyta, hogy három kocsi maradjon közöttük. A Mazda, időközben sikerült beazonosítani a márkáját, elég feltűnő jelenség volt, így nem veszíthette szem elől. Tíz perc után balra kanyarodtak, majd még két sarkon fordultak be. Itt már nem volt más forgalom, Csaba növelte a köztük lévő távolságot. A Mazda hirtelen lassított, és jobbra befordult az egyik kertes ház kapuja elé. Csaba változatlan lassú tempóban haladt el mellettük a félhomályos utcában. Leolvasta a kapun behajtó kocsi rendszámát, megnézte a házat, hogy ne felejtse el. Az utca végére érve megállt, mert Császárék már behajtottak az udvarra. Kiszállt, és a sarki lakóház falára erősített tábláról leolvasta az utca nevét. Visszaült a kocsiba, feljegyezte a rendszámot és az utca nevét, és elhajtott megszokott éjszakai „szálláshelyére".

Másnap este ismét találkozott Raduval, de Császár nem jött az embereivel. Mintegy mellékesen puhatolódzott nála, hogy miért nem jöttek el. Radu elmesélte, hogy hetente csak három-négy alkalommal töltik itt az esték egy részét, mert a többi szórakozó helyeken is felügyelni kell az embereket. Ma délelőtt egyébként is elutaztak a nagyfőnökhöz, és csak két hét múlva jönnek vissza.

- Akkor én addig hazamegyek. Telefonált délelőtt a húgom, hogy anyánk nagyon beteg, látogassam meg. Úgysem tudnék addig mit csinálni, a pénzből is kifogytam. Két hét múlva visszajövök.

Radu nem kifogásolta Csaba elhatározását, meg tudta érteni, hisz ő még mindig otthon lakott a családdal. Emlékezett rá, hogy mennyire megijedtek, mikor anyjuk kórházba került perforálódott vakbélgyulladással, s alig tudták megmenteni az életét.

Reggel elindult Szentmiklósra. Délelőtt toppant be a házba. Hajni összecsapta a kezét szörnyülködésében, ugyanakkor szeme aggódva ide-oda repkedett a fiú testén, keresve rajta a sérülések nyomait. Ez utóbbiak híján, megnyugodva szólalt meg.

- Jaj, Istenem, úgy nézel ki, mint egy csatornatöltelék. – Csaba a szemrehányó szavak mögött érezte az örömet, amelyet nem tudott a lány elrejteni. Szavait meghazudtolva a fiú nyakába borult, nem zavartatva magát a néhány napos mosdatlanságától.

Két hétig itthon leszek – tolta el magától Hajnit, aki örömmel nyugtázta a bejelentését. El tudta képzelni, hogy milyen szaga lehet, habár ő maga nem érezte. A Maros vizében való tisztálkodás, ruhái kimosása közel sem pótolta a forró fürdőt és a mosógépet. Hangját meghallva,

Tila kirohant a szobából. Csaba nem engedte, hogy a nyakába ugorjon. Távol tartotta magától, úgy nézett az örömtől csillogó gyerekszemekbe. Adott egy puszit a kisfiú homlokára.

- Irány a fürdőszoba, addig ki se gyere, amíg nem illatozol, és el nem tünteted a majomszőrzetet a képedről! – rendelkezett Hajni.

– Utána üdvözölheted a fiadat. – Hangja szigorú volt, de szemében örömtüzek szikráztak a fiú bejelentésétől, hogy itthon marad.

Csaba megadóan alávetette magát a rendre utasításnak és háromnegyed óra múlva, mint akit kicseréltek, frissen jelent meg.

- Így már mindjárt más – fordult feléje Hajni, félbeszakítva a tálalást. Mindketten megkapták az elmaradt puszikat.

- Rájuk találtam, és remélem, utána egy-két héten belül befejeződik az ügy – folytatta Csaba az ismertetést.

- Csak szerencsés vége legyen az egésznek! – sóhajtott a lány.

Tila nem akart kiszállni apja öléből, de mikor asztalhoz ültek ebédelni, kénytelen volt tudomásul venni az önálló ülőhelyet.

Felejthetetlen két hetet töltöttek együtt. Többször voltak kirándulni a környékre. Megnézték a Békási-víztárolót, túráztak a Csalhó-hegységben, meglátogatták Pétert és Ilonkát Szurdok-pusztán. Az örömnapok letelte előtt újra kimentek a temetőbe, és életük egyből visszazökkent a régi kerékvágásba.

- Anya itt van mellettünk? – kérdezte félénken Tila.

Csaba először Hajnira nézett, tőle várva, hogy kisegítse az ilyen hitbeli kérdésekben, de a lány ráhagyta a válasz megadását.

- Itt kering a lelke a sír körül. Gondolj rá erősen, érezni fogod arcodon lelkének szerető simogatását, amint a lágy szellő szárnyán megérint.

- Igen, érzem – suttogta a kisfiú attól félve, hogy a hangos szó elűzi az őket körülölelő fuvallatot. – Mindig itt lesz a sírnál?

- Csak addig bolyong a lelke a sírok közt, amíg a mi lelkünk meg nem békél az ő eltávozásával. A mi lelki békénk beköszönte hozza el az ő lelki békéjét is, amikor elengedjük őt.

- Ha már nem lesz itt anya lelke, akkor már hiába jövünk ki a temetőbe? – szomorodott el.

- Anya lelke az égben lel nyugalmat, látva, hogy elengedtük őt, de a szívedben továbbra is ott lakozik. Ha kijövünk a temetőbe, lejön hozzánk az égből. Érezni fogjuk, hogy lelke körülölel bennünket.

Hangulatukra rátelepedett a múlt közeli emléke, szeretteik elvesztése, és az elválást követő bizonytalan jövő, tele aggódással, félelemmel. Csaba és Hajni az eltelt idő alatt szándékosan nem beszéltek a múltról, sem az elválás utáni jövőről. Nem akarták szomorúsággal zárni a két hetet, elsősorban a kis Tila miatt. A kisfiú annyira boldog volt, hogy apja itthon van vele, hogy csak néhányszor említette anyját.

- Ha vége lesz az egésznek, és a törvény kezére kerülnek a bűnözők – kezdte el bizonytalanul Hajni -, haza fogtok menni Magyarországra?

- Fogalmam sincs, ezen még nem gondolkoztam. A bosszú beteljesülése nem adja vissza a lelki békémet. Ez csak egyfajta elégtétel lesz szeretteink haláláért. A bennem tátongó űrt, melyet Edit elvesztése keltett, továbbra sem tölti be senki és semmi. Akárhogy is lesz utána, rólad mindig gondoskodni fogok.

Hajni nem tudott mit mondani ezekre a szavakra, az ő lelke is üres volt családja távozása után. Hol a remény karjai közt vergődött, hogy egyenesbe fog jönni élete, hol a lemondás vasökle szorította össze szívét. Csaba utolsó szavaiban azonban biztos volt. Mindig gondoskodni fog róla ha rászorul, és nem csak azért, mert megígérte anyjának. Búcsújuk még fájdalmasabb volt, mint az előzőek. Hajni ösztönösen érezte, hogy Csaba a közvetlen veszélybe megy, és lehet, hogy vissza sem tér többé.

- Menj, ha úgy érzed, hogy csak ez adhatja vissza az önbecsülésedet! – búcsúzott el a fiútól, tudva, hogy nincs olyan erő, amely visszatarthatná. Csókra nyújtotta az ajkát, mint aki attól tart, hogy ez lesz az utolsó, és többé soha sem ismétlődhet meg. Örömmel nyugtázta, hogy a fiú nem az arcát csókolta meg.

Csaba hosszan ölelte magához fiát, mint aki soha sem akarja elengedni. Gyengéden lefejtette a nyaka köré fonódó apró karokat, és beült a kocsiba. Mielőtt kigördült az udvarról még kiszólt az ablakon.

- Visszajövök, megígérem.

Megérkezve Marosvásárhelyre, nem mutatkozott a szórakozó helyeken. Úgy döntött, láthatatlan marad számukra, hadd higgyék, hogy nem jött vissza. Nem állt szándékában követni őket, mert biztosan felfigyeltek volna rá. Az első éjszaka belopódzott annak a háznak a kertjébe, ahová két héttel ezelőtt követte őket. Dolgát megkönnyítette, hogy sem itt, sem a szomszédban nem voltak kutyák. A kapubejárótól betonút vezetett a kert végén álló garázsig. Végiglopódzott a kerítés mentén, és a ház mögé került. A háznak ezen az oldalán volt a konyha és a tágas étkező. A faltól két méterre, a ház hosszában, másfél méter magas futórózsák sorakoztak, felfuttatva a vascső oszlopokon kifeszített dróthuzalokra. Ez biztonságos megfigyelőhelynek látszott. Míg ő a virágok takarásában zavartalanul belátott az ebédlőbe, a bent lévők szeme elől takarva volt. Az épület másik oldalától egy méterre húzódott a két telket elválasztó drótkerítés, túloldalán élő sövénnyel. Veszély esetén itt elbújhatott a sötétben.

Az elkövetkező két napban feltűnés nélkül megfigyelte a házat. A banda tagjai esténként, hol később, hol korábban, mindig itt gyűltek össze. Takarodóig tévézéssel, iszogatással, beszélgetéssel verték el az időt. Másnap, délelőtt, vagy ebédidőben távoztak. Csabát mindez meggyőzte, hogy ez a ház a lakhelyük. Az nem érdekelte, hogy bérelték-e, vagy valamelyikük tulajdona. A harmadik estén jobban felöntöttek a garatra, és miután nyugovóra tértek, Csaba fél órát adott nekik, míg mélyen elalszanak, majd álkulccsal megpróbálta kinyitni a hátsó ajtót. Többszöri próbálkozás után sem boldogult, ráadásul kisebb zajjal is járt kísérletezése. A nagy csendben úgy érezte, hogy ezek az apró neszek olyan hangosak, mintha egy tányért ejtenének a kőre. Türelmetlenségében lenyomta a kilincset, és legnagyobb meglepetésére az ajtó simán kinyílt.

Elfojtott egy kiadós szitkozódást, hogy erre nem gondolt. Ugyan mi félnivalójuk lenne, ki merne betörni egy olyan házba, ahol négy férfi lakik. Ráadásul az alvilági kör tisztában lehetett azzal, hogy kik lakják. Miért is tartottak volna bárkitől? A nyitott ajtóban mozdulatlanul állt két percig, de semmilyen mozgolódást nem hallott. Csend volt a házban, mintha lakói nem is lennének itthon. Óvatosan becsukta az ajtót, és belopódzott az ebédlőbe.

Az asztalhoz érve várt, míg szeme megszokta a sötétséget. Ki tudta venni a bútorok, székek körvonalait. Körbefordulva látta a falnál a pohárszéket, a sarokban a televíziót, a pamlagot. Elővette a poloskát, készenléti állapotba kapcsolta, hátrébb húzta az egyik széket, és lehajolt, hogy az asztal aljára erősítse. Ekkor lépések hallatszottak az egyik szoba felől. Gyorsan begördült az asztal alá. Arra nem maradt ideje, hogy a széket visszahúzza eredeti helyzetébe. Szerencséjére az asztalterítő térdmagasságig lelógott körben az asztal körül.

A férfi, miközben a villanykapcsoló felé ment, lábujja beleütközött a szék lábába. Elmormolt egy káromkodást, hogy melyik idióta nem tudja visszatenni a széket a helyére. Csabában egy pillanatra megállt az ütő, mert a poloska érzékelte a halk zajt, és továbbította a vevőkészülék felé, amely a zsebében volt. De mindjárt meg is nyugodott, mert eszébe jutott, hogy a vevőt nem kapcsolta készenléti állapotba, így nem veszi a hangot, mely egyből elárulta volna. Az utolsó pillanatban rántotta el a kezét az asztal alá lökött székláb elől. A felébredt férfi odament a csaphoz, kétszer is teleengedte a poharat vízzel, mire szomját oltotta. „Ég a pokol, mi?", gondolta Csaba kárörvendően. Halk kattanást követően sötétség borult rá. A férfi visszacsoszogott a szobába. A rövid világosság alatt volt ideje szemrevételezni az asztal alját. Negyed óra várakozás után elővette LED - es ceruza elemlámpáját és bekapcsolta. A gyenge fényben az asztal sarkánál, az oldallap belső részére erősítette a poloskát. Amilyen csendben jött, úgy is távozott. Készenléti állapotba helyezte a vevő készüléket, és elhagyta a birtokot. Még el sem érte a biztonságos távolságban letett kocsiját, elhagyta lehallgató a poloska hatókörzetét, és a vevő hangjelzéssel jelezte ezt.

- Legalább idáig működik – mormolta Csaba. – Majd holnap este kiderül, hogy mennyire alkalmas a lehallgatásra.

Másnap vett a műszaki boltban egy tenyérnyi MP3 lejátszót, hogy adott estben rögzíteni tudja a poloska által továbbított beszédet. Három este telt el egymás után anélkül, hogy beszéltek volna bármi olyanról, ami Csaba számára érdemleges lett volna. Hülyéskedtek, megvitatták a csajokat, hogy melyikük szedte fel a legjobb nőt.

- Azt a szőke bombázót azért sajnálom –
hallotta egyikük hangját -, aki meghalt két
hónapja a szorosban.

- A Sicas Pass-ról beszélsz?

- Arról hát. Persze, csak én láttam azt a csajt.
Öregem, mi mindent tudtam volna kezdeni vele!

- Tán még hullagyalázásra is vetemedtél volna?

A kérdést hangos röhögés kísérte. Csaba
fogcsikorgatva szorította ökölbe a kezét,
legszívesebben berontott volna hozzájuk, hogy
saját kezűleg fojtsa meg azt, aki
megszentségtelenítette szerelme emlékét.
Pecekbe telt mire lecsillapodott, és visszanyerte
önuralmát. Ha eddig kétségei is lettek volna,
most már száz százalékosan biztosra vette, hogy
őket keresi.

Az üzletről nem hangzott el semmi használható
információ. Meg sem kellett közelítenie a házat,
száz méterről is tisztán hallotta beszélgetésüket.
Már ott tartott, hogy ez a módszer nem vezet
eredményre, és valami mást kell kitalálnia, hogy
megtudjon valamit elkövetkező terveikről. Ha
egyáltalán vannak ilyenek a közeljövőben.
Tudta, hogy itt a városban nem tehet ellenük
semmit, meg kell várnia, míg kimozdulnak.

Az ötödik estén a türelmes várakozásnak
váratlanul meglett az eredménye. A házban
izgatottan beszéltek arról, hogy késő este
Bukarestről befut a nagyfőnök egyik embere
üzleti megbeszélésre. Az üzletet Császárnak kell
lebonyolítani, mert a tárgyaló fél ragaszkodott
ahhoz, hogy a helyszínt valahol félúton jelöljék
meg, ez pedig Marosvásárhely körzetét
jelentette. Ezt hallva, Csaba belopódzott az

udvarra és elrejtőzött a rózsalugas mögött. Tizenegy óra körül megállt egy kocsi a ház előtt. Egy percre rá kinyílt a kapu, és az autó begördült az udvarra. Csaba hallotta, amint az érkező belép a házba. Régi ismerősként üdvözölték, ami egyáltalán nem volt meglepő. Üzleti ügyeket nem bíznak olyanokra, akik nem ismerik személyesen egymást. A levelek résein át, tisztán kivehette mind az öt férfi arcát. Az érkező szőke férfi ismerősnek tűnt, de nem emlékezett rá, hol is láthatta. Felvételre kapcsolta az MP3-at, és a vevőkészülék mellé tette a földre. Végighallgatta a megbeszélést, amit a felvevő egyidejűleg rögzített. A tárgyalásból minden fontos információt megtudott. Azt is megtudta, hogy ukrán maffiáról van szó, amely nagytisztaságú heroint akar eladni a román maffiának. Az üzletet három nap múlva bonyolítják le, reggel hét órakor. Elhűlve hallgatta, hogy egymillió Eurós üzletről van szó, melyet a vadászházban kötnek meg. Rögtön beugrott neki, hogy a Sicas szorosban, a tragédia után már hallotta a vadászházat emlegetni. A nagyfőnök utasítása értelmében már előző nap ott kell lenniük, tehát két nap múlva indulnak, délután. A szőke hajú jövevényt Gábornak szólították. Egy pillanatra megdöbbent, hogy magyar az illető. Aztán megvonta a vállát. Minden nemzetnek meg van az alja népe, miért lenne kivétel a magyar.

Másnap délelőtt a bukaresti küldönc elment. Csaba kora reggel már lesben állt. Nem akarta szem elől téveszteni a bandát. Felesleges volt az igyekezete, mert csak késő délután mozdultak ki.

Követte őket több szórakozó helyre is. Mikor besötétedett, és bementek kedvenc bárjukba, Csaba a kocsijukhoz lopakodott. Bekapcsolta a jeladót, és az oldalán lévő mágnessel feltapasztotta a terepjáró alvázára. Ismételten körbenézett. Senki sem járt a parkolóban, így észrevétlenül visszalopódzott a saját autójához. Beült, és bekapcsolta a vevő készüléket. Valamennyi LED világítani kezdett, és azonnal meghallotta a szapora, magas hangjelzést. Kikapcsolta a vevő készüléket, és a vevőn tíz másodperc múlva meghallotta a nyolc hosszú csipogást. Ez azt jelentette, hogy a jeladó készenléti üzemmódba váltott át. Biztos volt benne, hogy másnap, a vevő bekapcsolásakor a jeladóval automatikusan helyre fog állni a kapcsolat. Beindította a motort, és visszakocsikázott a banda házához. A hátsó ajtót álkulccsal kinyitva, amely most zárva volt, bement az ebédlőbe. Magához vette a poloskát. Megtette a kötelességét, már nem volt rá szüksége, de nem hagyhatott maga után semmilyen árulkodó jelet. Megszokott éjszakai helyére visszatérve, lefeküdt. Ki akarta pihenni magát a holnapi követésre. Bár még nem volt határozott terve a bosszút illetően, mégis nagy megkönnyebbülést érzett, hogy a közel kéthónapos igyekezete végkifejlethez közeledik.

Istenítélet

Délelőtt teletankolta a kocsit. Délután fél négykor indultak el a háztól. Csaba az utca felső végén állt készenlétben, és biztos távolságból követte őket. Nyomkövetője tisztán vette a jeladó jelzéseit. Többször is látótávolságon kívülre került a követett autó, de ez nem izgatta különösebben, hiszen a Sicas Pass-ig biztos volt az útvonalban. Ennél sokkal fontosabb volt, nehogy letérjenek az útról valamelyik panzióba, és túl közel kerüljön egymáshoz a két kocsi. Alighogy túljutottak a szerpentinekkel tűzdelt útszakaszon, pár perc követés után rohamosan kezdtek a LED fények kigyulladni, a hangjelzés is egyre szaporább és magasabb hangú lett. – Fene a jódolgukat! – káromkodott Csaba, és befordult a jobb oldalt feltűnő bekötő földútra, majd megállt. A vevőkészülék változatlan fénnyel és hangerővel működött. Az intenzitásukból arra következtetett, hogy csak párszáz méterre állhatnak tőle. – Hogy lehetnek ilyen bélpoklosok – morgolódott a térképre tekintve. – Betértek a Dorka Panzióba. Biztos, hogy feltankolnak az esti időtöltésre.

Ő maga még reggel gondoskodott az élelemről és az ásványvízről, mint ahogy arra is ügyelt, hogy tele legyen a tankja. Ellenőrizte a motorolaj szintjét és a hűtővizet is. Nem akart semmilyen váratlan meglepetést, amit esetleg a hanyagságának köszönhet. Kiszállt a kocsiból, és könnyített magán. Negyed óra múlva a jel gyengülni kezdett. Kitolatott az útra, és folytatta a követést. Gyergyóalfaluig többnyire egyenes volt az út. Néha fel is tűnt előtte a terepjáró. A falu közelébe érve felgyorsított, és megközelítette őket. Tudta, hogy itt fognak délre lekanyarodni és nem akarta kitenni magát annak, hogy másik utcába fordul be. Mikor elhagyták az újfalvi andezit bányát, Csaba közelebb húzódott az előtte haladó kocsihoz. A szorosban, az erdővel szegélyezett, kanyargós úton jobban rátapadt a terepjáróra. Csak néha pillantotta meg őket, háromszáz méterrel maga előtt. Ennél közelebb nem mert menni.

Túlhaladtak a tragikus baleset színhelyén, és három perc múlva a terepjáró balra kanyarodott. A fáktól épp takarásban voltak, és Csaba elhajtott egyenesen. Arra eszmélt fel, hogy gyengül a jelzés. Rálépett a fékre, és gyorsan megfordult. Visszafelé hajtva, jobbra megpillantotta a bekötő földutat. Balra, kicsit feljebb, a Liban Papas fogadó épülete állt. Csak itt kanyarodhattak be, mert a közelben nem volt másik leágazás. Ráhajtott a bekötő földútra. Gyorsan elért egy ipszilon elágazást, a jobb ágán ment tovább a terepjáró kéréknyomán haladva. Nagyobb sebességre kapcsolt. Pár perc múlva megnyugodva látta, hogy a jel erősödik. Örömmel vette tudomásul, hogy közel két hónap keservei, egyelőre nem mentek veszendőbe.

Kezdetben facsoport tűnt fel jobbra, ahogy felfelé kapaszkodtak, majd váratlanul behajtottak egy kisebb erdőbe. A jel erősségéből úgy saccolta, hogy körülbelül két-háromszáz méterre halad mögöttük. Balra szétszórt facsoportok, megművelt földek tűntek fel néhány házzal, jobbról erdő szegélyezte az utat. Nagyobb sebességre kapcsolt, ismét erősödött a jel. Szerencséje volt, még látta balra kanyarodni a terepjárót. Beért egy sűrű erdőbe, ahol a fák koronái összezáródtak az út felett. Kiérve a sűrűből, az út több ágra szakadt. Ők a legszélső, jobboldali úton mentek tovább. Szinte végig erdő övezte az útjukat, végül egy újabb elágazásnál, továbbra is jobbra tartottak. Az eddiginél is nagyobb sötétség övezte a leszűkült utat. A napfény alig tudott áttörni a fák lombkoronáján. Csabának olyan érzése volt, hogy egy, a mennyezetén kivilágított alagútban haladnak. Alig mentek kétszáz métert, mikor a nyomjelző ismét a jobboldali elágazáson jelezte a követett autót.

- Kimegyünk a világból? – kérdezte magától Csaba, amint a meredekebbé váló úton erőlködött a motor. - Már jóval túljutottunk az Isten háta mögötti területen is. - Sóhajtva gondolt a baloldali, lefelé ereszkedő földútra, amely az Ödög-tóhoz vezetett. – Úgy látszik, megmásszuk a hegyhátat.

Joggal feltételezte, hogy most már közel járnak a célállomáshoz. Az út még meredekebbé vált, vissza kellett kapcsolnia a kettes fokozatba. Az eső árkokat vájt az út mentén, máskor kereszt átfolyások gödrei nehezítették az előrehaladást. Az alváz időnként hozzáért a talajhoz. A magasabb építésű terepjáró a négykerék meghajtással gyorsabban jutott előrébb, melyet a jel gyengülése is igazolt. Abban bízott, hogy nem lesz újabb útelágazás. Tíz perce haladt, mikor a jel ismét erősödni kezdett. Megállt az autóval. A jel változatlan maradt. Tudta, hogy megérkeztek. Itt nem maradhat, még megfordulni sem lehetett. Ha előrébb megy, könnyen beleszaladhat az előtte lévőkbe. Végigtekintett az út két oldalán, hátha talál ritkábban nőtt fákat, és behajthat közéjük, de nem járt sikerrel. Valami megoldást kellett találnia minél előbb. Míg ezen gondolkodott, problémáját megoldotta helyette más. Föntről megütötte a fülét a terepjáró felpörgő motorjának hangja. Gyorsan indított, és tolatva igyekezett vissza az elhagyott útra. A vevő egység érzékelte, hogy a másik kocsi egyre közeledik hozzá. Már-már biztos volt a lebukásban, mikor jobbra egy elágazást hagyott el, amely felfelé jövet elkerülte a figyelmét. Rátaposott a fékre, egyesbe tette a sebváltót, és behajtott a szűk úton. Az ágak karistolták a kocsi oldalát, de nem törődött vele. Leállította a motort, nehogy esetleg árulkodója legyen. A terepjáró eldübörgött a nyílás előtt, lassan elhalt a hangja. Nagyot fújt a megkönnyebbüléstől.

- Eltévedtek volna ezek az idióták? – ötlött fel benne a kérdés. Nem tudta hányan ülnek a kocsiban. Kiugrott az autóból kezében a távcsővel, és kirohant az útra. Szeméhez illesztette, és még mielőtt eltűnt volna a terepjáró a kanyarban, sikerült megpillantania a sofőrt. Termetéről felismerte Császárt. Mást nem látott az autóban. Nem értetette, miért hagyta Császár odafent a társait, és miért megy vissza. Azt a gondolatot elvetette, hogy most üti nyélbe az üzletet egyedül. Ezt túl kockázatosnak tartotta részükről. Ennyire nem bízhatnak meg az ukrán maffiában, még akkor sem, ha rendszeres üzletfelek. Itt akkora pénzről van szó, amely teljesen kizárja a bizalmat. Fennmaradásuk alapvető eleme a bizalmatlanság, ezt bizonyítja a maffián belül kiépített hierarchia. A nagyfőnököt csak az alvezérei ismerik, az egyes csoportok a kapcsolatokat az összekötők révén tartják. Arra gyanakodott, hogy a lehallgatás megszüntetése után újabb utasítást kaphattak, amiről nincs tudomása. Egyébként is, reggelre beszélték meg az üzletet.

Csaba végül is úgy döntött, hogy nem követi Császárt, mert vissza kell jönnie a kocsi nélkül maradt társaihoz. A bekötő útra nem mehetett vissza, valahol itt kellett rejtekhelyet találnia az autójának. Ahol állt a kocsival, úgy érezte magát, mint a fába szorult féreg. Átpréselte magát a kocsi mellett, és előre ment száz métert. Már épp arra gondolt, hogy hagyja az autót, ahol van, mikor világosságot vett észre az „alagút" végén. Tovább ment, feljebb egy tisztásra ért ki. Visszament az autóhoz, felhajtott, majd megfordult a kocsival, és leállt a tisztás túlsó végén a bokrok közé tolatva. Vágott néhány lombos gallyat, és lefedte velük a motorháztetőt.

Felvette a dzsekijét, gondolva a hűvös estére. Hátizsákjába bepakolta a magával hozott szendvicset és ásványvizet. Nyakába akasztotta távcsövét, az éjjellátót és a nyomkövető vevő egységét a hátizsákba tette. Visszapillantva elégedett volt az eredménnyel. Csak az vehette volna észre a kocsit, aki tudatosan kereste volna. Kiérve a szélesebb útra, egy másik lombbal elsöpörte az árulkodó nyomokat. Gyalog haladt felfelé.

Tizenöt perc múlva feltűnt előtte a balra tartó útkanyar. Számítása szerint innen egy kilométerre hagyta a kocsiját. Odaérve lehúzódott az út szélére. Itt már nem emelkedett az út, sőt, a kanyar után enyhén lejteni kezdett. Ebből gondolta, hogy felért a hegynyeregre. Nem tudta mi vár rá, ha kibukkan a kanyarból. Az út két oldalát sűrű erdővel borított meredek hegyoldal kísérte. Csaba behúzódott a fák közé, a bokrok ágait félre hajtva ment tovább. Előre pillantva, tőle száz méterre, egy tisztás tűnt fel, jobb oldalán faház magasodott. Ez lesz a vadászház. Súlyos fagerendákból épült, mely ellenállt az időjárás szeszéjeinek, sőt, egy medve erejének is. Ajtaja és egy vasrácsos ablak a tisztásra nyílt. A faház bal oldalán nem látott ablakot, túlsó oldalához fészer csatlakozott.

Visszament tíz métert a kanyarig, ahonnan csak a tisztást lehetett látni, és átment az út jobb oldalára.

A fák között lopódzva megközelítette a vadászházat. Nem volt nehéz dolga, csak akkor láthatták volna meg, ha valaki kilép az ajtón, és épp feléje néz. Óvatosságból minden lépés után megállt egy pillanatra, hogy ha kell, azonnal lebukhasson a bokrok takarásába. A tisztás szélétől tíz méterre volt a ház oldala. Ekkor tűnt fel neki, hogy a ház egy kiugró, enyhén domborodó ívű sziklaszirtre épült. Innen láthatta, hogy legalább húsz méteres szakadékban folytatódik a szirt, és csak attól lefelé lehetett fákat felfedezni. A mélyben, ember nem járta, sűrű rengeteg húzódott. A ház és a hozzátoldott fészer hátsó sarokoszlopai alig fél méterre voltak a szakadék szélétől. A középső részen ez a távolság egy méter lehetett. Libabőrös lett a gondolattól, ha ott kellene elmennie. Masszívnak feltételezte a hatalmas sziklatömböt, hogy ennyire a szélére merték építeni. Kis szögben rálátott az épület hátsó homlokzatára, ahol két, erős vasráccsal védett ablak volt. Az ablak ebből kifolyólag itt is befelé nyílt, ezért nem tudhatta, hogy nyitva van-e. Elképzelte, hogy az ablakból gyönyörű kilátás nyílik a völgyre és a távolabbi hegyekre. Odaosont a ház bal hátsó sarkához. Itt csak akkor vehették észre, ha valaki a háznak erre az oldalára kerül, amit nem tartott valószínűnek. Viszont nem tudhatta, hogy Császár mikor tér vissza, mert abból az irányból, ahogy a tisztásra ér, rögtön kiszúrná. Csaba abban bízott, hogy idejekorán meghallja a motor hangját, és vissza tud húzódni az erdőbe. Óvatosságból kikapcsolta a vevő egységet. Fejét kidugta a ház sarkán, és hallgatódzni kezdett. Számítása bejött, az ablak, legalábbis az egyik, nyitva volt. Odabentről fesztelen beszélgetés hangjait hallotta. Minden szót tisztán értett. Időnként egy pattanó hang, majd az azt követő halk szisszenés ütötte meg a fülét, ahogy felnyitottak egy-egy doboz sört.

Úgy gondolta, maximum egy óra hosszat hallgatódzik, s ha addig nem tud meg lényeges dolgot, visszahúzódik az erdőbe. Számítása szerint ennyi idő elteltével valamelyiküknél a sör megteszi a maga hatását, és biztos, hogy a ház oldalához űzi az illetőt a sürgősség. Nem szándékozott balga módon lebukni. Fél órát, számára lényegtelen dumálással töltöttek el. Láthatóan elégedettek voltak önmagukkal, hogy a por értékesítéséből nekik is szép kis summa esik le.

- Mit mondott a főnök, mikorra ér vissza? – A hirtelen témaváltásra Csaba felkapta a fejét.

- Brassó körülbelül 150 kilométerre van. Mire oda-vissza megjárja az utat, minimum tizenegy óra lesz. Jócskán rá fog sötétedni.

- A francba ezekkel az ukránokkal. Biztosan ők kavarták meg a szart! Most nem kellene Császárnak félúton találkozni a futárral, Gáborral. Csak azt nem értem, miért nem lehetett telefonon lerendezni?

- Biztosan megvolt rá az indokuk, hogy a nagyfőnök belement a terv módosításába. – Marius próbálta csitítgatni Pavel felháborodását.

– Ha visszaér, választ kapunk minden kérdésre.

- És, ha elmarad az üzlet? – kérdezett közbe Stefan. Marius megrovóan nézett rá.

- Annyit közölt velem Császár, hogy valamit át kell vennie Brassóban. Ez a dolog az üzletkötés feltétele. Holnap, a megbeszélés szerint, reggel hét órára lemegy az Ördög-tóhoz vezető elágazásához és a vadászházhoz vezeti az ukránokat. Megkötjük az üzletet. Nem lesz semmi baj, mert egyik félnek sem érdeke, hogy halomra lőjük egymást. Sem itt nekünk, sem Bukarestben a nagyfőnököknek.

Csaba most már értette, miért ment el Császár. Amikor lehallgatta a futárral történő beszélgetésüket, a terv szerint átutalással kellett volna fizetniük. Császárék a vadászházban átveszik az árut az ugyancsak négy fővel érkező ukránoktól, ellenőrzik a minőséget, mennyiséget. Az átadás alatt mindkét fél fegyver nélkül lesz, majd távoznak. Elöl az ukrán, egy perc késéssel, mögöttük a román maffia tagjai. Kiérve a műútra szétválnak útjaik, és tíz perc haladás után mindkét fél értesíti saját főnökét. Császár felhívja a nagyfőnököt, a megbeszélt jelszóval bejelentkezik. Ez biztosíték volt arra nézve, hogy nem mások kényszerítik a telefonálásra, az áru biztonságban van. Az ukránok ugyanekkor hívják fel a saját főnöküket, hogy az átadás rendben lezajlott. A két nagyfőnök ebben az időpontban Bukaresten együtt tartózkodik két-két emberével. A telefonhívásokat követően interneten keresztül megtörténik az átutalás, és ezzel befejezettnek tekintik az üzletet. Most valami mégis megváltozott. Ennek még örült is, mert, ha nem az elképzelése szerint alakulnak a dolgok, a három férfit könnyebb lesz ártalmatlanná tenni, és már csak a behemót Császárral kell megküzdenie. Bízott benne, hogy erre nem kerül sor. Terve az volt, ha Császár visszatér, és nem halasztják el az üzletet, az éjszaka folyamán értesíti a rendőrséget a találkáról.

Behúzódott az erdőbe, visszament a kanyarig, ahonnan már nem látott rá a házra. Átment az út bal oldalára és az erdő sűrűjében terepszemlére indult. Elképzelése megvalósításához ismernie kellett a terepet, mert a közelgő sötétségre alapozta tervét. A ház előtt húsz méter széles tisztás terült el. A fészer oldalától még tizenöt métert folytatódott a szabad terület. A vadászházat túloldalt is erdő övezte. Csaba a fák takarásában körbejárta a nyílt területet, ami nem volt könnyű feladat. A hegyoldal meredek volt, vigyáznia kellett, nehogy megcsússzon. Minden egyes lépés előtt lábával kitapogatta a talajt, kerülve, nehogy könnyen elmozduló kőre lépjen. Reggel sportcipő helyett túrabakancsot vett fel, s ez megkönnyítette a mászást. Szembe érve a házzal látta, hogy a bejárati ajtón biztonsági zár van. A falhoz támasztva egy lapos vasrudat pillantott meg. Ezt, az ajtótok jobb és bal oldalára szerelt villába lehetett csúsztatni és lakattal zárni, növelve a betörés elleni biztonságot.

Az ablakon keresztül megpillantotta a háromfős társaságot. Asztalnál ülve sörözgettek. A hátsó front egyik ablaka pontosan szemben volt vele, így szabadon átlátott a helyiségen. Tovább haladt, egészen addig, amíg a terepviszonyok lehetővé tették. Kilépett a fák takarásából a fészertől tizenöt méterre.

Csaba előre lépett a szirt széléig és ahogy számított rá, itt is szakadékban folytatódott a sziklaterasz. Visszament a fák közé, és egy bokrokkal fedett résznél jelölte ki megfigyelő helyét, ahonnan már éppen rálátott az ajtóra, a földutat pedig a kanyarig belátta. Elverte feltámadó éhségét és szomját, majd kényelembe helyezte magát. Átnézte a hátizsák tartalmát: a homlokpántos éjjellátót, melyet bármikor a szeme elé húzhatott, a feldarabolt hegymászó kötelet, amelyeket, ha úgy adódik, az ártalmatlanná tett banda megkötözésére szánt. Derékszíjára a két bilincset akasztotta, Sándortól kapott túlélő kése mellé.

Még átszökött a napfény a hegygerinc fölé magasodó fák között, de lent a völgyben már sűrűsödött a homály. Csabát felkészületlenül érte a hirtelen kivágódó ajtó. A kilépő férfi egyenesen feléje tartott. Meglapult a bokor mögött, miközben szidta magát, meg a feléje közeledő férfit is. Váratlan meglepetésről szó sem lehetett. A férfi kiáltása elárulta volna. Már beletörődött abba, hogy esetleg piszoárnak nézik. Egyetlen előnye talán az lesz, hogy elűzi a feje körül zümmögő szúnyograjt. A félúton azonban elhaltak a léptek. Ajtó nyikordult. Felpillantott, nem látott senkit sem a tisztáson. A fészerben felköhögött egy motor, majd lefulladt. Pár másodperccel később ismét felhörrent, majd mély hangon beindult, végül egyre magasabb hangot adott, ahogy felpörgött a motor. Elérve a maximális fordulatot, egyenletesen kezdett járni. A házban és a bejárati ajtó fölött kívül, fény gyulladt.

- Hát persze! Hogy erre nem gondoltam! – Csaba legszívesebben a mellette magasodó fába verte volna a fejét. – Ez a vadászház nem holmi hegyi kunyhó, hogy petróleumlámpával világoljanak – gondolta magában. A beindított generátor által szolgáltatott díszkivilágítás egyáltalán nem volt ínyére. Az ajtó fölötti kis teljesítményű lámpa csak a tisztás felét világította be. Fénye alig volt erősebb, mint az ablakon kiszűrődő benti égők fénye.

A férfi kilépett a fészerből, elindult feléje. „Mégsem úszom meg a meleg fürdőt" gondolta, és legszívesebben a föld alá bújt volna. Csak reménykedhetett abban, hogy a lámpa fénye nem hatol át a levelek között. Megkönnyebbült, amikor a férfi megállt az első bokor mellett elvégezni a dolgát. A tisztásnak ez a része enyhén Csaba felé lejtett, és egy perc elteltével, már felkészült a meleg vízözönre, mikor a férfi végre „elzárta a csapot". Felrántotta a zipzárját, és visszament a házba. A fészer ajtaját nyitva hagyta, míg a bejárati ajtót gondosan betette maga mögött.

***

Kelet felől lassan fekete bársonytakarót terített magára az ég alja, majd szárnyait kitárva, rohamosan haladt előre az égen, nyomában az őt üldöző sötétséggel. Az est sóhaja átszállt a hegy fölött, hogy a nyugati égbolton is kioltsa a napfény utolsó szikráit. Csodás, csillagfényes este köszöntött rá. A hold még nem kelt fel, de a Tejút fényfátyola bevilágította az egyébként átláthatatlan éj feketeségét. Fél tíz körül járhatott. Csaba a fészer oldalához lopakodott, és betekintett a nyitott ajtón. Jobbra megpillantotta a benzinüzemű áramfejlesztőt. Balra mindenféle lim-lom volt egymás mellé, és egymásra pakolva. Egy pillanatra felötlött benne, hogy nem lát semmilyen üzemanyag kannát, de már túl is tette magát rajta. Ennél fontosabb dolog foglalkoztatta.

Nem volt más fegyvere, mint a derékszíjára rögzített tokban, Sándortól kapott túlélőkés.

Nagyon bízott benne, hogy nem lesz rá kényszer szülte alkalom, hogy használja is. Végszükség esetére tartogatta, pusztán önvédelemre. Visszament a búvóhelyére, és magához vette a szükségesnek tartott kellékeket. Egyik zsebébe tette a kisméretű, erős fényű LED-es elemlámpát, másikba az összetekert köteleket. Hátul, az övébe akasztva a rendőrtől elszedett két bilincs. Türelmes várakozás közben azt vette észre, hogy sorban tűnnek el a csillagok. Újabb tíz perc elteltével a terjeszkedő felhőzet kioltotta az utolsó égi fénypontot is. Sűrű sötétség szállt a tájra, a legközelebbi fának is alig tudta kivenni a körvonalait. Mintha csak a bosszú sötét gondolatait öltötték volna magukra a hegyek. Az ég fekete palástját lengetve, a szél űzte-hajtotta a sötét fellegeket. A feltámadó szélben a fenyvesek kísérteties sóhaja a halál leheletének érzetét keltette Csabában. Megborzongott a gondolatra, hogy ez a lehelet őt is megérintheti. Elmúlt tíz óra, egyre közeledett Császár megérkezésének várható időpontja. A házban valaki bekapcsolta a rádiót, és közepes hangerővel szólt a zene.

A sötétség oly sűrűvé vált, hogy háttal a háznak, kinyújtott kezét is alig látta. Csak a kinti fény nyújtott neki tájékozódási pontot. A várakozástól elgémberedtek a tagjai, egész testét átjárta a hideg. Tudta, hogy mozognia kell, különben teljesen átfagy az egyre csökkenő hőmérsékletben. Elhagyta rejtekét, és a tisztás széle mentén, ahová nem ért el a fény, átment a ház út felőli oldalára. Elgémberedett lábai miatt sétálgatva várta, hogy megjöjjön Császár. Az volt a terve, hogy a főnök megérkezése után megvárja, míg lefekszenek. A terepjáró alvázáról leveszi a jeladót. Nem hagyhatja ott, mert a rendőrség a gyártási szám alapján kinyomozhatja eredetét. Ezt nem kockáztathatja meg. Visszamegy a kocsijához, felhívja a leütött tizedest, és elmeséli neki a drogüzletet. Az éjszaka folyamán lenne idejük észrevétlenül körbevenni a vadászházat, hagyni, hogy a terv szerint megérkezzenek az ukránok az elágazáshoz, ahol Császár várja őket és feljönnek ide. Ezzel bezárulna a csapda. Előre mozdult, hogy újabb kerülővel visszatérjen a rejtekhelyéhez. Ekkor hangos csattanással kivágódott az ajtó, a bentről jövő éles fénysávban kivetődött a tisztásra kilépő férfi árnyéka. Csabának már nem volt ideje visszalépni. Az alak elindult feléje sliccét gombolgatva. A fény után még nem szokta meg a szeme a sötétséget, ennek ellenére észrevette a mozduló árnyalakot. Csaba viszont jól látta a közeledő, gyanútlan férfit, amint testével kitakarja a fényt. Bevárta, míg két méterre megközelíti.

- Te vagy az, Császár? Hogy tudtál ilyen hangtalanul felhajtani a kocsival? - A kérdezőnek meg sem fordult a fejében, hogy bárki más is itt tartózkodhat, a zene talán elnyomta a motor hangját.

Csaba ekkor előrelépett, és irtózatos ütés mért az állára, hogy belesajdult a keze. A test tompa nyögéssel a hátára zuhant. Odaugrott, és kéz éllel a nyaki érre vágott. A férfi elernyedt, és az ájult testet a karjánál fogva a ház oldalának takarásába húzta, ahol maga is meglapult. Hátul összebilincselte az ájult férfi kezét.

- Mi volt ez? – fülelt Marius. Csaba ráismert a hangjára.

- Arra gondolsz, hogy mekkorát nyögött Stefan? Ő így szokott könnyíteni magán.

- Én a puffanásra gondoltam.

- Amennyit ivott a marhája, nem csodálkoznék rajta, ha hugyozás közben pofára esett. Nagyon jól tudod azt is, hogy részegen sokszor magában motyog.

- A nagyfőnök, Traian erről nem tudhat! Nehogy elszóld magad előtte. Rögtön kinyírná, hogy ilyen fontos üzlet előtt betintázik.

Csaba tisztán hallott mindent. Tudta, hogy ha Stefan nem tér vissza, lehet, hogy mind a ketten kijönnek megnézni, mi van vele. Felkészült a várható küzdelemre. Átkozta magát, mert nem gondolt arra, hogy észrevehetik. Nem merte megkockáztatni, hogy visszatérjen búvóhelyére. Bármelyik pillanatban kiléphet valamelyikük a nyitva maradt ajtón. Abban is biztos volt, hogy az illetőnél fegyver lesz. Eredeti terve már dugába dőlt, kénytelen volt az események után menni. Kicsúszott a kezéből az irányítás. Az idő is sürgette. Ártalmatlanná kell tennie a másik kettőt is, mielőtt Császár megérkezik. Az éjjellátót homlokáról a szeme elé húzta.

- Mi van Stefan? Belefulladtál a saját vizeletedbe? – A kiabáló hangot a tisztás túloldalán is jól lehetett érteni, melyet kárörvendő röhögés kísért. Néma csend volt a válasz.

- Menj Pavel, és nézd meg mi történt azzal az idiótával! Még az is kitelik tőle, hogy egy medvével akart kezet fogni! Légy óvatos, valami nem tetszik nekem. Pavel felállt, elővette a pisztolyát. Óvatosan közelítette meg a kijáratot. Árnyéka kivetődött a tisztásra. Jól látszott a pisztoly, és előre nyújtott karjának árnyéka. Elérte a küszöböt, ahol megállt. A megvilágított területen nem látott senkit, a fénykörön kívül pedig mindent eltakart a jótékony sötétség.

- Stefan merre vagy? – kérdezte választ várva, hogy a hang irányába tudjon menni. Csaba válaszul halkan felnyögött.

Pavel kilépett az ajtó takarásából, fegyverét még mindig előre tartva benézett az ajtó mögé, majd megindult a ház sarka felé. Szeme kezdett hozzászokni a sötétséghez. Befordult, és megpillantotta a földön fekvő alak alig látható tömegét. Épp föléje hajolt, mikor Csaba robbanásszerűen előre vágódott. Egy rúgással kiverte Stefan kezéből a pisztolyt, mely nagyot koppanva a ház oldalának vágódott. A férfi még magához sem tért a meglepetéstől, a következő köríves rúgás a halántékát érte. Eszméletlenül zuhant a ház falának. Csaba szidta magát, hogy akciója nem ment zaj nélkül. Biztos volt benne, hogy Marius meghallotta, és őt már nem tudja meglepni. Gyorsan megbilincselte ezt a férfit is.

Már hallotta is, ahogy Marius kilép az ajtón, és elindul a sarok felé. A házban csend volt, Marius előrelátóan kikapcsolta a rádiót. Már nem volt ideje arra, hogy észrevétlenül a jó tíz méterre lévő fák közé osonjon. A támadás meglepetésében sem bízhatott. Marius már gyanút fogott. Ezt erősítette meg az a semmivel sem összetéveszthető hang is, amellyel kibiztosította a pisztolyát. Csak egy lehetősége maradt. A ház és a szakadék közötti keskeny padka. Eszébe jutott, hogy a ház szemrevételezése során beleborzongott még a gondolatába is annak, hogy oda kerüljön. Most mégis meg kellett tennie. Nem habozhatott, mert tudta, hogy mielőtt Marius felbukkan a sarkon, neki már a ház mögött kell lennie. Nem kockáztathatta, hogy ellenfele felfedezze, amint a szakadék szélén állva, kitakarja a csillagokat. Átölelve a ház sarkát, becsusszant az épület mögé a fél méteres padkára. Mellel a gerendákhoz tapadva, beljebb araszolt. A padka fokozatosan szélesedett. Megfordult, és a hátát vetette az épületnek. Ismét szemére húzta az éjjellátót. Kísérteties zöld fényben jelent meg előtte a táj. Majdnem olyan tisztán látott, mint egy borús nappalon. Bármennyire is vigyázott, a sziklaperem laza, göröngyös felületén nem tudott csendben haladni. Néha megcsikordult egy-egy kődarab a talpa alatt.

Marius befordult a ház sarkánál, óvatosságból attól öt méterre. Mikor szeme megszokta a sötétséget, előre indult. A ház sarka kitakarta a fényt, ekkor vette észre az előtte felpúposodó tömeget. Kitapogatta a két test körvonalait, miközben elfojtott magában egy cifra káromkodást. Ekkor halk nesz ütötte meg a fülét a ház mögül. Eltávolodott az épület falától, hangtalanul kiment a szakadék széléig, ismét biztos távolságra a ház sarkától. Két társának esete óvatosságra intette. Előreszegezett pisztollyal végigtekintett a ház hátsó frontja mentén, a két ablakon kivetődő lámpafény megvilágította a szakadék fölötti légteret, de a talaj fél méter magasságig árnyékban maradt. Jóval túl az ablakokon, a fészer homályba vesző részén, egy sötét, mozdulatlan kiemelkedést vett észre. Dühödt ordítással belelőtte az egész tárat. Elhalt a dörej, levegő híján az üvöltés bennrekedt a férfiben. Az éjszakai élet megszokott hangjai is elnémultak. Halálos csend telepedett a tájra. Az állatok rémülten húzták meg magukat rejtekeikben. Marius adrenalin szintje visszatért a normális értékre.

- A jó, kurva anyádat! – kiáltotta megkönnyebbülve. – Akárki is voltál, az én eszemen nem jártál túl! - Elhalt a fülében a dörejek okozta csengés. Némán hallgatta maga körül a csendet. Olyan csendet, amelyet még életében nem hallott. Egy pillanatra biztosra vette, hogy a kietlen Holdon van, mert ekkora némaságban tán hallania kellene még a fű növését is. Megrázta a fejét, egy utolsó pillantást vetett a sötét halomra, és visszafelé indult.

Csaba már a fészer vonalánál araszolt kifelé, mikor megmozdult a lába alatt egy szikladarab. Kibillent egyensúlyából, s miközben rémülten kapálódzott, a kő lecsúszott a peremről. Koppant egy kiálló sziklán, majd elnyelte a szakadék. Ezt a zajt hallotta meg Marius. Tudta, hogy csak pár másodperce van, ellenfele megjelenik a sarkon, és azonnal észreveszi. A legveszélyesebb, egyúttal az egyetlen lehetséges megoldást választotta, elvégre volt benne gyakorlata. Már öt évvel ezelőtt meg tanult lógni a sziklafalon. A szakadék fala nem volt teljesen függőleges, de pereme élesen hasított a tenyerébe, amint leereszkedett a sziklán. Érezte, hogy egyenetlen a fal. Lábával sikerült keskeny támasztékot találnia, így csökkenteni tudta a kezére nehezedő súlyt. Látta, ahogy Marius kibukkan a ház sarkán, feléje irányítja pisztolyát, és üvöltve elkezd tüzelni. Feje fölött, kissé jobbra csapódtak be a golyók Gellert kapva a kiálló sziklán, fütyülve pattogtak minden irányban. A lövedékek szaggatta kőről apró, pár milliméteres kőszilánkok vágódtak Csaba fejéhez, több helyen is felhasítva bőrét. Egy nagyobb darab a vállát találta el. A belé nyilalló fájdalomtól kis híján elengedte a sziklát. A körülötte csapkodó, golyók keltette halál gondolata egészen a gerincéig hatolt. Így lesz vége? Egy eltévedt golyó, amely tán nem is halálos, de elegendő ahhoz, hogy ő a szakadék alján végezze földi életét? Ujjai még görcsösebben markolták a sziklát. Csak azután mert megmozdulni, miután Mario eltűnt a szeme elől. Felhúzta magát a peremre, átlépte a megtépázott sziklát, melyet eddig saját árnyéka takart el a szeme elől, és kiaraszolt a fészer mögül. Az épület takarásában elérte rejtekhelyét. Mialatt fáradt karizmait pihentette, látta, hogy Marius egymás után bevonszolja két társát a házba.

Mikor becsukódott mögötte az ajtó, Csaba előbújt, és besietett a fészerbe. Leállította a generátort. A motor zörrent egyet, majd lefulladt. Áthatolhatatlan sötétség telepedett a ház köré.

Szeme elé húzta az éjjellátót, gyorsan elhagyta a helyiséget, és eltávolodott a háztól, nehogy Marius meglephesse.

- Az Isten verje meg, nem most fogyott ki a benzin az áramfejlesztőből? – morgolódott Marius, mert látta, hogy a főnökük, mielőtt itt hagyta volna őket, betett a kocsiba két marmonkannát. Ennek ellenére balsejtelmei támadtak. – Valóban a tank üres, vagy...? – Nem fejezte be a gondolatot. A csukott ajtón is kihallatszott a férfi dühödt káromkodása.

- A kurva anyádat! Nem döglöttél meg? Vagy nem voltál egyedül? Ki vagy te, és mit akarsz?! – Mivel választ nem kapott, tovább folytatta az átkozódást. – Az anyád szentségét, gyere be, ha mersz! Esküszöm, hogy szitává lőlek!

- Úgy, mint azt a három férfit két hónappal ezelőtt? Élveztétek a tűzhalált, amire ítéltétek őket? – Csaba nem tudta megállni, hogy szó nélkül hagyja a fenyegetőzést. – Elég gyatra a káromkodásod.

Bentről jó ideig nem hallatszott semmilyen nesz. Csaba az éjjellátóval belátott a nyitott ablakon. Észrevette a válaszfalat. Rájött, hogy a vadászház két helyiségből áll. Az ajtó a külső helyiségre nyílt, szemben az egyik ablakkal. Balra volt a belső teret kettéosztó válaszfal, közepén ajtóval. A belső helyiség a két, egymással szemben lévő ablakon kapta a fényt. Jelenleg harapni lehetett a sötétséget a házban. Kint sem volt világosabb a helyzet. A belső helyiségben senkit sem látott. Sem fekvő, sem álló alakokat. Az éjjellátó zöld fényében, az átjáró ajtón keresztül lopakodó alak közeledett az ablakhoz. Marius tekintete megpróbált áthatolni a sötétségen. Csaba tudta, hogy ez hiábavaló fáradozás Óvatosságból azért oldalra húzódott. - Honnan tudsz róla? – Már nyoma sem volt a fenyegető hangnak, Csaba inkább kezdődő bizonytalanságot érzett ki a kérdésből. – Mit akarsz tőlünk? – kérdezte újból Marius. Csaba figyelmen kívül hagyta a kérdéseket, ezalatt az ajtóhoz lopakodott. Biztosra vette, hogy Marius nem fog kijönni, neki kell meglepetésszerűen berontania. Azt viszont nem tudta, hogy belülről elreteszelték-e az ajtót, ha egyáltalán van retesz rajta. Óvatosan lenyomta a kilincset, majd maga felé húzta. Megkönnyebbülésére az ajtó engedelmesen nyílni kezdett. Mariusnak gyanús lett a csend, és elindult az átjáróhoz. Csaba maga felé rántotta az ajtót, és bevetődött a helyiségbe. Kétszer is átfordulva beljebb gurult, végül nekiütközött a két eszméletlen testnek. Közben látta a pisztolyból felvillanó torkolattüzeket A golyók mögötte csapódtak be a gerendába és a padlóba. Még nem haltak el a lövések dörejei, ő máris a válaszfalhoz lapult. Füle csengett a zárt térben felhangzó dörejektől, de tudta, hogy ezzel Marius sincs másképp.

Nem számolta a lövéseket, így abból a feltételezésből indult ki, hogy még maradt néhány golyó a tárban. Levegőt sem nagyon mert venni, úgy várakozott. Marius legnagyobb gondja az volt, hogy nem tudta, eltalálta-e a támadót. Meg volt győződve arról, hogy ellenfelét ugyanúgy hátráltatja a sötétség, mint őt. Meg sem fordult a fejében, hogy éjjellátója lehet. Azt viszont biztosra vette, hogy nincs fegyvere, mert már használta volna. Egy perc néma csendben telt el. Tisztán lehetett hallani egy betévedt szúnyog zümmögését. Csaba ekkor meglátta, hogy egy pisztolyt tartó, előrenyújtott kéz jelenik meg az ajtóban.

- A hülyéje! – gondolta magában. – Ez is előretartott pisztollyal jön, mint a filmekben a főhős, hogy az első saroknál kiverjék a kezéből a fegyvert. Ő még nem látja az ellenfelét, az viszont már jól látja a pisztolyt tartó kezet. Na persze, Marius nem tudja, hogy ő a sötétben is lát.

Lélegzetvisszafojtva várt, és amikor kibukkant az egész alkar, előre lépve kéz éllel hatalmas ütést mért rá. A fegyver kirepült Marius kezéből, és a falhoz vágódva a sarokba csúszott. A lefegyverzett férfit meglepte a támadás, de nem annyira, hogy késleltesse válasz reakcióját. Villámgyorsan pördült a támadója felé, és egy köríves rúgással oldalbordán találta ellenfelét. Csaba nyögve a falnak vágódott, és már látta is a hang irányába vetődő testet. Gondolatban elismeréssel adózott Mariusnak. Láthatatlan ellenféllel szemben neki csak a belharc jelenthette volna az egyetlen esélyt. Félrelépett a vetődő férfi elől, majd kénytelen volt hátra ugrani, hogy elkerülje Marius lábsöprő próbálkozását. Csaba rájött, hogy ellenfele jóval többet tud, mint amikor a pubban rátámadt. Igaz akkor lebecsülte őt, és azért tudta a gyomorra irányzott támadással harcképtelenné tenni. Marius felpattant. Előre lendülő karja a levegőbe kaszált, Csaba ökle viszont gyomorszájon találta.

Kínjában előre görnyedt, és egy felütéstől a válaszfalnak esett.

- Átokfajzat, te látsz!? – lendült újra előre. Csaba felemelkedett a levegőbe, és egy tolórúgással a mellébe taposott. Marius a falnak vágódott, és eszméletlenül lecsúszott a tövébe.

- Persze, hogy látlak – tapogatta meg a bordáját, ahol a rúgás érte. – Már korábban rájöhettél volna. Kiment a fészerbe, és beindította generátort. Az éjjellátót feltolta a homlokára. Nem érzett lelkifurdalást, hogy éjjellátójával helyzeti előnye volt ellenfeleivel szemben. Nem harcművészeti versenyre jött, ahol bizonyos szabályok kötik őket. Tisztában volt vele, hogy itt élet-halál harc folyik. Ha legyőzik, ő halott. Neki nem állt szándékában ölni, csak börtönbe akarja juttatni a gyilkosokat. A bosszú csak végszükség volt, melyet el akart kerülni.

Visszament a házba. A három férfi még mindig eszméletlenül hevert. Szétnézett a helyiségben, mely a konyha szerepét volt hivatott betölteni. A függőleges tartógerendák és a mennyezeti gerendák kötése ácskapcsokkal voltak megerősítve. A kapcsokat tövig beleverte a gerendákba annak idején az ácsmester. Alapos munkát végzett. Csaba tudta, hogy kézi erővel lehetetlenség kihúzni. Ez adta neki az ötletet. Elővette zsebéből a hegymászó köteleket. Először Marius kezét kötözte össze elölről. Az egyik ácskapocs alá cipelte a testet. Odavitt egy széket, és ráállva elérte a sarokmerevítőként is funkcionáló ácskapcsot. Átfűzte a kötelet az ácskapocs és a gerendák közti háromszögletű, széles résen. Felhúzta a tehetetlen Mariót egészen addig, míg egyenesen nem állt feje fölött kinyújtott karokkal. Többszörös csomót kötött a kötél végére. Még kétszer megismételte a műveletet. A két bilincset visszaakasztotta az övére. A három test egymástól másfél méterre, tehetetlenül lógott a kötélen. Önerőből képtelenség volt kiszabadulni belőle. Bement a belső helyiségbe. Az asztalon kívül, a sarkokban egy kétemeletes vaságyat látott, és két kétajtós szekrényt. Szomjas volt. Felbontott egy doboz sört, és megitta. Éhes nem volt, de sóvárgó tekintetet vetett a matracos ágyra. Elkapta róla a tekintetét, mielőtt még engedett volna a fekhely csábításának. Az ajtó mögött egy műanyag kannát pillantott meg. Lecsavarta a kupakot, és beleszagolt. Ivóvíz volt benne. Kivitte a külső helyiségbe. Mivel nem akarta, hogy meglássák az arcát, a szekrényből kivett pólókkal bekötötte a szemüket. A vízből a foglyok arcába loccsantott. Néhány kíméletes pofon segítségével az első két férfi magához tért. Mariust tovább tartott magához téríteni.

- Mi ez a sötétség? – hallotta Stefan hangját. Hamar rájött, hogy megkötözték.

- Mert bekötöttem a szemedet – válaszolta Csaba.

- Ki vagy te, és miért kötöztél meg? Belevág a kötél a csuklómba. Van fogalmad róla, kik vagyunk mi?

- Csak egymás után – intette türelemre. – Hogy ki vagyok, ne érdekeljen. Tekinthetsz akár a bosszú angyalának is. Állj egyenesen, kinyújtott kézzel, akkor nem feszül a kötél. Harmadszor, lelkiismeretlen gyilkosokat kötöztem meg. Remélem, nincs kifogásod sem a jelző,sem a kötél Ellen?

- Vedd le a kötést, mert nem látunk! – szólalt meg Marius.

- Elég, ha én látlak benneteket.– Átment a másik helyiségbe, és kihozta az asztalon lévő táskarádiót, amely elemmel is működött. Bekapcsolta, keresett egy zenei csatornát. – Csak azért, hogy ne unatkozzatok.

- Te szemétláda, ezt nem úszod meg! – Marius szinte köpte a szavakat, telve a tehetetlenség és a gyűlölet érzéseivel.

- Hmm. Mintha öt évvel ezelőtt már hallottam volna ilyet. Akkor az a három fickó megúszta. Nektek nem lesz ilyen szerencsétek.

- Te rohadt kurafi! – ordította Pavel. - Nemsokára jön Császár és…

- Kuss, te idióta! – üvöltött rá Marius.

- Én is tudok őfelsége érkezéséről, és megnyugtatlak benneteket, rangjának megfelelő fogadtatásban részesítem. Most búcsúzom, uraim – hajolt meg Csaba, eszébe sem jutva, hogy őt nem látják. Maximális hangerőre vette a rádiót, kiment a házból, és becsukta az ajtót. A bömbölő zene hangjai mellett alig hallatszott dühödt ordítozásuk, érteni sem lehetett szavukat. Mintha részeg emberek duhajkodnának odabent zenei aláfestéssel cifrázva. Pontosan ez volt a célja a rádióval.

Csaba megnézte, hogy hány óra. Meglepődve tapasztalta, hogy már elmúlt fél tizenkettő. Császár bármelyik percben itt lehet, és neki fogalma sincs, hogy tudná legyőzni. Nem volt egyetlen használható elképzelése sem. Legjobb lenne tőrbe csalni, mert a közelharc számára kedvező kimenetelében egyáltalán nem volt biztos. Ekkor eszébe jutottak a fegyverek. Marius begyűjtötte Stefan és Pavel pisztolyát is, amelyeket az asztalon látott a rádió mellett. A harmadik fegyver pedig valahol a sarokban lapult. Biztosra vette, hogy Császárnál is van fegyver. Vegye magához az egyik pisztolyt, hogy sakkban tarthassa vele? És ha arra kényszerül, hogy használja is? Nem akar embert ölni. Bement a fészerbe, és leállította az áramfejlesztőt. Sötétbe borult a tisztás. A szél erősödni kezdett. Csaba úgy érezte, hogy rászakad az egyre vastagodó felhőréteg, és agyonnyomja. Tisztában volt vele, hogy ez csak az idegesség szülte képzelgés, de nem tudott szabadulni a gondolattól. Nem volt ijedős természetű, de neki is, mint minden embernek, megvoltak a maga félelmei. Félt a sziklafalon öt évvel ezelőtt, és félt most is. Ez a félelem azonban növelte az adrenalin szintjét, mely segített neki leküzdeni az akadályokat. Remélte, hogy most is így lesz, és félelme óvatossá teszi, váratlan helyzetekben is villámgyorsan tud dönteni. Persze mindennek van határa.

**

Legyőzte bizonytalanságát, és elindult megfigyelő helye felé, a tisztás túloldalára. Alig tett meg pár lépést, mikor a meredek úton erőlködő kocsi hangjára lett figyelmes. A motor hangja gyorsan közeledett, majd fény villant fel a kanyarban. Eszébe jutott, hogy elfelejtette bekapcsolni a vevőt. Csaba épp csak vissza tudott ugrani a fák közé. Szeme elől homlokára tolta fel az éjjellátót. Nagybátyja figyelmeztette rá, hogy már a gyenge fény is vakítóan hat a szemére a készüléken keresztül. Erős fény hatása pedig olyan, mintha fénygránát robbanna előtte. Az éles, szúró fájdalmon kívül, percekre elveszíti a látását. A tisztást elárasztotta a reflektor fénye, megvilágítva a túloldali fákat, ahol korábbi megfigyelő helye volt. Az autó kiért a tisztásra, majd jobbra fordult. A fény végigsiklott a sötét épületen, majd elveszett a szakadék fölötti messzeségben. Az autó megállt a ház oldalánál, ahol Csaba leütötte a két férfit.

Kialudt a fény, ajtó csapódott. Császár felnyitotta a csomagtartót, melyet halványan megvilágított a kigyulladó belső égő fénye. Csaba látta, hogy kiemeli belőle a két teli benzines kannát.

- Úgy látszik kifogyott az üzemanyaguk – mormogta magának a sötétségre utalva. Majd ordítani kezdett. - Mozdítsátok meg a seggeteket, és töltsétek fel a generátort!

Császár hangja azonban süket fülekre talált. Az üvöltő zenétől odabent nem hallották szavait, mint ahogy ő is csak artikulátlan kiabálás hangfoszlányait érzékelte, melyekből semmit sem értett.

- Ezek az idióták már megint berúgtak, pedig a szájukba rágtam, hogy maradjanak józanok. De beszélhet nekik az ember? Ha nem is hallották, hogy jövök, a lámpafényt észre kellett volna venniük. Úgy látszik részegen szarnak az egészre. – Császár dúlt, fúlt magában. Lecsapta a csomagtartó tetejét, és felvette a két kannát. Csaba döntött. Az éjjellátón keresztül jól látta, hogy Császár közeledik az ajtó felé a két, húsz literes kannával. Mozgásán látszott, hogy a kannák tele vannak. A főnök a sötétben is odatalált az ajtóhoz. Csaba nagy lendülettel érkezett. Császár meghallhatott valamit, mert a zaj irányába fordult, teljesen gyanútlanul. Ez Csaba malmára hajtotta a vizet. A levegőbe emelkedve, páros lábbal taposott Császár mellkasába. Hallotta, ahogy kiszökik a levegő a férfi tüdejéből, nekivágódik az ajtónak a két kannával együtt. Az egyik kanna kicsúszott a kezéből, a jobbjában lévőt azonban szorosan markolta. Csabát megdöbbentette Császár gyors reakciója. A legtöbb ember az ilyen rúgástól ájultan terül el, de Császár úgy pattant vissza az ajtóról, mint egy gumilabda. Császár nem látta támadóját, de jól ítélte meg, merre kell lennie. A kannával könnyedén, mintha üres lenne, mellmagasságban kaszált egyet a levegőben. Csaba az utolsó pillanatban bukott le előle. Ahogy elsuhant felette a tetemes súly, az újra lendülni készülő kannába taposott. A rúgás ereje kitépte a kannát Császár kezéből, és az az ajtónak csapódott. Az ütközéstől felpattant a fedele, és a kiloccsanó benzin végigfolyt az ajtón. A kanna a földre esett, és ömleni kezdett belőle az üzemanyag.

Csaba jobbra félregurult, Császár pedig balra ugrott a tűzveszélyes anyag elől. Felpattant, és két gyors lépés után egy félköríves rúgást indított el a főnök fejére. Az, mintha csak megérezte volna, felrántott alkarjával hárította a támadást. Csaba lendülete megtört, a földre zuhant. Császár a hang irányába mozdult, és pisztolyát előrántva Csaba mellkasát vette célba, és lőtt. A golyó Csaba mellett túrta fel a talajt. Kirúgta az újra feléje lendülő kézből a fegyvert, és egy lábsöpréssel a földre kényszerítette ellenfelét. Odabent néhány másodpercre elhallgatott a zene, ahogy vége lett a számnak. Kihasználva a csendet, bentről figyelmeztető kiáltás hangzott el.

- Vigyázz, mert lát! – ordította Marius.

- Be kellett volna tömni a szájukat – villant át a fiú agyán. Császár felpattant, figyelmét egy pillanatra elterelte a kiáltás. Mire felfogta a szavak értelmét, Csaba előrelendülve teljes erőből gyomron vágta ellenfelét. Császárnak csak annyi ideje volt, hogy megfeszítse hasizmait. Csaba csuklójába éles fájdalom hasított. Mintha falba verte volna a kezét. A férfit az ütés hátravetette, gyors lépésekkel próbálta megőrizni az egyensúlyát, de megbotlott valamiben, és hanyatt esett. Az esés lendületét kihasználva gurult néhányat, hogy minél messzebb kerüljön Csabától, majd felpattant.

- Most emberedre akadsz kurafi! - Császárt a securitate képezte ki, sokáig ott ténykedett! Csaba hallotta a kárörvendő hangot, de e nélkül is érezte, hogy Császár nagy falat lesz neki. Már tud az éjjellátójáról. Ennek ellenére, csak ebben az előnyben bízhatott.

Császár a fészer ajtajának magasságában ugrott talpra, és láthatóan tudta hol tartózkodik, mert az ajtó felé mozdult. Szándéka egyértelmű volt. Rájött, hogy nem az üzemanyag fogyott ki, hanem leállították az áramfejlesztőt. Ennek bekapcsolásával akarta kiegyenlíteni az erőviszonyokat. Csaba ezt nem engedhette. Három lépéssel ott termett és belerúgott a kilincs után tapogatódzó kézbe. Császár felüvöltött a fájdalomtól, ahogy az ujjpercei törtek. Jobb lábbal vaktában kirúgott. Csaba meggörnyedt a gyomrát ért rúgástól. Míg levegő után kapkodott, látta, hogy a férfi az ép jobb kezével újra a kilincs után tapogatódzik. A fiú legnagyobb megkönnyebbülésére, csak a kilincs hűlt helyét találta, amely a rúgás következtében letörött. Császár káromkodott egyet. A masszív ajtó kifelé nyílt, így beszakítani sem tudta. Elkésett az ajtótól való eltávolodással. A köríves rúgás oldalbordáját találta, amely arrébb taszította. Volt annyi gyakorlata, hogy nem állt meg, néhány lépéssel eltávolodott Csabától. A fészer oldala és a megfigyelőhely közötti tisztáson jártak. Csaba nem mert túlságosan a közelébe merészkedni. Érezte, hogy ha a karjai közé kerül, tehetetlen lesz ekkora erővel szemben. Távolról indította támadásait. Hol lábbal, hol kézzel talált be, de nem sikerült megtörnie Császár ellenállását. Ellenfele csak Csaba zihálása révén tudott tájékozódni annak hollétéről. Csaba elismeréssel adózott neki, mert jó néhány ütését, rúgását kivédte. Sőt, néhány válasz találatot be is kapott annak ellenére, hogy törött ujjpercei miatt bal kezét csak védekezésre tudta használni.

Már kétszer körbetáncolták a tisztásnak ezt a részét, mikor sikerült egy különösen erős köríves rúgással földre vinnie ellenfelét. Egy ugrással ott termett, hogy elcsendesítse. Legnagyobb meglepetésére, egy lábsöprés következtében Császár mellé zuhant. Oldalra gurult, de így is elkapta egy találomra elindított könyékütés. Szája felrepedt a félig lecsúszott találattól, érezte vére édeskés, fémes ízét. A következő ütést védte. A rávetődő testet egy jobb könyökütéssel megállította. Hallotta, ahogy törnek Császár fogai, de ez sem állította meg elnyűhetetlen ellenfelét. Elgurult tőle, és felpattant. Most még jobban vigyázott, nehogy túl közel kerüljön hozzá. Távolról vitte be közepes erősségű találatait, de így is bekapott néhány találatot. Nem mert erőteljes támadásokat indítani, mert egy elhibázott ütés lendülete könnyen Császár karjaiba taszíthatta volna. Három perce tartott a küzdelem, mikor Csaba érezni kezdte, hogy ellenfele mozgása lassulni kezd.

Felkészült egy újabb erőteljes rúgásra, hogy végképp földre vigye, mikor éles villám hasította ketté a sötétséget. Függőlegesen cikázott végig az égen, és fülrepesztő csattanással csapott le valahol a hegy túloldalán. Néhány másodpercig fényben úszott a tisztás. Az elindított rúgás fültövön találta Császárt, aki elterült a füvön. Ugyanakkor Csaba szemébe égető fájdalom szúrt. Ordítva kapta le éjjellátóját. A villámot követő mély morajlás végigdübörgött az égen, és fokozatosan elhalt az erdő fái között.

Csaba semmit sem látott. Szemei előtt vörös karikák ugráltak, apró fénypontok ezreinek szédítő körforgását látta maga előtt. Csendben fülelt. Nem hallott semmilyen neszt. Nem volt meggyőződve arról, hogy Császár elvesztette eszméletét. Ezzel a baromi erejű férfival szemben, már semmit sem mert biztosra venni. Óvatosan lépkedni kezdett oldalirányban. Fogalma sem volt merre lehet ellenfele, még kevésbé tudta, hova hajította éjjellátóját. Ha egy-két perc után vissza is nyeri látását, az éjjellátó nyújtotta előnyről le kell mondania. Most már nemcsak Császár, de ő is teljesen elveszítette tájékozódó képességét. A sok forgás, gurulás, egymás kerülgetése közben fogalmuk sem volt, hogy mi merre van. Lassan szűntek szeme előtt a vörös karikák. Császár is magához tért a kábulatból. Meghallották a súrlódó lépteket, és újra egymásnak estek.

Egyre több ütés szállt el a levegőbe, de ha betaláltak, annál erőteljesebb volt a hatása, mivel a szenvedő alany csillapítani sem tudta a bekapott találatot. Csaba épp oldalra lépett, mikor hatalmas ütés érte a vállát, hogy azt hitte csontja törött. Hallotta egy láb suhanó hangját. Szerencsésen kivédte a rúgást. Előrelendülő ökle arcot talált, majd ő kapott kettőt. Érezte, hogy Császár ütéseiben már nincs akkora erő. A villámláskor betalált rúgása ugyancsak megviselte állóképességét, de még így is erőteljesebbek voltak, mint Csabáé. Mindketten vakon verekedtek, csak fújtatásuk árulkodott arról, ki hol van. A feltámadó szél miatt a levegő mozgására már támaszkodhattak. Szélcsendben megérezhették volna az elhaladó test keltette légmozgást. Most csak a hallásuk nyújtott támpontot. Egy perce püfölték egymást. Sándor nagybátyjától tanult piszkos trükkök sem segítettek rajta, mint ahogy Császár hasonló kísérletei is hatástalanok maradtak. Csaba kezdett fáradni. Tudta, ha így megy tovább, ellenfele előbb-utóbb felőröli minden ellenállását. Már nagyobb gyorsaságában sem bizakodott. Sikerült egy erőteljes rúgást bevinnie. Császár hátra tántorodva elesett, de Csaba taposó lába csak a földet érte. Ellenfele kigurult a lába alól. Hallotta, hogy pár méterrel arrébb feláll. Már nem kőröztek szeme előtt vörös karikák. Sajnálta, hogy elhajította éjjellátóját.

- Most légy nagylegény, te kurafi! Te sem látsz többet, mint én! – Császár hangjában a fölény magabiztos tudata érződött.

Csaba nem válaszolt. A hang vele szemben, úgy két méterről hangzott. Császár, még be sem fejezte mondókáját, Csaba helyből a levegőbe emelkedett, és rúgása elrepítette ellenfelét, de az máris talpon volt. Nem akarta elhinni, hogy még mindig van ereje felállni. Császár tanult a hibájából, mert többé nem szólalt meg. Újult erővel támadni kezdett. Csaba egyre kevesebb ütést tudott hárítani, és csak ritkán talált be. Ellenállása egyre gyengült. Császár érezte ezt, és fokozatosan szorította hátra. Csaba körbe járva próbálta távol tartani magától ellenfelét, aki ekkorra kissé elbízta magát. Ezt kihasználva, Csaba egy rúgással ágyékon találta. Császár szűkölve ugrott hátra, nehogy még egy rúgás érje.

- Ezért megdöglesz, te rohadék, akárki is vagy!

Újabb ütések, rúgások záporoztak rá. Már csak hátrálni tudott. Szeme előtt ismét vörös karikák ugráltak, de most a kimerültségtől, habár ennek nem volt jelentősége a vaksötétben. Fogalma sem volt, hogy a tisztás melyik részén viaskodnak. Már csak tántorogni tudott. Utolsó erejével még egy ütést bevitt Császár fejére, aki felhörrenve tántorodott hátra.

- Na, most vetek véget ennek a szórakozásnak! – mordult fel a férfi, megunva, hogy Csaba még mindig talpon van.

- Ki akadályoz meg benne? – nyögte Csaba, de alig lehetett hallani a hangját. - Ez már a vég - gondolta magában, mert tudta, hogy a következő rohamot már nem lesz képes hárítani. Császár pedig gondolkodás nélkül meg fogja ölni. Editre gondolt, akihez nemsokára megtér. Felrémlett előtte a kis Tila arca, aki már nem fogja többé átkarolni a nyakát. Hajni arca mosolygott rá, akiről tudta, hogy szeretettel fog gondoskodni fiáról, majd szülei arca villant be. Minderre volt ideje, mert egyikük sem mozdult.

- Ez nem történhet meg – futott át rajta a gondolat. Kénytelen lesz elővenni a kését, amit mindenáron el akart kerülni. Neki élnie kell. A fiának szüksége van rá. Kihúzta a tőrét a tokjából, de úgy döntött, csak az utolsó pillanatban fogja használni, akkor sem halálosan.

Várta Császár lépteinek közeledését, a testére zuhogó ütéseket, rúgásokat. Úgy érezte, hogy egyetlen ép porcikája sincs. Szédelegve próbált talpon maradni, hogy férfiként fogadja az utolsó támadást. Alig kapott levegőt, nem tudta visszafogni ziháló légzését. Mögötte, távoli villám halvány fénye rajzolt glóriát a hegytető fölé, de a tisztást nem világította meg. Felötlött benne, ha ő éppen Császár és a távoli fényderengés között áll, akkor ellenfele észrevehette árnyalakját, ahogy kirajzolódik az égboltozat alján. A várt léptek azonban elmaradtak. Helyette, egy elrugaszkodó test hangját hallotta. Ugyanebben a pillanatban egy közelben lecsapó villám borította fénybe a tisztást, melyet azonnali dörej követett. Csaba látta a feléje szálló Császárt, amint előre tartott lábbakkal akar pontot tenni a verekedés végére. Beidegződött reflexeinek köszönhetően, villámgyorsan oldalra vetődött. Érezte, amint a rúgás lecsúszik a válláról. Már ismét vaksötét volt, mikor a mázsás test elsuhant mellette. Nagy nehezen talpra kecmergett, közben figyelte a földre érkező test keltette zajt...

Hiába fülelt. Helyette, már nem is emberi ordítás hatolt a tudatába. Inkább volt egy rémült, állati bömbölés, aki a biztos halál tudatában sem akarja megadni magát a sorsnak. Csaba fülében ott dobolt az emberfeletti üvöltés réme. Egyre mélyebbről jött a földöntúli hang, és egyre mélyebbre hatolt Csaba agyában. A borzalom hangja fokozatosan emelkedő sikolyba csapott át, és egy sziklának csapódó test összetéveszthetetlen puffanása vetett véget az őrületnek. Csaba a fülére szorított kézzel feküdt a füvön, de még percekkel a csönd beállta után is ott visszhangzott agyában a démoni hang.

Nem tudta mennyi idő telt el. Talán tíz perc, netán fél óra, amíg valamennyire össze tudta szedni magát. A testi-lelki fáradtság utolsó energiáját is kiszívta. Csak feküdt tehetetlenül, élvezve a lebegést a semmiben. Végül kínlódva feltápászkodott. Nem volt olyan testrésze, amely ne fájt volna. Minden egyes légvételét, mozdulatát fájdalmas nyögés, vagy sziszegés kísérte. Időnként elmorzsolt fogai között egy-egy káromkodást, szidva ellenfele kemény ökleit. Elővette a LED-es elemlámpáját. Körbe világított vele. Tőle két méterre volt a szakadék széle. Megborzongott a gondolatra, hogy ha nem villámlik abban a bizonyos pillanatban, akkor most ő heverne ott lent összetörve. Császár rúgása egyenesen a mélybe küldte volna. Ehelyett ő zuhant le, mert akadály híján, saját lendülete repítette túl a peremen. Császár már a villámfénynél láthatta, hogy mi vár rá, és odalent a sötétségben nem tudhatta, hogy meddig tart a zuhanása. Örökkévalóságnak tűnhetett neki, míg elérte a halál.

„Ezt nem akartam. Nem kívántam a halálát. Baleset volt, ő ugrott le, anélkül, hogy tudta volna. Én nem tehetek róla. Ha nem hal meg, én lennék a halott. Csak rendőrkézre akartam adni őket", csapongtak össze-vissza Csaba gondolatai.

Zaklatott lelke csak sokára nyugodott meg. Lassan az öröm érzete kerítette hatalmába, hogy mégis hazamehet a kisfiához. Lámpálya fényénél örbejárta a tisztásnak ezt a részét, és megtalálta az éjjellátó készüléket. Feltette homlokára, használni nem merte a zömmel távoli, de egyre gyakoribb villámlások miatt. Elég volt az egyszeri, átmeneti vakság. Kihozta megfigyelő helyéről a hátizsákját, és elvánszorgott a ház bejárata felé.

Lámpájával világította meg maga előtt az utat. Bement a fészerbe, és beindította az aggregátort. Megkereste Császár pisztolyát, és utána hajította a szakadékba. Három emberhez, csak három pisztoly tartozhat. A ház ajtajához érve megcsapta az orrát a kiömlött benzin szaga. Egy része a küszöbre ömlött, nagyobb részét beitta a föld. Kinyitotta az ajtót. Az éktelen hangzavar azonnal felerősödött. Szemrevételezte a három megkötözött férfi kötelékeit, majd a konyhaasztalhoz ment, és lekapcsolta a rádiót. Abban a pillanatba érthetővé vált számára a szóözön.

- De jó, hogy itt vagy Császár!
- Kicsináltad a nyavaját?
- Vágj le innen, mert már nem érzem a kezem!
- Csak sorjában, fiúk. – Az idegen hangra döbbent csend támadt. Nem akarták elhinni, hogy Császárt legyőzték.
- Ho...hol van Cs...Császár? – dadogta rémülten Stefan.
- Megelégelte a verekedést, és lelécelt.
- Legyőzted? – hűlt el Pavel is – Azt a baromi erős hapsit, aki ráadásul jól is verekszik? – rázta hitetlenkedve a fejét.
- Akkor érthetőbben mondom. Meglépett és itt hagyott benneteket a szarban. Bepattant a kocsijába és elhajtott.
- Nem hallottuk a motor hangját – kételkedett Pavel.
- Azt sem hallottátok, amikor megérkezett, úgy üvöltött a rádió.

Erre az érvre nem tudtak mit válaszolni. Csaba beszélgetés közben tovább kutatott a lakásban, bizonyítékokat keresve. Közben egykedvűen hallgatta a három férfi szidalmait. Hosszas keresgélés után végre egy rejtekhelyre bukkant a belső helyiségben. Az egyik ágyat félrehúzva, a sarokban fedezte fel a rejteket. A szoba aljzata egymáshoz toldott padlódeszkákból állt. A falak közelében több helyütt is volt két-három arasznyi toldás. Az ágy alatt, a sarokban is talált ilyet. Felkeltette gyanúját, hogy a toldás szélén sérüléseket látott. Elővette tőrét, a hasadékba illesztette, és felfelé feszítette a padlót. A fedél, két deszka szélességben könnyen engedett. Alatta feltárult egy harminc centi mély üreg. Kivette belőle a három lefóliázott csomagot.

- Nincs szerencsétek – ment ki a foglyokhoz. – Ez a két kiló fehér por, jó minőségű heroin, megér nektek fejenként, vagy tíz évet.

- Milyen por? – Marius őszintén meglepődött.

- Amit az elrejtett üregben találtam.

- A rohadék Császár, biztos lenyúlta, és előlünk is rejtegette. Ha tiszta lesz a levegő, hétszentség, hogy visszajön érte.

- Érnek még meglepetések, ugye? – Csaba nagyon is elképzelhetőnek tartotta, hogy nem tudtak a rejtekhelyről.

- Vidd a csomagot, minket pedig engedj el! Ennyit csak megér neked a haverjaid tűzhalála? Ők is drogban utaztak, akár csak te. Be akartak törni a területünkre, ezért kellett meghalniuk – szólt közbe Pavel. Mindent megtett, hogy hatni tudjon Csabára.

- Szarok arra a három gengszterre! Az ilyenek úgysem érdemelnek mást. Semmiben sem különböztek tőletek. A drog pedig nem kell. Sem eladni, sem belőni magam. - Akkor mit akarsz? – Pavel érezte, hogy fogva tartójuk nem az, akinek eddig gondolta. - Mondtam már, bosszút. – Visszavitte a három csomagot a rejtekhelyre. Beletette a két kiló drogot, lefedte, majd helyére húzta az ágyat. A harmadik csomagban talált pénzről nem tett említést. A köteg pénzt három millió Leire becsülte. Úgy döntött, azt megtartja, és betette a hátizsákjába. Nem érzett lelkiismeret furdalást emiatt. Pénze alig maradt, Hajni is, eddigre már elkölthette a nála hagyott pénz nagy részét. Munkája nincs, és ott van a kisfia is. Úgy fogta fel, mint kártérítést. Szeretteik haláláért nagyon is kevés, ennek százszorosa sem támaszthatná fel őket. – A rendőrségtől a kábítószeresek alaposan át fogják kutatni ezt a házat, és rábukkannak a rejtekhelyre – tért vissza a foglyokhoz.

- Ha semmi közöd sincs ahhoz a három krapekhoz, akkor mégis ki vagy, hogy bosszút akarsz állni rajtunk? – Pavel nem kapott választ a kérdésére. A súlyos csend felidézte előtte a két hónappal ezelőtti eseményt. – Többen is meghaltak ott! Te vagy a negyedik utas a másik autóból! – kiáltotta.

- Igen, életben maradtam. – Csabát hullámokban árasztotta el az emlékezés, és felszította benne a gyűlöletet. Azt is elfelejtette, hogy szándéka ellenére felfedte valódi kilétét. Itt vannak előtte szerelme gyilkosai. Egy már megfizetett, a többit is utoléri a bosszúja. –

Megöltétek azt a lányt, akit mindenkinél jobban szerettem, a fiam anyját. – Hangja halk volt, de annyi fájdalom érződött benne, hogy hosszabb időre elhallgattatta a gyilkosokat. Hangjában megérezték a megmásíthatatlan szándékot. Végül újra Pavel szólalt meg.

– Igaza volt Császárnak, négyen voltatok a kocsiban.

– Át kellett volna fésülni a környéket, és téged is kinyírni. – nyögött fel Stefan, mert a kötél mélyen a csuklójába vágott.

– Mint ahogy kinyírtátok azt a hármat is, és ahogy szitává lőttétek volna a szerelmemet és a szüleit, ha még életben lettek volna? – sziszegte vészjóslóan Csaba.

– Holtában is meg kellett volna dugnom azt a csinibabát. Olyan jól nézett ki, hogy még úgy is élveztem volna. – Szinte fröcskölt a nyála. Stefán rájött, hogy nem számíthatnak könyörületre. Ezt a fickót csak az érdekli, hogy megbűnhődjenek szerettei haláláért. Elszakadt nála a cérna, ezért minél több fájdalmat akart okozni fogvatartójuknak.

Csaba agyát elborította a köd. Csillaglány emlékének gondolatban történő meggyalázása felébresztette a benne szunnyadó fenevadat. Gyilkos düh szállta meg, érezte ahogy elborul az agya. Már csak a bosszú irányította tetteit. A visszafojtott tettlegesség görcsös remegések sorozatában nyilvánult meg nála. Tőrét legszívesebben belevágta volna Stefanba, hogy érezze halálos vergődését, mint ahogy Edit szenvedett a golyó ütötte sebtől. Nagy sokára lecsillapodott, és ismét ura tudott lenni önmagának. A gyilkos dühöt hideg megszállottság váltotta fel.

- Akkor pusztuljatok ti is tűzhalállal! – kiáltotta. Kirohant, és becsapta maga után az ajtót. Nem törődött a bent maradók kétségbeesett ordítozásával. Lekapcsolta a generátort, és visszament a sötétbe borult ház ajtajához. Bent meghallották lépteit, és újra kiáltozásba fogtak. Nem értett a hangzavarból semmit, nem is törődött vele. Szíve helyén jeges hidegséget érzett, egyre csak Edit halott arca lebegett szemei előtt. Kihalt belőle minden szánalom foglyai iránt. Hideg könyörtelenség lett úrrá rajta.

- Dögöljetek meg! – üvöltötte, mire odabent egy pillanatra csend lett. Majd még nagyobb erővel tört ki a hangzavar, de Csaba ezt már nem hallotta. Teljesen kikapcsolta agyát, csak Edit mosolygós, túlvilági arcát látta maga előtt, akit már soha nem ölelhet meg. Elrévült emlékeiben, szinte öntudatlanul vette elő öngyújtóját. Meggyújtotta, egy pillanatig tekintete elmerült az apró lángban, majd mozdult, hogy az ajtó elé dobja, mikor megszólalt benne egy hang.

- A bosszú nem vezet semmi jóra! – A hang, amely Isten székén tett álmára emlékeztette, félúton állította meg a kezét. Hatalmas erőfeszítéssel lerázta magáról a zsibbadtságot, és újabb lendületet vett, hogy a benzinnel átitatott ajtóra és talajra hajítsa az égő öngyújtót. Egy erős széllökés azonban eloltotta a lángot. Újra meg akarta gyújtani, de ujjai mintha megbénultak volna, mozdítani sem tudta. Fogait csikorgatta az erőlködéstől, de keze nem engedelmeskedett akaratának. Ismét megszólalt a belső hang.

- Az ítélkezés Isten dolga, nem az emberé! Megtetted, amit meg kellett tenned! Most pedig menj békével!

Megszűnt Csaba ellenállása, egy magasabb rendű, belső akarat teljesen hatalmába kerítette lelkét. Agyáról lassan felszállt a köd. Az öngyújtó tehetetlenül hullott ki ujjai közül. Szemét elöntötte a könny, és hangtalanul zokogni kezdett. Vállai előregörnyedtek, megállíthatatlanul rázta a sírás. A villámok egyre közelebbről világították meg a tisztást. Percek teltek el, mire uralkodni tudott érzelmein. Akaratlanul tolultak ajkára a szavak.

- Köszönöm Uram, mert nem engedted, hogy gyilkossá váljak! Semmivel sem lettem volna különb náluk.

Felvette az öngyújtóját, és Császár kocsijához ment. A házban már rég megszűnt az ordítozás. Kissé megkönnyebbültek, hogy nem gyújtotta rájuk a házat, de a bentiek félelme nem szűnt meg, mert nem tudták mi lesz fogva tartójuk következő lépése.

***

Első dolga az volt, hogy levette az alvázról a nyomkövetőt, és a hátizsákba tette, majd beült a kocsiba. Felkapcsolta a belső világítást. Rögtön szemébe tűnt a műszerfalon hagyott telefon. A slusszkulcsot a helyén találta. Tudta, hogy túl van a nehezén valamilyen különös gondviselés révén. Most ismét az ő kezében van a kezdeményezés, csak rajta múlik hogyan alakulnak az elkövetkezendő események.

- Gondolkozz, gondolkozz! – buzdította magát, de a kimerültségtől minduntalan elvesztette a fonalat. Lehunyta a szemét, és megpróbálta kizárni tudatából a külvilágot. Nem gondolt semmire, lassan teljesen ellazult. Csak az előtte álló feladatra összpontosított. Indulatai lecsillapodtak, és mintha egy felsőbb hatalom világosította volna meg elméjét. Már tudta, mit kell tennie. Császárra tereli a gyanút. A három megkötözöttel már közölte, hogy Császár lelépett, cserbenhagyta őket. Kinyitotta a szemét, az égre nézett, melyen épp akkor lobbant fel egy újabb villámfényözön. Önkéntelenül tolultak ajkára a szavak.

- Köszönöm Uram, hogy megvilágosítottad elmémet!

Saját mobilján megnézte a leütött rendőr elmentett számát, és Császár telefonjáról felhívta a zsarut. Már nem érdekelte, hogy a három fogoly tud a kilétéről. Most vette hasznát a tizedes telefonszámának. Többszöri kicsengés után egy álmos hang szólt bele a készülékbe.

- Itt Odolescue tizedes.

- Üdvözlöm tizedes úr! Gondolom, jól jönne magának egy előléptetés? – A kérdést mély hallgatás követte. Csak a tizedes szapora légzése hallatszott a készülékből.

- Ki maga, és miről beszél? – A hangban érződött a meglepetés, egyben a kíváncsiság.

- Csak egy névtelen telefonáló vagyok. És a maga jóakarója.

- Ne szórakozzon velem, a legszebb álmomból ébresztett fel!

- Úgy tudom, a rendőrség köteles a névtelen bejelentéseknek is utána járni.

- Ha egy bombamerényletről van szó, jelentse a kapitányságon a szolgálatban lévő ügyeletesnek!

- És ha azt mondom igen, ellenőrzik a bejelentést?

- Persze. Azonnal kiküldik a tűzszerészeket a helyszínre.

- Nem véletlen, hogy önt hívtam, tizedes úr! Nem szeretetből teszem. Tartozom ennyivel magának, ne kérdezze, miért! Nem merényletről van szó, hanem egymillió eurós drogüzletről. Nagytisztaságú heroin cserél gazdát. Ma reggel, hét órakor ütik nyélbe az üzletet. Az ukránok adják el a román maffiának.

- Most viccel velem?

- Eszemben sincs. Gondolom tudja, hogy hol van a Sicas Pass?

- Tudom. A Görgényi havasok és a Hargita hegység között.

- Ha északról jön a 138-as úton, Liban előtt van a Popas fogadó.

- Ismerem.

- Helyes. Most pedig írja, amit mondok! – Megvárta, míg a tizedes jelzi neki, hogy készen áll a jegyzetelésre. – A fogadónál befordul balra, és majdnem két kilométer megtétele után egy elágazáshoz ér. Az egyik a hegyre, a bal oldali elágazás a közeli Ördög-tóhoz vezet. Az elágazásnál várja egy fekete terepjáró az ukránokat, hogy a jobboldali ágon felvezesse őket a hegyhátra, melynek tetején van egy vadászház. Ott bonyolítják le a drogüzletet.

- Az elágazás valahol az Ördög-tótól délre van?

- Látom, ismeri a terepet. A baloldali út a tóhoz vezet északra, nincs egy kilométer sem.

- Azt akarja, hogy már reggel hét órakor álljunk lesben a várakozó kocsinál? Ha megjönnek az ukránok, csapjunk le rájuk? Nem lenne jobb a vadászháznál lekapcsolni őket?

- Ez lenne a célszerűbb, de nem fog menni. A várakozó kocsiban nem fog ülni senki, és ez gyanús lesz. Én viszem oda a kocsit. A kesztyűtartóban talál egy MP3-as készüléket, érdekes hangfelvétellel.

- Ezt nem értem – hitetlenkedett a rendőr.

- Jelenleg fent vagyok a vadászháznál három megkötözött maffiózóval. Idáig követtem őket. A belső helyiségben, az ágy alatti sarokban egy üreget rejt a padló. Két kiló tiszta drog van benne. Fegyvereket is jócskán találnak. Riassza a kommandósokat. Egyikük civil ruhában üljön be a várakozó terepjáróba. A négy érkező ukrán fel lesz fegyverkezve, nem árt mindenkinek vastagabban öltözni - utalt a golyóálló mellényre.

- A többi a maguk dolga.

Az égen újra végigcikázott egy villám, és hatalmas dörrenés követte, amely egyre távolodó morajlásban halt el, ahogy végig gördült az égen.

- Mi volt ez! – szaladt ki a kérdés a tizedes száján.

- Vihar készülődik. Már egy ideje villámlik, most kezd ideérni. Csak ennyit akartam közölni. Le kell vinnem a kocsit, mielőtt esni kezd.

- Mi a garancia arra, hogy igazat mond? És honnan tudja a számom? - Hadd oszlassam el a kételkedését. Lejátszom önnek az MP3-ra felvett beszélgetést. – Bekapcsolta a készüléket, és a tizedes végighallgatta az eredeti terv szerinti üzlettel kapcsolatos megbeszélést. - Ez a felvétel, és szavam a garancia. Ha hisz nekem, meggyőzi a főnökét, hogy a téglája megbízható az információt illetően, és talán élete legnagyobb drogfogását ejtheti meg. Ha nem hisz, nyugodtan visszafekszik, és alszik tovább. Akkor sohasem fogja megtudni, hogy igazat mondtam-e. Legfeljebb az lesz gyanús, hogy Tirgu Murest elárasztja a heroin. Ez azonban egyáltalán nem izgat engem. Én is a terjesztésével foglalkoztam. Az elvett két bilincsét megtartom szuvenírnek. Talán bocsánatot kellene kérnem, hogy pár hete egy kis fejfájást okoztam önnek, de ez csak az elkapott utcai drogárusom miatt volt. Nem hagyhattam, hogy bevigyék. Most érkeztem el az utolsó felvonáshoz, amelynek címe: lelépés. A folytatásnak önök a főszereplői.

- Ha közéjük tartozik, miért teszi?

- Mit számít az, hogy miért? Vegye úgy, hogy már megszedtem magam, másrészt tekintse mégis bocsánatkérésnek, hogy magát értesítettem. Ne szalassza el a lehetőséget!

Csaba megszakította a vonalat, mielőtt a tizedesnek leesik a tantusz, hogy honnan is ismeri a telefonáló, és letette a telefont. A hívás pillanatában döntötte el, hogy a maffiózók közé tartozónak adja ki magát. Maga előtt látta a tizedest, amint gondolkodóba esik. Csak remélni tudta, hogy alvás helyett újra kézbe veszi a telefont. Ismét hatalmasat dördült az ég. - Jó lesz igyekezni! – nézte meg az óráját. – Már két óra, és jön a vihar is. Kitolatott a terepjáróval, és orral az út felé megállt. Utoljára még leellenőrizte a foglyok köteleit. – Akkor, a viszont nem látásra fiúk – köszönt el tőlük. – Reggel a zsaruk itt lesznek. – Nem törődött szidalmaikkal, átkozódásukkal. Betette maga mögött az ajtót, leállította az aggregátot. Beült a kocsiba, és elindult lefelé.

Alig tett meg száz métert, amikor újabb villám borította fényárba az eget-földet. Valahol a háta mögött csapott be. Ugyanabban a pillanatban, már hallotta is a minden eddiginél nagyobb csattanást. Akkorát szólt, hogy a föld is belerendült. Süketen, vakon, oly hirtelen taposott bele a fékbe, hogy a motor lefulladt. - Ez nagyon közel volt – mondta hangosan, de alig hallotta saját hangját. Fél perc is eltelt, mire érzékszervei újra működésbe léptek. Épp indítani akart, mikor szeme a visszapillantó tükörre tévedt. A tükörből fény vetődött a szemébe. - Biztos a vadászháznál csapott be. – Rossz előérzettel ugrott ki a kocsiból. Tíz másodperc múlva elérte a kanyart, és földbe gyökerezett lábbal állt meg. A vadászház eleje lángokban állt. – Ez a házba csapott és lángra lobbantotta a kiömlött benzint. – A döbbenettől észre sem vette, hogy megint hangosan beszél magához. Visszaszaladt a terepjáróhoz. Felnyitotta a csomagtartót, de várakozásával ellentétben, nem talált tűzoltó készüléket. Csak egy teli sporttáska árválkodott benne. Újra megjárta az emelkedőt, hátha a fészerben talál poroltót. Ahogy kiért a tisztásra, feladta ebbéli reményét is. A ház elülső frontja teljesen lángokban állt. Bentről a foglyok üvöltése hallatszott, ahogy segítségért kiabálnak. Egy pillanatra megbénította az emberi hangra már nem is hasonlító sikoltozás, mintha láthatatlan falba ütközött volna. Lehet, hogy ez mentette meg az életét. A fal mellett heverő másik benzines kanna a tűztől átforrósodva felrobbant. A detonáció hatalmas tűzcsóvát lövellt az ég felé, a forró levegőt lövellő légnyomás Csabát felkapta, és méterekkel hátrébb repítette. Hanyatt érkezett le, fejét beverte egy kőbe, és elvesztette az emlékezetét. Lassan tért magához. Sejtette, hogy nem lehetett hosszabb ideig eszméletlen. A tisztás fényben úszott, első gondolata az volt, hogy megvirradt. Fokozatosan jutott el tudatáig a váltakozó erősséggel lobogó fény, és az égő fa pattogása. Ijedten ült fel. A szél táplálta tűz már az egész épületet lángba borította. Nem tudta, hogy amíg nem volt magánál, az előzőnél is nagyobb robbanás rázta meg az épületet. Felrobbant a gáztűzhelybe bekötött gázpalack. A fél tető hiányzott, a tisztáson mindenfelé égő lécdarabok hevertek. Bentről nem hallatszott semmilyen hang. Hálát adott az égnek, hogy nem kellett végighallgatnia a tűzben vonagló emberek borzalmas üvöltését, amint a testüket emésztő lángok kínzó fájdalmától a halálba sikoltozzák magukat. A palack felrobbanása megrövidítette szenvedésüket.

Újabb, ám jóval kisebb robbanás térítette észre, amikor a fészerben lévő aggregátor üzemanyaga is berobbant. Lelkileg teljesen összetört. Nem akart megölni senkit, és most mégis mind a négyen halottak. Bűnösnek érezte magát, mert ha nem is közvetlenül, de közvetve részese volt haláluknak... Az órájára nézett. Fél három volt. Tudta, hogy nem időzhet tovább. Fel sem tűnt neki, hogy már nem villámlik, mintha csak a pokoli tüzet gyújtó villám lett volna az utolsó. Erőt vett magán, és legyalogolt a kocsihoz. Beindította a motort, és lehajtott a három kilométeres úton a gengszterek által megbeszélt találkozóhelyig, az elágazáshoz. Félreállt a kocsival, és lezárta. Elindult vissza, gyalog kapaszkodva a hegynek felfelé a saját kocsijához. Már az út elején megeredt az eső, mintha dézsából öntötték volna. Hiába zártak össze a lombkoronák a feje fölött, két percen belül bőrig ázott. Az út csúszós lett, hosszában, keresztben egyaránt ömlött a hegyen összegyűlt, lezúduló víz. Most érezte csak igazán, hogy mennyire elcsigázott. Gyakorlatilag megszűnt a veszély, a félelme elmúlt. A normális szintre beállt adrenalin sem doppingolta már. Helyenként csak négykézláb tudott megmaradni a csúszós földön, kivert kutyaként lihegett. Hullámokban tört rá a fáradtság. Tüdeje sípolt a légszomjtól. Többször is meg kellett állnia pihenni, mert képtelen volt a lábát megemelni. Az ütlegektől és a fárasztó igénybevételtől fájó testtel haladt előre. Sokszor métereket csúszott vissza. Ilyenkor az út másik oldalán próbálta meg újra legyőzni az akadályt.

Legkevesebb másfél kilométerre becsülte a helyet, ahova a kocsiját letette, a tisztás felső végénél. Másfél óra kínlódásába tellett, mire elérte a tisztáshoz vezető elágazást. Újabb gyötrelmes fél órája ment rá, mire az autójához ért. Átázott ruhájában reszketett a hidegtől amikor beült a volán mögé. Érezte, hogy ilyen remegő kézzel, ezen a terepen nem tud biztonságosan leérni a hegyről. Alapjáraton ment a motor, a fűtést teljesen ráadta. Negyed óra elteltével kezdett szűnni reszketése. Újabb tizenöt percet várt, és elindult. Csak ekkor figyelt fel rá, hogy az eső már nem esik annyira. A tisztáson könnyen átment, de a szűk földúton égnek állt a haja. Egyes fokozatban, motorfékkel ment lefelé. Néha felpörgött a motor, a kocsi felgyorsult. Ilyenkor rá kellett lépnie a fékre is, amitől az autó veszettül csúszkálni kezdett.

Öt perc múlva ért ki a lefelé vezető útra. Felsóhajtott, hogy túl van a legmeredekebb szakaszon. Itt sem volt gyerekjáték haladni. Többször is felakadt a víz által kimélyített átfolyásoknál. Hol előre, hol hátramenetben tudott csak kiszabadulni, miközben a kocsi fara jobbra-balra csúszkált. Három alkalommal is azt hitte, hogy végleg ott reked. Máskor meg, fékezéskor megindult előre a kocsi hátulja, ellenkormányzással kellett ismét egyenesbe hoznia. Fél órás fárasztó küszködés után, végre megállhatott a terepjáró mellett. Éhes volt, fáradt is, majd leragadt a szeme. Pihenni akart egy kicsit a meleg kocsiban. Hirtelen ébredt, észre sem vette, hogy elaludt.

- Már elmúlt hat óra – állapította meg az autó órájáról. Csak most tűnt fel neki, hogy világos van. A virradatot az összeboruló fák sűrűjében nem is észlelte. - Most mit csináljak? – tette fel magának a kérdést. – Kifutottam az időből. Nem indulhatok vissza a tizedesnek megadott útvonalon. Az Ördög-tó irányából sem mehetek, amely Sicas Pass déli vége alatt vezet ki a 138-as útra, alig valamivel lejjebb a tragikus eset helyszínétől. Azon az úton is idejöhetnek a rendőrök.

Kiszállt az autójából, és kinyitotta a terepjáró ajtaját. Magához vette Császár telefonját, majd szétnézett az utastérben, nem hagyott-e árulkodó nyomot. Gondosan letörölgetett mindent, amihez hozzáért. Az ötajtós terepjáró csomagterében észrevette a sporttáskát. Úgy döntött, nem hagy semmit a kocsiban, hogy hitelesebb legyen Császár eltűnése. Kivette a teli táskát. Meglepődött, hogy milyen nehéz. Letörölte a kilincset. Még egyszer benézett az utastérbe. A kesztyűtartóban nem talált semmi érdemlegeset, a slusszkulcsot az önindítóban hagyta. Betette az ajtót, és itt is letörölte a kilincset. A táskát betette saját kocsija csomagtartójába, a hátizsákját az anyósülésre dobta. Elindult az Ördög-tó felé. Az út élesen balra kanyarodott. Felhajtott rajta egy kisebb dombhátra, háta mögött hagyva a tavat. Kiért egy tisztásra, amely balra, mélyen benyúlt az erdőbe. Ezt az irányt követve betolatott a fák takarásába. Biztos volt benne, hogy a rendőrség oda nem fog feljönni. Becslése szerint hatszáz méterre lehetett a találkozási pont fölött.

Kioldotta Császár telefonját, és elkezdett a névjegyzékben böngészni. Kis idő múlva elégedetten tette zsebre a készüléket. Nyomorúságos állapota ellenére is mosoly játszadozott az ajkán. Kiötlötte, hogyan koronázhatja meg bosszúját. Persze, ehhez kellett a rendőrség megjelenése. Ha Odolescue tizedes nem adott hitelt „Császár" szavának, akkor is érdemes megpróbálnia a nagyfőnök félrevezetését. Ezzel felteheti az Í-re a pontot. Eredeti tervével ellentétben, a rendőrség megérkezése után nem indul el, kivárja az ukránok érkezését is. Magához vette a hátizsákját, amelyben minden szükséges holmija benne volt. Levette a hátsó ülésre terített takarót. Jól jön - még mindig nedves ruhája miatt - beleburkolózni a megfigyelés alatt. Négyszáz métert gyalogolt a fák között a találkozóhely irányába. Kiért egy sziklaszirtre. Elővette távcsövét, és körbepásztázta a terepet. Tisztán rálátott a találkozási pontra, a terepjáróra és az odavezető út egy szakaszára mindkét irányból. Kényelembe helyezte magát, hátára terítette a plédet, és csillapította gyomra követelődzését.

Elmúlt fél hét. Császár telefonjába beütött egy üzenetet, de nem küldte el az SMS-t. Nemsokára, a várt irányból megérkezett a rendőrség. Két rendőrautó és egy fekete furgon állt meg az elágazás közelében. Három-három rendőr szállt ki az autókból, a furgont pedig hat kommandós hagyta el a bevetéseknél használatos teljes felszereléssel. A hetedik férfi civil ruhában volt, automata fegyverrel a kezében. A három autó továbbment, és biztos rejtekhelyet kerestek nekik. Csaba szemmel kísérte az intézkedéseket. Látta a főnök karmozgását, ezzel adott nyomatékot parancsainak. Természetesen a hangja nem ért fel hozzá. Az egyik rendőrben Csaba ráismert Odolescue tizedesre, aki kihasználva a többiek elterelődött figyelmét, odament az autóhoz, és észrevétlenül kivett valamit a kesztyűtartóból. Gyorsan zsebre tette. – Megszerezte a hangfelvételt – állapította meg Csaba. Nem sokkal később a civil ruhás beült a terepjáróba, a kommandósok és a rendőrök pedig jól elrejtőzve körülvették a terepet. Mindenkin fejhallgatós mikrofon volt, ezzel tartották egymás közt a kapcsolatot. Gondolatban megdicsérte a fiatal rendőrt. Már csak az ukránoknak kell jönni. A drogüzletet nem fújták le, mert Császár mobiljára nem érkezett hívás. Közben újra megeredt az eső, de ez csak negyed órás zápor volt, arra elég, hogy elmossa a rendőrautók nyomait. Kezdetét vette az idegtépő várakozás.

Ezalatt Bukarestben, egy külvárosi panzió kivett szobájában szintén feszült várakozás ülte meg a levegőt. A szoba közepén lévő asztal egyik oldalán Traian Marinescu multimilliomos vállalkozó ült, idegesen dobolt ujjaival az asztalon. Vele szemben egyik cigarettát a másik után szíva, az ukrán maffia főnöke foglalt helyet. Két-két gorillájuk a főnökök mögött állva figyeltek. Zakójuk hónaljban feltűnően dudorodott, ugyanúgy, mint főnökeiknek. Kölcsönös bizalmatlanság alakult ki köztük, mióta az ukrán fél előző nap délelőtt váratlanul felrúgta az előzetes egyezséget, és átutalás helyett készpénzt kért az áruért, Euróban. Marinescu kénytelen volt belemenni a megváltoztatott feltételbe, mert égetően szükségük volt a drogra. Készletük majdnem teljesen kifogyott, rendszeres szállítójuk emberei pedig lebuktak a szerb határnál. Különböző bankoknál elhelyezett betétjeiből zárás előtt éppen csak sikerült eltérő címletekben felvenni azt az összeget, amellyel készpénzüket egymillió Euróra egészítette ki. Ezért kellett Császárnak este Brassóba mennie, hogy a futártól átvegye a készpénzt. Marinescu tudta, hogy a rendőrség minden lépését figyelemmel kíséri, így nem bonyolíthatta le személyesen a drogüzletet. Ezért mindig valamelyik vezető emberével intéztette az illegális üzleti ügyeit, elvégre jól megfizeti őket. Egyszer kis híján lebukott, de bizonyítékok híján a bíróság megszüntette ellene az eljárást. Azóta nagyon óvatos volt. Az ukrán főnök viszont ragaszkodott a jelenlétéhez, e miatt két helyszínen szervezte meg az üzletet. Így a két főnök biztonságban meghúzódhatott a háttérben. Áruátvétel a hegyen, átutalás pedig Bukarestben, mindkét fél részéről megfelelő óvintézkedésekkel.

Az átutalásból most készpénzfizetés lett egyazon helyszínen. Az üzlet sikere az embereiktől függött. Idegesen tekintgettek a faliórára. Már elmúlt hét óra, de a telefonok hallgattak. Ekkor kellett volna először bejelentkezni mindkét félnek, hogy rendben megérkeztek a találkahelyre. Nagyjából, nyolcra várták a következő telefonhívásokat. Egy órát biztosítottak számukra, míg felérnek a vadászházhoz, lebonyolítják az üzletet, és mindkét fél leér a hegyhátról. Percenként tekintettek az órára. Érezhetően nőtt a feszültség. Az ukrán főnök nem bírta tovább.

- Már rég be kellett volna jelentkezniük – tekintett gyanakvóan Marinescura. Most az ő ujjai doboltak az asztalon. A gorillák lapos pislantásokat vetettek egymásra. Ugrásra készen álltak, mint a ragadozók, mielőtt a zsákmányra vetik magukat...

***

Közeledő autó hangja hallatszott. Egyre erősödött a motorzúgás, a következő pillanatban felbukkant az ukrán autó. Ez is terepjáró volt. Észrevette a várakozó kocsit, tőle húsz méterre megállt. A kommandósok, ha lehet, még jobban összehúzták magukat. Egy percig nem történt semmi. Egyik kocsi ajtaja sem nyílt ki. Végül az érkező autóban mozgolódás támadt.

- Mi a forgatókönyv? – nézett a többiekre a sofőr. Nem a románnak kell kiszállnia előbb?

- Tudja a franc – hangzott a mellette ülő válasza. – Csak azt tudom, hogy fel kell vezetnie bennünket a hegyre. Eredj, és nézd meg, mi a helyzet! – szólt a mögötte ülőre. – Te tudsz románul. De légy óvatos! Nem tetszik nekem, hogy nem mozdul a kocsiból az ipse. – Készenlétbe helyezték a géppisztolyaikat.

Csaba ekkor küldte el az előre megírt szöveges üzenetet Traian Marinescunak. A felszólított ukrán kinyitotta az ajtót. Az egyezség szerint, földre szegezett fegyverrel ment a várakozó kocsihoz. Annak kinyílt az ajtaja. Váltottak néhány mondatot. Ezalatt az anyósülésen ülő ukrán férfi hívta saját főnökét.

- Oké főnök, megérkeztünk, eddig minden rendben van. – Figyelte, ahogy embere elindul visszafelé. Ekkor meglátta, hogy leereszkedik az ablak és egy pisztolyt tartó kezet pillantott meg. Megnyomta a hívásismétlő gombot a telefonján. – Vigyázz! – ordított a közeledő társára. Az megpördült, fegyverét célzásra emelte. Ekkor lövés dördült a román kocsiból, és az ukrán férfi elvágódott. Az ukrán a géppisztolyából egy sorozatot még kilőtt. A golyók magasan az ukrán kocsi fölött szálltak el. – Csapda! – ordította a telefonba az elöl ülő férfi. Elszabadult a pokol...

Csak nyugalom – intette le Traian az ukránt, de maga sem volt nyugodt. – A hajnali hírekben bemondták, hogy nagy vihar volt a Hargita-hegységben. Biztos ez okozza a késedelmet. Alig fejezte be, mobilja jelzett, hogy üzenet érkezett számára. Megnyitotta a szöveges üzenetet, és olvasni kezdte. Ahogy haladt az olvasásban arca egyre sápadtabb lett.

- Történt valami? – engedte le a kezét az asztal alá az ukrán. A gorillák keze lassan becsúszott a kabátjuk alá, és megmarkolták fegyverük agyát. Nem volt ideje megvárni a választ, mert megcsörrent a telefonja. Előrelátóan felemelte a kezét, jelezve, hogy csak a telefonért nyúl a kabátzsebébe, de továbbra is gyanakvó pillantásokat vetett a halottsápadt Marinescura. Nem hagyta nyugodnia gondolat, hogy valami nem stimmel. Füléhez emelte a telefont.

- Oké főnök, megérkeztünk, eddig minden rendben - hallatszott helyettese hangja. Megkönnyebbülni sem volt ideje, mikor ismét jelzett a telefonja. Fegyverropogás zaja ütötte meg a fülét. Kihangosítás nélkül is mindannyian tisztán hallották a figyelmeztető kiáltást, a lövéseket, majd a „csapda" ordítást. Szinte valamennyien egyszerre kaptak pisztolyaik után. Traian, már az SMS elolvasása után tudta, hogy balul fog végződni az üzletkötés. Mindenkit megelőzve rántotta ki pisztolyát, és homlokon lőtte a vele szemben ülő ukrán főnököt. Az lefordult a székről még holtában is a telefonját szorította. Lövések hangjai töltötték be a szobát, lőporfüst terjengett a levegőben, rontva a látási viszonyokat. Testek vetődése, zuhanások hallatszottak, bútorok borultak fel. Egy percig dörögtek a fegyverek, utána síri csend állt be.

Traian lövést kapott a bal vállába. Pisztolyt tartó jobbját rászorította a vérző sebre. Lihegve feküdt a padlón könyökére támaszkodva, az átélt sokkhatás lassan múlni kezdett. Émelygés, hányinger kerülgette. A háta mögött tartózkodó két gorillája felől semmilyen életjelre utaló neszt nem hallott. Az ukránok oldaláról is teljes volt a csend. Lassan oszladozni kezdett a lőporfüst. Maga mögött meglátta holtan fekvő embereit. Az asztallábak között átnézve észrevette az egyik ukrán, és a főnöke mozdulatlan testét. A sarokban két kinyújtott lábat látott, felsőtestét eltakarta az egyik szék. A lábai közt lassan növekvő vértócsa terjengett. Ép kezével az asztal szélébe kapaszkodva felhúzta magát. Megpillantotta a sarokban ülő ukrán férfi rá meredő tekintetét, aki ölében tartott pisztolyát erőlködve emelte fel. Traian elkésett a lövéssel. Mellét telibe kapta a találat, amely hátravettette. Mire a padlóra zuhant, már halott volt. A golyó egyenesen a szívén hatolt át. Az ukrán férfi erőtlen kezéből kicsúszott a fegyver, s amikor a riasztott rendőrök kiértek, szemei már élettelenül meredtek a semmibe...

Az autóban ülő két alak fegyverét felkapva, mindkét irányban sortüzet zúdított a bokrokra. Nem volt nekik nehéz kitalálni, hogy csak ott rejtőzködhet az ellenség. Meg sem fordult a fejükben, hogy egyetlen ember támadta meg őket. Válaszul golyózápor verte végig a karosszériát. Lebuktak az ülésre.

- Itt a román rendőrség! Adják meg magukat, körül vannak véve! – A szócsővel felerősített hang egyértelművé tette számukra helyzetüket. Nem értettek románul, de a politie szót mindhárman megértették. Tanácstalanul egymásra néztek.

- Engem nem fognak el élve a fasszopók! – hörrent fel a vezetőjük. A másik kettő egyetértően bólintott. A sofőr felnyúlt a slusszkulcsért. Sebességbe tette a váltót, és indított. Abban a pillanatban, amikor a kocsi megugrott, a másik két férfi felült, és hosszú sorozattal megszórta a bokrokat, ahogy elhaladtak mellettük. Válaszul össztűz árasztotta el az utasteret és a kerekeket. Az autó nem haladt harminc métert sem, mikor kilőtt kereke megcsúszott, és a terepjáró berohant a fák közé. Nagy csattanással állította meg egy fa. Gőz szállt fel az autóhűtőből, a motor lefulladt. Furcsán hatott a szokatlan csend. A kommandósok célzásra tartott fegyverekkel közeledtek az autóhoz. Óvatosságuk azonban felesleges volt. A három férfi vérbe borulva, mozdulatlanul feküdt. A kapitány parancsára felnyitották a csomagtartót. Két táskát találtak benne. Kivették, és kinyitották.

– Ejha! – füttyentett elégedetten a parancsnok a gondosan csomagolt fehér műanyagtasakok láttán. Kiemelt egyet, késével felszúrta, és kivett belő egy keveset a kés hegyével. Megnyalta és elismerően bólintott. – Kiváló minőségű heroin – közölte, és oldalra kiköpte a maradékot. – Fiam, – fordult Odolescue tizedes felé -, ez szép fogás volt. A rendőr széles vigyorral fogadta a dícséretet.

Főnökének fogalma sem volt arról, hogy mekkora kő esett le a szívéről. Örült, hogy nem tett említést a rejtekhelyről, ahol a heroin van elrejtve. A három férfi megkötözéséről sem szólt, csak annyit mondott, hogy hárman tartózkodnak a faházban...

– A hülye! Elszúrta! – szisszent fel leshelyén Csaba, mikor meglátta a kocsiablakban a pisztolyt. – Ebből vérfürdő lesz. – Azt is észrevette, hogy az ukrán kocsiban a főnök telefonál. – Leadta a vészjelzést azalatt, míg a rendőrség megadásra szólította fel őket – gondolta. Még egy percig figyelte a fejleményeket. Amikor az autó a fának ütközött, elvette szeme elől a távcsövet, és a hátizsákba tette. Már csak azt kell elérnie, hogy Császár telefonjára valahogy ráleljenek a zsaruk. Tudta, hogy most el vannak foglalva, és egy részük felmegy a vadászházhoz. A lent maradtaknak nem lesz idejük a hátuk mögé leskelődni. Amennyire a meredek lejtő és a sűrűn nőtt fák lehetővé tették, bukdácsolt lefelé az ellenkező oldalon, mint amerről feljött a hegyre. Tíz perc alatt leért a völgybe. Kiért az erdőből. Feljebb, a két út találkozásánál néhány sürgölődő rendőrt vett észre. A fák takarásában távolabb ment, míg egy kanyar el nem takarta a rendőröket. Kiment az útra, hogy letegye a telefont. Első gondolata az volt, hogy véletlenül lássák meg a készüléket a zsaruk, mintha Császár elvesztette volna. Az utolsó pillanatban úgy döntött, nem bízhatja a véletlenre. Rövid keresés után, talált az erdőben három karvastagságú, két méter körüli száraz ágat. Az út közepén gúlába állította őket és egy hajlékony ággal összekötötte a csúcsánál, nehogy eldőljenek. A gúla közepére betette a telefont, melyről gondosan letörölt minden ujjlenyomatot. Ezzel nyilvánvalóvá tette szándékát. Biztosra akart menni, hogy azt higgyék Császár árulta el az egész maffiát. Ezt a célt szolgálta Marinescunak küldött SMS is. A névjegyzékben talált nevek és számok révén, egy kis szerencsével még fel is göngyölhetik Marinescu hálózatának nagy részét.

Húsz perc múlva, kifulladva ért fel hátrahagyott hátizsákjához. Időközben kisütött a nap. Visszapillantott az elhagyott útra. A túloldali domb középmagasságában egy fényvillanást vett észre, de azt hitte, csak a szeme káprázott. Nem tulajdonított neki jelentőséget. Odalent, az elágazásnál semmi változás. Tíz perccel később a kocsijában ült. Áthajtott a tisztáson és a földúton haladt a műút felé. Tudta, hogy jó néhány kilométerrel északabbra éri el a 138-as utat, valahol a tragédia színhelye közelében. Nagyon kíváncsi volt arra, vajon hogyan végződött a bukaresti találka a hamis üzenet révén. Erre azonban nem adott senki sem feleletet.

A 138-as úton, a tragikus szerencsétlenség színhelyén leállt az útpadkára, és lement a lejtőn a fasorig, ahol a kocsi megállt. Lehunyt szemei előtt újra leperegtek az események. Kísértette a három halott arca. Újra karjaiban érezte Editet, amint ringatja mozdulatlan testét, és könnyei az arcára hullnak. A következő pillanatban Császár halálordítása tolakodott az előtérbe, majd a tűzhalált halt másik három sikoltása.

- Nem, én nem ezt akartam! – Azon kapta magát, hogy hangosan beszél halott kedveséhez. – Nem kívántam a halálukat, de akaratomtól függetlenül elszabadultak az események. Császár balesetben halt meg. Ha nem így történik, akkor én feküdnék a szakadék mélyén. A másik háromra pedig nem tudtam rágyújtani a házat. Egy belső hang megtiltotta, és egy megmagyarázhatatlan erő lefogta a kezem, mintha megbénult volna. – Eszébe jutott álmában tett látogatása az Isten székére, az álomszerű jelenés. Az Úr szavai és figyelmeztetése. Lehet, hogy ő lépett közbe, és megakadályozta, hogy gyilkos legyen? Ha megöli a három gengsztert, ő is ugyanolyan gyilkossá vált volna. Lehet, hogy nem volt véletlen a villámcsapás? Isten megakadályozta terve végrehajtásában, hogy ő maga ítélkezhessen? - Igen – suttogta maga elé. – Csak igazságszolgáltatást akartam, hogy a törvény keze sújtson le a bűnösökre, és kis híján bosszú lett belőle. Isten kivette kezemből a pillanatnyi hatalmat, és ítélkezett helyettem. A pokol tüzében emésztette el a gyilkosokat. Talán végig oltalmazott, mióta először tettem be a lábam Székelyföldre? De akkor miért vette el első gyermekemet, majd a szerelmemet? Ilyen szeszélyes lenne? Valóban kifürkészhetetlenek lennének az Úr útjai? A papok legalábbis ezzel a frázissal magyarázzák Isten akaratát, ha valakit tragédia ér. Ezek szerint az Úr sem tévedhetetlen, mert az ártatlanokat is bünteti. – Nem gondolt arra, hogy hangosan gyón szerelmének, csak lelkiismeretén szeretett volna könnyíteni.

Egyik pillanatról a másikra, újult erővel tört rá a fáradtság. Gondolatai összekuszálódtak, Úgy érezte, hogy egy nagy káosz van a fejében. Szédülés fogta el, míg visszament az autóhoz, és beült. Várt, míg megszűnik lehunyt pillái mögött a körforgás, csak utána indított. Kikanyarodott az útra, és elindult Szentmiklós felé. Állított a beltéri visszapillantó tükrön. Úgy látszik, valamelyik beszálláskor beleverte a fejét, és elmozdult. Egy másodpercre meglátta magát benne. Rémülten hőkölt hátra, kis híján leszaladt az útról. Egy pillanatig úgy tűnt neki, hogy egy idegen arc tekint vissza rá. Szemei alatt lilás monoklik, jobb szeme résnyire szűkült, annyira bedagadt. Szája felrepedve, a seb nagyobb részét elfedte a rászáradt vér. Fájt a szilánktól megsebesült válla, bordái sajogtak a rengeteg ütéstől, rúgástól. Lábaiba időnként belehasított a fájdalom, melyekkel hárította Császár rúgásait. Beért a városba. Az egyik piros lámpánál elsőként állt meg. A zebrán áthaladó gyalogos nő döbbent tekintettel meredt rá, majd megszaporázta lépteit. Riadt tekintete mindent elárult.

- Ilyen arccal nem állíthatok haza – döntötte el magában. – Tilát halálra rémiszteném, Hajnira pedig ráhoznám a frászt. Első dolga lenne, hogy kórházba vinne, ami az orvos részéről a kötelező rendőrségi bejelentést vonná maga után. A négy gengszter halott, nincs, aki felfedhetné kilétét.

Zöldre váltott a lámpa. Eldöntötte a kérdést. Egyenesen haladt tovább, és a várost elhagyva, maga mögött hagyta a Gyergyói havasokat, és beért a Hagymás-hegységbe. Közel harminc órája talpon volt, és az éjszakai megpróbáltatások sem javították állóképességét. Egyre lassabban haladt, szemeit alig tudta nyitva tartani. A Gyilkos-tónál letért a főútról Szurdok-puszta felé, és fél óra múlva megállt Péter bácsiék udvarán. Már nem volt ereje kiszállni.

Dorka veszettül ugatni kezdett, mire Péter megjelent az ajtóban. Megismerte Csaba kocsiját, nem értette miért nem száll ki belőle a fiú. Dorka hátsó lábaira állt, és mellső mancsaival kaparni kezdte az ablakot. Közben nyüszíteni kezdett. Péternek rossz sejtelmei támadtak. Kinyitotta az ajtót, és Csaba oldalra dőlve a karjaiba omlott. Péter feltámogatta a fiút, aki alig tudott megállni a lábán.

– Gyere asszony! – kiabált be Ilonkának. – Vendég esett a házba! – Péter elhűlve nézte a fiú kék-zöld foltos arcát.

– Már megint? – szörnyülködött a kiérkező asszony, összecsapva a tenyerét. – Most már mindig így lesz? Ha egyedül állítasz be, mindig magad után vonszolod a félhalált?

– Ez volt az utolsó eset – mosolyodott el Csaba, de felrepedt ajka miatt csak torz vigyorra tellett tőle.

– Ne sápítozzál, hanem vigyük be, és szedd össze a legjobb vajákos tudományodat! – torkolta le Péter...

Az orvos ellátta a sebesült kommandóst. Nem ért csontot a golyó, de bőven vérzett, és fájdalmas volt. A lövedék szerencsére átszaladt a húson, és hátul távozott a karjából. Egy másik kommandóst a mellén találták el, de golyóálló mellénye megvédte. Alatta jókora zúzódás éktelenkedett. Egy-két napig érezni fogja a találat helyét. Ezalatt a parancsnok félrevonulva beszélgetett a civil ruhás emberével. Gesztikulációi egyértelművé tették, hogy nem dicséretekkel halmozza el, annál is inkább, mert az, többnyire csak hallgatott. Az elhamarkodott lövés eldöntötte, hogy a gengsztereket ne tudják rábírni a megadásra. Csak bizakodhattak abban, hogy fent a hegyen nem hallották meg a lövéseket. A kapitány közben telefonon intézkedett.

Épp befejezte, mikor a parancsnok odament hozzá. Megegyeztek, hogy a kommandósok, a kapitány és a tizedes az ukrán furgonnal mennek a hegyre. Előttük a civil ruhás kommandós halad a román terepjáróval, azt a látszatot keltve, hogy minden rendben van, és az ukránok követik a őket. Feltételezték, hogy azok, ott fenn nem tudják, milyen járművel érkeznek az ukránok. A többi rendőr lent marad biztosítani a helyszínt, míg meg nem érkezik a helyszínelő és eltakarító segítség. A furgon nehezen tudta követni a terepjárót a felázott talajon. Többször is lemaradtak, ilyenkor az elöl haladó autó lelassított, hogy utolérjék. Végre, az egyik kanyar után felbukkant előttük a tisztás. A furgon szorosan felzárkózott, és a tisztás végén kis híján beleszaladt a hirtelen megálló terepjáróba. Megdöbbentő látvány fogadta őket. A vadászház helyén csak elüszkösödött romokat láttak. A megfeketedett gerendák fenyegetően meredtek az égre, tanúságtételéül a nemrég lezajlott tragédiának. Minden mást felemésztett a tűz. Szótlanul bámulták a maradványokat, végül a parancsnok utasítására az emberei körbejárták a tisztást, behatolva az erdőbe is, de nem bukkantak ellenségre. Ha itt is voltak, a tűz elkergette őket, az eső minden nyomot elmosott.

A parancsnok és a rendőrkapitány közelebb mentek a romokhoz. Az egykori ajtó előtt két, megfeketedett fém marmonkannát megkerülve beléptek a vasalt ajtókereten belülre. Lépteik nem verték fel a pernyét, az eső alaposan eláztatta. Ebből arra következtettek, hogy a tűz a vihar előtt keletkezett. Az eső már csak füstölgő gerendákat áztatta, elmosva minden nyomot, ha a tűz egyáltalán hagyott ilyet. Jobbra, a tűzhely mellett megpillantották a széthasadt gázpalackot. - Hmm. Jókora robbanás volt itt. - A kapitány szó nélkül hagyta a parancsnok szavait. Döbbenten meredt a megsemmisült fal tövébe. A másik követte tekintetét. A három elszenesedett emberi test látványa beléjük forrasztotta a szót. - Hívni kell a tűzszerészeket – nyögte ki végül a kapitány. A bólintásra azonnal kézbe vette a telefonját. - Vajon mi akadályozta meg őket abban, hogy kimeneküljenek? – szegezte neki a kérdést miután eltette a készüléket. – Akkora lehetett a robbanás, hogy az ölte meg őket? - Ezt majd kiderítik a tűzszakértők – vonta meg a vállát a kommandó parancsnoka. – Azt hiszem, mi itt végeztünk. Szép drogfogás, nulla túlélő. Az utóbbiért nem fognak megdicsérni bennünket...

Isten széke

Ilonka egy nagy és egy kisebb fazék vizet tett fel forralni, és előkészítette gyógyfüvei garmadáját. Segítettek Csabának kihámoznia magát a még mindig nedves ruháiból, s minden egyes levetett ruhadarab után Ilonka legszívesebben összecsapta volna a tenyerét a szörnyülködéstől, ha nem foglalta volna le a vetkőztetéshez. Az elmaradt tapsolásokat annál inkább pótolta a szájával. Minden egyes zúzódáshoz, kék, zöld, lila folthoz fűzött egy-egy megjegyzést.

- Ezek nem esés nyomai. Ütések, rúgások okozta sérülések. Talán ezek a piros pöttyök és karcolások keletkezhettek eséstől.

- Olyan, mintha csipkebogyó bokorral szeretkezett volna, csak nem Rózsikát találta benne – kotnyeleskedett közbe Péter. Csaba emlékezett rá, hogy verekedéskor, mintha egy alkalommal bokorba zuhant volna, de akkor nem volt ideje foglalkozni ezzel.

- Ne légy már ilyen morbid! – rivallt rá Ilonka. Menj és öntsd öt felé a forró vizet! - Péter morgolódva teljesítette az asszony parancsát. – Mi a jó Isten történt már megint veled? – fordult Ilonka a fiú felé.

- Székelyék gyilkosai – nyögte Csaba.

- Ők tették?

- Inkább csak az egyik. Mind meghaltak. – A kijelentésre Ilonka jó ideig megszólalni sem tudott. Péter a meglepetéstől majdnem leforrázta magát. Elfojtotta magában a kikívánkozó káromkodást, végül ő szólalt meg.

- Remélem, nem te ölted meg őket? – Hangja tele volt a félelem keltette szorongással.

- Én nem. Mind a négyük halála baleset volt. – A két öreg ajkát megkönnyebbült sóhaj hagyta el. Ilonka hosszan hallgatott.

- Hála Istennek! – jött meg végre a hangja. Tüstént sürgölődni kezdett. Elkészítette a gyógyfüves főzeteket. Péter a nagyobbik fazék vizet beleöntötte a fürdőkádba. Megkezdődött az öt évvel ezelőtti procedúra.

- Legalább nem vagy kiéhezve, és főleg kiszáradva, mint öt éve – jegyezte meg az asszony, miután helyet foglaltak a megkésett ebédhez. Könnybe lábadt a fiú szeme az étvágyhozónak titulált házi pálinkától, de kellemesen melegítette a gyomrát. Szó nélkül ettek, nem sürgették Csabát. A fiú tegnap este óta nem evett, ezért nem is kérette magát a kínálással. Ebéd után annyira rátört a fáradtság, hogy ledőlt a heverőre, és csak hat óra körül ébredt fel.

Ilonka eltakarította az ebéd romjait. A kávét a ház előtti asztalnál, a padon ülve, kettesben fogyasztották el. Mikor Csaba felébredt, mindhárman kiültek a padra. Péter kérdőn nézett a fiúra, aki tudta, hogy beszámolóval tartozik nekik. Ez a legkevesebb, amivel megköszönheti az újabb feltámasztást. Ereje visszatért, fizikálisan jobb állapotban volt, mint öt éve. Ami a küllemét illeti, nem volt rózsásabb a helyzet. A duzzanatok, daganatok apadóban voltak a gyógyfüves borogatásnak, és a belé tukmált gyógy főzeteknek köszönhetően. A zúzódásai kezdték felvenni a szivárványszín minden árnyalatát. Ez ellen Ilonkának sem volt semmilyen bűbája. Egyetlen orvosság az idő volt, melynek gyógyító hatása egy hétig is elhúzódik. Csaba részletesen beszámolt az eseményekről, attól az időponttól, hogy a diploma megszerzése után visszatért Székelyföldre.

- Szerencsés csillagzat alatt születtél fiam – sóhajtott fel az elbeszélés végén Ilonka. Furcsa módon, egyetlen közbeszólás nélkül hallgatta végig. Ott dolgozott benne a kisördög, hogy egy-egy megjegyzést, vagy kérdést szúrjon közbe, de erőt véve magán, ellent tudott állni a kísértésnek.

– Veled volt a jó Isten, mint öt évvel ezelőtt.

- Lehet, hogy igaza van Ilonka néni, habár mindkét alkalommal, ugyancsak be kellett segítenem az Úrnak. Nagyon elfoglalt lehet, hogy csak ímmel-ámmal nyújt segítséget a bajbajutottaknak.

- Több volt az annál, mert nélküle már kétszeresen halott lennél.

- Akkor még van hét életem – ütötte el tréfával a kérdést. – Remélem kitart még erre a hét alkalomra a gyógyfüves készlete.

Nagyot nyújtózkodott, és hunyorogva nézett a lebukni készülő napba. – Fel kell hívnom Hajnit és a fiamat. Tegnap este nem volt rá alkalmam, biztos idegeskednek már.

Végül csak egy megnyugtató SMS-t küldött Hajninak. Várni akart egy napot, hátha elfogadható állapotba rendeződnek vonásai, és valamennyire szalonképes lesz. Erőt vett rajta a fáradtság. Korán megvacsorázott, Ilonka még egyszer leápolta-kínozta, itatta gyógyfüveivel, majd mély, egészséges álomba merült. Nem ébresztették fel az öregek beszéde, a házi teendőkkel járó apró neszek. Persze, igyekeztek visszafogni magukat.

Másnap későn ébredt. Nem csodálkozott, hogy kipihentnek érezte magát, hisz már tizenegy óra volt. Kicsit restellte, hogy így elaludt, de a házigazdák még véletlenül sem tettek megjegyzést rá. Hirtelen mozdult, amit hangos szisszenéssel félbe is szakított.

- Csak lassan! – szólt rá a főzéssel foglalkozó asszony. – Azért, mert kipihented magad, attól még a tetoválásaid fájni fognak egy darabig. Eridj, mosakodj meg! Van lefőzve kávé, ihatsz egyet, de ebéd előtt már ne egyél. Előtte még kívül-belül leápollak, és tizenkettőkor eszünk. Már kezd emberi formád lenni.

- Beöntést kapok! – rémült meg, a belső leápolásra célozva.

- Arról is lehet szó – nevetett az asszony, majd Csaba savanyú képét látva, hozzátette. – Péter tölt egy felest, és beöntheted magadnak. Felülről.

- Így már mindjárt más – nyugodott meg a fiú. Megköhögtette a kerítésszaggató, majd szó nélkül tette, amit Ilonka mondott neki. Tisztálkodás után megitta a kávét, és alávetette magát az asszony vajákos tudományának.

Ebéd közben Péter bekapcsolta a rádiót, hogy meghallgassa a híreket. A szokványos hírtémák ismertetése után elhangzó tudósításra mindhárman felkapták a fejüket.

„A tegnap esti híradásunkban már beszámoltunk arról, hogy a Hargita-hegység, Ördög-tó melletti hegylábnál kitört tűzharcról új fejlemények jutottak tudomásunkra. Ismeretlen bejelentés alapján a rendőrség és a kábítószerellenes kommandó csapdát állított a megnevezett helyen. Az oda érkező ukrán maffia négy tagja a felszólításra nem adta meg magát, és tűzharcot kezdeményezett. A lövöldözésben egy kommandós könnyebben megsérült. A négy, Kalasnyikov gépkarabéllyal felfegyverzett ukrán férfi a tűzharcban életét vesztette. A csomagtartóban talált, a feketepiacon egymillió euró értékű, nagytisztaságú heroint a hatóság lefoglalta. A drogüzletet az ismeretlen telefonáló információja szerint, a hegyen lévő vadászházban kellett volna lebonyolítani az ott tartózkodó román maffia tagjaival. A kommandós egységet azonban csak a teljesen leégett faház fogadta. A házban három, a felismerhetetlenségig összeégett, elszenesedett férfi holttestét találták. Első feltételezések alapján vezetőjük, akit alvilági nevén csak Császárnak szólítottak, árulást követett el. Megölte három társát, szétlocsolt két kanna benzint, majd rájuk gyújtotta a házat.

A reggel hét órakor kitört tűharccal egy időben, Bukarest egyik panziójában is lövöldözés volt, ahol a kivonult rendőrség hat férfi holttestére bukkant. Mint később a nyomozás megállapította, a két helyszínen történt egyidejű lövöldözés között szoros összefüggés volt. A szemtanúk szerint a lövöldözés közben, vagy utána, senki sem hagyta el az épületet. A feltételezés alapján, a két maffia csoport egymással végzett. Az egyik halottban Traian Marinescut, az ismert üzletembert azonosították, akit egyszer már bíróság elé is állítottak, de bizonyítékok hiányában felmentették. A kiterjedt hálózattal rendelkező maffiafőnök, még holtában is pisztolyt szorongatott a kezében. Bal kezében bekapcsolt mobiltelefonját találták, amelyre nem sokkal az Ördög-tó mögötti tűzharc előtt SMS érkezett Császár aláírással. A lövöldözés közelében, az úton találtak egy telefont, melynek helyét tudatosan megjelölték. Az SMS erről a mobilról ment el, mert nem törölték az elküldött üzenetet. Ez egyértelművé tette, hogy Császár megvárta a tűzharcot, és gondoskodott arról, hogy a rendőrség megtalálja a készüléket. Célja, a főnöke lebuktatása volt. Az üzenet a következőt tartalmazta: „Üdv főnök! Kösz az eddigi bizalmat, de ezentúl a saját utamat járom. Eleget csicskáskodtam nálad, hogy megalapozzam a jövőmet. Ne fáraszd magad a kereséssel! Császár." A leégett vadászház a multimilliomos nevére volt bejegyezve.

A rendőrség a nyomozás során megállapította, hogy az ukrán maffiavezér telefonjára is hívás érkezett a völgyben lezajló tűzharc kezdetekor. Valószínűleg a megérkezésüket tudatták a főnökkel. Mindez fél perccel Császár üzenete után történt. Nyomozóink kiderítették, hogy a hegyen történt tűzharcban meghalt ukránok telefonjáról jött a hívás. Ezt az egyik kommandós meg is erősítette, mert a sofőr kezében látta a mobiltelefont. Ez lehetett a csapdára figyelmeztető hívás, amely kiváltotta a motelben történt lövöldözést. Utólagosan kiderült, hogy a rendőrségre befutott ismeretlen értesítés a drogüzletről, szintén Császár telefonjáról történt.

Ez a veszedelmes, agyafúrt bűnöző értesítette a rendőrséget a drogüzletről, miután a hegyen megölte társait. Három legyet ütött egy csapásra. Megszabadult bűntársaitól, rendőrkézre jutatta az ukránokat, és lenyúlta a pénzt. Sőt, a véletlen úgy hozta, hogy a főnökének küldött üzenete, és az ukránok figyelmeztető telefonja révén, az események számára a lehető legkedvezőbben alakultak, mert egymásnak ugrottak a maffiafőnökök. Tőlük is megszabadult. Ő maga pedig nyomtalanul eltűnt a pénzzel. A rendőrség kőrözést adott ki ellene, és nagy erőkkel keresik a többszörös gyilkost...

Most érkezett friss hír szerint Császár nem gyújtotta fel a vadászházat. A tűzszakértők megtalálták a tűz fészkét. Éjszaka a Hargitahegységben nagy zivatar volt. Az egyik villám belecsapott a faház megvasalt ajtajába, és az ajtó mellé tett két benzines kanna tüzet fogott, mely robbanáshoz vezetett. A villám becsapódásakor keletkezett koncentrált hőtől összeolvadt a zárszerkezet, az ajtó kinyithatatlanná vált. A bent tartózkodó három férfi semmiképp sem menekülhetett ki a házból az ablakon lévő rácsok miatt".

Néma csend követte az elhangzott tudósítást. Csaba melléből megkönnyebbült sóhaj szakadt ki. Mindhárman a beszámolót próbálták feldolgozni magukban. Péter nagy sokára megszólalt.

- Ilyenkor mi a helyzet? – Csaba megrendülten nézett rá.

- Azzal az üzenettel csak félre akartam vezetni Traian Marines-cut. Azt a látszatot szándékoztam kelteni, hogy Császár elárulta őt. Megölte társait, rendőrkézre adta az ukránokat, és meglépett. Holttestét a szinte járhatatlan szakadék mélyén sohasem találják meg. Kinek is jutna eszébe ott keresni az üzenete után. Arra nem számítottam, hogy Bukarestben is vérfürdő lesz a következménye.

- Meg kell adni, jól kifundáltad.

- Én nem bosszút akartam állni! Kézre akartam keríteni őket a bizonyítékokkal együtt, és átadni őket az igazságszolgáltatásnak. Azonban kicsúszott a kezemből az események irányítása. Császár véletlenül zuhant le a szakadékba. Halála után nem akartam nyomot hagyni magam után. Bosszút akartam állni a még élő három gyilkoson. Kapóra jött a kiömlött benzin. Rájuk akartam gyújtani a házat, de mintha valaki lefogta volna a kezem, képtelen voltam megtenni. Nem tudtam ölni, és ez végtelen megkönnyebbüléssel töltött el. Ott hagytam őket megkötözve. Alig mentem el, villám csapott a házba. Mintha Isten büntetése lett volna, lángra lobbant a benzin, a másik kanna üzemanyag pedig felrobbant a hőtől. Semmit sem tehettem megmentésükért. Ekkor fogalmazódott meg bennem, hogy Császárra és Marinescura terelem a rendőrség figyelmét. A rendőrséget eleve Császár telefonjáról értesítettem, erről küldtem az üzenetet is. Tőrbe csaltam az ukránokat. Arról nem tehetek, hogy nem adták meg magukat. A bukaresti vérfürdőre pedig végképp nem számítottam.

- És most elégedett vagy? – kérdezte Ilonka.

- Egyáltalán nem vagyok az – válaszolt nagy sokára. - A gyilkosok megbűnhődtek, és meghalt még hat ember, akikhez látszólag semmi közöm. Most fel kellene sóhajtanom, hogy lezárult az egész, és senki sincs, akinek eszébe jutna, hogy valaki kívülálló is részese volt a történteknek. Azt sem tudják, hogy létezem. Ez jó a fiam, és saját jövőm biztonsága érdekében. Mégis kiégettnek érzem magam.

- Idővel túlteszed magad rajta, és a lelkiismeret furdalásod is elmúlik. Azt tetted, amit a szíved diktált. Egyet jegyezz meg! Te nem vagy gyilkos! Sem a mi szemünkben, sem a szeretteid szemében, sőt a törvény szerint sem. Még csak gondatlanságból elkövetett emberöléssel sem vádolhatnak.

- Köszönöm, hogy így látják – húzódott félig sikerült mosolyra Csaba szája. – Ez sokat jelent számomra.

- Egy valamit nem értek! Azt mondtad, hogy átutalással fizettek volna a drogért. Császárnál nem volt pénz, ami árulásra késztette. Mégis megtette. A rendőrség szerint lelépett az egymillióval.

- A rendőrség nem tudott az átutalásról, joggal feltételezte, hogy a pénz a vadászházban van. Császár tettének indítéka szerintük ez lehetett.

- Most mik a terveid, fiam? – Ilonka aggódása jogos volt. Látta Csabán, amit csak egy nő képes észrevenni, hogy a fiú mentálisan teljesen szétesett. Előle nem tudta eltitkolni.

- Pár napig szeretnék itt maradni, míg valamennyire helyrejön az ábrázatom. Így nem célszerű Szentmiklóson mutatkoznom. Hajnit nem etethetem mondvacsinált szöveggel, mert az hazugság lenne.

- Hívd el őket! – Péter kijelentése egyértelmű felhívás volt, nem is akart több szót vesztegetni rá. Csaba Ilonkára nézett, aki bólintott.

- El fogunk férni.

Csaba elővette telefonját, és a hívás hosszan kicsengett. Már épp ki akarta kapcsolni, mikor a vonal túlsó végén meghallotta Hajni hangját.

- Csakhogy jelentkezel! – hallotta a lány dorgáló szavait. – Az egyik nap hallgatsz, másik nap pedig csak egy üzenetet küldesz! – folytatódott a szóáradat. – Most miért hallgatsz megint?

- Nem hallgatok, csak szeretnék szóhoz jutni.

- Ó, a fenébe! – hallotta a lány felszabadult nevetését. – ne haragudj, de nagyon ideges voltam.

- Vége van az egésznek, nem kell többé ezen rágnod magad.

- Csak nem a maffiaháborúról beszélsz? Az összes média ezt harsogja. Még a vízcsapból is vér folyik. – hűlt meg a lányban a vér. – Nekem gyanús ez az időegyezőség!

- Nyugodj meg, nem lövöldöztem senkire! Itt vagyok Péter bátyáméknál Szurdok-pusztán. Látni szeretnének benneteket.

- Hogy kerültél oda Vásárhelyről? – Hajniban gyanú ébredt.

- Egy kósza ötlet. Tila, hogy van? –terelte másra a beszélgetést.

- Jól. Éppen alszik. Nagyon hiányzol neki is.
- Szintén. Holnap reggel üljetek buszra, és a Gyilkos-tónál várlak benneteket! A szupermarketnél szálljatok le. Amikor indultok, kérdezd meg mikorra értek be, és értesíts. Elétek megyek. Puszillak, Tilát is. Adom Ilonka nénit, beszélni akar veled.

Csaba átadta a telefont a követelődzve integető asszonynak. Két percet beszélgettek. Egyszerre csak fura választöredékek ütötték meg a fülét, melyek az asszony száját hagyták el. „Nem... Igen... Tűrhető... Már egész jól... Inkább ne"... Mindebből arra következtetett, hogy Hajni az ő állapota után érdeklődik.

- Mi a szent szar! – háborgott magában -, telepátiával rendelkezik ez a lány? – Ilonka közben befejezte a beszélgetést, és viszszaadta a készüléket. Csaba kissé szemrehányóan nézett rá.

- Nem térhettem ki a válaszok elől, mert az hazugság lett volna - idézte az asszony Csaba korábbi szavait. - Így is szépítettem a dolgon, ezért rögtön kezelésbe is veszlek, hogy meggyorsítsuk a képed helyrepofozását. Nincs kedvem holnap az ájuldozó lányt élesztgetni. És nem rendelkezik telepátiával, csak szeret téged. A többi már megérzés.

Csaba megadta magát a sorsának, és este még egy gyógyfüves pakolásnak kellett alávetnie magát, amely reggel megismétlődött.

Másnap reggel Hajni telefonált, hogy tíz órára ér be a menetrend szerint közlekedő busz. Ilonka megkérte, hogy vásároljon be a boltban, mert mostanra ugyancsak megcsappant az éléstár.

Zöldségfélékből, gyümölcsökből, húsból önellátók voltak, kenyeret ő maga sütötte a kemencében. Az öt kilós kerek házikenyér egy hét alatt sem száradt meg. Lisztet, sót, cukrot, háztartási szereket viszont úgy kellett megvenni. Ezekből, még az első hó előtt, egész télre be szoktak vásárolni. Csaba átolvasta a két hétre elegendő árulistát. A rászánt pénzt, nem fogadta el, azzal az indokkal, hogy ennél, sokkal több hálával tartozik nekik, amely szerinte megfizethetetlen. Kisebb huzavona után Ilonka meghátrált Csaba akarata előtt. A Gyilkosvölgyi Telepen majdnem egy órát töltött a bevásárlással. Természetesen, nem követte Ilonka útmutatását, és kétheti helyett, kéthavi készletet vásárolt be a tartós árukból. A listán felül bevásárolt még néhány ínyencséget is. Számított a fejmosásra, de visszacsinálni úgysem lehet. Különben is néhány napig hárman eszik az öregek kenyerét. Nem garasoskodott a vadászház rejtekében talált pénzzel. Kivette a csomagtartóból a gyerekülést, és rögzítette a hátsó ülésre. Hátizsákját, és Császár kocsijából kivett táskát legbelülre tolta a csomagtartóban. Dugig pakolta a szabad teret a vásárolt árukkal, de még az anyósülésre is bőven jutott belőle. Még jó, hogy Pétert lebeszélte az útról, mert nem jutott volna neki hely.

Félrehúzódva várta a busz érkezését. Nem akart az érdeklődés középpontjába kerülni, épp eléggé megbámulták a boltban is, bár napszemüveget tett fel. Hajniék utolsókként szálltak le a buszról. Tila rögtön észrevette édesapját, és örvendezve szaladt feléje.

- Apa! – kiabálta futás közben. A nagy igyekezettől teste előbbre járt, mint a lába, és hasra is esett volna, ha az apja nem kapja el.
- Szia kisöreg! – pörgette meg a fiút maga körül, majd grimaszba torzult az arca. A viszontlátás örömétől megfeledkezett fájó bordáiról, válláról, ahol Marius lövöldözésekor a lepattanó szikladarab eltalálta. Végül megunva a lurkó puszilkodását, letette.
- Hurrá, indiánosdit fogunk játszani! – mutatta az odaérkező Hajninak apja arcát, mert a szemüveget sikerült levernie. – Apa már ki is festette magát.
- Elég vad, harcias színek – torpant meg a lány elsápadva. Szemei akkorára kerekedtek, mint egy lapostányér. – De te ne akarj ilyen harci színeket, mert ezt nem kifestésnek, inkább kiütésnek nézem. Ilonka néni ennél sokkal szebben festett le! – Képtelen volt levenni tekintetét a fiú arcáról. - Hova adhatok puszit, ahol nem fáj? – csóválta a fejét.
- Olyan mélyre azért ne hajolj le, mert ülni még tudok fájdalommentesen.
- Ne légy ízléstelen! – nevetett fel Hajni, és óvatosan megpuszilta a fiút, ahol még megőrizte eredeti arcszínét. – Látom, a humorérzéked még nem hagyott el, tehát életképes vagy. – Szavai ellenére látszott rajta, hogy egyáltalán nem tartja humorosnak a látványt, de megnyugtatóan hatott rá, hogy Csabának viccelődni van kedve. Kérdezősködni viszont nem mert, tudta, hogy most úgysem kapna kielégítő magyarázatot.
- Beteg vagy, apa? Akkor nem játszunk? – kérdezte a kisfiú.

- Miért lennék beteg! – lepődött meg a kérdezett.

- Hajni az előbb mondta, hogy kiütést kaptál. Nekem sem volt kedvem játszani, amikor kiütést kaptam a... valamilyen kanyartól, vagy himlőtől?

- Nem kanyar, hanem kanyaró – mosolygott rá az apja. – Én pedig egy „hímlótól" kaptam kiütést, de attól még játszhatunk.

Beszálltak a közelben parkoló kocsiba. Hajni becsatolta Tilát a gyerekülésbe helyet foglalt mellette és elindultak Szurdok-pusztára. Ilonka néni persze morgolódott, hogy minek ez, miért annyi az, de nem tudta véka alá rejteni szeretetét. Szemmel láthatóan jól esett neki Csaba figyelmessége, hasonlóan, mint Péternek, akit fél évre elegendő pipadohánnyal látott el.

Örömteli négy napot töltöttek el a pusztán, melyet Hajni értékelt a legjobban. Érezhetően újjászületett, megjött az életkedve. Hangulatán, viselkedésén érződött a felszabadultság, hogy már nem kell aggódnia Csaba miatt. Sohasem volt olyan figyelmes a két fiúhoz, mint ezekben a napokban. Hátuk mögött a két idős ember somolyogva nézett össze.

- Épp olyan gyönyörű, mint Edit – gondolta Csaba, és alig tudta levenni róla a szemét.

Ebéd után Hajni elmosogatott, és amikor az öregek lepihentek, ők elmentek a környékre kirándulni. Minden kirándulásnak indiánosdi lett a vége. Tila arcára, még indulás előtt harci színeket festett Hajni.

- Apának is, mert az ő festéke minden nap halványabb lesz – követelte a lánytól, de végül beletörődött, hogy mire haza indulnak, apa meg akar szabadulni a kiütéstől szerzett színektől. Dorka természetesen elmaradhatatlan kísérőjük volt. Ha Tila elfáradt, akkor az eb hátán kutyagolt tovább. Nem mentek veszélyes terepre, csak a lankás, füves hegyhátat, és a ritkás erdőket járták be. Kipirulva, éhesen érkeztek meg vacsorára.

Délelőttönként, míg a két nő főzött, és szünet nélkül beszélgettek, addig Csaba segített Péternek az állatok ellátásában, vagy egyéb háztáji munkában. Utána leültek az udvaron a padra, beszélgettek. Tila Dorkával foglalta el magát. A konyhából kihallatszott a nők hangja.

- Atyavilág! – csodálkozott a fiú. – Ezek még mindig mondják!

- Na, ja! Asszonyszáj – értett vele egyet Péter. Nem részletezte a dolgot, hiszen ezzel mindent megmondott. Tila alaposan kifárasztotta a kutyát, és viszont. Ebéd előtt szundított is egy fél órácskát.

Ezek a napok voltak azok, amikor először nem gondoltak elhunyt szeretteikre. Legalábbis nem beszéltek róla, Ilonkáék is tapintatosan tartózkodtak az említésüktől. Lekötötte őket a kisfiú önfeledt boldogsága, hogy apja újra itt van. Az ötödik napon, ebéd után, hosszú búcsúzkodást követően visszamentek Szentmiklósra. Mikor kipakoltak a kocsiból, Csaba észrevette a sporttáskát.

- Erről teljesen elfeledkeztem – szaladt ki a száján.

- A táskáról? Hát nem a tiéd? – kérdezte Hajni.

- A banda kocsijában maradt, én pedig egyszerűen eltettem. Nem akartam benne hagyni semmit, ami keresztbe tehetett volna terveimnek. Jó nehéz, fogalmam sincs, mi lehet benne.
- Fegyverek, lőszerek? – találgatta a lány.
- Miből gondolod?
- Hisz lövöldöztek azon a bizonyos napon. – komorult el a tekintete. Csaba megértette a lány gondolatát.
- Ne hozd rám a frászt! Mit fogok csinálni velük? Mégsem adhatom le a rendőrségen! El sem adhatom.

Bevitte a táskát, és visszament a kocsihoz. Kicsatolta a gyerekülésből az úton elbóbiskoló fiát, bevitte a szobába, lefektette és betakarta. Tila egy pillanatra megébredt, de rögtön visszaaludt. Ekkor hallotta meg, hogy Hajni felsikkant. Ijedten szaladt a másik szobába. El sem tudta képzelni, hogy mi történt. Hajni ott állt az asztal fölött, és némán tátogva meredt a nyitott táskára. Láthatóan mondani akart valamit, de nem tudott kinyögni egy szót sem. Csaba odasietett, vállával maga felé fordította, hogy a szemébe nézhessen. Nem látott benne semmi furcsát, legfeljebb meglepett örömet. A lány csak mutogatott tovább, némán a táskára. Csaba belenézett, és kiverte a verejték. A táska különböző, többnyire nagyobb címletű Euró pénzkötegekkel volt tele.

Letottyant a székre, és döbbenten nézett Hajnira. A lányon, ki tudja hányadik érzelmi vihar száguldott végig, tekintete hatalmas kérdőjel volt.

- A drog ára – nyögte ki végül Csaba. – Nem átutalással, hanem készpénzzel fizettek volna. Ezért kellett Brassóba mennie, hogy átvegye a futártól a pénzt. A rendőrség azt hiszi, hogy Császár meglépett a pénzzel, de nem ő, hanem én nyúltam le, anélkül, hogy tudtam volna róla. Hajni unszolására röviden elmesélte annak az éjszakának a történetét. A lány borzongva hallgatta. Mikor Csaba elhallgatott, hosszú csönd telepedett közéjük. Mindkettőjüket ugyanaz a gondolat foglalkoztatta. Mi legyen a pénzzel? Csaba szólalt meg elsőnek.

- Senki nem tud sem rólam, sem a pénzről. A rendőrség azt hiszi, Császár lelépett a milcsivel. Mostanra akár Amerikában is lehet.

- Nincs kinek visszaadni, de ha élnének, akkor sem adnánk vissza – gondolkodott hangosan Hajni. - A rendőrségnek átadjuk? – Kérdésében ott vibrált saját válaszának kettőssége.

- Ha nem csal az emlékezetem, a philadelphiai hajóbeleset két mosonmagyaróvári áldozatának családja peren kívül tizenöt millió dollárt kapott kártérítésül. A mi három halottunkért vajon mennyi járna, ha élnének a tettesek? Az egymillió euró csak zsebpénz a tizenöt millióhoz képest.

- Teljesen mindegy, hogy mennyi, ettől nem támadnak fel szeretteink, mint ahogy a hajószerencsétlenség áldozatai sem. Tőlünk pedig mindent elvettek, ami a mi életünkben leginkább számított. Átadod a rendőrségnek? – Hajni tekintetében vegyes érzelmek vihara dúlt.

– Csodás lenne kilábalni a szegénységből, de félelemmel tölt el ennyi pénz. Több mint hatvan millió Lei, vagyis háromszáz millió Forint. Kimondani is szédítő.

- Ezzel én is így vagyok. Ha lenne is kiknek visszaadni, akkor sem tenném. A rendőrségre nem vihetem. Kérdések, kihallgatások végtelen sora következne, tán még felelősségre is vonnának. Úgy döntöttem, hogy ez a pénz kettőnké. Felét megtartjuk magunknak. Az én rokonságom elég nagy, neked még ott van a nagybátyád, és jótékony célra fordíthatunk belőle háromszázötven ezer eurót.

- Úgyis mocskos ez a pénz. A maffia bankokban mosatja tisztára a pénzét. Ha egy részét nemes célra használjuk fel, talán az Úr keze által az egész egymillió megtisztul.

- Ebben akkor megegyeztünk.

Elzárták a pénzt. Tila közben felébredt, és uzsonna után kajtatott. Most érezték csak, hogy ők is éhesek. Hajni összeütött egy szalonnáshagymás tojásrántottát, és úgy belaktak, hogy a vacsorát már nem is kívánták. A nap hátralévő része gyorsan eltelt. A kisfiú boldog volt, hogy megint apja mellett alhat...

***

Napok teltek el, Csaba külsérelmi nyomai begyógyultak, de lelki sebei továbbra is megmaradtak. Teljesen szétesett volt, nem találta helyét, idejét már nem kötötte le a gyilkosok keresése. Csak téblábolt a házban. Egyetlen örömét kisfia jelentette. Tila különösen a focizást élvezte, de örömmel töltötte el az is, ha utánozhatta apját az önvédelmi harc gyakorlásában, és tanulhatta tóle a Kung Fu alapmozdulatainak elsajátítását.

Hajni elvégezve a házi teendőket, beállt közéjük játszani. Aggódva figyelte Csaba állapotát, s nem tetszett neki, hogy egyre jobban magába zárkózik. Sejtette, hogy amikor már túljutott az egyetlen dolgon, amely eddig hajtotta, és tartotta benne a lelket, vagyis a gyilkosok bűnhődése, most egyszerre csak elveszítette lába alól a talajt. Csabának már volt ideje gondolkozni, s csak most érezte igazán szerelme hiányát. Lelkileg teljesen összetört, nem tudott mit kezdeni idejével, és nem is nagyon érdekelte. Hajni egyelőre hagyta, hadd gyászolja kedvesét. Időt adott neki, hogy feldolgozza magában a tragédiát. Még ő maga sem heverte ki teljesen a közelmúlt eseményeit, pedig már lassan eltelt bő négy hónap.

Október elején végre sikerült elérnie, hogy kezdjenek valamit a pénzzel. A banktól kérték a házra felvett kölcsön végtörlesztését, melyet ki is fizettek. Ezalatt különböző bankoknál, ötven-ötvenezer eurót utaltak át készpénzbefizetéssel Csaba testvéreinek és szüleinek, valamint Hajni nagybátyjának, forintban. Előtte telefonon megkérték tőlük a bankszámla számaikat. A kérdésözönt elodázták azzal, hogy nem telefontéma. Csaba bankszámlájára is befizettek ugyanekkora összeget, Hajniéra pedig a vadászházban talált három és félmillió Leit. A pénz háromnegyed részét otthon tartották, nem merték bankba tenni, hogy véletlenül se tereljék magukra az adóhatóság esetleges érdeklődését. Gazdagságuk ellenére sem éltek nagylábon.

Egyébként is, a jótékonykodásra szánt adományt Csaba egyedül akarta intézni készpénzben.

– Addig is lefoglalom magam – indokolta elhatározását. A lány végül is beleegyezett. Egy bőröndbe bepakolta az erre a célra szánt háromszázötven ezer eurót. Tízezres kötegekbe csomagolta a száz eurós címletű bankókat. – pár nap múlva itthon vagyok, valószínű, hogy több helyre megyek – köszönt el, és elindult a belvárosba.

Annyira lekötötték a gondolatai, hogy nem is figyelte merre halad. Az adománnyal kapcsolatosan nem volt kész tervük, de Hajni örült Csaba elhatározásának. Megmagyarázhatatlan akarat vitte előre, és arra eszmélt fel, hogy kiért a városból, és Csíksomlyó felé száguld. Elfogadta a gondviselés akaratát, érezte, hogy a véletlen vagy a sors a Kegytemplomhoz vezérli. Leparkolt a templom mellett. Kinyitotta az ajtót és bement a templomba, kezében a bőrönddel. Kicsit furcsállta, hogy nem tárt ajtóval várják a hívőket és a látogatókat.

Néma csend fogadta odabent, amit természetesnek tartott, hisz ilyenkor délidő tájt nincs mise, kirándulók is később térnek be megtekinteni a templomot, hívők sem imádkoznak. Most már értette, hogy miért volt betéve az ajtó.

Egyenesen Szűz Máriához vitték léptei, akit a nép Babba Máriának nevez. Felment a szőnyeggel leterített lépcsőn, egészen a szobor talapzatáig. Tiszteletben tartva a vallási szokásokat, térdet hajtva keresztet vetett, ahogy a hívőktől látta, majd felállva feltekintett a szűzre. A Napba öltözött Asszony, mintha ő nem is lenne ott, továbbra is mosolygós arccal tekintett a templomhajó mélyére. Karján ülő kis Jézus felemelt jobbjával, mintha csendre intette volna, hogy ne zavarja Szűz Máriát az imádkozásban. Csaba térdre borult és lehajtotta a fejét. Az intés ellenére akaratlanul is megszólalt. Suttogóra fogott hangját ő maga is alig hallotta.

- Magyarok Nagyasszonya, Babba Mária, tekints le rám, az egyszerű emberre. Segíts megtalálni hitemet, melytől gonosz kezek fosztottak meg. Legbelül csak nagy ürességet érzek, a lélek nélküli közömbösséget. Elvetted elsőszülött fiamat, majd a szerelmemet, velük együtt mindent, ami avilágot jelentette nekem. Csak egyetlen élő gyermekem köt az élethez. A bűnösök megfizettek tetteikért, bár nem kívántam halálukat. Kérlek, világosítsd meg elmémet! Mutasd meg az utat, melyen haladva felnevelhetem fiamat! Oly kicsi még, neki anyára van szüksége, de szívem a gyermekem anyjáé. Úgy érzem, képtelen lennék mást szeretni, mert ezzel megszentségteleníteném az emlékét...

Nem érzékelte az idő múlását, amíg térdre borulva várt válaszra, vagy jelre. Nem értette, miért teszi ezt, hisz nem hívő. Végül felállt. Szemét a Nagyboldogasszonyra emelte. Továbbra is mosolyogva tekintett a távolba, de ebből a mosolyból most bíztatást vélt kiolvasni. A kis Jézus felemelt keze, úgy látta, áldást oszt reá. Mozdulatlanul állt, a vélt jelekből semmit sem tudott kiolvasni a jövőjével kapcsolatban.

Nem kapott választ, sem jelet kérdéseire. Feltette a bőröndöt a talapzat hátsó részére, a szobor által takart helyre, s épp indulni akart, mikor az égen a felhőtakaró mögül előbukkanó Nap sugara beszökött az ablakon, és megvilágította a csillagkoszorú legfelső csillagát. Megfordult a villanó fényre, s szemével követte a visszaverődő fénysugarat, amely a szószékre esett. A szószék első oldalán, középen a Szentlélek eljövetelének képére ismert. Első és hátsó két-két betétjében a négy evangélista képét látta. Ajtaján Mózes bemutatja két kőtáblán Isten tíz parancsolatát, a fedélrészen pedig Szent Mihály arkangyal Isten ítéletét hirdeti ki. Egyik kezében trombita, a másikban a végrehajtás eszköze: a kard. Míg mindezt végignézte, a fény lassan vándorolva néhány másodpercre megállapodott a szószék ajtaján, Mózes kezében lévő kőtáblán. Mire Csaba mindezt rögzítette, a fény lesiklott a szószékről és eltűnt.

Csalódottan indult kifelé azzal a szándékkal, hogy felhívja a parókia figyelmét a bőröndre, mikor sietős lépteket hallott a háta mögött. A kijárati ajtó közelében megfordult. Egy pap állt tőle két méterre. Hatvan körüli, barátságos arcából mosolygós szem tekintett rá.

- Segíthetek valamiben, fiam? – Csaba feltételezte, hogy hivatalból minden magányos betérő lelket ezzel a kérdéssel fogad. Ennek ellenére a kérdés nem volt sem hivalkodó, sem tolakodó. Segítőkész érdeklődés volt csupán. A templomnak ez a része félhomályban volt. Nem hatolt el idáig a beáramló fény, az ajtó pedig csukva volt. Nem tudta tisztán kivenni a pap arcvonásait, ami fordítva is igaz volt.

- Köszönöm atyám, csak imádkoztam Babba Máriához.

- És megtaláltad lelked békéjét?

- Sajnos nem, atyám. Nem kaptam választ kérdéseimre, sem jelet, hogy kivezessen a sötétségből.

- Fiam, biztos vagyok benne, hogy meglelted azt, amit kerestél. Az Úr sohasem küld egyértelmű kinyilatkoztatást. Add át lelked Istennek, merülj el önmagadban, és rá fogsz lelni az Úr válaszára.

- Köszönöm a bíztatást, atyám. – Csaba tétovázott egy pillanatig, majd rákérdezett a papra. – Nem vagyok idevalósi, így nem ismerem önt, atyám. Ki a templom legmagasabb rangú papja?

- Én vagyok az, Ferenc atya. De miért fontos ez?

Csaba hosszabb ideig szótlanul meredt maga elé. A pap türelmesen várta, hogy választ kapjon kérdésére. Érezte a fiatalember lelki vívódását, ezért nem is sürgette.

- Atyám! Tudom, hogy csak az értékes idejét rabolom – szólalt meg végre -, de gyónni szeretnék! – Akaratlanul törtek fel Csabából a szavak. Úgy érezte nem tud ellenállni a belső kényszernek, mely sürgetően követelte tőle, hogy egy kívülálló idegennek beszéljen tragikus sorsáról. Erre a pap volt a legmegfelelőbb alany, aki minden bizonnyal megértő less, és a gyónási titok is kötelezi a halgatásra.

- Az Úr előtt minden ember egyforma, és nekünk szent kötelességünk, hogy közvetítsük Isten akaratát. Jöjj, menjünk a gyóntató fülkébe!

- Atyám! Sok gonosz ember vétlen halála szárad lelkemen. Nem tapad vér a kezemhez, mégis vétkesnek érzem magam halálukért, s folyton kísért ez a gondolat. Ha a szeretteim halálára gondolok, úgy érzem, megérdemelték a büntetést. Én... csak az igazságszolgáltatás kezére akartam adni őket, de a sors másként akarta.

- Hallgatlak, fiam! – bíztatta a pap, látva, hogy a fiatalember elnémul.

Csaba hosszú gyónásba kezdett. Elmondta élete történetének utolsó öt évét Edit megismerésétől kezdve, egészen mostanáig. Semmit sem hagyott ki az események sorából. Egyedül a talált, és a véletlen folytán hozzá került pénz összegét nem mondta meg. Amikor elhallgatott, a pap sokáig nem szólalt meg. Tudta, hogy ez a kitárulkozás nem szokványos gyónás volt, hanem egy kétségek közt hányódó lélek vívódása, aki feladata végeztével elveszítette a talajt a lába alól, és nem találja helyét a világban.

- Az Úr útjai kifürkészhetetlenek. Te a fény útját járod, amely Isten révén csak a jóknak adatott meg. Nehéz, sokszor gyötrelmes az út, telve fájdalmakkal, örömökkel, amely végül is a boldogsághoz vezet. Ha jobban odafigyelsz magadra, akkor rájössz, hogy a téged ért pozitív események mögött mindig ott lakozott a fény. Az isteni szeretet és gondviselés fénye. A Hold fénye hozta el neked a szerelmet Edit személyében. A Nap fényébe öltözve ismerted meg Hajnalkát, hogy aztán megmentsd a biztos haláltól. Ugyanez a fény vezérelte Pétert a hasadékhoz, hogy megmentsen téged. A hajnali kelő Nap fénye ragyogta be azt az örömet, amely Attila gyermeked születését kísérte. A vadászháznál a villám fénye mentette meg az életedet, hogy megláttatta veled a rád támadó gonoszt, és ki tudtál térni előle. A hang, a lelkedből fakadó Isten hangja volt, amely lefogta kezed, és elfújta öngyújtód lángját, megakadályozva, hogy vérrel mocskold be a kezed. Helyetted, ő küldte a pokol tüzére a bűnösöket, mikor lesújtott rájuk az égi villámmal. Ő irányította tetteid oly módon, hogy az összes gonosz elnyerje méltó büntetését. Téged védett azzal, hogy nem hagyott egyetlen élő bűnöst sem, aki később árthatna neked. Fogadalmad meghallgattatott, és a földi igazságszolgáltatás helyett az égiek mondták ki az ítéletet. Az istenítélet beteljesedett.

- Akkor nem vagyok bűnös, sem földi, sem égi bíróság előtt? – sóhajtott fel reménykedve. – Közvetve, emberek halálát okoztam.

- Fiam, ebben az ügyben vétlen vagy, nem terheli a lelkiismeretedet semmilyen bűn. Jogos volt abbéli szándékod, hogy bűnhődjenek a bűnösök. A hozzád került pénz miatt se legyen lelkiismeret furdalásod. Ha elkapták volna a gyilkosokat, komoly erkölcsi kártérítésre számíthattatok volna. Úgy, hogy tekintsd ezt isteni gondviselésnek! Feloldozlak minden vélt és valós bűnöd alól!

- Köszönöm, atyám.

- Soha ne feledd fiam, a te utad a fény útja! Figyelj a jelekre, és kövesd a fényt, amely révén újra megtalálod helyed az életben, és eljövend számodra a földi boldogság.
- Úgy legyen atyám. – állt fel Csaba, de nem lépett ki a fülkéből. - A Szűz Mária szobor talapzatán, a szobor takarásában valaki ott felejtett egy bőröndöt. Nem hinném, hogy a szobor része lenne.
- Köszönöm fiam, majd megnézem, és visszajuttatom tulajdonosának. - Kételkedő tekintettel szemlélte a fiatalembert, mert arra gondolt, ugyan ki tenne olyan helyre egy bőröndöt.
- Dicsértessék atyám – indult kifelé.
- Mindörökké, fiam.
Csaba elhagyta a templomot, és az autójához ment. Beült, és elindult. Még mindig nem tudta felfogni, hogy mit keres itt, milyen belső késztetés vezérelte ide, hisz ő nem hívő. Mindezek ellenére lélekben megkönnyebbülve hajtott ki Csíkszeredáról. A pap, kétségeit legyőzve, odament a szoborhoz. Meglepődve tapasztalta, hogy a fiatalember állítása igaz. Leemelte a bőröndöt. Alig tudta megtartani. Könnyebb súlyra számított. Fejét csóválva cipelte a sekrestyébe.
- Na hiszen, még, hogy ott felejtette valaki!? – gondolta a tiszteletes. - Neki kellett oda tennie. - Az asztalra tette a bőröndöt, és kíváncsian kinyitotta. Legfelül egy üzenetet talált. Elolvasta a géppapírra kinyomtatott szöveget: „Adomány a székelyföldi templomok, iskolák és a szegény családok megsegítésére". Homlokán kiütközött a

verejték, ahogy remegő kézzel felbontotta az egyik csomagot. Százeurós címletű pénzköteg volt benne. Száz darabot számolt meg, papírszalaggal összefogatva.

- Édes Istenem – vetett gyorsan keresztet kétszer is. Tízezer Eu-ró... – Harmincöt köteg - számolta meg remegő kézzel a kötegeket. – Jóságodért, az Úr áldása legyen veled fiam, akárki is vagy. Imádkozom érted, hogy újra megtaláld életed értelmét, és lelked békéjét! – Igazat adott a fiatalembernek, hogy a maffia pénze bizonyára nem becsületes úton szerzett pénz. Vér is tapadhat hozzá. Abban is biztos volt, hogy a fiatalember tisztességes ember, különben nem adományozott volna belőle jótékony célra.

- Kérem az Úr áldását a teljes összegre – döntötte el magában -, én is meg fogom szentelni, hogy megtisztulva szolgálja a jó célt. – Közben tudata mélyéről lassan felsejlett a pár hónappal ezelőtti, nagy port kavaró, hat ember életét követelő gyilkosság. Mielőtt azonban szoros összefüggésbe hozta volna Csaba gyónásával, már ki is röppent a fejéből, mert esze már az adomány szétosztásán járt.

Öt óra tájban ért haza. Lélekben megtisztulva szállt ki az autóból. Már nem nyomasztotta lelkét a maffiózók halála. Most érezte igazán, hogy túl van fogadalma teljesítésén, de ez a tudat nem szüntette meg a lelkében tátongó űrt. Érzéseit döntően Edit elvesztése feletti fájdalma határozta meg, mely pillanatnyi cél-talanságában sokszoros erővel tört rá. Végtelenül jól esett kisfia ragaszkodó szeretete, Hajni odaadó figyelmessége. Mégis kiégettnek érezte magát belülről, képtelennek arra, hogy új érzéseket fogadjon be. Hajni mindezt megérezte, de nem tudott semmit sem tenni ellene.

Csaba elmesélte neki a Kegytemplomba tett látogatását, gyónását és feloldozását. A lány örült annak, hogy legalább erről az oldalról végre nyugalmat talált a fiú. Az adakozással is egyetértett.

Az elkövetkező napokban vettek egy ötajtós, Volvó típusú autót. Az új autót Szurdok-pusztai úttal avatták fel. Csak egy napra mentek, késő délután indultak vissza, hogy még világosban hazaérjenek. Csabát ez az út sem dobta fel. Ilonka néni elégedetlenül csóválta a fejét, de a fiú depressziója ellen nem volt orvossága.

- Majd az idő meggyógyítja – vigasztalta Hajnit.

Felajánlottak az öregeknek egy tekintélyesebb összeget, de nem fogadták el, mondván, hogy nekik mindenük megvan, amire szükségük van, többre nem is vágynak. Végül megegyeztek abban, hogy vesznek nekik néhány modern konyhai robotgépet, hogy megkönnyítsék Ilonka dolgát. Péternek egy fejőgépet a megszaporodott tehénállomány miatt. A megnövekedő energiafelhasználást pedig egy nagyobb teljesítményű aggregáttal biztosítják, a régi jó lesz tartaléknak. Minden gazdasági épületbe, bevezetteti az áramot. Kapnak egy villanybojlert a fürdőbe, öblítő tartályt a vécébe. Csapteleppel látják el a mosogatót és a kádat, búvárszivattyú biztosítja a vízellátást a csöveken keresztül, mely automatikusan kapcsol be és áll le a csap kinyitásával és elzárásával. Két napig lekötötte őket a vásárlás. Csaba felkutatott egy-egy villanyszereléssel és csőszereléssel foglalkozó vállalkozást, akik kiszállítják a gépeket, a szerelvényeket és elvégzik a szerelési munkálatokat. Ez egy egész hétre lefoglalta.

Ezt követően, a második nap éjszakáján ismét álmodott Edittel. Annyira megszokta a rémálmait, hogy már nem is törődött velük. Nem ébredt fel rájuk, így reggelre el is felejtette, miről szóltak, csak valami zavaros emlékfoszlányok maradtak meg belőle. Szép álmai viszont megmaradtak benne. Tisztán emlékezett rá, hogy Edit álmában elvitte a Kegytemplomba, és együtt imádkoztak Babba Mária szobra előtt térdepelve. Fáradtan, gyűrődötten ébredt. Hajni reggel észrevette rajta a fáradtságot. Addig nyaggatta a fiút, míg ebéd után el nem mondta az álmát a lánynak.

- Én hiszek az álmok megvalósulásában, és ezért azt gondolom, hogy nem véletlenül vitt oda a nővérem – jelentette ki határozottan a lány. – Fel akarta hívni valamire a figyelmedet. Útmutatásra, egy jelre, ami azóta is állandóan foglalkoztat, ha csak tudat alatt is. Ez váltotta ki belőled az álmot. Mit mondott neked a gyóntató pap?

- Valami olyasmit -, próbált visszaemlékezni Csaba -, hogy én a fény útját járom, és meg fogom találni a lelki békémet.

- Volt-e valami más különös is a templomban, aminek nem tulajdonítottál jelentőséget. Jel, vagy hang, esetleg fényjelenség, ha már a pap a fényt említette?

- Emlékszem egy fényre. Épp kifelé akartam indulni a szobortól, mikor a napsugár rövid időre a csillagkoszorú legfelső csillagára tűzött. A visszaverődő fény a szószékre vetítődött. Végigvándorolt a szószék oldalain látható szentek képein, Mózes kőtábláján egy másodpercre megállapodott, majd egy pillanat alatt eltűnt a fény.

- Pedig a fény a rejtély kulcsa. Ez volt a jel, amire vártál: az útmutatás. Csak értelmeznünk kell. A Biblia is példabeszédekkel van tele, és értelmezni kell azokat. Isten sem nyilatkozik egyértelműen, hogy mit tegyél. Jelképes útmutatásait meg kell fejtened a hit erejével, hogy megvilágosodjon előtted az Úr akarata.

- Én erre képtelen vagyok! – sóhajtott nagyot a fiú.

- Ha nem hiszel önmagadban, ez így is van. Érzem, hogy ketten meg tudjuk fejteni. Nézzük csak! A fény nem véletlenül állapodott meg a kőtáblán. Tudom, a nap folyamatosan halad, nem áll meg az égen, így a visszaverődött fénye sem állapodhatott meg a kőtáblán. A lényeg az, hogy te úgy érzékelted, és ez nem volt véletlen. Mond-e neked valamit a tízparancsolat?

- Semmi olyat, ami nyomra vezetne – rázta a fejét Csaba.

- Akkor nem a vésett szöveg a lényeg, hanem cask a kőtábla. Erről se eszedbe jut-e valami?

- Hacsak az nem, hogy a táblát kőből faragták.

- Jó – hagyta ennyiben Hajni. – Vegyük sorra, hogy mink van. Adott a fény, amely mutat valamit a kövön. Fény, és kő.

– Még mindig semmi – hajtotta le a fejét Csaba.

– Nem jártál olyan helyen, ahol ez a két dolog együtt volt? Valóságban, vagy álmodban. A jelek nem tévednek. Célja volt annak, hogy a fény végigvándorolt a szószéken.

- Csaba az utolsó szóra felkapta a fejét, és meglepődve tekintett Hajnira. Két tenyere közé fogta a lány arcát, és egy cuppanós csókot nyomott a lány homlokára. – Te egy zseni vagy! – jelentette ki, csókot lehelve Hajni szájára.

- Összeállt bennem a kép. A szószék, egyszerűen csak szék. A kőtáblát kőből, vagyis sziklából faragták. Ez a négy dolog vezetett a jelenés megértéséhez. Fény, szikla, szék és útmutatás. Ha emlékszel rá, álmomban ott jártam Isten székén, amelyről még nem is hallottam. Itt kaptam útmutatást, bíztatást Istentől, hogy teljesítsem fogadalmamat. "Tedd, amit tenned kell!" Vagyis keressem meg a gyilkosokat. Teljesítettem küldetésemet, és ez a tudat megnyugtatott.

- Most, hogy rájöttünk a jel titkára, - folytatta felhevülten a fiú -, feltámadt bennem valamilyen fékezhetetlen erő, amely azt követeli, hogy menjek oda késlekedés nélkül. Érzem, hogy ott megtalálom a választ a kérdésekre, amely elhozza nekem a lelki békét.

Hajni nem szakította félbe, egyre inkább hitte, hogy Csaba rátalált a helyes útra. A sok egyezőség nem lehet véletlen.

- Imádkozom, hogy sikerrel járj, és a régi Csaba térjen vissza, aki el tudja dönteni saját és fia jövőjét —fogta meg a fiú kezét.
- Köszönöm, - hálálkodott Csaba. – Máris indulok.
- Éjszakára mész? – lepődött meg a lány.
- Álmomban is Isten székén töltöttem az egész éjszakát. Semmit sem akarok megváltoztatni. Élelmet, vizet pakolt a hátizsákjába, meleg ruhát, plédet vitt a hűvös éjszakára való tekintettel. Időközben Tila felébredt, és szomorúan nézte apja készülődését. – Már megint elmész, apa? – Kis szája már-már sírásra görbült.
- Ne haragudj, kicsim! Tudom, azt ígértem neked, hogy ezentúl mindig együtt maradunk, de most utoljára még el kell mennem. Holnap délelőtt itthon leszek, és többet nem hagylak magadra.
Elbúcsúzott tőlük, és beült a Volvóba. A két otthon maradt szeretett lény hosszan integetett utána.

***

Dédabisztra falu közepén észak felé fordult, egy kis utcán át a Bisztra patak völgyében folytatta útját. Pár éve aszfaltozhatták, így kifogástalan út fogadta. Az aszfaltos rész után letette a kocsit, és innen túristaként vágott neki a gyalogtúrának.

Az Utas-patak völgyében haladt felfelé. Csak a patak zúgása hallatszott a kövek között, a fák, madarak hallgattak. Ez a legrövidebb gyalogösvény az Isten székére, de talán a legnehezebb is. Eleinte egy gyönyörű bükkerdőn keresztül vezetett a jelzés, majd később az utolsó kilométereket már fenyvesen keresztül tette meg. Az emelkedő helyenként negyven százalékos is lehetett. A csúcsra felérve egy kisseb tisztás fogadta. Kicsit megpihent, és keresni kezdte a kilátó pontot, melynek álma szerint, ott kellett lennie valahol. Átvágott egy sűrűbb erdős részen, és eléje tárult a csoda, az Isten széke, valójában egy nagy kiterjedésű vízszintes fennsík, a közepén fakadó forrással. Végtelen csend fogadta, és ez kiemelte a hely varázsát. Tiszta volt az idő, még Szászrégenig is ellátott. Megkereste a vélt „széket", melyen álombéli éjszakáját töltötte, és leheveredett átadni magát egy kicsit a hely szellemének. Ha nem lett volna annyira fáradt a pihenés nélküli hegymászástól, tán még egy imatöredéket is mondott volna, köszönetképpen szerencsés megérkezéséhez. Elfogyasztotta a korai vacsorának szánt szendvicsét, és elgyönyörködött a táj szépségében. Délre, lent a mélyben a Maros ezüstcsíkja kanyargott. Távolabb, a Görgényi-havasok, még odébb a Hargita-hegység csúcsai fürödtek a lemenő nap fényében. Egyik oldalon a sokágú Galonya, másik oldalon a Bisztra-patak, s mögötte pedig a Kelemen csúcsai húzódtak. A völgyekre már ráterült a sötétség vastag takarója, a vörös napkorong még egy utolsó fénysugárral csókot hintett Isten székére, és alábukott a horizont mögé. Nem tudta, hogy mennyi időt tölthetett fent, elvesztette az időérzékét, de nem telhetett el több egy óránál. Csaba újra helyet foglalt, és várt. Talán valami csodára, hogy megismétlődik az álombéli jelenés. Mindhiába. Még az ősi legendák szellemei is mesze elkerülték, mintha eltévedtek volna az ezredéves idősík útvesztőiben, és az áthatolhatatlan sötétségben. Gyenge szél támadt, és lassan magával sodorta a vékony felhőréteget. Fázósan megrázkódott. Magára vette dzsekijét, és maga köré tekerte a plédet. Nyugaton felragyogtak az első csillagok, és a Kelet felé elvonuló felhők nyomában sorra kigyúltak az ég kicsi lámpásai. Majd előbukkant a Hold is, ezüstös fényét szórva szét Isten székén.

- Merre vagy Uram? – suttogta maga elé. – Követtem a jelet, melyet isteni fényed mutatott, és most itt vagyok, hogy útmutatásod alapján újra visszanyerjem lelki békémet. Elvetted tőlem elsőszülött gyermekem, majd azt a nőt, akit mindenkinél jobban szerettem. Ferenc atya szerint rám bocsájtottad a gondviselést, megmentetted az életem, és megakadályoztad, hogy emberi életet oltsak. Ki vagy valójában, aki egyszer sújt, máskor pedig védelmez? Kegyetlen és kegyes cselekedetek ugyanazzal az emberrel szemben. Erre mondják, hogy Isten útjai kifürkészhetetlenek? Azt hiszem, hogy Isten szeszélyes, hisz az embert is ilyennek teremtette. Nem csak a saját képére, hanem a saját lelkét belelehelve adott életet neki. Lehet, hogy hatalmad mégis véges? Az idő és a tér korlátai téged is kötnek? Ahol, és amely időben nem tudod jócselekedeteidet gyakorolni, ott a gonosz uralkodik?

- Azt gondolom, te azért vagy láthatatlan, mert Isten valójában bennünk lakozik. Ugyanígy a gonosz is. Szerintem ez a kettősség, maga a lelkiismeret. Csak tőlünk függ, hogy melyiket engedjük szabadon. Ez határozza meg jó és rossz cselekedeteink számát. Ám, ha az ördöggel folytatott szüntelen harcod határozza meg, hogy kiben, melyik lélek kerekedik felül, jobban igénybe vehetnéd az angyali sereged, és igazán több figyelmet fordíthatnál a jókra. Földi szolgáid ne Isten haragjától való félelmet hangoztassák! Halandó híveid nem alázatos szolgáid akarnak lenni, akik rettegnek haragodtól. Ők tisztelni akarnak a jó cselekedeteidért, és szeretetüket kívánják feléd nyújtani.

- Nézd! – intett körbe önkéntelenül a karjával – Itt van ez a maroknyi nép, kiket elhagytál, mégis szeretnek téged. Nyújtsd ki feléjük újra a karod és emeld magadhoz őket! Kitartanak melletted bajban, elnyomásban, ami sújtja őket, mert ők nem megfélemlített alattvalókként akarják szolgálni az Urat. Nem alázatos szolgaként, hanem megbecsült hívőként kívánják követni útmutatásod. Kérlek Uram, mutasd meg nekem azt az utat, mely az engem ért veszteségek ellenére is a lelki megnyugvás és a földi boldogság felé vezet! Ha egyáltalán jelöltél ki ilyen utat számomra, legalább álmomban, vagy lelki vágyaim kisugárzásaként jelenj meg, és add rám áldásod!

Csaba elhallgatott, és lehajtott fejjel türelmesen várt. Végül lehunyta szemét, majd a meditáció révén fizikálisan és mentálisan is ellazította magát. Nem gondolt semmire, mintha teljesen kiürítette volna elméjét. Megszűnt számára a külvilág, csak a fák halk suttogása jutott el hozzá, melyet tudatalattijával érzékelt. Nem tudta meddig maradt ebben a köztes, félig éber, félig alvó állapotban.

Egyszerre csak egy fénylő csillag vakítóan felragyogott a horizont felett, és fényalagutat rajzolva, spirál alakban, szédítő sebességgel kezdett közeledni hozzá. Már azt gondolta, hogy felperzseli és elnyeli, mikor közvetlenül előtte megállapodott, és szemet nyugtató meleg fénnyel izzott fel az alagút. Csodálkozva nyitotta ki ismét a szemét. A fényalagút túlsó vége felől egy fehér látomás közeledett. Lábai nem érték az alagút alját, szinte lebegve jött feléje. Nem szaladt, mégis meglepő gyorsággal közeledett feléje.

- Megint eljött hozzám az Úr – suttogta, de jóformán a gondolat végére sem ért, mikor a jelenésben Editre ismert. – A Csillaglány! Az Úr visszaadta szerelmem, hogy tovább élhessen velem! – kiáltotta hálásan és felugrott, hogy magához ölelje kedvesét. Keze azonban áthatolt a lány testén anélkül, hogy akadályba ütközött volna. Rémülettel vegyes csalódottsággal huppant vissza a székre.

- Ne ijedj meg kedvesem! – hallotta a jól ismert gyengéd hangot -, csak lélekben vagyok itt! Testem örökre magába zárta a föld. Itt vagyok, hogy segítsek neked. Azzal, hogy a bűnösöket utolérte az isteni igazságszolgáltatás, te mégsem tudsz mit kezdeni magaddal, nem találod helyed a világban.

- Szerelmem, nekem csak te kellesz! Ha nem jöhetsz vissza, akkor vigyél magaddal, hogy veled lehessek, és megtalálom lelkem békéjét, amire vágyok!
- Kedvesem, egyik sem lehetséges. Te most egy sötét alagútban vergődsz, s nem találod a kiutat. Az alagút végén pedig ott vár az élet, de te nem akarod észrevenni. A múltban élsz, mintha még mindig veled lennék. Mi többé nem lehetünk egymáséi. Öt év adatott meg közös életünkből, s én itt maradtam a múltban, míg te előre haladsz a jövő felé. Fizikálisan nem tudsz visszafordulni, de az emlékek szárnyán bármikor visszarepülhetsz az időben. Szerelmem! El kell, hogy engedj! Nem cipelheted a hátadon a múltat, mint valami koloncot, mert előbb-utóbb összeroppantja lelkedet. El kell indulnod az alagút vége felé, előre, ott vár rád a fény! Küldetésed van. Fel kell nevelned gyermeküket! Ő még kicsi, anyára van szüksége! Ne várakozz, mert az idő gyorsan múlik!
- De én senkit sem tudok elfogadni, te töltöd be a szívemet. Ha más nőre néznék, úgy érezném, hogy megcsalnálak.
- Ezt csak a fájdalom mondatja veled. Meglásd, hamarosan el fog múlni ez a kényszerképzeted. Azzal, hogy a szívedbe fogadsz egy másik nőt, emlékemet ettől még nem veted ki magadból. Tudom, hogy sohasem fogsz elfelejteni, de az elvesztésem miatti fájdalmat fel kell, hogy váltsa egy eljövendő szerelem. Engem az tesz boldoggá, ha téged annak látlak. Ez a kérésem feléd. A te lelki békéd a kulcsa annak, hogy én is megtaláljam a magam lelki békéjét.

- De én képtelen vagyok...
- Szerelmem, indulj el az alagútban a fény után, egy másik nagy Ő felé! – szakította félbe Csaba kétségbeesett védekezését. – A test a lélek lakhelye. Te is, és Ő is begubóztatok, a lélek börtöneként használjátok testeteket. Ő időnként kinyitja gubója kémlelő ablakát, s kitekint a nagyvilágra, de a tabuk mindig meghátrálásra késztetik. Nagyon szenved attól, hogy így kell élnie. Indulj, és találd meg a másik Őt, reménykedve, hogy másodjára hosszúra nyúlik az életed szeretett nőd mellett! Gubótok kicsi ablakán azonban ember sem ki, sem be nem juthat. Csak a szerető szívek útját járó lelkek tudnak közlekedni rajta, kapcsolatot teremtve az éteren át. Szeretném, ha apránként elrabolnátok egymás lelkének felét és a keletkezett űrt betöltené a másik lelkének része. Így lesztek egy lélek, hogy megérezhessétek egymás legkisebb lelki rezdüléseit is. Ha el tudtok jutni idáig, megtaláljátok a kulcsot az ajtóhoz. Szeretném, ha rányitnád az Élet ajtaját! Ő majd lepkeként kirepül a gubójából, és szárnyait megszárítva az éltető nap melegén, Ő lesz a második nagy, gyönyörű, trópusi pillangód.
- De az én szívem a tiéd! – Csaba kételkedve ingatta a fejét.
- A szíved mélyén külön hely van elhunyt szeretteid számára, és onnan időnként eláraszt a fájdalom hulláma. Ám az idők során ezek a hullámok egyre csillapodnak, míg végül elsimulva, csak szomorú-szép emlékek maradnak. Olyan emlékek, melyek elmúlni sohasem fognak, nem is szabad, hogy elveszítsd

őket, mert az egyenlő lenne múltad megtagadásával. Együtt kell ezzel élned, de a múlt nem uralhatja életedet, megbéklyózva szeretetvágyadat. Ez nem jelentene mást, mint önszántadból lemondani a boldogságról. Az ember arra született, hogy szeressen, és szeressék.

- Érezni és látni szeretném, ahogy a feléd sugárzó nagy Ő szeretete megérinti a szívedet, s e láthatatlan sugár vonzása kivezet a lélekölő sötétségből. Ő általa megpillantod az alagút végén a reményt adó világosságot. Kilépve a fényre, Ő ott vár rád minden szeretetével. Kéz a kézben elindulhattok azon az úton, ahol feltárul előttetek a szerelem varázsolta élet kapuja, és azon belépve ott vár rátok egy új, szép világ. Ő az, aki közös gyermekünknek ugyanolyan szerető anyja lesz, mint ahogy én szeretem a kisfiunkat. Ő lesz az, aki szerelmével megajándékoz, s te boldogan viszonzod.

- Úgy beszélsz, mintha tudnád, ki az a nagy Ő?

- Meg fogod tudni, de ehhez el kell, hogy engedj. Hallgass a szívedre és az megsúgja, ki az a nagy Ő. Engem el kell engedned, és tudatalattidból felszínre fognak törni érzéseid, és úgy érzed majd, hogy mindig is szeretted Őt.

Búcsúznom kell kedvesem – szólt a Csillaglány, figyelmen kívül hagyva Csaba kérdését. – Ne feledd! A ti földi boldogságotok biztosítja számomra az égi örömöket. Ne fosszátok meg magatokat ettől, sem gyermekünket, sem engem! Ettől függ a kis Tila boldogsága is. Indulj, ne késlekedj! Lépj ki a sötét alagútból, kövesd a napfényt, amely egy tündér alakjában ölel körül, és megtalálod lelked békéjét, s vele én is! Ég veled szerelmem!

- Várj, ne menj még! – ugrott fel Csaba, de elkésett. Érezte, hogy egy hihetetlen könnyű, légies kéz végigsimítja arcát, mintha angyal szárnya érintette volna meg. A következő pillanatban Edit lelke az alagút túlsó végén feloldódott a fényben, s bezárult a fényalagút...

Arra ébredt, hogy rettenetesen fázik. Keleten az égbolt már világosodni kezdett, de a Nap még szégyenlősen megbújt a Csalhó-hegység mögött. Kikászálódott az átnedvesedett pléd alól, és megmozgatta elgémberedett izmait. Felbukkant a Nap vörös korongja, fénye lassan kúszott végig Isten székén, egyre nagyobb világossággal köszöntve az új hajnalt. Alatta nem sokkal lejjebb, a völgy vastag felhőtakarót ringatott, és ahogy fokozatosan világította meg a fény, szürkéből vörösre, majd fokozatosan fehérre váltott a színe. Egy perc múlva vakító bárányfelhőkként hullámzott alatta a végtelen fehérség. Szeme tétován követte, s meglátta Hargita felett felragyogó kék égboltot.

- Isten útja! – szaladt ki önkéntelenül a száján, és eszébe jutott az álma. – Mindegy, hogy álom volt, vagy csak egy látomás – döntötte el magában a kérdést. – A Csillaglány Isten útján jött el hozzám. Az Úr elküldte egyik angyalát, hogy választ kapjak kérdéseimre. De mi a válasz? Istenem! Ezek az égiek örökké rébuszokban beszélnek, és földi halandó legyen a talpán, aki ki tudja bogozni értelmüket.

Miközben ezeken a gondolatokon rágódott, elindult lefelé a hegyről. Elérve az erdő szélét, visszafordult. Még egyszer végighordozta tekintetét Isten székén, ahol reményei szerint megkapta az útmutatást, csak még nem tud mit kezdeni vele. A reggeli napfényben fürdő havasi tisztás, melynek közepén fakad Isten vízének forrása, lenyűgözte Csabát. Pillantása arra a sziklára esett, ahol az éjszakát töltötte. Úgy látta, hogy egy ősz hajú látomás ül azon a helyen, ugyanúgy, mint álmában. Felállt, intett feléje, mintha áldását adná rá, és elindult a felhőhídon Hargita felé, hogy ott eggyé olvadjon a mennyei fénnyel.

Csaba zavartan hunyta be szemét. Mikor újra kinyitotta, csak egy fenyőerdővel körülvett, kiterjedt sziklahát terült el előtte. – Képzelődöm, vagy valóság volt? – Nem tudta eldönteni. – Köszönöm Uram, hogy megvilágosítottad elmémet, de még meg kell fejtenem a jelentését. Nem tudom, nyertél-e egy új lelket magadnak. Ha igen, akkor sem biztos, hogy hívő templomjáróként foglak szeretni, de egy őszinte barát szeretetével mindenképpen gazdagabb lettél. Remélem, ez nem sértő számodra.

Hazafelé autózva egyre a jelenésen törte a fejét. Nem volt véletlen, hogy Edit jelent meg előtte. Egyértelmű volt számára, hogy elhunyt kedvese azt szeretné, ha ő boldog lenne. Már a hegyről lefelé jövet megállapította, valami megváltozott benne. Elmúltak szorongásai, félelmei, felszabadultabbnak és nyitottabbnak érezte magát. Érezte, ahogy szíve fokozatosan kitárul a világ felé. Ahogy közeledett Szentmiklóshoz, egyre elérhetőbbnek tűnt előtte a jövő. Megmagyarázhatatlan melegség járta át belülről. Csökkenőben volt szerelme elvesztése miatti fájdalma, már el tudta fogadni a megváltoztathatatlant. Mindezt Editnek köszönhette. Jobban tudta, hogy mire van szüksége, mint ő maga. Nem gyászolhatja örökké szerelmét. Fizikai valóságként érezte, mint csúsznak ki Edit ujjai a kezei közül. Lélekben már tudta, hogy elengedte, de tudata még hadakozott ellene. Nem foszthatja meg Csillaglányt az égi örömöktől, teljesítenie kell kérését, hogy mindketten megleljék lelki békéjüket.

- Ez így működik? – ötlött fel benne a gondolat. – Egyik percben még annyira fáj, hogy legszívesebben utána halnánk, másik percben egy örökké tartó édes-bús emlék lesz? Vagy a hónapok múlásával fokozatosan alakult át az érzés, észrevétlenül beletörődve a megváltozhatatlanba, csak nem voltam hajlandó tudomást venni róla?

Nem talált választ a kérdéseire, csak azt tudta, hogy Edit rávezette a remény útjára. - Ki az a nagy Ő? – Már harmadszor tette fel magának a kérdést. Fülében csengtek Csillaglány szavai.

„Hallgass a szívedre, meg fogja súgni, ki az a nagy Ő... Úgy érzed majd, hogy mindig is szeretted... Ő az, aki közös gyermekünknek ugyanolyan szerető anyja lesz, mint ahogy én szeretem a kisfiunkat... Ő lesz az, aki szerelmével megajándékoz, s te boldogan viszonzod...Kövesd a fényt, amely egy tündér alakjában ölel körül, és megtalálod lelked békéjét, s vele én is...! Kövesd a szíved!" Hirtelen forróság öntötte el belső lényét, hogy egész teste beleremegett. Kis híján elvétette a kanyart és majdnem az árokban kötött ki. Rátaposott a fékre, és lehúzódott az útpadkára. Egész teste verejtékben fürdött az örömteli felismeréstől.

- De nagy marha vagyok! – szidta magát. – „Ő időnként kinyitja gubója kémlelő ablakát, s kitekint a nagyvilágra, de a tabuk mindig meghátrálásra késztetik. Nagyon szenved attól, hogy így kell élnie" – idézte hangosan Edit szavait. – „Hisz kezdettől fogva szeretitek egymást"... „kövesd a napfényt, mely tündér alakjában ölel körül..." – Eszébe jutott a karjai közt haldokló Éva utolsó kérése: „Ígérd meg, hogy vigyázol Hajnalkára, hisz nem maradt senkije! Ő sze..." – Ő szeret téged...Vagy szerelmes belém? – fejezte be az akkor ki nem mondott szavakat, mert megakadályozta benne a halál, de most értelmet nyertek.

- Szegény Hajni – sóhajtotta, és olyan melegség árasztotta el lelkét a lány iránt, amelyet eddig még nem érzett. Családja után, érzelmileg Hajni állt hozzá legközelebb, de mindig úgy gondolt rá, mint sógornőjére, vagy kis húgára, hiszen szívét másnak adta. Hajni viszont már kamasz lányként beleszeretett élete meg-mentőjébe. Az évek során egyre jobban elmélyült benne ez az érzés, képtelen volt más fiút elfogadni, ő pedig tabu volt számára.

- Öt év reménytelen szerelem. Mennyire fájhat neki! Természetesen titkolta előlem, de a női lélek elől nem tudta elrejteni érzéseit. Tudta Edit, és Éva is, és azt is tudták, hogy Hajni sohasem fog közénk állni. Csak ők, férfiak voltak vakok. Ki mást kívánhatna ilyen bizonyossággal Tila szerető anyjának, mint imádott húgát, akire maradéktalanul rá meri bízni fiukat. Ki mást kívánhatna szerelméül, mint Hajnit, aki boldoggá teheti őt, és viszont.

- Az Úr elküldte a Csillaglány személyében a legszebb angyalát, hogy ő mutasson utat nekem. Edit pedig önzetlen szeretettel feltárta előttem kishúga szívének rejtekét. – Ismét elöntötte a forróság, mintha a Napfénytündér feltárt szerelmével együtt a Tündérkert is a szívébe költözött volna.

Beindította a kocsit, és tovább hajtott. Követte a fényt, mely tündér alakjában ölelte körül, és a hátralévő út folyamán a Fénytündér egyre szorosabbra szőtte a szerelem fonalát szíve köré. Eszébe jutott a kamasz lány szélsőséges viselkedése vele szemben. Hol a rajongó szeretet, hol a durcásság jellemezte. Ahogy kezdett érett nővé válni, úgy lett egyre tartózkodóbb, visszafogottabb, csak nagy ritkán engedte meg magának a felszabadult viselkedést vele szemben. Így próbálta megkímélni magát a nagyobb fájdalomtól, de lehet, hogy ezzel még rosszabb lett neki. A szerelem nem válogat.

Maga elé képzelte Hajni arcát. Egy árnyalattal sötétebb kék szem, sötétszőke hajzuhatag, amely egy bájos arcot keretez. Már nem egy lányt látott maga előtt, hanem egy gyönyörű, érett nőt, aki szereti őt. Aki bizonyára most is szenved, mert egyre csak várja, hogy beteljesedjen szerelme.

Erre a gondolatra összeszorult Csaba szíve,
ugyanakkor érezte, percről percre hogyan nyílik
ki a benne bimbódzó szerelem rózsája.
Tizenegy óra után érkezett haza. Tila az utcán
játszott a szomszéd gyerekekkel. Az autó
érkezésére fia ott hagyta pajtásait, és odaszaladt
hozzá. Örömmel üdvözölte apját, de szomorúság
árnyékolta be az arcát.
- Mi baj van, kicsim?
- Nincs semmi baj, csak a pajtásaim az
anyukájukról meséltek, hogy mennyire szereti
őket, és mennyi mindent kapnak tőle. Azt
mondták, árva vagyok, mert nekem nincs
anyukám, aki szeressen.
Csabát szíven ütötték kisfia szavai, ahogy a
gyerek könnyes szemébe tekintett. – Mennyire
igaza van Editnek, hogy Tilának anyára van
szüksége – futott át rajta a gondolat.
- Ezen segíthetünk. Az igazi édesanyád csak
lélekben lehet veled. Szeretnél egy olyan anyukát
is, aki itt van köztünk, akit átölelhetsz, és aki
ugyanúgy szeret téged, mint az égben lakó
édesanyád? – Tila lelkesen bólogatott. – Van
elképzelésed róla, ki legyen az, akit szeretni
tudsz?
- Én Hajnit szeretném anyukámnak, - vágta ki
gondolkodás nélkül -, mert szeretjük egymást, és
ti is szeretitek egymást –törölte meg a szemeit, és
reménykedő tekintettel nézett apjára.
Beszélgetés közben beértek a konyhába, ahol
Hajni az ebéd elkészítésével foglalatoskodott.
Tila örvendező hangjára megordult, és a
belépőkre nézett. Azonnal észrevette, hogy újra a
régi Csaba lépett be a konyhába. Szemében az

öröm lángjai gyúltak, tétova mozdulatot tett feléje. Csaba elengedte Tila kezét, odalépett a lányhoz, arcát két tenyere közé simította.

- Hazajöttem, drága...Hozzád... Véglegesen... Ha, te is így akarod. – Viharként dúltak benne az érzelmek, képtelen volt folyamatosan beszélni. Suta dadogásnak tűnt vallomása. Hajni átérezte a tőmondatok súlyosságát. Nem szólt semmit, meg sem tudott volna szólalni, mert torkát soha nem érzett öröm fojtogatta. Csak átölte Csabát, és szorította, szorította magához, mint aki soha többé nem akarja elengedni. A fiú végigsimította selymes haját, mire a lány felemelte fejét, és könnyáztatta szemeit Csabáéba mélyesztette. Nem zokogott, némán folytak könnyei, és még mindig képtelen volt megszólalni. Csaba megrendülten ölelte magához. Szinte érezte, hogy a könnyekkel együtt hogyan távozik a lány lelkéből az öt éve tartó fájdalom, és adja át helyét az örömnek. Az igaz szerelem is tud fájni, nemcsak a reménytelen, de ez maga volt a boldogító fájdalom.

- Szeretlek, és veled akarok élni. Edit és anyukád áldását adta rá.

Hajni elengedte a füle mellett a második mondatot, tudta, hogy később magyarázatot kap rá. Az első mondat értelme vadul kalapált a szívében, hogy azt hitte, menten kiugrik a helyéből.

- De régóta várom ezeket a szavakat! Én is szeretlek – suttogta elérzékenyülten.

Hosszú csókban forrtak össze. Arra ocsúdtak fel, hogy Tila a ruhájukat húzogatva, mondogat valamit. – Apa, te most már úgy leszel Hajnival, mint anyával voltál? – célozgatott a csókra.

- Igen, kisfiam. Egy család leszünk.

- Akkor nekem is lesz anyukám?

- Szeretnéd, ha az anyukád lennék? – vette a kisfiút karjaiba Hajni.

- Nagyon, mert akkor elmondhatnám a játszópajtásaimnak, hogy újra van anyukám. – Hajni kérdőn nézett Csabára, de az csak a szemével intett, hogy majd elmondja. – Akkor szólíthatlak anyának? – tette fel a kérdést.

- Ha neked így a jobb, igen, szólíthatsz anyának! – Hajnit meghatotta a kisfiú ragaszkodó szeretete. – Örülnék neki. Szorosan összeölelkezve álltak mindhárman a konyha közepén. A tűzhelyen kifutó leves hozta vissza őket a valóságba. Hajni odaugrott, és elzárta a gázlángot.

- Anya, mikor ebédelünk, éhes vagyok?

- Azt hiszem, Tila benyújtotta első igényét az anyaság gyakorlására!

- Örömmel veszem. Tudod – lépett oda Csabához -, pár hete az egyik éjjel a családommal álmodtam. Mindhárman azt mondták, ne szomorkodjak, mert hamarosan rá fogok lépni a boldogság útjára.

- És... - vonta fel a szemöldökét a fiú. Újra átkarolta a lányt.

- Igazuk volt.

Ismét megcsókolták egymást, de most nem zavarta meg őket Tila. Csak állt ott, boldogságtól ragyogó arccal, hogy újra van családja. Ez a nap mindhármuk számára egy új élet kezdetét jelentette. Mikor Tila elaludt, ők is nyugovóra tértek. Első együttlétük örömteli volt, bár visszafogottan szeretkeztek, mert a közeli tragédia még árnyékot vetett lelkükre...

Epilógus

Hajnival közösen alapítottak egy Kft-t. A belvárosban megvették a gyengén muzsikáló számítástechnikai üzletet. Egy kis befektetéssel felfuttatták, és felvállalták a számítógépek szervizellátását is. A céget a Megabyte Kft néven jegyeztették be a cégbíróságon. Hajni a könyvelési és számviteli feladatot kapta, Csaba a szervizzel és beszerzéssel foglalkozott. A volt tulajdonost eladónak alkalmazták. Bíztak a vállalkozásuk sikerében, mert az utóbbi években Székelyföldön is elkezdődött valami. Gazdasági fejlődés, és ezzel együtt az önrendelkezési jogért való küzdelem...

Csaba Isten székén tett látogatása után egy évvel, a negyedik életévén is túl lévő fiával, Attilával végigsietett a nőgyógyászat folyosóján, és bekukkantott a négyes kórterembe. A kis Tila szorosan fogta apja kezét. – Bent van anya? – kérdezte súgva. A szülészeti részlegen uralkodó csend akaratlanul is suttogásra késztette a kisfiút.

- Igen, bent van, és ott van a két kistestvéred is. Szoptatja őket.

- Akkor azért van ilyen csönd, mert cicivel teli szájjal nem tudnak sírni a kisbabák?

- Valahogy úgy – hagyta helyben Csaba a találó megjegyzést.

A folyosón elhelyezett padon ült egy másik apuka, öt éves fiával. Csaba rögtön látta rajtuk, hogy faluról jöttek. Amíg a szoptatás tartott, elvileg nem mehettek be a kórterembe. Leültek a másik padra. Délután négy óra volt, Csaba egyenesen az óvodából hozta a fiát.

- Apa, nekem miért kishúgom lett? - nyafogta az öt éves lurkó románul.

- Én is fiút szerettem volna - nyugtatgatta az apja.

- Nem mondtad meg anyának, hogy mi nem lányt akarunk? Cseréljük el fiúra!

- Azt nem lehet, fiam. És azt sem dönthetjük el előre, hogy fiú, vagy lány testvéred legyen.

- Akkor nekem nem is kell kistestvér, vigyétek vissza! - durcáskodott a gyerek.

- Erről mondj le, nem adjuk zaciba a kishúgodat! - A határozott apai feddés elhallgattatta a lurkót. - Gyerünk befelé, elég odabent a szoptatásból! - döntötte el újszülött leánya helyett a szoptatás időtartamát, hogy elkerülje fia további sületlen kérdéseit.

- Miért nem örül ez a fiú a lánytestvérének? - érdeklődött Tila. - Nekem egyszerre kettő is született, és így duplán örülök nekik.

Csaba nem szólt semmit, csak kézen fogta a fiat, és az előttük haladók után bementek a kórterembe. Az ajtótól mindjárt jobbra feküdt Hajni. Még ő is szoptatta a babákat, lévén ikrek, akiknek csak a szőke hajjal bodorított fejük és kezeik látszódtak ki a pólyából. A másik apuka a fiával a mellettük lévő ágyhoz ment.

Az ajtótól balra szintén két ágy volt. Az egyik anyuka már befejezte a szoptatást, a másik még küszködött a csecsemővel. A négy anyuka közül ő szült utoljára, s még nem indult meg rendesen a tejelválasztás. Szegény kicsi már vörösödött az erőlködéstől, de éppen csak csurrant-cseppent az anyatej. Most meg is elégelte a koplalást, mert kiköpte a mellbimbót, és éktelen nyivákolással követelte jussát. Az anyuka néhány fejő mozdulattal próbált rásegíteni az éhezőnek. Végre sikerült az összevissza kapkodó szájba erőszakolnia a mellbimbóját, mire a kicsi elégedett cuppogással újra szopni kezdett. Úgy látszik bevált a módszer.

- Szia drága! – lehelt egy csókot Csaba felesége ajkára.

- Szia kicsim! – adott Hajni egy puszit Tilának, miután üdvözölte Csabát. Két nappal ezelőtt szült, és kisfia ma jött be először meglátogatni. – Hál isten, már rendesen van tejem – fordult újra férje felé.

- De aranyosak – csodálkozott Tila. – És keresztbe szopnak!

- Mit csinálnak? – lepődött meg Hajni.

- Hát a bal oldali baba a jobb cicit, a jobb oldali pedig a bal cicit vette a szájába.

- Ha így érted, akkor igen – nevetett az édesanya. - Így kényelmesebb. De, ahogy látom, már eleget szoptak.

- Én is ilyen korán tudtam buborékokat fújni? – nézett apjára.

- Minden bizonnyal – vetett egy pillantást Csaba az ikrekre. Az egyikük épp egy jókora tejbuborékot fújt, amely nem bírta a belső légnyomást, és szétpukkadt. Néhány tejcsepp került a baba arcára. Anyja kendővel letörölte a kicsi arcát. – Nagyon jó étvágyuk van, semmi probléma velük, és én is fokozatosan erősödök...

- Ezek is csak lányok! – hatolt a fülükbe az öt éves kisfiú lefitymáló hangja. – Semmire sem jók! – nézte unottan az ikreket.
- Én örülök a lánytestvéreimnek – dacolt vele Tila, meghallva a lurkó megjegyzését. – Te is örülhetnél a kishúgodnak, igaz, csak fele annyira, mint én, mert nektek csak egy született.
- Nekem már ez az egy is sok! Csak babázni tudnak. Még fütyijük sincs.

A kirobbanó nevetés a nyitott ajtón át végigszáguldott a folyosón, körbejárva a többi kórtermet is. A csendes emésztésben szunyókáló ikrek szeme felpattant, s mielőtt újra szopásra csücsörítették volna szájukat, a belépő gondozónő felkapta őket, és kiviharzott velük az ajtón. A fogyókúráztató anyuka mellbimbója a rázkódó nevetéstől kicsúszott az éhező szájából, aki azonnali oázással követelte vissza a csődbe jutott tejcsárdát. Helyette a langyos teával töltött cuclisüveget kapta. A diétára fogott csecsemő, jobb híján, ezzel is megelégedett.

A fiúcska büszkén nézett körbe a felnőtteken. – Anya! - fordult édesanyjához. – Ugye, igazam van? Add vissza a kislányt a gólyának, és mond meg neki, hogy kisfiút hozzon helyette!

Szegény anyuka levegőt is elfelejtett venni, úgy pirult kisfia kijelentésétől. Mit szólnak a felnőttek, hogy ők még mindig a gólyamesével etetik a gyereküket. A csecsemőgondozó másodpercnyi pontossággal lépett be az újabb nevetési hangzavarra. Felnyalábolta a következő két csecsemőt, és morgolódva hagyta el a kórtermet.

- Micsoda neveletlen társaság! Idejönnek a kórházba szórakozni! Hát nem elég nekem az állandó csecsemőbömbölést hallgatnom, ezek még meg is tetőzik a ricsajozásukkal.?! A diétás baba nem törődött a felnőttekkel, mohó kortyokkal ürítette ki a cuclisüveget, tartalmával pótolva az anyatej hiányát.

A csecsemőgondozók az utolsó babákat is visszavitték a kórtermekből a csecsemőszobába, és elhallgatott az oázás. A jövő nemzedékének palántái jóllakottan elaludtak a kiságyaikban. Már csak Csaba és Tila maradtak látogatóként a szobában, az öt éves román fiú és apja elmentek. A három kismama is elszundított.

- Nos, újdonsült anyuka – fordult Csaba Hajnihoz - megspórolt egy második terhességet, de gondolkodott-e a leányzók nevein?

- Az uraság, úgy látszik, nem akar több gyereket? – tért ki a keresztelő elől Hajni. – Te is így gondolod, kisfiam?

- Szerintem is elég lesz két óbégató lány. Már így is nőuralom van a családban – vette át a román fiú korábbi gondolatát Tila.

- Mi az, hogy óbégató? És nőuralom! – játszotta meg a felháborodottat az anyuka. – Hiszen még csak éppen meg tudnak nyikkanni, olyan a hangjuk, mint a szomszédék kiscicáinak.

- Most még magas hangon nyivákolnak, de később…!? – legyintett lemondóan Tila, de csillogó szemei meghazudtolták szavait.

- Úgy látom – szakította félbe Csaba az értekezést az újszülöttek sírásfokozatairól -, hogy betelt a családi létszám.

- Anya, hívjuk az egyiket úgy, mint az igazi anyukámat, aki szült engem! – tért vissza Tila az eredeti kérdéshez.

A szülők meghatottan néztek össze. Nem vártak a gyerektől ilyen ragaszkodó megnyilvánulást elhunyt édesanyja iránt. Másfél év telt el a tragédia óta, de Tilában nem halványodtak el az emlékek. Igaz, erről ők is gondoskodtak, hogy soha ne felejtse el Editet. Egyetértően bólintottak.

- Ez nagyon szép gondolat volt tőled kisfiam. – Hajni magához húzta Tilát, és egy puszit adott a kis buksijára. A fiú örömmel vette tudomásul, hogy ők is így gondolják.

- Ha már elhunyt szülőanyákról van szó – szorult el Csaba torka az emlékezéstől -, a másikat nevezzük el Hajni anyukájáról.

- Ez kedves volt tőled – futotta el a könny az anyuka szemét. – Így egy kicsit olyan lesz, mintha valójában is velünk lennének.

- Edit és Éva – örvendezett Tila. – Biztos, ők is örülnek neki!

Hajni akaratlanul is ásított egyet. Elfáradt, elálmosodott. A két fiú hosszas búcsúzkodással elköszönt és hagyták pihenni.

Két nap múlva Csaba hazahozta a kibővült családot. Az egy hetes látszólagos nyugalomnak, amikor csak a két fiú tartózkodott otthon, nyomban vége szakadt. Élet költözött a házba, a semmittevést felváltotta a sürgés-forgás. A kiságyakat, a babakelengyéket még a szülés előtt megvették, így minden készen várta a jövevényeket. Csaba volt a fő babaellátó. Tila révén volt már gyakorlata benne. Hajnit még kímélni akarta, hadd pihenjen, elég elfoglaltsága volt a négy óránkénti szoptatással. Tila állandóan ott téblábolt körülötte. Őszinte érdeklődést mutatott a két kicsi iránt, szeméből szeretet sugárzott. Csaba bízott benne, hogy később sem lesz féltékenység belőle, ha látja, hogy jóval többet foglalkoznak a két lánnyal, mint vele. Úgy gondolta, hogy Hajnival szép lassan rávezetik arra, hogy tőle telhetően segítsen a babák körüli teendőkben.

Késő délután volt egy kis szabad ideje. Könyvvel a kezében kiment az udvarra, hogy olvasson egy keveset. Leült a kerti padra a hársfa alá, és elmerült a könyvben. Később a feltámadó, enyhet adó gyenge szélben a feje fölé boruló hársfa levelei vidám hullámzásba kezdtek. A lombok között eddig mozdulatlanul megbúvó napfénygyerekek megmozdultak. A levelek rései közt áttörve leszökkentek a földre és fogócskázni kezdtek. Egyszer eltávolodva, máskor közeledve egymáshoz, szerelmesen összesimultak, eggyé váltak, hogy szétrebbenve folytathassák kacér játékukat.

Egy huncut fénytündér kíváncsian Csaba vállára telepedett, onnan a nyitott könyvre, mintha vele együtt szeretné olvasni a benne rejlő titkokat. Társai meglátva pihenését, egy erősebb szélfuvallat szárnyán mellé röppenve magukkal ragadták. Az őszi lombok közt felcsendülő madárdalra szertelen körtáncba kezdtek a fiatalember arcán, és a padon. Át-átbukva, majd visszatérve a lécek között, újfent forgásba kezdtek a szél lapozta könyv vakító, fehér lapjain. A szellő szeszélyeinek kitéve magukat, néhány lélegzetvételre eltűntek, hogy a következő pillanatban újra megjelenve folytassák fény-árnyék játékukat. Ilyen vakító villódzásban képtelenség volt olvasni. Csaba inkább gyönyörködött a napfénygyermekek ezerszínű kavalkádjában. Elbűvölte a természet sokrétű gazdagsága a maga felülmúlhatatlan szépségével, szelídségével, vadságával. Az emberek művészi alkotásai is csak gyenge utánzatai ezeknek a mesterműveknek. Gyors mozdulattal becsukta a könyvet, szemét lehunyta, hogy megszűnjön a vakító káprázat. A Nap már megközelítette a nyugati horizontot, mikor újra kinyitotta a szemét. Kíváncsiságtól hajtva felnyitotta a könyv fedelét. Szomorúan vette tudomásul, hogy a fény gyermekei eltűntek. Percekkel később, a Nap utolsó lobbanásaként, mielőtt alámerült volna a hegyek mögé, aranyló napfény ragyogott fel mellette a padon. – Te vagy az, aranyszínű Napfénytündér? – kérdezte suttogva, mintha attól félne, hogy a hangos szó elriasztaná.

A Napfénytündér szó mosolyt csalt ajkára. Felejthetetlenül élt emlékezetében, hogy így nevezte el Hajnit az első pillanatban, mikor meglátta a szirten napfényben fürdő alakját. Óvatosan alá csúsztatta a kezét, a fény békésen megpihent tenyerén. Gyorsan ez alá tette a nyitott könyvet, majd kezét elvéve a lapokra helyezte az aranyló Napfénytündért.

- Téged nem eresztelek, az enyém vagy örökre!
– csukta össze a könyvet, foglyul ejtve a középen két oldalra domborodó lapokon a szív formájú

fényt. A vöröslő égitest ebben a pillanatban tűnt el a láthatár mögött. Mélyet szippantva a friss levegőből, érezni vélte a hárs rég elhullajtott virágjainak illatát. A langyos őszi este nyugalmat sugárzott lelkébe. Lassan kezdetét veszi a babák fürösztése. Felvette a maga mellé tett könyvet, és kinyitotta ott, ahol rabul ejtette a Napfénytündért. Csalódottság fogta el, hogy nincs a lapok között a szív formájú vörös fény, de rögtön meg is vigasztalódott, mert érezte, hogy az igazi Napfénytündér a szívében lakozik, ahonnan senki és semmi nem rabolhatja el.

Estére fáradtan dőlt le Hajni mellé. Örömmel gondolt arra, hogy másnap megérkezik anyja, és egy hónapig velük marad. Nagy segítség lesz a kezdeti zűrzavaros hetekben. Nehezen jött álom a szemére. Az ablakban megjelent az Esthajnalcsillag. Ahogy nézte, úgy tűnt neki, mintha felragyogott volna. - Üzent a Csillaglány – gondolta elszorult szívvel. Az Esthajnalcsillag, mintha csak igazolni akarná félálomban született gondolatát, közeledni kezdett. Egyre nagyobbá vált, s ahogy nőtt úgy gyengült vakító fénye, és lassan felöltötte Edit arcvonásait. Halvány fény aurája ölelte körül légies alakját, ahogy belibbent a szobába. Odalebegett a már újra elalvó szerelméhez és kishúgához. Körülölelte őket szeretetteljes, melengető fényével. Megsimogatta arcukat, hol a bánat, hol az öröm érzését keltő fénynyalábjaival. Végül az öröm fénye győzedelmeskedett. Az alvók, mintha csak

megérezték volna a pozitív kisugárzást, átkarolták egymást, ajkukon mosoly játszadozott.
– Köszönöm drága, hogy vigyázol ránk! – motyogta Csaba álmában.

A fényjelenés megremegett, majd odébb libbent angyalszárnyain, és szemügyre vette a két újszülöttet. Óvatosan megcirógatta arcukat, sokáig gyönyörködött a csöppségekben. Végül átszökött a gyerekszobába, és kisfia fölött állapodott meg. Beburkolta fényével, mint aki soha többé nem akarja elengedni. Tila álmában felemelte két kis karját, mintha át akarná ölelni maga fölött a jelenést. Karja végül magatehetetlenül hullott vissza mellére.
– Édesanyám, rólad neveztem el egyik testvéremet, hogy mindig emlékeztessen rád – suttogta alig hallhatóan. – És köszönöm, hogy ilyen jó, új anyukát adtál nekem!
– Tudom, drága kisfiam. – Tila elmosolyodott álmában, mintha hallotta volna édesanyja válaszát. Amikor pirkadni kezdett az ég alja, a jelenés kiszökött az ablakon, és ahogy távolodva kisebbedett, egyre erősebb lett a fénye. Végül ismét Esthajnalcsillagként, még utoljára felragyogott, majd eltakarta egy sötét felhő.

Csaba nyolckor ébredt. Odakint elvonulóban lévő szürke felhők takarták az eget. Hajni épp a reggeli szoptatással volt elfoglalva. Csaba odasétált az ablakhoz. Még esett az eső, de odébb már feltűnt Hargita kék ege. A falevelekről még bőven csordogáltak az ég könnyei. Cseppenként indulva haladtak lefelé levélről levélre, vékony erekké nőve ki magukat, majd földet érve apró patakokká duzzadva itatták az életet adó földet.

- Igen, ez a föld élteti az itt élő népet is. – Csaba annyira elmerült az aláhulló esőt figyelve, hogy észre sem vette, hangosan beszél.

- Most már én is ehhez a maroknyi néphez tartozom, egy a sorsunk. Enyém az örömük, enyém a bánatuk. Egy vagyok velük, és egyike vagyok ősi földjük szeretetének. Az eső elállt, kisütött a nap. Fénye megcsillant a nedves faleveleken. Az esőcseppek szikrázó gyöngyökként peregtek alá, Csaba szeméből kicsordult a könny, és végiggördült az arcán. Haza érkezett. Véglegesen. Egy meleg kéz fonódott a derekára. Magához húzta feleségét, aki szó nélkül dőlt férje mellének. Átérezte Csaba lelki hangulatát, nem akarta megzavarni, nehogy megtörje a varázslatos idillt. Hajába ezernyi apró fénypontot szőttek a nap sugarai. Csaba szerelmes tekintettel nézett Hajnira. Most újra olyannak látta, mint amikor először megpillantotta a sziklaszirt teraszán. „Napfény szülte tündér" gondolta magában, és hosszan megcsókolta szerelmét. Hajni boldogan viszonozta csókjait...

- Nézd! – intett fejével a fák felé. Hajni követte férje tekintetét. – Ezek a levelekről legördülő utolsó cseppek már a fák könnyei, melyek földet érve egyesülnek az itt élő emberek könnyeivel. Gyönyörű, új hajnal fénye ragyogja be Hargita kék egét. Az önrendelkezés akaratának fénye csillog a közös könnycseppekben. És ezek a könnyek nem a múlt bánatkönnyei, nem is a jelené, hanem a remény örömkönnyei, melynek árjában egy szebb jövő felé úszik a székely nép bárkájával együtt a mi hajónk is...

Ide tartozom, ahol nappalaimat egy Napfénytündér szerelme ragyogja be, éjszakáinkat pedig a Csillaglány vigyázza...

Most érzem igazán, hogy ideköt a családom, s ennek a gyönyörű földnek a gyermeke lettem, ahol a maroknyi székely néppel együtt sírnak a fák...